Aus Freude am Lesen

btb

Buch

Victor Frankenstein frevelte gegen Natur und Gott, als er einen Menschen erschaffen wollte und ein unglückseliges Monster gebar. In den Augen der Welt war vor allem Elizabeth Frankenstein, Victors Braut, die in ihrer Hochzeitsnacht unter mysteriösen Umständen erwürgt wurde, das bedauernswerteste Opfer.

Die geheimen Aufzeichnungen der Elizabeth Frankenstein erzählen eine andere Geschichte – von einer Frau, die auf weite Strecken nicht Opfer, sondern Partnerin ihres Geliebten war. Freimütig berichtet Elizabeth von ihrer Kindheit bei einer Zigeunerfamilie und ihrer Adoption durch die Baronin Caroline Frankenstein, einer Freidenkerin, die sie in einen geheimen, uralten Frauenkult initiiert. Sie erzählt von den Vorbereitungen für ihre »chymische Hochzeit« mit ihrem Ziehbruder Victor Frankenstein, von Verrat, Gewalt und Betrug zwischen den Liebenden – und von ihrer sonderbaren Beziehung zu einem geheimnisvollen Fremden namens Adam.

Autor

Theodore Roszak ist Professor für Geschichte und Leiter des Instituts für Ökopsychologie an der California State University und beschäftigt sich seit mehr als zwanzig Jahren mit der Frage der Auswirkungen des technologischen Fortschritts auf die Gesellschaft und speziell mit der Frankenstein-Thematik. Roszak verfaßte zahlreiche Romane und Sachbücher (u. a. das richtungsweisende »The Making of a Counterculture«) und wurde mehrfach für den National Book Award nominiert.

Theodore Roszak

Die Memoiren der Elizabeth Frankenstein
Roman

*Aus dem Amerikanischen
von Irene Aeberli, Sabine Roth
und Walter Ahlers*

btb

Die amerikanische Originalausgabe erschien 1995
unter dem Titel »The Memoirs of Elizabeth Frankenstein«
bei Random House, New York.

btb Taschenbücher erscheinen im Goldmann Verlag,
einem Unternehmen der Verlagsgruppe Bertelsmann.

1. Auflage
Deutsche Erstausgabe November 1997
Copyright © 1995 by Theodore Roszak
This translation published by arrangement with
Random House, Inc.
Copyright © der deutschsprachigen Ausgabe 1997
by Wilhelm Goldmann Verlag GmbH, München
Umschlaggestaltung: Design Team München
Satz: Uhl + Massopust, Aalen
MD · Herstellung: Augustin Wiesbeck
Made in Germany
ISBN 3-442-72236-5

Die Memoiren der
Elizabeth Frankenstein

Vorbemerkung des Autors

In der Originalversion des *Frankenstein*-Romans wählte Mary Shelley sich selbst zum Modell für Victor Frankensteins unglückselige Braut Elizabeth. Allerdings gab sie Elizabeth nicht die Rolle der Erzählerin, sondern übertrug diese Aufgabe dem Nordpolfahrer Robert Walton. Männliche Stimmen – die von Walton, Victor und dem Ungeheuer – beherrschen den Roman. Elizabeth kommt nur in ein paar vereinzelten Briefen zu Wort. Auch als das Buch veröffentlicht wurde, blieb Mary im Hintergrund. Obwohl sie wie ihre Mutter Mary Wollstonecraft, eine der ersten Feministinnen der westlichen Welt, eine emanzipierte Frau war, ließ Mary Shelley es zu, daß ihr Name von der Titelseite verbannt wurde. Nach Ansicht ihres Verlegers war der Roman zu schockierend, als daß er unter einem weiblichen Namen hätte erscheinen können. Der 1818 anonym veröffentlichte Roman *Frankenstein* wurde von einem Großteil der Leserschaft nicht als das Werk Marys, sondern als das ihres Ehemannes Percy Bysshe Shelley betrachtet.

Es ist seit langem meine Überzeugung, daß der *Frankenstein*, den Mary Shelley der Welt eigentlich schenken wollte, in einer Art Subtext verborgen ist, den nur Elizabeth hätte schreiben können. Diese Nacherzählung verläuft parallel zur Originalversion, aber die Geschehnisse werden aus Elizabeths Blickwinkel geschildert. Indem Mary Shelley ein alchimistisches Abenteuer ins Zentrum des Romans stellte, drang sie tiefer in die psychologischen Grundlagen der westlichen Wissenschaft ein, als ihr wohl selbst bewußt war. Sie wird damals die bizarren Ursprünge der Alchimie nicht gekannt haben, doch ihr intuitives Erfassen dessen, was die Alchimie über die Geschlechterpolitik der Wissenschaft verrät, hat sich als erstaunlich zutreffend erwiesen. Als Frankensteins Braut findet sie hier, so hoffe ich, endlich die Stimme, mit der zu sprechen ihr in ihrer eigenen Zeit verwehrt war.

THEODORE ROSZAK

Berkeley, Kalifornien, 1994

Außerstande, den Anblick des von mir geschaffenen Geschöpfes zu ertragen, rannte ich aus der Kammer und ging lange Zeit in meinem Schlafzimmer ruhelos auf und ab. Schließlich löste Ermattung den Aufruhr in meinem Innern ab, und ich warf mich in den Kleidern aufs Bett, um ein wenig Vergessen zu suchen. Umsonst, ich schlief zwar ein, wurde jedoch von den wildesten Träumen heimgesucht. Ich meinte zu sehen, wie Elizabeth in blühender Gesundheit durch die Straßen von Ingolstadt ging. Freudig überrascht umarmte ich sie, doch als ich den ersten Kuß auf ihre Lippen drückte, wurden sie fahl, mit der Farbe des Todes; ihre Züge veränderten sich, und ich glaubte meine tote Mutter in den Armen zu halten. Sie war in ein Leichentuch gehüllt, und in den Falten des Flanells sah ich die Grabwürmer kriechen. Erschrocken fuhr ich aus dem Schlaf auf; kalter Schweiß bedeckte meine Stirn, die Zähne klapperten mir, und alle meine Glieder zuckten krampfhaft. Denn im fahlen Mondschein, der durch die Fensterscheiben sickerte, gewahrte ich den Unhold – das elende Ungeheuer, das ich geschaffen hatte.

MARY SHELLEY

Frankenstein oder Der moderne Prometheus

Vorwort zu den Memoiren
der Elizabeth Frankenstein

von Sir Robert Walton, Mitglied der Königlich Britischen
Akademie der Naturwissenschaften,
Träger des Ordens des Britischen Reiches

London, 1843

Viele Leser kennen mich wohl nur als den Mann, der Dr. Victor Frankenstein in der Welt bekannt gemacht hat. Als ich im Herbst des Jahres 1799 als Naturforscher mit einer Schiffsexpedition zum Nordpol unterwegs war, half ich bei der Bergung eines gestrandeten Reisenden, der sich im Polarmeer verirrt hatte. Der Unglückselige war tagelang auf einer Eisscholle dahingetrieben und vor Hunger und Erschöpfung dem Tode nah, als wir ihn auffischten. Dieser Mann war Victor Frankenstein. Als sein nahezu komatöser Zustand sich besserte und seine Lebensgeister wieder erwachten, begann er mir die makabre Verkettung der Umstände zu schildern, die ihn in diese mißliche Lage gebracht hatten. Vom verzweifelten Wunsch beseelt, seine unglücklichen Erfahrungen für die Nachwelt festzuhalten, drängte er mich, Notizen zu machen, während er sprach, eine Bitte, die ich dem todgeweihten Mann schwerlich abschlagen konnte.

So bestimmte mich also die Willkür des Schicksals dazu, Victor Frankensteins Geschichte in seinen Worten aufzuzeichnen. Ich allein vernahm aus seinem eigenen Mund den Bericht über seine Verbrechen wider die Natur; ich allein erfuhr von dem unermeßlichen Leid, das diese über ihn gebracht hatten; ich allein sah die Reue, die seine Gesichtszüge zeichnete – die Reue einer verdammten Seele, die um eine Erlösung fleht, der sie niemals teilhaftig werden wird. Die Nächstenliebe gebot mir, Frankenstein diesen letzten Wunsch zu erfüllen. Doch während ich an seinem Bett saß, rang mein analytischer Verstand hartnäckig mit einer einzigen Frage: *Wo war der handfeste Beweis für das, was er mir erzählte?* Wie konnte ich sicher sein, daß es sich bei seinen Schilderungen nicht um Ausgeburten eines kranken Geistes handelte?

Und dann, als Frankenstein endgültig die Augen schloß, begegnete ich dem unnatürlichen Wesen, das er mit seinen Händen geschaffen hatte; ich sprach mit ihm von Angesicht zu Angesicht; ich hörte das rauhe, tierische Krächzen, das seine Stimme war; ich spürte die schreckliche Bedrohung seiner Gegenwart; und am Ende sah ich mit Erstaunen, wie er den Leichnam seines Schöpfers hochhob und davontrug, um ihn in der eisigen Ödnis zu verbrennen.

Erst da glaubte ich die Geschichte.

Ich gestehe offen, daß ich den Tag verwünsche, an dem das Schicksal mir den Ruf aufbürdete, der mir seither folgt. Denn ich darf wohl ohne Anmaßung behaupten, daß ich mit meinen naturkundlichen Forschungen zur Polarregion einen nicht unwesentlichen Beitrag zum Fortschritt der modernen Wissenschaft geleistet habe. Nur ungern habe ich mich deshalb damit abgefunden, daß für mein Ansehen in der Welt jene eine Laune des Geschicks den Ausschlag gegeben haben soll, die mich zum Schriftführer eines Menschen bestimmte, den man als einen Wahnsinnigen und Verbrecher, wenn nicht gar als Feind Gottes in Erinnerung behalten wird.

Ich hatte gehofft, mit der Veröffentlichung von Frankensteins Bekenntnissen der Sache ledig zu sein und mich wieder meiner eigenen Tätigkeit widmen zu können. Dies aber war mir nicht vergönnt. Indem ich soviel für die Bewahrung seines Andenkens getan hatte, wurde ich, wenn auch widerstrebend, zum Verwalter eines schrecklichen Vermächtnisses, dem ich mich nicht mehr entziehen konnte. Ich fühlte mich genötigt, alles in meiner Macht Stehende zu tun, um sicherzustellen, daß die Moral von Frankensteins Geschichte unzweifelhaft zum Ausdruck kam. Denn es sind Lehren darin enthalten, die meiner Ansicht nach jedem Jünger der Wissenschaft zum Nutzen gereichen. Mein Gewissen befal mir, jede Einzelheit von Frankensteins Werk zu bewahren – und nicht zuletzt auch jede Einzelheit seiner eigenen Geschichte. Immer wieder fragte ich mich, warum ein so begnadeter Geist vom rechten Weg abgekommen war und seine Schöpferkraft zu derartig schändlichen Zwecken mißbraucht hatte. Auf welchen Pfaden war er gewandelt, welche Einflüsse hatten ihn zu seiner fatalen Berufung geführt? Gelänge es mir, diese Fragen zu beantworten, so würde dies die Glaubwürdigkeit von Frankensteins Bericht und die sittliche Entrüstung über seine Taten in hohem Maße steigern.

Aber gab es denn überhaupt mehr zu berichten als das, was der Mann mir selbst offenbart hatte?

Erst im Spätsommer des Jahres 1806 hatte sich die politische Lage auf dem europäischen Kontinent wieder soweit beruhigt, daß ich es wagen konnte, gründliche Nachforschungen über die Hintergründe seiner Bekenntnisse anzustellen. In jenem Jahr, während der kurzen Friedensperiode nach Napoleons Triumph bei Austerlitz, bot sich mir endlich Gelegenheit zu einem längeren Aufenthalt in der Region des Genfer Sees, wo sich der Frankensteinsche Familiensitz befand. Genf und die Waadt waren wenige Jahre zuvor vom französischen Kaiserreich annektiert worden. Aber leider! Die revolutionären Kräfte, die durch den Einmarsch der napoleonischen Grande Armée entfesselt worden waren, hatten mit den Archiven der Stadt kurzen Prozeß gemacht – genau wie mit ihren Adelsfamilien. Man hatte die Schweizer Handelsdynastien aus dem Lande vertrieben und ihren Besitz beschlagnahmt, ohne Rücksicht auf historische Dokumente zu nehmen. Die wenigen entfernten Verwandten der Familie Frankenstein, die ich in der Stadt ausfindig machte, weigerten sich, über Victor zu sprechen; er wurde von allen als Schandfleck betrachtet, den man besser aus der Erinnerung tilgte. Ebensowenig Erfolg war mir beschieden, als ich die Universität in Ingolstadt aufsuchte, Victor Frankensteins Alma mater. Seine wichtigsten Professoren waren gestorben oder nicht mehr in der Stadt ansässig; die Hochschule selbst war geschlossen worden, ein Opfer der unruhigen Zeiten.

Ich wollte schon fast aufgeben, als es mir schließlich gelang, Ernest Frankenstein aufzuspüren, den einzigen direkten Verwandten. Er lebte in einem entlegenen Weiler hoch oben im Jura. Nach anfänglichem Widerstreben gab er zu, im Besitz von bestimmten Papieren zu sein, die mit der Geschichte seines Bruders in Zusammenhang standen. Er war ein Mann von geringer Intelligenz, zutiefst verbittert über den Verlust seines Familienbesitzes, und wollte mir die Dokumente nur gegen Bezahlung überlassen. Mißtrauisch gestattete er mir erst, einen Blick auf die Papiere zu werfen, als ich eine Anzahlung geleistet hatte, und auch dann zeigte er mir nur die ersten paar Seiten, während er den Rest mit festem Griff umklammert hielt wie ein Geizkragen seinen letzten Heller. Doch was ich sah, genügte mir. Kaum hatte ich die ersten Zeilen übersetzt, bezahlte ich bereitwillig die verlangte Summe – ein kleiner Bruchteil dessen, was die Papiere mir wert waren.

Nach Abschluß des Handels zeigte Ernest selbstgefällige Belustigung über meine vermeintliche Gutgläubigkeit. »Was Sie da eben für gutes Geld gekauft haben, ist bloß das Geschreibsel eines Zigeunerbankerts. Da werden Sie viel davon haben!« Ich ließ dem Mann seine unbedarfte Genugtuung und verabschiedete mich eilends, beinahe taumelnd vor triumphierender Erregung. Denn das, was dieser arme Tor mir verkauft hatte, waren die Aufzeichnungen von Elizabeth Lavenza, Victor Frankensteins Ziehschwester und späterer Braut. Einen kostbareren Fund hätte ich gar nicht machen können.

Die Leser meines ersten Berichtes werden sich erinnern, daß diese unglückseligste aller Frauen, Victor Frankensteins langjährige, geliebte Gefährtin, in ihrer Hochzeitsnacht den Tod fand, ermordet von dem Ungeheuer, das ihr Bräutigam erschaffen hatte. Ganz offenkundig hatte Ernest Frankenstein keine Ahnung, welchen Wert diese Aufzeichnungen besaßen, die womöglich den Schlüssel zur ganzen Tragödie enthielten. Denn es gibt *drei* Stimmen, die wir anhören müssen, wenn wir diese außergewöhnliche Geschichte richtig verstehen wollen. Die erste ist diejenige Victor Frankensteins; sie ist uns durch seine Bekenntnisse erhalten, die ich Wort für Wort aufgezeichnet habe. Die zweite ist diejenige seines monströsen Geschöpfs, dessen Worte mir einerseits Frankenstein zitierte und die ich andererseits mit eigenen Ohren vernahm, als ich das Ungeheuer neben dem Leichnam seines Schöpfers überraschte. Aber hier hatten wir nun endlich die Stimme der Person, die Frankenstein besser gekannt hatte als jeder andere Mensch: Elizabeth, das dritte und (wie ich damals dachte) einzige unschuldige Glied der unheiligen Trinität.

So kehrte ich voller Begeisterung über meine Entdeckung nach England zurück, um die Geschichte dieses außerordentlichen Mannes zu vervollständigen – kurz bevor der fragile Friede in Europa im Zusammenstoß großer Armeen zerbrach.

Bald schon wurde mir klar, daß meine Aufgabe alles andere als leicht sein würde. Nach mehrfacher Lektüre erkannte ich, daß Elizabeth Frankensteins Memoiren einen weit tieferen Einblick in die Geschehnisse boten, als ich erwartet hatte, tiefer sogar, als mir lieb sein konnte. Denn hier handelte es sich nicht einfach um eine Ergänzung zu Frankensteins Bericht, sondern um den eigentlichen Kern der Geschichte. Tatsächlich hatte ich Grund zu befürchten, daß sich in diesen Aufzeichnungen tiefere Bedeutung verbarg, als ich auszuloten vermochte.

An dieser Stelle muß ich bekennen, daß Victor Frankenstein mir damals mehr anvertraute, als ich der Welt bisher enthüllt habe. Er hatte nämlich gewisse Themen berührt, die meiner Meinung nach nicht dazu geeignet waren, in meinem veröffentlichten Bericht zu erscheinen. So hatte er zum Beispiel recht ausführlich – und häufig in beinahe halluzinatorischer Weise – über seine frühen alchimistischen Studien gesprochen und auch über die Rolle, die seine Braut bei diesen Experimenten gespielt hatte. Aber seine Äußerungen waren verworren und für mein Empfinden oft zu unschicklich. Vieles, was er sagte, schrieb ich damals seinem Fieberwahn zu. Obwohl ich seine Worte getreulich niederschrieb, hatte ich bereits an Frankensteins Bett entschieden, daß diese von weitschweifigen Selbstbezichtigungen und Reuebekenntnissen durchsetzten Ergüsse nie an die Öffentlichkeit gelangen sollten. Schließlich mußte ich annehmen, daß es sich um nichts weiter handelte als um schuldgepeinigte Tiraden einer todgeweihten Seele. Ich beschloß daher, barmherzig den Mantel des Schweigens über gewisse erniedrigende Dinge zu breiten, zu denen er die Frau, die er zu lieben behauptete, genötigt haben wollte. Ich tat dies aus Sorge um den Ruf der unglückseligen jungen Dame. Denn selbst wenn das, was Frankenstein mir berichtete, der Wahrheit entsprach, hatte ich keinerlei Bedürfnis, die abartigen Handlungen zu schildern, die sie aus Mangel an sittlicher Festigkeit als Braut in Frankensteins sogenannter »chymischer Hochzeit« über sich ergehen ließ. Ich schenkte Frankenstein Glauben, als er beteuerte, er und allein er habe schuld an Elizabeths sittlichem Verfall. Nicht nur einmal, sondern immer wieder versicherte er mir mit allem Nachdruck, sie sei nur das passive Opfer der Unschicklichkeiten gewesen, zu denen er sie gezwungen habe.

Ich hatte darum immer versucht, Elizabeth Frankenstein als Opfer der fehlgeleiteten Ambitionen ihres Verlobten zu betrachten. Je genauer ich aber die merkwürdigen Geschichten überprüfte, die sich um ihr Leben rankten, desto größer wurden meine Zweifel an ihrem sittlichen Charakter. Ich hätte nie vermutet, dieses scheinbar arglose junge Mädchen in Riten verstrickt zu finden, die unsere christlichen Vorväter schon lange aus der allgemeinen Erinnerung getilgt glaubten. Auch hatte ich es nicht für möglich gehalten, daß Elizabeth sich aus freien Stücken auf die erotischen Praktiken eingelassen hatte, welche die dunkle Seite der alchimistischen Philosophie ausmachen. Aber nach einiger Zeit konnte ich nicht mehr sagen, wer von den beiden – Victor oder Elizabeth – den anderen auf Abwege geführt hatte. Ist es wirklich möglich, daß Elizabeth, wie bestimmte Passagen in diesen Aufzeichnungen nahelegen, sich alles andere als unwillig an Victors widernatürlichem Tun beteiligt, ja ihn gar dazu verleitet hat? Aufgrund meines heutigen Wissensstandes muß ich annehmen, daß das, was mir einst unvorstellbar schien, tatsächlich wahr ist. Frankenstein hat die obszönen Handlungen, die er mir gestand, nicht allein begangen; er besaß eine willige Komplizin, deren Schuld kaum geringer ist als die seine.

Am erschreckendsten aber war, was ich über die Rolle erfuhr, die Baronin Caroline Frankenstein im Leben ihres Sohnes und ihrer Ziehtochter gespielt hatte. Falls man Elizabeths Memoiren Glauben schenken darf, dann wäre diese schattenhafte Frau, die Victor Frankenstein in seinem Bericht nahezu unerwähnt ließ, das groteskeste Menschenwesen, das mir in meinem an abenteuerlichen Reisen und ungewöhnlichen Begebenheiten reichen Leben begegnet ist. *Falls* man den Memoiren glauben darf. Aber darf man ihnen denn glauben? Solange noch irgendwelche Zweifel bestanden, zögerte ich, für bare Münze zu nehmen, was Elizabeth Frankenstein über ihre Ziehmutter berichtete; es war für mich weit einfacher, Elizabeth als schamlose Lügnerin abzustempeln oder ihre Worte geistiger Verwirrung zuzuschreiben, als die Möglichkeit in Betracht zu ziehen, daß ein derart verderbtes Individuum wie die Frau, die Victor Frankenstein das Leben schenkte, tatsächlich existiert hat. Doch auch hier haben meine Nachforschungen zweifelsfrei ergeben, daß Lady Caroline Frankenstein sich in der Tat all der Abscheulichkeiten schuldig gemacht hat, die in den Memoiren beschrieben sind.

So stehe ich nach vierzig Jahren mühseliger Forschungstätigkeit vor der Frage: Ist es abermals meine Bestimmung, meine Mitmenschen mit einer Geschichte zu belasten, deren Dekadenz zum Himmel schreit? Denn je länger ich darüber nachsinne, desto klarer wird mir, die in Komplizenschaft mit seiner Braut begangenen Verbrechen Frankensteins sind noch schändlicher, als mir zunächst bewußt war. Das monströse Geschöpf, das er, in lästerlicher Weise nach gottähnlicher Macht strebend, erschaffen hat, war nur der letzte Akt in einer langen Reihe sittlicher Verfehlungen. Eine kurze Zeit lang glaubte ich, Frankensteins tragisches Schicksal gebe ihm ein Anrecht auf Mitgefühl. Mittlerweile bin ich davon überzeugt, daß sein Name – und erst recht der seiner Braut – es verdienen würde, der Vergessenheit anheimzufallen. Ich muß sogar gestehen, daß ich mehrmals versucht war, Elizabeths Rolle in dieser Geschichte zu bemänteln, so sehr widerstrebte es mir, der Nachwelt ein derartiges Beispiel weiblicher Degeneration zuzumuten.

Was war es, was mich schließlich aus meiner Unschlüssigkeit errettete? Nur eines: meine unverbrüchliche Treue zum Ideal der wissenschaftlichen Objektivität. Sie allein, die stets in Ehren gehaltene Gewohnheit eines Lebens im Dienste der Wahrheit, verleiht mir die Kraft zu einem Unterfangen, von dem ich aus sittlicher Empörung beinahe Abstand genommen hätte. In diesem Geiste unterbreite ich der Welt also vorliegende Memoiren, im Vertrauen darauf, daß eine unvoreingenommene Leserschaft mein wahres Anliegen erkennt: die Ehrenrettung von Vernunft und Moral.

Erster
Teil

Belrive, den 30. August 1797

Liebster Victor!

Ich ergreife die Feder in einer dunklen Stunde.

Das Glück, das ich so lange ersehnt habe, scheint nun endlich nah; nur eine Stunde noch, und ich werde auch mit dem Leibe Deine Gattin werden, nachdem ich es all die Jahre schon mit der Seele gewesen bin. Doch über meiner Vorfreude hängt der Schatten des Todes. Ich weiß nicht, wann und wie ich sterben werde, doch die Gewißheit, daß es bald sein wird, schnürt mir die Kehle zu wie eine meuchlerische Hand. Der Weg, der zu unserer lange aufgeschobenen Hochzeitsnacht führte, war so steinig, daß ich nur hoffen kann, uns möge wenigstens eine einzige Stunde des Glücks vergönnt sein.

Ich muß Dir nicht erklären, weshalb ich mir über das kommende Unheil so sicher bin, warst du doch der erste, der hörte, wie mein Todesurteil verkündet wurde, und Du, besser noch als ich, kennst auch den Grund dafür. Eine Rachgier, von geradezu diabolischer Unabwendbarkeit, überschattet unsere Vermählung. Ich weiß, daß Du willig Dein Leben hingeben würdest, um meines zu retten, aber (verzeih mir, mein Liebster, daß ich das sage), ich weiß auch, daß Deine Liebe weder stark noch wahrhaftig genug ist, um gegen dieses schreckliche Verhängnis anzukommen. Bitte glaube nicht, daß ich an der

Aufrichtigkeit Deiner Zuneigung zweifle. Betrachte meine Worte vielmehr als Ausdruck meines tieferen Glaubens an die Gerechtigkeit Gottes, dessen Gebote Du schändlich mißachtet hast. Denn letzten Endes ist dies Unheil ja Dein eigenes Werk. Betrauere mich, wenn Du nicht anders kannst, doch betrachte mich auch als das Blutopfer, das Deine Sünde gefordert hat.

Glaube mir, daß ich nur mir selbst die Schuld gebe für den Zorn, der sich alsbald über uns ergießen wird. Einmal – Du kennst den Augenblick und weißt, daß es nur ein einziger Moment war – habe ich mich voller Entsetzen von Dir abgewandt; damals hast Du meine Abscheu und Abwehr gespürt. So kurz jener Augenblick auch war, jetzt sehe ich, daß er Dich auf die Bahn der unheiligen Künste führte, die Dein Lebensinhalt werden sollten. Hätte sich meine Liebe damals als beständig erwiesen, hätte ich die kurze Schwachheit des Fleisches, die Dich überkam, verzeihen und überwinden können – wäre ich Dir, mit anderen Worten, die treue Gefährtin in unserer mystischen Ehe gewesen, derer Du so sehr bedurftest –, wir wären zweifellos die Liebenden, die Arbeitskameraden und geistigen Vertrauten geblieben, die zu sein, so glaube ich, uns die göttliche Vorsehung bestimmt hatte. War ich in jenem Augenblick denn weniger schwach als Du?

So habe ich nun in den vergangenen Monaten die Geschichte meines Lebens niedergeschrieben, die ebensosehr auch die Deinige ist. Ich habe sie erzählt, als sei sie für eine fremde Leserschaft gedacht, obgleich sie doch nur von einem einzigen Menschen gelesen werden soll. Alles, was ich töricht vor Dir geheimgehalten habe, jedes unausgesprochene Wort des Zornes oder Vorwurfs, jede seelische Wunde, die ich vor Dir verbarg, habe ich hier für Dich zu Papier gebracht. Es bleibt mir nur, diesen letzten Brief beizufügen. Sind die Worte, die ich in fliegender Eile aneinandergereiht habe, auch zusammenhängend?... Ich glaube ja. Es ist schwierig... mein

Geist ist dieser Tage so verwirrt. Die eiserne Stimme hat letzte Nacht wieder zu mir gesprochen. Sie raubt mir den Schlaf.

Ich schließe jetzt, denn die Stunde unserer Vermählung ist da. Teurer Geliebter, teurer Feind, wenn dieser Bericht in Deine Hände gelangt, betrachte ihn als die Hälfte von Dir, die Du nicht kanntest und nicht kennen konntest, die Hälfte, die ich war –

Deine Dich liebende Braut

Elizabeth

Ich werde in die Verbannung hineingeboren

Es gibt Nächte, die mir immer wieder denselben bösen Traum bringen; er verfolgt mich, so lange ich denken kann.

Es ist, als sei ich zweigeteilt. Zwei Augenpaare, zwei Empfindsamkeiten. Wie aus großer Höhe blicke ich auf das Bett hinunter, auf dem die gepeinigte Frau sich windet, gemartert von den Qualen einer schweren Geburt. Ich sehe, wie sie sich in Todesangst krümmt, wie ein verwundeter Soldat, der sich auf dem Schlachtfeld in seinem Blut wälzt. Es ist schrecklich, ihrem Leiden zuzusehen, doch schrecklicher noch ist das Geschöpf, das sich über sie beugt: Kaum menschlich in seiner Erscheinung, ist es – nicht minder als der quälende Schmerz – der Grund für ihre Angst. Seine Hände sind ausgestreckt, und ich verstehe ihre Furcht, denn *dies sind keine Hände*, sondern die Klauen eines Raubvogels, eines Falken oder Adlers. Die Krallen des Vogelmannes graben sich in das hilflose Fleisch der Frau und hinterlassen eine scharlachrote Spur. Sie bohren sich zwischen ihre Schenkel und zerren an den gequälten Pforten ihres Geschlechts. Gleichzeitig setzen draußen vor dem Fenster grelle Blitze, flammend wie der Zorn Gottes, den Himmel in Brand und erhellen ihre Gestalt in grausiger Deutlichkeit; ihr bleiches Gesicht ist ein furchterregender Anblick in dem gespenstischen Licht. Ich möchte zu ihr gehen, sie in die Arme nehmen und den Schmerz mit ihr teilen.

Doch jetzt ist da ein *anderes* Ich. Ich bin das hilflose, unfertige Kind, das in ihrem gepeinigten Körper steckt. In der Ferne erspähe ich ein Licht; ich versuche, es zu erreichen, indem ich mich mühevoll durch einen warmen, feuchten Tunnel vorwärts kämpfe. Rings um mich höre ich ein dumpfes, rhythmisches Grollen, es klingt, als hätte mich ein riesiges Tier verschluckt und finge nun an, mich zu verdauen. Das Licht kommt näher, Panik erfaßt mich... Ich kann nicht atmen, meine Lungen schmerzen. Ich muß fliehen!

Und dann spüre ich den Schmerz an meinen Schläfen. Man packt mich und zerrt an mir herum; der Druck droht mir das Gehirn zu zermalmen. Dann endlich bin ich frei. Gesicht und Leib sind blutüberströmt. Blut überall. Blut an meinen Schläfen. Der Vogelmann hat seine Klauen tief in den Mutterleib gestoßen; er hat mich gepackt! Ich baumle in seinen Krallen wie ein Happen, den er verschlingen will. Ich blicke mich um und sehe den gähnenden purpurroten Schlund, der mich ausgespien hat: das Geschlecht meiner Mutter, bebend wie ein stummer Mund, der seine Qual herausschreien möchte. Ich sehe ihr schmerzverzerrtes Gesicht, die Augen, die mich vorwurfsvoll anstarren. Doch diese Augen sehen mich nicht; sie sehen überhaupt nichts mehr. Sie sind tot.

Und da begreife ich: Mein Leben hat ein anderes ausgelöscht. Ich bin als Mörderin auf die Welt gekommen.

Diese grauenvolle Szene reißt mich mitunter auch heute noch aus dem Schlaf, obwohl ich seit langem weiß, daß sie nur meiner kindlichen Einbildung entspringt. Und doch ist in ihr auch eine Wahrheit enthalten, wie sie sich nur in Träumen finden läßt. Sie mahnt die Vergeltung an, die meiner harrt, seit ich das Licht der Welt erblickt habe.

Denn soviel habe ich später über meine Herkunft erfahren: Der Blutschwall, der mich auf die Welt schwemmte, war der letzte Lebensimpuls meiner Mutter. Sie starb, um ihrem Kind das Leben zu schenken. In seiner Verzweiflung über den Verlust seiner innig geliebten Gefährtin bestrafte mein Vater das

Neugeborene für den Tod der Mutter. Er schickte mich gleichsam in die Verbannung. Der Leib meiner Mutter lag noch blutbefleckt auf dem Bett, da gab er mich kurzerhand in die Obhut der Hebamme, die geholfen hatte, mich auf die Welt zu bringen. »Sie soll Elizabeth heißen, nach ihrer Mutter«, bestimmte er. Dies waren die letzten Worte, die der Zigeunerin aus jener schrecklichen Nacht im Gedächtnis geblieben waren.

Obgleich sie selber bereits vier hungrige Mäuler zu stopfen hatte, bemühte sich diese gute Seele mit Namen Rosina Lavenza redlich, die ihr übertragene Aufgabe zu erfüllen, doch im Grunde hätte ich ebensogut mutterlos sein können. Die gütige, fürsorgliche Frau, die mich zusammen mit ihrem eigenen Kindchen an ihrem Busen nährte, gehörte weder zu meinem Stand noch zu meinem Volk, wie sie selbst mir bereitwillig kundtat. Mein Vater, so sagte sie, sei ein Mailänder Edelmann, meine Mutter entstammte einem entfernten Verwandtschaftszweig der englischen Königsfamilie. Von ihr hätte ich den hellen Teint und das goldene Haar, durch die ich mich so unübersehbar von den dunkelhäutigen Lavenzas abhob, die ich als meine Familie betrachtete. Rosinas Kinder behandelten mich mit Argwohn und Geringschätzung. In ihren Augen war und blieb ich ein unerwünschter Eindringling, auf immer von ihnen unterschieden durch die Zartheit meiner Züge. Zwar lebte ich mit ihnen im selben engen Wohnwagen, trug die gleiche zerlumpte Kleidung, ja, ich lernte sogar als erste Sprache ihren Romani-Dialekt, doch ihre Mutter brachte ihnen bei, mich als Angehörige eines höheren Standes zu betrachten. »Denkt daran«, pflegte sie zu sagen, »Elizabeth ist eine Prinzessin. Ihr Vater herrscht über alle Königreiche des Südens.« So gut die liebe Frau es meinte, meine neuen Brüder und Schwestern ließen sich durch diese übertriebenen Behauptungen nicht für mich einnehmen. In der Tat behandelten mich die eifersüchtigen Rangen nur noch feindseliger und äußerten größte Zweifel an meiner Herkunft. Hämisch verrieten sie mir das schmachvolle Geheimnis, das ihnen ihre Mutter anvertraut hatte: daß ich unehelich geboren und verstoßen wurde. In ihren verständlicherweise mißgünstigen Augen stand ich dadurch nicht über, sondern weit unter ihnen, und sie versäumten keine Gelegenheit, mich als Bankert zu demütigen. Gleichwohl hingen sie jedesmal gebannt an Rosinas Lippen, wenn diese ihre phantastischen Geschichten über den Vater erzählte, den ich nie gekannt hatte, Berichte über seine Abenteuer im Morgenland und jenseits des Ozeans, wundersame Erzählungen über seine Kühnheit und seinen unermeßlichen Reichtum.

Vielleicht erzählte sie diese Geschichten in der Hoffnung, mein Vater würde das Entgelt erhöhen, das er ihr gezahlt hatte, als er mich ihrer Obhut anvertraute. Oder vielleicht gab es einen anderen, unheilvolleren Grund für diese glorifizierte Darstellung meiner Abstammung. So gütig Rosina war, Toma, das Oberhaupt der Lavenza-Sippe, war das genaue Gegenteil. Der dunkle, schwermütige Mann war jähzornig und dem Trunke ergeben; schon als kleines Kind sah ich, wie Rosina in seiner finsteren Gegenwart vor Angst zitterte. Und häufig bemerkte ich an ihr Spuren von Gewalt, die sich nicht verbergen ließen. Seine Kinder, mich inbegriffen, faßte Toma um keinen Deut sanfter an. Schlimmer noch, er betrachtete meine Ziehschwestern als sein *fleischliches* Eigentum, das er für die schändlichsten Zwecke mißbrauchen konnte. Tamara, gute fünf Jahre älter als ich, war die Älteste – ein dunkles, liebreizendes Mädchen, die geborene Verführerin. Ihre natürliche Anmut ließ Toma nicht gleichgültig; er liebkoste sie ständig und überhäufte sie mit unziemlichen Liebesbezeigungen. Er nannte sie seine »kleine Frau«, und häufig teilte sie sein Lager, wenn er Rosinas gerade überdrüssig war. Auch der Wert ihrer Schönheit entging dem habgierigen Mann nicht. Unschuldig, wie ich war, erkannte ich es damals nicht, doch jetzt, gereift durch schmerzliche Erfahrung, weiß ich, daß er das Kind zu seiner Dirne heranzog, die bald schon auf die Straße geschickt werden sollte, um den kümmerli-chen Lohn aufzubessern, den er als Holzschnitzer verdiente. Ich kann nur vermuten, daß er mit mir, seinem »Goldmädchen« – das, wie er immer wieder betonte, eine noch größere Schönheit zu werden versprach als seine eigene Tochter – ähnliche Pläne hatte. Einmal, ich war wohl nicht einmal fünf Jahre alt, gelang es diesem niederträchtigen Mann, mich in sein Bett zu locken. Nur Rosinas mutiges Eingreifen verhinderte, daß er seine Absichten wahr machen konnte. Sie stürzte sich mit einem Messer auf ihn, stach nach seiner Kehle, bis Blut floß, und drohte, ihn zu töten, sollte er noch einmal seine schmutzigen Hände nach mir ausstrecken, selbst wenn es sie das Leben kosten würde.

Ich bin Rosina für ihren Schutz und ihre liebevolle Pflege zu Dank verpflichtet, und doch trägt sie mehr als irgend jemand sonst die Schuld an meinem bösen Traum. Bevor ich die Bedeutung ihrer Worte richtig verstehen konnte, begann sie schon, mir von meiner Geburt zu erzählen. Immer wenn sie mich badete und kämmte, strich sie mit den Fingern behutsam über eine Narbe, die meine Schläfe verunzierte. Noch ehe es mir in den Sinn gekommen wäre, sie als Entstellung zu betrachten, beklagte Rosina seufzend diesen Makel, den sie als meinen einzigen Schönheitsfehler ansah. Es war das gezackte Andenken an eine Verletzung, an die ich mich nicht erinnern konnte. »Ach, du armes Kind«, pflegte sie zu sagen, »schau nur, hier hat *er* dich erwischt. Hier haben seine Klauen dich gepackt. Wir müssen achtgeben, daß man es nicht sieht.« Dann kämmte sie mir das Haar in Ringellöckchen ins Gesicht, wodurch mir der Makel nur um so stärker bewußt wurde. Seither sind viele Jahre vergangen, aber noch immer trage ich mein Haar in dieser Weise, obwohl die Narbe inzwischen längst verblaßt ist. Als ich noch klein war, erlebte ich das

Ganze wohl einfach als eine Art Spiel; mit der Zeit jedoch erfaßte ich immer mehr von dem, was Rosina sagte. In mir setzte sich der Gedanke fest, daß die Narbe durch einen böswilligen Angriff entstanden sein mußte: Irgendwann hatte mich eine krallenbewehrte Kreatur angefallen. Das war alles, was ich verstanden hatte, doch die Vorstellung war so entsetzlich, daß sie sich auf Dauer in meiner Seele einnistete und schließlich auch meine Träume heimsuchte. So fuhr ich des Nachts schreiend hoch, weil ich glaubte, über dem Bett den Flügelschlag von riesigen Raubvogelschwingen zu hören.

Welch furchtbare Wirklichkeit sich hinter dieser Phantasie verbarg, sollte ich bald genug entdecken.

Rosina war, wie ich bereits erwähnt habe, Hebamme und verdiente in ihrem Gewerbe mehr als Toma mit seinen Schnitzereien. Da ihre Töchter eines Tages in ihre Fußstapfen treten sollten, nahm sie mich und meine beiden Ziehschwestern gewöhnlich mit, wenn sie zu einer Geburt gerufen wurde. Sie wollte uns Mädchen von Kindesbeinen an mit der harten Wirklichkeit der Geburt vertraut machen. Noch ehe ich richtig begreifen konnte, was sich vor meinen Augen abspielte, stand ich mit meinen Schwestern hinter Rosina, während sie sich am Gebärstuhl abmühte, ein neues Leben auf die Welt zu bringen. Sie zeigte uns, wie sie den schmerzstillenden Kräutersud zubereitete, mit dem sie Oberschenkel und Unterleib der Schwangeren beträufelte, und trotz meiner Jugend wußte ich bereits, daß man die Wehen beschleunigen konnte, indem man stechend riechendes Mutterkorn in einem Topf voll Wasser ziehen ließ. Nach der Geburt durfte ich das noch feuchte, strampelnde Neugeborene auf den Arm nehmen. Ich entsinne mich, daß diese Erlebnisse etwas Beängstigendes hatten, da die Entbindung meist mit großen Schmerzen verbunden schien und ich um das Leben der stöhnenden Mutter bangen mußte.

Ein Vorfall ist mir in besonderer Erinnerung geblieben, da ich dabei das wenige erfuhr, was ich über meine eigene Geburt weiß. Rosina war ins Haus einer vornehmen Dame gerufen worden, deren Wehen sich schon lange hinzogen. Wie ich es in ähnlichen Fällen gesehen hatte, knetete und massierte Rosina geduldig den Bauch der Schwangeren und rieb ihr eine schmerzlindernde Salbe ein. Die anderen anwesenden Frauen hatten einen sanften Singsang angestimmt, der die Verzweifelte beruhigen sollte. Doch als die Niederkunft endlich begonnen hatte, stürzte plötzlich ein fremder Mann ins Zimmer und drängte die Frauen, die sich um den Gebärstuhl aufgestellt hatten, beiseite. Er gab sich mit schroffer Stimme als Arzt zu erkennen, den der besorgte Vater gerufen hatte. Der Doktor untersagte Rosina, die er als »alte Hexe« betitelte, gebieterisch, mit der Entbindung fortzufahren, und befahl, die Gebärende ins Bett zurückzubringen. Dann wies er Rosina barsch an, sich in der einzigen Weise nützlich zu machen, derer sie fähig sei: »Halt ihre Hände fest, Schlampe! Sorg dafür, daß sie stillhält!«

Widerstrebend stellte sich Rosina hinter das Bett und ergriff die Hände der Frau, während der Arzt an die Arbeit ging. Aus seiner schwarzen Tasche zog er eine Reihe von metallisch klirrenden Instrumenten; sie waren hakenförmig und scharf wie Tischlerwerkzeuge. Er ergriff zwei löffelartige Stäbe und schickte sich an, sie aneinanderzuschrauben. Beim Anblick dieses Instrumentes, das, wie ich später erfuhr, Geburtszange genannt wurde, begann Rosina sich zu bekreuzigen und schrie, der Mann solle innehalten, woraufhin der Arzt sie unter Verwünschungen des Zimmers verwies. Aber Rosina biß sich verächtlich auf den Daumen, stieß einen Fluch aus und weigerte sich hinauszugehen. Sie stellte sich zwischen den Arzt und die verzweifelte Frau, die nun heulte wie ein Tier.

Glühend vor Zorn schleuderte er Rosina ein einziges Wort ins Gesicht. »*Strega!*« Es reichte, um ihren Widerstand zu brechen. Sie wich zurück, während er das Wort wieder und wieder schrie, sie damit gleichsam aus dem Zimmer peitschte.

»*Strega! Strega! Strega!* Mach, daß du wegkommst!« Dann drehte er sich wieder zu der gepeinigten Mutter auf dem Bett und zog einen aufgerollten Lederriemen aus der schwarzen Tasche. »Schnallt sie fest!« schnauzte er die anderen Frauen an.

Draußen nahm mich Rosina beiseite, ihr Gesicht brennend vor Zorn und Schmach. »Siehst du, was er tut? Er bindet sie fest und macht sie hilflos. Er nimmt ihr die Kraft der Erde. Und dann… wird er seine Klauen benutzen, weil das Kind nicht von allein herauskommt. Er tötet sie, die arme Frau! Er bringt ihr den Tod und nicht das Leben.« Dann zog sie mich an ihre Brust und klagte: »So ist auch deine Mutter umgekommen – durch die Klauen. Sie wollten mich ihr nicht helfen lassen. Siehst du, da ist immer noch das Mal.« Ihre Finger berührten meine Schläfe und strichen über die Narbe am Haaransatz. »Ja, hier, mein Kind«, sagte sie. »Das ist das Werk der Klauen. Es ist ein Teufelsmal. Bald werden alle Kinder so gezeichnet auf die Welt kommen. Es ist ein gottloses Verbrechen, den Frauen die Geburt aus der Hand zu nehmen. Was weiß er denn schon, dieser… *Mann*?«

In jener Nacht träumte ich das erste Mal von meiner verstorbenen Mutter und von dem Vogelmann, dessen Klauen sie umgebracht und mich gezeichnet hatten.

In den ersten neun Jahren meines Lebens bemühte Rosina sich wacker, mich mit einer Aura der Kostbarkeit zu umgeben, wohl hauptsächlich, um Toma davon zu überzeugen, daß meine Unversehrtheit der Familie mehr einbringen würde, als wenn er mich zur Dirne machte. Ich kann nicht sagen, wie oft – und ob überhaupt – mein abwesender Vater in jenen Jahren zu meinem Unterhalt beitrug. Ich habe den Mann nur einmal in meinem Leben gesehen, und die Begegnung erschütterte mich tief.

Eines Tages, ich muß etwa sechs Jahre alt gewesen sein, kam ein gut gerüsteter Trupp Soldaten mit wehenden Fahnen durch das Zigeunerlager außerhalb des Dorfes Treviglio geritten, wo die Lavenza-Sippe zu Hause war. Es war ein selbstherrlicher Haufen, der rücksichtslos über Gartenbeete hinwegpreschte und Kinder und Tiere in die Flucht schlug. Zuvorderst ritt ein schöner und stattlicher Mann, der über einem brokatenen Rock einen scharlachroten Umhang trug. Auf seinem Kopf saß ein hoher Helm mit Federbusch, und an seiner Brust prangten glitzernde Orden. Das ganze Lager staunte, als er mit seinem Trupp vor unserem Wagen haltmachte und Rosinas Namen rief. Als sie zitternd und mit großen Augen herauskam, forderte er sie auf, mich zu holen. »Komm! Komm!« rief sie, »es ist dein Vater!« Im nächsten Augenblick hob sie mich zu ihm auf das Pferd. Er hielt mich lange mit festem Griff und musterte aufmerksam mein Gesicht. Ich blickte ebenso lange zurück, und seine Züge prägten sich mir unauslöschlich ein. Dies war also der große Herrscher des Südens, von dem Rosina mir so oft erzählt hatte. Und er sah genauso aus wie die Könige im Märchen – ein stolzer Mann, prachtvoll gekleidet, mit tiefliegenden Augen und finsterem Blick. Noch heute sehe ich seine Züge so klar vor mir, als ob er direkt vor mir stünde. »Unschuldige Mörderin, die du bist, schließ mich in deine Gebete ein«, hörte ich ihn sagen. »Und vergib mir. Ich habe deine Mutter sehr geliebt.« Dann drückte er mir einen Kuß aufs Haar und legte mir eine Kette um den Hals; ich konnte den Anhänger, der daran befestigt war, erst richtig sehen, als er mich wieder in Rosinas Arme zurückgehoben hatte. Ihr überreichte er einen Beutel voll klimpernder Münzen und ermahnte sie, mir bis zu seiner Wiederkehr die beste Fürsorge angedeihen zu lassen.

»Er zieht in den Krieg«, flüsterte sie, als er von dannen ritt. Wir blickten ihm noch lange nach.

Dies war das erste und einzige Mal, daß ich ihn sah; seither habe ich keinerlei Nachricht mehr von ihm erhalten. Ich wüßte nicht einmal zu sagen, in welchen Krieg er gezogen war.

Und an dem Anhänger, den er mir geschenkt hatte, sollte ich mich nicht lange erfreuen. Obgleich Rosina ihr Bestes tat, ihn für mich an einem sicheren Ort zu verwahren, hatte Toma ihn schon nach wenigen Tagen an sich gebracht, so daß ich mir gerade nur die auffallendsten Merkmale einprägen konnte. Damals wußte ich noch nicht, daß es sich um ein Wappen handelte. Ich erinnere mich dunkel an einen viergeteilten Schild, der oben mit einer großen Doppelaxt und einem zweiköpfigen Adler, unten mit tanzenden, geflügelten Löwen verziert war. Dieses verschwommene und immer mehr verblassende Bild, zu vage, als daß ich hätte herausfinden können, zu welchem italienischen Adelsgeschlecht es gehört, versuchte ich mit einer kleinen Zeichnung zu bewahren, die ich anfertigte, nachdem Toma mir den Anhänger genommen hatte, war es doch das einzige Andenken an meine eigene Familie.

Obwohl ich nun endlich sein Gesicht gesehen und seine Hände auf mir gespürt hatte, ließ diese eine Begegnung meinen Vater nur noch rätselhafter erscheinen. Das Geheimnis, das ihn umgab, beflügelte meine Phantasie, und ich ersann wundersame Geschichten über meine Herkunft und mein vornehmes Erbe. Zumeist malte ich mir aus, was hätte sein können, wenn meine Mutter nicht gestorben wäre, wenn ich als die Prinzessin aufgewachsen wäre, zu der ich eigentlich bestimmt war. Manchmal freilich erscheint mir der Beginn meines Lebens im Rückblick als ein rätselhafter Sündenfall, bei dem mein Vater, dem zornigen Jahwe gleich, das Leben, das er geschaffen hatte, in die unwirtliche Wüstenei fern vom Garten Eden verbannt hatte. Warum hatte er mich dazu verdammt, in so unwürdigen Verhältnissen zu leben? War dies die Strafe für die Rolle, die ich unwissentlich beim Tode meiner von ihm so geliebten Mutter gespielt hatte? Da es niemanden gab, der mir diese Fragen hätte beantworten können, lebte ich in einem Zustand trauriger Verlassenheit, ausgeschlossen von der Unbeschwertheit und Sorglosigkeit der

Kindheit. Ich schmorte in einem Fegefeuer und wartete auf den Erlöser, der mich aus meinem düsteren Gefängnis befreien und aus der Verbannung hinausführen würde.

In meinem Fall war der Erlöser eine Frau.

Anmerkung des Herausgebers

Hebammenwesen, Hexerei und die umstrittene Rolle der Geburtszange

Das Leben der Elizabeth Frankenstein ist von Leid überschattet wie kaum ein anderes; sowohl ihre Geburt als auch ihr Tod standen im Zeichen der Tragödie. Mehr noch, wenn wir ihren Aufzeichnungen Glauben schenken dürfen, begann und endete ihr Dasein mit einer Bluttat. Wie glaubhaft aber sind die Angaben, die Elizabeths Ziehmutter Rosina über ihre Geburt machte? Die Zigeunerin war offensichtlich davon überzeugt, daß der Arzt, der Elizabeth zur Welt gebracht hatte, die Schuld am Tod ihrer Mutter trug – und zwar, weil er ein Instrument eingesetzt hatte, ohne dessen Verwendung das Kind vermutlich kaum eine Überlebenschance gehabt hätte.

Rosinas Zeugnis kann schwerlich als schlüssiger Beweis gelten, da es sich bei ihr um eine unwissende Frau handelt, deren geistige Fähigkeiten sich auf bescheidenstem Niveau bewegten. Wir müssen uns außerdem bewußt sein, daß aus ihren Worten eine Haltung spricht, die wohl mit Fug und Recht als Konkurrenzneid bezeichnet werden darf – die Voreingenommenheit einer Hebamme, die den ärztlichen Geburtshelfer als Bedrohung für ihren Broterwerb ansieht. Einst hatten alle Städte und Dörfer Europas ihre Rosina – ungeschulte Frauen, die von einer einzigen Fertigkeit lebten, falls das Wort Fertigkeit in diesem Zusammenhang überhaupt am Platze ist. Es hieß, daß viele dieser Frauen mit dem Teufel im Bunde stünden. Zur Zeit der Hexenverfolgungen mußten daher zahlreiche Hebammen ihr Leben lassen, wodurch in der Gynäkologie ein Vakuum entstand, das bald von ihren männlichen Rivalen ausgefüllt wurde. Daß zwischen den »weisen Frauen« vom Dorfe und den Ärzten, die sie aus ihrem Tätigkeitsfeld verdrängten, eine gewisse Feindseligkeit herrschte, war insofern durchaus verständlich. In den Inquisitionsakten finden sich sogar Aussagen von Frauen, die sich beklagten, man habe sie absichtlich der Hexerei bezichtigt, um sie in Verruf zu bringen.

Um eine objektivere Sicht der Dinge zu gewinnen, tun wir wohl gut daran, einen der Pioniere der wissenschaftlichen Geburtshilfe in unserem Land zu Rate zu ziehen. Freundlicherweise hat sich der namhafte Gynäkologe Dr. Thomas Cosgrove bereit erklärt, mir die folgenden Auskünfte zu erteilen:

Mein lieber Walton,

Ich freue mich, Ihnen mitteilen zu können, daß die Fragen, die Sie hinsichtlich der Gefahren moderner Geburtshilfetechniken aufwerfen, keinen Anlaß zu ernster Besorgnis bieten. Niemals zuvor in der Geschichte konnte die Entbindung, lange Zeit der Fluch des weiblichen Geschlechts, unter humaneren und kompetenteren Bedingungen durchgeführt werden. Vor wenig mehr als einer Generation war die Schwangere noch auf Gedeih und Verderb unverständigen Hebammen ausgeliefert – in den meisten Fällen ungeschickte alte Dorfweiber, die dem finstersten Aberglauben anhingen. Ihre »Methoden«, falls sie diese Bezeichnung überhaupt verdienen, entsprangen einer Unwissenheit, die den aufgeklärten Geist empören muß.

Eine bloße Beschreibung der Praktiken reicht aus, um sie auf das entschiedenste zu verurteilen. So war es üblich, der werdenden Mutter bei der Geburt die Hauptarbeit zu überlassen, obgleich diese in ihrer schweren Stunde in der Regel physisch erschöpft und nicht bei klarem Verstand ist. Das arme Geschöpf wurde aufrecht auf ein fürchterliches Gerät gesetzt, das als »Gebärstuhl« bekannt war, und dann angewiesen, den Fetus mit eigener Kraft herauszupressen! Die Hebamme tat wenig mehr als das Neugeborene aufzufangen, wenn es aus dem Uterus fiel. Sie können sich denken, welch unerträgliche Belastung dies für die zarte Konstitution der Gebärenden bedeutete. Auch war es offenbar gang und gäbe, die Frau kurz nach der Entbindung zu strapaziösen Körperübungen zu nötigen und sie nach kaum einem Tag wieder an ihre Arbeit auf dem Felde zurückzuschicken! Während die Bauersfrauen vielleicht die nötige Pferdenatur besaßen, um eine solch unmäßige Beanspruchung ihres geschwächten Leibes zu ertragen, setzten sich vornehmere Damen zweifelsohne einem beinahe tödlichen Risiko aus, indem sie sich derart kräftezehrenden Methoden unterzogen. Wohl jeder Arzt kann bestätigen, daß die meisten Frauen ihrer ersten Niederkunft entgegensehen, ohne auch nur im entferntesten zu wissen, was sie erwartet. Ihre Unwissenheit macht sie begreiflicherweise furchtsam; ich bin manch junger Mutter zur Seite gestanden, die keine Ahnung hatte, wo das Kind aus ihr herauskommen würde, wozu die Plazenta diente oder was die Krämpfe bedeuteten, die sie befallen hatten. Die Angst stellt für die Konstitution der Primipara eine außerordentliche Belastung dar, da sie den Puls beschleunigt, den Blutdruck in die Höhe treibt und das Bewußtsein trübt. Es können Fieber und Übelkeit auftreten, manche Frauen werden überdies fast ohnmächtig und setzen ihr Kind dadurch der akuten Gefahr der Strangulierung aus. Auch gab es Fälle, wo die Nachgeburt von der Hebamme nur unvollständig entfernt wurde; die Folge waren Fieberkrämpfe, die binnen weniger Tage zum Tod führen konnten.

Als endlich aufgeklärte Techniken Einzug in die Geburtshilfe hielten, waren sie für das schwache Geschlecht ein wahrer Segen. Das Gebärbett, auf dem die Schwangere ausgestreckt liegt, erlaubt ihr in barmherziger Weise, sich aller Verantwortung für die Geburt zu entledigen. Das Festbinden der Schwangeren, das Sie erwähnen, ist selbstredend notwendig, damit der Arzt sich mit voller Aufmerksamkeit auf seine anspruchsvolle Aufgabe konzentrieren kann. Ließe man es zu, daß eine verstörte Frau wild um sich schlüge, so würde dies Mutter und Kind ernstlich gefährden. Das vorrangige Bestreben eines jeden fähigen Arztes ist es deshalb, entschlossen durchzugreifen und damit einen reibungslosen Ablauf der Entbindung zu ermöglichen.

Was die Rolle der Geburtszange angeht, so ist dieses Instrument in der modernen Geburtshilfe unentbehrlich geworden, und zwar aus einem sehr einfachen Grund: Da die liegende Frau das Kind nicht mit eigener Kraft herauspressen kann, benötigt sie Hilfe, insbesondere wenn eine Quer- oder Steißlage gegeben ist und der Fetus umgedreht werden muß. Der Einsatz der Geburtszange ist in solchen Fällen eine absolute Notwendigkeit. Kunstgerecht verwendet stellt sie keinerlei Risiko für Mutter oder Kind dar. Zwar kann sie gelegentlich leichte Schürfungen am Schädel verursachen, die jedoch rasch abheilen, ohne eine Spur zu hinterlassen. Verletzungen des Vaginalgewebes bedeuten natürlich eine ernstere Gefahr, da das Infektionsrisiko überaus hoch ist. Dennoch dürfen wir wohl guten Gewissens feststellen, daß die Erfindung der Geburtszange durch unseren Landsmann Dr. Chamberlen das größte Geschenk war, welches das männliche Geschlecht in seiner Eigenschaft als *Homo faber* den Frauen machen konnte.

Es ist wahr, daß die Zahl der Frauen, die im Kindbett sterben, auch heute noch besorgniserregend hoch ist. Der Grund dafür liegt auf der Hand. Jede Geburt bringt die unvermeidliche Gefahr des Kindbettfiebers mit sich. Über dieses natürliche Risiko hat der Gynäkologe keine Macht. Sowohl die Ärzteschaft als auch die Geistlichkeit sind der Meinung, daß die Schmerzen und Gefahren der Geburt schlicht und einfach eine naturgegebene Tatsache sind, so alt und unabänderlich wie die biblischen Gebote.

Ich weiß nicht, in welchem Geiste Sie die Frage der Hexerei aufwerfen, derer die Hebammen ja häufig bezichtigt wurden. Würde man solchen Beschuldigungen auch nur den geringsten Wahrheitsgehalt zubilligen, so erläge man einem Aberglauben, der kaum weniger verwerflich wäre als der Volksglaube der Hebammen. Wohl waren diese häufig unwissende alte Weiber, bisweilen auch töricht und von allerlei obskuren Überlieferungen beeinflußt, doch dürfen wir nichts Schlechteres von ihnen denken, als daß es ihnen nicht vergönnt war, sich ein genügendes Maß an rationalem Urteilsvermögen anzueignen. Wir können uns damit zufriedengeben, daß die Wissenschaft das weibliche Geschlecht von ihrer jahrhundertelangen Tyrannei über die Geburt befreit hat; es bedarf keiner weiteren Sanktionen gegen diese unverständigen Weibspersonen als die, sie still und leise der Vergessenheit anheimfallen zu lassen.

Mit vorzüglicher Hochachtung

Dr. med. T. Cosgrove, Mitglied der Königlich
Britischen Akademie der Naturwissenschaften
St. Giles Hospital, London

Ich bekomme eine neue Mutter

Die Baronin Caroline Frankenstein, die meine materielle wie auch meine spirituelle Wohltäterin werden sollte, war eine Frau von ganz außergewöhnlichen moralischen Qualitäten. Mit mir teilte sie die Erfahrung einer tragischen Kindheit. Auch ihre Mutter war früh gestorben, so daß sie schon als Kind für ihren verwitweten Vater sorgen mußte, dessen geschäftliche Situation sich stetig verschlechterte. Henry Beaufort, so war sein Name, einst ein wohlhabender Genfer Kaufmann, hatte sein Vermögen durch leichtsinnige Spekulationen verloren, und mit dem Vermögen auch seinen Lebensmut. Grämlich und voller Selbstmitleid stützte er sich immer stärker auf seine treue Tochter, die mit niedrigen Arbeiten ihrer beider Lebensunterhalt zu verdienen versuchte. Doch die einzige Fertigkeit, die sie beherrschte, war das Strohflechten, eine Tätigkeit, die so wenig einbrachte, daß es kaum für Essen und Obdach reichte. Sie und ihr Vater wären zweifellos in tiefster Armut versunken, wenn nicht eines Tages wie ein rettender Engel der Baron Alphonse Frankenstein auf ihrer Schwelle erschienen wäre.

Beaufort war ein alter Studienfreund des Barons. Als dieser, der Sproß einer bedeutenden Genfer Handelsdynastie, von Beauforts mißlicher Lage hörte, stellte er Erkundigungen an, um seinen Aufenthaltsort in Erfahrung zu bringen. Und als er schließlich erfuhr, daß sein Freund in einem Dorf unweit von

Luzern sein Dasein fristete, machte er sich sogleich auf den Weg. Er fand Beaufort in einer kleinen, armseligen Hütte auf dem Totenbett, die leidgeprüfte Tochter an seiner Seite. Wenige Tage später starb Beaufort. Um der alten Freundschaft willen nahm der Baron die nunmehr verwaiste Caroline in seine Familie auf, und bald schon wurde sie zu seinem ganzen Glück. Er, der nie geheiratet hatte, fand sein einsames Dasein plötzlich aufgehellt durch die Lebhaftigkeit einer heiteren und begabten jungen Frau. Obwohl sie in ärmlichen Verhältnissen aufgewachsen war, erkannte er in ihrer Wesensart, ihrem Benehmen und der anmutigen Behendigkeit ihres Geistes eine natürliche Noblesse. Auch Caroline brachte dem Baron mit der Zeit immer innigere Gefühle entgegen, wenngleich ihre Liebe zu ihm mehr der Dankbarkeit für seine Güte als echter Leidenschaft entsprang. Trotz des beträchtlichen Altersunterschiedes – der Baron war gleich alt wie Carolines verstorbener Vater – wurden sie nach ein paar Jahren Mann und Frau.

Sie war jetzt eine Baronin, aber sie konnte und wollte die Entbehrung ihrer Kindheit nicht vergessen; bis an ihr Lebensende ging sie frühmorgens, ehe das Haus erwachte, in die Küche, um am Herd Stroh zu flechten, wie sie es als Mädchen getan hatte, als sie das schwere Los ihres Vaters teilte. Nun, da sie über das Vermögen des Barons verfügen konnte, war sie entschlossen, dieses für wohltätige Zwecke zu verwenden. Sie wurde eine Frau, deren ganzes Streben darauf gerichtet war, die Not anderer zu lindern. Waisenkinder lagen ihr besonders am Herzen, denn sie führten ihr deutlich das schwere Schicksal vor Augen, das auch das ihrige hätte sein können.

In ihrem zwölften Ehejahr unternahmen der Baron, seine Gemahlin und ihre Kinder – Caroline hatte mittlerweile zwei Söhnen das Leben geschenkt – eine Reise nach Norditalien. Sie verbrachten den Frühling und Sommer dieses Jahres in einer schönen Villa am Comer See, von wo aus sie die vielen malerischen Dörfer der Gegend besuchten. Auf einer dieser

Fahrten gelangte die Baronin – der Baron war in Geschäften nach Mailand gereist – zufällig auf den Marktplatz von Treviglio, wohin meine Familie mich oft mitnahm, um den kläglichen Tand feilzubieten, den Toma geschnitzt hatte, ein Sammelsurium von Pfeifen, Puppen und allerlei Plunder, das kaum je genug einbrachte, um uns zu ernähren. Wir Kinder hatten uns dabei weniger dem Handel als dem Betteln zu widmen, einer Fertigkeit, in der Rosina uns gründlich unterwiesen hatte. Damit ich möglichst armselig aussah, hatte sie mir das Gesicht mit Ruß geschwärzt und mich in ein gänzlich zerlumptes Kleid gesteckt. Eine glückliche Fügung wollte es, daß die Chaise der Baronin an jenem Tag am Markt vorbeifuhr, und als sie meiner ansichtig wurde, befahl sie dem Kutscher, die Pferde anzuhalten. Keine Sprache vermag zu beschreiben, was ich in dem Augenblick empfand, als unsere Blicke sich trafen. Es war ein Gefühl körperlicher Entrückung, als hätten mich plötzlich Flügel, von deren Existenz ich nichts geahnt hatte, in die Luft gehoben. Diese unbekannte Frau betrachtete mich mit einer Wärme und Zärtlichkeit, die ich nie zuvor erfahren hatte. Und was war sie für eine eindrucksvolle Erscheinung! Hätte man bei ihr Schönheit gesucht, so wäre man vielleicht enttäuscht worden, denn ihre Gesichtszüge entsprachen nicht den gängigen modischen Vorstellungen. Dennoch zogen sie einen augenblicklich in ihren Bann. Ihre Stirn war hoch und majestätisch, die Nase adlerartig, die Haut lag straff wie eine Maske über den hohen, vortretenden Wangenknochen, die ihr die Eleganz einer ägyptischen Königin verliehen. Ihr Gesichtsausdruck verriet einen Stolz, der geradezu einschüchternd wirkte. In der behandschuhten Hand hielt sie eine Blume (ich glaube, es war ein Edelweiß), mit der sie sich gedankenverloren über Hals und Wangen fuhr. Am fesselndsten aber waren ihre Augen – schmal und katzenhaft, die Farbe so kühl wie Silbermünzen in einem eisigen Teich. Als ich sie zum ersten Mal sah, flüsterte mir meine kindliche Vorstellungskraft zu: *Das sind Augen, wie Engel sie haben; sie können dir direkt ins Herz sehen.* Und ich zitterte bei dem Gedanken, daß diese Frau mich durch und durch erkannte. Als sie mich rief, rannte ich ohne Zögern zu ihr, als sei sie meine Mutter.

»Wem gehörst du, mein Kind?« fragte sie und lehnte sich aus der Kutsche, um mir mit ihrer Blume die verfilzten Haarsträhnen aus der Stirn zu streichen.

Sie sprach ein vornehmes, gepflegtes Italienisch, doch der Akzent verriet, daß ihre Muttersprache Französisch war. Sie freute sich, als ich ihr in ihrer Sprache antwortete – oder es zumindest stockend versuchte. Oft kamen französische Reisende in unser Dorf, um die Kirche zu besichtigen und sich auf dem Zigeunermarkt umzusehen. Toma und Rosina, die in mehreren Sprachen zu betteln und feilschen verstanden, hatten mir ein Gossenfranzösisch beigebracht, mit dem ich mich an reiche Besucher heranmachen sollte. In der Tat sprach ich ein buntes Gemisch aus allen Sprachen, die dazu dienen konnten, einem Reisenden eine Münze abzuschmeicheln. Die vornehmen Leute fanden es allerliebst, einem Zigeunerkind zu begegnen, das in ihrer Sprache daherplapperte.

»Mein Vater ist im Krieg«, antwortete ich munter. »Er ist ein großer Prinz.«

»Oh, tatsächlich? Das glaube ich gern. Du siehst ja auch aus wie ein Königskind.« Ich errötete und spürte zugleich einen freudigen Schauer.

Toma, der die Worte gehört hatte, packte die Gelegenheit sogleich beim Schopfe. »Das Mädchen geht jede Nacht hungrig zu Bett, und im Winter friert es.«

»Ach, wirklich? Ist Er sein Vormund?«

»Sein Vater, gnädige Frau.«

»Es sagt, sein Vater sei im Krieg.«

»Das Kind denkt sich Geschichten aus. Es ist mein eigenes liebes Töchterchen.«

Wie mir Mutter später erzählte, beschlichen sie mit jedem Wort, das Toma sprach, größere Zweifel an meinem Wohlergehen. Ganz offensichtlich war ich nicht vom selben Blut wie dieser Mann. Sie sah, daß ich aus seiner Familie herausstach wie ein Goldstück aus einem Haufen Unrat. Doch wie sie später erzählte, war dies nicht allein meiner hellen Haut und meinen blonden Locken zuzuschreiben: Es war das Leuchten, das von mir ausging, eine Art Glorienschein, wie Sonnenlicht, das durch einen Dunstschleier strahlt. Ich trug einen himmlischen Stempel, erklärte sie, durch den ich mich nicht nur von Tomas dunkelhäutiger Familie, sondern auch von allen anderen Menschen abhob. Meinen »strahlenden Geist« nannte sie ihn, ein Ausdruck, dessen volle Bedeutung mir erst Jahre später aufging, als sie ihn zum letzten Mal benutzte, wenige Augenblicke bevor der Tod ihr für immer die Lippen verschloß.

Die Baronin fürchtete, ich sei von diesem groben, betrügerischen Mann geraubt worden, denn die Zigeuner waren als Kindesentführer verschrien. »Er schuldet dem Mädchen eine weit bessere Fürsorge«, rügte sie. »Das gilt auch für Seine anderen Kinder.«

»Wie wahr, wie wahr!« bekannte Toma und wand sich unter ihrem Blick. Ich hatte ihn schon manches Mal so jammern hören, immer mit gekonnter Theatralik. »Ach, das Schicksal meint es schlecht mit mir, teure Frau! Das arme unschuldige Mädchen friert und hungert, weil ich nicht richtig für es sorgen kann – und wie Ihr seht, auch für meine anderen geliebten Kinder nicht. Krankheit und Elend haben mich zugrunde gerichtet. Könnt Ihr uns vielleicht etwas geben, um unsere Not zu lindern? Ein paar bescheidene Münzen würden schon reichen.«

Die Baronin durchbohrte Toma mit einem harten, unerschrockenen Blick und antwortete mit einer Frage: »Wieviel will Er für dieses Kind?«

Wenig überzeugend heuchelte Toma einen Moment lang

Bestürzung, dann aber begann er eifrig zu feilschen. Am Ende war er bereit, mich für einen einzigen venezianischen Dukaten herzugeben. Da starrte sie ihn mit so abgrundtiefer Verachtung an, daß er zusammenzuckte, als hätte ihn ein Peitschenhieb getroffen. »Ich würde für ein Pferd ohne Stammbaum mehr bezahlen«, sagte sie, nahm einen Goldflorin aus ihrem Geldbeutel und warf ihn vor seine Füße. »Ich gebe Ihm dies hier, um dem Kind die Kränkung zu ersparen.«

Keinen Augenblick hatte Toma beim Abschluß des Handels daran gedacht, seine Frau um Erlaubnis zu fragen. Kaum hatte Rosina gehört, daß mich die Baronin mitnehmen wollte, stürzte sie empört herbei und erhob Einspruch, doch ihr Mann brachte sie unverzüglich zum Schweigen.

»Sie hat mit Gold bezahlt! Mit *Gold*!«

»Ist das Seine Frau?« fragte die Baronin. Toma mußte bejahen. »Ich möchte gern mit ihr sprechen.«

»Die Frau ist eine Lügnerin«, begehrte er auf. »Sie erzählt lauter Lügen über mich. Man kann ihr kein Wort glauben.«

»Ich möchte trotzdem mit ihr sprechen. Allein.« Mit einem eisigen Blick auf Toma wartete sie darauf, daß er sich entfernte.

Er trat mißmutig einen Schritt zurück, die Faust fest um das Geldstück geballt. »Die Frau hat Geheimnisse«, brummte er. »Sogar vor mir. Vielleicht ist das gar nicht mein Kind. Wie kann ein Mann da sicher sein?« Endlich trottete er leise fluchend in Richtung Markt davon.

Die Baronin nahm Rosina zur Seite. Mehrere Minuten unterhielten sich die beiden Frauen mit gedämpfter Stimme. Ich konnte ihre Worte nicht hören, doch ich sah, daß Rosina die Tränen über die Wangen liefen. Und ich sah, daß die Baronin die Hand ausstreckte, um sie zu trösten. Was Rosina Mutter damals anvertraute, erfuhr ich erst viele Jahre später; ich wußte aber, daß sie von mir sprachen. Wie ich sie so aus einer kleinen Entfernung betrachtete, fiel mir zum ersten Mal auf, welch ungewöhnliche Erscheinung sie war. Sie war überdurchschnittlich groß für eine Frau und hielt sich kerzengerade. Am erstaunlichsten aber war ihre Kleidung. Die eleganten französischen Damen, die mir bislang begegnet waren, hatten immer prächtige Reifröcke getragen und gepuderte Perücken, die wie Türme auf ihren Köpfen balancierten. Diese Frau war völlig anders. Obwohl sie in einer vornehmen Kutsche reiste und eindeutig einem höheren Stande angehörte, war ihre Kleidung ausgesprochen schlicht. Sie trug keine Perücke, und ihr zu einem einfachen, festen Chignon geschlungenes Haar war nicht gepudert. Ihr Gehrock und die lange Halsbinde hätten einem Mann gehören können. Selbst ihr Rock hatte etwas gewagt Maskulines an sich, denn sie trug ihn so weit hochgerafft, daß ihre Stiefel sichtbar waren. Kam sie aus einem Land, wo Männer und Frauen sich gleich anzogen? Erst später wurde mir bewußt, daß diese Kleidung ein Abbild der fortschrittlichen Ansichten ihrer Zeit war, des Glaubens an die natürliche Einfachheit, die Monsieur Rousseau, der berühmteste Philosoph ihrer Heimat, so vehement verfocht.

Schließlich beendete sie das Gespräch mit Rosina, löste die Kette, die sie um den Hals trug, und drückte sie der Zigeunerin in die Hand.

»Komm, Elizabeth«, sagte sie und führte mich zu ihrer Chaise. »Möchtest du mit mir nach Hause kommen?«

Verwundert sah ich mich nach Rosina um, die wegeilte, um mir ein paar Kleidungsstücke zusammenzupacken. Als sie wiederkam, glitzerten Tränen in ihren Augen. Durfte ich gehen? Sie nickte ernst und sagte: »Ja, geh nur, mein Kleines.« Dann beugte sie sich zu mir herunter, gab mir einen Abschiedskuß und flüsterte: »Du kannst dieser gütigen Dame vertrauen.«

Ich stieg in die Kutsche, ängstlich bemüht, mir möglichst viel von dem Ruß aus dem Gesicht zu reiben. Ein letztes Mal drehte ich mich noch um und winkte meiner Ziehmutter zu, die ich nie mehr wiedersehen sollte. Wie oft habe ich den Engeln, die über mich wachen, schon gedankt, daß ich, die ich ja tatsächlich verkauft wurde, zu einer Frau kam, die es wirklich gut mit mir meinte. Denn ebensogut hätte ich an jemanden verschachert werden können, der mir das erniedrigende Dasein einer Sklavin aufgezwungen hätte.

Kaum lag der Marktplatz von Treviglio hinter uns, zog die Baronin ihre Handschuhe aus, beugte sich zu mir herüber und fuhr mir mit langen, feingliedrigen Fingern über die Stirn. Sie strich mein Haar zur Seite, und ich merkte, daß sie nach der Narbe auf meiner Schläfe tastete. Als sie sie fand, wurden ihre Augen noch trauriger als zuvor. »Du armes Kind!« flüsterte sie in einem Ton, der meine Augen feucht werden ließ. Dann nahm sie mich in die Arme, und ich fühlte mich augenblicklich getröstet.

Ich entsinne mich nicht, daß ich auch nur einen Moment zögerte, ihr zu folgen. Es leitete mich einzig mein kindlicher Instinkt, doch er war mir ein guter Ratgeber. Das Vertrauen, das ich dieser Fremden entgegenbrachte, war spontan und tief. Zum ersten Mal in meinem Leben hatte ich das Gefühl, mit einem Menschen meines Standes zusammenzusein. Und außerdem spürte ich tief im Herzen, daß diese Frau in einer Weise, die ich nicht einmal jetzt in Worte fassen kann, meine geistige Mutter war – eine Mutter, der mehr an meiner Seele als an meinem Leib gelegen war.

Wie Victor in mein Leben trat

Auf der Heimreise erzählte mir die Baronin von ihren anderen Kindern, den beiden Knaben, die sich, so versicherte sie mir, sehr freuen würden, mich zur Schwester zu bekommen. Ernest, der jüngere, war fast gleich alt wie ich; sie sagte, er sei schüchtern und benötige viel Geduld. Und so war es auch: Er war ein wortkarger, verdrießlicher Bursche, dessen stumpfer Geist seinen Eltern Sorge bereitete. Da er sowohl scheu als auch zurückgeblieben war, hing er stets an den Rockschößen seiner Mutter. Kaum betrat sie das Haus, kam er gerannt und drückte sich an sie wie ein verängstigter Welpe, der Schutz sucht. Wegen seines übermäßigen Bedürfnisses nach mütterlicher Zuwendung mißgönnte mir Ernest von Anfang an meinen Platz in der Familie, eine kindische Eifersucht, die sich zu lebenslanger Feindseligkeit auswachsen sollte. In seinen Augen blieb ich immer nur das Zigeunerfindelkind, das ihm die Liebe seiner Mutter gestohlen hatte. Sein zwei Jahre älterer Bruder war so völlig anders, daß es schwerfiel zu glauben, daß die beiden zur selben Familie gehörten. Ich war am Abend unserer Ankunft zu schläfrig, um ihn in Augenschein zu nehmen, doch dafür war er das erste, was ich erblickte, als ich am nächsten Tag erwachte. Der Schrecken jener Begegnung ist mir noch in lebhafter Erinnerung.

Als wir die Villa am Comer See erreichten, war es schon dunkel, und der Schlaf hatte mich übermannt. Ich habe keinerlei Erinnerung daran, wie ich aus der Kutsche gehoben und von wartenden Dienstboten ins Haus getragen wurde. In jener ersten Nacht wurde ich ungewaschen in meinen armseligen Lumpen auf einen Diwan im Schlafzimmer der Baronin gebettet. Ich schlief gut und tief und erwachte erst früh am nächsten Nachmittag wieder. Als ich die Augen aufschlug, bot sich mir das entsetzlichste Bild, das ich je gesehen hatte, eine wilde, blutverschmierte Fratze, übersät mit Narben, aus der mich zwei glühende, vortretende Augen drohend anstarrten. Der Kopf war von Federn umrandet. Da hob das schreckliche Wesen die Arme, und ich sah, daß es keine Hände, sondern zangenartige Klauen hatte. *»Das ist der Vogelmann!«* durchzuckte es mich, denn dieser hatte seit kurzem begonnen, mich im Schlaf heimzusuchen. In panischer Angst fuhr ich auf und schrie.

Zu meinem Erstaunen brach das Ungeheuer in lautes Gelächter aus. Das Lachen eines Knaben! *»Non ha paura, piccola ragazza!«* sagte er in holprigem Italienisch. *»Non ti preoccupi. Non ti farò male.«*

»Bist du wirklich?«

»Aber freilich. Da, sieh selbst!« Er streckte eine Klaue aus, um mein Gesicht zu berühren. Ich zuckte zurück und stieß noch einen Schrei aus. Da trat die Baronin ins Zimmer.

»Hör auf!« rief sie und zog das Ungeheuer von mir weg. »Siehst du nicht, daß du ihr angst machst?« Sie setzte sich und nahm mich in die Arme. »Keine Angst, das ist nur Victor. Erinnerst du dich? Ich habe dir gestern auf der Reise von ihm erzählt.«

»Sieht er denn *so* aus?« fragte ich.

»Natürlich nicht«, sagte der Knabe. »Siehst du denn nicht, daß ich bloß ...«

Er suchte nach dem richtigen Wort und fiel schließlich ins Französische zurück.

»Ja«, sagte die Baronin, »Victor hat sich nur ›verkleidet‹. Du brauchst dich nicht zu ängstigen. Komm her«, befahl sie ihrem Sohn, »und entledige dich dieses fürchterlichen Kostüms.« Der Knabe schickte sich an, die Farbe aus seinem Gesicht zu reiben, und zog die klauenförmigen Handschuhe aus.

»Jetzt hör mir gut zu, Victor«, fuhr die Baronin fort und zog ihn dicht zu sich hin. Ich weiß noch genau, wie andächtig er an seiner Mutter Lippen hing. Sie übersetzte jeden französischen Satz für mich ins Italienische. Obgleich er immer noch mit den abscheulichen Farben des Ungeheuers beschmiert war, als das er sich verkleidet hatte, war deutlich zu erkennen, welch großen Respekt Victor vor ihr hatte. »Elizabeth soll deine Schwester werden – und, so hoffe ich, weit mehr als das. Sie ist mein schönstes Geschenk für dich, eine Kostbarkeit von unschätzbarem Wert. Vielleicht begreifst du jetzt noch nicht, was ich damit meine, doch eines Tages wirst du es verstehen. Du sollst sie lieben und ehren, als sei sie deine Seelengefährtin.«

Victor blickte von seiner Mutter zu mir und starrte mich lange prüfend an. Ich spürte, wie ich unter seinem Blick vor Verlegenheit errötete, denn ich verstand noch weniger als er, was die Worte der Baronin zu bedeuten hatten. Schließlich nahm sie meine Hand und legte sie in Victors.

»Ich bin hier, um dich zu beschützen«, sagte der Knabe auf Geheiß seiner Mutter, so feierlich, als legte er einen Eid ab. »Ich werde dich immer beschützen, kleine Elizabeth.«

»Du hast mich nicht beschützt. Du hast mir Angst eingejagt«, widersprach ich und klammerte mich an die Baronin.

Einen Augenblick lang stieg ihm die Schamröte ins Gesicht. Doch schnell faßte er sich wieder. »Ach das. Das war doch nur ein Spiel. Ein kleiner Spaß.«

»Er hat meine Mutter umgebracht«, flüsterte ich, während ich mich tiefer in ihren Armen vergrub.

»Was sagt sie da?« rief Victor mit ehrlicher Bestürzung. »Ihre Mutter umgebracht? Was meint sie bloß?«

»Vogelmann«, war alles, was ich herausbrachte. »Vogelmann! Vogelmann!«

Erst viel später an jenem Tag sah ich Victor ohne die abscheuliche Verkleidung. Der Gegensatz zwischen dem häßlichen Ding, zu dem er sich gemacht hatte, und seinem wirklichen Aussehen hätte größer nicht sein können. Denn er war, so fand ich, das hübscheste Geschöpf, das ich je gesehen hatte, die Züge so ebenmäßig und engelhaft, daß man ihn für ein Mädchen hätte halten können. Sein Haar, nicht ganz so hell wie meines, war flachsblond und wild gelockt; es war so lange nicht mehr geschnitten worden, daß es wie ein Heiligenschein sein Gesicht umrahmte. Seine Augen waren die seiner Mutter, von silbernem Eisblau, groß und durchdringend. Er war der erste Knabe, dessen Schönheit wahrzunehmen ich Gelegenheit hatte. Nach unserer unerfreulichen ersten Begegnung behandelte er mich mit Demut und Beflissenheit, als wolle er mich auf Schritt und Tritt davon überzeugen, daß er ganz und gar kein Ungeheuer war. In der Tat schien er die Bemerkung der Baronin, ich sei ein Geschenk an ihn, das er mit äußerster Zuvorkommenheit zu behandeln habe, sehr ernst zu nehmen. An unserem letzten vollen Tag am Comer See, als die Familie sich zur Reise rüstete, kam er, die Hände hinter dem Rücken verborgen, mit einem stolzen Grinsen auf mich zu.

»Das ist für dich«, sagte er und zog ein kleines Päckchen hervor. »Hoffentlich gefällt es dir. Es ist ein Willkommensgeschenk.«

Das Päckchen, das er mir in die Hand legte, war etwa so groß wie ein dünnes Buch. Als ich es auspackte, kam ein flaches Glaskästchen zum Vorschein, in dem ein herrlich bunter Schmetterling lag, der beinahe so groß war wie meine Hand. Er war säuberlich auf eine purpurne Samtunterlage gespießt und sah so vollkommen aus, daß ich zuerst dachte, er sei vielleicht von Menschenhand geschaffen.

»Ist er echt?« fragte ich.

»Ja, natürlich. Es ist mein schönstes Präparat. Verstehst du ›Präparat‹? *Una cosa morta… da studiare?* Ich habe ihn im letzten Sommer gefangen und ihn dann präpariert, wie du siehst.«

»Ich habe noch nie einen so großen Schmetterling gesehen.«

»Es ist ein Schwärmer, kein Schmetterling. Ein *Acher-ontia a-tro-pos.*« Er sprach den Namen langsam und genüßlich aus, in der klaren Hoffnung, mich damit zu beeindrucken. »So nennen ihn die Wissenschaftler. Unwissende Leute sagen Totenkopfschwärmer dazu, wegen seiner Zeichnung, siehst du? Ich habe eine Sammlung von über hundert Exemplaren. Aber das ist mein bestes. Manchmal fallen die Flügel ab, wenn man den Lack aufträgt. Aber dieser ist tadellos erhalten. Darum möchte ich ihn dir schenken.«

»Wo findest du die Präparate?«

»Man muß ständig nach ihnen Ausschau halten. Jedes wird auf eine andere Art gefangen. Schwärmer fängt man so, siehst du? Mit einem Netz.«

»Sind sie denn nicht tot, wenn du sie fängst?«

»Nein. Man fängt sie lebend und tötet sie dann. Das ist ja der Sinn der Sache.«

»Töten?«

»Ja. *Uccidi li.*«

»Hast du all deine Präparate getötet?«

»Natürlich. Das tun Naturforscher nun einmal.«

»Wie hast du das denn gemacht?«

»Meistens erstickt man sie, damit keine Spuren zurückbleiben. *Asfissiare.* Man sperrt sie in ein Glas und schraubt den Deckel fest zu. *Tu capisci? No aria.* Dann wartet man, bis sie tot sind, das ist alles. Man kann auf diese Weise alles töten, sofern es sich in einen dicht verschließbaren Behälter packen läßt.«

»Was hast du schon alles getötet?«

»Bloß Mäuse und Insekten. Ach ja, und einmal eine Schlange. Bei Schlangen dauert es länger.«

»Und warum hast du sie getötet?«

Er zuckte verwundert die Schulter. »Damit ich sie genauer untersuchen kann. Wenn etwas tot ist, kann man es aufschneiden und hineinschauen, um zu sehen, wie es funktioniert.«

»Aber wieso mußt du die Dinge untersuchen? Kannst du sie nicht einfach anschauen und bewundern? Schmetterlinge – Schwärmer – sind wunderhübsch anzusehen, wenn sie lebendig sind.«

Victor runzelte verständnislos die Stirn. »Wozu soll das gut sein? Hübsche Dinge anschauen kann jeder. Aber was lernt man dabei?« Er spürte meine Zweifel. »Möchtest du den Falter nicht haben?« fragte er. Seine Stimme klang verletzt.

»Oh doch. Er ist wunderschön. Danke, Victor.«

Und ich sah, daß er sich freute.

Als wir am nächsten Tag zur Abreise bereit waren, reichte die Reisetasche, die mir die Baronin geliehen hatte, kaum aus, um all die Kleider und Schmucksachen zu verstauen, die sie für mich in den Dörfern der Umgebung zusammengekauft hatte. Ich, die es gewohnt war, barfüßig auf der Straße herumzulaufen, besaß nun auf einmal Stiefel und Schuhe für jeden Tag der Woche. Gleichwohl versicherte mir meine neue Mutter, daß diese mehr als umfangreiche Garderobe nur provisorisch sei. In Genf würden wir bald richtig einkaufen gehen. Und dann war da noch Victors Geschenk, die arme tote Kreatur, die dazu verurteilt war, für immer und ewig die Schönheit zur Schau zu stellen, die ihr das Leben gekostet hatte. Eigentlich hätte es mir teurer sein sollen als alles andere, doch ich hatte bereits beschlossen, nie wieder einen Blick darauf zu werfen.

Unsere Reise zum Familiensitz der Frankensteins erschien

mir als regelrechte Odyssee. Ich hatte keine Ahnung, wo jener Genf genannte Ort sich befinden mochte; ich wußte aber, daß die Schweiz jenseits der Berge lag, die in der Ferne den westlichen Horizont meines Dorfes begrenzten. Als wir uns ihnen näherten, sah ich, daß die Gipfel, die ich von Treviglio aus gesehen hatte, nur die Ausläufer des dahinterliegenden Gebirgsmassivs waren. Erst als wir eine volle Tagesreise hinter uns hatten, tauchten die mächtigen Alpen vor uns auf wie die Zinnen einer riesigen Burg. Danach zogen uns die sechs kräftigen Pferde, die vor unsere Kutsche gespannt waren, tagelang mühselig immer höher in die schneidende, frostklirrende Luft der verschneiten Pässe hinauf. Warm und geborgen in den behaglichen Plüschpolstern, blickte ich aus dem Fenster staunend auf Gletscher, die so groß, und auf Schluchten, die so tief waren, daß mir ganz schwindlig wurde. Die Unermeßlichkeit dessen, was ich sah, war schlicht atemberaubend. Sie übertraf all meine Erwartungen derart, daß ich nur mit äußerster Anstrengung zu glauben vermochte, daß diese Berggipfel Teil derselben Erde waren, auf der ich jeden Tag herumspazierte. Als wir tiefer in die alpine Einöde vordrangen, verschwand die Erde dann tatsächlich. Manchmal konnte ich durch die dichten Wolkenfetzen, die in den Schluchten wirbelten, und die gespenstischen Nebelschleier, die sich über die Kutschenfenster legten, stundenlang nichts von der Welt unter oder um uns sehen. Bei manchen scharfen Kurven verschwand sogar die Straße, auf der wir fuhren; statt dessen zauberten die Sonnenstrahlen, die hin und wieder durch den Sprühnebel der Wasserfälle stachen, bunte Regenbogenbrücken über die Abgründe. Dieserart von den Elementen bedrängt, begann ich mir auszumalen, daß wir geradewegs in ein himmlisches Königreich fuhren.

Wir reisten, wie es nur eine wohlhabende Adelsfamilie vermochte, begleitet von mehreren Wagen, die unser Gepäck beförderten, und einem Dutzend kräftiger Säumer auf Maultieren. Die Straße vor uns verlief in endlosen, ständig steiler werdenden Serpentinen. Wir kamen nur langsam voran und wurden manches Mal von heftigen Sturmwinden heimgesucht, die an unserer Kutsche rüttelten und den schmalen Pfad unter ihren Rädern übel zurichteten; dann mußten wir uns bis zu einer Wegstunde auf den Maultieren oder zu Fuß weiterbewegen und versuchen, uns so gut wie möglich vor den Unbilden der Witterung zu schützen, während unsere Leute sich abmühten, die Gefährte sicher über das tückische Gelände zu leiten. Manchmal, wenn die Kutscher sich mit unglaublichem Geschick durch enge Windungen und über schmale Felsbänder vorkämpften, die sich kaum von den schroffen Wänden abhoben, zog ich mir die Decke über die Augen, da ich fürchtete, wir würden im nächsten Augenblick über die bröckelnden Wegränder in den Tod stürzen.

Zuweilen brachten die schwindelerregenden Höhen und das unablässige Geholper des Wagens meinen Magen durcheinander, und mir wurde furchtbar übel. Doch die Baronin hatte vorsorglich Stahlwasser und einen Beruhigungstrank mitgenommen, der mich in Schlaf sinken ließ. Mir gegenüber in der rüttelnden Kutsche saß der Baron, der mich nachdenklich betrachtete, als fragte er sich, was für eine kleine Wilde seine Gemahlin da in die Familie gebracht hatte. Er war ein leutseliger Mann, einen ganzen Kopf kleiner als seine Frau und ziemlich beleibt. Seine hohe Stirn ging über den Augen in große, buschige Brauen über, die lustig auf und ab tanzten, wenn er sich im Gespräch ereiferte. Seine große Nase war an der Spitze so rot, als sei sie poliert worden; darunter wuchs ein dichter Schnurrbart, der steif gewichst und an den Enden gezwirbelt war. In der Kutsche trug er keine Perücke, sondern hatte einen wallenden Turban um seinen kahlen Kopf gewickelt. »Keine Angst, Kleines«, beruhigte mich der Baron, wenn er sah, daß ich mich fürchtete. »Meine Kutscher sind die besten in ganz Europa. Sie bewegen sich in diesen Bergen sicherer als ein Steinbock.« Dann nahm er mich auf die Knie und deutete auf die hohen Gipfel, die zu beiden Seiten aufragten; er nannte sie alle bei ihrem Namen, als seien es gute alte Freunde, denn er schien auf seinen Wanderungen jeden einzelnen von ihnen kennengelernt zu haben. Mir zuliebe ließ er die Kutsche anhalten, kurz bevor wir die felsige Einöde des großen Passes erreichten, der nach Sankt Gotthard benannt ist, so daß ich einen letzten Blick auf das Tal werfen konnte, in dem ich meine bisherigen Jahre verbracht hatte. »Auf dieser Seite des Passes«, erklärte er, mit einer ausladenen Bewegung die großartige Landschaft umfassend, »warst du eine Bettlerin. Auf der anderen Seite aber wirst du eine Prinzessin sein. Sind diese Berge nicht eine würdige Barriere, um eine derart bedeutende Veränderung in deinem Leben zu kennzeichnen?«

Ich verlor bald schon meine kindliche Scheu vor diesem herzlichen Mann, der über einen unerschöpflichen Vorrat an kurzweiligen Spielen und Geschichten zu verfügen schien. Am fesselndsten waren die Erzählungen über die vielen verfallenen Burgen und Einsiedeleien, an denen unser Weg vorbeiführte. Diese Zeugen längst vergangener Zeiten, die sich allerorten an die Hänge schmiegten, besaßen alle eine Geschichte, die dem Baron geläufig war. Kind, das ich war, konnte ich nicht beurteilen, ob seine Erzählungen der Wahrheit entsprachen, spannend waren sie auf jeden Fall. Da war die Rede von Unglück und Vergeltung, von Verschwörungen und Komplotten, von Duellen und Meucheleien – und auch von übernatürlichen Geschehnissen. Es schien, daß es keine Ruine gab, die nicht mit einem schrecklichen Fluch behaftet war und von Dämonen und Geistern heimgesucht wurde.

Der Baron erzählte seine packenden Geschichten so gekonnt, daß ich die pädagogische Absicht kaum bemerkte. Er machte sich nämlich meine kindliche Wißbegierde zunutze, um mich in meine neue Sprache einzuführen. So wechselte er beim Erzählen ständig zwischen dem mir vertrauten Italienisch und dem gepflegten, vornehmen Französisch, das ich lernen sollte, hin und her. »Das Mädchen spricht das Italienisch der Renaissance«, erklärte er, »jetzt soll es das Französisch der Aufklärung lernen. Und so wird diese Reise den Fortschritt der Menschheit rekapitulieren.« Auch die Baronin trug ihren Teil zum Unterricht bei und bemühte sich, sowohl das Italienisch ihres Sohnes als auch mein Französisch zu verbessern. Niemand aber fand größeren Gefallen an diesem Spiel als Victor, der die gruseligen Geschichten begeistert ausschmückte. Auf seiner Schiefertafel schrieb und zeichnete er alles, was sein Vater erzählte. Wenn der Baron uns auf eine Klosterruine in der Ferne aufmerksam machte und über die bösen Geister sprach, die dort wohl auf dem Friedhof umgingen, zeichnete Victor auf seiner Schiefertafel sogleich ein Grab, darüber eine Mondsichel und schließlich den Dämon, der zum offenen Sarg schlich.

»Siehst du? Er packt die Leiche. Ah! Aber die Leiche ist gar nicht tot. Sie lebt! Sie streckt ihre knochige Hand aus. Da, sieh nur! Sie packt den Dämon bei der Kehle.« Vor meinen erstaunten Augen spielte Victor das Drama vor, indem er sich auf den Kutschenboden warf, sich theatralisch wand und mit beiden Händen seine Kehle umfaßte – was den Baron sehr erheiterte. Mutter dagegen fand Victors Benehmen ganz unmöglich und äußerte ihr Mißfallen, denn sie fürchtete, daß er mich und Ernest ängstigen könnte.

»Aber ich bitte dich, meine Liebe!« schalt der Baron. »So lernt das Mädchen. Es wird jedes Wort dieser erstaunlichen Geschichte behalten. Mach weiter, Victor! Sei dramatisch! Sei überschwenglich! Bring das Kind zum Staunen!« Er lachte schallend. »Bei Gott, bis wir zu Hause sind, wird sie mehr Französisch verstehen als König Ludwig – denn nach der Konversation dieses Einfaltspinsels zu schließen, besteht sein Vokabular bestenfalls aus vierzig Wörtern.«

Das war also mein neuer Vater: so aufmerksam und liebenswürdig, wie ich ihn mir nur wünschen konnte. Nie spürte ich bei ihm den geringsten Vorbehalt gegen meine Aufnahme in die Familie. Es schien ihm nichts auszumachen, daß seine Gattin entschieden hatte, ihm eine Tochter zu kaufen, ohne die Angelegenheit wenigstens vorher mit ihm zu besprechen. Ihr Glück war ihm heilig, und wenn das bedeutete, ein ungewaschenes Findelkind in die Familie aufzunehmen, dann wurde dieses Kind eben aufgenommen. Ich erlebte auch, welch großes Vergnügen meinen neuen Eltern ihre Gespräche bereiteten, denn sie führten während der ganzen Reise eine gelehrte Konversation. Mein Französisch reichte noch nicht aus, um ihren Worten zu folgen, aber ich hätte wohl auch dann nur wenig verstanden, wenn sie in einer Sprache gesprochen hätten, derer ich mächtig war. Sie schienen die ganze Welt im Kopf zu haben und redeten ausführlich über die Angelegenheiten ferner Länder und Völker, von denen ich nicht einmal gewußt hatte, daß sie existierten. Meine neue Familie lebte in höheren Gefilden und atmete eine Luft, die so frisch und belebend war wie diejenige über diesen Berggipfeln. Sie redeten über Kriege, Geschäfte und Fragen des Glaubens, über Literatur, Philosophie und neue Erfindungen. Vor allen Dingen sprachen sie über die Natur, und zwar nicht nur über die großartige Berglandschaft, die uns umgab, sondern auch über Sterne und Planeten am Ende des Universums. Mir wurde bald klar, daß diese ebenfalls zu jener neuen Welt gehörten, die sich mir auftat, denn der Baron verbrachte viel Zeit mit ihrer Erforschung. Ich erfuhr, daß die Wagen hinter uns nicht nur ganze Ladungen von Büchern beförderten, die der Baron in italienischen Städten erstanden hatte, sondern auch ein Gerät, das Teleskop genannt wurde, mit dem man die entferntesten Gestirne betrachten konnte, als stünden sie direkt vor dem Fenster. All dies erwartete mich am Ende unserer Reise: ein neues Heim, ein neues Land, ein neues Universum.

Ich gewöhnte mir an, beim Dösen in der Kutsche meinen Kopf in Victors Schoß zu legen. Es machte ihm Freude, mir langsam und beruhigend übers Haar zu streicheln, während ich allmählich einschlummerte. Dabei sang er mir kleine Liedchen vor, in denen sich die Wörter meiner neuen Sprache mit kindlichen Bildern verbanden, die mir noch heute im Gedächtnis sind. Als unsere Reise zu Ende war, bestand zwischen uns eine so vortreffliche Kameradschaft, daß man hätte meinen können, wir seien schon unser Leben lang Bruder und Schwester gewesen.

Belrive

»Heute nacht, liebes Kind, wirst du auf den Gebeinen barbarischer Könige schlafen.« Das verkündete der Baron, als unsere Kutsche nach Tagen holpriger Fahrt endlich in die gewundene Straße einbog, die zu den Toren des Frankensteinschen Anwesens führte.

»Tatsächlich?« Ich blickte fragend um mich.

»Jawohl. Belrive ist nämlich uralt. Den Grundstein könnte in der Tat Karl der Große gelegt haben. Und tief unter dem Fundament haben wir die Schädel von helvetischen Stammeshäuptlingen gefunden, die durch den Staub zu uns emporgrinsten. Finstere Zeiten, mein Kind, finstere Zeiten. Die Zeugnisse von Wahnsinn, Grausamkeit und Ignoranz ruhen jetzt alle in der modernden Erde. Gott sei Dank!«

Wir waren in den Alpentälern an vielen Châteaux vorbeigekommen, manche von ihnen alte, achtunggebietende Festungen, andere kaum mehr als zerfallene Ruinen. Welcher dieser Burgen mochte wohl mein neues Heim gleichen, fragte ich mich mit wachsender Spannung, als unser Wagen ächzend über die letzten Höhen fuhr, ehe sich kristallklar und glatt der Genfer See vor uns ausbreitete. Doch als wollte es sich bis zum letzten Augenblick vor mir verstecken, machte sich Belrive von der Straße her unsichtbar. Als wir die steilen Hänge über dem See hinaufkletterten, sah ich nur den dunklen Wald aus uralten Eichen und hochgewachsenen Lärchen, hinter dem das Anwesen verborgen lag. Selbst auf der Auffahrt, die zum Eingangstor führte, neigten sich zu beiden Seiten die Bäume tief hinunter, als ob sie mir die Sicht verdecken wollten. Dann, plötzlich, hörten die Bäume auf, und vor uns lag ein sonniger Garten, wo säuberlich gestutzte Büsche auf dem samtiggrünen Rasen standen wie Soldaten in Habachtstellung – da sah ich das Château Belrive zum ersten Mal.

Es bot einen wahrhaft überwältigenden Anblick. Die großzügige, rosenbewachsene Fassade aus blankem Granit glänzte im Sonnenlicht; das Gebäude war ganze vier Stockwerke hoch und auf jeder Seite von einem stattlichen Turm flankiert, dessen schmaler Schornstein und beflaggte Spitze nochmals einige Meter höher aufragten. Der Bau hatte etwas derart Majestätisches an sich, daß es mich nicht überrascht hätte, wenn man ihm eine Huldigung hätte darbringen müssen, ehe man ihn betreten durfte.

Als wir näher kamen, erzählte mir der Baron stolz, daß der Gebäudeflügel, der sich so gefällig vor uns erstreckte, ein Anbau war, den seine Familie hinzugefügt hatte. Er und sein Vater hatten diese alte kriegerische Festung, deren Zinnen noch immer mit verrosteten Kanonen bestückt waren, gewissermaßen »zivilisiert«. Der neuere Teil des Hauses glich in der Tat weniger einer Burg denn einem herrschaftlichen Anwesen – elegant, aber in meinen Augen viel zu groß, denn abgesehen von Kirchen, die für ganze Scharen von Menschen gebaut waren, hatte ich in meinem ganzen Leben noch nie ein ähnlich riesiges Gebäude gesehen. Doch erst als die Kutsche in einem Innenhof hielt, erkannte ich Belrives wahre Dimensionen und seinen vielschichtigen Charakter. Denn der neuere Teil des Hauses war an zwei bedeutend ältere Flügel angebaut, die sich im Aussehen deutlich von ihm unterschieden. »All dies überlassen wir der Vergangenheit«, erklärte der Baron mit einer ausladenden Handbewegung. »Wir lagern dort die Dinge, für die wir keine Verwendung mehr haben.«

Der erhalten gebliebene alte Teil hatte noch das strenge Aussehen der Festung, die er einstmals gewesen war. Hier hatten die Türme statt Fenstern nur schmale Schießscharten, und zerfallene Befestigungen säumten die Dächer. Im Laufe der Jahrhunderte hatten sich die verwitterten Steine in einen dicken Mantel aus Reben gehüllt, der das Ganze wie ein riesiges Gewächs wirken ließ, das eines Tages aus der Erde gesprossen war.

»Lebt hier niemand?« fragte ich, als ich aus der Kutsche stieg, denn die düstere Ruine hatte mich sogleich in ihren Bann gezogen.

»Nur Ungeziefer und Fledermäuse unter dem Dach.«

»Und Gespenster!« fügte Victor schelmisch hinzu, doch inzwischen wußte ich, daß er nur Spaß machte.

»Nein, junger Mann«, entgegnete der Baron. »Die Gespenster haben wir alle hinter uns gelassen. In meinem Haus soll keines Aufnahme finden. Sie sind aus unserem Zeitalter verbannt. Alles nur Schatten der Vergangenheit.«

Ich konnte mir nicht vorstellen, daß ich Belrive jemals mein »Zuhause« nennen könnte, zu gewaltig war der Unterschied zu der ärmlichen Behausung, wo ich mein bisheriges Leben verbracht hatte. Wiewohl es nicht der einzige Sitz der Familie war (sie besaß auch ein Landhaus auf der anderen Seite des Sees und ein Chalet in den nahen Bergen), erschien mir Belrive als Palast, der eines Kaisers würdig gewesen wäre. In den oberen Stockwerken gab es geräumige Zimmer, die zwar prächtig ausgestattet und stets gesäubert waren, aber nur gelegentlich von Gästen benutzt wurden. Eines davon würde jetzt mir gehören: »Elizabeths Zimmer«, so sollte es genannt werden. Und es sollte nach meinen Wünschen vollkommen neu eingerichtet werden – wenn ich mir auch kaum vorstellen konnte, in welcher Weise. Denn was wußte ich schon von Möbeln, Vorhängen und Bettzeug? Der Wagen, in dem Rosinas Familie lebte, war kleiner gewesen als dieses eine Zimmer, und die Einrichtung hatte nur aus Trödel bestanden. Ich hatte so lange auf Stroh und grobem Sackleinen geschlafen, daß ich mich fast schämte, meine Glieder auf weiche, frisch gewaschene Laken zu betten. Selbst wenn kein einziges Möbelstück darin gestanden hätte, hätte mich dieses Zimmer wochenlang entzücken können, denn seine Aussicht war unendlich reizvoll. Ich brauchte nur einmal den Kopf zu drehen, um von den wolkenverhangenen Jurahügeln über dem See bis zu den schneebedeckten Gipfeln im Osten zu blicken. Mit einem Fernglas, das Victor mir gab, konnte ich die Segelboote auf dem See beobachten und ihren Kurs bis zum weit entfernten Hafen von Genf verfolgen, das sich wie eine winzige Spielzeugstadt über der Mole erhob. Wenn der Wind aus der richtigen Richtung wehte, hörte ich ganz schwach die Glocken der großen Kathedrale; und nachts, wenn die Stadtbewohner ihre Kerzen anzündeten, leuchtete Genf wie eine schmale, goldene Milchstraße.

Das Haus und seine Familie besaß eine lange, ruhmreiche Geschichte. Das Geschlecht der Frankensteins ließ sich bis zu den barbarischen Anfängen der deutschen Geschichte zurückverfolgen. Ihr Wappen zeigte sie als sagenumwobene Drachentöter und Kreuzritter; ihr Name war unter den deutschen Rittern aufgeführt, welche die einfallenden Horden aus dem heidnischen Morgenland vertrieben. Während des Dreißigjährigen Krieges erlebte die Familie unruhige Zeiten. Als die Landgrafen von Hessen, von alters her ihre Lehnsherren, zu Verfechtern der lutherischen Sache wurden, mußten die katholischen Frankensteins ihren Stammsitz verlassen und aus dem Lande Hessen fliehen. Da sie durch Heirat mit dem Herzogtum Savoyen verbunden waren, fanden sie ein neues Heim in Collonges und erhielten schließlich den Baronstitel. Belrive, das Anwesen, das zu dem Titel gehörte, war alles andere als vielversprechend. Nach typisch mittelalterlicher Manier aus kargen, verwahrlosten Ländereien zusammengewürfelt, erstreckte es sich von dem verlassenen Hafen am Genfer See bis weit in die wilde Einöde der Voirons. Das Château war kaum mehr als ein zerfallender Steinhaufen, in dem sich Eulen und Füchse eingenistet hatten; die einst so stattliche Savoyerfestung hätte nicht einmal mehr die vor ihr liegende Straße gegen einen sanften Frühlingswind verteidigen können. Das Land, das seit Generationen von rückständigen Bauern bestellt wurde, die sich jeglicher Veränderung widersetzten, hätte in den Händen einer weniger tatkräftigen Herrschaft wohl nur Schulden und Händel hervorgebracht.

Der erste Baron Frankenstein aber war von einem schonungslosen Veränderungswillen beseelt. Durch unermüdliches Umgraben, Entwässern und Düngen erreichte er, daß Belrives fruchtbare Weinberge wieder bewirtschaftet wurden und auf den Weiden große Viehherden weideten. Außerdem machte er den schwerfälligen Pächtern unmißverständlich klar, daß nun ein neuer Wind wehte. Er setzte die Verwendung des Pferdepfluges und den Anbau von Winterrüben durch und erzielte so den besten Pachtertrag weit und breit. Dennoch wäre die Familie vermutlich nie zu wirklicher Größe aufgestiegen, hätte der Baron nicht die gängigen Standesdünkel abgelegt und den ältesten Sohn in die Stadt geschickt, wo er sein Glück im Geschäftsleben versuchen sollte. Bei einem führenden Genfer Bankhaus lernte François Frankenstein die Kunst des Geldverleihs, die er binnen kurzem meisterlich beherrschte. Dank seiner verwandtschaftlichen Beziehungen wurde er Hofbankier des Hauses Savoyen und war bald schon ein wohlhabender Mann.

»Wie alle ihrer aussterbenden Gattung«, erklärte der Baron mit sichtlichem Vergnügen, »liebten die Savoyarden nichts so sehr wie den Krieg. Und weshalb sollte ihnen ein ehrlicher Bankier die Mittel für ihre eigene Vernichtung verweigern? Aber nicht die Waffen waren ihr Untergang, sondern das Geld. Geld, das auf dem Schlachtfeld verfeuert wurde. Oh, diese noblen Schurken sind fette Schuldner! Mein Vater saugte sie gründlich aus, jawohl – aber er tat es mit den vortrefflichsten Manieren. Er verpflichtete sie auf wucherische Verträge, während er sich an ihrer Tafel an Tauben und Champagner gütlich tat. Denn schließlich war er der Sohn eines Barons und nicht nur ein beliebiger Genfer Geldverleiher.«

Dann wurde François selbst Baron – wenn auch eher widerstrebend. Denn, so wurde mir erklärt, nichts belastet das Gewissen eines republikanischen Genfers stärker, als einen Titel zu tragen, besonders, wenn dieser Titel von papistischen Halunken wie den Savoyarden stammt. Es gab Bankierskollegen, die ihn deswegen unbarmherzig verspotteten. »Aber um der Wahrheit die Ehre zu geben«, prahlte der Baron, »das Geld unserer Familie hat mehr dazu beigetragen, Genfs Unabhängigkeit zu sichern, als alle Mauern, die unsere Stadtväter je gebaut haben. Denn mit dem Daumen auf dem Geldbeutel kann ein taktvoller Bankier selbst den mächtigsten Kriegsherrn nach seiner Pfeife tanzen lassen.

Als er den Titel erbte, war mein Vater der überzeugteste Bürger, den die Stadt je gesehen hatte, und im Geiste ein Franzose – einer der ersten, die Monsieur Diderots große Enzyklopädie bestellten. Außerdem hat er, unter Anlehnung an Monsieur Voltaires Wappen, kühn die Fackel der Freiheit in unser Familienwappen eingefügt. Und von mir stammt übrigens der Blitzstrahl. Kannst du dir denken, was er zu bedeuten hat, mein Kind?«

Ich schüttelte den Kopf. Ich sprach es nicht aus, aber das Bild machte mir angst, denn meine bösen Träume wurden immer von zuckenden Blitzen erleuchtet.

»Er ist das Symbol der Aufklärung, mehr noch als die Fackel, denn er ist eine Naturgewalt, die stärker ist als Feuer und nur darauf wartet, vom Schöpfergeist des Menschen genutzt zu werden, wozu hoffentlich auch ich einen Beitrag leisten kann, ehe meine Tage vorbei sind.«

Der Baron ließ keine Zweifel aufkommen: Trotz seines aristokratischen Gebarens war er, wie schon sein Vater, ein großer Verfechter der Demokratie. Nichts erfüllte ihn mit größerem Stolz, als die Wohltaten aufzuzählen, mit denen er die Welt beglückt hatte. Er rühmte sich, die treibende Kraft hinter dem großen Genfer Pumpwerk gewesen zu sein, das sogar die höchsten Hügel der Gegend mit sauberem Wasser versorgte.

»*Noblesse oblige*«, erklärte er mir einmal, noch ehe ich wußte, was diese Worte bedeuteten. »Handle danach, sorge für gute hygienische Verhältnisse, und du bist auf dem besten Weg zur Gleichheit. Andernfalls entsteht Anarchie.«

Damals hatten diese politischen Lektionen keine große Bedeutung für mich. Welches Interesse haben Kinder schon an geschichtlichen Dingen, wenn diese nicht als Märchen oder Sage verpackt daherkommen? Ich urteilte nach dem, was ich sah; und hier im Schloß war ich tagtäglich von Möbeln und Kunstwerken umgeben, die einem Königspalast wohl angestanden hätten. Der Baron gehörte zweifelsohne zu den wohlhabendsten Kaufleuten der Stadt und hatte sein Heim verschwenderisch und mit erlesenem Geschmack eingerichtet. Es gab große, prunkvolle Säle und luxuriöse Salons, wo Scharen von Gästen bewirtet werden konnten. Jeder Raum hatte einen steinernen Kamin, groß genug, daß ein Kind hätte darin spielen können, wo bei kühler Witterung wie durch Feenzauber jeden Morgen ein Feuer entfacht wurde, noch ehe die Familie erwachte. Die guten Feen waren die Bediensteten, die von früh bis spät für die Herrschaft auf den Beinen waren. Diese geschäftige Schar war wie eine zweite Familie, die mit uns das Haus teilte und unermüdlich ihren Pflichten nachging. So, wie sie am Morgen für Wärme sorgten, so sorgten sie des Abends für Licht. Schon vor Einbruch der Dunkelheit entzündeten diese lautlos und flink durch die Räume huschenden Elfen pünktlich die riesigen Kristalleuchter, die lodernden

Gletschern glichen und von denen jeder einzelne mehr Kerzen trug, als ich zu zählen vermochte. Ich dachte an die kümmerliche Kerze, die abends in unserem Wohnwagen in Treviglio gebrannt hatte, und an das Lagerfeuer draußen, das unsere einzige Wärmequelle gewesen war.

Wo man hinschaute, standen oder hingen so auserlesene Kunstwerke, daß unser Haus einem Museum glich. Es gab keinen Gang, der nicht mit Skulpturen, mit Antiquitäten, mit Waffen und Rüstungen oder aber mit prächtigen Wandteppichen geschmückt war. Die Wandteppiche besaßen einen ganz besonderen Reiz. Der Baron liebte es, sie als gewobene Lehrbücher zu benutzen, um seinen Kindern anhand der darauf dargestellten geschichtlichen Szenen die Vergangenheit nahezubringen. Während er uns durch das Haus führte, erfuhr ich von den Kriegen Cäsars und Karls des Großen und von den Kreuzzügen, dank derer die Ungläubigen aus dem Heiligen Land vertrieben wurden. Ein Bildteppich, der größte im ganzen Château, erzählte die Geschichte von Hannibal, der mit seiner Elefantenherde die Alpen überquert hatte. Mit besonderem Vergnügen schilderte uns der Baron, der sehr patriotisch gesinnt war, Ereignisse aus der Schweizer Geschichte. So hörte ich von den großen Schlachten am Morgarten und bei Näfels, von den heroischen Siegen über Karl den Kühnen, die den stolzen Schweizer Kantonen über Jahrhunderte ihre Freiheit erhalten hatten, und von dem sagenumwobenen Wilhelm Tell, der sich geweigert hatte, vor einem Tyrannen den Hut zu ziehen, und damit das Volk zum Aufstand angestachelt hatte. Mehr als einmal erinnerte mich der Baron daran, daß er zwar ein stolzer Schweizer sei, doch zunächst sei er ein Genfer und vor allem ein Frankenstein, und in allererster Linie ein Angehöriger des Menschengeschlechts.

Andere Wandteppiche wiederum zeigten biblische Szenen. Ich sah, wie Moses das Rote Meer teilte, wie König David nach dem Sieg über die Philister tanzte und wie Eva und Adam von der Schlange in Versuchung geführt wurden. Über diese Bilder aber wollte der Baron uns nichts erzählen, sosehr ich ihn auch bat. Mit großem Nachdruck erklärte er: »Ich spreche nur von *Geschichte*, verstehst du? Sie ist, wie schon die Weisen des Altertums wußten, ›eine Philosophie, die uns durch Beispiele lehrt‹. Du wirst in diesem Haus keinen obskurantistischen Unfug über Wunder und Mysterien hören! Kannst du mir folgen? Oder glaubst du, die Meeresfluten seien tatsächlich nach links und rechts auseinandergewichen, bloß weil irgendein bärtiger Schwindler sie dazu aufforderte?« Er zog die struppigen Brauen hoch und durchbohrte mich mit einem entrüsteten Blick, der mich davon überzeugte, daß es besser war, nicht weiter in ihn zu dringen – auch wenn er seinem vorgeblichen Zorn ein Augenzwinkern und ein schallendes Lachen folgen ließ. »Du wirst lernen, kleines Fräulein. Du wirst lernen. Ich sehe, daß du wie deine Mutter mit einer maskulinen Intelligenz gesegnet bist, die fähig ist, Sinn von Unsinn zu trennen, gleich einem scharfen Messer, das die Rinde vom Käse schneidet. Und wenn du Wunder möchtest, so laß es Wunder der Aufklärung sein.« Dann beugte er sich dicht zu mir herunter und fragte: »Kennst du die Namen der Gestirne, mein Kind?« Als ich verneinte, ernannte er Victor zu meinem Lehrer. Dieser nahm sich mit Feuereifer seiner Aufgabe an, denn er liebte es, das von seinem Vater erworbene Wissen vorzuführen.

»Vater nennt die Gestirne das Alphabet des Großen Schöpfers«, erklärte er.

»Genau!« rief der Baron. »Das Buch der Natur ist das einzige heilige Buch, das uns geschenkt wurde. Ein anderes benötigen wir nicht. Denk daran!«

Victor lehrte mich alles, was er über die Gestirne wußte. Und als wir all jene studiert hatten, die wir mit bloßem Auge sehen konnten, stellte er mich auf einen Stuhl vor das riesige

Messingteleskop, das der Baron aus Italien mitgebracht hatte und das angeblich das größte in der ganzen Schweiz war. Ich sah damit unvorstellbare Dinge: die gespenstischen Berge der Mondlandschaft und die Monde des Jupiter.

»Die Wunder, die du hier siehst, liebes Kind«, bemerkte der Baron, »hätte dir selbst der heilige Petrus nicht zeigen können, und wenn er tausend Jahre auf Knien darum gebetet hätte. Doch Signor Galilei, der uns neue Augen gab, um solche Wunder zu sehen, wäre von den selbstgerechten Jüngern Petri beinahe auf dem Scheiterhaufen verbrannt worden.«

»Vater ist ein Freidenker«, erklärte mir Victor einmal mit nicht geringem Stolz. Aber das sagte mir nichts, denn vom Freidenkertum hatte ich noch nie gehört. »Er war schon bei Monsieur Voltaire in Ferney zu Gast. Und Monsieur Voltaire weilte einmal drei Tage bei Vater hier im Château! *Jedermann* konnte Ferney besuchen; aber daß Monsieur Voltaire Vater beehrte… das war schon eine besondere Auszeichnung!« Da ich keine Ahnung hatte, wer dieser Monsieur Voltaire war, war ich kein bißchen klüger als zuvor. »Vater glaubt nicht an biblische Wunder und dergleichen«, sagte Victor noch. »Ich übrigens auch nicht. Und auch du darfst nicht an solche Dinge glauben.«

Ich versicherte ihm gehorsam, daß ich das nicht tun würde, doch in meinen geheimsten Gedanken war ich noch immer das Kind meiner Zigeunermutter. Da ich in einer Familie aufgewachsen war, die über keinerlei Bildung verfügte, stammten die Grundlagen meines Glaubens nicht aus gelehrten Schriften, sondern von den Wandgemälden und Heiligenfiguren in der Dorfkirche, die wir jeden Sonntag besuchten. Mit diesen Bildern und der ihrem Volk eigenen Gabe des Geschichtenerzählens hatte mich Rosina gelehrt, daß die Wunder das eigentliche Wesen der Religion seien. Ihre bescheidene Unterweisung hatte in meinem Gedächtnis so tiefe Wurzeln geschlagen, daß ich mir nicht vorstellen konnte, warum irgend jemand zu einem Gott beten sollte, der nicht die Macht hat, die Sonne auf ihrer Bahn anzuhalten oder seine Feinde mit einem Blitzschlag zu vernichten. Wenn ich an den biblischen Bildteppichen vorbeiging, die Belrives Gänge zierten, war es daher nicht der spitze Skeptizismus des Barons, der mir einfiel, sondern Rosina und ihre wundersamen Geschichten – vor allem wenn ich vor einem ganz bestimmten Wandbehang stand, einer Renaissance-Webarbeit, die in einer dunklen Ecke nicht weit von meinem Zimmer hing. Sie zeigte, wie unser Herr Jesus Lazarus von den Toten auferweckte. Der Verstorbene, noch immer in sein Leichentuch gewickelt, saß kerzengerade in seinem Sarg; das bläuliche Fleisch mutete eher tot denn lebendig an, und das bleiche Gesicht blickte vollkommen erschüttert. Die Zuschauer zu beiden Seiten zitterten vor Ehrfurcht – wie ich es wohl auch getan hätte, wäre ich dabeigewesen.

»Könnte so etwas jemals geschehen?« fragte ich Victor einmal, als wir vor dem Bild standen. »Ist es möglich, daß die Toten auferstehen und wandeln?«

»Selbst wenn sie es könnten, würden sie es nicht wollen«, antwortete Victor.

»Warum nicht? Würdest du dir denn nicht wünschen, dem Grab zu entfliehen?«

»Niemals! Tote Dinge verfaulen; die Maden zerfressen sie, bis sie aufplatzen und stinken. Das ist der Grund, weshalb wir sie in der Erde vergraben. Ich habe es oft bei meinen Präparaten gesehen. Das Bild hier sagt darüber nicht die Wahrheit, denn sieh nur, Lazarus ist unversehrt und wohlgestaltet. Hätte Jesus ihn wirklich nach vier Tagen im Grabe auferweckt, so hätte Lazarus ganz abscheulich ausgesehen. Er hätte es Jesus sehr übelgenommen. Aber wie alle Wunder ist natürlich auch diese Geschichte eine reine Erfindung.«

Ich lerne die »kleinen Freunde« kennen

Und doch gab es sogar innerhalb von Belrives Mauern Wunder zu entdecken. Sie waren nicht von Gott, sondern von Menschenhand geschaffen, und der Baron hatte sie als besondere Überraschung aufgespart. Eines Morgens, wir saßen am Frühstückstisch, und die Teller waren eben abgeräumt worden, blickte er zu Victor hinüber, rieb sich erwartungsvoll die Hände und fragte: »Nun, mein Sohn, findest du nicht, es ist an der Zeit, daß Elizabeth unsere kleinen Freunde kennenlernt?«

Die Baronin zwinkerte mir verstohlen zu, als wollte sie mir zu verstehen geben, daß mich irgendein Schabernack erwartete.

»O ja!« rief Victor und erhob sich sogleich, um mir den Weg zu weisen.

Wir kamen durch die Bibliothek, deren Wände gänzlich mit Büchern bedeckt waren, während auf dem Boden zahlreiche navigatorische und astronomische Instrumente standen, über deren Vorzüge der Baron gerne referierte. Doch heute hielten wir uns nicht mit ihnen auf, sondern marschierten geradewegs zu dem riesigen Kamin am Ende des Raumes. Fragend blickte ich mich um.

Der Baron nickte Victor zu, worauf dieser flink auf die eine Seite des Kaminsimses trat. Er hob die Hand und legte sie auf einen gemeißelten Hirschkopf. Dann ergriff er eine Sprosse des Geweihs und zog daran. Die Sprosse bewegte sich vorwärts wie ein Hebel, und hinter der Wand ertönte ein lautes Knarren. Im nächsten Augenblick öffnete sich die Täfelung neben dem Sims. Jetzt sah ich, daß dies keine Wand, sondern eine kleine Tür war, so geschickt getarnt, daß sie mit der rohen Steinoberfläche des Kamins verschmolz. Victor packte mich bei der Hand und zog mich in den Durchgang, der nun zum Vorschein kam; er war so eng, daß der Baron seinen wohlgerundeten Bauch einziehen mußte, als er uns folgte. »Bin gleich da, bin gleich da!« rief er hinter uns her.

Wir kamen in einen Raum, dessen schmale Gitterfenster von schweren Vorhängen verdeckt waren. Victor zog sie eilends auf und gab die Sicht auf die Gartenanlagen auf der Ostseite des Châteaus frei. Die Morgensonne, die nun auf halber Höhe am Himmel stand, strahlte mit voller Kraft ins Zimmer und beleuchtete eine Szenerie, die mir den Atem raubte. Ich stand inmitten eines ganz neuen Volkes! Da gab es Männer, Frauen, Kinder ... und es waren tatsächlich »kleine Freunde«, denn selbst die größten von ihnen reichten mir höchstens bis zur Taille. Sie waren auf Tischen und Regalen im ganzen Raum verteilt und starrten mich mit neugierigen Glasaugen an. Ich war in einem Puppenmuseum gelandet! Jede einzelne war kunstvoll gefertigt und elegant kostümiert. Es gab Könige und Königinnen, Ritter und Hofdamen, Akrobaten, Tänzerinnen und Musiker – und eine ganze Menagerie von Tieren, manche mit Stiefeln, Hüten und feinen Satingewändern bekleidet. Ich entdeckte einen Bären in Generalsuniform, einen Elefanten in der Gewandung eines morgenländischen Potentaten, eine Herde tänzelnder Pferde, einen silbernen Schwan, der auf einem gläsernen Teich schwamm, und eine zu einem Reigen aufgestellte Fuchsfamilie mit Tanzschuhen.

»Nun, meine Liebe, wie gefallen dir unsere kleinen Freunde?« fragte der Baron.

»Es sind ganz wundervolle Puppen –«

»*Puppen?*« rief der Baron mit gespielter Empörung. »Also wirklich! Sie sind nichts dergleichen, sondern Lebewesen genau wie wir.« Mir verschlug es die Sprache. Verwirrt drehte ich mich zu Victor, der daraufhin in so heftiges Lachen ausbrach, daß er sich die Seiten halten mußte. Ich blickte wieder zum Baron. »Nun, *beinahe* wie wir«, fügte er augenzwinkernd hinzu. »Victor! Sollen wir unsere Freunde zum Leben erwecken?«

Victor schaute sich suchend um und wählte schließlich eine zierliche Dame, die vor einem Klavier saß. Abgesehen von ihrer porzellanenen Haut wirkte sie bemerkenswert lebensecht. Sie trug ein Kleid aus rosa Brokat und auf dem Kopf eine hohe, gepuderte Perücke; an ihren winzigen Fingern steckten Ringe mit funkelnden Steinen, und ihren Hals schmückte eine schimmernde Perlenkette. Victor griff unter den Klavierschemel, und ich hörte ein leises Klicken. Und dann, ganz plötzlich, begann die winzige Frau sich zu bewegen. Sie drehte den Kopf und nickte mir zu. Dann bewegten sich ihre Hände. Ich sah, wie sie jeden einzelnen Finger krümmte und niederdrückte, während sie behende über die Tasten fuhr. Und siehe da! Musik erfüllte den Raum, eine silberhelle, klimpernde Melodie, die ich als Wiegenlied erkannte. Ich blinzelte verwundert. Die winzige Pianistin legte den Kopf schief, um den Klängen nachzulauschen, dann blickte sie wieder zu mir und nickte noch einmal graziös. Inzwischen war Victor an einen Tisch getreten, wo ein Mohr mit Turban im Schneidersitz auf einem Samtkissen saß und an einer Wasserpfeife zog; als Victor ihn berührte, ergriff er eine Flöte und setzte sie an die Lippen. Eine blecherne Sarabande ertönte und machte dem Wiegenlied Konkurrenz.

»Halt deinen Finger hierhin«, sagte der Baron und legte meine Hand genau über die Löcher der Flöte. Ich spürte einen feinen Luftzug: der Atem des Mohrs, der durch das Instrument geblasen wurde. »In seiner Brust steckt ein Blasebalg«, erklärte der Baron, »der so hübsche Musik macht wie irgendeine menschliche Lunge.« Hinter dem Mohr öffnete sich nun ein mit Intarsien reich verziertes Schränkchen, und heraus schwebte eine verschleierte *danseuse*, die sich zu den exotischen Klängen drehte und bog. Auf ihrem zierlichen Zeigefinger saß ein winziger Kanarienvogel, der mit dem Schwanz wippte, den Schnabel aufsperrte und zu zwitschern anhob. Die kleine Tänzerin bewegte sich mit vollendeter Grazie, doch ehe ich Einzelheiten ihrer Darbietung richtig erfassen konnte, hatte Victor schon wieder neue Puppen in Gang gesetzt. Der Elefant beugte sich vor und balancierte auf den Stoßzähnen, der Schwan schwamm hin und her und putzte sein Gefieder, die Pferde bäumten sich auf und sprangen übermütig herum, die Füchse führten zu einer weiteren Musik einen Hüpftanz vor.

»Nun, mein Kind«, sagte der Baron, »jetzt siehst du, daß die kleinen Freunde weit mehr sind als Puppen. Sie sind Automaten.« Er beugte sich zu mir herunter und flüsterte, als wollte er mir ein schreckliches Geheimnis anvertrauen: »*In ihnen wohnt das Geheimnis des Lebens.*« Sprachlos vor Erstaunen starrte ich ihn an. »Vielleicht… *vielleicht* sind sie klüger als du, meine Liebe«, fuhr er fort, während er sich ernst die Stirn rieb. »Du glaubst mir wohl nicht, was? Victor, sollen wir Herrn Doktor Heinrich zu uns bitten?«

Victor rannte unverzüglich zu einem Regal ganz hinten und holte eine bärtige Puppe, die das Barett und die Robe eines Gelehrten trug. Nach einem Fingerdruck richtete sie sich in ihrem Sessel auf und drehte den Kopf nach links und rechts.

»Herr Doktor!« rief der Baron. »Ich möchte Sie mit Mademoiselle Elizabeth bekannt machen. Komm, mein Kind, gib ihm die Hand.«

So preßte ich die kleinen wächsernen Finger seiner linken Hand mit einem kräftigen Druck. In der rechten Hand hielt er einen Federkiel, der über einem Blatt Papier schwebte. Er verbeugte sich und blickte zu mir auf. »Nun, Elizabeth«, gebot der Baron, »sag uns, wenn du kannst: Wieviel ist sieben mal siebzehn? Geschwind!« Er schnalzte mit den Fingern vor meinem Gesicht, eins, zwei, drei. Selbst wenn ich in der Lage gewesen wäre, so schnell zu rechnen, hätte sein Gebaren meinen Verstand unweigerlich gelähmt. Ich gestand, daß ich es nicht wußte, denn ich hatte das Einmaleins erst bis zur Fünferreihe gelernt und war überhaupt noch reichlich unsicher. »Ah, da siehst du es! Herr Doktor«, sagte der Baron, drehte sich zur Puppe und drückte ihr die Hand. »Haben Sie gehört? *Sieben mal siebzehn.*«

Der Herr Doktor nickte und zwinkerte mit den Augen. Mit einer ruckartigen Bewegung fuhr die Hand, die den Federkiel hielt, zu einem winzigen Tintenfäßchen, das auf einem Pult vor der Puppe stand, und tauchte ihn hinein. Mit vollendeter Präzision schrieb der Doktor »7 x 17« auf das danebenliegende Blatt Papier. Nach einem Augenblick fügte er ein »=« hinzu. Und wieder einen Augenblick später die Ziffer »119«.

»Stimmt genau!« verkündete der Baron.

Ich zog vor Überraschung die Luft ein und blickte Victor und den Baron fragend an. Victor konnte sich ein leicht spöttisches Lachen nicht verkneifen; er flüsterte mir ins Ohr: »Das ist die einzige Rechnung, die dieser Dummkopf beherrscht.«

Der Baron, der dies gehört hatte, runzelte die Stirn. »Das ist nicht wahr!«

»Es *ist* wahr!« entgegnete Victor. »Es sei denn, wir wechseln sein Gehirn aus.«

»Sein Gehirn?« fragte ich.

»Für jede Rechenaufgabe«, erklärte Victor, »müssen wir ihm ein neues Gehirn einsetzen. Siehst du? Hier ist es.« Er drehte die Puppe um, hob ihre Robe hoch und zeigte mir, was sich darunter verbarg: ein komplizierter Mechanismus aus Rädchen, Federn und Hebeln.

»Ja, du mußt dir unbedingt das Gehirn des Herrn Doktor

ansehen«, sagte der Baron, »es ist ein wahres Wunder!« Er zog eine Lupe aus seiner Westentasche und reichte sie mir, damit ich das Gewirr von Rädchen und Federn untersuchen konnte, das den Körper der Puppe ausfüllte. »Siehst du, wie winzig diese Mechanik ist? Man würde denken, nur eine Spinne sei imstande, ein derart feines Gewebe zu spinnen. Aber Jahr für Jahr werden diese Mechanismen kleiner – so winzig und fein wie die Uhrwerke in unseren besten Uhren.« Er zog eine Uhr hervor, die er mir schon oft gezeigt hatte; auf ihrem runden Ziffernblatt waren Sonne und Mond zu sehen, die sich entsprechend den Jahreszeiten bewegten. »Eines Tages wird es uns gelingen, die einzelnen Teile so klein zu machen, daß wir alle möglichen Rechenaufgaben in ein einziges Gehirn hineinpacken können. Und möglicherweise noch vieles mehr. Der Herr Doktor wird vielleicht dereinst meine ganze Bibliothek mit sich herumtragen. Was sagst du nun, meine Liebe?«

Ich blickte zu Victor und dann wieder zum Baron. »Aber wie ist so etwas möglich?«

»Wenn diese kleinen Leute schon schreiben und singen und spielen können, sag mir, wo sind da die Grenzen? Stell dir vor, wir haben hier ein kleines Kerlchen, das Schach spielt!«

»Bloß zwei Züge«, warf Victor geringschätzig ein. »Er kann nur einen Bauern und einen Springer bewegen. Und er macht immer dieselben Züge.«

»Ah, aber er wird dazulernen, ganz bestimmt. Eines Tages – wer könnte daran zweifeln? – wird er drei Züge beherrschen, dann vier... und schließlich, wer weiß? Wer weiß?«

»Hast du alle diese Automaten gemacht?« fragte ich den Baron.

Er lachte herzlich. »Du lieber Himmel, nein! Es sind die Schöpfungen der begabtesten Schweizer Wissenschaftler. Ich gewähre ihnen lediglich Obdach.«

»Das sind doch gar keine *Wissenschaftler*«, widersprach Victor in erstaunlich dreistem Ton. »Das sind Uhrmacher.«

»Dummes Zeug!« entgegnete der Baron. »Es sind praktisch Wissenschaftler, echte Naturphilosophen – nicht solche, die sich in den Wolken der Theorie verlieren. Eines Tages, da gehe ich jede Wette ein, werden sie fähig sein, lebendige Wesen zu erschaffen, die uns so ähnlich sind, daß man nicht erkennen kann, ob es sich um Menschen oder Automaten handelt.« Als er Victors erboste Miene bemerkte, fügte er hinzu: »Wie du siehst, stellt mein Sohn meine Prophezeiung in Frage. Nun, du sollst selbst urteilen, meine Liebe. Sieh dir an, was Monsieur de Vaucanson geschaffen hat.« Er führte mich zu einem Ständer unter einem Fenster, der unter den Ausstellungsstücken des Barons eindeutig den Ehrenplatz innehatte. Hinter uns nickten, tanzten und spielten die Puppen weiter, wenn ich auch sah, daß der Elefant mitten in einem Kopfstand angehalten hatte und die Tänzerin sich nur noch schleppend bewegte. Auf dem Ständer vor mir befand sich die lebensgroße Nachbildung einer Ente, so naturgetreu, daß man sie, hätte sie sich bewegt, ohne weiteres für das lebende Original hätte halten können. Zuerst dachte ich, sie sei ausgestopft, doch dann griff Victor hinter den Ständer und betätigte den Schalter. Ich hörte einen scharfen Klick und dann ein Surren und ein Ticken. Darauf öffnete der Vogel seinen Schnabel und gab ein lautes Quaken von sich, das vom Ruf einer echten Ente kaum zu unterscheiden war. Dann drehte er den Kopf, flatterte mit den Flügeln und quakte abermals.

»Nur zu, mein Kind!« forderte der Baron mich auf. »Füttere sie!«

»Füttern?«

»Ja, hier nimm.« Er reichte mir ein paar Körner aus einer Schale, die ebenfalls auf dem Ständer stand. Vorsichtig streckte ich der Ente eines davon hin. Der Baron drückte den Knopf, worauf sie den Schnabel aufsperrte. Im Nu war das Korn verschwunden, und der Schnabel bewegte sich auf und ab, als würde die Ente fressen. »Nochmals!« befahl der Baron, und dann: »Nochmals!« Als ich dem mahlenden Schnabel mehrere Körner verfüttert hatte, ertönte wiederum ein lautes Quaken. Ich blickte zu Victor und fragte: »Wo sind bloß die Körner hingekommen?«

»Paß auf!« antwortete er kichernd und drückte auf einen weiteren Knopf. Ich hörte das Surren von Rädchen und Federn, die Ente flatterte mit den Flügeln, und dann kullerte ein kleines Kügelchen aus ihrem Hinterteil. »Sie hat geschissen!« lachte Victor. »Da siehst du, was aus den Körnern geworden ist – sie sind durch sie hindurchgewandert.«

»Das Geheimnis der Verdauung!« verkündete der Baron. »Da! Du hast es mit eigenen Augen gesehen.« Als er meinen verständnislosen Blick bemerkte, beugte er sich zu mir herunter und erklärte weiter: »Das elektromagnetische Fluidum! Die eigentliche Grundlage des Lebens. Monsieur de Vaucanson hat es für seine Erfindung genutzt. Er ist das größte Naturgenie unserer Zeit. Seine Schöpfung ist mir die kostbarste von allen.«

Ganze zwei Stunden verbrachten wir an jenem Morgen damit, das Wunderkabinett des Barons zu erforschen. Man zeigte mir Automaten, die sprachen und sangen und akrobatische Kunststücke vorführten; ich lauschte winzigen mechanischen Geigern, Harfenisten und Gitarristen. Der Baron barst fast vor Stolz, als Victor immer neue »kleine Freunde« hervorholte, um mich mit ihnen bekannt zu machen. »Was du in diesem Zimmer siehst«, erklärte er, »ist der wertvollste Besitz unserer Familie, die schönste Sammlung ihrer Art auf der ganzen Welt. Deshalb verwahre ich sie hier in dieser verborgenen Kammer. Doch ich trage mich mit dem Gedanken, ein Museum zu bauen, und dann können meine kleinen Freunde von aller Welt betrachtet und bewundert werden. Es soll ein Geschenk unserer Familie an die Menschen sein, um ihnen zu einem vertieften Verständnis des Lebens zu verhelfen.«

Victor kannte alle Puppen und erklärte mir ihre Funktionsweise, obschon ich seinen Erläuterungen nur ungenügend folgen konnte. »Den hier«, prahlte er und ergriff einen Clown, der an einem Trapez turnte, »habe ich auseinandergenommen und wieder zusammengesetzt.« Ich bekundete die Verwunderung, die er zu erwarten schien. Von meinen Reaktionen war er offenbar mehr angetan als von den Puppen selbst; denn während der Baron vor Stolz strahlte, als ich seine Sammlung bewunderte, wirkte Victor oft gelangweilt.

»Ich habe früher einmal geglaubt, diese Puppen seien lebendig«, erzählte er mir später an jenem Tag. »Das war, als ich noch ein Kind war wie du. Ich war sehr enttäuscht, als ich erfuhr, wie sehr ich mich täuschte. Wie du weißt, glaubt Vater fest an die mechanische Philosophie und möchte, daß ich seine Überzeugung teile. Aber du hast schon recht, es sind wirklich nur Puppen. Sie sind nicht lebendig, nicht einmal annähernd.«

»Vater glaubt das aber.«

»Er irrt sich! Du hast die Puppen angefaßt. Sie sind keine Wesen aus Fleisch und Blut wie wir, sondern bloße Nachbildungen aus Holz und Draht und Porzellan. Siehst du meine Hand hier? Selbst die Kuppe meines kleinen Fingers ist wunderbarer als alle Puppen in Vaters Museum zusammen. Weil sie aus lebendem Gewebe besteht! Sie kann bluten, sie kann verbrennen oder erfrieren, sie kann schmerzen, sie kann… *fühlen*. Ein Lebewesen muß aus Fleisch sein, so wie wir. Die Puppen machen Musik, aber sie können ihr Spiel nicht hören; sie tanzen, aber sie können sich an ihren Bewegungen nicht erfreuen. Wer wollte schon eine Maschine sein – und wenn sie noch so klug wäre?«

»Aber du hast mir gesagt, daß alles lebende Gewebe eines Tages in der Erde vermodern und ganz abscheulich aussehen wird. Vielleicht sind die Puppen also doch besser dran, denn sie müssen nie sterben und verwesen.«

»Das ist wahr«, antwortete Victor, nachdem er meine Worte

gründlich bedacht hatte. »Dennoch glaube ich, daß es besser ist zu sterben, als nie gelebt zu haben.«

»Wie hat der Herr Doktor eigentlich die Rechnung gelöst?«

»Oh, pff! Die Puppe rechnet gar nicht richtig, sie hat ja kein Gehirn, nur Rädchen und Federn. Sie schreibt mit ihrer Hand einfach die Zahl, auf die ihre Mechanik eingestellt ist. Manchmal ist es 95 oder 123 oder 437. Vater weiß schon im voraus, welche Zahl sie auf das Papier schreiben wird, und stellt ihr eine entsprechende Aufgabe. Es ist nur ein Trick. Wahre Wissenschaft dagegen ist weit mehr als das.«

»Was ist das, *Wissenschaft*?«

»Sie ist ein Meer, das größer ist als alle Ozeane, die der Mensch schon befahren hat, unendlich und dunkel wie das Universum. Wenn ich daran denke, dieses Wasser zu befahren... ach, mein Kopf schwirrt von so vielen Fragen.« Als er innewurde, daß er in einen Tagtraum abzugleiten drohte, fing er an zu lachen. »Ich werde dir sagen, was Wissenschaft *nicht* ist. Sie ist nichts, wozu kleine Mädchen befähigt sind.«

»Warum nicht?«

Er warf mir einen schelmischen Blick zu. »Geschwind! Wieviel beträgt die Summe von 150 und 72 und 33? Geschwind, hab' ich gesagt!« Er schnalzte mit den Fingern vor meinem Gesicht.

»Oh! So schnell kann ich nicht denken!«

»Da hast du es. Das ist der Beweis. Du hast keine Begabung für Mathematik. Genausowenig wie Monsieur de Vaucanson, da kann ihn Vater noch so rühmen. Er ist ein geschickter Bastler, das ist alles. Das Leben ist ein größeres Geheimnis als alles, was ein Uhrmacher je konstruieren könnte, soviel ist sicher.«

»Victor...«

»Ja?«

»Könntest du mir etwas sagen, was ich für mein Leben gern wissen möchte?«

»Ja – was denn?«

»Wieviel beträgt die Summe von 150 und 72 und 33? Geschwind!« Und ich schnalzte mit den Fingern vor seiner Nase herum.

»Nun, sie beträgt...« Doch ehe er das Resultat ausrechnen konnte –, denn er mußte ebenso überlegen wie ich – streckte ich ihm die Zunge heraus und wetzte feixend davon, er mir dicht auf den Fersen. Als er mich schließlich einfing, wie ich es mir insgeheim gewünscht hatte, packte er mich unsanft und preßte mich gegen die Wand, meine Arme über den Kopf gestreckt und seine Brust dicht an meine gedrückt. Ich neckte ihn oft auf diese Weise, denn ich mochte es, wenn er mich jagte und dann so fest packte, daß mir überall ganz warm wurde.

»Zweihundertundfünfundfünfzig!« schrie er. »Und das ist die Anzahl der Schläge, die ich dir für deine Unverschämtheit verpassen werde, du kleiner Frechdachs!«

Aber anstatt mich zu schlagen, drückte er mir einen Kuß auf die Lippen. Ich tat so, als wollte ich mich wehren, worauf er mich nur noch fester packte. *Abermals! Abermals!* flehte ich innerlich, als er die Lippen wieder von meinem Mund löste, laut aber schrie ich: »Hör auf! Das darfst du nicht!«

»Warum sagst du, ich soll aufhören, wenn du es doch magst?« fragte er.

»Du kannst gar nicht wissen, was ich mag«, widersprach ich und entwand mich seinem Griff. »Ich bin keine deiner mechanischen Puppen, die du auseinandernehmen kannst, um ihre Geheimnisse zu erfahren.« Doch der Zorn in meiner Stimme galt ebensosehr mir selbst wie Victor. Denn ich konnte diese innere Zerrissenheit, diesen Wunsch, gleichzeitig ja und nein zu sagen, nicht verstehen.

Ich durfte das private Museum des Barons noch manches Mal besuchen, und er zeigte mir stets neue Wunderwerke. Doch so staunenswert die kleinen Freunde auch waren, es beunruhigte mich doch, wenn er von ihnen als lebendigen Wesen sprach. Denn schließlich waren sie nichts als leblose Apparate, die weder sehen noch hören noch fühlen konnten; wie Victor konnte ich nicht über ihre offensichtliche Künstlichkeit hinwegsehen. Die Tatsache, daß sie derart naturgetreu gebaut waren, ließ mir ihr Raffinement nur noch unheimlicher erscheinen. Konnte der Baron in seiner Begeisterung wirklich nicht erkennen, wie groß der Unterschied zwischen diesen Automaten und ihren menschlichen Vorbildern war? War auch *ich* in seinen Augen nur eine Puppe, die mit Uhrmacherwerkzeugen in ihre Bestandteile zerlegt und wieder zusammengebaut werden konnte?

Diese Gedanken verfolgten mich oft noch nachts im Bett, verwirrende Fragen über Leben und Tod, die mein kindliches Begriffsvermögen überstiegen. In meiner Phantasie bekamen die kleinen Freunde plötzlich unheilvolle Züge. Zuweilen lächelten sie hochmütig, als seien sie ebenso neugierig auf mein Innenleben, wie ich es auf ihres gewesen war. Und einmal träumte mir, sie stünden alle um mein Bett versammelt, fremde, neugierige Eindringlinge, die sich miteinander berieten.

»Wie *sieht* sie wohl?« fragte die Klavierspielerin. »Kommt, wir nehmen diese merkwürdigen gläsernen Kugeln, die sie ihre Augen nennt, heraus und untersuchen sie.«

»Und wie spricht sie?« fragte der Mohr. »Kommt, wir nehmen dieses flatternde Fleischbändchen, das sie ihre Zunge nennt, heraus und untersuchen es.«

»Und dieses zuckende Herz«, sagte eine andere Puppe.

»Und diese atmenden Lungen …«

Ich versuchte im Traum aufzustehen und zu fliehen, doch da merkte ich, daß sie einen Weg gefunden hatten, meine Glieder unbeweglich zu machen, so daß ich sie kaum heben konnte.

»Und ihr Blut«, sagte jemand, »was ist das für ein Saft?«

Nach jener Nacht bat ich nie mehr darum, die kleinen Freunde besuchen zu dürfen.

Was ich über meine Herkunft weiß

»In meinen Augen bist du eine Prinzessin und wirst es immer sein. Das hat nichts mit deiner Abstammung zu tun. Dein Adel wohnt in deiner Seele und hängt nicht von Titeln und Wappen ab.«

Dies war die Antwort der Baronin, als ich sie zum ersten Mal nach meiner Herkunft fragte. Als ich älter wurde, wollte ich mehr wissen über die Geschichte, die mir Rosina über meine königliche Abstammung erzählt hatte. War überhaupt etwas Wahres daran? Wer war der namenlose Vater, den ich nur als »König des Südens« kannte? Und wer war die unglückselige Mutter, die angeblich der englischen Königsfamilie entstammte? Da ich das, was ich über meine Geburt und Herkunft wußte, nur durch die Geschichten einer einfachen Zigeunerfrau erfahren hatte, hätte alles nur ein Märchen sein können. Oder aber es bedeutete, daß in meinen Adern königliches Blut floß.

Mich erstaunte, wie leichthin meine neue Mutter diese Fragen beiseite schob – als würden sie Geschichten über eine edle Abkunft gar nicht interessieren. »Vielleicht hatte deine erste Ziehmutter solche Phantasievorstellungen nötig, um ihr armseliges Dasein aufzuhellen; ich brauche sie nicht. Siehst du, liebes Kind, ich wurde arm geboren und habe immer darauf geachtet, mir den Blick einer Armen zu bewahren. Ich kenne diese adligen Herrschaften: Ich habe sie bei Tisch betrunken gesehen, im Salon ihr boshaftes, leeres Getratsche gehört und erlebt, wie sie die ganze Nacht groben Unfug trieben, den du dir, jung wie du bist, gar nicht vorstellen kannst. Ich kenne ihren wirklichen Wert. Wenn man irgendeinen dieser Aristokraten für das, was er *wirklich* wert ist, kaufen und für das, was er wert zu sein wähnt, verkaufen könnte, so wäre man im Handumdrehen reicher als Krösus. Glaub mir, wenn du die Tochter eines Kaisers wärst, so würde mir dies nichts über deine Herzensgüte sagen. Bedenke stets, daß alle Menschen, und wenn sie auch in Knechtschaft leben, frei geboren wurden. Vor Gott sind wir alle gleich. Das ist die große Erkenntnis unserer Zeit, wiewohl sie sich bei vielen unserer berühmtesten Köpfe erst noch durchsetzen muß. Nur sie wird sich durchsetzen, ganz bestimmt! Und wenn dafür Blut fließen muß.«

Auch als ich nach der Erinnerung meines Vaters Wappen zu zeichnen versuchte, zeigte sich die Baronin lediglich leicht belustigt. Sie fuhr mit dem Zeigefinger flüchtig über den Doppeladler und die geflügelten Löwen, die ich groß skizziert hatte, und meinte: »Du wirst in deinem Leben noch oft mit Fabeltieren zu tun haben, liebes Kind, und sie werden weitaus bedeutsamer sein als bloße heraldische Symbole.«

Erstaunlicherweise war jedoch mein neuer Vater um so lebhafter daran interessiert, die Wahrheit über meine Herkunft herauszufinden. Rosinas Geschichte hatte seine Neugierde geweckt. »Vielleicht haben wir ja an diesem Tisch hier mit deinen Onkeln und Tanten, deinen Brüdern und Schwestern gespeist«, meinte er einmal beim Abendessen. Dies war sehr wohl möglich. Ein unablässiger Strom adliger Besucher floß durch das Château Belrive, das den reisenden Notabilitäten als eine Art Gasthaus auf dem Weg zwischen Italien und Frankreich und den deutschen Ländern diente. Ich hatte keine Ahnung, in welchen Angelegenheiten sie unterwegs waren. Ich weiß nur, daß sie den Baron oft stundenlang mit Beschlag belegten, um über Dinge zu sprechen, die man nur hinter geschlossenen Türen erörtern konnte. So hatte ich mit Fürsten und Grafen und Herzoginnen an einer Tafel gesessen, mit Botschaftern und Konsuln und Gesandten, die zwischen den europäischen Königshöfen hin und her eilten. Jeder von ihnen hätte mit mir verwandt sein können. Viele kamen aus Italien, ja sogar aus Mailand. Ob wohl einer dieser Gäste meine leiblichen Eltern oder ihre Familien gekannt hatte?

Später erfuhr ich, daß eben dieser Umstand – die Möglichkeit, daß Leute aus meiner Verwandtschaft in Belrive absteigen könnten – schuld an der Weigerung der Baronin war, Erkundigungen über meine Herkunft einzuziehen. Denn was wäre, wenn es dem Baron gelänge, meine Verwandten ausfindig zu machen? Würde sie mich dann nicht in deren Obhut geben müssen? Aus diesem Grund (so entdeckte ich später) nahm sie ihrem Gatten das feierliche Versprechen ab, keine offenen Nachforschungen über mich anzustellen noch irgendwelche Mutmaßungen über meine Abstammung zu äußern, ohne sich mit ihr zu besprechen. Er erklärte sich einverstanden, was jedoch sein brennendes Interesse nicht minderte; vor allem die Möglichkeit, daß ich mit dem englischen Herrscherhaus verwandt sein könnte, ließ ihm keine Ruhe. »Was wäre, wenn dieses kleine Findelkind Anspruch auf König Georgs Thron hätte?« fragte er nur halb im Scherz. »Es wäre nicht das erste Mal, daß die Engländer einen schwachsinnigen Monarchen absetzten. Vielleicht beherbergen wir ja unter unserem Dach Englands vom Schicksal ausersehene Wegbereiterin der Aufklärung. Denn das Mädchen, klein wie es ist, wäre wohl kein schlechterer Herrscher als der närrische Georg.«

Ich war noch zu jung, um den tieferen Sinn hinter diesen politischen Äußerungen des Barons zu begreifen. Die revolutionären Strömungen, die Europa erfaßt hatten, überstiegen meinen Horizont, doch ich hatte eine lebhafte Vorstellung davon, was es bedeutete, die eigenen Eltern zu kennen. Mit der Zeit jedoch, als die ins Land gezogenen Jahre ergiebige Nachforschungen erschwerten und ich immer mehr zu einem Mitglied der Familie Frankenstein wurde, entschwand meine Geschichte allmählich wieder ins Reich der Fabel, eine Wolke aus versponnenen Mutmaßungen, die nie durch Tatsachen untermauert wurden. Ich begann, mich als ein Geschöpf zu sehen, das gleich dreimal geboren wurde: Meine erste Mutter hatte mir das Leben geschenkt, meine zweite die Kindheit, und die dritte ließ mich zur Frau werden.

Anmerkung des Herausgebers

Zur Abstammung der Elizabeth Frankenstein

Es war für mich von größtem Interesse, alle noch vorhandenen Spuren in bezug auf Elizabeth Lavenza-Frankensteins Abstammung zu verfolgen, besonders in Anbetracht der Hinweise auf eine hohe Geburt. Als ich im Sommer 1806 meine Erkundungsreisen auf dem Kontinent unternahm, ließ ich es mir daher angelegen sein, Elizabeths diesbezügliche Kindheitserinnerungen zu überprüfen. Das einzige, worauf ich mich stützen konnte, war Elizabeths Erinnerung, daß ihr Vater einem Mailänder Adelsgeschlecht entstammte und auf dem Weg zu einer Schlacht gewesen war, als er bei ihrem Wohnwagen haltgemacht hatte, um ihr Lebewohl zu sagen. Leider war das Mailänder Staatsarchiv, der naheliegende Ausgangspunkt für meine Nachforschungen, von den siegreichen revolutionären Truppen, die im Verein mit Napoleons Streitkräften die Zisalpinische Republik gegründet hatten, geplündert und weitgehend zerstört worden. In dieser heiklen politischen Situation fand ich in der Stadt niemanden, der bereit gewesen wäre, über das verbannte Herrschergeschlecht auch nur zu sprechen, geschweige denn zuzugeben, mit ihm in verwandtschaftlicher Beziehung zu stehen. Nach einer gewissen

Zeit befürchtete ich sogar, mein Interesse an Mailands *ancien régime* könnte den Verdacht der Revolutionsregierung der Stadt erwecken und möglicherweise meine Sicherheit gefährden. Schließlich waren dies denkbar unruhige Zeiten.

Der Krieg, an den Elizabeth sich erinnerte, ist vermutlich in den späten siebziger Jahren des vorigen Jahrhunderts anzusiedeln, einer so unruhigen Epoche mit so unzähligen dynastischen Gefechten, daß sich zwischen den einzelnen Kriegen fast nicht unterscheiden läßt. Die damaligen Chroniken erwähnen, daß das Herzogtum Mailand als unfreiwilliger Verbündeter Österreichs in den Russisch-Türkischen Krieg verwickelt war. Ich fand heraus, daß der Herzog seinen Sohn, Prinz Alessandro, im Jahre 1779 nach der Krim gesandt hatte. Bei einem Besuch auf dem Stadtfriedhof entdeckte ich ein Grabmal, das vom Tode des Prinzen im folgenden Jahr kündete. Weitere Angaben fand ich nicht, weder zu seiner Geburt noch zu seinem Tod. Nachforschungen im glücklicherweise erhalten gebliebenen Kirchenregister des Mailänder Doms ergaben, daß sich Alessandro neun Jahre vor seinem Ableben mit einer Tochter des Hauses Farnese von Parma vermählt hatte. Ihr Name wurde mit Giuliana angegeben. Es gelang mir jedoch nicht, sie oder ihre Familie ausfindig zu machen. Den Namen Elizabeth traf ich nirgendwo an.

Doch was war mit Elizabeth Frankensteins Skizze eines Wappens, die sie ihren Memoiren beigefügt hatte? Ich konnte das Emblem keinem der mir bekannten italienischen Adelsgeschlechter zuordnen. Nach meiner Rückkehr nach London begab ich mich deshalb mit der kleinen Skizze zum Heroldsamt, dessen Vorsteher das Wappen sogleich identifizierte. »Die Doppelaxt liegt im falschen Viertel«, bemerkte er, »aber es gibt nur ein Wappen, das die Axt und den Doppeladler in sich vereinigt. Es steht nicht für ein italienisches, sondern für ein deutsches Geschlecht: das Haus Sachsen-Gotha, das durch die Hannoveraner Thronfolge unserem Königshaus verwandt ist.«

»Ist es möglich, daß dieses Geschlecht in irgendeiner Weise mit dem Herzogtum Mailand verbunden ist?« fragte ich. »Sagen wir, seit dem späten achtzehnten Jahrhundert?«

Der gelehrte Mann dachte nach und schüttelte dann den Kopf. »Meines Wissens nicht. Allerdings stellt sich die Genealogie des deutschen Adels in jener Epoche äußerst kompliziert dar. Es gab viele Mischehen.«

So stammte das Wappen also von der Seite der Mutter: Durch ein deutsches Adelsgeschlecht bestand eine Verbindung zum englischen Königshaus. Als dieser Titel des Rätsels gelöst war, nannte ich dem Archivbeamten den Namen Elizabeth und bat ihn, die Angelegenheit weiter zu untersuchen. Er willigte ein und sandte mir ein paar Wochen später die folgenden Zeilen:

Werter Herr,

In den Urkunden betreffend das Haus Sachsen-Gotha ist tatsächlich eine Tochter des Grafen Albertus von Gotha namens Elizabeth aufgeführt. Es ist nur wenig über sie bekannt; sie starb anno 1773 im Alter von neunzehn Jahren und zwar, soweit ich feststellen konnte, ledigen Standes. Die Biographie des Grafen erwähnt, daß er von 1764 bis 1775 am Hofe von Mailand in diplomatischen Diensten stand. Weiter konnte ich leider nichts in Erfahrung bringen.

In der Hoffnung, Ihnen mit diesen Auskünften gedient zu haben, verbleibe ich

mit vorzüglicher Hochachtung

D
Oberster Archivbeamter
Königliches Heroldsamt

Wenn mit diesen Angaben auch nichts zweifelsfrei bewiesen war, so ließ sich daraus doch eine einleuchtende Hypothese ableiten. War es möglich, daß Elizabeth von Sachsen-Gotha ihren Vater auf seiner diplomatischen Mission nach Mailand begleitete und dort Prinz Alessandros Mätresse wurde? Sie könnte so ein Kind zur Welt gebracht haben, das zwar von edlem Geblüt, aber unehelich geboren wurde. Dies würde die rätselhafte Entscheidung des jungen Prinzen erklären, das Neugeborene in die Obhut einer Zigeunerin zu geben, um zu verhindern, daß jemand etwas von seiner Existenz erfuhr.

Ich finde meinen geistigen Gefährten

Mehr noch als mein Heim war Belrive meine Schule. Im Château herrschte ein reges Kommen und Gehen von Hauslehrern, die uns Kinder zu einem wahren Inbegriff der Aufklärung erziehen sollten. Sooft das Wetter es erlaubte, kamen sie morgens und nachmittags mit Kutsche oder Schiff aus der Stadt angereist. Herr Dienheim, ein namhafter deutscher Gelehrter, der es nie versäumte, sich der Mitgliedschaft in König Friedrichs Preußischer Akademie zu rühmen, unterrichtete uns in den klassischen Sprachen. Er tat dies mit einer Strenge, die wohl überaus bedrückend gewesen wäre, hätte er nicht die Klugheit besessen, dem Spielerischen in unseren Lektionen ebensoviel Platz einzuräumen wie der Disziplin. »Herr Fritz«, wie Victor ihn nannte, wenn er außer Hörweite war, schien für jede idiomatische Wendung und jede unregelmäßige Deklination, die wir uns merken sollten, eine Eselsbrücke gefunden zu haben. In Musik unterwies uns die elegante Madame Branicki, eine Dame fortgeschrittenen Alters, deren Finger sich nicht mehr allzu gelenkig über die Tasten bewegten, die aber vor vielen Jahren als Wunderkind an den Höfen von Zarin Katharina von Rußland und König Ludwig von Frankreich aufgetreten war. Wir lernten von ihr ebensoviel über Geschichte wie über Musik und erfuhren auch allerhand Hofklatsch. Madame Eloise, die Kammerzofe der Baronin, unterrichtete mich in Französisch und feinem Benehmen, ihre besondere Leidenschaft aber galt dem Tanz, bei dem sie noch immer die Grazie einer nur halb so alten Frau bewies.

Nach Ansicht des Barons war es für ein junges Mädchen schön und gut, aus Gründen der Etikette Musik und Tanz zu lernen, der wahre Wert dieser Künste lag für ihn jedoch in etwas ganz anderem. »Harmonie, Rhythmus, Kontrapunkt«, erklärte er, »sind *mathematische* Künste: Kalkulation, in Melodien umgesetzt. Sie bereiten den Geist darauf vor, die ewigen Naturgesetze zu verstehen. Das ist ihr fundamentaler Wert.« So wurde ich Signor Giordani vorgestellt, einem Paduaner Gelehrten, unter dessen Aufsicht Victor beim Studium der Mathematik bereits bis zur Algebra gelangt war. »Die junge Dame soll Mathematik lernen?« fragte er ungläubig. »Meinen der Herr Baron vielleicht Arithmetik?«

»Nein, mein Herr, die Arithmetik beherrscht sie schon. Ich denke an höhere Mathematik.«

»Nein, nein, nein, das ist ganz unmöglich!« widersprach Signor Giordani in seinem zirpenden italienischen Tenor. »Dem weiblichen Verstand fehlt der *esprit géométrique*. Das wäre, als gösse man guten Wein in ein Sieb.«

»Was das anbetrifft, mein Herr«, erwiderte der Baron indigniert, »so wenden Sie sich doch bitte an meine Frau Gemahlin, die anscheinend nicht die geringsten Schwierigkeiten hat, die Abhandlungen der Messieurs Descartes, Pascal und Lagrange zu verstehen. Vielleicht wird es ihr gelingen, Sie von Ihrem Irrtum zu überzeugen.«

»Ah, aber die Frau Baronin ist eine ganz außergewöhnliche Frau«, wandte Signor Giordani ein. »Sie besitzt den Intellekt eines Mannes.«

»Dann wollen wir doch sehen, ob dasselbe nicht auch für meine Tochter gilt«, entgegnete der Baron. »Denn wie sollten wir ohne objektiven Versuch beurteilen können, ob in einer unserer Frauen männliche Geisteskräfte schlummern oder nicht?«

Signor Giordani erklärte sich widerstrebend bereit, die Aufgabe zu übernehmen, aber es erwies sich, daß er in meinem Fall die weibliche Unzulänglichkeit besser eingeschätzt hatte als der Baron: Ich war mathematisch gänzlich unbegabt. Während die Geometrie noch im Bereich meiner Fähigkeiten lag, da es dabei um sichtbare Formen ging, die auf ein Blatt Papier gezeichnet werden konnten, rannen die Algebra und die höhere Analysis durch mein Gehirn wie Sand durch meine Finger, und nur wenige Körnchen blieben zurück. Als ich meiner Mutter dies voller Scham gestand, zeigte sie sich nicht sehr besorgt. »Gebrauche deinen Verstand für Dinge, die er mag«, riet sie mir. »Geschickte Rechner gibt es auf der Welt schon im Übermaß.«

»Aber der Baron erwartet von mir doch den Beweis, daß ein Mädchen ebenso gewandt mit Zahlen umgehen kann wie ein Knabe.«

Das erheiterte sie ungemein. »Ach, wirklich? Dann laß dir sagen, liebes Kind: Der Baron hat es selbst nie geschafft, eine Rechnung mit mehr als zwei Variablen korrekt zu lösen, denn auch er hat keine Begabung für Zahlen. Aber ich wage zu behaupten, daß ich diese Kunst jedem Dienstmädchen hier im Château beibringen könnte, selbst denjenigen, die kein Wort lesen können.«

So wichtig meine Lehrer waren, im Salon und bei Tisch lernte ich weit mehr als an meinem Schülerpult, denn in Belrive hörte die Bildung nie auf und war so selbstverständlich wie die Luft, die ich atmete. Während der Reisesaison versäumte es kein Philosoph, Künstler oder Literat, auf dem Weg von oder nach den Alpenpässen des Barons Gastfreundschaft in Anspruch zu nehmen. Belrive war der berühmteste Begegnungsort großer Geister im Kanton Genf (und somit, hätte der Baron an dieser Stelle betont, in der ganzen Schweiz, denn Genf stand seiner Ansicht nach zu den übrigen Kantonen »wie das Gehirn zum Bauch«). Sie kamen hierher, um zu dozieren,

Vorträge zu halten und ihre geistige Ware feilzubieten, und wurden dafür mit einer Gastfreundschaft belohnt, die einzig an einem Königshof noch großzügiger hätte sein können.

Das war es vor allem, was Victor so unerträglich selbstgefällig machte. Er behauptete, schon als kleines Kind auf den Knien der bedeutendsten Männer der Wissenschaft gesessen zu haben. Ich hatte keine Ahnung, wer Leute wie Baron d'Holbach oder Abbé Condillac sein mochten, aber ich hatte den Mann kennengelernt, mit dessen Bekanntschaft Victor sich am meisten brüstete und den er sich zum Vorbild gewählt hatte: Professor de Saussure, sein Pate und Lehrer. Der Professor, in Belrive ein häufiger Gast, war in ganz Europa als größter Schweizer Naturforscher bekannt. Er konnte über den Himmel und die Erde dozieren, und über alles, was dazwischen lag. Daneben war er ein außergewöhnlich kühner Bergsteiger, der schon die gefährlichsten Berge der Alpen erklommen hatte, alle außer dem Mont Blanc. Für die Bezwingung dieses furchterregenden Gipfels hatte er einen Preis ausgesetzt, den Victor, wie alle Jünglinge in der Schweiz, eines Tages zu erringen hoffte. Wenn Professor de Saussure zu Besuch kam, saß Victor oft stundenlang mit ihm zusammen und untersuchte die vielen Instrumente, die dieser mitgebracht hatte. Der Professor schien sein Leben damit zuzubringen, Geräte zu erfinden, die all das messen konnten, was mir als Kind unermeßlich erschien. Seine Instrumente wogen die Luft, bestimmten den Feuchtigkeitsgehalt der Wolken, berechneten das Sonnenlicht und ermittelten sogar das Blau des Himmels. Als ich einmal mit offenherziger Naivität fragte, weshalb solche Dinge überhaupt gemessen werden müßten, erntete ich herablassendes Lachen. »Erst messen wir etwas, Mademoiselle«, antwortete der Professor, »dann bezwingen wir es.« Zu seinen Erfindungen gehörte auch eine kleine Glaskugel, in der zwei winzige Kügelchen aus Holundermark hingen, anhand derer man die Elektrizität messen konnte. Der

Baron, der den Professor als Gönner unterstützte, betrachtete de Saussures Elektrometer als bemerkenswerteste Errungenschaft des Jahrhunderts. Aber der Funke in der Kugel war so schwach, daß ich, so fest ich auch mein Auge an das Glas drückte, beim besten Willen nichts erkennen konnte und mich zu fragen begann, ob das Ganze wohl ein Schwindel sei. Wieso, überlegte ich, dachte der Baron, es sei abergläubisch, an Engel zu glauben, die nur Heilige sehen konnten, wenn es nicht abergläubisch war, an springende Funken zu glauben, die nur Professoren der Akademie sehen konnten?

Sosehr Victor Professor de Saussure auch bewunderte, ich war doch zutiefst dankbar, daß er sich im Geiste grundlegend von seinem Idol unterschied. Er wäre sonst wohl nichts als ein weiterer »geschickter Rechner« gewesen. Aber Victor hatte schon in frühen Jahren einen Lehrer entdeckt, der wichtiger war als alle unsere Hauslehrer. Dieser Lehrer war Belrive. Ich meine damit das Haus selbst, das von einem allgegenwärtigen Zauber durchdrungen war, der die kindliche Vorstellungskraft anregte. In der Heiligen Schrift steht geschrieben: ›In meines Vaters Haus sind viele Wohnungen.‹ Auch Belrive, *meines* Vaters Haus, besaß viele Wohnungen, immaterielle Räume des Geistes, die in allen Ecken und Winkeln kostbares Wissen bargen. Ich konnte kaum von einem Zimmer zum nächsten gehen, ohne daß mich irgend etwas in seinen Bann zog. Besonders beeindruckend waren die gesammelten Meisterwerke, die im ganzen Haus verteilt waren. Vieles, was ich über Geschichte und Literatur weiß, erscheint vor meinem geistigen Auge noch heute als prächtige Tapisserie oder als schwelgerisches Renaissancegemälde. Es gab aber auch andere, subtilere Möglichkeiten der Belehrung; ich entdeckte sie dank Victor, der mich voller Stolz herumführte, um mir die geheimen Schätze des Châteaus zu zeigen. Er lehrte mich, daß in Belrive jedes Möbelstück, jeder Schrank, jede Vitrine und jeder verborgene Sims etwas Staunenswertens an sich hatte – vorausgesetzt, man besaß ein phantasiebegabtes Auge, um es zu bemerken, und den richtigen Geist, um es lebendig werden zu lassen. Er zeigte mir, wie jede Schnitzerei, jede Filigranarbeit, jedes Wappenbild an der Wand meine Vorstellungskraft beflügeln konnte. Die Kunst, der Einbildungskraft freien Lauf zu lassen, war denn auch sein schönstes Geschenk an mich. Indem wir uns in dieser Fertigkeit übten, wurden wir zu den geistigen Gefährten, die wir unser Leben lang bleiben sollten.

Nachts verwandelte sich das Château in einen Ort düsterer Enklaven und finsterer Korridore, was der Phantasie noch mehr Nahrung gab. Gemalte Gestalten und gemeißelte Formen schienen im flackernden Kerzenlicht lebendig zu werden. »Sieh nur«, sagte Victor, die Stimme zu einem warnenden Flüstern gedämpft, als wir durch einen dunklen Gang schritten. Er deutete auf eine reichverzierte Lacktruhe, die der Baron aus Arabien oder aus dem Reich der Tataren mitgebracht hatte. »Siehst du den Riesen, der dort auf uns lauert?« Er schlich näher und zeichnete mit dem Finger die grinsende Fratze nach, die er hinter verschlungenen Weinranken entdeckt hatte. Oder aber er blieb vor einer Vitrine voll kostbaren Porzellans stehen, beleuchtete die bemalten Teller mit seiner Kerze und schlug vor, daß wir uns zu den dargestellten Szenen Geschichten ausdachten. »Erzähl mir, was das Einhorn zur Prinzessin sagt«, befahl er und deutete auf das Bild eines Mädchens, das in einem Garten saß. »Ist es ihr Freund oder Feind? Wohin wird es wohl mit ihr reiten, wenn sie auf seinen Rücken steigt?«

Im Château gab es keine Wand und keinen Sims ohne kunstvolle Verzierungen, die eine Geschichte zu erzählen wußten. Auf Schritt und Tritt begegneten einem Episoden aus dem Mittelalter – die Abenteuer von Rittern und ihren Minnedamen, bösen Zauberern und muselmanischen Kriegern –, welche die glorreichen Zeiten von König Artus und

Markgraf Roland aufleben ließen. Wenn man genau hinschaute, entdeckte man auf Ofenkacheln und Tischbeinen eine Menagerie von Fabeltieren – Drachen und Chimären, Minotauren und Gorgonen, Zentauren und Wassergeister. Dank der Schlaguhr vor der Bibliothek lernte ich die Götter des Olymp kennen, deren Bilder auf dem Zifferblatt die Stunden bezeichneten, und aus den Marketerien auf den Läden vor meinem Fenster erfuhr ich die tragische Geschichte von Tristan und Isolde, die ein namenloser Meister Szene für Szene ins Holz geritzt hatte. Wie lebhaft erinnere ich mich noch daran, wie Victor mir die Sage erzählte, nicht die ganze Geschichte auf einmal, sondern über viele Abende verteilt, während er sorgfältig den Bildern folgte und die beiden Liebenden zum Sprechen brachte. Es war die erste Liebesgeschichte, die ich hörte, und ich fand es zutiefst ergreifend, daß es möglich war, so sehr zu lieben. »Schau«, sagte er, als er zu den letzten Bildern kam, »dies ist Tristans eifersüchtige Frau. Heimtückisch erzählt sie dem sterbenden Ritter, das Segel, das sie auf dem Meer erspäht, sei schwarz und nicht weiß; so glaubt er, daß seine Geliebte nicht kommen wird, und stirbt vor Kummer. Hör doch! Die arme Isolde wehklagt bitterlich, als sie ihn in den Armen hält. Sein Tod bricht ihr das Herz. Sie kann ohne ihn nicht leben und stirbt schließlich selbst, um im Tode wieder mit ihm vereint zu sein. Sieh nur, wie die Bäume, die auf ihren Gräbern wachsen, ihre Äste ineinander verschlingen.«

»Sind sie aus Liebe gestorben?« fragte ich und versuchte vergeblich, die Tränen zu unterdrücken, die mir bei seinem gefühlvollen Vortrag in die Augen gestiegen waren.

Victor, der mich forschend betrachtete, streckte neugierig einen Finger aus, um den Tropfen zu berühren, der auf meiner Wange glitzerte. »Es ist doch nur eine Geschichte, *piccola ragazza*«, antwortete er. »Sie ist nur so lange wahr, wie die Erzählung dauert.«

Worauf ich beschloß, die Geschichte mit meiner Vorstellungskraft jede Nacht von neuem wahr werden zu lassen, in einem Traum, in dem ich die trauernde Königin war und Victor der sterbende Ritter in meinen Armen.

Die bösen Bilder

Aber von allen Kunstwerken, die ich in Belrive sah, gab es keine, die mich stärker beeindruckten als die bösen Bilder. Auch sie wurden mir von Victor gezeigt.

Es war an einem trüben Wintertag, als die Straßen unpassierbar waren und kein Hauslehrer von der Stadt zu uns gelangen konnte. Wir hatten an diesem Morgen die Zeit damit verbracht, das Leben der Jungfrau von Orléans zu studieren, das auf einem der Wandteppiche dargestellt war. »Sie wurde als Hexe verbrannt«, erzählte Victor. »Aber dann änderte die Kirche ihre Meinung und sprach sie heilig.«

»Glaubst du, daß es jemals Hexen gegeben hat?«

»Aber es gibt sie *noch*. Und ich kann sie dir zeigen.« Seine Augen bekamen jenen schelmischen Glanz, den ich zu fürchten gelernt hatte, da er allzuoft einen üblen Schabernack ankündigte. »Warte hier«, befahl er und rannte davon, um gleich darauf mit einem großen, klimpernden Schlüsselbund zurückzukehren, der, wie ich wußte, Joseph, dem Haushofmeister, gehörte.

»Wir müssen ihn zurückbringen, ehe Joseph ihn vermißt«, sagte er mit geheimnisvoller Miene. Verstohlen, als wollte er die Kühnheit unseres Abenteuers betonen, führte mich Victor hinter das Schloß und dann zum ältesten Turm des Anwesens, einer, wie ich dachte, unbewohnten Ruine, deren schmale Fenster von Weinreben überwuchert waren. Er schlug Feuer und entzündete ein Binsenlicht, das uns auf der steilen Wendel-treppe den Weg leuchten sollte. Immer höher stiegen wir die schmalen, dunklen Stufen empor und kamen bei jedem Trep-penabsatz an verschlossenen Türen vorbei, deren Schlösser im Laufe der Jahrzehnte verrostet waren. Das flackernde Licht verlieh dem Turm eine übernatürliche Aura. Doch mehr als irgendwelche Geister fürchtete ich die Ratten und Spinnen, die im Dunkeln lauern mochten, und behielt darum stets ein wach-sames Auge. Das Mauerwerk des Turmes war alt und bröcke-lig, aber die Treppe war zu meiner Überraschung so sauber ge-fegt, als sei sie erst kürzlich benutzt worden. Und die Luft war zwar stickig, doch längst nicht so muffig, wie ich erwartet hatte. Es mußten schon andere hier hinaufgestiegen sein.

Als wir oben angelangt waren, blieb Victor stehen und ließ mich schwören, niemandem etwas von diesem Abenteuer zu verraten. Erst dann nahm er einen von Josephs Schlüsseln und öffnete eine schwere Tür, die zum Südflügel des Châteaus führte. Man hatte mir gesagt, daß die dortigen Gemächer leer stünden – seit Generationen nicht mehr bewohnt und nur noch als Abstellkammern benutzt. Als ich nun hineinging, war mir ganz beklommen zumute, denn von meinem Fenster aus hatte ich schon etliche Male gesehen, daß sich jemand in diesem Teil des Hauses bewegte. Und nachts hatte ich eine von unsichtbarer Hand getragene Kerze durch die Gänge schweben sehen.

Auf Zehenspitzen schlichen wir durch einen unbeleuchte-ten Flur zu einem Gemach, das ebenfalls verriegelt war. Vic-tor sperrte es auf, und wir betraten einen modrig riechenden Raum, an dessen Fenstern schwere Vorhänge hingen. Etwas Düsteres und Geheimnisvolles lag in der Luft, eine unheil-volle Bedrohung. »Schau«, flüsterte Victor. Er schob einen Vorhang zurück, einen Fingerbreit nur, so daß ich auf den er-sten Blick nur eine Reihe gerahmter Rechtecke an den Wän-den erkennen konnte; dann öffnete er einen weiteren Vorhang am Ende des Raumes, worauf ein heller Lichtstrahl die Dunkelheit durchbrach. Die Bilder, die dicht nebeneinander an den Wänden hingen, zogen mich augenblicklich in ihren Bann. Ich sah zarte Gestalten, die durch düstere Wälder streiften, in helle Gewänder gekleidet, die ihnen ein gespenstisches Aussehen gaben. Die Ausführung dieser Gemälde, so lernte ich später, war im Vergleich zu den Meisterwerken, die der Baron besaß, grob, ja geradezu primitiv. Doch Victor erklärte mir, daß sie nicht zur Sammlung des Barons gehörten. »Er schämt sich ihrer«, flüsterte Victor, als wir die Reihe der Bilder abschritten, die zu einem großen Teil ungerahmt waren. »Darum sind sie hier oben versteckt.«

Es war freilich nicht die künstlerische Qualität der Werke, die meine Aufmerksamkeit fesselte, sondern vielmehr die ungewohnte Fremdheit, die sie ausstrahlten. Zwar erkannte ich auf ihnen die Berge und Wälder unserer Umgebung, aber den vertrauten Landschaften haftete etwas Eigentümliches und Geheimnisvolles an. Es waren zumeist nächtliche Szenen, nur von einer schmalen Mondsichel erhellt, durchdrungen von einem geisterhaften Leuchten. Und in diesem gespenstischen Licht bewegten sich seltsame Gestalten mit langen Gewändern und Masken vor den Augen, offenbar alles Frauen. Magische Pinselstriche verliehen ihnen eine unheilschwangere Lebendigkeit. Was taten sie wohl in dieser düsteren Waldlandschaft? Auf einem Bild lagen sie, die Arme ausgestreckt, mit dem Gesicht nach unten auf dem Boden, auf einem anderen knieten sie in betender Haltung vor einem bemalten Baumstumpf oder einem mit allerlei Zierat behängten Busch, auf einem dritten tanzten sie zum Klang von Trommeln und Flöten Hand in Hand zwischen den mondbeschienenen Bäumen, die Köpfe zurückgeworfen, die Münder aufgerissen, als würden sie den Nachthimmel anheulen. Die Bilder waren unheimlich, gewiß, aber als ›böse‹, wie Victor sie genannt hatte, empfand ich sie nicht.

»Wieso sagst du, daß sie böse sind?«

»Weil es *Hexen* sind!« zischte Victor voller Empörung. »Siehst du das hier?« Er zog mich zu ein paar Bildern hinüber, auf denen die Gestalten – wiederum alles Frauen – unbekleidet waren. Ich spürte, wie ich rot wurde; Victor, der dicht neben mir stand, schien meine Verlegenheit sehr zu belustigen. Ich hatte durch die berühmten Werke in des Barons Sammlung schon gelernt, daß es statthaft war, in einem Kunstwerk einen hüllenlosen Leib abzubilden, besonders, wenn es sich um einen Frauenkörper handelte. Die Nackten auf jenen klassischen Gemälden waren wohlgeformt und makellos, Göttinnen gleich, deren glatte Haut wie Marmor anmutete. Die Art dagegen, wie die Körper auf den Bildern hier dargestellt waren, ließ jegliche Sittsamkeit oder Anmut vermissen. Sie waren nur allzu naturgetreu gemalt, in allen möglichen Stellungen sitzend oder liegend, und keine von ihnen machte die geringsten Anstalten, sich züchtig zu bedecken – gleichgültig, ob sie spindeldürr oder fettleibig, verwachsen oder von schamloser Üppigkeit waren. Da gab es alte Weiber, faltige Geschöpfe mit strähnigem grauem Haar, und junge, wohlgeformte Frauen, die ihren Kindern die Brust gaben. Nicht wenige schienen ihr eigenes nacktes Fleisch zu liebkosen, die Gliedmaßen ekstatisch verrenkt. Ein Bild war so gemalt, als blickte der Künstler der Frau von hinten über die Schulter und zeigte ihren unbekleideten Körper so, wie sie selbst ihn sehen würde: die Brüste von oben betrachtet, die Schenkel gespreizt, die Finger damit beschäftigt, das schamlos klaffende Organ zu erforschen – ein Anblick, den ich niemals auf einem Bild erwartet hätte. Alles in allem war das Gemälde von einer Freizügigkeit, die meinen jungen Geist erschreckte, aber auch faszinierte.

»Sieh dir das an!« rief Victor und deutete auf ein etwas weiter entferntes Gemälde, als sei dieses von allen das empörendste. Dabei zeigte es eine Szene, die ich sofort erkannte, hatte

100

ich dergleichen doch schon mit eigenen Augen gesehen! Da saß eine Frau mit rundem Bauch und Hängebrüsten auf einem Schemel, den Kopf zurückgeworfen, das Gesicht vor Anstrengung verzerrt, die Beine weit gespreizt in einer Stellung, die mir wohlvertraut war. Um sie herum standen andere Frauen mit Tüchern und Becken, eine von ihnen mit ausgestreckten Armen, um das Kind in Empfang zu nehmen, das im nächsten Augenblick zur Welt kommen mußte, denn die Scheide der Frau klaffte weit auseinander. Victor legte den Finger auf das Geschlechtsorgan, das die Bildmitte ausfüllte. »Weißt du, was da geschieht?« fragte er, als könnte ich dies unmöglich wissen.

Aber ich überraschte ihn. »Sie bringt gerade ein Kind zur Welt«, erklärte ich nicht ohne Stolz. »Ich habe das schon viele Male gesehen. Die Frau öffnet sich, ich habe dabei zugeschaut.«

»Das hast du nicht!« fuhr er mich ungläubig an.

»Doch, ganz bestimmt! Schau, hier kommt das Kind heraus. Die Hebamme wartet schon. Ich habe selbst schon Neugeborene in den Armen gehalten.«

Victor war verstört, versuchte es aber zu verbergen. »Daß man *so etwas* malen kann!« Er tat so, als müsse er sich übergeben. Wieso machte er das nur? Ich hatte nicht den Mut, ihn zu fragen. Wir mußten uns beeilen. »Du darfst Vater nie erzählen, daß du hier gewesen bist!« ermahnte mich Victor, als er mich wieder hinausführte.

»Aber woher kommen diese Bilder? Wer hat sie gemalt?«

»Schweig still!« befahl Victor. »Ich darf es dir nicht sagen.«

»Darf ich sie mir wieder einmal ansehen?« fragte ich, denn ich wünschte mir sehnlichst, zu den Bildern zurückzukehren.

»Vielleicht. Aber nur, wenn ich es dir erlaube.«

Noch Tage später gaukelten die Bilder durch meine Träumereien, und ich hörte auch die Musik – klagende Flöten und wilde Trommeln. Von den Bildern ging ein Zauber aus, der mich selbst in der Erinnerung noch in Erregung versetzte. Wie war es wohl, im Mondschein umherzutollen bis zur Raserei, nackt durch die Nacht zu tanzen, die feuchte Erde auf der Haut zu spüren? Es erschien mir als Gipfel der Sittenlosigkeit, und gleichwohl lockte mich das Vergnügen, das ganz offensichtlich damit verbunden war. Ich wünschte mir brennend, die Bilder erneut zu betrachten, noch größer aber war mein Wunsch, die wirklichen Szenen mitzuerleben, die auf ihnen verewigt waren. Gab es tatsächlich Leute – *Frauen* –, die sich so betrugen? War es möglich, daß der Künstler diese Bilder nach der Natur gemalt hatte? Und falls es sich so verhielt, welchem Mann hätten jene Frauen wohl erlaubt, Zeuge ihres unschicklichen Benehmens zu sein?

Die Lichtung

Für die Bildung seiner Kinder war dem Baron kein Opfer zu groß, dennoch gab es ein Gebiet, das er aus Prinzip ignorierte. Freidenker, der er war, widerstrebte es ihm, religiöse Dinge in unseren Unterricht einzubeziehen. Die Baronin fürchtete deshalb, unsere sittliche Erziehung könnte vernachlässigt werden. Sie setzte durch, daß Pfarrer Dupin von der Genfer Reformierten Kirche eingeladen wurde, regelmäßig zweimal im Monat im Château zu erscheinen, um uns Religionsunterricht zu erteilen. Obgleich der Baron, der jede Art von Theologie als bloße Seelenfängerei betrachtete, darüber murrte und ankündigte, er werde sich bei den Besuchen des Pfarrers stets außer Haus begeben, fügte er sich den Wünschen seiner Gemahlin. Er tröstete sich mit dem Gedanken, daß wir in den Händen der Reformierten Kirche, der er als guter Genfer eine gewisse patriotische Achtung entgegenbrachte, wenigstens nicht irgendwelchem »jesuitischen Geschwafel« ausgesetzt sein würden.

Pfarrer Dupin war ein gutaussehender, aber ernster junger Mann, dessen ständig gerunzelte Stirn ihn älter erscheinen ließ. Er verkörperte den gestrengen kalvinistischen Zuchtmeister, wie es die hohen geistlichen Herren von Saint-Pierre von ihm erwarteten. Obgleich er uns nicht unfreundlich behandelte, sahen Victor und ich seinen Besuchen kaum freudiger entgegen als der Baron, denn seine Anwesenheit war immer wie eine dunkle Wolke. Seltsamerweise schien auch die Baronin Vorbehalte gegen den Pfarrer zu haben, den sie doch selbst eingeladen hatte. Es verwirrte mich, daß sie sich bei jeder Gelegenheit über ihn mokierte. Wenn etwa eines von uns Kindern schmollte, lachte sie und rief: »Paß bloß auf! Sonst wirst du noch genauso griesgrämig wie Pfarrer Dupin!« Dann äffte sie seinen finsteren Blick nach, indem sie die Stirn in Falten legte und Grimassen schnitt, was Victor stets dazu ermunterte, auch seine Imitationskünste unter Beweis zu stellen.

Das war zwar alles sehr erheiternd, doch ich begann mich zu fragen, warum ich mir die Lektionen des Pfarrers zu Herzen nehmen sollte, wenn Mutter ihn als Spottfigur betrachtete. Als der Pfarrer während einer unserer Unterrichtsstunden für einen Augenblick aus dem Zimmer ging, sprach ich Victor darauf an. Weshalb ließ Mutter ihn überhaupt ins Château kommen, wenn sie sich doch nur über ihn lustig machte?

»Kannst du dir das nicht denken?« fragte Victor. »Es ist *Francine*, siehst du das nicht?«

Ich hatte natürlich bemerkt, daß sie Francine sehr zugetan war, der Gattin des Pfarrers, die ihren Mann bei seinen Besuchen stets begleitete. Ja, es hatte beinahe den Anschein, als gälten die Einladungen der Baronin mehr ihr als ihrem Gatten. Aber was besagte das schon?

Francine war ebenso fröhlich und heiter, wie der Pfarrer ernst war. Und sie war bezaubernd anzusehen: die hübscheste junge Frau, die ich je erblickt hatte. Als Pfarrersgattin war es ihr nicht erlaubt, Schmuck zu tragen oder sich zu schminken; ihr Kleid war ein schlichtes, schwarzes Gewand, das sie vom Hals bis zu den Knöcheln bedeckte, und ihr glänzendes dunkles Haar war zu einem strengen Knoten aufgesteckt. Doch sie besaß eine Schönheit, welcher der schmucklose Stil, dessen sie sich zu befleißigen hatte, nichts anhaben konnte. Ihre Gesichtszüge waren klassisch proportioniert, und die großen, freimütigen Augen schimmerten wie schwarze Perlen. Dazu bewegte sie sich mit einer natürlichen Anmut, die ihrem Gang etwas Schwebendes verlieh. Ich freut mich immer auf ihre Besuche, denn Mutter hatte angedeutet, daß Francine meine besondere Freundin werden sollte. Während der Pfarrer also seinen Unterricht erteilte oder uns die biblischen Wandteppiche im Château erklärte, saßen sie und Francine beieinander und nähten oder zeichneten, ein Zeitvertreib, den die Baronin meisterlich beherrschte. Es bereitete ihr Freude, diese Fertigkeit anderen beizubringen, und Francine war eine gelehrige Schülerin. Während ihre Zeichnungen langsam Gestalt annahmen, tauschten sie mit gedämpfter Stimme Vertraulichkeiten aus und lachten hin und wieder über einen Scherz, den nur sie beide verstanden. Bisweilen zogen sie sich mit ihren Skizzenbüchern in einen entfernteren Teil des Hauses oder in den Garten zurück und kamen erst wieder, wenn der Pfarrer seinen Unterricht beendet hatte.

Einmal stellte uns dieser eine Aufgabe und ließ uns dann allein, wie er es häufig tat. Kaum hatte er das Zimmer verlassen, schlich Victor zu mir herüber und zupfte mich am Ärmel. Als ich aufblickte, legte er warnend den Finger auf die Lippen. Vorsichtig machte er ein Fenster auf und hob mich über den Sims. Als wir beide draußen waren, rannte er flugs hinter die nächste Hecke und forderte mich auf, ihm so unauffällig wie möglich zu folgen. Ich hielt mich dicht hinter ihm, während er mich aus dem Garten hinaus in den nahen Wald führte. Wie Jäger, die der Fährte eines scheuen Wildtiers folgen, schlichen wir auf leisen Sohlen zu einer engen, schattigen Schlucht, wo zwischen hochgewachsenen Fichten ein Bergbach floß. Dieses abgeschiedene Tal war mir gänzlich unbekannt. Der einzige Zugang führte durch eine schmale Felsspalte. Als wir uns seitwärts durch diese Öffnung zwängten, drehte sich Victor zu mir um und legte erneut mahnend den Finger auf die Lippen.

Die Spalte führte schließlich zu einem Felsvorsprung, der Aussicht auf eine kleine Lichtung bot. Victor bedeutete mir, mich flach auf den Boden zu legen und ihm nach bis zum Rande des Vorsprungs zu kriechen. Die Luft war in der Mittagssonne stickig heiß und unbewegt, gesättigt vom herben Duft der Kiefern. Victor deutete zur Lichtung hinunter, und wen sah ich da? Die Baronin, die mit einem Proviantkorb neben sich auf einer Decke saß! Ein paar Schritte weiter erblickte ich Francine, die, nur mit einem Hemd bekleidet, barfuß durch den Bach watete. Auch die Baronin hatte sich bis auf die Leibwäsche entkleidet und die Strümpfe ausgezogen. Nach einigen Minuten kehrte Francine zu ihr zurück, und die beiden fingen an zu reden. Sie waren nicht weit von uns entfernt, aber das Rauschen des Baches übertönte ihre Worte. Die Baronin zeigte auf eine umgestürzte Lärche, die halb im Wasser lag, worauf Francine auf den Baum zuging und Anstalten machte, sich darauf zu setzen. Zuerst aber zog sie mit einer raschen Bewegung ihr Hemd über den Kopf und ließ es zu Boden fallen. Vollständig nackt, löste sie nun ihr Haar und schüttelte es, bis es ihr über die Schultern und weit über den Rücken fiel. Ich spürte, wie mir das Blut in den Kopf stieg, nicht allein wegen ihrer Nacktheit, sondern auch wegen der Unbefangenheit, mit der sie sich bewegte. Francine tastete sich über den Baumstamm, dehnte sich wohlig wie eine schläfrige Katze und blickte dann wieder zur Baronin, die sie anwies, sich erst so und dann wieder anders hinzulegen. Endlich fand Francine die gewünschte Stellung. Das üppige Haar lose über Schultern und Busen gebreitet, verschränkte sie die Arme hinter dem Kopf und senkte langsam die Lider, als würde sie gleich einschlummern. Die Baronin studierte eine Weile Francines Gestalt, nahm dann ihr Skizzenbuch zur Hand und fing an zu zeichnen.

Victor, der neben mir auf dem Fels lag, war von diesem Anblick hingerissen. Er verschlang Francines Körper förmlich mit den Augen. Nun würde man meinen, daß ich, die ich damals ja noch ein bloßes Kind war, nicht verstehen konnte, daß Victors Verhalten sündhaft war. Doch ich verstand es, wenn auch nur aus dem Instinkt heraus. Meine Zuneigung zu Francine – und zweifellos ein gewisses weibliches Mitgefühl – sagte mir klar, daß es unredlich war, sein dreistes Starren zu billigen; dennoch wollte ich unbedingt erfahren, was diese beiden Frauen im Sinn hatten. Hin und her gerissen zwischen Neugierde und Scham, wurde mir vor Verlegenheit ganz heiß, aber ich getraute mich nicht aufzubegehren, da ich Angst hatte, sie könnten uns hören. So vergrub ich mein Gesicht in beiden Händen und wartete ohnmächtig. Nach einiger Zeit flüsterte Victor: »Sieh nur!« Ich schüttelte nur den Kopf, aber er kniff mich so lange in den Arm, bis ich aufblickte.

Die Baronin hatte das Skizzenbuch weggelegt und sich neben Francine gesetzt, die immer noch auf dem Baumstamm lag. Sie sprachen miteinander, die Baronin berührte Francines Wange, dann fuhr sie ihr sanft mit den Fingern durchs Haar. Nach einer Weile beugte sie sich vor und gab ihr einen flüchtigen Kuß auf den Mund, dann noch einen, der weniger flüchtig war. Er zog sich so lange hin, daß mich ein ungutes Gefühl beschlich. Während er noch andauerte, wanderte ihre Hand über Francines Hals und Busen und verhielt schließlich auf der linken Brust, umfaßte sie kurz mit einer zarten Berührung, rieb mit der ganzen Handfläche über die Warze, um dann noch weiter nach unten zu gleiten. Ich konnte nicht länger zuschauen; so leise wie eben möglich kroch ich zurück und quetschte mich durch die Felsspalte. Im Nu war ich draußen und rannte Hals über Kopf in Richtung Schloß davon. Ich kümmerte mich nicht darum, ob Victor mir folgte oder nicht, doch bald schon hörte ich hinter mir seine Schritte und seinen keuchenden Atem.

Als er mich eingeholt hatte, packte er mich derb am Arm.

»Wieso bist du weggerannt?« fragte er aufgebracht. »Wenn sie dich nun gehört hätten!«

»Du hättest sie nicht beobachten dürfen. Das war gemein.«

»Oh? Und warum?«

»Das weißt du genau. Du bist ein Knabe. Du darfst sie nicht so sehen.«

Victor verzog das Gesicht. »Soll ich dir etwas sagen? Meiner Mutter wäre es einerlei.«

»Das wäre es *nicht*!« widersprach ich, fast schwindlig vor Verwirrtheit und Zorn. »Ganz gewiß nicht!«

Victor lächelte bloß selbstgefällig. »Du wolltest ihnen doch auch zuschauen.«

»Nein!« schrie ich, aber ich wußte, daß er mir nicht glaubte.

»Jetzt weißt du, warum sie will, daß der Pfarrer uns unterrichtet«, erklärte er mit überheblicher Miene.

Im Château empfing uns Pfarrer Dupin, der lange nach uns gesucht hatte, in sehr gereizter Stimmung und schalt uns heftig wegen unsers Weglaufens. »Es war so heiß im Zimmer«, versuchte Victor sich zu verteidigen. Darauf hielt uns der Pfarrer aus dem Stegreif eine Predigt über die christliche Tugend der Kasteiung des Fleisches, die wir schon etliche Male gehört hatten. Wußten wir, wie klaglos die Märtyrer des Glaubens die Qualen auf dem Scheiterhaufen ertragen hatten? Was war schon eine Stunde in einem warmen Zimmer verglichen mit ihrem heiligen Todeskampf? Victor meinte später: »Lieber würde ich auf dem Scheiterhaufen rösten, als mir nochmals diesen geisttötenden Sermon anhören zu müssen!«

Nach unserem nachmittäglichen Abenteuer wirbelten mir unzählige Fragen durch den Kopf. Obwohl ich Victor noch immer zürnte, ergötzte ich mich insgeheim an dem verbotenen Wissen, das er mir offenbart hatte. Ich wollte, daß er mir mehr erzählte. Ja, ich wollte, daß er mir sagte, wie ich darüber denken sollte. Zu meiner Überraschung hatte er ebenso viele Fragen wie ich.

»Würdest du Francine gern küssen?« wollte er wissen.

»Ja«, antwortete ich ohne zu zögern, denn das tat ich häufig – immer wenn wir uns begrüßten oder uns voneinander verabschiedeten. »Ich habe sie schon oft geküßt.«

»Nicht so, wie Mutter es getan hat. Würdest du sie gern auf diese Weise küssen?«

Ich wußte nicht recht, was ich sagen sollte. »Ich weiß nicht... Vielleicht.«

»Und sie so berühren, wie Mutter es getan hat? *Da*?« Er stupste mit dem Finger nach meiner Brust, die freilich mit Francines vollem Busen nicht zu vergleichen war. »Oder *da*?« Er versuchte, mich weiter unten zu berühren, aber ich wich ihm aus.

Was sollte ich antworten? Erwartete er, daß ich Mutters Verhalten mißbilligte? Ich brachte weder ein Ja noch ein Nein über die Lippen. Tatsächlich hätte ich gerne gewußt, wie Francines Körper sich anfühlte, denn mein eigener Leib würde bald schon anfangen, dem ihren zu gleichen. Doch die Baronin, das war mir klar, hatte sie nicht aus Neugierde berührt. »Sie hat Francine ihre Zuneigung gezeigt...«

»Aber könntest du es tun? Würdest du es *wollen*?«

»Wenn Mutter es tut«, antwortete ich mit schwacher Stimme, aber so, als sei dies die einzig mögliche Antwort. Ich wußte, daß Victor niemals die Richtigkeit von etwas, was seine Mutter tat, in Frage stellen würde; doch in meinem Innern war ich voller Zweifel, und ich ärgerte mich, daß er mir das Gefühl gab, ein unwissendes Kind zu sein.

Ich werde in Mutters
Werkstatt eingeladen

Andere Fragen, die mir durch den Kopf wirbelten, wurden ein paar Wochen später ganz zufällig beantwortet.

Als ich eines Tages allein im Garten spielte, nutzte ich die Gelegenheit, um heimlich noch einmal in den Südturm hinaufzusteigen, denn ich hoffte, mir auf irgendeine Weise Zugang zu dem Flügel zu verschaffen, der die seltsamen Bilder beherbergte. Zu meiner Überraschung fand ich die Tür unverschlossen. Ich öffnete sie und schlich durch den düsteren Korridor. Ich gab mir alle Mühe, auf dem knarrenden Fußboden leise aufzutreten, aber ehe ich das gesuchte Zimmer erreichte, ging eine Tür auf, und vor mir stand die Baronin.

»Elizabeth?« rief sie, eher überrascht denn mißbilligend. Betreten stand ich vor ihr und brachte kein Wort heraus. Sie blinzelte ungläubig auf mich herunter, als sei ich ein Truggebilde. Ihr Äußeres war kaum wiederzuerkennen. Das ungekämmte Haar nachlässig in einen Turban gestopft, die Füße bloß, war sie mit einem grauen Kittel bekleidet, der ihr bis unter die Knie reichte. Er war mit Flecken in allen erdenklichen Farben übersät, in der Taille ungegürtet und auf der ganzen Länge offen. Obgleich es im trüben Licht nicht richtig zu erkennen war, glaubte ich zu sehen, daß sie darunter kein Mieder trug, ja überhaupt nichts außer einem Unterrock. Eine ganze Weile stand sie einfach da und schaute mich prüfend an. Dann kam sie näher und berührte mit der Hand meine Wange, was sie davon zu überzeugen schien, daß ich keine Erscheinung war. Erst jetzt schob sie ihren Kittel zusammen und knöpfte ihn an der Taille zu. »Wie bist du hier hereingekommen?« fragte sie.

»Die Tür war offen.«

»Bist du auf Entdeckungsreise?« Als ich schüchtern bejahte, lächelte sie und betrachtete mich weiter mit dem seltsam abwesenden Blick, den ihre Augen bisweilen annahmen. Sie schien dann nachdenklich einer Stimme zu lauschen, die außer ihr niemand hören konnte. Manchmal stand sie minutenlang gedankenverloren da, während sie sich mit dem grünen Zweiglein, das sie stets bei sich trug, langsam über die Wange fuhr. »Komm«, sagte sie schließlich.

Als ich ins Zimmer trat, wurde mir klar, wieso sie so leicht bekleidet war. Da wir uns direkt unterm Dach befanden, war es unerträglich stickig im Raum, obgleich die Fenster offen standen. Überall lag Staub, der einem förmlich in die Nase stieg. Doch ich kümmerte mich nicht darum, sondern blickte verwundert um mich. Fast wähnte ich mich in einem Museum: An der Decke und den getäfelten Wänden hingen unzählige skurrile pflanzliche und tierische Gebilde – ausgestopfte Tiere, Skelette, Hörner, Stoßzähne, getrocknete Häute. Es gab Tische mit Körben, die randvoll waren mit Muscheln und Steinen, Regale, auf denen sich rätselhafte Gerätschaften türmten, Vitrinen, die vollgestopft waren mit exotischen Statuetten und Figurinen. In dunklen Nischen konnte ich ganze Reihen von Glasgefäßen ausmachen, gefüllt mit farbigen Flüssigkeiten, in denen seltsame Gebilde schwammen, die ich nur undeutlich erkennen konnte: Schlingpflanzen und Ranken oder aber präservierte Überreste von Insekten und Tieren. Die Wände waren voll von altertümlichen Karten und geheimnisvollen Emblemen, die vielfach zu grotesken Monstrositäten verzerrte menschliche Körperteile darstellten.

Der ganze Raum war furchtbar unordentlich. Auch hingen

stechende chemische Gerüche in der Luft, die mich in der Nase kitzelten. »Nicht gerade ein Damenzimmer, was?« lachte meine Mutter. »Wie du siehst, machen die Dienstboten hier nicht sauber, es ist ihnen nicht erlaubt. Ich ziehe es vor, hier ungestört zu sein, um in Ruhe meiner Arbeit nachgehen zu können. Ah – du fragst dich bestimmt, was das für eine ›Arbeit‹ sein mag. Nun, da du schon hier bist, werde ich deine Neugierde stillen. Es ist Zeit, daß du es erfährst.«

Sie führte mich durch den Raum. Es gab unzählige absonderliche Dinge zu sehen, doch diese waren schnell vergessen, als wir schließlich in eine Nische traten und dort Mevrouw van Slyke vorfanden, die gemütlich auf der plüschbezogenen Fensterbank saß. »Willkommen, kleine Maus«, sagte sie.

Mevrouw van Slyke und ihr Gemahl waren hohe Gäste aus Amsterdam, die schon einige Tage bei uns weilten. Sie war eine außergewöhnliche Frau, vielleicht ein paar Jahre älter als die Baronin. Wenn man sie reden hörte, konnte man nicht umhin zu denken, sie müsse alle Bücher der Welt gelesen haben. Ganz bestimmt sprach sie alle Sprachen, von denen ich je gehört hatte, einschließlich des Idioms der Algonkin-Indianer in der Neuen Welt. Sie war eine geborene Ungarin und behauptete, die Inkarnation einer Indianerprinzessin zu sein. Die van Slykes, überzeugte Jünger eines großen Denkers namens Swedenborg, hatten kürzlich in Genf für Aufruhr gesorgt, als sie über dessen erstaunliche Lehren referierten. Es verstand sich von selbst, daß sie für die Dauer ihres Aufenthalts unsere Gäste waren.

»Nun denn«, hatte der Baron mit offensichtlicher Freude verkündet, als er die van Slykes willkommen hieß, »so werden wir jetzt erfahren, was dieser bemerkenswerte Swedenborg zur großen Sache der Aufklärung und der menschlichen Tugend beizutragen hat.«

Im Salon und im Speisezimmer kam es zu lebhaften Diskussionen über Swedenborgs Lehren, metaphysische Diskurse, die mein kindliches Begriffsvermögen natürlich bei weitem überstiegen. Vor allem meine Mutter schien entzückt über alles, was sie hörte, und war mit Mevrouw van Slyke stets in angeregte Gespräche vertieft. Aber ich konnte sehen, daß der ewig skeptische Baron bald schon ungeduldig wurde. Ein hitziges Wortgefecht ist mir besonders deutlich in Erinnerung geblieben, denn zu meinem Erstaunen wurde ich dabei als »lebender Beweis« für Swedenborgs Torheit angeführt. Vater machte sich an jenem Abend darüber lustig, daß Swedenborg prophezeit hatte, im Jahre 1757 würde die Welt untergehen – und vor allem darüber, daß er behauptet hatte, sie sei *tatsächlich* untergegangen, obgleich der Prophet selbst danach noch mehrere Jahre weitergelebt hatte. Wie war es möglich, daß ich den Weltuntergang gar nicht bemerkt hatte? Der Baron zeigte mit der Gabel quer über den Tisch auf mich und fragte: »Hast du gehört, Elizabeth? Hier ist ein Mann, der glaubt, die Welt sei untergegangen, noch ehe du ihr Licht erblickt hast. Und dennoch sitzt du hier und schlägst dir den Bauch voll mit Celestes vortrefflichem Dessert. Und schmeckt es nicht unglaublich köstlich, mein Liebes?«

»Doch«, antwortete ich schüchtern und fühlte, daß alle Augen auf mich gerichtet waren.

»Da sehen Sie, mein Herr«, meinte Vater triumphierend zu Mijnheer van Slyke, »die *crème moulée* zeigt es auf: Indem das Mädchen sich daran gütlich tut, wird es zum lebenden Beweis für Swedenborgs Torheit.«

Doch Mijnheer van Slyke, ein nervöser, kleingewachsener Mann mit zerfurchter Stirn und einem chronischen Katarrh, der glotzäugig durch dicke Brillengläser starrte, ließ sich nicht beirren und beeilte sich, Vater zu berichtigen: »Nein, nein, mein Herr! Sie unterliegen hier einem Mißverständnis. Die Lehre ist, daß 1757 die *materielle* Welt untergegangen sei. Die *materielle* Welt. Swedenborg sagt, daß wir danach ins Reich des Himmlischen Menschen eingetreten sind, begreifen Sie das nicht? Wir alle sind in die geistige Welt wiedergeboren worden.«

»Ah, nun gut, mein Herr«, entgegnete Vater reichlich aufgebracht, »wenn dem so ist, hätte ich einen schönen Batzen sparen können, wenn ich meine geistige Köchin geheißen hätte, für Sie eine geistige Gans zuzubereiten. Und ich glaube, ich hätte Ihnen dazu noch weit mehr geistigen Wein kredenzen können, als Sie sich bereits einverleibt haben. Aber ich frage mich, ob Ihr geistiger Bauch dann auch nur halb so voll wäre, wie er jetzt ist.«

Von all den anderen mannigfaltigen Themen, die besprochen wurden, weckte nur eines mein Interesse. Victor, der stets behauptete, alles zu verstehen, was die Erwachsenen erörterten, erklärte mir nämlich, daß Swedenborg schon vor seinem Tode mit den Engeln gesprochen habe und im Himmel gewandelt sei. Bei der nächsten Gelegenheit fragte ich Vater unter vier Augen, ob das wirklich stimmte.

»Es stimmt, daß der Mann *gesagt* hat, er habe es getan«, antwortete der Baron mit feinem Spott. »Dasselbe sagt auch jeder Irre, den man auf der Straße trifft. So ist das leider. Obschon wir im Zeitalter der Vernunft leben, geht immer noch der Wahnsinn bei uns um – und nicht selten läuft er auf Stelzen.«

Vaters Verhältnis zu Mevrouw van Slyke gestaltete sich kaum erfreulicher. Er störte sich an ihrem forschen Auftreten und ihrem schonungslosen Witz. Das Schlimmste war, daß sie es wagte, in Vaters Gegenwart Voltaire zu kritisieren. »Ein geistreicher Mann«, hatte sie erklärt, »aber nicht halb so weise wie die Häuptlinge meiner indianischen Ahnen, deren Wissen sich gänzlich aus der Natur entwickelt hat.« Daß sie behauptete, ein Volk von Wilden übertreffe den großen Voltaire an Brillanz, war mehr, als er ertragen konnte. Später hörte ich ihn sagen, sie sei ein »dreistes Mannweib«. Dies war also die Dame, der ich mich nun in Mutters Werkstatt gegenübersah.

114

»Elizabeth stattet uns einen Besuch ab, Magda«, erklärte sie.

»Ah, natürlich. Wir haben uns schon gefragt, wer da wohl im Korridor herumschleicht und uns nachspionieren will«, sagte Mevrouw van Slyke und bedeutete mir, neben ihr Platz zu nehmen. »Bist du schon einmal im Atelier deiner Mutter gewesen?«

»Nein, noch nie. Ich habe gar nicht gewußt, daß es hier ist.«

»Dann hast du noch viel zu lernen über die mannigfachen Talente deiner Mutter. Sie gehört zu den bemerkenswertesten Frauen unserer Zeit. Ich glaube, daß sie wie der große Swedenborg im Himmel gewandelt ist.«

Mevrouw van Slykes Aufmachung war womöglich noch nachlässiger als das der Baronin. Das zerzauste Haar fiel ihr offen über die Schultern, und ihr Leib verströmte einen säuerlichen Schweißgeruch. Sie schien gerade eine gewaltige körperliche Anstrengung hinter sich zu haben, denn Wangen, Hals und Brust waren stark gerötet, und ihr Atem ging schwer. Ich sah ihre Kleider in einem Haufen auf dem Boden liegen; am Leibe trug sie einzig ein hauchdünnes, beinahe durchsichtiges Unterkleid, das an ihrem feuchten Fleisch klebte und ihre großen, üppigen Brüste so deutlich hervortreten ließ, als seien sie gänzlich unbedeckt. Was mich aber am meisten erstaunte, war die dicke Zigarre, die sie zum Mund führte. Sie sah so aus wie diejenigen, die Vater seinen männlichen Gästen zu offerieren pflegte, aber eine Frau hatte ich bisher noch nie rauchen sehen.

»Deine Mutter hat mich gezeichnet«, bemerkte sie. »Möchtest du das Bild sehen?«

»Ja, liebend gern.«

Aus dem Augenwinkel sah ich, daß die Baronin hastig den Kopf schüttelte. Dazu sagte sie etwas auf deutsch.

»Ah, ja natürlich. Dann zeig dem Mädchen doch etwas Geeigneteres«, antwortete Mevrouw van Slyke.

Mutter ging zu ein paar Gemälden hinüber, die an der Wand lehnten. Sorgfältig wählte sie ein Bild aus und stellte es auf eine Staffelei. »Da, sieh dir das an.« Obgleich es noch unfertig war, erkannte ich, daß es eines der ›bösen Bilder‹ war, die ich gesucht hatte. Da waren dieselben geisterhaften Frauen, die in langen Gewändern durch dunkle Wälder streiften; diesmal hielten sie sich in einem Kreis bei den Händen gefaßt und vollführten einen wilden Tanz. In der Mitte aber lag eine weibliche Gestalt, die ich augenblicklich wiedererkannte, obwohl ihr Gesicht noch ein verschwommener Fleck war. Es war Francine, die unbekleidet dalag, genau wie Victor und ich sie an jenem Nachmittag in der Lichtung gesehen hatten.

»Nun, was denkst du?« fragte Mutter mit fröhlicher Stimme.

»Hast *du* das gemalt?« entgegnete ich verblüfft.

»Findest du es seltsam, daß eine Frau malt?« fragte sie sichtlich belustigt und zwinkerte Mevrouw van Slyke zu. »O ja, es ist mein Werk. Bilder zu malen bereitet mir große Freude – obwohl ich natürlich alles andere als eine Meisterin bin.«

»Ich bitte dich!« widersprach Mevrouw van Slyke. »Kein Mann würde eine Frau je als ›Meisterin‹ anerkennen, und wenn sie großartiger malte als Raffael. *Unsere* Kunst ist nicht *ihre* Kunst. Doch was tut ihr Urteil schon zur Sache? Sag mir, Elizabeth, wie gefällt dir ihr Bild?«

»Ich finde es ziemlich merkwürdig«, antwortete ich. »Und auch wunderschön... auf eine besondere Art.«

»Findest du wirklich?« fragte Mutter. »Es ist lieb von dir, das zu sagen.«

»Das Mädchen hat den richtigen Blick. Und es hat Verstand«, meinte Mevrouw van Slyke. »Es hat bereits die Anlagen zu einer richtigen Frau.«

»Aber gibt es wirklich Leute wie die auf dem Bild?« fragte ich.

»O ja, die gibt es«, war die Antwort.

»Sind es Hexen?«

Auf ihrer Stirn zeigte sich unverkennbare Besorgnis.

»Wer hat das gesagt?« fragte Madame van Slyke.

»Sie sehen aus wie Hexen … finde ich.«

Die Frauen wechselten wiederum ein paar Worte auf deutsch. Und abermals schien eine Woge der Nachdenklichkeit die Baronin von mir wegzutreiben.

»Es sind keine Hexen, wie du sie aus Märchen kennst, liebes Kind«, antwortete Mevrouw van Slyke. »Betrachte sie nicht als solche. Betrachte sie vielmehr als *weise* Frauen.«

»Hat es denn solche Frauen in unseren Wäldern?«

Mutter lächelte. »Wenn die Zeit dafür reif ist, sollst du mehr über sie erfahren. Dann werde ich dir noch andere Bilder zeigen. Bis dahin mußt du diese Gemächer als meine privaten Räumlichkeiten respektieren – du darfst sie nur mit meiner Einwilligung besuchen. Verstehst du das?«

»Ja, aber ich würde gerne mehr wissen.«

»Das wirst du auch. Doch laß dies für eine Weile mein Geheimnis bleiben: daß du hier bei Magda und mir warst, und worüber wir gesprochen haben. Hast du nicht auch deine Geheimnisse?«

Sie fragte, als wüßte sie, daß dem so war. Und natürlich mußte ich gleich an ein ganz bestimmtes Geheimnis denken. »Ja«, antwortete ich. »Und ich werde dein Geheimnis hüten, das verspreche ich.«

»Wirst du mich auch einmal malen?« fragte ich, als sie mich wieder aus dem Atelier hinausbegleitete.

»Ja, das werde ich. Unbedingt.«

»Wann?«

Wieder schienen ihre Gedanken zu wandern. »Bald schon, denke ich. Wenn du eine von uns wirst.«

Wenige Tage danach ging der Besuch der van Slykes mit einem kleineren Fiasko zu Ende. Eines Nachts, als ich bereits im Bett lag, hörte ich erboste Stimmen durch das Château gellen. Ich war sicher, auch das Organ des Barons zu vernehmen, den ich noch nie in einer derartigen Entrüstung erlebt hatte. Als die van Slykes am nächsten Morgen abreisten, herrschte eine frostige Atmosphäre. Zwar schlossen die Baronin und Mevrouw van Slyke einander liebevoll in die Arme, doch der Baron und Mijnheer van Slyke hatten offensichtlich beschlossen, nie mehr ein Wort miteinander zu wechseln. Vater weigerte sich, auch nur einen Fuß vor die Tür zu setzen, um seinen Gästen Lebewohl zu sagen. Statt dessen hörte ich, wie er »Ein Glück, daß wir die los sind!« knurrte, als die Kutsche langsam von dannen rollte. »Ich werde in meinem Hause kein Swedenborgsches Gesindel mehr dulden. Der Mann ist ein Halunke und die Frau kaum besser als eine Dirne.« Mutter suchte Mevrouw van Slyke zu verteidigen, doch der Baron kannte kein Pardon. »Nach meiner Erfahrung, meine Teure, würde nur eine Dirne auch nur eine Sekunde in einem Raum bleiben, in dem ein derartiger Vorschlag gemacht wird – und nur ein übler Kuppler würde ihn überhaupt machen. *Ergo* sind sie Gesindel. Das saubere Pärchen wird mit seinen Vorträgen nicht mehr viel erreichen, als ein paar Leichtgläubige an der Nase herumzuführen.«

An jenem Tag verbreitete sich im Château wie ein Lauffeuer das Gerücht, Baron Frankenstein habe Mijnheer van Slyke zum Duell gefordert. War das wirklich wahr? Victor bestätigte es.

»Aber warum nur?« fragte ich.

»Weil Swedenborg lehrte, daß der Mann sich eine Konkubine nehmen soll.« Victor hatte eine Art, mich zu necken, die er besonders liebte, mich aber sehr verdroß: Wörter zu verwenden, die ich nicht kannte, so daß ich gezwungen war, ihn um eine Erklärung zu bitten. Ich gestand, daß ich keine Ahnung hatte, was eine ›Konkubine‹ war.

»Eine Art Nebenfrau, mit der ein Mann das Bett teilt.«

»Ist das denn erlaubt?« fragte ich.

»Nur in der Kirche der Swedenborgianer. Und natürlich bei den Ungläubigen.«

»Aber weshalb sollte ein Mann eine Nebenfrau wollen?«

»Nun, siehst du, Männer haben eben außerordentlich starke Bedürfnisse.«

»Was für Bedürfnisse?«

»Jetzt komm schon! Nach den Dingen, die Mann und Frau im Bett tun. Und die Tiere auf dem Bauernhof. Du hast bestimmt auch schon den Stier und die Kühe dabei beobachtet.«

»Und wenn schon, was hat das alles mit den Bedürfnissen des Mannes zu tun?«

»Ganz einfach. Eine Frau genügt eben nicht, um die Fleischeslust eines Mannes zu befriedigen; vielleicht vermögen das nicht einmal mehrere Frauen. Deshalb müssen sich Männer eine Konkubine nehmen.«

»Ist das bei den Frauen ebenso?«

»Ganz und gar nicht! Frauen haben nur ein sehr geringes Verlangen. Es wird von ihrem Ehegatten mehr als ausreichend befriedigt.«

»Und Männer sind also wie Zuchtstiere? Ist es das, was du aus deinen Beobachtungen an den Kühen gelernt hast?« Es war das erste Mal, daß ich so dreist zu Victor sprach. Ich fand es recht vergnüglich.

»Ich habe gelernt, daß Frauen dazu bestimmt sind, Mütter zu werden. Ihre Bedürfnisse werden auf diese Weise befriedigt.«

»Ich frage mich, woher du soviel über die Bedürfnisse der Frauen weißt, Victor. Oder der große Swedenborg. Oder irgendein Mann.«

Er antwortete mit einem ergebenen Seufzen. »Das ist doch allgemein bekannt.«

»Allgemein bekannt? Aber anscheinend nur bei der *Hälfte* der Menschheit. Eine merkwürdige Arithmetik für einen Mathematiker, ich muß schon sagen!«

»Die Hälfte kann schließlich über das Ganze Bescheid wissen.«

»Die Hälfte *denkt* vielleicht, daß sie Bescheid weiß. Doch wie kann sie es genau wissen, wenn sie nicht fragt? Jetzt will ich dir sagen, was ich von unseren Küchenmägden gelernt habe: ›*Un coq suffit à dix poules, mais dix hommes ne suffisent pas à une femme.*‹«

Da wurde er rot, was mir nur noch mehr Vergnügen bereitete. »Ich habe dir nur gesagt, was Swedenborg dachte«, versetzte er.

»Aber warum war Vater so erzürnt?«

Victor grinste unverfroren. »Weil Mijnheer van Slyke vorschlug – stell dir das bloß vor! –, er könne sich in Genf niederlassen und *Mutter* zur Konkubine nehmen.«

»Du meinst, um mit ihm das Bett zu teilen?«

»Natürlich. Dafür bot er Vater an, sich Mevrouw van Slyke als *seine* Konkubine zu nehmen.«

Ich dachte an Mijnheer van Slyke mit seinen schiefen Zähnen und dem schniefenden Katarrh. Ich könne mir nicht vorstellen, daß Mutter an ihm Gefallen finden würde, sagte ich.

»Nun«, erklärte Victor, »das sollte keine Rolle spielen. Was zählt, sind die Bedürfnisse des Mannes – glaubte zumindest Swedenborg.«

»Wie denkst du über diese Dinge?« fragte ich. »Wünschst du dir auch eine Konkubine, die das Bett mit dir teilt? Oder besser noch fünfzig Konkubinen?«

»Also bitte! Swedenborg behauptete, seine Erkenntnisse stammten aus der geistigen Welt. Ich aber bin ein Freidenker. Wie sollte ich solche Ideen ernst nehmen? Außerdem möchte ich Wissenschaftler werden. Was brauche ich da fünfzig Frauen?« Als er mein spöttisches Lächeln sah, fügte er hinzu: »Oder auch nur eine *einzige*?«

Vier noch erhaltene Gemälde von Caroline Frankenstein

Erst im Jahre 1806, als ich endlich Gelegenheit hatte, Belrive zu besuchen, wurde mir klar, mit welch lüsternen Gruselphantasien ich den Frankensteinschen Familiensitz umwoben hatte. Da es der Ort war, wo Victor Frankensteins unheilige Ambitionen herangereift waren und seine Braut ins Verderben geführt wurde, hatte es sich in meiner Vorstellung zum Inbegriff eines Spukschlosses entwickelt.

Erst als ich das, was aus Belrive geworden war, mit eigenen Augen sah, erkannte ich, welch törichte Erwartungen ich gehegt hatte. Denn, Gott sei's geklagt, es gab nicht mehr viel zu sehen. Das einst so prächtige Château hatte unzählige Plünderungen erlebt; vom Keller bis zum Dach hatte man es erbarmungslos all seiner Schätze beraubt. Die Tapeten hingen in Fetzen herunter, und die Wände waren mit revolutionären Parolen verschmiert. Welch schmerzlicher Anblick! Wo zur Zeit des *ancien régime* Damen und Herren von Rang und Namen getafelt und parliert hatten, biwakierten nun gemeine Soldaten. Ein Großteil des Château war entweder den revolutionären Elementen zum Opfer gefallen, die während der unruhigen Zeiten der Helvetischen Republik in Genf gewütet hatten, oder aber den marodierenden Truppen im Gefolge der Feldzüge, die in großer Zahl dieses umkämpfte Gebiet durchquert hatten.

Bei meinem Besuch hatte sich eine ganze Brigade von Schweizer und Mailänder Söldnern in den Diensten des Kaisers auf dem Anwesen einquartiert. Der verantwortliche französische Kommandant, ein gewisser Marschall Chabânnes, gestattete mir, das Château und seine Nebengebäude zu erkunden, machte mir aber wenig Hoffnung, daß ich noch irgendeinen der Kunstschätze finden würde, die einst das

Haus geschmückt hatten. Diese – insbesondere die kostbare Automatensammlung des Barons – waren, wie er glaubte, bereits während der ersten offiziellen Konfiskationen verschwunden, welche die Genfer Revolutionsregierung vorgenommen hatte. Was aus den Automaten geworden war, hatte ich bereits selber eruieren können. Einige der von Elizabeth Frankenstein beschriebenen Stücke waren nämlich in Museen und Privatsammlungen auf dem Kontinent und sogar in New York City aufgetaucht. Ich hatte gehofft, irgendwo auf dem Anwesen noch Familienurkunden zu finden oder mit ehemaligen Dienstboten sprechen zu können. Aber ich wurde enttäuscht; obwohl ich einen ganzen Nachmittag lang alles gründlich durchsuchte, fand ich nichts, das irgendeinen wissenschaftlichen Wert gehabt hätte. Nicht einmal die Bibliothek war von den Plünderungen verschont geblieben, ihre Bücherregale waren leer. Da so gut wie keine Möbel und persönliche Effekten mehr vorhanden waren, konnte ich nicht einmal die wichtigsten Räume erkennen, die einst von den Familienmitgliedern benutzt worden waren. Was die Bediensteten betrifft, so gelang es mir zwar, einige der jüngeren in anderen Herrenhäusern der Umgebung aufzuspüren, doch entweder wußten sie tatsächlich nichts über die Gewohnheiten der Familie, oder sie taten so. Die Personen, die in der Geschichte eine bedeutende Rolle spielten – Joseph, der Haushofmeister, und Celeste, die Köchin – waren bereits verstorben; von Eloise, der Kammerzofe der Baronin, fehlte jede Spur.

Es blieb mir nichts anderes übrig, als auf friedlichere Zeiten zu warten. So machte ich mich im Jahre nach Napoleons Niederlage bei Waterloo daran, nach Memorabilien der Familie Frankenstein zu suchen, indem ich Anzeigen in diverse französische und Genfer Blätter setzen ließ. Im April 1816 war mir das unglaubliche Glück beschieden, eine Antwort zu erhalten: ein Schreiben eines Pariser Kunsthändlers, der meldete, im Besitze von vier Gemälden zu sein, die mit ›C. Frankenstein‹ signiert seien. Zuerst begriff ich nicht, was dies zu bedeuten hatte, so fern waren die Bilder der Baronin Frankenstein meinen Gedanken. Als ich dann aber die kurzen Beschreibungen des Kunsthändlers las, erkannte ich, daß es sich um die ›bösen Bilder‹ handeln mußte, die Elizabeth Frankenstein in ihren Memoiren erwähnt.

Ich füge das Schreiben hier an, denn es enthält eine äußerst aufschlußreiche Beurteilung der Bilder durch einen unabhängigen Kritiker, der nichts über ihren Ursprung wußte.

Werter Herr,

Ihre Anzeige im *Courrier Français* betreffend Besitztümern, die einst der Familie von Baron Alphonse Frankenstein aus Genf gehörten, ist in meine Hände gelangt. Ich glaube, Ihre Anfrage beantworten zu können. In meinem Besitze befinden sich nämlich vier Gemälde, die von einem gewissen ›C. Frankenstein‹ signiert sind, einem Künstler, dessen Werk mir völlig unbekannt ist.

Die Bilder sind höchst ungewöhnlich, sowohl in bezug auf die Motive als auch in bezug auf ihre Ausführung. Ich kann ehrlicherweise nicht behaupten, daß sie einen künstlerischen Wert besitzen, denn sie lassen wenig formale Schulung in Anatomie und Perspektive erkennen. Ja, die Bilder weisen beinahe gewollte Verzerrungen auf, die eine abstoßend dilettantische Wirkung hervorrufen. So unbeholfen der Stil des Künstlers sein mag, die gewählten Motive sind noch weitaus primitiver. Ich werde mich nach besten Kräften bemühen, die Gemälde zu beschreiben; Sie müssen jedoch verstehen, daß mir diese Aufgabe widerstrebt und ich sie nur erfülle, damit Sie beurteilen können, ob die Werke zu den von Ihnen gesuchten gehören.

Sämtliche Bilder zeigen weibliche Akte, die mit einer Ausnahme in freier Natur dargestellt sind, und zwar in höchst provozierenden Posen. Ich möchte ganz offen sein: Man könnte sie geradezu als pornographisch bezeichnen, wenn viele der abgebildeten Gestalten nicht ausgesprochen häßlich wären. In der Tat kenne ich keinen Maler, der sich erniedrigt hätte, derart mißgestaltete weibliche Körper abzubilden, geschweige denn, deren Anatomie mit solch widerwärtiger Anschaulichkeit darzustellen. Bei einem der Bilder scheint es sich um eine entsetzlich geschmacklose Studie zum Thema Schwangerschaft zu handeln; es zeigt eine Gruppe nackter Gestalten, die sich in verschiedenen Stadien ebendieses Zustandes befinden. Auf einem anderen sind eindeutig sapphische Praktiken zu sehen, über die ich kein weiteres Wort verlieren möchte. Ein drittes Bild zeigt eine Art Feier mitten im Wald, bei der eine menschenähnliche, aus Zweigen oder Weidenruten gefertigte Puppe im Mittelpunkt steht. Ich vermute, daß es sich dabei um die Nachahmung eines prähistorischen druidischen Ritus handelt, um ein Erntedankfest vielleicht. Auf dem vierten Bild schließlich, sorgfältiger ausgeführt als die anderen, ist der schauerliche Wassertod einer unbekannten nackten Frau dargestellt.

Ich werde Sie hier nicht mit langen Ausführungen darüber behelligen, wie die Gemälde in meinen Besitz gelangt sind. Ich möchte nur bemerken, daß ich ernsthaft erwogen habe, diese künstlerisch wertlosen und zur öffentlichen Zurschaustellung gänzlich ungeeigneten Werke zu vernichten. Einzig meine Neugierde hinsichtlich des Künstlers hat dieses Vorhaben bisher verhindert. Falls Sie mir also irgendwelche Auskünfte über Monsieur Frankenstein erteilen könnten, wäre ich Ihnen sehr verbunden. Und ich bin selbstverständlich bereit, Ihnen ein vorteilhaftes Verkaufsangebot für ein Bild oder alle vier zu unterbreiten.

Mit vorzüglicher Hochachtung

Gaston de Rollinat
Galerie Lamennais
14 Blvd de Grenelle

Sobald es die Umstände gestatteten, reiste ich nach Paris, um Monsieur de Rollinat aufzusuchen, der sich als ein äußerst liebenswürdiger und kultivierter Mann erwies. Er erzählte mir, daß die Gemälde aus dem Nachlaß eines französischen Offiziers stammten, der offenbar auf seinen Feldzügen im Solde des Kaisers ziemlich wahllos alle möglichen *objets d'art* zusammengerafft hatte. Monsieur de Rollinat wollte nicht näher auf die Angelegenheit eingehen und gab an, er habe den gesamten Nachlaß gekauft, ohne viele Fragen zu stellen. Er vermutete, daß die Gemälde Kriegsbeute waren, wie etliche andere Besitztümer des Obersten auch. Ehe er mich ins Hinterzimmer seiner Galerie führte, um sie mir zu zeigen, meinte er beinahe entschuldigend, er habe mich ja gewarnt. »Ihr Engländer«, bemerkte er, »begegnet derartigen Werken vermutlich mit weniger Nachsicht als wir, die wir im Pariser Künstlermilieu zu Hause sind.«

Die Gemälde waren in der Tat so dilettantisch und schamlos erotisch, wie es nach seinen Schilderungen zu befürchten gewesen war. Das Bild, das er als »sapphisch« bezeichnet hatte, stellte sich als besonders empörend heraus. Ich möchte die Beschreibung auf die Feststellung beschränken, daß es Frauen zeigte, die sich allein oder zu mehreren hemmungslosen sexuellen Ausschweifungen hingaben. Im Zuge meiner Nachforschungen war ich damals bereits mit gewissen erotischen Illustrationen in hinduistischen Schriften in Berührung gekommen, die mich in dieser Hinsicht etwas abgehärtet hatten. Gleichwohl muß ich betonen, daß mir weder in der Kunst noch in der Literatur jemals ähnlich detaillierte Darstellungen tribadischer Praktiken begegnet waren. Ich empfand eine gewisse Verlegenheit und sah mich genötigt, mein Interesse an den Bildern zu rechtfertigen – was ich aber erst tat, als Monsieur de Rollinat den Kaufpreis festgelegt hatte, da ich befürchtete, er würde sie höher bewerten, wenn er mehr über sie wüßte. Als wir uns darauf geeinigt hatten, daß die vier Gemälde für dreißig Guineen in meinen Besitz übergehen sollten, erzählte ich ihm von meinen Nachforschungen über die Familie Frankenstein. Die Bilder, erklärte ich, hatte eine Frau gemalt: die Baronin Caroline Frankenstein. Monsieur de Rollinats Erstaunen war offenkundig. Er fragte, ob es wohl denkbar sei, daß ich mich irrte, denn es schien ihm unglaublich, daß eine Frau derart amoralische Werke geschaffen haben sollte. Andernfalls aber könne er mich zu einem guten Geschäft beglückwünschen: Auf dem offiziellen Kunstmarkt besäßen Werke dieser Art zwar keinen hohen Verkaufswert, doch war er überzeugt, daß ich in zwielichtigeren Kreisen keine Schwierigkeiten hätte, Käufer zu finden, die bereit wären, Höchstpreise für die Bilder zu bezahlen, gerade weil es sich um Werke einer sexuell abartigen Frau handelte. Ich beeilte mich zu versichern, daß ich keinerlei Interesse an solchen Geschäften hätte.

Die Gemälde sind noch immer in meinem Besitz, obwohl ich wie Monsieur de Rollinat keine Gelegenheit habe, sie auszustellen. Sie sind jedoch in anderer Hinsicht von unschätzbarem Wert. Zumindest in meinen Augen sind sie der unwiderlegbare Beweis, daß Elizabeth Frankensteins Charakterisierung von Lady Caroline im wesentlichen der Wahrheit entspricht. Nur eine krankhaft veranlagte Person, wie Elizabeth sie in ihren Memoiren beschreibt, hätte diese Bilder malen können. Wir können daher wohl von der Richtigkeit ihres Berichtes ausgehen.

Trotz jahrelanger Nachforschungen habe ich nur einen einzigen weiteren Gegenstand aus dem Frankensteinschen Familienbesitz ausfindig machen können. Vor wenigen Jahren, im Sommer 1838, ist nämlich die mechanische Ente, die Elizabeth in der Automatensammlung des Barons sah, wieder aufgetaucht. Das Werk des französischen Erfindes Jacques de Vaucanson ist nun im Wiener Landesmuseum ausgestellt. Die Jahre haben jedoch ihren Tribut gefordert, und der Mechanismus ist schwer beschädigt, so daß seine ursprüngliche Genialität nur erahnt werden kann.

Was die Bilder betrifft, die ich von Monsieur de Rollinat erworben habe, so möchte ich kurz auf dasjenige eingehen, das mich am meisten in seinen Bann gezogen hat, da es in Elizabeth Frankensteins Leben eine besondere Rolle spielte. Es ist das kleinste und in der Ausführung gekonnteste der vier Gemälde und zeigt Spuren sorgfältiger Überarbeitung. Seine Unterwasserstimmung verleiht ihm etwas eigentümlich Traumhaftes. Es zeigt den nackten Leichnam einer Frau in den Fluten des Meeres. In bleierne Ketten gelegt, wird die junge, wohlgeformte Gestalt mit dem Kopf nach unten langsam in die Tiefe gezogen; ihre Haut schimmert fahl im dunklen Wasser; das üppige schwarze Haar umhüllt wie ein Leichentuch ihren Leib. Aus ihrer Vagina aber ergießt sich ein Blutstrom, der die Meereswogen rötet. Über der aufgewühlten See kämpft sich ein Vogel (so scheint es zumindest auf den ersten Blick) durch den stürmischen Wind. Bei näherer Betrachtung erweist sich dieses Wesen jedoch als geflügelter Löwe, der eine menschliche Gestalt in den Fängen trägt.

Es war mir unmöglich, auch nur annähernd zu begreifen, aus welch dunklen Abgründen geistiger oder seelischer Verirrung Lady Caroline Frankenstein die mythischen, alptraumhaften Bilder geschöpft hat, die sie auf diese Leinwand malte. Der einzige flüchtige Fingerzeig war das mit dunkler Farbe auf die Rückseite gekritzelte Wort ›Rosalba‹, ein Name, der mir jedoch nicht das geringste sagte. Als ich dann nach London zurückkehrte, trieb mich irgend etwas dazu, dem Bild einen Platz in meiner Studierstube einzuräumen, wo ich es oft staunend betrachtete. Es war wohl ein Instinkt, der mir sagte, daß dieses Gemälde Elizabeth Frankensteins ganzes tragisches Schicksal verkörperte. Obschon ich es damals nicht ahnte, sollte ich die mir verbleibenden Jahre damit zubringen, dieses Rätsel zu ergründen, das mir jedesmal, wenn ich den Blick von meinem Schreibtisch hob, ins Auge sprang.

Die Wildnis

An meinem zwölften Geburtstag, drei Jahre nachdem die Baronin mich in ihre Familie aufgenommen hatte, erfuhr ich, daß mit meiner Adoption noch ein höheres Ziel verbunden war. Obgleich ich noch zu sehr Kind war, um die ganze Tragweite ihrer Worte zu begreifen, erinnere ich mich gut daran, wie Mutter mich an jenem Abend beiseite nahm, um mir zu erklären, wie mein Schicksal mit dem Victors verflochten war. Wie sooft, wenn die Baronin über ihren älteren Sohn redete, lag in ihren Augen eine unbestimmte Traurigkeit. Sie sprach tastend, als suchte sie in einem riesigen Meer des Schweigens einen Weg zu weit auseinanderliegenden Inseln der Bedeutung.

»Dir ist in unserer Familie eine besondere Rolle zugedacht. Die Bande, die zwischen dir und Victor wachsen sollen, sind mehr als Bande des Blutes; sie werden von einer Art sein, für die es in unserer Welt bis jetzt noch keinen Namen gibt. Sprechen wir einfach von einer Vereinigung. Victor ist ein ungewöhnlich begabter Knabe. Er besitzt einen genialen Geist – oder ist von ihm besessen. Dieser Genius weckt eine gewisse Wildheit in ihm, die gezähmt werden muß. Sein Verstand macht mitunter seltsame Sprünge. In ihm bricht etwas durch... etwas, worüber ich keine Macht habe...« Sie brach ab und versank eine Weile in nachdenkliches Schweigen. Mit entrückter Miene, als wandelte sie im Schlaf, trat sie an ein

Bücherregal. Ihre Hand wanderte über mehrere Bände, um dann ein Buch hervorzuziehen, das ganz hinten im Regal verborgen war. Sie kam zu mir zurück und streckte es mir entgegen.

»Du wirst es anfänglich schwierig finden, Liebes, aber ich bitte dich dennoch, es gründlich zu studieren. Und während dein Französisch sich verbessert, wird dir dieses Buch auch helfen, Victor besser zu verstehen.«

Ich schlug das Buch auf. *Émile* war sein Titel. Ich hatte keine Ahnung, wovon es handelte, doch kannte ich den Verfasser, zumindest dem Namen nach. In den Gesprächen bei Tisch und im Salon hatte die Person Jean-Jacques Rousseaus nämlich schon verschiedentlich Erwähnung gefunden. ›Gespräche‹ sage ich, aber ›Gefechte‹ wäre wohl die passendere Bezeichnung. Sobald der Baron den Namen Rousseau hörte, begann er vor Wut zu schäumen. Es war in der Tat der einzige Punkt, über den er mit seiner Gemahlin in Streit geraten konnte.

»Ich habe gehört, wie Vater Monsieur Rousseau einen ›schamlosen Wilden‹ nannte«, bemerkte ich. Tatsächlich hatte ich aus seinem Munde die Bezeichnungen ›gemeiner Schurke‹, ›Nichtswisser‹, ›barbarischer Tölpel‹ und ›schnatternder Affe‹ vernommen. Ich erinnerte mich an alle Ausdrücke, denn so erzürnt hatte ich den Baron noch selten erlebt. ›Schamloser Wilder‹ war mir besonders im Gedächtnis haftengeblieben, weil er angefügt hatte, daß wir, wenn es nach Monsieur Rousseau ginge, »allesamt nackt auf den Bäumen hocken würden«. Konnte dies tatsächlich wahr sein?

Mutter lächelte, wenn auch ein wenig traurig. »Rousseau war der Prometheus der Gefühle. Wie kein anderer Schriftsteller unserer Zeit besaß er das Feuer der Inspiration, das notwendig ist, um die Leidenschaften des Herzens zu beschreiben – und zwar ohne Furcht. Ich bin überzeugt, daß er der Philosoph unserer Zukunft ist. Der Baron ist da ganz entschieden anderer Meinung, und von anderen wirst du ähnlich harte Urteile hören. Zugegeben, wie so viele große Geister hatte auch Rousseau seine Unzulänglichkeiten; so tat er etwa unserem Geschlecht oft unrecht. Er verstand nicht, welch wichtige Rolle den Frauen dabei zukommt, das Leben der Leidenschaften gegen die tote Hand der Vernunft zu verteidigen. Als Einzelwesen jedoch nötigten ihm gelehrte Frauen größte Bewunderung ab. Vielleicht können nur diejenigen von uns, die das Glück hatten, seine Bekanntschaft zu machen, die wahre Größe seines Geistes ermessen.«

»Du hast ihn *gekannt*?«

»Nur ganz kurz, als er hier in der Nähe lebte. Ich war noch sehr jung, und er litt leider unter großen Schwierigkeiten – vor allem, was seine Beziehungen zu Frauen betraf. In dieser Hinsicht war er mit Blindheit geschlagen. Wer die Frau, mit der er das Leben teilt, nicht als gleichwertig anerkennt, hat schwerlich das Recht, für das Menschengeschlecht zu sprechen, läßt er doch die Hälfte der Menschheit außer acht. Ich darf mit Stolz behaupten, daß meine Gesellschaft Balsam für seine gequälte Seele war. Ich pflegte ihm auf dem Cembalo vorzuspielen. Die Musik war sein einziger Trost. Das Buch, das du in deinen Händen hältst, hat er mir geschenkt. Es ist für mich eine Art Bibel geworden. Da der Baron sich jedoch über jedes Wort ärgert, das Rousseau jemals zu Papier gebracht hat, empfehle ich dir, es im verborgenen zu lesen. Du wirst in Genf nicht viele Exemplare finden. *Émile* wurde von unseren Stadtvätern mit allen anderen Schriften Rousseaus öffentlich verbrannt. Es ehrt den Baron, daß er trotz seiner Überzeugung diesen barbarischen Akt zu verhindern suchte. Er erbot sich, jedes einzelne Exemplar von Rousseaus Werken zu kaufen, um es vor den Flammen zu retten, aber das wurde ihm verwehrt.«

»Hat Victor es gelesen?«

»Das ist nicht nötig. Victor ist *Émile* – zumindest kommt er dem Ideal so nahe, wie es durch meine Erziehung nur möglich war. Ich habe bestimmte Kräfte in seiner Seele gefördert und glaube, daß dies richtig war. Die Natur ist ja letzten Endes das einzige, wovon wir uns im Leben tatsächlich leiten lassen können. Und Rousseau ist, so glaube ich, der einzige, der uns wirklich zur Natur hinführen kann. *Vertraut, vertraut, vertraut!* heißt er uns. *Vertraut* auf den natürlichen Menschen, denn ›alle Dinge, die Gott geschaffen hat, sind ursprünglich gut‹. Aber in Victors Fall war die Wirkung nicht vorhersehbar. Die Natur, weißt du …« Wieder schweiften ihre Gedanken ab; eine ganze Weile saß sie schweigend da und fuhr sich mit dem grünen Zweiglein, das jeden Morgen vor dem Frühstück neben ihren Teller gelegt wurde, langsam über den Hals. Schließlich meinte sie: »Victor ist mitunter recht impulsiv, ja manchmal richtiggehend ungestüm – und in solchen Momenten kann er gefühllos werden. Bitte hab Geduld mit ihm, Elizabeth. Lehre ihn deine Sanftmut, zeig ihm dein Herz. Betrachte ihn als jemanden, der mehr ist als ein Bruder, denn auch du sollst ihm mehr als nur eine Schwester sein.«

Obschon die Baronin mir nur bruchstückhafte Erklärungen gab, verstand ich ihre Gedanken besser, als sie ahnte. Die Wildheit, die sich zuweilen in Victor Bahn brach, war auch mir schon aufgefallen. Ich hatte bald gemerkt, daß er ein rastloser Geist war, ein passionierter Freund unerforschter Gefilde, der in den Annehmlichkeiten der Zivilisation eine unerträgliche Einengung sah. Das riesige Anwesen, das wir bewohnten, was für ihn so beengend wie eine Mönchszelle. Von frühester Kindheit an hatte Victor sich gegen Belrives gepflegte Ordnung aufgelehnt und die unwegsame Wildnis der Voirons vorgezogen, wo nur einige halbwilde Schafe auf den Bergwiesen grasten. Diese rauhe, gefahrvolle Landschaft hatte Victor schon im zarten Alter von vier Jahren gelockt, so sehr, daß er eines Tages losmarschiert war und sich schließlich verirrt hatte. Halb erfroren und verhungert hatte man ihn

132

nach drei Tagen in einer eisigen Höhle am Fuße einer senkrecht aufragenden Felswand gefunden. Erst dieses Hindernis, das nicht einmal eine Bergziege hätte überklettern können, hatte seinem Abenteuer ein Ende gesetzt. Seine Eltern und Erzieher waren danach in ständiger Sorge um ihn, mußten sie doch jederzeit befürchten, daß er abermals losziehen würde und daß ihm, zumindest bis er hinreichend robust und trittsicher wäre, um gefahrlos durch unwegsames Gelände zu streifen, in der lockenden Bergwelt etwas zustoßen könnte.

Aus diesem Grunde fühlte Victor sich nie so sehr in seinem Element wie im Sommer, wenn die Familie zum Chalet jenseits der Grenze am Fuße des Mont Salève aufbrach. Hier war er den Bergen näher, deren mächtige Gipfel, wolkenverhangen und schneebedeckt bis in alle Ewigkeit, ihn stets von neuem in verzücktes Staunen versetzten. Auch vom Chalet aus gelangte man erst nach stundenlangen beschwerlichen Fußmärschen zu den Orten, die Victor am meisten liebte – so hoch hinauf in die felsigen Höhen, als uns die Füße trugen. Da ich weniger behende zu klettern vermochte, fiel ich unweigerlich hinter ihn zurück, und wenn ich bisweilen stehenblieb und mir eine Rast gönnte, sah ich seine davoneilende Gestalt in der Ferne. Wenn ich ihn schließlich einholte, versuchte er womöglich gerade, eine unbezwingbare Granitwand zu erklimmen, oder er balancierte in halsbrecherischer Weise über einen tosenden Wasserfall. Kurz vor Wintereinbruch, wenn das Wetter stürmisch wurde, hatten diese unwirtlichen Stätten für ihn einen ganz besonderen Reiz. Er liebte es, gegen den Wind zu rennen und sich vom Regen peitschen zu lassen. Er wollte mitten in den Felsmassen sein, wenn der grollende Himmel seine Feuerstrahlen zur Erde herabschleuderte. Dann suchte er Schutz in einer Höhle oder unter einem Felsvorsprung und schaute zu, wie der Sturm einer Barbarenhorde gleich vorwärts preschte und in die engen Schluchten einfiel, die von seinem Getöse widerhallten.

»Ich möchte den Blitz wie eine Krone tragen!« schrie Victor in den heulenden Wind, der seine Worte mit sich fortriß, ehe ich sie gänzlich gehört hatte. »Dieses Feuer ist das Geheimnis des Lebens!«

»Wie meinst du das?«

»Du kennst doch bestimmt die Worte: Im Anfang war das Licht. Das war das Feuer – *dieses* Feuer. Es hat der Erde das Leben geschenkt, da bin ich ganz sicher. Wir sind aus dieser Kraft gemacht. Sie ist in uns.«

Die Wildheit, die ihn in solchen Augenblicken erfaßte, war so unbändig, daß ich fast Angst bekam und mich daran erinnern mußte, daß dies nur mein Bruder war, der sich so ereiferte.

»So etwas habe ich noch nie gehört«, widersprach ich. »Das hast du dir bloß ausgedacht.«

»Ja, ich habe es mir ausgedacht. Aber ich weiß, daß es wahr ist.«

»Du kannst dir die Wahrheit nicht einfach ausdenken. Sie muß dir gelehrt werden.«

»Sie wurde mir gelehrt. Der Blitz ist mein Lehrer. Er ist mein Gott.«

Insgeheim erregte mich die wilde Leidenschaft seiner Worte, doch ich wußte, daß sie gotteslästerlich waren. Und obgleich ich nicht glauben konnte, daß Gott grausame Vergeltung üben würde an jemandem, der noch ein halbes Kind war, spürte ich instinktiv, daß es meine Pflicht war, Victors Überschwang zu dämpfen. Denn was würde geschehen, wenn solche Gedanken, in kindlicher Harmlosigkeit erdacht, Wurzeln schlügen und eines Tages die Kraft des erwachsenen Intellekts erlangten? Ich versuchte daher, Victor wann immer möglich etwas von dem spüren zu lassen, was *ich* in der Natur fand, ihre sanfteren und gütigeren Kräfte nämlich. »Die Berge«, erklärte ich ihm einmal, »sind schlafende Riesen. Nachts höre ich ihre tiefen Atemzüge. Vielleicht sind wir nur ein Traum, den sie träumen, ein Traum der schlummernden Erde.«

»Unsinn!« rief Victor. »Sie sind da, damit wir sie erklimmen können, wie Vater es getan hat. Und wenn wir auf ihrem Gipfel stehen, sind *wir* die Riesen.«

»Vater nennt sie alle bei ihrem Namen, als seien es alte Freunde«, gab ich zu bedenken.

»Das ist doch nur ein Spiel, bloße Erfindung. Die Alpen sind tote Felsmassen, mehr nicht. Eines Tages werden wir auf ihren Gipfeln Städte bauen. Man wird sie alle bezwingen – sogar den Mont Blanc. Ich werde der erste sein, der Monsieur de Saussures Preis erringt, aber ich werde ihn nicht annehmen. Ich würde niemals für Geld klettern, genausowenig wie er, sondern nur, um das Licht und die Luft und den Wind zu erforschen.«

Monsieur de Saussures Preis für die Bezwingung des Mont Blanc zu erringen war unter den jungen Burschen in der Schweiz ein weitverbreiteter Traum, und Victor bildete da keine Ausnahme. Oft suchten er und seine Kameraden sich einen nahe gelegenen Hügel aus, den sie nach dem majestätischen Gipfel benannten, dann stürmten sie los und kletterten um die Wette. Ich hingegen konnte Victors Begeisterung für das waghalsige Unterfangen nicht teilen.

»Es gibt hier unten soviel Schönes zu sehen«, sagte ich einmal, als wir zusammen auf einer abgeschiedenen Wiese saßen. »Ich sehe auf diesem Fleckchen Erde hier genügend Dinge, die mein Herz mit Freude erfüllen. Und wenn ich genau hinhöre ...«

»Ja? Was dann?«

»Pst! Lausch mit mir! Alles hat eine Stimme, alles hat eine Geschichte. Überall sind Geschichten verborgen. Hier im Gras ... Die Halme sind wie tausend grüne Zungen. Wieviel lieber würde ich die Sprache des Grases verstehen, als auf einem Berggipfel dem grollenden Donner zuzuhören!«

Wenn Victor in zahmerer Stimmung war, konnte das, was ich sagte, ihn bisweilen entzücken; dann versuchte er die Natur rings um uns auf die gleiche sanfte Art zu betrachten wie ich. Aber es dauerte nie lange, und er wurde ungeduldig. Seine Gedanken wandten sich wilderen Phänomenen zu: Sturm, Unwetter, Blitz. Nur einen Zeitvertreib hatte ich erfunden, der ihm wirklich Vergnügen bereitete: Wir liehen uns ein Boot, das am Ufer eines Bergsees vertäut lag, ruderten ein Stück hinaus und warfen den Anker aus. Dann legten wir uns Seite an Seite auf den Boden des schwankenden Kahns und ließen uns von den sanften Wellen schaukeln. Schweigend blickten wir zum blauen, unermeßlichen Himmelsgewölbe auf und ließen unseren Geist schweben wie eine Feder im Wind. »Warte nur noch einen Augenblick«, sagte ich. Manchmal gelang es Victor, meine Empfindungen zu teilen. Ein süßer Schwindel erfaßte uns, der Himmel war plötzlich ein einziger trunkener Wirbel, der sich mit wunderlichen Farben und flirrenden Lichtern füllte. Und dann, welche Bilder!

Victor genoß dieses Gefühl, wenn auch in anderer Weise als ich. Ich war es zufrieden, den Rausch des Augenblicks auszukosten, er aber war danach immer voller Fragen. Er wollte wissen, was die *Ursache* für dieses seltsame Erlebnis war. Seiner Meinung nach mußte es sich um eine Art Wandertrieb des Gehirns handeln. Mit solchen Worten konnte ich nichts anfangen, sie zeigten mir nur immer wieder deutlich, wie unterschiedlich unsere Wesensart doch war. Mir genügte es, die wunderbaren Schönheiten der Natur zu betrachten.

»Wieso denkst du über solche Dinge nach?« fragte ich.

»Wieso tust es es *nicht*?« fragte er zurück. »Möchtest du nicht wissen, was hier drinnen geschieht?« Er tippte sich mit dem Finger an die Stirn. »Wo die Träume herkommen und die Gedanken?«

»Wo sie *herkommen*? Aus der Luft, aus dem Nichts.«

Er lachte schallend. »Das ist keine Antwort. Eine echte

Antwort wäre, ein Geheimnis zu enträtseln, weißt du das nicht?«

Aber, dachte ich bei mir, *die Baronin sagt, daß es gut ist, Geheimnisse zu haben. Vielleicht muß auch die Welt ein paar Geheimnisse vor neugierigen Menschenaugen schützen.*

Aus Spiel wird Ernst

Victor und ich waren in kurzer Zeit gute Freunde geworden,
Abenteurer, die durch Feld und Wald streiften wie Unschuldige durch ein wiedergefundenes Paradies. Nach dem täglichen Unterricht waren wir bis zum Einbruch der Dunkelheit
frei, zwei ungebundene Geister im wahrhaft natürlichen Zustand. Da wir ständig zusammensteckten, gingen wir immer
kameradschaftlicher und vertrauter miteinander um. Es
schmeichelte mir, daß Victor mit der Zeit meine Gesellschaft
derjenigen der Knaben aus der Umgebung vorzuziehen begann, die nach meiner Ankunft immer seltener ins Château
kamen. Anfänglich war dies wohl vor allem darauf zurückzuführen, daß die Baronin ihn eindringlich ermahnt hatte, sich
um seine neue Schwester zu kümmern und dafür zu sorgen,
daß Ernest, der sich mit dem Familienzuwachs einfach nicht
abfinden konnte, mich nicht plagte. Noch ehe ein Jahr vergangen war, merkte ich jedoch, daß Victor tatsächlich lieber
mit mir spielte als mit seinen ruppigen Kameraden. Eines
Tages meinte er sogar unvermittelt: »Du hast einen weit besseren Verstand als sie alle zusammen. Du besitzt nämlich
Phantasie, und sie nicht.«

»Was ist das, Phantasie?« fragte ich. Ich war fest entschlossen, diese Fähigkeit zur Entfaltung zu bringen, wenn Victor
sie schon bewunderte.

»Sie ist ein geistiges Auge, das in andere Welten hineinsehen kann – kostbarer als Gold, denn es läßt sich nicht mit Gold aufwiegen.«

»Und ich habe dieses Auge?«

»In der Tat. Darum liebst du es so, im Boot zu träumen.«

Einer unserer Lieblingsplätze war ein Weiher, der spiegelglatt und klar ein gutes Stück vom Château entfernt lag. Blickte man vom Ufer auf die blaue Wasserfläche, schien es, als stünde man zwischen zwei Himmeln, einem oben und einem unten. Der Weiher, der von unterirdischen Quellen gespeist wurde, lag in einem engen, bewaldeten Tal, dessen unvorstellbar grüne Matten im Frühling und Sommer übersät waren mit seltenen Blumen und duftendem Thymian. Die nadelspitzen Gipfel in der Ferne standen da wie Wachtposten, die diesen abgeschiedenen Ort beschützten und ihn ganz zu unserem eigenen Reich machten. Wenn es warm genug war, schwammen wir dort nackt wie unschuldige Wilde und boten unsere wohlgestalteten jungen Körper der Sonne und dem Wind dar. Victor war nicht der erste Knabe, den ich unbekleidet sah, denn als kleines Mädchen hatte ich oft mit meinen Ziehbrüdern gebadet. Doch sie hatten glatte, kindliche Körper gehabt, die noch keinerlei Anzeichen einer beginnenden Reifung erkennen ließen. Da ich keine Gelegenheit gehabt hatte, über die Grenzen der Kindheit hinauszuspähen, hatte ich gar nicht gewußt, daß solche Veränderungen zu erwarten waren. Erst Victor, zwei entscheidene Jahre älter als ich, lenkte meine Aufmerksamkeit auf die körperlichen Unterschiede zwischen uns oder ließ mir vielmehr diese Unterschiede, die ich bisher eher gleichgültig zur Kenntnis genommen hatte, als etwas Besonderes erscheinen. Denn wir beide balancierten entlang der feinen Grenze, jenseits derer die fleischliche Neugierde lauerte wie ein tückischer Kobold, der jederzeit hervorspringen konnte, um uns unsere Männlichkeit und Weiblichkeit zu etwas ungemein Fesselndem zu machen.

Einmal, als Victor und ich auf der Wiese in der Sonne lagen, um uns nach dem Schwimmen aufzuwärmen, fiel mein Blick zufällig auf sein Glied, und ich stellte mit Bestürzung fest, daß es plötzlich unheimlich angeschwollen war. Noch nie hatte ich eine solch verblüffende Verwandlung gesehen. Die Abnormität der Veränderung beeindruckte mich ebensosehr wie alles andere; das Ding, das hier so ungebärdig vorstand, wirkte völlig fehl am Platze. Fast wider meinen Willen wanderten meine Augen über Victors Körper und entdeckten rund um die Wurzel des Organs eine Spur feiner Härchen, die mir vorher noch nie aufgefallen waren. Mit glühender Konzentration starrte ich darauf, hin und her gerissen zwischem dem Drang, noch näher hinzusehen, und dem Wunsch, den Blick abzuwenden. Ich erinnerte mich nicht, daß mir jemals jemand gesagt hatte, es sei unrecht, so unverhohlen die Blöße eines Knaben zu bestaunen. Doch in einer Weise, die Kindern ganz unwillkürlich zufällt, hatte ich erkannt, daß dies ganz und gar ungehörig war. Mag sein, daß ich gerade deswegen die Augen nicht von ihm zu lösen vermochte.

Victor war schon immer ein hübscher Knabe gewesen, doch jetzt schien er auf eine neue, beunruhigende Art noch schöner geworden zu sein. Sein Oberkörper war nun athletisch, die kindliche Weichheit hatte gut entwickelten Muskeln Platz gemacht. Und als ich sein Gesicht musterte, sah ich (wieso hatte ich das bloß vorher nie bemerkt?), daß er die kantigen Züge eines eleganten jungen Mannes besaß. Neben einem so wohlgestalteten Menschen zu sitzen und seine Blöße zu betrachten raubte mir fast den Atem; ich wurde von einer schwindligen Panik erfaßt, wie ich sie noch nie zuvor erlebt hatte. Als Victor, den meine Blicke nicht im mindesten zu stören schienen, meine Verwirrung bemerkte, lachte er laut auf und lud mich ungeniert auf, seinen Körper nach Belieben zu untersuchen; ja, mein fasziniertes Staunen bereitete ihm unleugbar das größte Vergnügen. »Weiß du, wie man das nennt?« fragte er, indem er auf sein aufgerichtetes Organ deutete.

Rosinas Söhne hatten mir verschiedene Namen beigebracht, doch ich schämte mich, sie auszusprechen, denn mir wurde klar, daß es Wörter waren, die ein Kind gebrauchen würde. Der Anlaß verlangte nach einer Erwachsenensprache, die ich nicht kannte. So verneinte ich die Frage.

»Ich werde es dir sagen«, verkündete Victor, der meine Verlegenheit zu genießen schien. »Wir Knaben nennen es unseren Speer. Weißt du, warum?«

Mit hochrotem Kopf gestand ich, daß ich es nicht wußte.

»Siehst du nicht, daß es tatsächlich wie ein Speer aussieht? Hart und spitz und zum Zustoßen geschaffen?«

Hätte er es nicht auf diese Weise beschrieben, mir wäre es nie in den Sinn gekommen, das Ding als etwas Bedrohliches zu betrachten. In meinen Augen sah es nämlich ganz und gar nicht wie eine Waffe aus. Ich empfand es im Gegenteil als mitleiderregend schutzlos und zart. Meinte er etwa, ich hätte Angst davor? In Wahrheit war ich vielmehr dankbar, daß mein Körper nicht durch so ein unansehnliches und ganz offensichtlich verletzliches Gebilde verunstaltet war.

»Ich nenne es meinen strammstehenden Soldaten«, fuhr Victor fort. »Er ist bereit zum Kampf.« Dann fragte er mit einem frechen Grinsen: »Verstehst du, was ich meine?«

Wiederum verneinte ich und spürte, wie mich ob meiner Unwissenheit ein siedendheißes Schamgefühl überflutete. Aber selbst wenn ich es gewußt hätte, ich hätte ihn dennoch gebeten, es mir zu erklären, da mich der Reiz des Verbotenen lockte. Ich schämte mich und spürte doch einen gewaltigen Hunger nach dem Wissen, das ich mir von ihm erhoffte. Und dieses Gefühl war quälend und köstlich zugleich. Instinktiv erkannte ich, daß ich die Ränder eines Wissens berührt hatte, welches das Kind vom Erwachsenen trennt.

»Nur zu!« rief Victor forsch. »Faß ihn an, wenn du dich traust! Schau, wie er sich regt!« Er tat so, als sei dies einfach ein neues Spiel, doch ich wußte, daß es weit mehr war. »Nur zu!« kommandierte er abermals, ein breites, unverschämtes Grinsen auf den Lippen. »Es macht mir nichts aus und kann mir bestimmt nicht schaden. Pack ihn! Oder hast du etwa Angst?«

Also streckte ich die Hand aus und umfaßte ihn sachte mit den Fingern. Das feste Fleisch zuckte unvermittelt, und ich zog blitzartig die Hand weg, als habe tatsächlich ein Speer zugestoßen. Victor brach in schallendes Gelächter aus. »Da siehst du es, er hat dich angegriffen!« Er sprang auf und stellte sich drohend über mich, dabei ließ er, noch immer lachend, sein aufgerichtetes Organ hin und her wippen. »Lauf, Mädchen! Lauf! Er ist hinter dir her!« Ich rappelte mich auf und lief, von einem köstlichen Taumel erfaßt und dennoch Entsetzen mimend, quer über die Wiese davon. Je näher der unbändig lachende Victor an mich herankam, desto größer wurde meine Verwirrung. Schließlich packte er mich und warf mich zu Boden. Dann setzte er sich rittlings auf mich und preßte sein noch immer steifes Glied gegen meinen Bauch. »Na!« rief er, als stellte er mir ein Ultimatum, fuhr mit der Hand blitzschnell an meinem Körper hinunter, griff mir zwischen die Beine und begann, mich unsanft zu reiben. Entrüstet schrie ich auf und versuchte mit aller Kraft, ihn abzuschütteln, allein, die Mühe war vergeblich. Seine Hand blieb, wo sie war, und grub sich nur noch tiefer in die weichen Falten meines Fleisches. Plötzlich wurde ich von einer Welle unerklärlicher Panik überrollt. Etwas in Victors Benehmen hatte sich verändert; ich wußte nicht mehr, ob ich ihm trauen konnte.

»Hör auf! Das habe ich dir nicht erlaubt!« schrie ich und funkelte ihn wütend an. Aber er kannte keine Gnade und verstärkte den Druck seiner Hand noch, so daß ich befürchten mußte, er wolle sie mir ganz in den Bauch hineinstoßen.

»Ach, komm schon!« Meine Verzweiflung schien ihm ein perverses Vergnügen zu bereiten. »Es gefällt dir doch, gib es zu!«

»Nein! Laß mich los!« Erst als mir zornige Tränen aus den Augen stürzten, zog er seine dreiste Hand zurück.

Als er mir endlich erlaubte, mich aufzusetzen, fragte er fast gekränkt: »Hast du es denn wirklich so widerwärtig gefunden?«

»Du warst ungestüm und grob. Du hast mir weh getan.« Ich erhob mich und stellte mich in sicherer Entfernung auf, um nötigenfalls Reißaus nehmen zu können.

»Ich dachte, es würde dir ebensosehr Spaß machen wie mir«, meinte er mit einem verdutzten Achselzucken. »Ich dachte, die Mädchen mögen es, wenn ein Knabe sich etwas herausnimmt. Ich dachte, sie wollen, daß man sie ein bißchen zwingt, ihre Tugend zu verteidigen.«

»Wie kommst du denn darauf?«

»Du bist nicht das erste Mädchen, das ich angerührt habe«, verkündete er prahlerisch.

»Wen hast du denn angerührt? Sag es mir! Es gibt gar kein anderes Mädchen. Du lügst.«

»Es ist wahr! Ich war mit Solange zusammen«, antwortete er, »und habe mir ihr gemacht, was ich wollte.« Solange, ein dralles, schwerfälliges Mädchen, war ein gutes Jahr älter als Victor. Sie war die Tochter von Anna Greta, dem Stubenmädchen der Baronin, und ging Celeste in der Küche zur Hand.

»Solange! Aber die ist doch dumm wie Bohnenstroh!« Er grinste über meine offenkundige Eifersucht. »Ich glaube dir nicht. Wo warst du denn überhaupt mit ihr zusammen?«

»In ihrer Kammer, als ihre Mutter nicht da war.«

»Und hat es dir gefallen?«

Wieder zuckte er die Schultern, als messe er der Angelegenheit keinerlei Bedeutung zu. »Ich war bloß neugierig. Ich habe sie studiert wie ein Buch.«

»Dann hast du bei deinem Studium ja nicht gerade viel gelernt, so wie du dich benimmst – wie ein Wüstling.«

»Solange hat sich nicht beklagt.«

»Weil sie ein *Dienstmädchen* ist und du ihr Herr! Verstehst du das nicht? Wenn sie dir offen ihre Meinung sagen dürfte, hätte sie sich schon gewehrt, diese dicke Kuh. Wen würde es schon kümmern, wenn sie sich beklagte? Du bist ihr Herr und kannst tun, was dir beliebt. Aber *mein* Herr bist du nicht.«

Nun zeigte sein Gesicht echte Reue. »Ich wollte dir nichts Böses tun, Elizabeth. Ich habe mich einfach hinreißen lassen. Das kann schon einmal geschehen, wenn ein Mann erregt ist.«

»Wie ich sehe, bist du jetzt nicht mehr erregt. Dann kannst du also wieder mein Freund und Bruder sein.« Bei aller Empörung sagte ich dies nur ganz beiläufig, ohne ihn kränken zu wollen. Doch Victor wurde plötzlich zutiefst verlegen. Hastig bedeckte er seine Blöße, als sei ihm der schlaffe Zustand seines Organs peinlicher als der erregte. *Wie leicht ist es doch, einen Mann zu demütigen und zu beschämen,* dachte ich. *Der kampfbereite Soldat ist offenbar im Nu entwaffnet.* »Aber ich bin immer noch deine Schwester«, fuhr ich fort, »auch wenn du erregt bist. Und kein Buch, das dazu dient, deine Neugierde zu befriedigen.«

»Willst du, daß ich es gar nie mehr tue?«

Ich überlegte lange. »Das habe ich nicht gesagt. Aber ich werde nie Gefallen an etwas finden, was du ohne meine Erlaubnis tust.«

Etwas später machten wir uns auf den Heimweg. Als das Château in Sichtweite war, blieb Victor unvermittelt stehen und packte mich mit festem Griff am Arm. »Versprich mir, daß du niemandem etwas sagst!« beschwor er mich. »Man wird uns sonst bestrafen!«

Erst als ich es ihm hoch und heilig versprochen hatte, ließ er mich wieder los.

Es gibt kein sichereres Zeichen dafür, daß ein Mädchen langsam zur Frau wird, als die erwachende Eitelkeit. In dieser Hinsicht hatte das Erlebnis auf der Wiese bei mir eine merkwürdige Veränderung bewirkt. Bis dahin hatte ich meinem Äußeren keine übertriebene Aufmerksamkeit geschenkt. Jetzt aber wurde mein Spiegelbild zu einem Tyrannen, der mich von früh bis spät in Atem hielt. Es genügte mir nicht mehr, einen kurzen Blick in den Spiegel zu werfen, um zu kontrollieren, ob meine Haarschleife richtig gebunden war oder ob von der letzten Mahlzeit noch ein Fettfleck auf meinem Kleid prangte. Nun erforschte ich jeden einzelnen Zug meines Gesichtes, als ob durch diese strenge Prüfung das Bild, das ich vor mir sah, neu gezeichnet werden könnte. Und dieses Bild gefiel mir ganz und gar nicht, denn mit einem Mal sah ich mich in einem unausgesprochenen Wettbewerb mit allen anderen Frauen dieser Welt. Mein Gesicht erschien mir unvollkommen, ja sogar mit schwerwiegenden Makeln behaftet. Meine Wangenknochen, einst barmherzig hinter den runden Backen meines Kindergesichts verborgen, traten viel zu weit vor. Meine Stirn war mindestens einen Fingerbreit zu niedrig, was ich auszugleichen versuchte, indem ich das Haar so streng nach hinten kämmte, daß es an den Wurzeln ziepte. Dies bewirkte allerdings keine große Verbesserung und legte überdies die Narbe an meiner Schläfe bloß. Das verblaßte Mal, ein Makel, den die meisten vermutlich erst nach genauester Musterung entdeckten, war in meinen Augen überdeutlich zu sehen und gänzlich unannehmbar. Konnte man es wohl mit einer Salbe oder mit Puder zum Verschwinden bringen? Und meine Augenbrauen – sie waren viel zu dicht und wuchsen über der Nase fast zusammen. Dem konnte ich jedoch dadurch abhelfen, daß ich an jedem störenden Härchen zupfte, bis es samt der Wurzel herauskam. Meine Augen, obschon von hübscher Farbe, drohten viel zu groß zu werden, und die Wimpern nicht lang genug. Der Nase dazwischen mangelte es an Charakter, sie war noch immer ein winziges, aber immerhin wohlgeformtes Dingelchen. Der Mund dagegen erschien mir ungemein häßlich – so ganz und gar nicht das niedliche Kußmündchen, das ich mir wünschte. Schaute ich noch genauer hin, so entdeckte ich auf Wangen, Hals und Stirn immer neue Makel: hier einen Pickel, da eine Sommersprosse, und alle schienen sie mir von Mal zu Mal auffälliger zu werden. Andererseits gefiel mir mein ausgeprägtes Kinn, und meinen Hals fand ich recht anmutig. Wenn ich aber einen Schritt zurücktrat, um mehr von mir zu sehen, konnte ich den Anblick kaum ertragen. Denn ich sah einen flachen, schmalen Oberkörper, der einem Knaben hätte gehören können. Selbst wenn ich tief einatmete und den Brustkorb so weit wie nur möglich herausdrückte, war nur die leise Andeutung einer Wölbung zu entdecken. Meine Hüften verschmolzen übergangslos mit der Taille, und das Geschlecht zwischen meinen dünnen Schenkeln war noch immer das eines Kindes, glatt und unscheinbar. Wie unreif mein ganzer Körper doch noch war!

Welcher Art aber war das Ideal weiblicher Schönheit, an dem ich mich so unbarmherzig maß? War es Solange, die Victor zu seinem Spielzeug gemacht hatte? Ich rief mir ihr Bild vor Augen – und betete zu Gott, daß ich nie so aussehen würde wie sie. Mädchen ihres Schlages – schlampig, feist und schamlos – forderten die Verachtung der Männer geradezu heraus. Nein, mein wirkliches Schönheitsideal war Francine, auf die Victor als erste seine lüsternen Blicke gerichtet hatte. Sie war mein Maßstab geworden, ein weibliches Vorbild, das unerreichbar war für mich. Ich wußte, daß sie ihrem Äußeren keinerlei besondere Pflege angedeihen ließ und ganz auf Mutter Natur vertraute. Aber obgleich sie ihr Haar in einem strengen Knoten trug und ihr Gesicht nicht die geringste Spur von Farbe zierte, strahlte aus ihr eine einzigartige Schönheit. Und was ich von ihrer nackten Gestalt gesehen hatte, war für mich der Inbegriff eines reifen Frauenkörpers, obwohl ich mir auch hier keine Hoffnungen machte, diesem Wunschbild jemals gleichzukommen.

146

Erkenntnisse, die ein Kind ganz tief verinnerlicht, braucht es nicht in Worte zu fassen. Manchmal verleiht ihnen gerade das Fehlen von Worten eine besondere Einprägsamkeit. Ich besaß nicht die Sprache, um auszudrücken, was ich an jenem Tag beim Weiher gelernt hatte, dazu war ich erst später fähig. Die Gefühle, die dabei in mir aufgelodert waren, stellten aber dennoch Lektion genug dar. Abscheu und Faszination, Beklommenheit und Empörung, Scham und freudige Erregung: all dies hatte sich damals vermischt. Wenn Victor und ich später wieder nackt zusammen schwammen, war mir, als herrsche ein neues, schwüleres Klima zwischen uns. Eine elektrische Spannung lag in der Luft, die unsere einstmals keusche Nacktheit in ein honigsüßes Delirium tauchte.

Wenn ich jetzt darüber nachdenke, wird mir klar, daß wir an diesem Tag beide die Grenze zwischen Unschuld und Erfahrung überschritten hatten. Mit jenem schmerzlichen Ausdruck, der das Ende unserer Kindheit bedeutete, begann ein neues Kapitel unseres Lebens, geprägt von brennender Leidenschaft und tiefster Tragik. Die geschwisterliche Beziehung zwischen uns war unwiderruflich zu Ende, obgleich wir in einer neuen, gefährlicheren Art wiederum Bruder und Schwester werden sollten. Ohne zu merken, wohin unser in so köstlicher Weise versuchtes Fleisch uns lenkte, hatten wir bereits die ersten, zaghaften Schritte in Richtung der chymischen Hochzeit getan.

Anmerkung des Herausgebers

Ein noch erhaltenes Porträt Elizabeth Frankensteins

Das Urteil, das die Verfasserin aus dem Blickwinkel des jungen Mädchens über ihre äußere Erscheinung abgibt, ist viel zu harsch, als daß man es ohne korrigierende Anmerkung auf sich beruhen lassen könnte. Ich möchte daher an dieser Stelle auf ein anderes, weniger subjektives Bild zu sprechen kommen.

Zwischen Elizabeth Frankensteins Papieren befand sich nämlich ein winziges, verblaßtes Aquarell, das zwar keinen Namen trägt; wie sich jedoch später in diesen Memoiren herausstellt, handelt es sich dabei um ihr Porträt, das im Jahre 1788 unter sehr ungewöhnlichen Umständen entstanden ist. Es zeigt eine auffallend schöne, noch nicht zwanzigjährige Frau. Ihr Haar ist ungepudert und zu einem lockeren Knoten geschlungen, das Gesicht – abweichend von der damaligen französischen Mode – von Ringellöckchen umspielt. Ich möchte erwähnen, daß dies der von Elizabeth beschriebenen Frisur entspricht, die zur Kaschierung der Narbe an ihrer Schläfe diente.

Ihr Gesicht ist von beeindruckender Vornehmheit – hohe Backenknochen, ein stolzes Kinn, volle Lippen. Die Augen haben einen klaren, durchdringenden Blick. Aus ihnen spricht nicht etwa jungfräuliche Scheu, sondern eine Aufgewecktheit, die auf eine hohe Intelligenz und einen für ihr Geschlecht untypischen forschenden Geist schließen läßt – Eigenschaften, die Victor Frankenstein als Mann der Wissenschaft bei seiner Braut wohl besonders schätzte. Hals und Schultern kommen in ihrer Zartheit dem Antlitz gleich, ebenso wie die straffe junge Brust. Ich konnte meinen Blick nicht auf der zarten Kehle verweilen lassen, ohne mir schmerzlich der Mühelosigkeit bewußt zu werden, mit der die grausamen Hände, die Elizabeth das Leben raubten, sie zerquetscht haben mußten. Es kann nicht schwieriger gewesen sein, als die Knochen eines Singvogels zu zerdrücken.

Ich muß gestehen, daß ich das Porträt im Verlaufe meiner Nachforschungen mit wachsendem Unbehagen betrachtete. Als mir die wahre Natur von Victors alchimistischen Experimenten aufging, fühlte ich zunächst tiefes Mitleid mit dem jungen Mädchen, das er, so vermutete ich, dazu verleitet hatte, sich auf seine widernatürlichen Unternehmungen einzulassen. Als die Memoiren dann aber an den Tag brachten, welche Rolle Elizabeth selbst dabei gespielt hatte, erfüllte mich die furchtbare Erkenntnis, daß ein so junges und holdes Mädchen offensichtlich von höchst unschicklichen Leidenschaften besessen war, mit zunehmendem Entsetzen. Seit ich mit meinen Nachforschungen begonnen habe, hat dieses faszinierende Porträt einen ständigen Platz auf meinem Schreibtisch. Kein Tag ist vergangen, an dem ich es nicht mit prüfendem Blick studiert hätte, in der Hoffnung, den wahren Charakter hinter der keuschen Fassade zu entdecken. Müßten solch abartige Begierden nicht in irgendeiner Schattierung oder Nuance, in einem noch so winzigen Hinweis auf eine lasterhafte Gesinnung ihren Niederschlag finden? Diese Frage habe ich mir oft gestellt. Schließlich aber blieb mir nicht anderes übrig, als mich der bitteren Weisheit zu beugen, die da heißt: »Kein Wissen gibt's, der Seele Bildung im Gesicht zu lesen.«

Ist es denkbar, überlegte ich, daß die Förderung von Selbstbewußtsein und Intelligenz beim weiblichen Geschlecht unweigerlich die moralische Degeneration nach sich zieht, die Elizabeth Frankenstein ins Verderben stürzte? Läßt es sich auf irgendeine Weise sicherstellen, daß die geistige Entwicklung der Frau nicht ihre Tugend gefährdet? Oder müssen wir notgedrungen zwischen Geist und Tugend wählen? Ich wage zu behaupten, daß dies eines der großen unlösbaren Rätsel unseres revolutionären Zeitalters bleiben wird.

Ich werde in die Geheimnisse
der Frauen eingeweiht

In den folgenden Wochen schenkte ich Solange besondere Aufmerksamkeit und unterzog jede einzelne ihrer Eigenschaften einer kritischen Prüfung. Ich versuchte mir einzureden, sie sei nichts als eine liederliche Närrin. Ihre ungeschliffene, bäurische Sprechweise erfüllte mich mit hämischer Genugtuung, und ich merkte mir jeden derben Zug, den ich in ihrem Benehmen entdeckte. Wie ekelhaft sie doch nach Küche stank! Auch wenn ich es nie zugegeben hätte, empfand ich in ihrer Gegenwart brennende Eifersucht. War dies nun die schlampige Sorte Mädchen, die Victor begehrte? Reizte ihn vielleicht gerade ihre ordinäre Art: die zotige Sprache, die sie gebrauchte, die Schamlosigkeit, mit der sie ihre Beine und üppigen Brüste zur Schau stellte, wenn sie im Hause ihrer Arbeit nachging? Welche Freiheiten hatte er sich herausgenommen, als er mit ihr allein war und tun konnte, was ihm beliebte? Hatte er es wirklich dabei belassen, sie mit den Händen zu erforschen? Wenn ich nachts im Bett lag, sah ich die beiden immer vor mir, nackt, wie ich damals mit Victor auf der Wiese gelegen hatte. Solange aber würde ihm bestimmt erlauben, mit ihr zu verfahren, wie er wollte – und seine Lüsternheit vielleicht sogar genießen. War es denkbar, daß sie Victor verführt hatte? Ich hatte gehört, daß es durchtriebene Dienstmädchen gab, die auf diese Weise die Gunst ihres Herrn zu erlangen suchten, doch ich konnte nicht glauben, daß Solange so gerissen war. Ich fing an, ihr bei jeder sich bietenden Gelegenheit beschwerliche Anweisungen zu erteilen, die sie im ganzen Haus herumhetzten, und klagte lauthals, sie sei dumm und tolpatschig. Wäre es nach meinem Willen gegangen, so hätte ich sie aus dem Haus verbannt und zur Arbeit auf dem Feld beordert, wo die Sonne ihre milchweiße Haut braun gebacken und die Schinderei ihr den Rücken gekrümmt hätte.

Was ich an jenem Tag beim Weiher gelernt hatte, als ich Victors Körper betrachtete, gab mir eine Vorahnung meiner eigenen Entwicklung zur Frau. Ich wußte, daß mir weit größere Veränderungen bevorstanden. Bald würde ich aussehen wie die hüllenlosen Frauen auf den Gemälden, die die Wände des Châteaus zierten: üppig und vollbusig. Die Aussicht, daß sich auch bei mir solche Rundungen entwickeln könnten, konnte mich nicht übermäßig begeistern. So wie die weibliche Gestalt auf den Bildern dargestellt war, erschien sie mir plump und schwerfällig. Ich war nicht darauf erpicht, meinen geschmeidigen Mädchenkörper, der mir erlaubte, nach Lust und Laune herumzutollen, gegen einen, wie zu befürchten stand, unbeweglichen Leib einzutauschen. Aber trotz aller Bedenken konnte ich es kaum erwarten, Victor in seiner Entwicklung einzuholen; ich versprach mir davon die Enthüllung all der Geheimnisse, die Kindern verborgen sind.

Ich hatte eine gewisse Ahnung, was mich erwartete, aber als es dann wirklich soweit war, erschrak ich wie die meisten Mädchen doch ungemein. Rosinas Tochter Tamara, ein paar Jahre älter als ich, hatte mir von der Blutung erzählt, doch von einer solchen Sache zu hören ist eines, sie am eigenen Leib zu erleben etwas völlig anderes. Und als es soweit war, vergaß ich alles, was man mir je erzählt hatte. Ich erwachte eines Morgens und stellte fest, daß mein Nachthemd ganz rot und feucht war. War ich verletzt? So schnell ich konnte, lief ich durch den Gang zu Mutters Zimmer. Aber sie war nicht da. Ich fand nur das Stubenmädchen Anna Greta, das gerade die Bettücher glattstrich. Als sie sich umdrehte, wich ich erschrocken und beschämt zurück. Sie erfaßte meinen Zustand augenblicklich. »Ach, du lieber Himmel! Hab keine Angst, mein Kind«, sagte sie. »Deine Mutter wird dir alles erklären.«

Sie führte mich in ein Badezimmer und gab mir das Nötige, um mich zu säubern. »Warte hier«, wies sie mich an. »Und beruhige dich. Du hast keinen Grund, dich zu schämen.« Dann rief sie die Baronin herbei.

Als diese mit einem liebevollen Lächeln in der Tür erschien, wußte ich, daß ich mich nicht zu ängstigen brauchte. Ihre fürsorgliche Gegenwart gab mir sofort neuen Mut. »Weißt du, was geschehen ist, Liebes?« fragte sie. »Du bist jetzt eine Frau. Es hat sich etwas verändert hier... und hier.« Mit ihrer Hand berührte sie meinen Unterleib und meine Brust. »Es ist eine geheimnisvolle und wunderbare Veränderung. Dein Inneres erneuert sich wie eine Raupe, die sich in einen Schmetterling verwandelt.«

»Aber muß denn dabei Blut fließen?« fragte ich.

»Das Blut ist deine Kraft«, antwortete sie, »das wirst du noch lernen.«

»Jetzt hör mir gut zu«, sagte sie dann und führte mich zu einem Sofa. Ihre Augen hatten wieder einmal jenen fernen, nachdenklichen Blick. »Betrachte dies als eine zweite Geburt. Bei deiner ersten Geburt hast du ein grausames Mal davongetragen – hier.« Sie fuhr mit den Fingern über die verblaßte Narbe an meiner Schläfe. »Das war das Werk eines unwissenden Mannes, der sich erdreistete, sich Arzt zu nennen. Nun aber sollst du in der Obhut von Frauen geboren werden. Wir werden den Tag feiern und bejubeln. Es wird keine Narben und keine bösen Träume geben.«

Ich hatte der Baronin schon früh von meinen Alpträumen erzählt. Als ich eines Nachts schreiend erwacht war, hatte sie darauf bestanden, daß ich ihr sagte, was mich quälte. Ich erzählte ihr von dem grausamen Vogelmann, der mich im Schlaf heimsuchte, und glaubte zum ersten Mal zu sehen, daß der Zorn ihr sanftes Antlitz rötete. »Du hast eine Verletzung erlitten, die nicht nur dein Fleisch, sondern auch dein Inneres verwundet hat«, sagte sie und versuchte, mich so gut wie möglich zu trösten. »Es gibt keinen Vogelmann. Er ist nur ein Phantasiegebilde und wird mit der Zeit aus deinen Gedanken verschwinden.« Als sie jetzt von einer Feier sprach, konnte ich meine Neugier nicht bezähmen. *Wann, wann?* bestürmte ich meine Mutter mit beinahe dreister Ungeduld. »Bald«, antwortete sie. »Der Tag muß mit Bedacht gewählt werden.«

Ich müsse mich bis zum ersten Vollmond des Sommers gedulden, sagte sie, noch zwei Monate also. Zweimal bekam ich in dieser Zeit meine Blutung und verfuhr damit, wie sie es mir gezeigt hatte. Ich hatte mich bald damit abgefunden, daß ich diese lästige Angelegenheit hinnehmen mußte, konnte aber nicht verstehen, weshalb die Baronin einen Grund zum Stolz darin sah. Trotz ihrer Beteuerungen fand ich das Ganze so unnatürlich, daß ich sicher war, ich müsse davon gezeichnet sein. Bestimmt sahen mir alle meinen Zustand an und empfanden ihn als unrein. Ich blickte daher mit wachsender Ungeduld dem Ereignis entgegen, das man mir angekündigt hatte, und hoffte, daß ich danach etwas anderes fühlen würde als nur Scham. Während der Juni seinen Lauf nahm, stand ich jede Nacht am Fenster und sah zu, wie der Mond am Himmel von einer dünnen Sichel zu einer großen, leuchtenden Perle anwuchs. Endlich war die Kugel beinahe rund, und am nächsten Morgen weckte mich Anna Greta mit den Worten: »Heute nacht, meine Kleine. Sei bereit!«

Am Nachmittag beendete Madame Eloise ihre Lektionen früher als gewöhnlich, führte mich in mein Zimmer und bestand darauf, daß ich ein Schläfchen machte. Dies war höchst ungewöhnlich. »Paß auf«, sagte sie. »Die Baronin sagt, daß du heute nacht lange aufbleiben wirst. Du mußt dich also vorher ausruhen.« Da ich meine Mutter den ganzen Tag nicht gesehen hatte, fragte ich, wo sie denn sei. Madame Eloise machte eine unbestimmte Kopfbewegung. »Außer Haus, meine Liebe, sie bereitet alles vor.«

Ich versuchte zu schlafen, doch es gelang mir nicht. Eine erwartungsvolle Spannung lag in der Luft. Heute war kein gewöhnlicher Tag, auch wenn ich nicht hätte sagen können, was denn das Ungewöhnliche daran war.

Am Abend bekam ich kein Essen, sondern wurde von Madame Eloise geheißen, ein Bad zu nehmen und das neue Kleid anzuziehen, das sie mir geben würde; dann sollte ich warten, bis man mich riefe. Das Kleid, das sie auf meinem Bett ausbreitete, war ein wallendes weißes Nachthemd, das mir bis zu den Knöcheln reichte. Würde man mich denn ins Bett stecken? Verdutzt befolgte ich Madame Eloises Anweisungen und verbrachte die folgenden Stunden wartend am Fenster, wo ich den aufgehenden Mond bewunderte, der den Garten und die Felder in der Ferne in einen silbernen Schleier hüllte. Ich hatte vorher nie bemerkt, wie seltsam dieses Licht doch war, das, eisig und schmelzend zugleich, die ganze Landschaft mit einem quecksilbrigen Schimmer überzog. Die Dinge wurden fahl und nahmen unheimliche Formen an, als seien sie Geister ihrer selbst. Wie lange ich wartete, weiß ich nicht, denn obwohl ich es eigentlich gar nicht wollte, döste ich schließlich im Sitzen ein. Eine Hand auf meiner Schulter weckte mich wieder auf, es war Madame Eloise, die gekommen war, mich abzuholen.

Lautlos wie Einbrecher schlichen wir durch das schlafende Haus und stahlen uns zur Küchentür hinaus. Dort trafen wir Anna Greta, die wie Madame Eloise einen weiten Umhang mit Kapuze trug. Ohne eine Frage zu stellen, schritt ich hinter ihnen her. Obgleich der Weg viele Schlenker machte, erkannte ich ihn wieder: Er führte zu der kleinen Lichtung, wo Victor und ich damals Francine und die Baronin beobachtet hatten. Ich erschrak, als plötzlich eine Gestalt in einem langen Kapuzengewand vor uns erschien, dann noch eine und noch eine. Obschon ich ihre Gesichter nur undeutlich sah, war ich fast sicher, daß es Frauen waren. Die eine hielt eine Laterne, die beiden anderen lange, gegabelte Stöcke. Madame Eloise trat mutig auf sie zu, als wolle sie sich zu erkennen geben. Wir gingen weiter, doch kaum hatten wir uns ein paar Schritte entfernt, stieß eine der drei einen eulenhaften Schrei aus, der mir das Blut in den Adern gefrieren ließ. Wenn ich nicht gewußt hätte, daß er von einer Frau stammte, hätte ich ihn wahrscheinlich für den Ruf eines Raubvogels gehalten. Das Ganze wiederholte sich noch zweimal. Die Gestalten waren offenbar Wachtposten, die uns auf dem Weg erwarteten. Und alle ließen sie dasselbe gespenstische Uuh-huu erklingen, wenn wir an ihnen vorbeizogen. Die letzte Gruppe stand direkt vor dem Zugang zur Lichtung. Als ich durch die enge Öffnung schlüpfte, sah ich, daß die ganze Lichtung mit Laternen erhellt war; an Bäumen hängend, in die Spalten der steil aufragenden Felswände gesteckt, tauchten sie alles in ein fahles Licht, das weder Tag noch Nacht war.

Auf den ersten Blick schien die Lichtung leer zu sein. Erst als Madame Eloise und Anna Greta mich über den Felsvorsprung zum Bach hinunterführten, gewahrte ich die schweigenden, reglosen Gestalten, die sich hinter den Bäumen versteckten. In der Mitte der Lichtung stand ein aus großen Steinklötzen zusammengebauter Tisch, vor dem ich niederknien mußte. Darauf befanden sich ein Kelch, eine Glocke, zwei gekreuzte Messer von eigentümlicher Form, auf denen ein Blumenkranz lag, und dahinter drei noch nicht entzündete große Kerzen. Madame Eloise und Anna Greta legten jetzt ihren Umhang ab, unter dem sie ein weites, graues Gewand mit Kapuze trugen, die sie sich sofort über den Kopf zogen. Dann knieten sie neben mir vor dem Steinaltar nieder. Nach einer Weile, in der nur das Rauschen des Baches zu hören war, ertönte aus dem Wald plötzlich ein hoher, zitternder Schrei, wie ihn ein Adler ausstößt, der sich auf seine Beute stürzt, doch ich wußte, daß er von einer Frau kam. Dreimal schwoll er an und ebbte wieder ab, als sei er ein Signalruf. Und dann begann der Wald um uns zu klingen. Trommeln, Rasseln, Tamburine gaben den Takt vor; darüber zauberte die tänzelnde Stimme einer Flöte eine gewundene Melodie. Es war Musik aus einer anderen Welt, aus einer längst vergangenen Zeit, im Einklang mit dem Rhythmus des Blutes und des Atems; der Körper spürte ein unwillkürliches Verlangen, sich ihrem urtümlichen Fließen hinzugeben. Zwischen den Bäumen tauchte nun aus vier verschiedenen Richtungen eine Prozession grauer Gestalten auf, angetan mit den gleichen Kapuzengewändern, wie meine Begleiterinnen sie trugen. Die einen ließen die Instrumente erklingen, die ich hörte, andere bewegten sich zwischen ihnen in einem langsamen, kreisenden Tanz. Mein Herz raste, nicht vor Angst, sondern vor Aufregung, während der Kreis sich immer enger um uns schloß. Madame Eloise beugte sich zu mir hinüber und drückte mir aufmunternd die Hand.

Wie viele Frauen da auf uns zukamen, wußte ich nicht, es mußten an die fünfzig sein. Als sie uns umringt hatten, blieben sie stehen und ließen sich, ohne die Musik auch nur einen Augenblick zu unterbrechen, auf der Wiese nieder. Sie stimmten einen Gesang in einer Sprache an, die ich nicht verstand. Nach einer Weile erstarben ihre Stimmen, und auch die Musik verstummte. Hinter mir hörte ich Schritte im Gras. Zwei Gestalten standen jetzt auf der anderen Seite des Altars. Auch sie waren in Kapuzengewänder gehüllt. Die eine blieb stehen und murmelte etwas, was ich für ein Gebet hielt; die andere beugte sich vor und entzündete erst die Kerzen und dann ein Häufchen Weihrauch, das in einem durchbrochenen Silbergefäß lag. Dann hoben sie den Kopf und ließen die Kapuzen fallen. Ich kannte beide. Die eine war die Baronin, mit deren Er-

scheinen ich natürlich gerechnet hatte; die andere aber bereitete mir eine nicht geringe Überraschung. Es war Celeste, die
Köchin! Mit ernster, feierlicher Miene stand sie vor mir, das
lockige graue Haar fiel ihr offen auf die Schultern. Sie hier in
dieser Umgebung zu sehen, in einem solchen Gewand und in
so königlicher Haltung – es war ein Anblick, der mich zutiefst
verblüffte.

»Steh auf, Elizabeth!« befahl Celeste. Ihre Stimme war tief
und kräftig. »Du bist heute nacht hier, um zur Frau zu werden.«

Ich erhob mich unverzüglich; ohne zu überlegen hätte ich
getan, was immer sie mir befohlen hätte. Obgleich ich sie
immer nur als Bedienstete gekannt hatte, war dies nicht die
Köchin, die mich befehligte, es war eine ehrfurchtgebietende
Persönlichkeit, wie ich noch keine andere erlebt hatte. Celeste
machte eine Kopfbewegung, worauf Madame Eloise und
Anna Greta an den Bändern und Knöpfen meines Nachtge-
wandes zu nesteln begannen. Ich merkte, daß sie im Begriff
waren, mich zu entkleiden. Obwohl das Herz mir bis zum
Hals schlug, blickte ich Celeste tapfer ins Gesicht, fest entschlossen, mir keinerlei Unbehagen anmerken zu lassen. Als
ich schließlich gänzlich nackt dastand, erhoben sich auch die
anderen Frauen und traten näher an den kleinen Steinaltar
heran. Dort warfen sie flink ihre weiten Gewänder ab und
waren nun ebenso nackt wie ich. Als ich einen verstohlenen
Blick wagte, erkannte ich mehrere Gesichter. Ich bemerkte
drei weitere Stubenmädchen und Germaine, die Frau des
Wildhüters. Da stand die Frau des Gutsverwalters, Madame
Laplance, und neben ihr Madame Perroud, die Frau des Frie-
densrichters, der bei den *soirées* des Barons ein häufiger Gast
war. Auf der anderen Seite sah ich Madame Jussieu, die Frau
des Schiffers, und Madame Grimaldi mit ihren beiden Töch-
tern, die zusammen mit ihren Ehemännern unsere Weinberge
bewirtschafteten. Ich erblickte Frauen, die ich von der Kut-

sche aus bei der Arbeit auf den Feldern gesehen hatte, und Frauen aus La Belotte, deren Männer die Fische fingen, die bei uns auf den Tisch kamen. Wie weit sie gewandert waren, um heute nacht zur Lichtung zu kommen! Die ganze lange Strecke vom See her, und nur der Mond hatte ihnen auf ihrem Weg geleuchtet. Es war merkwürdig, sie so zu sehen: nackt, mit offenem Haar standen sie ohne Scham im Lichte der Laternen. Ohne ihre Kleider und ihren Schmuck wurden sie zu einer Gemeinschaft von Gleichgestellten, und niemand konnte sagen, wer von ihnen eine Dame von Stand und wer eine Frau aus dem einfachen Volk war. Wie mutig war es von ihnen, sich ihrer Kleider zu entledigen, legten sie mit diesen doch auch jeglichen Rang ab. Ich bemerkte, daß einige von den Frauen die Art von Lendentuch trugen, die auch ich verwendete, wenn ich blutete. Ob arm, ob reich, alle kannten sie diesen Zustand und suchten ihn in dieser Gemeinschaft nicht zu verbergen, sie schienen sich derart entblößt auch keineswegs unbehaglich zu fühlen. Manche waren dürr und abgezehrt, andere gertenschlank und kräftig, einige dickleibig, manche verhutzelt, einige auffallend schön. Und unter all den Frauen gab es eine, deren Anblick mich zusammenzucken ließ, obwohl ich insgeheim nach ihr Ausschau gehalten hatte: Solange, die in stolzer Haltung neben ihrer Mutter stand. Sie war von der Natur genauso reichlich ausgestattet worden, wie ich voller Neid vermutet hatte. Wie graziös sie heute nacht doch ihre Rolle spielte. Wenn die Musik erklang, bewegte sie sich mit der Eleganz einer höfischen Tänzerin.

Ich ließ meinen Blick wandern und sah Frauen, die vom Alter gebeugt waren, wie die Großmutter von Jacques, dem Stallburschen, und andere in jugendlicher Blüte wie Marianne, die Tochter des Steuereinnehmers, ein Mädchen, das nur wenig älter war als ich. Einige trugen Spuren von Verletzungen – ich sah Narben, blaue Flecken, krumme Glieder, einen Buckel. Wieviel von unserem Wesen ist doch in unser

Fleisch geritzt und wird durch unsere Kleidung vor den Augen der Welt verborgen. Celeste war in ihrer Nacktheit von besonderem Interesse für mich. Daß sie eine füllige Frau war, hatte ich immer gewußt; jetzt sah ich, wie korpulent sie tatsächlich war. Ihre Brüste, die sonst immer hochgebunden waren und einem dicken Brotlaib glichen, hingen nun schwer auf ihren tonnenförmigen Bauch hinunter, der sich wie eine Schürze über ihr Geschlecht legte. Ihre kurzen, stämmigen Beine waren so dick wie mein ganzer Körper. Man könnte meinen, es sei unmöglich, eine Frau von derartiger Leibesfülle als Respektsperson zu betrachten. Das war sie aber – und zwar ohne jeden Zweifel. Mit stolzer und strenger Miene stand sie neben meiner Mutter, eine ebenso würdige Führerin wie diese.

Die Baronin nahm den Blumenkranz vom Altar, brachte ihn zu mir und hielt ihn über meinen Kopf. Lächelnd sagte sie: »Wir heißen Elizabeth willkommen, Trägerin der Blüte und des Dorns. Wer wird in dieser Gemeinschaft für sie sprechen?«

»Ich«, ertönte von hinten eine Stimme, die ich sofort erkannte. Ich drehte mich um und erblickte Francine. Abgesehen von einer glänzenden Silberscheibe, die sie an einer Kette um den Hals trug, war auch sie gänzlich unbekleidet. Sie trat lächelnd vor und kniff mich neckend in die Nase. Dann stellte sie sich hinter mich und legte mir die Hände auf die Schultern. Die Baronin ließ den Blumenkranz auf mein Haar sinken und trat zurück. Von beiden Seiten des Altars näherte sich nun eine Frau mit einem Teller in der ausgestreckten Hand; auf dem einen lag ein Apfel, auf dem anderen stand ein metallener Krug. Die Baronin schlug mit leichter Hand die Glocke an, während Celeste ihre Gedanken auf die erhobene Frucht konzentrierte; nach einer Weile übergab sie sie Francine und sprach: »Iß dies zum Gedenken an unsere Mutter Eva, die schuldlos ist an unseren Leiden.«

Francine biß in den Apfel und reichte ihn dann an mich weiter. Als ich ebenfalls einen Bissen genommen hatte, ging er an Celeste zurück, die sich den Rest mit Mutter teilte. Nun nahm Celeste den Krug und goß seinen Inhalt in den Kristallbecher auf dem Altar. Sie hob den Kelch über ihren Kopf, und die Glocke erklang abermals. Zu Francine sagte sie: »Trink dies zum Gedenken an unsere Mutter Lilith, der als erster von der Hand des Mannes Leid widerfahren ist.«

Francine ergriff den Kelch und teilte mit mir den Wein, den er enthielt. »Komm!« flüsterte sie dann. Ich stand auf und folgte ihr. Ein dumpfes Trommeln klang über die Lichtung wie ein Donnergrollen aus den Tiefen der Erde.

Nun stand ich in der Mitte des Kreises, und Francine war dicht hinter mir. Ihr Leib drängte sich so eng an mich, daß ich an meinem Rücken fühlte, wie ihre Brüste sich hoben und senkten. Celeste trat vor, in den Händen eine gelbliche Pergamentrolle, die so dick war wie ihr Arm. Ein mit Quasten behängter Lederriemen hielt sie zusammen. Celeste entrollte sie nicht, sondern drückte sie fest an ihre Brust, während sie mit geschlossenen Augen in einer fremden Zunge Worte zu sprechen begann, die wohl ein Gebet sein mußten. Sie sprach lange, die Stirn vor Anstrengung gerunzelt, das Gesicht glühend vor Erregung, und die ganze Zeit über war das leise Trommeln zu hören, dessen Rhythmus sich nach und nach beschleunigte. Immer leidenschaftlicher wurden ihre Beschwörungen, bis Celeste in eine Art Trance fiel und begann, langsam hin und her zu schwanken, ihr Körper glänzend vor Schweiß. Das Gebet schien nun in eine Aufzählung von Frauennamen überzugehen, die ersten fremd und urtümlich, bald aber vertraut: Vornamen und Nachnamen, französische, italienische, deutsche, englische, spanische... Dann verstummte sie jählings; die Trommel schlug einen schnellen, kräftigen Wirbel und schwieg ebenfalls. Celeste hob die Pergamentrolle und hielt sie erst Francine und dann auch mir zum Kuß hin.

Nun trat die Baronin vor. Sie hielt die beiden Messer, die ich auf dem Altar hatte liegen sehen, und reichte sie mir. Das weiße Messer in meiner rechten Hand deutete himmelwärts, das schwarze in meiner linken zeigte zur Erde. Von hinten bedeutete mir Francine, die Arme weit auszustrecken. Eine weitere Frau – Madame Kleist – löste sich aus dem Kreis und streckte der Baronin eine irdene Schale hin; diese griff hinein, und als sie ihre Hand wieder herauszog, war sie purpurrot. Sie drehte sich zu mir um und malte mir mit den Fingern ein merkwürdiges Zeichen auf die Stirn, dann tauchte sie die Hand abermals in die Schale und malte dasselbe Zeichen auf meine Lippen, meine Brust, meinen Bauch, zwischen meinen Beinen genau oberhalb der Schamspalte und auch auf beide Füße. Als sie meine Lippen berührte, merkte ich, daß die purpurrote Flüssigkeit Blut war; der Geschmack ließ mich zusammenzucken. Ich blickte an mir hinunter, um das geheimnisvolle Zeichen zu betrachten: Es war ein sechszackiger Stern, der aus zwei ineinandergeschobenen Dreiecken bestand.

Francine drehte mich zu sich um, und meine Mutter nahm ihren Platz ein und hielt mich fest. Wiederum breitete ich die Arme aus, die beiden Messer weit von mir gestreckt. Die Flöte stimmte eine dunkle, klagende Weise an, während Francine die Kette mit der Silberscheibe von ihrem Hals löste und sie hoch in die Luft streckte, als wolle sie das leuchtende Rot des Mondes berühren. Dazu begann sie in einer Zunge zu sprechen, die ich nun endlich verstand. Satz für Satz wurden ihre Worte von allen Stimmen auf der Lichtung nachgesprochen.

Frau aus Perlen,
Blick herab, blick herab.
Herrin der Gestirne,
steig herab, steig herab.
Schiff aus Silber,

Fahr nah, fahr weit.
Juwel der Nacht,
Sei zum Segen bereit.
Taube des Dunkels,
Flieg herab, flieg herab.
Schwert der Hathor,
Verteidige uns.

Langsam ließ Francine die Silberscheibe sinken und berührte damit sachte das blutige Zeichen auf meiner Stirn. »Sie segnet dich hier für die Reinheit all deiner Gedanken«, sprach sie, dann drückte sie ihre Lippen auf die Stelle. Sie wiederholte das Ritual bei jedem der blutigen Zeichen, die die Baronin auf meinen Körper gemalt hatte.

Bei den Lippen: »Sie segnet dich hier für die Reinheit all deiner Worte.«

Bei der Brust: »Sie segnet dich hier für die Reinheit all deiner Liebe.«

Den Bauch ließ sie entgegen meinen Erwartungen aus und preßte die Scheibe statt dessen zwischen meine Schenkel: »Sie segnet dich hier für die Reinheit all deiner Lust.« Sie kniete nieder und besiegelte die Worte mit einem innigen Kuß. Ich wäre ob dieser Kühnheit bestimmt erschrocken zurückgezuckt, wenn ich nicht so fest gehalten worden wäre.

Dann berührte Francine doch meinen Bauch: »Sie segnet dich hier für die Reinheit aller Kinder, die du mit Freuden gebärst.«

Schließlich kniete sie nieder, um meine Füße zu berühren und zu küssen: »Sie segnet dich hier für die Reinheit all deiner Schritte.«

Kaum hatte sie das letzte Worte gesprochen, setzte ein Trommelwirbel ein, der sich zu einem tosenden Crescendo steigerte. Francine erhob sich, legte mir die Kette um den Hals und küßte mich zärtlich auf die Lippen. »Willkommen,

Schwester«, sagte sie. Die anderen sprachen es ihr nach, und dann summte der Kreis von fröhlichen Stimmen, die mir Willkommensgrüße und Glückwünsche zuriefen.

Ein paar Frauen traten vor und begannen eine Prozession, der wir anderen uns alsbald anschlossen. Sie tanzten eine feierliche Sarabande und streuten Blütenblätter aus, einen ganzen Teppich. Mit Erstaunen sah ich, wie graziös sich selbst die Alten und Mißgestalteten zu der Musik bewegten, als ob die Klänge ihnen eine ganz besondere Würde verliehen.

Die Baronin und Francine hielten sich dicht neben mir, während wir uns auf die Bäume am anderen Ende der Lichtung zubewegten. Celeste, die Pergamentrolle eng an die Brust gepreßt, stellte sich mit den anderen Frauen zu einer Gruppe auf, die uns nachfolgte, begleitet von den fröhlichen Klängen von Trommel, Flöte und Tamburin. Zwischen den Bäumen sah ich ein Licht schimmern: Es stammte von einem brennenden Kohlenbecken, das auf einer kleinen Wiese stand. Im Feuerschein gewahrte ich eine Gestalt, die auf einer Art aus Ästen gefertigtem Thron saß. Als wir näher kamen, sah ich, daß es eine Frau war, nackt wie wir, aber vom Alter stark gezeichnet. Ihre Haut war dunkel und hing lose von ihrem buckligen Gerippe, das schneeweiße Haar fiel ihr in dünnen Strähnen ins Gesicht. Obgleich ich sie nicht kannte, spürte ich, daß sie eine sehr wichtige Persönlichkeit sein mußte. Um den Hals und an den knochigen Armen trug sie zahlreiche Ketten und Armreifen. Sie schien unvorstellbar alt zu sein, doch als sie mich anblickte, strahlte aus ihren Augen ein glühendes Feuer.

»Komm zu mir, Elizabeth«, sagte sie mit brüchiger, aber freundlicher Stimme. Sie betrachtete mich aufmerksam und strich mir dann übers Haar. »Holde Elizabeth, goldene Elizabeth.« Erstaunt riß ich die Augen auf, denn sie sprach Romani, die Sprache meiner Kindheit. Sie lächelte, als sie meine Überraschung sah. »Ja, ich spreche deine Zigeunersprache, aber leider nicht mehr besonders gut.« Dann verfiel sie in ein vermutlich italienisch gefärbtes Französisch und fragte: »Weißt du, wer ich bin?«

»Nein, das weiß ich nicht.«

»Mein Name ist Seraphina. Ich bin ebenso alt wie du jung bist. Das Blut, das so reichlich aus deinem Körper fließt, ist in meinem lange schon versiegt. Doch beide sind wir Frauen – ob wir uns nun am Anfang oder am Ende unseres Weges befinden. Und wir sind Schwestern. Kannst du das glauben?« Ich verneinte, was sie zum Lachen brachte; es klang wie der Wind, der im trockenen Gras raschelt. In ihrem offenen Mund sah ich keinen einzigen Zahn. »Du hast mehr Schwestern, als du ahnst, Elizabeth. Seit Menschengedenken sind Schwestern – die deinen und die meinen – zu diesem Flecken Erde gepilgert, auf dem du jetzt stehst. Es gibt hier Quellen, wo sich vor undenklichen Zeiten, an die sich wohl nicht einmal die mächtigen Berge erinnern, die Frauen versammelten, um über geheime Dinge zu sprechen. Die Männer pflegen die Worte, die sie auf Steinplatten oder Pergamentrollen entdecken, als ›uraltes‹ Wissen zu bezeichnen. Aber nach der weiblichen Zeitrechnung sind die vielbewunderten großen Geister ihres Geschlechts – Aristoteles und Pythagoras – nichts als unreife Knaben. Lange bevor die Männer aus Schriftrollen lernten, lernten die Frauen von den Wäldern, den Sternen und den Steinen. Dieser Hain ist eine unserer ältesten Schulen; die Bäume, die du hier siehst, wissen mehr als der größte Naturphilosoph. Sie sind seit jeher unsere Lehrer.«

Plötzlich hörte ich über mir Schwingenrauschen. Ich erschrak. Ein großer, dunkler Vogel kam aus den Bäumen heruntergeflogen und ließ sich auf dem Handgelenk der alten Frau nieder. Dort saß er nun mit schiefgelegtem Kopf, als würde er mich mustern. Ich hatte noch nie einen derartigen Vogel gesehen. Er war so groß wie ein Rabe, doch sein Federkleid schillerte violett, und sein krummer, gelber Schnabel war größer als sein Kopf. Das schäbige Gefieder ließ vermuten, daß er schon sehr alt sein mußte. Ein Auge schien erblindet zu sein: halb geschlossen und trübe lag es unter dem schiefen, runzligen Lid. Ob er wohl gefährlich war? Doch sein unvermitteltes Erscheinen schien außer mir niemanden auch nur im mindesten erschreckt zu haben. Ja, Seraphina, der dieses Geschöpf zu gehören schien, begann den Vogel sanft am Hals zu kraulen, so daß er vor Behagen gluckste. Dann hob er ein Bein und kratzte sich am Nacken.

»Keine Angst, Elizabeth«, sagte Seraphina, den Mund zu einem breiten, zahnlosen Grinsen geöffnet. »Dies ist meine treue Freundin Al Ussa, sie möchte dich kennenlernen. Sie wird sich ihr eigenes Urteil über dich bilden – aber ich will zusehen, daß ich sie überreden kann, gut von dir zu denken.« Seraphina neigte sich vor, um dem Vogel etwas ins Ohr zu flüstern; ich hörte, wie inmitten einer Reihe unverständlicher Worte mein Name fiel. »Ich bin sehr alt, aber Alu ist noch viel älter. Sie war schon meine Gefährtin, als ich noch ein junges Mädchen in deinem Alter war.« Der Vogel schien derweil sein Interesse an mir verloren zu haben. Er war auf Seraphinas Schulter geflattert, von wo aus er das Geschehen betrachtete, wenn auch mit abwesendem, leicht gelangweiltem Blick.

»Alle Frauen, die hier versammelt sind«, erklärte Seraphina, »sind meine Schwestern genauso wie auch deine – in guten wie in bösen Tagen. Sie sind mir stets gute und dankbare Freundinnen gewesen. Was sie wissen, habe ich sie gelehrt. Was für ein Wissen das ist? Ich habe sie gelehrt, sich niemals zu grämen oder gar Scham zu empfinden, weil sie Frauen sind. Ich habe sie gelehrt, einander beizustehen. Ich habe sie gelehrt, daß das Blut ihre Stärke ist, denn in ihm vereinigt sich die Kraft des Himmels und der Erde. Paß auf, ich werde es dir zeigen. Laß mich die Messer sehen.«

Ich streckte sie ihr hin.

»Diese Messer gehören nun dir, Elizabeth. Sie sollen dich

an diese Nacht erinnern und an alles, was du lernen wirst. Verwahre sie so sicher wie deinen kostbarsten Besitz. Hier ist das silberne Messer; es verbindet dich mit dem Mond, den du am Himmel siehst. Der Mond ist das Gestirn von uns Frauen; so, wie er die Gezeiten des Meeres lenkt, so lenkt er auch die Gezeiten unseres Blutes. Die Männer haben nichts, das ihnen die natürliche Ordnung ins Bewußtsein bringt. Sie glauben darum, sie könnten ihre eigene Ordnung erfinden, aber das können sie nicht. Das müssen wir ihnen begreiflich machen.«

»Und hier ist das dunkle Messer. Es verbindet dich mit der Erde. Die Erde ist weiblich, genau wie wir. Sie gebärt Kinder genau wie wir. Ihrem Fleisch entspringen die Bäume, Früchte und Tiere. Wir spüren diese Kraft auch in unserem Leib. Die Männer haben nichts, was sie mit der Erde verbindet; ihr Unwissen läßt wunderliche Phantasien wuchern. Sie reißen die Erde auf, wühlen sich in sie hinein und verformen sie. Sie rauben die Edelsteine und Metalle, die sie in ihrem Schoße birgt. Sie würden selbst die Berge versetzen, wenn sie dazu imstande wären, und den Lauf der Flüsse wenden. Sie glauben, sie könnten mit der Welt verfahren, wie es ihnen beliebt. Doch sie haben unrecht. Das müssen wir ihnen begreiflich machen.«

Sie beugte sich vor und streckte einen zittrigen Arm nach mir aus. »Komm her, mein Kind. Komm ganz nah zu mir. Ich werde dir ein Geheimnis verraten.« Ich schob mich so dicht wie möglich an ihren Thron heran. Sie legte die Lippen an mein Ohr und wisperte mit rauher Stimme: »Tief, tief unter der Erde sind Steine vergraben, die kein Auge je erblicken wird. Könntest du sie aufbrechen, so würdest du darin Kostbarkeiten und Wunder entdecken, deren Schönheit dich trunken machen würde. Hier, schau nur.« Sie zog mich näher zu sich und streckte den einen Arm aus, um mir ihre vielen Armreifen zu zeigen. An einem hing ein großer, tränenförmiger Stein, der im flackernden Feuerschein golden, grün und pur-

purn funkelte. »Was meinst du, Elizabeth?« fragte Seraphina. »Ist er nicht wunderschön?«

»O ja… das ist er«, antwortete ich, während ich hingerissen auf die winzige Fontäne glitzernder Farben starrte. Es hatte den Anschein, als leuchte der Stein von innen, so strahlend war das Licht, das er verströmte.

»Je länger du ihn anschaust, desto wunderbarer wird er«, erklärte Seraphina. »Er ist ein Regenbogen, der aus den Tiefen der Erde stammt. Doch er ist nichts im Vergleich zu den Steinen, die noch dort unten liegen. Nun sag mir: Warum wohl hat die Erde etwas, was das Auge so sehr entzückt, an einem Ort versteckt, wo kein Auge es jemals erblicken wird?«

»Ich weiß es nicht.«

»Du wirst die Antwort auf diese und viele andere Fragen noch erfahren. Die Erde selbst wird sie dir geben.« Sie ließ mich los und bedeutete mir aufzustehen. »Nimm jetzt deine Messer und lege sie genau hier über Kreuz auf die Erde, das weiße über das schwarze.«

Ich rappelte mich auf und legte die beiden Messer vorsichtig vor ihren Thron.

»Hast du jetzt eben gehört, wie die Erde gesprochen hat?«

»Nein.«

»Du wirst sie heute nacht noch sprechen hören, ehe du wieder in dein Bett zurückkehrst.« Sie streckte ihren faltigen Arm aus, um Francine zu sich zu winken. Diese kniete neben mir nieder. »All diese Frauen hier sind deine Schwestern, Elizabeth, genau wie ich. Francine aber soll deine ganz besondere Schwester sein. Sie wird dich Dinge lehren, die kein Mann dich lehren kann, Dinge, die du lernen mußt, wenn du eine eigenständige Frau werden willst. Sie wird dir alles erklären, was du heute nacht erlebst. Ihr darfst du Geheimnisse anvertrauen, die du niemandem sonst anvertrauen würdest. All deine heiligen Stellen sind bereits mit Blut bezeichnet, das sie großzügig für diese Feier gegeben hat. Mit ihr sollst du auch durch das Blut vereinigt werden, das in deinen Adern fließt. Bist du dazu bereit?«

Ich bejahte, obwohl mir ziemlich bange zumute war. Seraphina griff nach Francines und meiner Hand, schloß dann die Augen, senkte den Kopf und murmelte Worte, die ich nicht verstand. Nun trat Celeste vor, ein Messer in der Hand. Mit einem Blatt wischte sie die Klinge ab und brachte erst mir und dann Francine am Zeigefinger einen kleinen Schnitt bei. Seraphina drückte unsere Finger aufeinander und hielt sie mit einem so festen Griff, wie ich ihn einer so alten Frau gar nicht zugetraut hätte. Wiederum küßte mich Francine auf die Lippen und trat dann zurück. »Dieser Hain wird heute nacht durch Laternen erhellt«, erklärte Seraphina. »Wenn du aber nur ein Stück weiter in den Wald hineinwanderst, wirst du an einen Ort gelangen, wo das Licht aufhört und die Dunkelheit beginnt. Ebenso gibt es auch einen Punkt, wo die Worte aufhören. Es gibt vieles, was niemand dich lehren kann, Dinge, die nicht aus der Dunkelheit ans Licht treten werden. Was in deinem Körper geschieht, wenn dort das Leben beginnt, liegt im Dunkeln verborgen. Aber die Dunkelheit kann auf ihre eigene Weise zu dir sprechen.« Als wäre sie nicht länger eine Baronin, sondern Seraphinas Dienerin, kniete Mutter neben ihr nieder, in der Hand eine kleine Schale, aus der die Alte ein breiiges Mus schöpfte. Mit zittrigen Fingern hielt sie es an meine Lippen. »Hier. Nimm. Iß«, befahl sie. Ein stechender, doch nicht unangenehmer Geruch stieg mir in die Nase. Der Geschmack aber war so abscheulich bitter, daß meine Kehle sich verschloß und sich im ersten Augenblick weigerte zu schlucken. Als es mir schließlich doch gelang, den Brei hinunterzuwürgen, wurde ich unvermittelt von einem Schwindel erfaßt. Ich versuchte, mich aufrecht zu halten, doch meine Glieder waren mit einem Mal ganz schwach. Francine und Mutter stützten mich und führten mich ein paar Schritte vom Thron weg. Dort bedeuteten sie mir, mich hinzulegen, den

Kopf direkt unter den gekreuzten Messern. Francine kniete neben mir nieder und legte die eine Hand flach auf meine Stirn und die andere auf meine Brust. Die Benommenheit hatte sich in eine köstliche Wärme verwandelt; mir war, als ob mein ganzer Körper glühte. Als ich zum Himmel aufblickte, schien der Mond so nah, daß mich dünkte, ich müßte ihn anfassen können, wenn ich einen der hohen Bäume erkletterte. Es sah aus, als würde er zwischen den Ästen tanzen. Auch die Frauen tanzten, in verschlungenen Kreisen drehten sie sich um die Stelle, wo ich am Boden lag. Die Klänge von Trommel, Flöte und Rassel erfüllten die Lichtung. Ich hörte die jubelnde Melodie lauter werden und leiser, lauter und wieder leiser. Sie donnerte in meinem Kopf und entschwand dann wieder in weiter Ferne, immerzu, in raschem Wechsel. Langsam begann die Erde unter mir zu zittern; das Beben jagte durch meine Adern und ergriff meinen ganzen Körper. Es war ein Kitzeln und zugleich auch eine Art Sprechen, als sei mein Leib eine redende Zunge. Ich glaube, ich fing an zu lachen, und alle anderen lachten auch, ein dröhnendes, rauhes, weibliches Lachen. Auch die Erde unter mir lachte, ich konnte es hören – oder fühlen. Francines Gesicht über mir trug den Mond wie einen Heiligenschein. Ich fühlte mich in ihrer Umarmung sicher und geborgen, ja beinahe schwindlig.

Ich mußte schwören, über die Geschehnisse in dieser Nacht strengstes Stillschweigen zu bewahren. »Wir hüten unsere Geheimnisse nicht aus Scham oder Furcht«, erklärte Seraphina, »sondern aus Achtung. Was wir hier tun, ist allein *unsere* Angelegenheit. Es gibt wenig auf der Welt, was wir Frauen unser eigen nennen dürfen, aber diese Riten gehören uns. Andere würden das womöglich nicht verstehen. Sie sähen Böses, wo wir das Gute sehen. Sie würden strafen und zerstören. Du mußt die Geheimnisse deiner Schwestern achten. Versprichst du, daß du alles, was du hier erfährst, in deinem Herzen verschlossen halten wirst?«

Und ich gelobte es.

Selbst jetzt, da ich entschlossen bin, alles zu erzählen, ist mir, als ob eine unsichtbare Hand aus der Vergangenheit nach mir griffe, um meine Lippen zu versiegeln und mich an mein Gelöbnis zu erinnern. Tatsächlich aber gibt es vieles, was ich gar nicht erzählen könnte, selbst wenn ich es wollte, denn als die Nacht ihren Lauf nahm, wurde alles merkwürdig traumhaft und unwirklich, und mein Geist begann zu wandern. Ich weiß, daß getanzt wurde und große Fröhlichkeit herrschte; meine Schwestern aßen und lachten so ungezwungen und vergnügt, wie ich es bei Frauen noch nie erlebt hatte. Ehe die Nacht zu Ende war, waren alle zu mir gekommen, um mich zu umarmen und ihrer Liebe zu versichern. Viele schenkten mir ein Zeichen ihrer schwesterlichen Zuneigung, zumeist einfache, selbstgefertigte Gegenstände, die mir teurer waren als Gold und Edelsteine. Als ich schließlich gebadet und gekämmt wieder in mein Zimmer zurückgebracht wurde, fühlte ich mich leicht wie eine Feder – als ob ich mich, wann immer es mir beliebte, in die Lüfte schwingen könnte, um Mond und Sterne zu umarmen. Was dabei Wirklichkeit und was Traum war, könnte ich nicht mit Sicherheit sagen.

Als ich am nächsten Morgen erwachte, erfüllte mich eine seltsame und köstliche Beschwingtheit, die noch mehrere Tage anhielt und die ich mir durch nichts trüben lassen wollte. Mir war, als sei ich bis ins Innerste gereinigt worden, oder vielmehr *poliert* wie ein Juwel. Kristallklar. Außerdem spürte ich einen Seelenfrieden, der mich mit tiefer Dankbarkeit erfüllte. Es war, als hätte ich lange zaudernd vor einem verschlossenen Tor gestanden, voller Angst vor dem, was mich auf der anderen Seite erwarten mochte, und nun war ich hindurchgeschritten, um festzustellen, daß ich überhaupt nichts zu befürchten hatte. Meine Schwestern hatten mich willkommen geheißen.

Das Schönste aber war: Zum ersten Mal, seit sie mich als

ihre Tochter angenommen hatte, empfand ich die Frau, die mir bislang als die unnahbare, majestätische Baronin erschienen war, wirklich als meine Mutter – und zwar im Herzen und nicht nur dem Worte nach. Sie besaß noch immer eine Überlegenheit, die mir Respekt abnötigte. Dennoch bestand zwischen uns nun eine Gleichwertigkeit, die uns im Innersten verband. Ich wußte, daß sie sich dies ebensosehr wünschte wie ich. Wir waren jetzt von einem Blute, aber nicht als Mutter und Tochter, sondern als Schwestern.

Ich war zur Frau geworden.

Die zwei Ströme

In den Anhöhen des Bois de Bâtie, nicht mehr als eine Wegstunde von den Stadtmauern Genfs entfernt, gibt es eine
Stelle, von der man auf den Zusammenfluß von Arve und
Rhône hinabblicken kann. Vater führte mich eines Tages dorthin, um mir dieses bemerkenswerte Schauspiel zu zeigen.
Noch lange nach ihrem Zusammentreffen fließen die beiden
Gewässer – die schwermütig graue Arve und die königlich
blaue Rhône – nebeneinander her, als wollten sie in ihrem gemeinsamen Bett auf ewig getrennt dahinströmen. Doch dann,
sacht, fast unmerklich, verschmelzen sie zu einem einzigen
Fluß, der größeren Rhône, die stetig weiterfließt, bis zu den
fruchtbaren Äckern des Südens.

Als einen solchen Zusammenfluß – freilich auf die geistige
Ebene übertragen – begann ich Belrive zu betrachten, nachdem ich in die Geheimnisse der Frauen eingeweiht war. Mehr
noch als ein herrschaftliches Anwesen war das Château auch
ein Schnittpunkt, wo zwei bedeutende Ströme des Lebens
sich trafen. Der eine war in den Werken und Hoffnungen des
Barons verkörpert, ein mächtiger Strom, der ungestüm in die
Zukunft drängte und die ehrgeizigen Ziele der ganzen
Menschheit mit sich trug. Vater war Verstand, Wissenschaft,
Erfindung: die Kraft des revolutionären Strebens. Der Blitzstrahl, den er so kühn in unser Familienwappen eingefügt
hatte, war Ausdruck seiner feurigen Vision, ihrer Macht, die

172

Welt zu erleuchten oder gar in Brand zu setzen. Obgleich er diese Macht als »Verstand« bezeichnete, äußerte sie sich keineswegs nur in nüchterner geometrischer Präzision. Es war eine glühende Passion, die mit gutem Recht alles, was sich ihr zu widersetzen drohte, aus dem Weg fegen würde.

In den Augen der Welt war Belrive meines Vaters Haus. Belrive, das waren die großen Soirées und Bankette, bei denen vornehme Herrschaften und Literaten sich versammelten. Es war das Bild, das sich einem bot, wenn man bei feierlichen Anlässen auf dem samtweichen Rasen vor dem Château stand und zu den hellerleuchteten Fenstern emporblickte, hinter denen sich die Menschen drängten. Aber jetzt wußte ich, daß mein Heim weit mehr umfaßte als das. Mit all seinen brennenden Kronleuchtern bildete es doch nur einen winzigen Lichtpunkt inmitten von Stille und endloser Nacht. Rund um Vaters Insel der Aufklärung lagen die dunklen Wälder und verborgenen Lichtungen, die schon seit ewiger Zeit existierten, älter noch als die Gebeine der barbarischen Könige, die tief unter Belrives Grundmauern ruhten. Die Dunkelheit, die das Château umgab, war das zweite Belrive – Mutters Belrive, ein Fluß, der den unendlichen Tiefen der Erde entsprang und Erinnerungen an uralte Zeiten mit sich trug. Vater segelte auf geradem Kurs voran, das Schiff der Zivilisation unbekannten Kontinenten entgegensteuernd. Mutter dagegen war die Hüterin uralter Quellen. Erst vereint ergaben diese beiden Kräfte – der vorwärts strebende Strom und der Fluß der Erinnerung – das wahre Belrive.

Ich sah mich zuweilen versucht, den einen Strom als rein männlich und den anderen als rein weiblich zu betrachten. Doch das war falsch. Denn immer wieder wurde ich Zeuge der mildtätigen Handlungen, in denen Vaters Gutherzigkeit sich offenbarte. Andererseits sah ich bei Mutter überaus häufig Funken eines männlichen Intellekts aufblitzen. Dieser scharfe Verstand war Ausdruck ihrer geistigen Begabung, doch er fand sein Gegengewicht in der anderen Strömung, ihrer Herzensgüte. Wie ich bald erfahren sollte, wünschte sie sich solch ein inneres Gleichgewicht auch für mich und ganz besonders für Victor, der so oft einzig und allein von Wissensdurst besessen schien. Es mußte uns gelingen, die beiden Ströme in harmonischer Weise zu vereinen. Nur wenige Tage nach meiner Initiation begann Mutter, mit aller Kraft auf dieses Ziel hinzuwirken.

Es traf sich, daß der Baron von dringenden Geschäften in Anspruch genommen wurde, die ihn monatelang von zu Hause fernhielten. Da er vorwiegend in seinem Kontor in der Stadt arbeitete, die auch bei gutem Wind mehr als zwei Schiffsstunden entfernt war, war seine Tätigkeit für mich mehr oder minder ein Buch mit sieben Siegeln. Ich wußte nur, daß er hauptsächlich mit Gold handelte, das er in umfangreichen Sendungen zu den Handelszentren Europas und auch in entferntere Gegenden der Welt beförderte. Aber ich hatte keine Ahnung, in welch ferne Gefilde ihn seine Geschäfte führten, bis Victor und ich ihn, kurz bevor er zu einer weiteren langen Reise aufbrach, einmal im Bankhaus an der Grande Rue besuchen durften. Frankenstein Fils bestand aus einer Reihe behaglicher Räume, in denen ein gutes Dutzend höchst konzentriert wirkender Herren geschäftig hin und her eilten, Dokumente austauschten und Akten konsultierten. Das wichtigste aber, so erschien es zumindest meinem unbedarften Auge, war die riesige Landkarte, die sich über eine ganze Wand erstreckte und mit Zahlen und Linien beschriftet war, die die geschäftlichen Unternehmungen des Barons dokumentierten. Zum ersten Mal sah ich, wie weit der Name unserer Familie in der Welt herumgekommen war. Denn jeder Ort, an den die Geschäfte den Baron geführt hatten, war mit einem Fähnchen markiert, welches das Frankensteinsche Wappen trug. »Im Juni werde ich hier sein... und im September hier... und im Dezember dann hier«, verkündete der Baron, während er neue Fähnchen einsteckte. Die Europakarte war mittlerweile vom Königreich Portugal bis zu den Ebenen Rußlands mit Fähnchen dicht besät. Eine Reise hatte das Frankensteinsche Wappen den Nil hinauf bis zu den großen Pyramiden gebracht und eine andere weit ins Kalifenreich hinein bis zu den sagenumwobenen Städten Bagdad und Samarra.

»Ist es denn erlaubt, mit den Muselmanen Handel zu treiben?« fragte ich, denn seine Erzählungen von den großen Kreuzzügen waren mir noch in lebhafter Erinnerung.

»Natürlich, wieso auch nicht?« entgegnete er. »Das Gold der Ungläubigen ist so gut wie jedes andere. Und«, flüsterte er, »ich kann dir versichern, der Sultan besitzt weit größere Reichtümer, um die man ihn erleichtern kann, als jeder christliche Bankier … mich eingeschlossen.«

In jüngster Zeit hatten sich die Interessen des Barons in eine neue Richtung verschoben: über den Atlantischen Ozean nach dem fernen Amerika, wo die Kolonien sich unlängst gegen König Georg von England erhoben hatten. Als Vater die vor ihm liegende Reise beschrieb, steckte er weitere Fähnchen bei Städten ein, die Namen wie Neu-York oder Boston trugen.

»Und dahinter«, erklärte er, indem er mit der Hand über den Rest des Kontinents fegte, »Wildnis, nichts als Wildnis. Wüsten, Berge, Wilde mit bemalten Gesichtern. Es wird Jahrhunderte harter Arbeit erfordern, um diesem gottverlassenen Land die Zivilisation zu bringen.«

»Mußt du denn an einen so gefährlichen Ort reisen?« fragte ich.

»Diesmal, mein Kind, reise ich nicht aus geschäftlichen Gründen. Das Gold, das ich nach Neu-York gesandt habe, erwarte ich nicht wiederzusehen, ich wünsche es auch gar nicht zurückzuerhalten. Es ist dazu verwendet worden, Monsieur Voltaires Werk zu tun, und das ist einem aufgeklärten Geiste Lohn genug.«

Ich verstand, was er damit meinte. So, wie Mutter mir geraten hatte, Rousseau zu lesen, hatte der Baron darauf bestanden, daß ich die Werke Voltaires studierte, der sein großes Vorbild war. Ich bekam die Lektüre des *Essai sur l'histoire générale* regelrecht aufgezwungen und wurde jeden Abend bei Tisch dazu abgefragt. Der Baron hatte den berühmten Weisen von Ferney oftmals besucht, er nannte ihn ›den führenden gesellschaftlichen Erneuerer unserer Zeit‹. Und als ihn wenige Jahre vor meiner Aufnahme in die Familie die Nachricht von Voltaires Tode erreichte, hatte der Baron unter Tränen gelobt, fortan ein treuer Jünger des großen Denkers zu werden. Soweit ich wußte, hatten sich die mutigen Kolonisten, die an den bewaldeten Küsten Amerikas siedelten, im Namen der Freiheit gegen die Briten erhoben. In den Augen des Barons war dies ein Schlag gegen die Tyrannei, den Voltaire begrüßt hätte. Victor hatte mir erzählt, in welcher Weise der Baron den Unabhängigkeitskampf der Aufständischen unterstützt hatte: Zum Kauf von Waffen hatte er ihnen ganze Schiffsladungen von Gold geschickt und war dabei zu einem überzeugten Verfechter der Revolution geworden. Nun, da der Aufstand beendet war, hatte man ihn eingeladen, die Nation zu besuchen, bei deren Geburt er mitgeholfen hatte, denn man wollte ihn für seine großen Verdienste auszeichnen.

»Und genau hier«, fuhr er fort, während er eine Stadt mit Namen Philadelphia mit einem Fähnchen versah, »am Rande des Indianerlandes lebt, man glaubt es kaum, der brillanteste Geist unserer Zeit – abgesehen von Monsieur Voltaire natürlich.«

Victor wußte bereits, von wem die Rede war: »Dr. Franklin!«

»Richtig. Hast du schon von Dr. Benjamin Franklin gehört, Elizabeth?«

Das hatte ich nicht.

»Victor kann dir mehr über ihn erzählen. Er kennt sich mit

Dr. Franklins elektrischen Studien aus. Der Mann hat für uns das Feuer vom Himmel geholt, als sei er ein moderner Prometheus. Eines Tages werden wir das elektrische Fluidum, das er erforscht hat, dazu verwenden, eine neue Zivilisation zu erschaffen. Die Elektrizität ist nämlich eine wunderbare Kraft. Wer weiß, vielleicht wird es uns gelingen, unsere kleinen Freunde damit zum Leben zu erwecken. Stell dir das nur vor! Ein ganz neues Menschenvolk, das uns möglicherweise sogar überlegen ist!« Mit einem Blick in Victors Richtung fügte er hinzu: »Was würdest du sagen, mein Sohn, wenn ich dir erzählte, daß ich die Ehre haben soll, Dr. Franklin kennenzulernen?«

Victor starrte ihn mit offenem Munde an. »Wirklich und wahrhaftig?«

»Jawohl. Dank seiner Fürsprache werde ich in seiner Stadt zum Ehrenbürger ernannt. Ich werde dir ein Andenken mitbringen. Vielleicht eine von Dr. Franklins bemerkenswerten Erfindungen.«

»Erzähl mir etwas über die Elektrizität«, forderte ich Victor nach dem Abendessen auf.

»Nun, sie ist eine äußerst gefährliche Materie«, antwortete er mit selbstgefälliger Miene. »Man muß furchtlos sein, wenn man sie erforschen will. Dr. Franklin hätte bei seinen Experimenten mit dem Blitzstrahl leicht sein Leben lassen können.«

»Ist der Blitzstrahl denn aus Elektrizität gemacht?«

»Aber sicher. Es ist ein und dasselbe Element, Dr. Franklin hat das bewiesen. Vielleicht wird der Blitz bald schon unser Spielzeug sein: Wir werden ihn dazu verwenden, unsere Mahlzeiten zu kochen und unsere Häuser zu heizen. Der Mensch wird ihn zähmen, wie er das Wildpferd gezähmt hat, und ihn als seinen Sklaven für sich arbeiten lassen.«

»Aber wie ist es möglich, eine so wilde Kraft wie den Blitz zu zähmen?«

»Nun, zuerst muß man sie in einer Leidener Flasche aus dem Äther herausziehen.«

»Hast du denn eine solche Flasche?«

»Die beste in Genf. Vater hat sie mir gekauft. Man kann darin die substanzlose Essenz der Elektrizität speichern, um sie zu erforschen.«

»Zeigst du mir die Flasche einmal?«

»Natürlich. Und eines Tages, wenn du alt genug dafür bist, werde ich dir ein Experiment vorführen, damit du diese gewaltige Kraft mit eigenen Augen sehen kannst.«

Kaum war der Baron zu seiner Reise aufgebrochen, kündigte sich eine weitere Veränderung an, die mir noch weniger willkommen war. Mutter hatte nämlich beschlossen, mit Victor und Ernest einen längeren Kuraufenthalt anzutreten, während ich zu Hause bleiben sollte. Sie gedachten mehrere Wochen in Thonon-les-Bains zu verbringen. Ich war einmal mit der Familie dort zur Kur gewesen. Es hieß, der Ort, der viele Gäste aus ganz Europa anzog, sei der Gesundheit höchst zuträglich, aber ich mochte ihn nicht. Ich verabscheute den schweißigen Dunst der Bäder und den Krankengeruch, der überall in der Luft hing. Ich hatte es weitaus interessanter gefunden, die zahlreichen malerischen Ruinen zu besichtigen, die sich über dem See an die Hänge schmiegten. Es wurde gemunkelt, daß in manchen von ihnen Gespenster umgingen; im Herzogspalast, wo wir genächtigt hatten, hatte man offenbar gar ein lebendiges Skelett wandeln sehen. Aber bestimmt fuhr Mutter jetzt nicht für so viele Wochen nach Thonon, nur um zu baden oder alte Spukschlösser zu erkunden. Und Victor wußte nicht, wieso sie seine Begleitung wünschte. Mutter bestand ganz einfach darauf, und er fügte sich. Es war das erste Mal, daß wir getrennt sein würden, seit ich nach Belrive gekommen war.

Francine wird meine Lehrerin

Ich tröstete mich damit, daß während Victors Abwesenheit Francine sich meiner annehmen würde. Es war Mutters Wunsch, daß ich in den Tagen nach meiner Einweihung in die Geheimnisse der Frauen so häufig wie möglich mit Francine allein sein sollte. »Sie ist deine persönliche Lehrerin«, erklärte Mutter. »Sie wird dich lehren, was niemand sonst dir beibringen könnte.«

Francine besuchte nun das Château zum ersten Mal ohne ihren Gatten. Sie kam, während der Pfarrer im Ausland weilte, und blieb manchmal mehrere Tage. Wenn wir miteinander sprechen wollten, führte sie mich meistens zu der Lichtung, wo wir unsere Riten gefeiert hatten. Ob es Fragen gebe, die mich beschäftigten, wollte sie wissen. Allerdings! Ich hatte so viele Fragen, daß ich gar nicht wußte, welche ich zuerst stellen sollte, und schließlich kamen sie alle auf einmal herausgesprudelt. Woher waren all die Frauen gekommen? Versammelten sie sich häufig auf der Lichtung? Wer hatte sie zusammengerufen? Warum hatten wir keine Kleider getragen? Was hatte die Silberscheibe zu bedeuten? Und die beiden Messer? Und was war am Ende jener unvergeßlichen Nacht mit mir geschehen, als ich meinte, über den Bäumen zu fliegen?

Francine lachte, als diese Flut aus mir herausbrach. »Bitte nur eine Frage auf einmal!« bat sie. »Und ich möchte, daß du über jede Antwort, die ich dir gebe, gründlich nachdenkst und nicht gleich zur nächsten weiterhüpfst. Denn die Lektionen, die ich dir erteilen werde, sind ganz anders als diejenigen, die du kennst – und auch nicht mit dem Katechismus zu vergleichen, den der Pfarrer dich lehrt. Unsere Kunst ist ein ganz besonderes Wissen. Die Frauen, die du kennengelernt hast, sind weise Frauen, deren Lehren nicht in Büchern niedergeschrieben oder gepredigt werden können. Ihr Wissen ist einfacher Natur und handelt von gewöhnlichen Dingen; stünde mit der Welt alles zum besten, so wäre gar keine besondere Unterweisung nötig, um es sich anzueignen, und wir müßten uns nicht verstecken, um darüber zu sprechen. Doch so wie die Lage nun einmal ist, würden wir, gäben die Frauen ihr Wissen nicht getreulich an die Mädchen weiter, wahrscheinlich nicht einmal die naheliegendsten Dinge lernen.«

»Ist Seraphina eine weise Frau?« fragte ich. Ich wollte so viel wie möglich über diese geheimnisvolle Person erfahren.

»O ja. Die älteste und weiseste von uns, weiser sogar als deine Mutter, die meine Lehrerin war.«

»Ich habe noch nie einen Vogel wie ihren gesehen.«

»Alu! Niemand hat je einen derartigen Vogel gesehen. Seraphina sagt, er kommt von einer Insel in der fernen Südsee, wo solche Vögel als Weise verehrt werden.«

»Und ist Alu wirklich so alt, wie Seraphina behauptet?«

»Das ist sehr wohl möglich. Sie ist zweifelsohne ein kluges Tier. Seraphina bespricht sich ständig mit ihr – in einer Sprache, die kein anderer versteht. Ich habe gehört, daß Seraphina sie auf ihren Reisen als Späherin vorausschickt, um den Weg zu erkunden und sie vor drohenden Gefahren zu warnen. Eine weise Frau, die allein in der Welt herumreist, muß nämlich mit allerlei Fährnissen rechnen.«

»Und wie ist sie so weise geworden?«

»Es heißt, sie entstamme einer Zigeunersippe aus Sizilien, doch unsere Kunst hat sie in vielen Ländern gelernt – wie schon ihre Mutter vor ihr. Viele der Frauen, von denen sie gelernt hat, haben lange vor unserer Zeit gelebt, die ältesten sogar im Zeitalter der Pharaonen und der großen Pyramiden. In deinen Schulbüchern hast du ihre Namen nicht gelesen; wir Frauen haben nämlich keine Geschichtsschreibung – nur die eigene Erinnerung. Dies ist der Grund, weshalb wir jedesmal die Namen unserer großen Frauen vorlesen, wenn wir uns beim ersten Vollmond im Sommer versammeln. Hast du die dicke Pergamentrolle gesehen, die Celeste in Händen hielt? Es ist bestimmt das älteste Schriftstück, das es gibt auf dieser Welt, in unzähligen Sprachen und ausschließlich von Frauen geschrieben. Es enthält alle Namen der weisen Frauen; Celeste hat sie auswendig gelernt. Wenn sie einmal nicht mehr unter uns weilt, wird eine andere Frau aus unserer Mitte dasselbe tun. Viele der aufgeführten Frauen haben für unsere Kunst schreckliche Leiden erduldet; sie sind gestorben wie die christlichen Märtyrer. Über bestimmten Namen wirst du eine gezackte Linie sehen: Diese Frauen sind lebendigen Leibes auf dem Scheiterhaufen verbrannt worden. Unter den Namen anderer Frauen wirst du eine Wellenlinie sehen: Sie sind ertränkt worden. Wieder andere Namen sind mit einem Kreis umrandet: Diese Frauen starben durch den Strick. Und alle wurden sie gemartert und geschändet, ehe sie in den ewigen Frieden eingehen durften. Weißt du, was das heißt, ›geschändet‹?«

Ich verneinte.

»Es bedeutet, daß ihr Geschlecht, dieser Ort, der doch als Tor des Lebens verehrt werden müßte, von einem Mann mit roher Gewalt aufgerissen und durchstoßen wurde. Ja, auch dies ist eine Art, wie die Männer ihr Glied benutzen – nicht um der Lust willen, sondern um zu erniedrigen und zu quälen, als sei ihr Organ eine Waffe. Die Welt bringt den Frauen, die dieses Schicksal erlitten haben, keine Achtung entgegen, aber wir wollen es tun. Denn ihr Blut ist auch unser Blut, und wir sind stolz darauf. Niemand wird je ermessen können, was diese Frauen der Menschheit gegeben haben. Von ihnen kommen alle Fertigkeiten, die wir im Leben brauchen, das hat Seraphina mich gelehrt: alles, was wir über das Anpflanzen, Weben, Kochen und Nähren wissen. Hast du gewußt, daß der große Paracelsus einst sagte, wer wissen wolle, wie man heilt, der solle zu den Frauen gehen und von ihnen lernen? Er selbst war Schüler einer Zauberin, deren Name niemand kennt.«

»Aber warum hat man die weisen Frauen denn so gequält?«

Francine lachte kurz und bitter auf. »Das ist ein großes Rätsel. Was die Christen betrifft, so liegt es daran, daß die Kirchenväter die Welt von Aberglauben säubern möchten, aber die schlimmsten abergläubischen Vorstellungen haben sie selbst in die Welt gesetzt – Lügen und Narrheiten, die sie anderen unterstellen. Denk nur, sie glauben, daß wir Schweine aus dem Boden zaubern können und nachts fliegen wie die Fledermäuse! Sie denken sich all diesen Unsinn aus und bezichtigen uns dann der Teufelskunst.«

Obschon Francine mir mit größter Gewissenhaftigkeit erklärte, wie sie mit der Silberscheibe den Mond zu mir hinuntergezogen hatte, damit er mich segnen konnte, oder daß die Messer die beiden Stimmen der Welt darstellten – die Stimme des Himmels und der Erde –, verstand ich nicht alles, was sie mir beizubringen versuchte. »Ich begreife selbst nicht alles«, gab sie lachend zu. »Zumindest nicht *hier*«, meinte sie, auf ihre Stirn deutend. »Aber ich glaube, *hier* habe ich etwas verstanden.« Sie fuhr mit der Hand über ihre Brust. »Es gibt ein Wissen der Überwelt, das hell ist und klar: Das ist das Wissen des weißen Messers. Und dann gibt es ein zweites Wissen, das die Dunkelheit und die Stille bevorzugt: Das ist das Wissen des schwarzen Messers. Einzeln stellt jedes nur eine halbe Wahrheit dar, doch zusammen vermögen sie einander zu befruchten.« Sie streckte ihre Hände aus und kreuzte die beiden Zeigefinger. »So begrüßen wir uns manchmal. Wenn wir unter Menschen sind, die wir nicht kennen, machen wir dieses Zeichen. Ist eine Frau unsere Schwester, so wird sie es erwidern. Siehst du? Wie die zwei gekreuzten Messer. Wir zeigen damit, daß auch die Dunkelheit eine wichtige Rolle spielt; wir müssen versuchen, ihr ebenso zu vertrauen wie dem Licht. Was im Innern einer Frau geschieht, wenn ein Kind entsteht, spielt sich im Dunkeln ab. Unsere Körper benötigen keine Worte, um zu wissen, was zu tun ist.«

Und was war mit der Silberscheibe? Was bedeutet es, daß sie mich an diesen Stellen berührt und geküßt hatte?

»Das sollte dich lehren, daß du dich nicht zu schämen brauchst, eine Frau zu sein, und daß du dich auch deines Körpers nicht zu schämen brauchst. Jeder Teil deiner Person verdienst dieselbe Anerkennung: der Geist, das Herz, der Leib … alles.«

»Aber du hast mich *hier* geküßt«, sagte ich und deutete auf mein Geschlecht.

»Ja, auch hier. Auch dieser Teil ist heilig. Kein Mann würde je so etwas sagen, doch es ist wahr. In der Kirche lehrten mich die Christen, mein Geschlecht als etwas Unreines zu betrachten, das niemals berührt oder angeschaut oder auch nur erwähnt werden dürfe, selbst wenn ich dort Schmerzen hätte. Ich müsse meinen Leib verbergen, als ob er etwas Schändliches wäre. Dies hatten die Männer schon meiner Mutter eingebleut, und zuvor auch ihrer Mutter. Sie, die unsere Körper voller Lüsternheit begehren – denn das tun sie, jeder einzelne von ihnen –, bringen uns dazu, daß wir uns schämen und verhüllen, als seien wir durchtriebene Verführerinnen. Dies ist der Grund, weshalb wir bei unseren Versammlungen immer unbekleidet sind, denn so zeigen wir, daß uns das Urteil der Männer nichts mehr anhaben kann. Und wir werden daran erinnert, daß wir in unserer Weiblichkeit alle gleich sind und dieselben Sorgen und Nöte kennen. Die Natur hat nichts geschaffen, dessen wir uns schämen müßten. Schließlich ist sie selbst eine Frau, eine Göttin sogar.«

Ich war verblüfft, denn dieses Wort hatte ich bisher nur in Büchern angetroffen, die von uralten Zeiten sprachen. »Tatsächlich?«

»Glaubst du das nicht?«

»Ich habe gelernt, daß Gott ein Mann ist. Gibt es denn neben Ihm noch einen anderen Gott?«

Francine rieb sich die Stirn. »Ach, du lieber Himmel! Deine Mutter könnte dir darüber besser Auskunft geben. Oder vielleicht Seraphina. Ich habe keinen Sinn für solche Dinge.« Sie lachte. »Vergiß nicht, ich bin eine Pfarrersgattin. Mein armer Kopf ist immer noch randvoll mit den geschwätzigen Belehrungen meines Herrn Gemahls – und seinen weitschweifigen, endlosen Predigten. Worte, Worte und abermals Worte über Gott, Gott, Gott! Ich selbst glaube, daß überall göttliche Kräfte am Werk sind, ich spüre sie in den Bäumen... und den Bergen... und den Tieren. Ich kann weder sagen, wo Gott aufhört, noch was in der ganzen weiten Welt denn *nicht* göttlich ist und somit als etwas Niedriges und Unnützes behandelt werden dürfte. Seraphina hat uns gelehrt, daß selbst ekelerregende Dinge – solche, die verfaulen und stinken – unsere Achtung verdienen, denn sie lassen neues Leben aus der Erde wachsen. Aber das würden nur wenige Leute verstehen. *Eines* habe ich begriffen, und ich möchte dich warnen: Es ist unklug, irgendeinen anderen Gott zu erwähnen als denjenigen, über den die Christen ständig daherschwätzen. Sie sind zufrieden zu glauben, daß es zur Erschaffung der Welt keine Mutter, sondern nur einen Vater brauchte. Sei darum achtsam mit deinen Worten! In manchen Gegenden der Erde – zum Glück nicht in Genf – würde man dich zum Feuer- oder Wassertod verurteilen, wenn du es wagtest, die Existenz des himmlischen Vaters anzuzweifeln.«

Wenn wir so über die Welt und über Gott sprachen, wurde mir vor Verwirrung fast schwindlig. Doch gab es andere Themen, die für mich sehr viel einfach zu begreifen waren. Erst jetzt, da Francine mich unterrichtete, wurde mir bewußt, wie wenig ich über die Vorgänge in meinem Körper wußte! Obgleich ich mit jedem Tag, an dem ich in den Spiegel blickte, deutliche Veränderungen an mir entdeckte, hatte ich keine Ahnung, warum dies geschah. Als ich Francine danach fragte, errötete ich über meine Unwissenheit. »Du bist keineswegs so unwissend wie andere Mädchen«, versicherte mir Francine, die über meine Verlegenheit lächeln mußte. »Deine frühere Ziehmutter hat dich miterleben lassen, wie die Kinder auf die Welt kommen. Du weißt gar nicht, welches Privileg das bedeutet. Stell dir vor, es gibt Frauen, denen niemals erlaubt wird, bei einem solchen Ereignis zuzusehen – aus Angst, sie seien zu zartbesaitet. Wie es ist, erfahren sie erst, wenn sie selbst in den Wehen liegen.«

»Tatsächlich?«

»Allerdings. Auch ich war eine solche Frau. Als ich in deinem Alter war, erzählte mir meine Mutter gar nichts. Baden durfte ich nur im Unterkleid. Mein eigener Leib war mir völlig fremd.«

»Dann hast du nie gesehen, wie ein Kind geboren wird?«

»Niemals – bis Seraphina mich vor ein paar Jahren einmal zu einer Geburt mitgenommen hat.«

Wie ich mittlerweile erfahren hatte, war Seraphina Hebamme wie meine Ziehmutter Rosina. Sie hatte vielen Frauen in der Gegend beigestanden und auch Victor und Ernest zur Welt gebracht. Nun, da sie für die Arbeit zu gebrechlich geworden war, hatte sie die Aufgabe an Hebammen übergeben, die sie selbst unterwiesen hatte, und häufig ließ sie andere Frauen bei Geburten zusehen.

»Zu allem Unglück«, fuhr Francine fort, »dürfen Mädchen nicht einmal erfahren«, wie die Kinder in ihren Bauch kommen – man fürchtet, sie mit diesem Wissen zu erschrecken.«

»Aber wie geschieht das denn?« fragte ich, denn darüber hatte Rosina nie gesprochen.

»Es ist so einfach!« lachte Francine. »Dennoch werden wir dazu erzogen, es als unsägliches Geheimnis zu betrachten.« Dann machte sie sich ganz unbefangen daran, mich über die genauen Umstände aufzuklären. Als sie auf die Rolle des Vaters zu sprechen kam, konnte ich nicht umhin, ihr von Victor zu erzählen, obgleich ich doch Stillschweigen gelobt hatte.

»Ich habe einen Knaben in diesem Zustand gesehen!« platzte ich beinahe triumphierend heraus. »Ich habe ihn sogar ... angefaßt.«

»Ah! Darüber müssen wir uns unterhalten«, sagte Francine mit ernster Miene. Sie wußte natürlich, daß ich von Victor sprach. »Sag, Liebes, wie würdest du dich fühlen, wenn du eines Morgens feststellen müßtest, daß *hier* ein Kind in dir heranwächst?« Sie legte die Hand auf meinen Bauch.

Der Gedanke bestürzte mich. »In *mir*? Wie sollte das möglich sein?«

»Denk daran, was ich dir erzählt habe. Alles, was jetzt in deinem Leib geschieht, bereitet dich darauf vor, auch wenn du noch sehr jung bist. Du bist häufig allein mit Victor, nicht warh? Im Château, hier in der Lichtung, im Wald?«

»Ja.«

»Victor könnte der Vater des Kindes sein – wenn du es zuläßt. Vielleicht sieht es so aus, als sei es nur ein Spiel. Doch es könnte verhängnisvolle Folgen haben. In den Dörfern der Umgebung gibt es viele Mädchen in deinem Alter, die plötzlich in die Hoffnung kommen, manche wissen nicht, was ihnen geschieht, bis das Kind schon beinahe da ist. Ich weiß das von den Besuchen, die ich mit Charles mache. Diese armen Mädchen wollten nicht Mutter werden, doch unversehens sind sie es – und manche von ihnen sind nicht stark genug, diese Last zu tragen. Welch hohen Preis die Frauen für ihre Unwissenheit zahlen müssen! Du darfst nie darauf vertrauen, daß ein Mann sich zurückhält. Jeder von ihnen hat etwas von einem Tier in sich; und je mehr sie dies verleugnen und Frömmigkeit vortäuschen, desto weniger kann man ihnen trauen. Solch scheinheilig daherredende Männer zeigen ihr niedriges Wesen nur den Frauen, denn diese können sie ungestraft demütigen.«

Was sie sagte, erfüllte mich mit Abscheu und Furcht. Nichts wünschte ich mir weniger! Obwohl ich glaubte, Francine von Anfang an aufmerksam zugehört zu haben, machte mir erst dieser eine Gedanke – daß *ich* Mutter werden könnte! – die volle, schreckliche Bedeutung ihrer Worte klar. »Aber was soll ich tun?« fragte ich, als schwebte ich in unmittelbarer Gefahr.

Francine nahm mich in die Arme. »Was zählt, ist das, was du *nicht* tun sollst, mein Kind!« antwortete sie lächelnd.

»Aber wenn Victor das nicht versteht?«

»Oh, er versteht schon. Glaub mir, auch Victor hat all die Dinge erfahren, die du jetzt weißt. Und er ist ein kluger Bursche.«

Das, woran ich denken mußte, hatte mit Klugheit wenig zu tun. Es war die Wildheit, die ich in Victor gespürt hatte. Ich fürchtete, ich würde sie nicht bändigen können, dafür war er zu lebhaft und draufgängerisch. Francine sah, daß ich mir Sorgen machte. »Natürlich genügt bei diesen Dingen das Wissen allein nicht. Darum müßt ihr einander helfen, stets an eure Verantwortung zu denken.«

An jenem Tag nahm der Gedanke, daß ich bald schon eine erwachsene Frau sein würde, zum ersten Mal erschreckende Züge an. Ich verspürte den Wunsch, Victor aus dem Weg zu gehen, denn seine Lebenslust erschien mir auf einmal bedrohlich. Als ich bei unserem nächsten Besuch in der Lichtung Francine diesen Stimmungsumschwung gestand, zeigte sie sich sehr besorgt. »Oh, aber es war nicht meine Absicht, dich zu ängstigen. Ganz im Gegenteil. Das alles kann uns soviel Freude schenken.« Sie hielt inne, sah mir in die Augen und fragte dann:

»Glaubst du mir, daß ich dir eine wirklich gute Freundin sein möchte?«

»Ja«, antwortete ich ohne Zögern.

»Dann betrachte bitte das, was ich jetzt tun werde, als Akt der Freundschaft und nichts weiter. Manchmal müssen wir unseren Körper sprechen lassen, er ist unser bester Schulmeister. Komm, ich will es dir zeigen.«

Sie stand auf und begann, ihre Kleider abzulegen. »Komm, Elizabeth«, forderte sie mich auf, »du mußt es mir gleichtun.« Ich gehorchte. »Was ich dich lehren möchte«, sagte Francine, »ist ganz einfach – nichts weiter, als dich mit deinem Leib vertraut zu machen. Und wer sollte es dir sonst beibringen?« Als wir beide nackt waren, konnte ich nicht umhin, mit neidischer Bewunderung auf Francines Körper zu starren; sie war schön wie die Göttinnen, die ich auf Gemälden gesehen hatte. Unwillkürlich verglich ich ihren reifen, wohlgerundeten Leib mit meiner mageren Gestalt.

»Du bist wunderschön, Francine«, sagte ich. »Ich hoffe, daß ich eines Tages aussehen werde wie du.«

Sie stieß ein etwas bitteres Lachen aus. »Wie oft schmeichelt man uns Frauen wegen unseres Aussehens – als sei es eine besondere Errungenschaft. Dies geschieht, um uns eitel zu machen und zu entzweien, um die Schönen gegen die Häßlichen auszuspielen. Doch irgendwann wird jede Frau, und sei sie noch so hübsch und anmutig, ihre leibliche Schönheit verlieren. Sollen wir also in ständiger Furcht davor leben? Aber ich danke dir für deine netten Worte, Liebes. Nun paß auf.« Sie kramte in ihrer Tasche und brachte einen kleinen Spiegel zum Vorschein. »Betrachte mich jetzt als Lehrerin, die dich über den Umgang mit deinem Körper unterrichtet.« Sie wies mich an, die Beine zu spreizen, und hielt den Spiegel so, daß ich mein Geschlecht sah, wie ich es noch nie zuvor gesehen hatte. Gemeinsam erforschten wir dieses Labyrinth aus samtroten Hautfalten und schrumpligen Höhlungen. Francine legte den Finger hierhin und dorthin und erklärte mir, wie jede einzelne Stelle hieß. Diese Untersuchung wäre mir unsagbar peinlich gewesen, hätte Francine sich nicht eines derart lehrerhaften Tons befleißigt, daß man hätte meinen können, sie erteile mir eine Geographielektion. Aber es war mein eigener Körper, den wir da wie ein exotisches Land erkundeten.

»Kennst du diese Stelle hier?« fragte sie.

Sie hatte ihren Finger auf eine zarte Wölbung ganz vorne gelegt und streichelte sie kurz, bis ein vertrauter Schauer meine Schenkel erbeben ließ. »Ja«, gestand ich. »Ich habe sie auch schon berührt.«

»Hast du das nicht als angenehm empfunden?«

»Doch … aber ich dachte, ich sollte es vielleicht besser nicht tun.«

»Ach? Wer hat dir das gesagt?«

»Meine Ziehmutter Rosina … ehe ich hierherkam. Sie hat einmal gesehen, wie ich mich beim Baden dort berührte. Da hat sie sofort meine Hand weggezogen und gesagt, das dürfte ich nicht.«

»Und hat sie dir keinen Grund dafür genannt?«

»Sie hat gesagt, wenn ich mich dort berührte, würden auf meinem ganzen Gesicht Pickel sprießen, und ich würde niemandem mehr gefallen. Und sie hat auch gesagt, die Männer würden mich abstoßend finden, wenn sie es wüßten, und keiner würde je um mich werben.«

Francine lachte. »Das ist blanker Unsinn! Daß es Frauen gibt, die so etwas glauben! Komm, ich will dir zeigen, wozu das Ganze gut ist.« Und anhand ihres eigenen und auch meinen Körpers lehrte sie mich verschiedene Arten, diesen Körperteil zu streicheln, den sie die Perle nannte, denn tatsächlich war er in den Hautfalten verborgen wie eine Perle in einer Auster. An jenem Tag konnte ich zum ersten Mal meinen Körper genießen, ohne dabei Scham oder Furcht zu empfinden. Ich lernte Stellungen und Atemtechniken kennen, die mich das Gefühl tiefer spüren ließen, und andere, mit denen ich es beinahe endlos ausdehnen konnte. Francine gab mir ein Öl, das die Erregung zu steigern schien, und einen bitteren Likör, von dem ein paar Tropfen genügten, um mich in einen traumähnlichen Zustand zu versetzen, dessen Dauer ich nicht ermessen konnte. Das Lustgefühl war dann weniger stark, doch die Bilder, die vor meinen Augen entstanden, schenkten mir ganz eigene Wonnen. »Woran denkst du?« wollte Francine wissen, als ich wieder einen etwas klareren Kopf hatte.

Ich zögerte. »An Victor ... ich stelle mir vor, daß er mich so berührt.«

»Das wird er vielleicht eines Tages auch tun, wenn du es ihm beibringst.«

»Darf das denn sein – ich meine, daß ein Mann mich so berührt, wie du es getan hast?«

Francine lächelte, aber es war ein wehmütiges Lächeln. »Mehr als das; es ist etwas Wunderbares, und die Liebe gebietet es. Doch manche Männer wollen davon nichts wissen. Sie haben eine seltsame, traurige Vorstellung von uns Frauen, selbst von ihren eigenen Ehefrauen. Sie glauben, daß wir diese Organe nur zum Kindergebären besitzen und an der Liebe keinerlei Vergnügen finden – oder aber sie wollen es uns nicht zugestehen. Aus diesem Grund ... kümmern Frauen sich zuweilen selbst umeinander – so wie ich es heute für dich getan habe.«

»Ist es nicht unrecht, wenn Frauen dies tun?«

»Glaubst du denn, wir hätten etwas Unrechtes getan?«

»Nein ...«

»Ich war sicher, daß du so denkst, sonst hätte ich es nicht getan. Ich glaube, was Frauen aus Güte und Liebe füreinander tun, das kann gar nicht schlecht sein. Doch ich muß dich nochmals warnen: Es gibt Menschen, die derlei nicht billigen würden. Sie würden es als abartig bezeichnen. Aber daß eine Frau ohne Liebe leben muß, beschämt und verzweifelt, und nie erfahren darf, wieviel Genuß ihr der eigene Körper schenken kann – das nehmen sie als ›natürlich‹ hin.«

»Darf ich Victor lehren, was du mich über meinen Körper gelehrt hast?«

»Ah! Darüber habe nicht ich zu bestimmen. Du mußt die Baronin fragen. Sie hat gewisse Pläne, in die sie dich einweihen wird, wenn sie es für richtig hält. Doch bis dahin, Liebes, sei bitte vorsichtig.«

Francine brachte mir in den folgenden Tagen noch viele andere Dinge bei. Sie sprach über den weiblichen Jahreskreis und die Feste, die beim ersten Neumond zu Ehren jeder neuen Jahreszeit gefeiert wurden. Sie lehrte mich Rituale und Gesänge und erklärte mir die Bedeutung der Symbole und Gerätschaften, die bei unseren Riten verwendet wurden. Sie erzählte mir die Lebensgeschichte der weisen Frauen aus früheren Zeiten. Und sie weihte mich in die Geheimnisse der Pflanzen ein, die bei Krankheiten halfen und die Schmerzen linderten, die bei meinen Blutungen auftraten. Doch immer wieder ermahnte sie mich, äußerste Vorsicht walten zu lassen, wenn ich mit jemandem über diese Dinge sprach. »Wir hüten unsere Geheimnisse nicht, weil wir uns ihrer schämen, sondern weil wir wachsam sein müssen«, erklärte sie. Auf gar keinen Fall durfte ich mit Männern darüber sprechen, denn nur von wenigen konnten wir uns Verständnis erhoffen.

»Weiß der Baron, was wir hier auf der Lichtung tun?« fragte ich.

»Der Baron ist ein scharfsinniger Mann. Ich kann mir nicht vorstellen, daß ihm das Tun seiner Gattin verborgen bleibt. Ganz bestimmt weiß er von ihren Bildern, wenn er sie auch nie erwähnt.«

»Billigt er denn, was seine Mutter tut?«

Francine lächelte. »Der Baron ist ein Mann des neuen Zeitalters. Wie Monsieur Voltaire steht er selbst auch dann für die Gedankenfreiheit ein, wenn ihm jemandes Überzeugung mißfällt. Außerdem ist er seiner Gemahlin von ganzem Herzen zugetan. Sie ist die Frau seines Lebens, er betet sie an. Ich glaube, er würde alles für sie tun. Weißt du, was es heißt, ein Auge zuzudrücken? Genau dafür hat er sich entschieden. Wie übrigens auch viele andere Männer aus der Gegend, die wissen, was ihre Frauen tun. Aber natürlich gibt es Männer, die nichts über unsere Kunst erfahren dürfen. Mein Mann zum Beispiel. Er könnte eine derartige Gotteslästerung niemals hinnehmen. Darum sei auf der Hut! Du bist kein Kind mehr, Elizabeth. Ich verlasse mich darauf, daß du deine Zunge im Zaum hältst.«

Diese Ermahnung machte mir zu schaffen, denn es gab ja ein männliches Wesen, das sehr viel über uns wußte. Ich spürte immer stärkere Gewissensbisse, weil ich Francine nichts davon gesagt hatte, bis ich es schließlich nicht mehr aushielt und gestand: »Victor kennt diesen Ort. Er hat mich einmal hierhergeführt, um... euch zu beobachten. Vielleicht hat er auch noch andere Dinge gesehen.«

Francine schwieg einen Augenblick gedankenvoll, schien aber weder verärgert noch überrascht. »Ich weiß davon«, bekannte sie schließlich. »Die Baronin wünscht, daß Victor uns manchmal zusieht. Sie hat ihm von der Lichtung erzählt.« Eilends fügte sie hinzu: »Doch dies ist ein Geheimnis, das wir selbst vor unseren Schwestern hüten. Bitte denk daran.«

Ihre Worte versetzten mich in Erstaunen. »Aber weshalb läßt sie Victor zusehen?«

Francine sprach nun, als tastete sie sich mit größter Vorsicht durch unsicheres Gelände; was sie mir sagen wollte, schien ihr Sorgen zu bereiten. »Sie möchte, daß Victor die Geheimnisse der Frauen kennenlernt, zu seiner Belehrung, wie sie sagt. Du mußt verstehen, daß Victor ihr sehr lieb und teuer ist. Vieles, was sie tut, tut sie um seinetwillen. Ich übertreibe wohl nicht, wenn ich sage, daß er ihr ein und alles ist.«

»Und macht es dir nichts aus, daß er sieht, was ihr hier tut?«

Sie tat sich mit der Antwort schwer. »Doch, es macht mir

etwas aus. Nicht, weil ich denke, daß wir uns schämen müßten – das mußt du mir glauben. Dennoch ist es mir nicht besonders angenehm, daß Victor uns zusieht. Ich kann nur sagen, daß ich ihr vertraue. Sie hat für alles, was sie tut, ihre Gründe. Wie du weißt, ist sie eine Jüngerin Monsieur Rousseaus, und dieser lehrt, daß man die Wißbegier eines Heranwachsenden nicht beschneiden dürfe.«

Francine hatte gesehen, wie ich mich mit dem Buch abmühte, das Mutter mir gegeben hatte. Ich hatte es nicht einmal geschafft, auch nur die Hälfte von *Émile* zu lesen, und die Genialität, die Mutter so betont hatte, hatte ich bisher nicht darin entdeckt. Statt dessen hatte ich allerlei Törichtes gefunden. So glaubte Rousseau, daß Mädchen nicht zum Laufen geschaffen seien und es daher auch gar nicht versuchen sollten! Daß dies nicht stimmen konnte, wußte ich ganz sicher, denn ich war eine ausgezeichnete Läuferin. »Mutter sagt, daß Victor Émile *ist*«, erzählte ich Francine.

»Sie wünscht es sich zumindest. Sie hat versucht, ihn im Einklang mit der Natur aufwachsen zu lassen, wie Monsieur Rousseau es empfiehlt.«

»Aber was bedeutet das?«

Sie brach in ein verlegenes Lachen aus, das eher bekümmert als fröhlich klang. »Daß er tun darf, was ihm beliebt!«

»Bist du nicht einverstanden mit Rousseaus Lehren?«

Sie drückte die Finger auf ihre Schläfen, als hätte sie Kopfschmerzen. »*Lehren*. Er *lehrt*. Nur Worte, verstehst du? Worte, armselige Worte! Manchmal glaube ich, das ist das eigentliche Problem. Ist Lehren denn nur mit Worten möglich? Monsieur Rousseaus Kopf muß randvoll gewesen sein mit Worten. Aber seine fünf Kinder hat er ins Findelhaus gegeben. Ich glaube nicht, daß Worte jemals unsere wahre Natur erfassen können.«

»Magst du Victor nicht?« fragte ich nach einer langen Pause.

Sie wägte ihre Worte sorgfältig ab. »Ich erzähle dir jetzt etwas, was der Baronin womöglich gar nicht recht ist. Bevor du in die Familie kamst, hoffte sie nämlich, daß ich Victors besondere Gefährtin werden würde, eine Art Schwester. Ich weiß nicht genau, was sie damit meinte. Ich habe dir ja erzählt, daß sie einen bestimmten Plan verfolgt, und mir war darin eine Rolle zugedacht. Doch jetzt, da Victor eine echte Schwester besitzt, hat sie mich dieser Aufgabe enthoben. Ich muß gestehen, daß ich froh darüber bin. Victor ist zweifelsohne ein sehr intelligenter junger Mann und hübsch noch dazu.« Sie wandte sich einen Augenblick lang errötend ab. »Ich habe davon geträumt, wie er in ein paar Jahren sein wird, ein außergewöhnlich schöner Mann. Ich habe mir vorgestellt, wie er als Geliebter zu mir kommt und mich erobert. So, jetzt weißt du es; ich vertraue dir das als ein schwesterliches Geheimnis an. Aber ich finde Victor ungebärdig. Ungebärdig… und doch auch seltsam kalt. *Ideen* scheinen für ihn eine unglaubliche Wirklichkeit zu besitzen.« Mit einem eigentümlichen Lächeln fügte sie hinzu: »Ich glaube fast, er fühlt für sie eine Begierde, die andere Männer für eine Frau empfinden. Das verwirrt mich. Ich weiß, deine Mutter möchte, daß du Victor wie einen Bruder liebst. Und das sollst du auch – aber sei auf der Hut. Tu nichts Voreiliges! Das wird vielleicht nicht einfach sein, aber du mußt es mir versprechen.«

Und ich versprach es ihr.

Unter Francines Anleitung lernte ich alles, was eine Schülerin lernen kann, und war bald so bewandert wie nur irgendein Mädchen meines Alters. Dennoch wäre es mir nie eingefallen, mich als »Hexe« zu betrachten. Die Hexerei war und blieb für mich etwas, wofür ich noch nicht das nötige Rüstzeug hatte – eine Kunst, die Alter und Weisheit voraussetzte. Ich verstand mich ganz einfach als jüngere Schwester der Frauen, mit denen ich die Riten feierte, nichts weiter. Die Freude an ihrer Gesellschaft machte mich zu einer der ihren, ihre Fröhlichkeit, ihre Lieder und Tänze beglückten mich. Und die Kraft, die ich spürte, wenn unsere Riten sich dem Höhepunkt näherten, hatte fast etwas Rauschhaftes. Was ich in meinem noch immer kindlichen Vertrauen nicht erkannte, war das Stigma, das mir in fremden Augen durch meine Mitgliedschaft in dieser Gemeinschaft aufgedrückt wurde. Denn obgleich Genf als Hort der Toleranz bekannt war, gab es hier (vor allem bei den Männern der Kirche) doch keinerlei Sympathie für ungebärdige Frauen, die sich ihren eigenen Glauben schufen und ihren eigenen Rat hielten.

War es falsch, so frage ich mich mitunter, daß Mutter mich in ihren Zirkel aufnahm, ehe ich mir der damit verbundenen Gefahren bewußt war? Ich weiß, daß sie die besten Absichten hatte. Die Hexenkunst sollte mich mit Mut und Stolz erfüllen, und das tat sie auch. Doch dies war nicht Mutters einziges Ziel. Es gab noch einen anderen, weit dunkleren Beweggrund, der sie vorwärts drängte wie die hereinstürmende Flut. Dieser zweite Grund hatte mit Victor zu tun – und darum, weil nämlich ihre Gefühle für ihn stärker waren als alle denkbaren Skrupel, muß ich annehmen, daß sie meine Sicherheit nötigenfalls hintangestellt hätte.

Anmerkung des Herausgebers

Spuren weiblicher Fruchtbarkeitsmysterien
in den ländlichen Gebieten Europas

Elizabeth Frankensteins Beschreibung der geheimen Riten, die in den Wäldern rund um Genf von Frauen zelebriert wurden, gehört zu den überraschendsten Passagen dieser Memoiren. Bei meiner ersten Lektüre drängte sich mir die Frage auf, ob es sich hier nicht vielleicht um Auswüchse einer überspannten Phantasie handelte. Viele Schilderungen der Verfasserin sind ja reichlich wirr oder tragen wahnhafte Züge. Auf der Suche nach erhellenden Auskünften stieß ich auf Sir Henry Monmouths kürzlich erschienenes Werk *Popular Superstitions of Europe in Later Seventeenth-Century Rustic Society*. Dort finden sich zahlreiche Berichte über derartige atavistische Praktiken, die sich bis in unsere Zeit erhalten haben und von Sir Henry zum Teil mit eigenen Augen verifiziert werden konnten. Seiner Ansicht nach haben wir es hier mit den letzten morschen Rudimenten von Fruchtbarkeitskulten aus vorchristlicher Zeit zu tun. In jenen fernen Zeiten, als selbst den hervorragendsten Geistern jeglicher Sinn für die Naturgesetze abging, herrschte allgemein der Glaube, daß die Ernte und die Fruchtbarkeit des Viehs von der Zelebration bestimmter Riten zu Ehren von mythischen Naturgottheiten abhinge. Dort, wo die Zivilisation die moderne Welt noch wenig durchdrungen hat, haben sich solche Bräuche zum Teil bis heute halten können. Die Riten, die Elizabeth Frankenstein beschreibt, wurden zweifellos lange Zeit für Teufelswerk erklärt und in weniger aufgeklärten Epochen auch als solches bekämpft. Doch was der kritischere moderne Geist hier findet, ist lediglich ein trauriger Beweis für die Fragilität der menschlichen Vernunft, eine Tatsache, die eher tragisch denn frevlerisch anmutet.

Beobachtungen wie die Sir Henrys wurden ausschließlich in ländlichen Gebieten gemacht, und zwar hauptsächlich bei der bäuerlichen Bevölkerung Süd- und Osteuropas. Elizabeth Frankensteins Bericht ist insofern einzigartig, als er die Möglichkeit erwähnt, daß Frauen jeden Standes, selbst vornehme und gebildete Damen, diesen obskuren Praktiken frönten. Die Rolle, die hier der Baronin Frankenstein zugeschrieben wird, gibt insofern zu besonderem Erstaunen Anlaß, als sie offenbar eine Art Priesterin und in dieser Eigenschaft dafür verantwortlich war, junge Mädchen aus der Gegend, einschließlich ihrer eigenen Ziehtochter, für den Kult zu gewinnen –

oder eigentlich dazu zu ›verführen‹. Dabei gilt es eines zu bedenken: Was bleibt in Gegenden, die weit entfernt sind von den Landwirtschaftsgebieten Europas, vom Element der ›Fruchtbarkeit‹ übrig, das einst der eigentliche Inhalt dieser Riten war? Nur eines – und zwar als grobes Zerrbild der ursprünglichen Bedeutung: die weibliche sexuelle Zügellosigkeit.

Wie sie selbst bekannte, wurde Elizabeth Frankenstein unablässig von erotischen Phantasien verfolgt. Können wir aber wirklich ernsthaft glauben, daß Frauen zu Dutzenden unter demselben krankhaften Zustand litten? Hätte ich nicht die Bilder der Baronin Frankenstein gesehen, die ihre abartigen Vorlieben eindeutig offenbarten, so hätte ich wohl vermutet, daß Elizabeth ihre Mutter mit diesen Schilderungen aus mir unbekannten Gründen verleumden wollte. Aber selbst wenn wir zu dem Schluß kommen, daß Lady Caroline Elizabeths Besessenheit teilte – und diese vielleicht sogar entfacht hatte –, ist noch immer unklar, in welchem Ausmaß auch Außenstehende vom schändlichen Tun dieser beiden Frauen mitgerissen wurden.

Diese Frage ließ mich während meiner Arbeit an den Memoiren nicht mehr los. Darum nahm ich im Sommer 1824 den beschwerlichsten Teil meiner Nachforschungen in Angriff, obgleich ich mich damals nicht gerade bester Gesundheit erfreute. Ich beschloß, nach Genf zu reisen, um zu sehen, ob sich noch allfällige Spuren der von Elizabeth Frankenstein geschilderten Bräuche finden ließen. Die geistlichen Obrigkeiten der Stadt schienen mir der geeignetste Ansatzpunkt für meine Suche zu sein. Der Pfarrer von Saint-Pierre, Monsieur Antoine Lavater, zeigte sich überraschenderweise willens, die Frage zu diskutieren. Er besaß ein nahezu akademisches Interesse an der fraglichen Zeitperiode und ließ mir großzügige Gastfreundschaft zuteil werden.

Obschon ich mich bemühte, meine Erkundigungen so wissenschaftlich und neutral wie möglich zu halten – ich erwähnte weder Elizabeth Frankenstein noch ihre Memoiren –, erkannte der Pfarrer die von mir beschriebenen Praktiken sofort. Er berichtete mir von einem Kult, der zur Zeit seines Amtsvorgängers aufgedeckt worden war. Offenbar war sogar die Gattin eines der jungen Pfarrer der Gemeinde – Charles Dupin – der Mitgliedschaft im Hexenzirkel überführt worden. Er erinnerte sich nicht an den Namen der Frau, doch Madame Lavater, die unserem Gespräch beiwohnte und sich unbefangen daran beteiligte, entsann sich, daß sie Francine geheißen hatte. Wußten die beiden vielleicht, was aus ihr geworden war? Nur, daß sie von ihrem Gatten verstoßen wurde, nachdem es ihm gelungen war, die Ehe für ungültig erklären zu lassen.

Pfarrer Lavater, ein bewundernswert aufgeklärter Geist, vertrat keineswegs die Auffassung, es habe sich bei diesen Riten um Teufelswerk gehandelt! »Die Hexerei«, räumte er ein, »ist ein Relikt eines uralten Aberglaubens. Gottlob nimmt die Kirche solche Anschuldigungen heute nicht mehr ernst!« Zutiefst besorgt zeigte er sich aber über die sexuellen Ausschweifungen, die mit den Kulten verbunden waren und in ihrer Lasterhaftigkeit fraglos eine große Gefahr darstellten. Da so viele Frauen der Gemeinde betroffen waren, traf dies schändliche Treiben die Familien mitten ins Herz und mußte mit der Wurzel ausgerottet werden. Gab es irgendeinen Grund zu der Annahme, daß derartige Bräuche bis zum heutigen Tage erhalten geblieben waren? Fast entrüstet erwiderte Pfarrer Lavater, er wisse mit Bestimmtheit, daß die Hexenzirkel aus Genf und dem Waadtland und, wie er meinte, aus dem gesamten französischen Teil der Schweiz vertrieben worden seien. Was jedoch den Rest der Schweizer Kantone anging... nun, da müsse er sich eines Urteils enthalten.

»Wie Ihnen bekannt sein dürfte, haben die Deutschen einen Hang zum Okkulten. Und die Italiener«, fügte er mit einem

198

kleinen Lachen hinzu, »sind ziemlich hoffnungslose Fälle, wenn es darum geht, ein wachsames Auge auf ihre Frauen zu haben. Ich glaube, es ist fast schon die Ausnahme, ein italienisches Frauenzimmer anzutreffen, das *keine* Hexe ist. Die werden ja bereits mit dem *malocchio* geboren.«

Der Bürgermeister der Stadt, ein gewisser Françoise Rebuffat, erwies sich im Unterschied zu dem offenen, aufgeschlossenen Pfarrer als höchst ungeduldiger und schroffer Mann. Mit einem Schreiben hatte ich meinen Besuch angekündigt und Rebuffat um ein Gespräch gebeten, aber hätte mir nicht seine Gattin die Tür geöffnet und mich sogleich zu ihm geleitet, wäre ich wohl kurzerhand abgewiesen worden. Kaum hatte ich die ersten Fragen betreffend die Baronin Frankenstein und Francine Dupin gestellt, da bemerkte ich, daß sich zwischen dem Bürgermeister und mir eine eisige Wand errichtet hatte. Anfänglich dachte ich, Rebuffats ablehnende Haltung müsse einen politischen Hintergrund haben; seine Familie hatte nämlich während der großen Umwälzungen in der letzten Generation schwere Verluste hinnehmen müssen, wofür er zu einem gewissen Grade die Frankensteins verantwortlich zu machen schien. Die alten Verbindungen zu Savoyen, so meinte er, hätten ihre Loyalität gegenüber Genf ernsthaft in Frage gestellt. Vor allen Dingen ergrimmte den Bürgermeister, daß sie so hochmütig gewesen waren, den Baronstitel beizubehalten: »Nur ein Savoyarde würde sich mit einem solchen Titel brüsten.« Er betrachtete die Wirren der damaligen Zeit nun aus einer verständlicherweise reaktionären Warte. Ob ich ihm mit meinen Fragen wohl schmerzliche Geschehnisse in Erinnerung rief? Bald merkte ich jedoch, daß sein Groll noch einen tieferen, persönlichen Grund hatte, den er mir schließlich auch offenbarte.

»Mein Herr, ich hoffe, Sie beabsichtigen mit Ihren gegenwärtigen Forschungen nicht, dem Ruf unserer Stadt weiteren Schaden zuzufügen.«

»Ich, Herr Bürgermeister? Aber nichts läge mir ferner!«

»Nun, Sie haben es bereits getan. Die Gespräche mit Victor Frankenstein, die Sie veröffentlicht haben, sind in Genf gar nicht auf Wohlwollen gestoßen. Es wäre uns lieber gewesen, man hätte diese abartigen Verirrungen ein für allemal der Vergessenheit anheimfallen lassen. Statt dessen haben Sie den Namen des Mannes bekannt gemacht und fest in der Geschichte unserer Stadt verankert. Wahnsinnige Wissenschaftler! Ungeheuer! Mit solchen Subjekten in Verbindung gebracht zu werden hat ein gottesfürchtiges Volk nicht verdient.«

Obgleich ich aufrichtig um Verzeihung bat für alles Ungemach, das ich der Stadt bereitet hatte, und erklärte, daß dies keineswegs meine Absicht gewesen sei, ließ der Bürgermeister sich nicht beschwichtigen.

»Sie müssen wissen, Sir Robert, daß viele Genfer die von Ihnen veröffentlichte Geschichte für die Ausgeburt eines kranken Geistes halten. Ob es sich bei diesem Geist um den *Ihren* oder um den Dr. Frankensteins handelt, hätte ich bis zum jetzigen Augenblick nicht mit Sicherheit sagen können. Doch nun, da Sie mich über Hexen ausfragen ... über *Hexen*!« Der ergrimmte Mann verließ hocherhobenen Hauptes den Raum und überließ es seiner Gemahlin, mich hinauszugeleiten und sich mit den üblichen Höflichkeitsbezeigungen von mir zu verabschieden.

Die gute Frau entschuldigte sich vielmals für das Benehmen ihres Gatten und erklärte, daß es zwischen den Frankensteins und den Rebuffats schon seit mehreren Generationen böses Blut gäbe.

»Baron Frankenstein war trotz seines Adelstitels ein liberaler Mann, und viele der politischen Anliegen, für die er sich einsetzte, kamen die Familie meines Gatten in jenen unruhigen Zeiten teuer zu stehen. Die Erinnerung daran bereitet ihm noch immer Verdruß.«

An der Tür fragte ich sie, ob *sie* mir wohl bei meinen Nachforschungen behilflich sein könne, doch sie schüttelte den Kopf. »Die Frauen, die Sie suchen, sind schon vor langer Zeit aus unserer Stadt vertrieben worden. Es gibt – aus verständlichen Gründen, wie ich meine – nur wenige, die mit Ihnen zu sprechen bereit sein werden. Ich empfehle Ihnen daher, Ihre Mission aufzugeben, ehe Sie noch mehr Argwohn wecken.«

Entgegen Madame Rebuffats Rat setzte ich meine Erkundigungen fort, vor allem bei den Frauen der Stadt. Ich sprach mit zwei Lehrerinnen, einer Krankenschwester, einer bekannten *grande dame*… ja, selbst mit Frauen, die ich bei der Arbeit in den Weinbergen traf. Mein jüngst erworbenes Wissen über die bukolische Kultur im Hinterkopf, gab ich mich als verheirateten Mann mit einer schwangeren Ehefrau aus und behauptete, die Dienste einer Hebamme in Anspruch nehmen zu wollen, denn dieses Gewerbe wurde in der Gegend noch immer ausgeübt. Die Frauen, die man mir nannte, erwiesen sich als traurige Gestalten, es waren mehr oder weniger die unwissenden alten Weiber, die ich erwartet hatte. Ich stellte allen dieselbe Frage: Hatten sie jemals von Francine Dupin oder einer Frau namens Seraphina gehört? Ich hoffte, daß diese Namen ein Gespräch in Gang bringen würden. Doch niemand wollte von ihnen gehört haben.

Erst als ich mich zur Abreise rüstete, erhielt ich ein merkwürdiges Hilfsangebot. Am Nachmittag, bevor ich die Postkutsche nach Basel besteigen wollte, klopfte der Gastwirt an meine Tür und meldete eine Besucherin. Unten erwartete mich ein frisches, wohlgestaltetes Mädchen von vielleicht fünfzehn Jahren, das einen reichlich unnahbaren Eindruck machte. Wortlos übergab es mir eine Mitteilung, die aus einem einzigen Satz bestand: »Folgen Sie dem Mädchen, falls Sie mehr über Francine Dupin erfahren wollen.« Das Schreiben trug keine Unterschrift, doch die Handschrift war unverkennbar weiblich; zweifellos stammte es von einer der Genfer

Damen, die ich anläßlich meiner Erkundigungen aufgesucht hatte. Ich glaubte zu wissen, um wen es sich handelte, dennoch bat ich das Mädchen, mir zu sagen, wer es zu mir gesandt hatte. Wie erwartet, schüttelte es nur den Kopf. Dann drehte es sich um und ging zur Tür, als sei es ihm einerlei, ob ich ihm folgte oder nicht. Vor dem Gasthaus warteten zwei Maultiere. Wir saßen auf und ritten los.

Auf steilen Pfaden gelangten wir zu den bewaldeten Höhen des Mont Salève. Das Mädchen war freundlich, aber in einem Maße wortkarg, daß es ebensogut hätte stumm sein können. Die Unbekannte, die es zu mir geschickt hatte, mußte es auf strenge Geheimhaltung eingeschworen haben. Nach ungefähr einer Stunde endete unser Ritt auf einer Lichtung, die einen weiten Ausblick auf See und Stadt bot. Im Osten erhob sich der unverwechselbare Gipfel der Dent d'Enfer und dahinter, halb verborgen hinter einem Wolkenschleier, der Mont Blanc. Der Ort war mir von früheren Besuchen als Aussichtspunkt bekannt, doch nie zuvor hatte ich mich so weit in den Wald hineinbegeben. Der Tag ging bereits zur Neige, ein kühler Nebel hatte sich herabgesenkt und lag wie ein Teppich über dem Boden. Wir setzten unseren Weg fort, und nach einer weiteren Viertelstunde sah ich zwischen den Bäumen zu unserer Linken plötzlich eine gespenstische Gestalt auftauchen. Ich zuckte zusammen, doch das Mädchen ritt geradewegs auf sie zu, und schließlich sah ich, daß es eine Frau in einem grauen Kapuzenmantel war, die unter einem ausladenden Walnußbaum auf uns wartete. Das Mädchen zog die Zügel an und gab mir zu verstehen, daß wir absteigen und zu Fuß weitergehen sollten. Als wir bei der Frau angelangt waren, wandte diese den Kopf von mir ab und zog sich mit der einen Hand die Kapuze über die Wange. Ich konnte ihr Gesicht nicht sehen, erkannte aber sofort ihre Stimme.

»Ich kann Ihnen meine Identität nicht preisgeben«, sagte die Frau. »Ich hoffe, Sie verstehen das.« Ich bejahte.

Daraufhin kniete sie vor einer grasüberwucherten Erhebung dicht neben dem Baum nieder. Ich hätte den Stein darauf wohl nicht bemerkt, wenn sie ihn mir nicht gezeigt hätte; und auch die eingeritzten Schriftzeichen wären meiner Aufmerksamkeit entgangen, hätte sie nicht meine Finger darauf gedrückt. »Sie sind hergekommen, um etwas über Francine Dupin zu erfahren. Nun, ihre irdische Hülle ruht hier.«

Im schwindenden Licht konnte ich die Zeichen, die ich unter meinen Fingern spürte, kaum erkennen, doch mit Hilfe meines Tastsinns gelang es mir schließlich, die Inschrift zu entziffern: ›Soeur Francine‹.

»Die gute Seele! Die Männer und die Kirche haben ihr schreckliches Leid zugefügt. Sie mußte aus Genf fliehen, man hätte sie sonst auf der Straße gesteinigt. O ja, das hätte leicht geschehen können – selbst in unserem Lande sind genügend Leute der Meinung, daß eine Hexe es nicht verdient, am Leben zu bleiben. Lange Jahre hat sie dann einsam hier im Wald gehaust und nur dank der Fürsorge ihrer Schwestern überlebt. Schließlich ist sie eine unserer weisen Frauen geworden. Im Jahre 1819 hat man sie nach vielen beschwerlichen Jahren hier zur letzten Ruhe gebettet.«

»Haben Sie Elizabeth Lavenza gekannt?«

»Ich war noch ein Kind, als der Tod sie ereilte. Ich habe nur Gerüchte gehört. Die Frauen sagen, sie sei von einem bösen Geist getötet worden. Andere glauben, ihr Mann habe sie umgebracht.«

»Ich kann Ihnen versichern, daß Victor Frankenstein seine Frau nicht ermordet hat. Haben Sie ihn gekannt?«

»Er hat kurz nach dem Tod seiner Frau die Stadt verlassen und ist niemals zurückgekehrt. Mit der Familie hat es ein tragisches Ende genommen. Ein Fluch, sagen manche.«

So dankbar ich für ihre Auskünfte war, ich konnte nicht umhin zu fragen: »Warum treffen Sie sich hier mit mir und erzählen mir das alles?«

»Ich vertraue auf Ihr Wort, daß Ihr Interesse rein wissenschaftlicher Natur ist, daß Sie die Wahrheit suchen und keine verleumderischen Lügen. Francine Dupin war meine Lehrerin. Ich möchte, daß man ihr ein ehrendes Andenken bewahrt. Wir hüten unsere Geheimnisse nicht aus Scham.«

Sie zog etwas unter ihrem Umhang hervor. Es war ein quadratisches, schweres Päckchen, das in Gemsleder eingeschlagen und mit einem Lederriemen fest verschnürt war. »Dies wurde mir von Francine anvertraut, der es wiederum Elizabeth Lavenza anvertraute, ehe diese sich vermählte. Elizabeth wollte, daß das Paket an einem sicheren Ort aufbewahrt würde, bis es jemandem übergeben werden könne, dessen einziges Interesse es sei, der Welt die Wahrheit über ihr Leben kundzutun. Ich habe dieses Paket nie geöffnet, ebensowenig wie Francine. Ich bitte Sie inständig, respektieren Sie die Wünsche dieser Frauen, die so sehr gelitten haben.« Als ich ihr dies hoch und heilig versprochen hatte, fügte sie hinzu: »Dann bin ich froh, daß ich nun dieser Verantwortung enthoben bin.«

Sie stand auf, nicht ohne mich noch einmal an mein Versprechen zu erinnern, über ihre Person Stillschweigen zu bewahren. Dann schritt sie langsam tiefer in den Wald hinein, wo vermutlich ein Maultier oder eine Kutsche auf sie wartete. Das Mädchen neben mir, das noch immer vor dem Grab kniete, griff nun in die Manteltasche, zog ein gefaltetes Tüchlein heraus und breitete es auseinander. Es enthielt Blütenblätter und Kräuter, die sie mit gemessenen Bewegungen über der Grabstätte verstreute. Dann senkte sie den Kopf, um kurz Einkehr zu halten. Nach einem Augenblick der Stille, in der nur der Wind in den Baumwipfeln flüsterte, hob sie den Kopf wieder, streckte die Hände aus, kreuzte die Zeigefinger als Zeichen des Grußes und berührte so den Stein – eine Gebärde, die ich selbstredend aus Elizabeths Memoiren wiedererkannte. Schließlich drehte sie sich um und blickte mir mit einer bestürzenden Freimütigkeit direkt in die Augen. Bis zu diesem Zeitpunkt war sie mir als scheues junges Geschöpf erschienen, das nicht wagte, mir auch nur einmal ins Gesicht zu sehen. Nun plötzlich war ihr Blick so selbstbewußt, daß er geradezu herausfordernd anmutete. Dies war nicht ein Mädchen, das war eine junge Frau, die gerade eine kühne Mission ausgeführt hatte. Und ich kannte ihren Gesichtsausdruck; diesen mutigen, offenen Blick hatte ich schon einmal irgendwo gesehen. Aber wo?

Plötzlich begriff ich: Es war, als blickte ich in Elizabeth Frankensteins Gesicht, wie ich es von dem Porträt her kannte, das seit so vielen Jahren auf meinem Schreibtisch stand. Die Augen des Mädchens schienen dieselbe Frage zu stellen, die ich stets in Elizabeths Augen gelesen hatte: *Kann ich dir vertrauen?*

War also diese Unverblümtheit, diese Offenheit, eine Frucht der nächtlichen Zusammenkünfte in den Wäldern? In jenem Moment, unter jenem Blick, erfaßte ich, soweit mein widerstrebendes Naturell es mir erlaubte, wohl erstmals etwas von der Kraft, welche die Frauen aus ihren Riten schöpften – nicht genug, um meine schwerwiegenden moralischen Bedenken zu zerstreuen, doch immerhin soviel, daß sich eine gewisse Barmherzigkeit in mein Urteil mischte. Ich kann nur hoffen, daß meine junge Führerin in meinen Augen die Antwort las, die ich ihr zu geben wünschte: ein klares Ja.

Wir erhoben uns und bestiegen wieder unsere Maultiere. Auf dem Weg zurück zum Gasthaus sprachen wir kein Wort.

Dies alles hat sich im Jahre 1824 zugetragen. Seither habe ich mein Gelöbnis, über die geheimnisvolle Informantin auf dem Monte Salève Stillschweigen zu bewahren, getreulich eingehalten. Da ich aber letztes Jahr erfahren habe, daß die Dame nicht mehr unter den Lebenden weilt, fühle ich mich meines Versprechens entbunden. In der Hoffnung, damit die Glaubwürdigkeit meines Berichts zu untermauern, möchte ich daher erwähnen, daß es sich um die Frau des Bürgermeisters handelte, Madame Rebuffat. Zwar hatte ich an besagtem Nachmittag ihr Gesicht nicht gesehen, doch ihre Stimme hatte ich sogleich erkannt. Was das junge Mädchen anbelangt, so mußte ich meine Neugierde wohl oder übel bezähmen, denn es ist mir bis zum heutigen Tage nicht gelungen, ihre Identität zu ermitteln.

Als ich an jenem Abend in mein Zimmer zurückkam, riß ich, kaum hatte ich die Tür hinter mir geschlossen, hastig das mir anvertraute Paket auf. Und welches waren meine Empfindungen, als ich seinen Inhalt sah?

Nun, verehrter Leser, ich will versuchen, sie zu beschreiben.

Stellen Sie sich einen Gelehrten am Anfang unseres Jahrhunderts vor, der sein Leben dem Studium der ägyptischen Kultur gewidmet hat. Eines Tages erscheint bei ihm ein Hauptmann der Grande Armée mit einem angeschlagenen, verwitterten Stück Basalt, auf dem er exotische Zeichen entdeckt hat. Der Hauptmann hat den Stein beim Kartenspiel von einem Kameraden gewonnen. Ob er möglicherweise von Interesse sei...?

Stellen Sie sich nun vor, bei diesem Gelehrten handle es sich um Champollion. Und das Stück Basalt, das vor ihm auf dem Tisch liegt, sei der Stein von Rosette.

Das läßt vielleicht erahnen, wie hoch mein Herz schlug, als ich den Schatz erblickte, der sich mir darbot. Zwei in Leder gebundene alte Bücher: das eine mit einem verblaßten purpurnen Einband, auf den eine Rose geprägt war; blaßlila und ohne Verzierung das andere. Wie die folgenden Kapitel der Memoiren zeigen werden, waren diese Bände das Rosenbuch und das Lavendelbuch – nicht mehr und nicht weniger als der Schlüssel zu den hieroglyphischen Geheimnissen in Elizabeth Frankensteins Leben.

Das Rosenbuch

Als Victor aus Thonon zurückerwartet wurde, waren mir Francines Ermahnungen noch sehr gegenwärtig. Ich war entschlossen, ihn so kühl wie möglich zu behandeln und mich seiner Gesellschaft so oft ich konnte zu entziehen. Bei seiner Heimkehr rannte ich ihm nicht entgegen, um ihn mit einer herzlichen Umarmung willkommen zu heißen. Ich zeigte mich zurückhaltend und bewahrte Distanz, als hätten wir uns eben erst kennengelernt. Was mochte er wohl von solch einem Benehmen halten? Doch ich hätte mir deswegen keine Gedanken zu machen brauchen. Zu meiner Überraschung war der Victor, der aus Thonon zurückkehrte, weit unnahbarer, als ich es je hätte sein können. Zwischen uns hatte sich ein merkwürdiger Vorhang herabgesenkt. Dieser abrupte Wandel war mir lange ein Rätsel, doch dann rief Mutter mich eines Morgens zu sich.

Sie sprach zu mir in ernstem Ton und wirkte zugleich entrückter als je zuvor. Es war, als lauschte sie ständig einer nur für sie hörbaren Stimme, die ihr bei unserem Gespräch den Weg wies.

»Was ich dir jetzt sagen werde, habe ich bereits zu Victor gesagt«, begann sie. »Aus diesem Grunde habe ich ihn nach Thonon mitgenommen. Er hat mir feierlich geschworen, stets an meine Worte zu denken. Nun fordere ich das gleiche von dir. Victor und du seid nicht wie andere Kinder, und in der Tat seid ihr ja keine Kinder mehr. Euch beiden ist ein besonderes Schicksal zugedacht. Das habe ich euch bereits angedeutet, doch jetzt will ich mich bemühen, etwas klarer zu werden. Siehst du das Buch dort auf der Chiffonniere? Bitte sei so gut, und hol es mir.« Eilfertig tat ich, wie mir geheißen. Es war ein dicker, alter Lederband mit Goldschnitt.

»Ich werde dich nun gelegentlich auffordern, dieses Werk zu studieren. Vermutlich wirst du nicht alles verstehen, aber ich werde versuchen, dir alles so gut wie möglich zu erklären. Später wird dich dann eine andere Lehrerin unterrichten, deren Wissen das meinige bei weitem übersteigt.«

Ich drehte das Buch hin und her. Auf dem Einband prangte eine schöne purpurrote Rose. Ich schlug es beim Titelblatt auf, wo mein Blick augenblicklich von einem prächtig bunten Bild gefesselt wurde. Es zeigte zwei puttengleiche Geschöpfe: einen Knaben mit rosiger Haut und feuerrotem Haar und ein wunderhübsches Mädchen mit blonden Locken, die ihm bis zu den Knöcheln reichten. Dieses kaum dem Säuglingsalter entwachsene Paar schwamm in inniger Umarmung nackend in einem Gefäß voll blauen Wassers, der Knabe obenauf, sein aufgerichtetes Glied tief im Körper des Mädchens geborgen. Unter ihnen streckte ein echsenartiges Tier seinen Kopf aus einem Gewirr von Schlingpflanzen. Über dem Gefäß schwebte mit ausgebreiteten Schwingen ein majestätischer, farbenprächtiger Vogel, hinter dem sich leuchtendgoldene Strahlen über die ganze Seite ergossen. »Lies das hier«, forderte mich meine Mutter auf und deutete auf die Worte, die über dem Bild standen. Sie waren lateinisch, aber meine Kenntnisse reichten zu ihrem Verständnis aus.

»»*De Coniunctibus Chymicae*‹«, las ich.

»Weißt du, was das heißt?« fragte sie.

»»Über die chemische… Hochzeit‹, glaube ich.«

»Ja, so ließ es sich wohl übersetzten«, meinte Mutter. »Ich allerdings sage lieber ›chymische Vereinigung‹.«

208

Ob »Hochzeit« oder »Vereinigung«, ich hatte keine Ahnung, was das Ganze bedeuten mochte. »Ist alles lateinisch?« fragte ich etwas besorgt, denn viel Latein konnte ich nicht.

»Das wäre eine echte Tortur, nicht wahr?« lachte sie. »Ich habe hier eine Übersetzung für dich. So kannst du Seite um Seite in unserer Sprache lesen.« Sie zog ein paar zusammengefaltete Blätter hinten aus dem Buch und reichte sie mir. Der Text war französisch abgefaßt, in ihrer Handschrift.

»Hast du das übersetzt?«

»Mit der Hilfe von Gelehrten, die bei uns zu Gast waren.«

»Und werde ich daraus erfahren, was die chymische Hochzeit ist?«

»Das Bild, das du hier siehst, ist ein Symbol dieser Hochzeit. Der Knabe und das Mädchen sind verlobt. Das Bild zeigt ihre Vereinigung, aber bitte versteh dies richtig: Ihre Vereinigung ist keusch, darum sind sie auch als kleine Kinder dargestellt. Weißt du, was das Wort ›keusch‹ bedeutet?«

Ich bejahte.

»Die Keuschheit ist eine Tugend, die einiges von jungen Menschen verlangt – besonders, wenn sie auch noch hübsch sind. Ich werde dir jetzt ein Geheimnis verraten. Die Keuschheit ist eine wunderbare Kraft, doch nur, wenn man so entschlossen nach ihr strebt wie andere nach niedrigen Vergnügungen. Was ich von dir verlange, ist gewiß nicht einfach, aber es ist notwendig.« Sie schwieg lange, als kämen die Worte, nach denen sie suchte, von weit her. »Ich weiß, daß ihr – Victor und du – gerne zusammen im Weiher badet. Sag, hat dir das gefehlt in den letzten Monaten, als Victor fort war? Sei ganz ehrlich.«

»Ja, ein bißchen … manchmal.«

»Magst du es, wenn ihr beide nackt seid?«

»Ja … ein bißchen …«

Sie lächelte wissend. »Ich nehme an, mehr als nur ein bißchen. Komm, du kannst es mir sagen.«

»Ja, ich mag es sehr.«

»Hast du dabei nie ein ungutes Gefühl gehabt?«

Wie es seit frühester Kindheit meine Gewohnheit war, antwortete ich impulsiv. »Nein!« brach es aus mir hinaus, ehe ich erröten oder stottern konnte. Dies war meine Art zu lügen.

»Es wird dich nicht überraschen, daß auch Victor eure Spiele vermißt hat. Dieses Gefühl, das in euch den Wunsch weckt, zusammen nackt zu sein, hat einen Namen. Kennst du ihn?«

Ich konnte mir nicht vorstellen, was sie meinte. Verschiedene Wörter schossen mir durch den Kopf, doch keines schien mir passend zu sein.

»Wir werden für viele Dinge die korrekten Bezeichnungen finden müssen. Dieses Gefühl zum Beispiel: Manche nennen es Begierde, andere Wollust. Pfarrer Dupin würde es bestimmt Wollust nennen. Ich sehe das säuerliche, verdrießliche Gesicht, das er dabei machen würde, förmlich vor mir! Aber wüßte er denn, *warum* wir so geschaffen sind, daß wir solche Gefühle empfinden können? Er würde wohl sagen, das sei ein Werk des Teufels. Die Christen machen gerne den Teufel verantwortlich für die Dinge, die sie beängstigen. Warum aber haben sie Angst vor den Freuden des Leibes? Wie Rousseau gezeigt hat, liegt die Antwort klar auf der Hand: Sie fürchten das Leibliche, weil sie falsch erzogen wurden. Sie glauben nicht mehr an die kindliche Unschuld. Doch wie der große *philosophe* uns lehrt, müssen wir hierin wie in allen anderen Dingen ›der Stimme der Natur folgen‹. Wie wäre es also, wenn wir dieses Gefühl als eine Art Hunger betrachteten? Denn Hunger ist ja etwas ganz Natürliches. Wonach aber hungern wir? Nach Genuß, ja, doch nach welcher Art von Genuß? Ist es die Freude des Sehens? Das Vergnügen der Berührung? Wenn unser Bauch hungrig ist, können wir ihm vielerlei Nahrung geben, aber gleichgültig, wie groß unser Hunger ist, wir werden zu vermeiden suchen, irgend etwas Giftiges zu uns zu nehmen. Wie steht es aber mit *diesem* Hunger, den wir Begierde nennen? Wissen wir wirklich, worauf er sich richtet? Viele kennen nur eine Nahrung, die dieses Verlangen stillen kann. Victor und du werdet lernen, daß es noch andere Speisen gibt, die weitaus sättigender sind. Nicht das Verlangen ist schlecht, sondern der falsche Umgang damit. Einstweilen müßt ihr euch jedoch noch ein wenig gedulden. Ich möchte, daß ihr eine Zeitlang einen absolut keuschen Umgang pflegt. Vielleicht werde ich euch sogar bitten, einander wie Fremde zu begegnen – freundlich, gewiß, aber distanziert. Und zwar nicht nur körperlich. Ich möchte, daß ihr selbst in Gedanken Abstand zueinander haltet. Du mußt mir glauben, wenn ich dir sage, daß hinter alldem ein großes Ziel steht. Ihr sollt nämlich werden wie Himmel und Erde.« Sie blickte mich prüfend an. »Du hast wohl nicht alles verstanden. Aber vertraust du mir?«

Ich bejahte eifrig und fragte dann: »Hat Victor das Buch gelesen?«

»Ich habe ihn eigens deswegen nach Thonon mitgenommen. Dort hat er es unter meiner Anleitung von der ersten bis zur letzten Seite aufmerksam durchgelesen. Und nicht nur dieses eine Buch, auch andere, die ich ihm empfohlen habe. Ich wollte, daß er dabei durch nichts abgelenkt würde. Nach und nach wird er sein Wissen mit dir teilen. Er wird dich lehren, was ich ihn gelehrt habe. Eure Vereinigung nimmt mit diesen Büchern ihren Anfang, doch sie geht weit über sie hinaus.

Liebste Elizabeth, ich habe dir schon hin und wieder von meiner Kindheit erzählt. Jetzt sollst du noch mehr hören. Als ich in deinem Alter war, mußte ich meinen kranken Vater pflegen und war arm wie eine Bettlerin. Aber ich hatte großes Glück, denn jemand nahm sich meiner an. Nein, ich meine nicht den Baron. Ehe er in mein Leben trat, durfte ich die gütige Hilfe einer Frau erfahren, die von meinem Elend gehört hatte. Sie besaß selbst nur wenig und konnte mir nur ein bescheidenes Almosen geben, mit dem ich meinen armen Vater und mich am Leben erhielt. Doch in anderer Hinsicht war sie unendlich reich, weitaus reicher als der Baron. Sie schenkte mir Kostbarkeiten des Geistes. Obgleich ich damals nur ein armseliges, unglückliches Geschöpf war, sah sie in mir, was ich Jahre später in dir sehen sollte: eine suchende Seele. Sie lehrte mich die spagirischen Künste, die ich jetzt auch Victor beigebracht habe, wenigstens zum Teil. Du kennst dieses Wort vermutlich nicht, es ist den meisten Leuten unbekannt. Es bezieht sich auf das Wissen der alchimistischen Meister, das du in diesem Buch kennenlernen wirst. Auch meine damalige Wohltäterin hat mir Bücher gegeben, unter anderem dieses hier. Ich sage dir, ich hätte meinen letzten Bissen hergegeben für das, was sie mir schenkte: die unermeßliche Vielfalt der Welt. Seither habe ich mich, soweit es mir mein unvollkommener Geist erlaubte, mit Hingabe dem Studium dieser Künste gewidmet. Doch irgendwann braucht man einen anderen Menschen – einen Gefährten. Wir sind als Mann und Frau geschaffen, und darin liegt ein tieferer Sinn, der nur wenigen zu ergründen vergönnt ist. Meine Aufgabe, so brachte sie mir bei, sei es, mein Wissen an einen Sohn und eine Tochter weiterzugeben, die es in die Tat umsetzen. Dieser Sohn und diese Tochter seid ihr, Victor und du. Ich bin bereit, euch zu unterrichten. Kannst du dir vorstellen, wer die Wohltäterin war, die mich all dies lehrte?«

Ich schüttelte den Kopf.

»Aber du kennst sie! Eine weise Frau, die deiner Erziehung große Aufmerksamkeit schenkt. Sie ist schon sehr alt, doch ihr Geist ist noch frisch und lebendig wie eh und je.«

»Meinst du Seraphina?«

»Ja, Liebes. Du hast sie als Mutter unserer Gemeinschaft kennengelernt, aber sie ist weit mehr als das. Sie ist eine überragende Philosophin. Sie ist viel gereist, weit über die Grenzen der christlichen Welt hinaus, an Orte, die vor ihr noch keine Frau je allein besucht hat. Sie hatte den Mut, die Wahrheit bei Männern fremder Religionen und Gebräuche zu suchen, die nicht selten der Meinung waren, Frauen dürften nicht in ihre Geheimnisse eingeweiht werden; sie mußte ihnen erst ihre Ebenbürtigkeit beweisen, was mitunter mit großen Gefahren verbunden war. Sie hat von ihren abenteuerlichen Reisen Lehren mitgebracht, die Europas Universitäten in ihren Grundfesten erschüttern könnten. Aber schließlich ist sie ja *nur* eine Frau, und außerdem bettelarm. Wer würde ihr schon Gehör schenken? Ich werde versuchen, die Dinge, die sie mich gelehrt hat, an Victor weiterzugeben, und hoffe von ganzem Herzen, daß es ihm gelingt, Seraphinas Erkenntnisse zur Vollendung zu bringen. Denn nur ein Mann kann dies in einer Weise tun, die von der Welt anerkannt wird. Aber dazu braucht er deine Hilfe.«

Seit unserer ersten Begegnung auf der Lichtung hatte ich Seraphina nur einige wenige Male gesehen. Hin und wieder war sie bei unseren Zusammenkünften zugegen, aber sie schaute immer nur aus der Ferne zu. Stets war auch ihr treuer Vogel in der Nähe; manchmal verbarg er sich im Laubwerk der Bäume, dann wieder saß er auf ihrer Schulter. Obwohl ich hin und wieder gespürt hatte, daß ihr Blick auf mir ruhte, hatte sie nie mehr das Wort an mich gerichtet. »Ich fühle mich in Seraphinas Gesellschaft immer etwas unbehaglich«, gestand ich.

»Sie wirkt recht einschüchternd, das stimmt. Aber sie meint es gut mit dir, und sie hegt große Bewunderung für dich. Wie soll ich es ausdrücken? Sie sieht das Gold in dir, genauso wie ich bei unserer ersten Begegnung. Ab und zu wird sie dich auffordern, bestimmte Dinge zu tun – ungewöhnliche Dinge. Ich bitte dich, ihre Wünsche zu respektieren. Ihre Methoden mögen seltsam anmuten, doch sie ist eine ausgezeichnete Lehrerin. Wie groß ihre Fähigkeiten sind, wirst du erst wissen, wenn du ihr bis ans Ende des Weges gefolgt bist, und dazu mußt du ihr blindlings vertrauen. Es ist etwas paradox.«

In den folgenden Tagen durfte ich etliche Male im »Rosenbuch« lesen, wie wir es wegen des Bildes auf dem Einband nannten. »Was du hier liest und siehst, wird dich vermutlich verwirren«, meinte Mutter. »Eines mußt du jedoch bedenken: Nichts, was du auf diesen Seiten findest, bedeutet genau das, was es auf den ersten Blick zu besagen scheint, denn auch in der Welt ist nichts *nur* das, was es scheint. Jedes Ding ist, was es ist, und doch auch mehr: das Bild im Innern des Bildes, das Wort im Innern des Wortes. Das Offensichtliche ist nützlich zu wissen, doch das, was sich mit der Zeit erschließt, verleiht dem Geist erst Flügel. Du hast hier meine französische Übersetzung vor dir, aber ich empfehle dir, sie so zu lesen, als sei es eine fremde Sprache, die du dir Wort für Wort einprägen mußt, wie ein Kind, das seine Muttersprache lernt. Dies gilt auch für die Illustrationen. Die Bilder, die du hier siehst, lassen das Auge über sich selbst hinauswachsen. Du wirst lernen, durch die Bilder *hindurchzusehen*, als seien sie aus Glas. Dazu brauchst du jedoch sorgfältige Anleitung und auch anderweitige Unterstützung.«

Hin und wieder durfte ich das Buch mit auf mein Zimmer nehmen. Ich las dann bis in die späte Nacht, aber wie Mutter mir prophezeit hatte, verstand ich so gut wie nichts. Ich kämpfte mich durch ein Dickicht aus merkwürdigen Andeutungen. Es war von wundersamen Tieren und Vögeln die Rede, von Zeiten und Orten, von denen ich noch nie gehört hatte. Alle Gestirne am Firmament waren beschrieben und auch die seraphischen Gestalten, die über ihnen schwebten. Und dann die phantastischen, absonderlichen Bilder! Ich konnte mich an ihnen nicht satt sehen. Die meisten waren nicht etwa schön, sondern auf groteske Weise befremdlich, und manche grenzten schon beinahe ans Alptraumhafte. Dennoch zogen sie mich in ihren Bann, vor allem die Hauptfiguren des Buches, der Knabe und das Mädchen. Die beiden wanderten durch eine Geschichte, die für mich ein einziges großes Mysterium blieb und doch meinen Träumereien immer wieder neue Nahrung bot.

Ich will versuchen, sie aus der Erinnerung wiederzugeben:

Die beiden Kinder lebten in einem Königreich, das von einem undurchdringlichen Wald voll von absonderlichen Tieren umgeben war. Der Knabe und das Mädchen waren einander seit ihrer Geburt versprochen. Nun war ihr Hochzeitstag gekommen, und es sollte ein Fest gefeiert werden. Allein, die Braut und der Bräutigam hatten eine Sünde begangen (diese wurde nicht näher bezeichnet), weshalb man sie dazu verurteilte, bis in alle Ewigkeit in einem dicht verschlossenen Gefängnis zu schmachten, dessen Mauern aus Kristall gehauen waren. Sie wurden nackt ausgezogen, und durch die glasklaren Mauern konnte alle Welt sie begaffen und sich weiden an ihrer Schmach und Not. Auf einem schmalen Strohlager schmiegten sie sich eng aneinander und versuchten, einander Trost zu spenden, doch ihre Pein war nahezu unerträglich. Niemand kümmerte sich um sie in ihrem Gefängnis, darum wurde die Luft kalt und kälter, und schließlich wurde der Knabe krank. Seiner Braut, die ihn zu wärmen versuchte, gelang es, seine Liebesglut zu entfachen, und alsbald fingen die beiden an zu kopulieren. Aber noch ehe ihre Leidenschaft den Höhepunkt erreicht hatte, begann der Bräutigam derart zu glühen, daß er in den Armen seiner Liebsten buchstäblich dahinschmolz.

Von Gram überwältigt, badete die Braut den Leib ihres toten Geliebten in Tränen. Sie weinte und weinte, bis das Gefängnis vollständig mit Tränen gefüllt war und sie, den Geliebten in den Armen, darin ertrank. Binnen kurzem wurden die irdischen Hüllen der beiden schwarz, faulig und übelriechend. Dann aber erschien, von einem riesigen Löwen im Maul getragen, am Himmel die Sonne und fing an zu glühen wie niemals zuvor. Sie brannte so lange auf das Gefängnis hernieder, bis das Wasser in seinem Innern zu Dampf wurde. Nach vierzig Tagen und Nächten der Verdunstung und Kondensierung leuchtete im Gefängnis ein prächtiger Regenbogen, das Wasser war verschwunden, und dann fiel ein barmherziger Regen, der den Liebenden neues Leben schenkte. Die Gefängnistür öffnete sich, und schöner als je zuvor, geschmückt mit goldenen Gewändern und funkelndem Geschmeide, schritten die beiden hinaus in die Freiheit. Nun endlich durften sie die Ehe vollziehen.

Auf dem letzten Bild waren die beiden zu einem einzigen Leib verschmolzen, einer unheimlichen Gestalt mit zwei Köpfen und den Organen beider Geschlechter. Hinter ihnen erhob sich mit ausgebreiteten Schwingen ein riesiger doppelköpfiger Rabe, doch die Liebenden hatten keine Angst. Sie hielten beide ein Schwert in der Hand, ein weißes und ein schwarzes, das eine zum Himmel, das andere zur Erde gerichtet.

Das Buch endete mit folgenden Worten:

> Schwester-Bruder, in einer Gestalt,
> Mann und Frau, Sonne und Mond,
> Licht und Dunkel, Stille und Klang,
> Same und Zweig, der Lerche Gesang.
> Großer Schöpfer, ewige Zeit,
> Nabel, Erschaffer, Wurzel der Welt,
> Freudig singend der Ziffern Fall
> Sich füget zur Ordnung im ewigen All.

Sollten diese beiden Kinder wohl Victor und mich darstellen? Oh, welche Abenteuer standen uns dann bevor! Offen gestanden, verspürte ich eher Angst denn freudige Erwartung, wenn ich daran dachte.

»Sie sind Zwillinge«, erklärte Victor, als ich ihm das Buch

zeigte. »Zwei Königskinder. Die Geschichte ihrer Hochzeit symbolisiert das Große Werk.«

»Das Große Werk?«

»Die Suche nach dem Stein der Weisen, der unedle Stoffe in Gold verwandelt. Das ist mit der Hochzeit gemeint. Aber wir sollten keine vorschnellen Schlüsse ziehen. Nichts, was mit dem Großen Werk zu tun hat, ist das, was es oberflächlich betrachtet zu sein scheint. Das kristallene Gefängnis, zum Beispiel. Weißt du, was damit gemeint ist?«

»Nein.«

»Es soll die Retorte darstellen, das Gefäß, in dem die Substanzen gemischt werden. Manchmal wird es auch Ei oder Grab oder Brautgemach genannt. Alles hat mehr als einen Namen. Die Retorte muß so dicht verschlossen sein, daß keine Luft eindringen kann. Man nennt dies ein hermetisches Siegel, nach Hermes Trismegistos, dem größten alchimistischen Meister. Das Gefäß wird dann zu einer eigenen kleinen Welt, in der man die Reaktionen der Elemente beobachten kann. Das möchte ich unbedingt einmal mit eigenen Augen miterleben; in der Geschichte wird der Vorgang als ›Leidenszeit‹ bezeichnet, was natürlich eine Metapher ist, denn diese unbelebten Elemente haben keine Gefühle und Empfindungen. Der Knabe ist rot, siehst du? Er ist der Schwefel; das hellhäutige Mädchen aber ist das Quecksilber, und wenn die beiden sich vereinigen, entsteht eine neue, wunderbare Substanz. Das ganze Universum ist auf diese Weise aufgebaut.«

Ich konnte seinen Ausführungen nicht folgen. »Weshalb muß alles so verschleiert sein?«

»Weil es eine geheime Kunst ist. Die Alchimisten wollten nicht, daß Uneingeweihte in ihr Werk eindrangen. Was sie sahen, war nicht für jedermanns Augen bestimmt.«

»Was sahen sie denn?«

»Große Visionen. Visionen, die manche Leute um den Verstand bringen würden. Die Kunst der Alchimisten gleicht dem

Werk Gottes. Aber wenn sie nicht mit lauteren Absichten betrieben wird, kann Übles daraus erwachsen.«

»Mutter sagt, daß du in Thonon das Buch studiert hast.«

»Es war einfach herrlich! Ich hätte mir nie träumen lassen, daß die Welt so viele wunderbare Geheimnisse birgt. Ach, Elizabeth, ich fühle mich wie im Rausch – als könnte mein Geist bis in die verborgensten Winkel der Natur vorstoßen. Ist dir klar, welche Schätze sich in diesen Büchern verbergen? Geheimnisse über Geheimnisse! Alle Rätsel des Kosmos! Man muß nur lernen, die wahre Bedeutung der Bilder zu verstehen.«

Aus seinen Augen funkelte dieselbe Leidenschaft wie damals in den Bergen, als er fasziniert die Blitze am Himmel betrachtet hatte. Aber jetzt schienen die Blitze in seinem Kopf zu zucken, und das beunruhigte mich. »Kannst du mir beibringen, die Dinge, die du gesehen hast, ebenfalls zu sehen?« fragte ich.

»Das muß ich sogar! Du sollst stets an meiner Seite sein, wie das Zwillingsmädchen im Buch, und mir dabei helfen, diese Geheimnisse zu ergründen. Wir sind Bruder und Schwester und werden uns gemeinsam in das Abenteuer des Lernens stürzen.«

Als er dies sagte, verflog meine Besorgnis wie von Zauberhand. Sie machte einem überschwenglichen Glücksgefühl und erwartungsvoller Vorfreude Platz. Ich ängstigte mich nicht länger vor dem, was auf uns zukommen mochte, und Victors glühender Eifer bereitete mir keinen Kummer mehr. Nur ein einziger Gedanke erfüllte mich jetzt: *Victor wollte mich an seiner Leidenschaft teilhaben lassen!* Wir würden uns *gemeinsam* in das Abenteuer stürzen! Oh, ich wollte mutig sein, unerschrocken würde ich alles wagen, was er von mir verlangte. Wie sehnte ich mich jetzt danach, ihn in die Arme zu schließen – und nicht auf schwesterliche Art. Aber ich dachte an das Versprechen, das ich Mutter gegeben hatte. Und mit einem Mal begriff ich, daß die unsichtbare Mauer, die sie zwischen uns errichtet hatte, die Sehnsucht in mir erst recht zum Glühen brachte. Meine äußerliche Kühle ließ das Feuer in meinem Innern um so heißer brennen, als gäbe die Entsagung seinen Flammen Nahrung. Ohne daß ich mir dessen bewußt war, hatten meine Lektionen in einer neuen Art des Liebens bereits begonnen.

An dem Abend, da Mutter mir das Rosenbuch zeigte, begann ich, ein Tagebuch zu führen. Ich wußte, daß ein Wagnis vor mir lag, und ich wollte jede Einzelheit gewissenhaft festhalten.

Dies war mein erster Eintrag:

> Ich habe einen dunklen Wald betreten, in dem vor mir nur wenige gewandert sind. Mutter führt mich an einem seidenen Faden. Es ist kein Weg zu erkennen, ich muß mich ganz auf Mutter verlassen. Wir wandern tief in ein Land hinein, das wohl noch niemals einen Sonnenstrahl erblickt hat. Kaum, daß ich noch Mutters vorwärts schreitende Gestalt zwischen den Bäumen ausmachen kann. Wenn mir nur der Faden nicht entgleitet!
>
> Ich habe Angst ...
>
> Ich habe Angst ...

Zweiter
Teil

Anmerkung des Herausgebers

Ich muß bekennen, daß ich dem folgenden Teil der Memoiren
mit einiger Beklommenheit gegenüberstehe. Nichts erfordert
sorgfältigere Aufmerksamkeit als die unselige Angelegenheit
der chymischen Hochzeit, hatte diese doch einen wesentlichen Anteil an Elizabeth Frankensteins tragischem Schicksal.
Ich habe viel Zeit und Mühe darauf verwendet, diesen merkwürdigen Ritus zu erforschen, denn mir war daran gelegen,
seine Bedeutung und die dazugehörigen Praktiken zu verstehen. Nun kann man sich aber keinen gröberen Verstoß gegen
die Schicklichkeit vorstellen als die Rolle, die Elizabeth Frankenstein bei diesem Kult gespielt und in ihren Memoiren beschrieben hat. Die Schamlosigkeit ihrer Aufzeichnungen mag
vielleicht zu einem gewissen Grade entschuldbar sein, wenn
wir bedenken, daß diese ja eigentlich nur für einen einzigen
Leser bestimmt waren, für den Mann nämlich, der als ihr
Bräutigam selbst an den Riten teilgenommen hatte. Auf jeden
Fall bitte ich die geneigte Leserschaft um Nachsicht, wenn ich
bei der Beschreibung gewisser Einzelheiten deutlicher werden
muß, als ich mir dies bei der Erfüllung meiner editorischen
Pflichten an anderer Stelle gestattet habe.

Nichts, was mit den obskuren und abstrusen Lehren in Zusammenhang steht, die wir unter der Bezeichnung »Alchimie«

kennen, verletzt das natürliche Zartgefühl in krasserer Weise als ihre erotische Symbolik. Die Illustrationen zu den alchimistischen Schriften sind in ihrer schamlosen Darstellung geschlechtlicher Dinge oft unerträglich vulgär. Nirgends ist dies offenkundiger als in den beiden Büchern, die Madame Rebuffat mir am Grab von Francine Dupin überreichte. Ohne diese als Rosenbuch und Lavendelbuch bekannten Bände wäre ich kaum in der Lage gewesen, die vielen dunklen Winkel in Elizabeth Frankensteins Bericht zu erhellen. Was sie nur vage und beiläufig erwähnt oder aber mit obskuren Symbolen umschreibt, die ihr und ihrem Bräutigam ein Begriff waren, tritt in diesen Büchern endlich klar zutage. Die rätselhaften Anspielungen auf Rituale wie »der schlafende Kaiser« oder »die Fütterung der Leuen« wären mir wohl ohne sie ganz und gar unverständlich geblieben.

Beide Bücher sind lateinische Übersetzungen von weitaus älteren, längst verschollenen Werken. Über ihre Herkunft ist nichts bekannt, und nicht einmal ihre Originalsprache läßt sich mit Sicherheit eruieren. Es ist daher unmöglich, die Exaktheit der lateinischen Übersetzung zu beurteilen; sie ist weitgehend in einem gestelzten, akademischen Stil gehalten, der nicht annehmen läßt, es seien alle Feinheiten berücksichtigt worden. (Ich möchte noch anfügen, daß ich von der französischen Übersetzung, die Lady Caroline für Elizabeth angefertigt hatte, keine Spur finden konnte; es sind nur die wenigen Abschnitte erhalten geblieben, die Elizabeth in ihren Memoiren verewigt hat.) Meine Bemühungen, etwas über die Geschichte der Bücher in Erfahrung zu bringen, zogen sich über etliche Jahre hin, denn es gab weder Hinweise auf ihren Verfasser noch auf die Zeit oder den Ort ihrer Entstehung. Diese Geheimhaltung war zweifellos gewollt, ein sorgfältig errichtetes Bollwerk, das die Leser dieser Werke davor bewahren sollte, der Ketzerei und der Gottlosigkeit bezichtigt zu werden. Die Antiquare, die ich in dieser Sache zu Rate zog, teilten mir binnen kurzem mit, daß die Bücher gegen Ende des fünfzehnten Jahrhunderts in Italien erschienen sein mußten und somit zu den ältesten Druckerzeugnissen unserer Literaturgeschichte gehörten. Damit aber war erst die Oberfläche des Rätsels angeritzt. Denn die Texte, welche die eben erst erfundene Druckerpresse irgendwann in den achtziger Jahren des fünfzehnten Jahrhunderts auf Papier geprägt hatte, waren noch weitaus älter. Meine diesbezüglichen Nachforschungen könnten ein ganzes Buch füllen, ich werde mich jedoch hier auf eine kurze Zusammenfassung meiner Schlußfolgerungen beschränken.

Zur Zeit der Frührenaissance gründete der italienische Gelehrte Marsilio Ficino in Florenz eine Schule, die dem Studium bestimmter geheimnisvoller philosophischer Werke des Altertums dienen sollte. Es hieß damals, daß diese Schriften das älteste Wissen unserer Welt enthielten, neben dem die gesammelten Werke von Platon, Aristoteles und Epiktet und vielleicht sogar die Heilige Schrift wie Kindergeplapper anmuteten. Unter den Werken, deren Bewahrung wir Ficino und seiner Florentiner Akademie zu danken haben, befindet sich auch die merkwürdige Sammlung von Schriften, die heute als Corpus Hermeticum bekannt ist. In diesem Werk ist nahezu alles enthalten, was wir über die alte alchimistische Tradition wissen. Zur gleichen Zeit wurden, wiederum dank der Gelehrten der Akademie, zwei weitere Bücher übersetzt und gedruckt. Bei einem dieser Werke handelt es sich um das Rosenbuch, das Elizabeth Frankenstein von Lady Caroline erhielt. Dieser prächtig gestaltete Band hätte damals zweifelsohne eine ebenso große Leserschaft finden können wie das Corpus Hermeticum und hätte wohl auch die gleiche Berühmtheit erlangt. Er enthält eine Vielzahl jener für das alchimistische Schrifttum so typischen symbolischen Bilder, und dazu konkrete Rezepte und Anleitungen, die Schritt für Schritt zum Großen Werk führen. Man muß davon ausgehen, daß es wohl deshalb in den Annalen der Geschichte fehlt, weil das darin enthaltene Wissen verheimlicht werden sollte.

Was sein Gegenstück betrifft, das seiner Farbe wegen Lavendelbuch genannt wurde, so läßt sich dessen Geheimhaltung sehr leicht erklären. Der Grund dafür springt ins Auge, sobald man die erste seiner zahlreichen Illustrationen betrachtet. Das Buch ist ganz einfach obszön. Wie bei den Bildern im Rosenbuch handelt es sich auch hier um handkolorierte Holzschnitte von exotischem Gepräge, die aus Arabien oder Indien stammen dürften. Ihre Ausrichtung ist jedoch in weitaus stärkerem Maße hedonistisch. Die dargestellten Szenen spielen samt und sonders in Palästen, Lustgärten oder Serails, wo Könige, Königinnen und Kurtisanen sich mannigfaltigen Ausschweifungen hingeben. Zwar nennt es der unbekannte Verfasser eine alchimistische Abhandlung, aber das Buch ist auf eine derart erbarmungslose und unmißverständliche Weise erotisch, daß man es ebensogut für ein Verzeichnis sexueller Perversionen halten könnte.

Das Lavendelbuch stellte mich vor ein moralisches Dilemma. Während ich von Beginn an gewillt war, das Rosenbuch nach Beendigung meiner editorischen Arbeit der Öffentlichkeit zugänglich zu machen, war ich lange Zeit unsicher, wie ich mit seinem Gegenstück verfahren sollte. Als es sich im Laufe der Jahre über den Kreis meiner engsten Vertrauten hinaus herumsprach, daß ich ein solches Buch besaß, traten mehrfach Sammler an mich heran, die mir stolze Summen dafür boten. Doch zweifelte ich offen gestanden an der Lauterkeit ihrer Absichten. In der Furcht, das Werk könnte in der pornographischen *demi-monde* landen, wo es mit Sicherheit eine große Attraktion darstellen würde, entschloß ich mich schließlich, das Lavendelbuch der Vatikanischen Bibliothek zukommen zu lassen, deren umfangreiche Sammlung von Erotika seit vielen Generationen sorgsam vor den Augen Unbefugter gehütet wird. Sollte jemand das Buch eingehender zu untersuchen wünschen, so empfehle ich daher, sich an den Kustos der Lambruschini-Sammlung im Giardino della Pigna in Rom zu wenden.

Abschließend möchte ich die geneigte Leserschaft noch auf einen neuen Aspekt in Elizabeth Frankensteins Memoiren aufmerksam machen. Mit Beginn ihrer Einführung in die alchimistischen Künste fing sie an, ein Tagebuch zu führen; es ist der unmittelbarste Bericht über die Studien, die sie zusammen mit Victor betrieb. Als sie dann im letzten Jahr ihres Lebens diese Memoiren verfaßte, flocht sie darin auch Auszüge aus dem Tagebuch ein, nebst einer Reihe von Gedichten, die verschiedene Phasen des Großen Werkes beschreiben. Ich fand diese Auszüge auf etlichen losen Blättern, die den Memoiren beigelegt waren. Sie müssen recht unsanft aus dem Tagebuch gerissen worden sein, denn viele sind an den Rändern zerfetzt, und manchmal fehlen ganze Wörter. Die hier abgedruckten Ausschnitte hat die Verfasserin eigenhändig in die Memoiren eingefügt. Weitere Seiten des Originaltagebuchs ausfindig zu machen, ist mir leider nicht gelungen.

Seraphina beginnt mit
ihrer Unterweisung

Frohlocke, Natur! Nun kehrt Eden zurück!
Am Baum der Erkenntnis lodert der Bach.
Golden der Apfel, den Eva uns brach,
Dornig der Pfad, doch am Ziel – Himmelsglück.

Wenn der Schatten regiert, herrscht über die Flur
Die Krähe, derweil sich die Sonne versteckt.
Ein Winter so hart, daß kein Lenz ihn erweckt,
Gebeugt unterm Zepter der Unnatur.

Kahl sind die Zweige, kein Vogel singt,
Wenn fern jeder Hoffnung das *Werk* entspringt.
Es keimt in tiefster, düsterster Nacht,
Da Frost versiegelt der Erde Pracht.

Suchet die Blume, die blüht im Gebein,
Suchet die Flamme, die hell brennt im Stein.
Im Herzen der schwärzesten Finsternis
Entdeckt das neugeborene Licht.

–. November 178–

»Wir benötigen Blut und Samen«, erklärt Seraphina. »Zuerst das Blut, es ist schwieriger zu gewinnen als der Samen. Wir müssen Geduld haben, denn das Blut kennt Jahreszeiten genau wie die große Mutter Natur.«

Seit dem vergangenen Sommer fragt mich Seraphina jedesmal, wenn wir uns sehen, nach meiner Monatsblutung. Sie betastet sorgfältig meinen Körper und versucht an Stirn und Brust zu erspüren, ob meine Körpertemperatur sich erhöht hat. Sie horcht an meinem Bauch und legt dabei die eine Hand ganz leicht auf eine Ader an meinem Hals und die andere an die Innenseite meines Oberschenkels. Abends bringt mir Mutter einen Trank ans Bett, den Seraphina gebraut hat, und reibt mir dann mit duftenden Ölen sanft Bauch und Rücken ein. Mutter sagt, daß Seraphina versucht, den Rhythmus meines Körpers zu beeinflussen. Denn das Werk kann erst dann fortschreiten, wenn es gelingt, das Eintreten meiner Blutung mit dem Vollmond in Übereinstimmung zu bringen. Dies muß ganz behutsam geschehen und kann mehrere Monate dauern.

Auf Mutters Einladung hin ist Seraphina nach Belrive übersiedelt. Sie lebt in einem der Gärtnerhäuschen beim Arboretum, wo sie ihre Mahlzeiten selbst zubereitet und auch alleine einnimmt. Sie verbringt ihre Tage mit dem Studium alter Schriften und mischt sich nur selten unter die anderen Angehörigen des Haushalts, die über ihre Anwesenheit einigermaßen beunruhigt sind. Ihre bucklige Gestalt sieht freilich auch furchterregend aus, wenn sie mit Hilfe eines langen, gegabelten Stocks langsam und mühselig durch die Gärten schlurft. Sie trägt ein Flickengewand und um den Hals und die Hand- und Fußgelenke klimpernden Zigeunerschmuck. Wenn sie ihr Häuschen tagsüber überhaupt einmal verläßt, dann meist, um Kräuter zu sammeln, die sie in einen gewobenen Beutel füllt. Alu ist ständig in ihrer Nähe. Sitzt sie nicht auf Seraphinas Schulter, so trippelt sie hurtig voraus, um ihr den Weg zu weisen. Die Bediensteten scheinen den Vogel noch unheimlicher zu finden als seine Besitzerin. Wenn Alu mit lautem Gekrächze alleine durch die Gegend hüpft, nehmen sie sofort Reißaus, als sei ein Menschenfresser hinter ihnen her. Victor und ich müssen lachen, wenn wir das sehen, denn Alu ist ein lammfrommer alter Vogel und keineswegs bedrohlich. Trotz ihres hohen Alters kennt sie keine Furcht. Als eines Morgens die große Dogge des Gutsverwalters mit lautem Gebell auf Seraphina losging, flog Alu kreischend herbei, als wollte sie dem Hund die Augen aushacken. Das arme Tier ergriff jaulend die Flucht.

Mutter hat den Bediensteten erzählt, daß Seraphina als ihre persönliche Apothekerin hier weilt. Als der Baron zwischen zwei Reisen einmal kurz nach Hause kam, sagte sie ihm dasselbe. Obgleich ihm Seraphina offensichtlich ein Dorn im Auge ist, stellte er keine Fragen und ermahnte Mutter nur, ihrer Gesundheit Sorge tragen. »Es ist doch hoffentlich nichts Ernstes«, meinte er. Ich weiß, daß es ihm lieber wäre, sie würde einen aufgeklärten Arzt konsultieren.

Seraphina kümmert sich tatsächlich um Mutter; sie bereitet Brühen und Tränke für sie, und das aus gutem Grund. Mutter, die seit ihrer Kindheit an Schwindsucht leidet, ist manchmal schwächlich und in letzter Zeit recht blaß. Sie ist häufig unpäßlich und muß mitunter tagelang das Bett hüten. Zweifellos tun Seraphinas Arzneien ihr ausnehmend wohl, doch das ist nicht der Hauptgrund für ihre Anwesenheit. Sie ist hier, um uns zu unterrichten, was meistens nachts geschieht, manchmal in ihrem Häuschen, dann wieder auf der Lichtung.

Es ist kein Zufall, sagt Seraphina, daß wir mit unseren Studien im November beginnen, wenn die tote Zeit des Jahres sich langsam unserer bemächtigt. Anfangs wird unser Studium sehr ernst sein, eine dunkle Meditation. Wir müssen durch das finstere Tal wandern und das Sterben der Erde ganz verinnerlichen, um die wunderbare Fruchtbarkeit der Natur begreifen zu können. »Wir erforschen die Grundlagen des Lebens«, sagt Seraphina. »Das Leben und das höhere Leben, das uns unsichtbar stets umgibt. Doch um zu verstehen, wie Leben entsteht, müssen wir uns erst dem Tod zuwenden.« Victor ist im Studium schon weit fortgeschritten und kennt viel mehr alchimistische Symbole als ich. Der Herbst, erklärt er, ist die Zeit des Saturns, des verdorrten Rosenstrauchs, des bleiernen Grabes, der Rabenkrähe und des Königs auf seinem Schmerzenslager. Im Rosenbuch zeigt er mir Illustrationen, die Sinnbilder sind für die Zeit des Todes; wie viele muß ich mir noch merken!

Die düstersten Bilder aber werden von einem anderen Wort heraufbeschworen, das er verwendet; die *nigredo*. Sie ist das schwärzeste Schwarz, die finsterste Finsternis. Die *nigredo* ist ein grüblerischer, melancholischer Seelenzustand, den wir in unserem Innern suchen müssen. Damit wir aber lernen, so darüber nachzusinnen wie die wahren alchimistischen Meister, heißt uns Seraphina, das Rosenbuch zum Kirchhof von Vandoeuvres mitzunehmen und dort die Bilder zu studieren, die an diese düstere Zeit erinnern. »Ihr müßt unter den Toten wandeln«, erklärt sie. »Ihr müßt mit ihnen Umgang pflegen, als seien sie eure Gefährten, die nun in einen vorbestimmten Zustand eingetreten sind, ohne den der Kreislauf des Lebens nicht weitergehen könnte. Ihr müßt die Fruchtbarkeit des Todes spüren, der kein Ende, sondern ein Anfang ist. Die Zeit ist ein solcher Kreislauf – denkt an das Bild, das ich euch im Buch gezeigt habe: die Schlange, die sich in den Schwanz beißt. Wir neigen dazu, den Kreislauf der Zeit zu vergessen, wenn wir sie nur noch so betrachten, wie sie in den Geschichtsbüchern dargestellt wird, als gerade Linie nämlich, die nur eine Richtung kennt: diejenige der Zukunft. Wir vergessen, daß alles stets wiederkehrt.«

Heute treffen Victor und ich auf dem Friedhof den Totengräber dabei an, wie er gerade ein frisches Grab schaufelt, er ist auf Gebeine gestoßen, die, so sagt er, schon seit Jahrhunderten dort ruhen. Sie sind in all den Jahren hart wie Stein geworden und, wie Victor bemerkt, merkwürdig sauber. Durch die Verwesung gereinigt, bar jeder Spur von Leben. Endlich in Frieden.

Aber, sage ich zu Victor, einen solchen »Frieden« wünsche ich mir nicht. Er erschiene mir als ein Gefängnis der Stille und der Empfindungslosigkeit.

–. November 178–

Wir beginnen stets mit einer Kontemplation. Seraphina wählt aus ihren Büchern eine Abbildung aus, über die wir nachsinnen sollen. Ihr Lieblingsbild zeigt die Hand Gottes, die den Heiligen Geist in Gestalt einer feurigen Taube aussendet. »Wie Noah, der den Vogel ausfliegen ließ, um die Wasserwüste zu erkunden«, erklärt Seraphina. »Doch hier umfaßt die Wüste die ganze Welt, ja, es gibt gar keine Welt mehr, nur noch Wüste.« Sie fährt mit ihrem knotigen Zeigefinger über das Bild, um den Flug der Taube nachzuzeichnen, die herniederstößt in das Nichts, das einst überall herrschte.

Alu betrachtet uns aufmerksam, als verstünde sie jedes Wort, aber nach einer Weile steckt sie meist den Kopf unter einen Flügel und schläft ein. Heute abend kommt sie ganz dicht heran, um einen Blick auf das Bild zu werfen, das Seraphina uns zeigt, was diese sehr belustigt. »Sag, Alu«, fragt sie, »kennst du diesen Vogel vielleicht? Ist es etwa ein Freund von dir? Na, na, so alt kannst du doch nicht sein!«

Da klappert der struppige alte Vogel mit dem großen Schnabel, stößt ein lautes Krächzen aus und flattert auf die Stange über der Feuerstelle zurück.

»Seht, wie der feurige Geist die Dunkelheit wegbrennt«, sagt Seraphina. »Was ist wohl dieses Loch, das er zurückläßt, dieses Nichts im größeren Nichts, diese Leere innerhalb der Leere? Das ist ein großes Geheimnis, meine Kinder. Nehmt diesen dunklen Raum in euren Geist auf und nährt damit eure Gedanken. Macht euren Geist leer, bis er nichts mehr enthält. Und dann befreit ihn auch noch von diesem Nichts. Denn das

Nichts, von dem wir sprechen, ist kein leerer Raum, es ist das Nichts, das nicht einmal Raum ist. Stellt euch dieses Nichts vor, das jede Leere übertrifft, stellt euch eine Zeit vor, in der es weder Vergangenheit noch Gegenwart noch Zukunft gibt und auch kein Bewußtsein, das sich an Vergangenes erinnern oder in die Zukunft blicken könnte. Stellt euch die Stille vor, die herrschte, ehe das allererste Wort, der allererste Laut erklang. Nichts, nichts, überhaupt nichts. Dieses Nichts hätte ewig andauern können. Aber dann, gleich einem Keim, der im Mutterschoße reift, wächst aus dem Loch, das in die Schwärze gebrannt worden ist, die Welt heran. *Warum geschieht dies?* Warum entsteht überhaupt irgend etwas? Warum ist die schlummernde Dunkelheit geweckt worden? Was gab es denn in jener Leere, woraus die Welt hätte entstehen können? Dies ist ein zu großes Geheimnis, als daß man es in Worte fassen könnte. Es ist der Moment, ehe es Momente gab, die Zeit, ehe die Zeit begann, als die Höchste Liebe in den Abgrund strömte und den Urstoff erschuf. Wie klein wir doch werden, wenn wir diese unendliche Leere in unseren winzigen Geist aufnehmen! Aber das ist der Anfang jeder wahren Gelehrsamkeit.«

Ich versuche, Seraphinas Anweisungen Folge zu leisten, finde es aber schier unmöglich, meinen Geist ganz leer zu machen. Doch nach mehreren Versuchen geschieht es bisweilen, daß ich, für einen flüchtigen Augenblick nur, eine Weite in mir spüre, die mich schwindeln macht. Ich scheine zu schweben, aber es gibt keine Tiefe, in die ich stürzen könnte. *Ich trage eine ganze Welt in mir!* geht es mir durch den Kopf. Dann fordert uns Seraphina mit ruhiger Stimme auf, die Blicke auf das schwarze Loch in der Mitte des Bildes zu heften, derweil sie leicht wie der fallende Tau auf ihr Tamburin trommelt und einen Beschwörungsgesang anstimmt:

Du bist der Urstoff
Göttliche Saat
In dir sind Sonne und Regen.

Deine Werke sind vor dem Bösen verborgen
In deinem jungfräulichen Gewand
Verstreut über die ganze Welt.

Sonne und Mond deine Kinder sind
In dir ist Wasser und Wein
Und Gold und Silber für diese Welt.

Großzügig spendet
Uns die Mutter den Segen
Auf daß jedermann sich freu'.

Der Regen bringt Weisheit
Und Wissen die Sonn'
Ehre sei Ihrem Namen.

–. Dezember 178–

Obschon das Werk keuscher Natur sein sollte, sind Victor und ich bei unseren Lektionen stets unbekleidet, wie die Frauen, wenn sie sich auf der Waldlichtung versammeln. Auch Seraphina ist nackt, sie sitzt mit gekreuzten Beinen neben uns und trägt einzig ihre Ketten und Armreifen.

Ich habe mich daran gewöhnt, bei den Zusammenkünften mit den Frauen nackt zu sein. Ich verstehe, welche Bedeutung dies für unsere Kunst hat. Aber wenn Victor und ich unbekleidet sind, fühle ich mich unbehaglich. Meine Gedanken schweifen ständig ab, und oft sind sie eitel. Ich frage mich, ob er mich wohl schön findet, so schön wie Francine damals auf der Lichtung. Ich wünsche mir, daß er mich ansieht, wie er sie angesehen hat, auch wenn mein Leib noch immer dünn und mädchenhaft ist.

Ehe wir mit unseren Lektionen beginnen, nehmen wir stets

234

eine Waschung vor. Victor und ich helfen uns gegenseitig. Wir baden in Kamillenwasser und reiben einander mit süßem Kampferöl ein. Seraphina sagt, daß wir so den Staub der Sterblichkeit von uns waschen. »Wir sind keine gefallenen Kreaturen, wie die Priester uns weismachen wollen, sondern Sendboten des Lichts, deren Aufgabe es ist, die irdische Schöpfung vollkommen zu machen.« Aber wenn Victors Hände über meinen Körper streichen, hege ich keine so hehren Gedanken. Ich denke nur an das Gefühl, das wie ein Funkenregen meine Haut peitscht. Ich möchte seine Hände überall spüren. Ich will, daß er sich auf mich legt wie damals beim Weiher und fest in mich hineinstößt. Ich würde mich weit öffnen und ihn in mir festhalten. Ich würde ihn reizen, bis er vor Erregung außer sich ist. Ich würde zulassen, daß er mich nimmt.

Ich fürchte, daß meine Phantasie zu lebhaft und abartig ist.

Doch das ist nicht das einzige, was mir Unbehagen bereitet. Seltsamerweise beunruhigt mich Seraphinas Nacktheit noch stärker als Victors. Denn sie ist so unglaublich *alt*. Ihr Leib ist ganz verhutzelt, die runzelige Haut hängt lose von den Knochen. Warum sucht sie ihn nicht vor fremden Blicken zu verbergen? Wie kann eine Frau ihres Alters nur so schamlos, ja dreist sein, sich vor Victor nackt zu zeigen? Victors Mißbehagen macht mir Sorgen; ich sehe, wie er versucht, den Kopf abzuwenden, um ja keinen Blick auf sie werfen zu müssen. Schließlich fragt Seraphina nach unseren Gefühlen. Trotz ihres hohen Alters ist sie scharfsichtig und gebieterisch; nichts entgeht ihr. Sie scheint unsere innersten Gedanken lesen zu können. Sie beobachtet, sie stellt Fragen. Sie hält mit ihren Worten nicht hinter dem Berg.

»Ich habe bemerkt, daß du häufig den Blick abwendest, wenn wir miteinander sprechen, Victor.« Ihre Stimme klingt wie trockenes Gras, das im Wind raschelt. Das Französisch, das sie spricht, ist häufig mit Brocken anderer Sprachen durchsetzt, die ihr leichter fallen, Italienisch etwa oder Griechisch. »Stört dich meine Nacktheit?« fragt sie mit leiser Belustigung. »Ich denke schon. Warum? Weil es die Nacktheit eines alten Weibes ist? Eine häßliche Nacktheit?« Victor bemüht sich um Höflichkeit, aber sie bleibt beharrlich. »Komm, sei ehrlich. Wir haben hier keine Geheimnisse voreinander. Findest du mich so häßlich, daß du mich nicht anschauen magst?«

»Es schickt sich nicht...«, erklärt Victor, der sie nicht kränken will.

Seraphina lacht, ein kurzatmiges, meckerndes Lachen. Sie packt eine ihrer Brüste, die flach und formlos wie ein leerer Sack herunterhängt, und hält sie Victor hin. »Nicht eben ein ergötzlicher Anblick, wie? Kannst du dir vorstellen, daß einstmals Liebhaber an dieser vertrockneten Warze saugten? Nein? Aber nun sieh hierher!« Sie streckt die Hand nach mir aus und hebt unverfroren meine linke Brust an. Ich zucke zurück und verschränke schützend meine Arme. »Nein, nein, Liebes! Entblöße dich! Laß den jungen Herrn dich ansehen. Laß ihn vergleichen.« Widerstrebend lasse ich die Arme sinken. Seraphina streckt abermals die Hand nach mir aus und zeichnet sanft die Rundung meiner Brust nach. »Steh nicht so krumm da, Mädchen. Brust heraus! Sei stolz, wie wir es dich gelehrt haben. Laß dich von Victor bewundern, laß ihn sich an deinem Anblick ergötzen.« So straffe ich denn die Schultern und strecke meinen Busen heraus, um ihn Victors Blicken darzubieten. Ich fühle mich verwegen und genieße es. Vor Beginn unserer Lektionen mit Seraphina hat mich Victor viele Monate nicht mehr unbekleidet gesehen, und mir wird klar, daß ich mich schon seit einiger Zeit danach sehne, ihm meinen fraulicher gewordenen Leib zu zeigen. »Sieh nur, wie hübsch geformt sie ist«, sagt Seraphina, »wie frisch und wohlgerundet. Aber mir scheint, auch Elizabeths Anblick weckt bei dir unbehagliche Gefühle. Oder täusche ich mich?«

»Nein …«, antwortet Victor verlegen.

»Aus einem ganz anderen Grund, möchte ich annehmen. Hab' ich recht? Ihre Nacktheit verstört dich wegen ihrer blühenden Jugend. Meine dagegen, weil ich welk und runzelig bin. Merkwürdig, nicht wahr, daß dich sowohl die Schönheit als auch ihr Gegenteil derart aus der Fassung bringt, als wüßtest du nicht, was du von einer Frau erwarten sollst. Was beunruhigt dich mehr, das Verlangen oder seine Abwesenheit? Was scheint dir ›schicklicher‹? Ich sage dir nun etwas, was dich erstaunen wird, Victor. Noch ehe wir mit unseren Lektionen zu Ende sind, wird es dir gelingen, Elizabeth und mich mit demselben Blick zu betrachten. In mir wirst du ihre Schönheit sehen. Denn sie ist noch da, begraben unter der grauen Last der Jahre. Du wirst das alte Weib begehren – o ja, das wirst du! Und du wirst in Elizabeth mein Greisenalter sehen, denn der Zerfall, der kein Fleisch verschont, ist bereits vorgezeichnet. Und mit der Zeit wirst du erkennen, was hinter diesen Äußerlichkeiten liegt: das, was uns beide zu Frauen macht. Du wirst uns auf eine neue Art ansehen können, die weder lüstern noch ablehnend ist.«

Ich verstehe nicht genau, was Seraphina meint. Sie spricht so oft in Rätseln. Eines aber weiß ich: Ich möchte ganz und gar nicht, daß Victor mich als hutzeliges altes Weib sieht. Ich möchte sein Verlangen spüren, und zwar in voller Kraft.

Mutter malt mich

–. Dezember 178–

Auch Mutter studiert meinen Körper fast ebenso gründlich wie Seraphina, doch mit einer anderen Absicht. Sie malt mich, wie sie es mir versprochen hat. Kurz nach meiner Initiation hat sie damit begonnen. Jetzt lädt sie mich regelmäßig in ihr Atelier ein, wo ich ihr Modell stehe. Bei der Arbeit ist sie sehr konzentriert; sie spricht kaum ein Wort und stellt sich taub, wenn ich etwas sage. Anfangs fühlte ich mich richtig erwachsen, wenn ich daran dachte, daß Mutter mich vielleicht so zeichnen würde, wie sie Francine und viele ihrer Freundinnen gezeichnet hat. Doch manchmal erfüllen mich unsere Sitzungen mit einem gewissen Unbehagen. Mutter hat eine Art, mich anzuschauen, wenn ich unbekleidet bin, daß ich mich *ganz und gar* nackt fühle. Es ist nicht das Gefühl, das ich empfinde, wenn ich bei den Frauen auf der Lichtung bin oder wenn Victor mich anblickt. Ich glaube, Mutter sieht etwas, was kein anderer erkennen könnte, eine tiefere Schicht meines Wesens, von der nicht einmal ich etwas weiß. Ihr Blick dringt in geheime Winkel, die ich eigentlich lieber unentdeckt ließe. »Ich möchte sehen, wie du zur Frau wirst«, erklärt sie. »Ich möchte die ganze Bedeutung dieser Veränderung erfassen – nicht bloß die Entwicklung deiner äußeren Gestalt, sondern auch die Reifung deiner Seele.«

Da sie meine Unruhe spürt, läßt Mutter während unserer

séances besonderes Räucherwerk abbrennen. Es verströmt einen durchdringenden Kräuterduft, der mir in den Kopf steigt und meine Anspannung löst. Ich verliere dabei jedes Zeitgefühl. Mutter sagt, die Blätter, die sie verbrennt, kämen aus Peru und seien von den Inka entdeckt worden. Seraphina hat sie ihr gegeben; die Hebammen verwenden sie bei schweren Geburten.

Mutter zeigt mir nach jeder Sitzung die Skizzen, die sie gemacht hat. Es sind keine genauen Abbildungen: Auf den ersten Blick bin ich gar nicht zu erkennen, denn mein Gesicht ist nur eine schemenhafte Wolke; mein Leib jedoch ist mit größter Sorgfalt ausgeführt, so daß jede Kontur und jede Schattierung in aller Deutlichkeit zu sehen sind – und auch jeder Makel: die kleinen dunklen Flecke auf meiner Schulter, die ich schon seit der Geburt habe, die nahezu verblaßte Narbe an meiner Schläfe, ja selbst die feinen Härchen, die meine Brustwarzen umsäumen und sich in meinen Achselhöhlen kräuseln. Nicht selten bittet sie mich, sehr gewagte Posen einzunehmen, die Schenkel so weit gespreizt, daß sie jedes Haarbüschel und jede Falte meines verborgenen Fleisches abbilden kann. Diese Bilder lassen an Deutlichkeit nichts zu wünschen übrig, wenn sie auch oft mit Blütenornamenten und Ranken verziert sind, die sich um meine Brüste und mein Geschlecht winden. Sie fragt mich, wie mir ihre Werke gefallen. Als ich antworte, klingt aus meiner Stimme leise Mißbilligung: »Ich finde, sie sind zu freizügig.«

»Wieso denn?«

»Es wäre mir höchst unangenehm, wenn andere Leute diese Bilder zu Gesicht bekämen, Leute, die wüßten, daß ich dafür Modell gestanden habe. Ich finde, sie zeigen zuviel.«

Mutter lächelt. »Du meinst wohl die Körperhaare.«

»Ja.«

»Du hast einen Mädchenkörper von bezaubernder Natürlichkeit. Aus ihm strahlt eine innere Schönheit, frisch wie der

Lenz, dessen du dich dein Leben lang erfreuen wirst. Dein Blick ist viel zu sehr von den Bildern beeinflußt, die die Männer von uns malen. Sie lieben es zwar, Frauen aus Fleisch und Blut für sich Modell stehen zu lassen, fast immer ziehen sie es jedoch vor, uns engelhafte Kleinmädchenkörper zu geben: wächsern und unbehaart, mit winzigen geometrischen Brüsten, die wie Marmor anmuten. Es sei denn, sie malen uns als Bacchantinnen. Wie faszinierend ihnen doch die Bacchantinnen erscheinen! Frauen, trunken vor Leidenschaft – die freilich vor langer, langer Zeit lebten und heute nicht mehr anzutreffen sind. Die Männer können sich nicht entscheiden, wie sie uns haben möchten: ob sinnlich und wollüstig oder jungfräulich keusch. Nach den Werken der Messieurs David und Fragonard zu urteilen, hätten die beiden wohl gar keine nackten Frauen als Modelle gebraucht, denn sie malten ja doch nur ihre eigenen Phantasien. Aber wir wissen natürlich, weshalb sie diese Damen in ihr Atelier kommen ließen, nicht wahr?«

»Ich könnte es niemals über mich bringen, einem Mann Modell zu stehen, mich stundenlang bar jeder Hülle seinen Blicken auszusetzen! Ich weiß nicht, ob ich mich mehr schämen oder mehr langweilen würde.«

»Du bist reichlich naiv, wenn du glaubst, es gäbe nur diese zwei Möglichkeiten. Im alten Athen galt es unter den schönen verheirateten Frauen als die höchste Ehre, dem großen Praxiteles nackt Modell stehen zu dürfen. ›Die Bildhauerei‹, meinte der Künstler, ›ist die wahre Schule der weiblichen Sittsamkeit.‹ Und wieso sollte er dies auch nicht sagen? Er behauptete, es gäbe keinen besseren Beweis für die Tugendhaftigkeit der Athenerinnen als die Tatsache, daß die Modelle, die für ihn die Rolle der Aphrodite mimten, genauso keusch zu ihren Ehegatten zurückkehrten, wie sie zu ihm gekommen waren. Freilich haben wir dafür nur das Wort des Künstlers. Ich möchte annehmen, daß die Modelle des Abends ganz ohne Scham und keineswegs gelangweilt von ihm gingen.«

Mutters Skizzen finden Eingang in ein riesiges Gemälde, an dem sie schon mehrere Monate arbeitet: ein befremdliches Bild, das ich mit Beklommenheit betrachte. Es ist, wie sie sagt, das kühnste Werk, das sie je in Angriff genommen hat, und sie ist nicht sicher, ob es ihr gelingen wird. Sie hat dafür unzählige Studien angefertigt, von Seraphina und von mir, Abbildungen der alten und der jungen Frau, die sie dann im Gemälde vereint. Das Bild zeigt mich auf Mutters Schoß, die wiederum auf Seraphinas Schoß sitzt. Alle drei sind wir nackt, und auch Seraphina wird von einer Frau gehalten, die ihrerseits auf dem Schoß einer anderen Frau sitzt, und immer so fort, eine endlose Schlange nackter weiblicher Gestalten mit schemenhaften Gesichtern, die sich immer weiter in den Bildhintergrund windet, um schließlich gänzlich zu entschwinden. Jede Frau hat die eine Hand auf die Brust der Frau vor ihr gelegt. Am Himmel ist der Mond in all seinen Phasen zu sehen. Seraphina, Mutter und ich umschlingen einander in eigenartiger Weise. Seraphinas Hand berührt Mutters Brust und Mutters Hand die meine. Seraphinas Augen starren auf Mutter mit einer gespenstischen Intensität, die fast an einen Raubvogel denken läßt. Mutters Blick ist sanfter, er ist auf mich gerichtet, während ich auf meine ausgestreckte Handfläche hinunterschaue, die ich genau vor meine Brustwarze halte. Die Hand ist leer. Ich frage, womit sie ausgefüllt werden soll, denn die leere Stelle zieht mich in ihren Bann. »Gedulde dich noch ein Weilchen, Liebes«, antwortet Mutter. »Es soll eine Überraschung werden.«

Ich bitte Mutter, mir mehr über Seraphina zu erzählen. »Sie hat auf romani zu mir gesprochen. Ist sie eine Zigeunerin wie Rosina und Toma?«

Mutter lächelt. »Seraphina hat unter den Zigeunern gelebt, aber auch unter vielen anderen Völkern. Wenn ich dir erzählte, daß sie aus dem Volk der Tamilen stammt, so würde dir dies wohl ebensowenig sagen wie mir. Ja, selbst der Baron,

241

der doch so viele weite Reisen unternommen hat, wüßte wenig damit anzufangen. Seraphinas Heimat liegt ferner als das Türkenreich.«

»Hat sie dort ihr gewaltiges Wissen erworben?«

»Dort und an vielen anderen Orten. Seraphina ist Teil einer uralten Tradition. Es gibt eine Kette des Denkens; sie ist unendlich lang und reicht weit, weit zurück. Zwar ist sie für das Auge unsichtbar, dennoch ist sie da.« Mutter schließt die Augen, als blicke sie im Geiste Jahrhunderte weit zurück in die Vergangenheit. »Die Kette ist fein wie ein Spinnfaden, aber dabei stark wie Bronze, sie verbindet über die Jahrhunderte hinweg Lehrer und Schüler. Die Glieder der Kette sind Worte, die nicht niedergeschrieben, sondern nur von Angesicht zu Angesicht übermittelt werden können. Seraphina hat von Meistern gelernt, deren Abstammung bis zu den dunklen Anfängen der Geschichte zurückreicht. In der chymischen Philosophie zählen Frauen zu den angesehensten Lehrern; sie prägen der Wissenschaft erst ihren ganz eigenen Stempel auf. Vor langer Zeit lebte in der großen Stadt Alexandrien eine Lehrerin mit Namen Kleopatra. Nicht die Königin, sondern eine Frau, die zu ihrer Zeit ebenso berühmt war und zu den ganz großen Adepten gehörte. Seraphina hat ihr Werk gründlich studiert und wird eines Tages selbst zu diesen weisesten der Frauen gezählt werden.«

Ich gestehe Mutter, daß ich nicht immer begreife, was Seraphina mir beizubringen versucht.

»Sie geht ihre eigenen Wege. Hör ihr gut zu, aber achte nicht bloß auf ihre Worte. Seraphina lehrt nicht nur mit Worten. Du wirst sehen, daß sie noch ganz andere Methoden kennt.« Sie hält inne und blickt mir ins Gesicht, denn sie hat die leise Besorgnis in meiner Stimme wahrgenommen. »Gibt es noch etwas, was dich bedrückt?« »Ja…«, antworte ich zögernd. »Sprich es nur aus! Wir haben keine Geheimnisse voreinander.«

»Wenn wir die Übungen durchführen… Für mich ist es immer so unbefriedigend.«

»Wie kommt das?«

»Victor und ich dürfen einander nie berühren, außer wenn Seraphina uns dazu auffordert. Wird das immer so sein?«

»Aber nein. Wenn die Zeit reif ist, dürft ihr euch nahe sein wie nie zuvor.«

»Es ist so schwierig, Geduld zu üben. Du hast mir gesagt, daß ich Verlangen empfinden würde. Das tue ich. Aber immer bleibt es ungestillt.« Meine Stimme ist nur mehr ein Flüstern, als ich gestehe: »Ich träume davon, daß Victor sich an mir vergeht. Und ich lasse es zu, ich wünsche es mir sogar.«

Liebevoll und nachdenklich schaut Mutter mich an. »Ach, natürlich. Du armes Kind!« Sie geht zu einem Schränkchen neben ihrer Staffelei und nimmt einen kleinen, samtenen Beutel heraus. »Du weißt, man sagt, daß weise Frauen fliegen können. Hast du dich nie gefragt, wie sie das bewerkstelligen?«

»Können sie denn wirklich fliegen?«

»Und ob. Genau wie die Vögel, nur tun sie es auf andere Weise.«

Nun werde ich neugierig. »Wie denn?«

Mit einem feinen Lächeln reicht sie mir den Beutel. »Das hier ist unser Besenstiel.«

Was ich darin finde, ist keineswegs ein Besenstiel, sondern ein kleiner, dünner Stab in einem engen Futteral aus schimmernder Seide, kaum länger als meine Hand. Oben ragt ein kunstvoll gearbeiteter, elfenbeinerner Griff heraus, der mit geschnitzten Ranken und Blüten verziert ist. Im Beutel befindet sich auch ein kleines Fläschchen, das Mutter aufmacht. »Hier siehst du die Flügel, mit denen wir uns in die Lüfte schwingen.« Sie schüttelt das Fläschchen und träufelt dann sorgsam zwei Tropfen einer farblosen, herb riechenden Flüssigkeit auf die seidene Hülle.

»Man muß mit dieser Tinktur vorsichtig umgehen. Es ist eine sehr starke Mixtur, die auf keinen Fall eingenommen werden darf.«

»Woraus besteht sie denn?«

»Das ist Seraphinas Geheimnis. Aber sie hat uns verraten, daß sie Belladonna enthält, ein tödliches Gift. Man verwendet sie nur tropfenweise und nur an einer ganz bestimmten Stelle, wo der Körper ihre Wirkung am besten spüren kann, und sei das Quantum noch so gering. Soll ich dir die Stelle zeigen?«

»Ja.«

»Dann leg dich hin und mach deinen Geist ganz leer. Entspann dich und spreiz die Beine.« Ich strecke mich auf einer Decke aus und atme langsam ein und aus, bis meine Muskeln ganz locker werden. Dann öffne ich die Schenkel. Mutter reicht mir den Stab und zeigt mir, wie ich ihn halten soll: mit sanftem Druck dicht an den Eingang meiner Spalte gepreßt, so daß er die empfindlichste Stelle meines Geschlechts berührt. Sie bedeutet mir, den Stab so rasch zu zwirbeln, daß er bebt »wie die Flügel eines Kolibris« und ich einen sachten Druck verspüre. Kaum streift das seidene Utensil mein Fleisch, da beginnt mein ganzer Unterleib zu glühen. Eine sengendheiße Woge überflutet mich, dann folgen feine Spasmen der Lust. Dieses pulsierende Delirium flutet in ständig wachsenden Kreisen rhythmisch vor und zurück. Dann umwölkt sich mein Geist; es ist, als ob sich ein Schleier auf meine Augen senkte, und plötzlich ist mir, als schwebte ich über dem Boden wie ein Blatt im Wind. Es ist etwas beängstigend, doch mein Leib scheint seiner Schwerkraft beraubt und federleicht zu sein, und ich weiß, daß ich nicht fallen kann. Auch gleicht das Gefühl, das mich durchflutet, einer süßen Ekstase, die meine Furcht zerstreut. Mir ist, als sei ich eine Gefährtin der Vögel, die durch die Lüfte segeln. Tief unter mir höre ich jemanden verzückt auflachen, und als ich hinunterblicke, sehe ich, daß ich es bin! Dann sinke ich in einen dunklen, warmen Schlaf.

Ich weiß nicht, wieviel Zeit vergangen ist, als ich wieder die Augen aufschlage. Mutter sitzt neben mir und streichelt meine Stirn. Mein ganzer Körper vibriert wie eine Glocke, in der noch der eben ertönte Schlag nachklingt. Zwischen den Beinen spüre ich ein leichtes Brennen. Mutter gibt mir eine Salbe, die im Nu Abhilfe schafft.

»Sei ganz ehrlich«, sagt Mutter, »kannst du dir vorstellen, daß irgend etwas, was du mit einem Mann tust, dir mehr Genuß bereiten könnte als das, was du eben erlebt hast?«

»Ich weiß zu wenig, um diese Frage zu beantworten.«

»Klug pariert. Und natürlich sollst du mir nicht einfach blindlings glauben. Doch ich versichere dir, daß kein Mann auf der Welt dir größere Wonnen schenken kann als die, die du heute erfahren hast. Aus diesem Grunde muß Seraphinas Tinktur unser Geheimnis bleiben. Die Männer wiegen sich in dem Glauben, daß wir sie dringend brauchen. Sie meinen, nur ihre *grands bâtons* könnten uns das Vergnügen des Fliegens bescheren! Wir dürfen ihren Stolz nicht verletzen. In der Tat gibt es andere Gründe, ihre Gesellschaft zu suchen, Dinge, die du zusammen mit Victor entdecken wirst, Ekstasen anderer Art. Es braucht Zeit und große Behutsamkeit, sie kennenzulernen.« Mit einem leisen Lachen fügt sie hinzu: »Für die einfacheren Vergnügungen haben wir unseren Zauberstab.«

Aber sie gestattet mir nicht, den Beutel mitzunehmen. Mit der Tinktur, warnt sie, muß vorsichtig umgegangen werden. Verwendet man sie nämlich im Übermaß, so wird sie zu einem Tyrannen, der den Geist niemals in Frieden läßt.

Die Kröte am Busen der Jungfrau

Ich entsinne mich noch gut der zahllosen Stunden, die ich mit dem Studium des Rosenbuchs und seiner Fülle von rätselhaften Bildern und Versen verbrachte. Vor allem in den Winternächten, wenn alle anderen längst in tiefem Schlaf lagen, saß ich in meiner Kammer oft noch lange brütend davor und versuchte, Text und Bilder in Übereinstimmung zu bringen. Die Abbildungen besaßen ein inneres Leben: Ein Durst beseelte sie, der so lange gierig aus dem Auge zu trinken gewillt schien, bis er es seines Sehvermögens beraubt hatte. Mitunter hätte ich schwören können, daß die abgebildeten Wesen sich bewegten, als wollten sie im nächsten Augenblick aus der Seite heraustreten. Oft geschah es auch, daß mir die Augen zufielen, wenn ich in eine Decke gehüllt vor dem ersterbenden Feuer saß und das Buch nicht aus der Hand legen konnte. Dann flossen die Bilder in Träume ein, die mich an wundersame Orte führten, wo ich eine schöne Prinzessin, eine weise Alte oder ein wagemutiger Held war. Ich erinnerte mich, was Mutter mir über das Geschenk des Wissens erzählt hatte, das sie als junges Mädchen von Seraphina erhalten hatte: Es hatte die Türen ihrer Vorstellungskraft aufgestoßen und ihr die großartige Welt des Geistes offenbart, aus der die Frauen sonst ausgeschlossen sind. Nun hatte sie mir dasselbe Geschenk gemacht, und ich fühlte mich wie in einem Rausch. Obgleich sich meine diesbezüglichen Erfahrungen auf ein paar Schlückchen Wein bei Tisch beschränkten, fiel mir kein besseres Wort ein, um diese Empfindung zu beschreiben. So mußte einem der Kopf sich drehen, wenn man betrunken war – ein köstlicher Taumel, der die Zunge löste und sie wirre Reden führen ließ.

Daß die Wissenschaft, die ich studierte, befleckt war – befleckt mit trauriger Scharlatanerie, befleckt auch mit dem Blut ihrer verfolgten Jünger –, machte sie für mich nicht weniger faszinierend. Mir war sehr wohl bewußt, welch zweifelhaften Ruf sich die Alchimisten im Laufe der Jahrhunderte erworben hatten. Denn hatte ich nicht mit eigenen Ohren gehört, wie der Baron ihre Praktiken verurteilte und die chymische Philosophie als finstersten Aberglauben verteufelte?

Diese Ansicht hatte er geäußert, als ein gewisser Monsieur Cazotte bei uns zu Gast war, ein Pariser Okkultist, der eben aus Palermo kam, wo ihm der berüchtigte Graf Cagliostro eine Audienz gewährt hatte. Er ist mir in lebhafter Erinnerung geblieben, nicht nur der vielen erstaunlichen Geschichten wegen, die er zu erzählen wußte, sondern weil ich jüngst erfahren habe, daß dieser absonderliche Mann ein Opfer der revolutionären Schreckensherrschaft wurde und unter der Guillotine starb.

Bei seinem Besuch im Château berichtete Monsieur Cazotte, der Graf Cagliostro habe ihn um ein Klümpchen Ohrenschmalz gebeten und dieses vor seinen Augen in pures Gold verwandelt. Wie so oft, wenn wir Gäste hatten, entbrannte sogleich ein hitziges Wortgefecht. Schließlich fragte der Baron in gereiztem Ton, ob diese Begebenheit denn nicht zweifelsfrei beweise, daß die spagirische Philosophie das Werk von Scharlatanen und Betrügern sei. »Wenn man zur Goldgewinnung bloß in Ihrem Ohr zu kratzen bräuchte, Monsieur, so wäre der Graf Cagliostro reicher als ich, und mit ihm auch jeder Bettler, den man auf der Straße trifft. Dem ist aber nicht so. Meines Wissens ist Ihr feiner Graf ein erbärmlicher

Schuldenmacher und Pfennigfuchser wie alle Leute seines Schlages.« Kaum hatte er die Worte ausgestoßen, als sein Blick auf Mutter fiel, die am anderen Ende der Tafel saß, worauf er rot wurde und das Gesicht in seinem Weinglas verbarg, denn er wußte sehr wohl Bescheid über ihre Interessen. Später fragte ich sie, weshalb Vater diesen Dingen so feindlich gegenüberstand. Ich konnte nicht glauben, daß er auch sie und Seraphina zu den Schwindlern zählte, die er so kurzerhand verurteilte. Mit einem müden Seufzer erklärte sie: »Wie so viele skeptische Geister unserer Zeit kennt der Baron die alten Lehren nur in ihrer vulgärsten Ausformung, und auf diesem Niveau gibt es natürlich immer Scharlatane – in seiner geliebten Naturphilosophie nicht weniger als in den okkultistischen Künsten. In Straßburg behauptete im letzten Sommer ein mechanistischer Physiker, er habe ein Perpetuum mobile erfunden, das streng nach den Newtonschen Gesetzen funktioniere. Und was mußte der Mann, der es kaufte, darin entdecken? Eine halbverhungerte Ratte, die in einem Rad herumrannte! Daß Cagliostro ein Schurke ist, steht außer Frage. Daß ihn aber alle wahren Adepten ebenfalls als einen solchen betrachten, will der Baron einfach nicht zur Kenntnis nehmen.«

Unwissend wie ich war, glaubte ich Mutter aufs Wort, als sie erklärte, wir müßten dem Baron seine »Grenzen« verzeihen, vor allem, als sie im Ton der mitfühlenden Ehefrau hinzufügte: »Er ist eben ein Mann.« Denn nichts war während meiner Studien stärker betont worden als die Tatsache, daß es sich dabei um ein *weibliches* Wissen handelte. Doch so groß der Zauber war, den die Bilder des Rosenbuchs auf mich ausübten, die dazugehörigen Worte waren derart rätselhaft, daß mein Frauenhirn ganz benommen wurde.

Ich las:

Quäle den Aar, bis er weint, und dem Leu raube die Kraft, bis er tot in seinem Blute liegt. Des Leuen Blut und des Aaren Tränen vermengen sich zum größten Schatz der Erde.

Aber selbst als ich lernte, daß der Adler die höchste Tugend und damit einen alchimistischen Prozeß symbolisierte, der Sublimation genannt wurde, und der Löwe ein Sinnbild des Steins der Weisen, des Goldes und der Sonne war, gelang es mir nicht, aus dem Ganzen klug zu werden.

»Du mußt Geduld haben, Liebes«, beschwor mich Mutter. »Obgleich es hier um schwierige Zusammenhänge geht, ist unser Verstand doch so beschaffen, daß er sie begreifen kann. Hast du nicht oft bei deinen Wanderungen mit Victor in tiefe Schluchten hinuntergeblickt? Stell dir vor, du stündest jetzt am Rande eines tiefen Abgrundes. Vertrau darauf, daß du im Wind segeln wirst wie ein großer Habicht, wenn du ins Leere springst. Vertrau darauf, daß dein Geist Flügel besitzt.«

In meiner leidenschaftlichen, jungmädchenhaften Neugierde fand ich das, was das Rosenbuch über die Hochzeit berichtete (und insbesondere darüber, was sich abends im Schlafgemach abspielte), weitaus fesselnder als die Ausführungen über symbolische Löwen und Wölfe und Drachen.

Und siehe da! [las ich] Nun erschienen die schönsten aller Jungfrauen, gekleidet in Damast und Seide, und der schönste aller Jünglinge, in purpurne Gewänder gehüllt. Duftende Rosen in den Händen, begaben sie sich Arm in Arm zum Rosengarten, wo bereits die Hochzeitsgäste warteten. Und die Jungfrau sprach: »Dies ist mein geliebter Bräutigam. Wir müssen nun diesen lieblichen Garten verlassen und zu unserem Schlafgemach eilen, um unsere Leidenschaft zu stillen.«

Die Illustration zeigte die Liebenden, nun ohne ihre kostbaren Gewänder, in glühender Umarmung auf dem Brautlager liegend.

An einer anderen Stelle las ich:

> Jetzo ist der Tag gekommen, da der König Hochzeit hält. Ist es dir bestimmt, der Feier beizuwohnen, so mache dich auf ins Gebirge, bis du zum Berge mit den drei Tempeln gelangst, woselbst du Zeuge der Zeremonie werden darfst.

Daneben sah man den König und seine holde Braut im Schlafgemach; er stieß tief in ihre Vulva hinein und verströmte einen kräftigen Samenstrahl. Und ich wünschte, ich wünschte ...

Doch nicht alle Bilder über Brautzeit und Heirat waren gleichermaßen reizvoll. Eines erzählte eine höchst ekelhafte Geschichte: Da nähert sich ein schöner Prinz seiner anmutigen Braut. Er streckt die Hand nach ihr aus, wie um sie zu liebkosen, doch statt dessen drückt er ihr eine giftige Kröte an die Brust. Voller Entsetzen sieht das Mädchen, wie das abscheuliche Tier sich seiner Brustwarze bemächtigt und heftig daran zu saugen beginnt. Unter dem Bild steht: »Setze eine giftige Kröte an eines Weibes Brust, auf daß sie sich daran erlabe. Das Weib wird sterben, die Kröte aber wird dick und fett werden von der Milch. Daraus mische eine edle Arznei, die das Gift aus dem Herzen des Menschen vertreibt und die Zerstörung lindern wird.«

Ich hatte keine Ahnung, was dies bedeuten mochte. Das Bild war mir so widerwärtig, daß ich mir angewöhnte, im Buch ganz schnell darüber hinwegzublättern, ohne einen Blick darauf zu werfen. Wie bestürzt war ich dann, als ich dem abscheulichen Bild an einem Ort begegnete, wo ich es ganz und gar nicht erwartet hätte: auf Mutters Gemälde! Nichts anderes nämlich setzte sie in meine leere Hand als dieses garstige kleine Tier. Ich blickte auf dem Bild beinahe liebevoll auf das Geschöpf hinunter und drückte meine Brustwarze an seine dünnen, grünen Lippen, als gäbe ich einem Säugling die Brust.

Wie hatte ich das zu verstehen? Mutter hatte mir manches Mal gesagt, ich solle mir vorstellen, wie die Frauen auf den Bildern zu sein – die Königin, die Schwester, die Gattin. Doch das Mädchen hier mußte eine häßliche Kröte säugen, die ihm den Tod brachte. Hieß dies nun, daß es für Frauen gefährlich war, die chymische Philosophie zu studieren? »Ganz im Gegenteil«, antwortete Mutter beunruhigt, worauf sie ans Bücherregal trat und eine dicke Schriftrolle herauszog, die sie auf dem Tisch entrollte. Eine wunderbar reichhaltige Abbildung des ganzen Kosmos kam zum Vorschein, Kreis in Kreis, Welt in Welt. »Sieh nur«, erklärte sie, »das ist das Große Universum, wie es kein Naturphilosoph je in seiner ganzen und vollkommenen Form erblicken wird. Betrachte es als winzigen Einblick in den Geist Gottes. Schau, hier ist eine goldene Kette, die alle Stufen des Daseins aneinanderknüpft und alle Momente der Zeit und alle Entfernungen umspannt, vom Höchsten bis zum Niedrigsten. Die Aufgabe des Verstandes ist es nun, an dieser Kette emporzuklettern bis zur göttlichen Quelle, die der Ursprung aller Dinge ist, auf daß es uns gelinge, mit den Augen Gottes zu schauen. Die Kröte am Busen der Jungfrau ist das Sinnbild des Urstoffs, den du hier am untersten Punkt des Kosmos siehst. Aber auch er, der doch so weit von Gott entfernt ist, kann zur Heiligkeit geführt werden. Die Jungfernmilch, von der du im Rosenbuch liest, ist der Stein der Weisen, der Stoffe läutern und unedle Materie in Gold verwandeln kann. Das zeigt uns, daß auch Frauen die Rolle des Erlösers spielen können, genauso wie Jesus Christus, Zarathustra oder Hermes Trismegistos.«

Abermals ging sie zum Bücherregal und nahm einen in Leder gebundenen Band heraus. »Viele Männer glauben, daß

251

dieses Buch die Zukunft enthält. Ich möchte, daß du es als Ergänzung zu den anderen Werken studierst, die ich dir gegeben habe. Geschrieben hat es ein großer alchimistischer Philosoph, der sich hier allerdings in andere, weniger bedeutende Gefilde begeben hat. Ich halte es für eines seiner zweitrangigen Werke, obschon es im allgemeinen sehr gelobt wird. Wenn du etwas nicht verstehst, kann Victor dir helfen. Lies es aufmerksam durch; du kannst daraus lernen, wie die Männer die Geheimnisse der Natur zu enträtseln suchen.«

Ich verstand wenig von dem, was Mutter über diese Dinge sagte, doch wenn sie so zu mir sprach, spürte ich, daß ich Teil eines großen Planes war, den sie in ihrem Kopf trug. Ich begriff nun, weshalb sie mich auf dem großen Gemälde als Frau in einer langen Reihe von Frauen gemalt hatte, die unendlich weit in vergangene Zeiten führte, hin zu einem Wissen, das so alt war wie die Erde selbst. Gleichzeitig fühlte ich mich auch *vorwärts* gezogen durch die Kraft all jener Frauen, die mir vorangegangen waren. Mutter betrachtete das Zeitalter, in dem wir lebten, als eine Art Wendepunkt. Wenn sie von diesen Dingen sprach, nahm ihre Stimme zuweilen einen beinahe prophetischen Klang an, so als habe sie, einer Seherin gleich, weit entfernte Zeitalter und Orte vor Augen – obwohl sie natürlich zu bescheiden war, sich derart außergewöhnlicher Fähigkeiten zu rühmen. Doch aus all ihren Ausführungen sprach eine Eindringlichkeit, die unsere geringste Handlung ungemein wichtig erscheinen ließ, so sehr, daß ich beinahe vor der Aufgabe zurückschreckte, aus Angst, ihrer unwürdig zu sein. Aber das ließ sie natürlich nicht zu.

Wieder in meinem Zimmer, begann ich sogleich das Buch durchzublättern, das Mutter mir gegeben hatte. Ich fand darin keine Illustrationen, nur Zahlen und Diagramme, die auf mich noch einschüchternder wirkten als die Bilder des Großen Werkes. Einige der Rechnungen kamen mir bekannt vor, denn ich erkannte in ihnen viele der geometrischen Formen und Lehrsätze, die ich bei Signor Giordani gelernt hatte. Sie überstiegen jedoch mein Begriffsvermögen bei weitem. Als ich Victor um Hilfe bat, lachte er überrascht auf. »*Das* hat Mutter dir zum Lesen gegeben?«

»Sie hat gesagt, du würdest mir helfen, es zu verstehen.«

Seine Belustigung wuchs. »Du siehst doch, wie mathematisch es ist. Es sieht vielleicht aus wie Geometrie, aber es ist höhere Mathematik, die nur wenige zu begreifen vermögen.«

»Mutter hat sie begriffen.«

»Ja, aber sie ist auch eine außergewöhnliche Frau.«

»Und ich nicht?«

»Nicht auf dieselbe Weise, Elizabeth. Und außerdem bist du noch gar keine Frau.« Dann senkte er die Stimme: »Ich möchte dir etwas über Mutter erzählen. Als Vater einmal in Ferney zu Gast war, sprach Monsieur Voltaire über seine verstorbene Gefährtin, die einzigartige Madame du Châtelet. Vielleicht hast du von ihr gehört?« Ich verneinte. »Sie hat über Newtons Lehren geschrieben, die sie überraschend gut verstand. Sie war Voltaire in jeder Hinsicht ebenbürtig. Dieser meinte daher zu Vater, Madame du Châtelet sei ›ein großer Mann gewesen, dessen einziger Fehler es sei, als Frau geboren zu sein.‹ Vater glaubt, daß Voltaire, hätte er Mutter gekannt, sich in gleicher Weise über sie geäußert hätte. Du darfst Mutter aber nicht sagen, daß ich dir das erzählt habe.«

Trotz Victors entmutigenden Worten gab ich mir alle Mühe, das Buch, das Mutter mir geliehen hatte, aufmerksam zu studieren. Aber das wenige, was ich verstand, war staubtrocken, bar jeglicher Farbe und Lebendigkeit. Nicht lang, und ich legte es zur Seite.

Es trug den Titel *Philosophiae naturalis principia mathematica*. Der Autor hieß Sir Isaac Newton.

Ich werde Victors mystische Schwester

Ich such' die Tiefe, er die Höh',
ich steig' hinab, empor strebt er.
Mich zieht der Erde Dunkel an,
Und ihn verlockt der Lüfte Meer.

Kühn er sich in den Himmel schwang,
Der Sterne Weiten er durchmaß,
Und ich am Boden flehte bang,
Daß er nicht meiner Lieb' vergaß.

Zurückgekehrt, erschien die Welt
Ihm eng und wertlos. Doch mir kündet
Wurzel und Quelle von dem Segen,
Der sich im Schoß der Erde findet.

Als ich Mutter sagte, ich fände Newtons großes Buch zum Sterben langweilig, lächelte sie voller Genugtuung. »Ganz meine Meinung! Dieser tragische Mann hat uns eine seltsame Art beschert, die Welt zu verstehen: nicht so, wie das Auge sie sieht, die Hand sie fühlt oder das Herz sie liebt, sondern so, wie die Mathematik sie mißt. Hat er unser Leben nicht seiner Farbe und Substanz beraubt, ohne die es keine Menschlichkeit geben kann? Er beruft sich auf die Abstraktion, eine Art mathematisches Heiligtum, das sich unter den Naturphilosophen großer Wertschätzung erfreut. Und wozu führt das alles …? Ach, ich fürchte, daß uns morgen abend eine Demonstration dieser Lehren bevorsteht.«

Mutter bezog sich dabei auf die große *soirée*, die am folgenden Abend in Belrive stattfinden sollte. Tatsächlich sollte sie zum Anlaß für die heftigste Auseinandersetzung werden, die zwischen ihr und dem Baron je entbrannte.

Die Gesellschaft wurde zu Ehren eines namhaften Gastes aus Paris gegeben, eines gewissen Dr. Du Puy, Mitglied der Königlichen Akademie. Seine Domäne war die Pneumatik, die Lehre von der Luft. Er reiste durch ganz Europa, um sein Wissen an den Universitäten kundzutun. Nun kam er gerade aus Venedig, wo die kunstfertigen Glasbläser für ihn ein beeindruckendes neues Instrument geschaffen hatten: eine Glaskuppel, die, wie man mir sagte, fast so groß war wie ich. Beim Transport dieses zerbrechlichen Gerätes war äußerste Vorsicht geboten, die es nötig machte, des öfteren einen Halt einzuschalten. *En route* nach Paris, weilte der Doktor mehrere Tage bei uns im Château und erklärte sich auf des Barons Bitte hin auch bereit, eine Demonstration durchzuführen.

Nach einem opulenten Bankett wurde die Glaskuppel am besagten Abend auf einem Piedestal im Salon aufgebaut. Dann setzte Dr. Du Puy einen Kanarienvogel hinein, der sogleich panisch gegen die Wände des seltsamen Gefängnisses zu flattern begann. An einer Öffnung ganz zuoberst befestigte er einen Lederschlauch, der den Behälter abdichtete. Nun holte er das Gerät hervor, das viele für ein Weltwunder hielten: seine Vakuumpumpe. Dieses Instrument, das imstande ist, aus jedem geschlossenen Raum die Luft herauszusaugen und so einen Hohlraum zu erzeugen, war sein ganzer Stolz. Er montierte es an der Glaskuppel und verbreitete sich in aller Ausführlichkeit über seine außergewöhnlichen Vorzüge. Kaum hatte Dr. Du Puy die Pumpe in Betrieb gesetzt, da sank der flatternde Vogel auf den Boden des Gefäßes und zuckte bald nur noch verzweifelt mit den Flügeln. Zum Fliegen fehlte ihm die Luft, denn Dr. Du Puy hatte sie zur Gänze abgezogen. Während das arme Geschöpf auf dem Boden zappelte, erklärte der Doktor, weshalb der Vorgang, den wir mit zu erleben die Ehre hatten, eine derart großartige Sache war. Unter den mit der Pneumatik befaßten Wissenschaftlern galt die Erzeugung eines so perfekten Vakuums nämlich als echte Meisterleistung. Soweit ich es beurteilen konnte, war dieses Vakuum ganz einfach ein großes Nichts. Und dem Kanarienvogel, der sich in diesem Nichts befand, ging natürlich am Ende die Luft zum Atmen aus. Nach ein paar Augenblicken sinnloser Qual blieb ihm nichts anderes übrig, als zu sterben, und dies einzig und allein, um Dr. Du Puys Genialität zu beweisen. Die Tötung des Vogels löste beim anwesenden Publikum anhaltenden Beifall aus – bei allen außer bei mir und meiner Mutter, die das Geschehen mit steinerner Miene von der anderen Seite des Raumes beobachtete.

Die allgemeine Begeisterung ermutigte Dr. Du Puy zu einer Zugabe. Er setzte einen Finken unter die Glaskuppel und wiederholte das Experiment; das Ergebnis blieb sich gleich. Der Fink flatterte, fiel zu Boden und wurde von dem grandiosen Nichts erstickt. Noch größerer Applaus folgte, und so ersetzte Dr. Du Puy den Finken durch einen Raben und den Raben durch eine junge Eule. Das Ergebnis war jedesmal dasselbe: Die armen Vögel verendeten einer wie der andere. Darauf setzte Dr. Du Puy unter den bewundernden Blicken des Publikums ein Kaninchen unter die Glaskuppel, dann eine Maus, dann ein Kätzchen, als wollte er niemals mehr damit aufhören, die tödliche Wirksamkeit des omnipotenten Nichts zu beweisen. Sie alle starben nach einigen Augenblicken des Leidens. Der Tod unter der Glaskuppel war vollkommen demokratisch; er hätte auch jeden Menschen ereilt, den man darunter gesetzt hätte. Binnen kurzem war der Boden vor Dr. Du Puys Füßen mit den leblosen Körpern seiner Versuchsobjekte geradezu übersät.

Nun konnte Mutter nicht länger an sich halten. Von der anderen Seite des Raumes rief sie: »Und was, Monsieur, glauben Sie mit dieser bemerkenswerten Demonstration beweisen zu können?«

Einen Augenblick lang schien Dr. Du Puy außer Fassung zu geraten. Doch als er merkte, daß die Frage von der Dame des Hauses kam, antwortete er mit ausgesuchter Höflichkeit: »Ich beweise damit, gnädige Frau, daß eine erstklassige Pumpe ein perfektes Vakuum zu erzeugen vermag.«

»Sie irren sich, Monsieur«, antwortete Mutter unerschrocken. »Sie beweisen nur die Grausamkeit Ihrer Wissenschaft und die Gefahr, die sie für unsere Menschlichkeit bedeutet. Blicken Sie doch einmal zu Boden, Monsieur. Rund um Sie liegt der Tod.« Sie beschwor ihn, von seinem Tun abzulassen. Die Gäste des Barons zeigten sich darob sehr ungehalten, denn offenbar hätten sie mit Freuden dabei zugesehen, wie die gesamte Tierwelt von der teuflischen Pumpe massakriert wird. Der Baron selbst war äußerst peinlich berührt, und später am Abend ließ er sich tatsächlich das erste Mal dazu herab, Mutter wegen ihrer Unhöflichkeit auszuschelten. Sie aber zeigte keine Reue und sagte ihm unumwunden, daß kein einziges Lebewesen es verdiene zu sterben, nur weil Dr. Du Puy eine Leidenschaft für erstklassige Pumpen hatte.

Aber sosehr das Schicksal der armen Kreaturen Mutter zu Herzen ging, waren sie doch nicht ihre größte Sorge. Diese galt vielmehr Victor, der den ganzen Abend neben ihr gestanden hatte. Ich konnte wie Mutter nicht umhin, die flammende Begeisterung zu bemerken, mit der er die Demonstration verfolgte. Sein Gesicht glühte vor staunender Bewunderung. Mutter verhehlte ihm nicht, wie sehr sie das Experiment mißbilligte, doch ihr Einfluß konnte sich nicht durchsetzen. Victor saß den ganzen nächsten Tag mit Dr. Du Puy zusammen, der ihn in der Herstellung von Präparaten unterwies. Vater versprach großzügig, ihm eine eigene Vakuumpumpe zu kaufen, damit auch er Tiere gleich dutzendweise umbringen konnte.

»Ich konnte einfach nicht stillschweigend daneben stehen«, erklärte Mutter, als ich das nächste Mal in ihre Werkstatt kam. »Ich mußte ihm meine Mißbilligung kundtun. Aber vielleicht hätte ich besser an mich gehalten.«

»Ich bin froh, daß du etwas gesagt hast. Ich glaube nicht, daß ich den Mut hätte, in so erlauchter Gesellschaft ähnlich freimütig meine Meinung zu äußern.«

Mutter lachte. »Dr. Du Puy war sehr höflich und nachsichtig. Er entschuldigte sich nachher und meinte, seine Demonstration sei für Damen eben gänzlich ungeeignet. Worauf ich entgegnete, daß die Welt sich in diesem Falle wohl in den Händen des falschen Geschlechts befände. Die Natur müßte gewiß frohlocken, wenn die Erde den Frauen gehörte, denn ihnen würden Tiere mehr bedeuten als Maschinen.«

»Hat ihn das nicht erzürnt?«

»Keineswegs! Was zählt denn schon die Ansicht einer Frau? Ich bin sicher, Dr. Du Puy schreibt alle meiner Äußerungen den Gebärmutterdünsten zu, die angeblich den weiblichen Verstand trüben.«

Dr. Du Puys *soirée* sollte weitreichende Folgen haben. In Mutters Augen stellte die Faszination des mörderischen Vakuums einen unheilvollen Einfluß dar, einen von vielen, denen sie Victor ausgesetzt sah. »Die Vermessenheit ist eine der größten Untugenden unserer Zeit«, bemerkte sie eines Abends, als sie an meinem Bett saß. »Sie ist eine verderbliche Versuchung, ganz besonders für kluge Köpfe. Wenn sie einmal irgendwo Wurzeln geschlagen hat, ist es sehr schwierig, sie wieder auszurupfen.« Mit diesen Worten zog sie ein Buch hervor und legte es in meine Hände. Es war kleiner als das Rosenbuch und sein Einband weniger prächtig, aber in Mutters Gesicht stand ein Ausdruck größer Bedeutsamkeit – und eine gewisse Besorgnis. »Erinnerst du dich an meine Worte, daß im

Zusammenhang mit dem Großen Werk nichts so ist, wie es dem unkundigen Auge erscheint? Alles ist das, was es ist, *und* noch etwas anderes. Ich hoffe, daß du schon genug gelernt hast, um diese Lektion auch auf andere Gebiete anzuwenden. Hier wirst du nämlich eine noch größere Herausforderung finden, das zu erkennen, was sich den Blicken zunächst verbirgt.« Dann drückte sie mir einen Kuß auf die Stirn und sagte gute Nacht. Beim Hinausgehen murmelte sie in ihrer gewohnten entrückten Art: »Du bist noch sehr jung, Liebes. Ich wollte eigentlich nicht so früh damit beginnen, aber ich fürchte, wir haben keine andere Wahl.«

Das Lavendelbuch, wie es der Farbe seines Pergamenteinbandes wegen genannt wurde, trug weder einen Titel, noch gab es irgendwelche Hinweise auf seinen Verfasser. Wie das Rosenbuch war es in lateinischer Sprache geschrieben, doch es hatte nur wenig Text. Auch ohne die Übersetzung, die Mutter mir gab, hätte ich keine großen Schwierigkeiten gehabt, den Inhalt zu verstehen, zumal er sich nahezu ausschließlich auf die Bildunterschriften zu den zahllosen Illustrationen beschränkte, die die Seiten füllten. Sie waren weniger hübsch als die Bilder im Rosenbuch, doch zogen sie mich weitaus stärker in ihren Bann. Abbildung folgte auf Abbildung, wie bei einer Bildergeschichte. Wie ich sehr bald herausfand, waren diese Geschichten auch als Anleitungen gedacht.

Ein Jahr zuvor noch hätte ich mich bestürzt gefragt, was Mutter wohl bewogen hatte, mich in Dinge einzuweihen, die jedermann als unziemlich betrachten mußte. Jetzt war ich noch weitaus erstaunter über meine Unbefangenheit beim Studium eines Buches, das auf jeder Seite einen Mann und eine Frau zeigte, die auf mannigfaltige Art der Liebe frönten – und zwar in weit ungewöhnlicherer Weise, als ich es aus dem Rosenbuch kannte. Das Paar vollführte wunderliche Verrenkungen, die mitunter geradezu akrobatisch anmuteten und mich eher neugierig denn verlegen machten. War dies die Art, wie sich Menschen einer anderen Rasse liebten? Der Mann und die Frau waren ein exotisches Paar – er ein indischer Prinz und sie jeweils eine seiner vielen Kurtisanen. Die Schamlosigkeit dieser Frauen machte großen Eindruck auf mich. Sie bewegten sich ohne Scheu oder Hemmungen, und ihre Gebärden verrieten oft ungezügelte Lust. Das Buch zeigte in allen Einzelheiten, wie sie ihren Leib schmücken, bemalen und parfümieren sollten, um möglichst verführerisch zu wirken, und vor allem, wie sie die Männer erfreuen konnten, indem sie sich all ihren Wünschen fügten. Es wurden Stellungen gezeigt, die einzunehmen mir nahezu unmöglich schien, und ich war sicher, daß ich sie, selbst wenn mir dies gelänge, im Zweifel nur komisch finden würde. Falls man dem Buch glauben konnte, gab es am weiblichen Körper tatsächlich keine Stelle, die nicht dazu geeignet wäre, einem Mann Vergnügen zu bereiten. Während ich die Seiten durchblätterte, ging mir auf, wie dürftig doch das Geschlechtsleben der guten Christenmenschen war, unter denen ich lebte. Wenn sie überhaupt über dergleichen sprachen, verloren sie nur wenige Worte; soweit ich wußte, beschränkte sich ihr Tun auf einen einzigen, hastig vollzogenen Akt, der wohl kaum einer Frau Befriedigung verschaffen konnte. Allerdings war es so, daß die Frauen, die ich in diesem Buch abgebildet sah, Dirnen waren, verderbte Frauenzimmer, die sich dem Manne wie Sklavinnen unterwarfen. Sollte ich mir etwa an ihnen ein Beispiel nehmen?

Als ich Mutter um eine Erklärung bat, lobte sie meine Wachheit. »Du stellst kluge Fragen. Ich hätte dir das Buch nicht gegeben, wäre ich nicht überzeugt gewesen, daß du die innere Reife besitzt, es mit kritischem Blick zu betrachten. Leider hast du ganz recht. Die Frauen, die du hier siehst, wurden zur Konkubine erzogen, und weil sie ihren Körper den Männern feilboten, behandelte man sie mit Verachtung. Diese Geringschätzung erstreckte sich natürlich nicht auf die betei-

ligten Männer. Nein, Elizabeth, du sollst dir nicht die Lasterhaftigkeit dieser Frauen zum Vorbild nehmen. Diese Bilder
stammen aus einer anderen Welt und einer anderen Zeit, als
ein königlicher Herrscher sich so viele Frauen gefügig machen
konnte, wie er nur wollte. In der damaligen Welt konnte eine
Frau nur dann die Freuden ihres Leibes genießen, wenn sie
sich ihre Reize zunutze machte und zur Dirne wurde. Nun ist
es leider so, daß das Große Werk mit jener schmachvollen
Zeit verknüpft ist. Wenn wir also diese Bücher studieren,
müssen wir darauf bedacht sein, von unserer weiblichen Ur-
teilskraft Gebrauch zu machen. Es ist nötig, daß wir eine
eigene Auffassung der Lehren gewinnen. Es gibt hier einen
Widerspruch, Liebes. Erst wenn man die Körperlichkeit einer
Frau anerkennt, wird man auch ihr geistiges Wesen wirklich
zu würdigen wissen. So lange wir für zu ›rein‹ erachtet werden, als daß uns etwas Tierisches innewohnen könnte, wird
man uns immer nur wie unschuldige Kinder behandeln und
niemals für voll nehmen.«

»Aber heißt das nun, daß ich die Dinge auf den Bildern
nachahmen soll?«

»Dir ist eine Rolle im Großen Werk zugedacht, die Rolle
der *Soror Mystica*, der Mystischen Schwester. Es ist nicht ganz
einfach, diese Rolle zu erklären, denn in unserer Welt gibt es
keine Entsprechung für sie. Es kann sein, daß Seraphina dich
bittet, gewisse Dinge zu tun, die du hier abgebildet siehst,
aber sie wird dafür sorgen, daß dies im richtigen Geist geschieht. Vertraust du ihr?«

»Schon. Aber ich glaube, Victor würde mich für eine Dirne
halten, wenn ich solche Dinge täte.«

»Victor hat gelernt, anders über Frauen zu denken, als die
Männer dies sonst tun. Er weiß, daß alles, was in diesen
Büchern beschrieben ist, eine *zusätzliche, verdeckte* Bedeutung hat. Laß es mich dir erklären. Siehst du den Mann und
die Frau auf dem Bild? Wenn man sie so anschaut, meint man,

hier seien zwei Personen zusammengekommen, um den Freuden des Leibes zu frönen. Man könnte das Bild aber auch ganz anders sehen: als *eine* Seele, die in zwei Hälften geteilt ist. Dann wären die beiden Liebenden keine Einzelwesen, sondern Teile unserer Seele, die nach vollkommener Einswerdung strebt. Der große Platon lehrte, daß jeder von uns nur die Hälfte eines größeren Ganzen ist. Was wir Liebe nennen, ist das Verlangen, durch einen anderen zur Ganzheit zu finden. Wie du siehst, kann selbst die Wollust einer Dirne eine höhere Passion offenbaren. Wenn ihr das Große Werk dereinst vollendet habt, wirst du über viele dieser Dinge besser Bescheid wissen als ich, die beim Studium keinen männlichen Gefährten hatte.«

Anmerkung des Herausgebers

Die Rolle der Soror Mystica
bei der chymischen Hochzeit

Das Studium des Lavendelbuches bereitete Elizabeth Frankenstein gründlich auf ihre Aufgabe als Mystische Schwester beim Alchimistischen Werk vor. Diese eigentümliche weibliche Rolle, für die es in den Glaubenslehren unserer Gesellschaft keine Entsprechung gibt, hat mich während all der Jahre, die ich mich diesen Memoiren gewidmet habe, besonders stark beschäftigt. Sie hat sich als eines der hartnäckigsten Probleme erwiesen, die mir bei meiner Arbeit begegnet sind.

Im alchimistischen Schrifttum treten weibliche Figuren vornehmlich in den Illustrationen in Erscheinung, meist als mythische Gestalten wie Naturgottheiten, Königinnen oder Tierkreiszeichen. In den dazugehörigen Texten jedoch ist das weibliche Element nur undeutlich, gleichsam durch eine russige Glasscheibe zu erkennen. Die Schriften werden nahezu gänzlich von der Person des Weisen dominiert, der nach allgemeiner Vorstellung männlichen Geschlechts ist. Es handelt sich stets um einen Gelehrten, der ganz allein in seinem Laboratorium hantiert. Bereits im dritten Jahrhundert nach Christus ist in den Schriften jedoch eine allmähliche Veränderung festzustellen. Man stößt auf beiläufige Anspielungen auf eine »*femina*« oder, seltener, »*puella*«. Diese Bezeichnungen beziehen sich auf eine weibliche Gehilfin, die mit der alchimistischen Werkstatt und den darin angestellten Experimenten ohne Zweifel aufs beste vertraut war. So findet sich beispielsweise in den *Manipulationes* des Zosimos die Anweisung: »Ersuche das Weib, die Geräte auf der Nordseite des Ofens zu placieren und dortselbst den erforderlichen Gesang anzustimmen.« Oder auch: »Ersuche nun das Weib, die Tinktur zu bereiten und bis zur ersten Stufe zu erhitzen.« Ähnlich flüchtige Hinweise finden sich auch in arabischen Schriften aus dem siebten und achten Jahrhundert, worin einem nicht näher beschriebenen Weib ebenfalls ein beachtliches Geschick bescheinigt wird. In späteren Perioden taucht auch in Bildern, die das Laboratorium zeigen, hin und wieder eine weibliche Gestalt auf, die dem Adepten hilfreich zur Seite steht. Sowohl Arnaldus Villanovanus als auch Raimundus Lullus bezeichnen diese Gehilfin als »*soror*« und gehen klar davon aus, daß der Adept auf ihre Anwesenheit und Unterstützung angewiesen ist. Die Illustrationen zeigen stets eine sittsame Frau, in der Regel jung, hübsch und schicklich gekleidet, mitunter in betender Haltung neben ihrem Meister sitzend. In mindestens einem Fall, bei dem berühmten niederländischen Alchimisten Helvetius nämlich, wurde die Rolle der *soror* von dessen getreuer Gemahlin übernommen, die in den Künsten angeblich ebenso bewandert war wie der Meister selbst. In all diesen Fällen bestehen noch immer gewisse Fragen bezüglich der genauen Rolle des Weibes, doch es gibt nichts, was Anlaß zu moralischen Bedenken böte.

Wie groß war daher mein Befremden, als ich erfuhr, daß die in hohem Maße anstößigen alchimistischen Illustrationen, die in schamlosester Weise sexuelle Ausschweifungen und Perversionen zeigten, nicht ausschließlich symbolische Bedeutung hatten! Vielmehr handelte es sich um wirklichkeitsgetreue Darstellungen von Praktiken, denen die Jünger der Alchimie zu frönen pflegten. Ich erachte es nun als erwiesen, daß der Alchimist in jeder Phase seiner okkulten Kunst der Dienste einer Weibsperson bedurfte, deren Mitwirkung, wiewohl in untergeordneter Funktion, als unerläßlich galt. Wie wir aus Elizabeth Frankensteins Aufzeichnungen klar ersehen können, war die Verwendung von Vaginalflüssigkeit und Menstruationsblut in der Alchimistenwerkstatt gang und gäbe. Die Gehilfin mußte dem Meister dabei für die Gewinnung dieser Substanzen zur freien Verfügung stehen. Besaß dieser aber keine solche Gehilfin, so konnte er die Dienste einer gewöhnlichen Dirne in Anspruch nehmen. Gewissen Schriften zufolge war es sogar von Vorteil, wenn die betreffende Frau sittlich so tief als möglich gesunken war, gleichsam als Betonung der niedrigen Gefilde, in denen das Große Werk seinen Anfang nimmt. Gelegentlich wurde der Stein der Weisen sogar mit dem Monatsblut einer Dirne gleichgesetzt, was nicht etwa rein symbolisch gemeint war! In den Schriften des Philalethes von Alexandrien wird die geheimnisvolle *Soror Mystica* mit den Tempelprostituierten von Chaldäa verglichen, und was er als »himmlischen Rubin« bezeichnet, ist mitnichten der Stein der Weisen, sondern das Geschlechtsorgan der Dirne in blutendem Zustand, das bei seinen Experimenten ganz direkte und physische Anwendung findet. Mitunter errötet man förmlich ob der lyrischen Extravaganz, mit der Philalethes die Vagina preist, die er nachgerade zum Kultobjekt hochstilisiert. Daß diese Passagen auch auf Praktiken wie Cunnilingus und Hämatophagie schließen lassen, steht außer Frage. Die Praktiken sind in größer Ausführlichkeit beschrieben; unklar ist einzig, wo dabei die Grenze zwischen dem Tatsächlichen und dem Bildlichen zu ziehen ist.

Die Rolle der Weibsperson ging jedoch weit über das Spenden von Körperflüssigkeiten hinaus. Wie das Lavendelbuch zeigt, hatte sich die Frau nach schwelgerischer Zurschaustellung ihrer körperlichen Reize auf dem Höhepunkt des alchimistischen Werkes mit ihrem Meister sexuellen Ausschweifungen hingegeben, deren Mannigfaltigkeit und Abartigkeit erschrecken muß. Jedem Finger der Kurtisane ist eine besondere erotische Funktion zugeordnet; ganze Kapitel sind dem Verkehr mittels Brüsten und Gesäß gewidmet. Andere wiederum beschäftigten sich detailliert mit verschiedenen Formen des Oralverkehrs, bei denen es auf den geschickten Gebrauch von Lippen, Zunge und Rachen ankommt. Das Ziel scheint die vollständige Erotisierung des weiblichen Körpers zu sein. Die Riten sind zwar mit religiöser Rhetorik verbrämt, aber die beschriebenen Praktiken tragen eindeutig orgiastische Züge. Zu einigen dieser Akte gibt es Andeutungen in den Memoiren, andere wiederum sind in anschaulicher Weise im Lavendelbuch beschrieben. Ebendiese Beschreibungen haben meine Nachforschungen in Richtung Morgenland gelenkt. In jüngster Zeit haben europäische Gelehrte und Missionare von dort eine Fülle von Material aus uralter Zeit zu uns gebracht. Darunter befinden sich auch Werke, die mit einer nebulösen Schule des Hinduismus in Zusammenhang stehen, welche »Linkshändiges Tantra« genannt wird und zu pervertierten Formen der sexuellen Zügellosigkeit aufruft, angeblich um den Adepten von den letzten Fesseln gesellschaftlicher Zwänge zu befreien. Es herrscht der Glaube, daß nur denjenigen die Vereinigung mit dem Göttlichen gelingt, die einen Zustand der antinomistischen Freiheit erreicht haben. Ähnliche Praktiken finden sich in bestimmten chinesischen Schulen des physiologischen Mystizismus, die aus präkonfuzianischer Zeit stammen. In Werken beider Traditionen findet man

Darstellungen sexueller Akte, die denen im Lavendelbuch entsprechen.

Auf welchen Wegen diese Praktiken, die sich der christlichen Moral so kraß widersetzen, zu den europäischen Alchimisten gelangt sind, ist nach wie vor ungeklärt; etwaige Zusammenhänge liegen im Dunkel der Vergangenheit begraben. Wir können jedoch mit Gewißheit sagen, daß die Städte des Nahen Ostens die Wiege der ersten alchimistischen Adepten waren, und dort finden wir auch die ersten Hinweise auf die *Soror Mystica*. Im christlichen Zeitalter mußten derartige sexuelle Praktiken geheim bleiben und wurden allenfalls mündlich überliefert, was ohne Zweifel die große Rätselhaftigkeit der Schriften erklärt.

Wir können deshalb annehmen, daß Seraphina, deren Abkunft sich zur Südwestküste Indiens, der einstigen Hochburg des Linkshändigen Tantra, zurückverfolgen läßt, diese verderblichen Einflüsse in die Lehren einbrachte, die sie an ihre Jüngerinnen weitergab. Wären sie und die Baronin Frankenstein mit ihren Bemühungen zum Ziel gekommen, hätte dies wohl nichts weniger als die völlige Zersetzung der christlichen Sittlichkeit bedeutet. Die intimsten Beziehungen zwischen Mann und Frau sollten auf den Kopf gestellt werden; Praktiken, die als pervers und obszön galten, sollten allgemeine Verbreitung finden; eine Tradition, die solchen Praktiken transzendente Kräfte zuschrieb, sollte eine überragende Bedeutung erhalten. Und warum? Weil es nach Meinung dieser eigenwilligen und zweifellos überspannten Frauenzimmer einen tieferen Zusammenhang zwischen dem Erotischen und dem Spirituellen gab, der sich den Kategorien der europäischen Theologie und Philosophie gänzlich entzieht.

Wie weit jene Einflüsse über das Haus Frankenstein hinaus Verbreitung fanden, ist schwer zu beurteilen; man kann nur hoffen, das über Jahrhunderte von einer reinigenden christlichen Brise erfrischte kulturelle Klima Europas werde sich letztendlich für ein derart befremdliches Gewächs als zu rauh erweisen. Schließlich ist die Aussicht, daß die Frauenwelt des Abendlandes mit einem Mal nach den perversen Formen sexueller Erfüllung trachten könnte, denen diese Lehren das Wort reden, beileibe nicht erfreulich.

Das Blut und der Samen

–. Januar 178–

> Mann nicht Mann
> Ich dich begehr',
> Frau nicht Frau
> Die ich gern wär',
> Stein nicht Stein
> Ich streb' nach dir,
> Tod nicht Tod
> Oh, komm zu mir!

Das Werk nimmt seinen Lauf. Ich träume, träume, träume solch unglaubliche Träume!

Ich träume vom Innern der Erde, das in glühendem Licht erstrahlt; ich träume von den mineralischen Feuern, die sie in ihrem Schoße birgt. Anders als die Männer glauben, sind die Metalle keine empfindungslose Materie, die man gewaltsam der Erde entreißen, im Feuer erhitzen und zurechthämmern darf. Sie sind der lebendige Stoff der Gestirne: das Gold der Sonne, das Silber des Mondes; Kupfer und Eisen, die verborgenen Zeichen von Venus und Mars; Blei und Zinn, die dem Saturn und dem großen Jupiter so kostbar sind. Wie fröhlich sie singen! Und auch die Edelsteine stimmen in ihren Chor ein: Opal und Amethyst, Rubin und Türkis, Karneol und Saphir, Jaspis und Jade, der schimmernde Kristall und der noble Diamant. Die ganze Erde singt.

Seraphina fragt: »Warum ist diese Schönheit vor unseren Augen verborgen?« Weil sie uns lehrt, wie viele Wunder unsere Welt zu bieten hat; weil sie uns lehrt, daß die Wunder niemals ein Ende nehmen. Wir können mit unserem Verstand vieles ergründen, darüber hinaus aber erwartet uns noch weit mehr, worüber wir nur staunen können. Zu unseren Füßen liegt ein Teppich aus wundersamen Dingen, die sich uns auf Schritt und Tritt darbieten.

»Ich werde heute etwas Besonderes von euch verlangen«, kündigt Seraphina eines Abends an, als wir in ihrer Hütte versammelt sind. »Es ist eine Übung, die es uns ermöglicht, rascher voranzuschreiten. Die Baronin und ich sind uns einig, daß es Zeit ist, eure Studien in höhere Bahnen zu lenken.«

Auf Seraphinas Geheiß entkleiden wir uns und nehmen die üblichen Waschungen vor. Dann fordert sie mich auf, mich vor das Kaminfeuer zu legen, während sie Weihrauch entzündet, der den Geist zum Schweben bringt. Sie holt zwei kleine irdene Schalen hervor und stellt sie neben mir auf den Boden. »Ich werde jetzt eine Form auf deinen Leib zeichnen, Elizabeth«, sagt sie. Aus einem Beutel, den sie um den Hals trägt, zieht sie etwas, was wie ein Reißzahn aussieht. Sie taucht ihn erst in die eine, dann in die andere Schale und benutzt ihn als Griffel, um rund um meinen Venushügel eine Figur auf meinen Unterleib zu zeichnen. Sie tut dies mit größter Behutsamkeit und summt einen Gesang dabei. Beide Schalen enthalten eine unbestimmbare Substanz, die eine weiß, die andere rot. Seraphina zeichnet damit zwei miteinander verschlungene Schlangen, in jeder Farbe eine, die zusammen einen Kreis bilden. »Rot und weiß, Schwefel und Quecksilber, Mann und Frau, Victor und Elizabeth. Ich möchte nun, daß Victor seine Gedanken auf dieses Bild konzentriert; und du, Elizabeth, sollst deinen Blick fest auf Victor heften, als würdest du das Bild mit seinen Augen sehen. Laßt euren Geist in tiefen Frieden sinken. Ich möchte euch daran erinnern, daß die chymische Hochzeit ein Akt der Liebe ist, der Braut und Bräutigam eins werden läßt. Die rohe Materie kann ein Spiegel der Vereinigung sein; aber was wir im Großen Werk suchen, ist nicht die Spiegelung, sondern das Urbild, und dieses ist geistiger Natur. Denkt daran, als sei es ein Kind, das in Elizabeths Leib heranwächst, als Frucht eurer Liebe.« Sie weist Victor an, die Hände so zu halten, daß sie gerade einen Fingerbreit über der Schlangenzeichnung schweben, die Daumen aneinandergepreßt, dort wo meine Schenkel sich treffen. Seine Finger bilden nun ein Dreieck, welches das dreieckige Feld meines Geschlechts umrahmt. »Stellt euch vor, daß ihr Bruder und Schwester seid, Geliebter und Geliebte, Mann und Frau. Stellt euch die Vereinigung, nach der ihr strebt, als das Kind vor, das eure Liebe der Welt eines Tages bescheren wird. Dies ist das wahre Gold, nach dem wir trachten.«

Dann ergreift sie die kleine Trommel, mit der sie manchmal unsere Meditationen begleitet. Sie schlägt sie sanft, es klingt fast wie die Herzschläge des Kindes, von dem sie gesprochen hat. Ich starre in Victors Gesicht. Seine Augen sind fest auf mein Geschlecht gerichtet, und ich fühle Erregung in mir aufsteigen; mir ist, als spürte ich sein Verlangen in gleichem Maße, wie er es in seinem Innern empfindet. Victor und mein Geist sind zu einem Kreis verschmolzen: Betrachten und Betrachtetwerden zerfließen in eins. Die Nähe seiner Finger über meinem Geschlecht wird zur unerträglichen Versuchung: ich wünsche mir, daß er mich berührt. *Berühr mich!* höre ich mich in meinem Innern schreien, aber ich weiß, daß er es nicht tun wird. Allmählich breitet sich eine unheimliche Wärme in mir aus, ein süßes Fieber, das verfliegen würde, wenn Victor mehr täte, als mich bloß anzuschauen. Ich spüre, daß mein Körper golden erglüht, und in dieser ätherischen Wärme werden Victors und mein Geist eins. Ich sehe mich in ein seltsames, schönes Wesen verwandelt: eine Frau, dünkt mich. Oder ein Jüngling... ein Jüngling mit weiblichen Brüsten, der schwerelos über uns schwebt. Ich weiß, ich bin er, ich bin sie, ich bin eine Lichtgestalt. Einen Augenblick lang – wie lange er wohl dauern mag? – gibt es nicht Victor, nicht Elizabeth; es gibt nur dieses andere Geschöpf, das eine Mischung aus uns beiden ist.

»Ich war ein Wesen anderer Art«, erzählt mir Victor nachher. »Ich war zugleich du und ich, Knabe und Mädchen. Ich schien wie ein Geist in der Luft zu schweben.«

Ich habe dasselbe gefühlt, sage ich ihm, aber ich habe das Gefühl nicht festzuhalten vermocht. Es ist mir entglitten. »Doch ich habe dein Verlangen nach mir gespürt, Victor. Ich habe es selbst erlebt. Ich werde nie daran zweifeln, daß du mich begehrst.«

–. Februar 178–

Nun endlich hat sich der Rhythmus meiner Blutung so eingependelt, daß er mit dem zunehmenden und abnehmenden Mond in Einklang steht. Seraphina hat versucht, mich auf diesen Moment vorzubereiten. »Du hast gelernt, deine Blutung vor fremden Augen verborgen zu halten«, sagt sie zu mir. »So soll es auch sein, denn sie geht nur uns Frauen an. Jetzt aber werde ich dich um etwas bitten, was dir nicht leichtfallen wird. Einen Mann mußt du deiner Blutung beiwohnen lassen. Ich möchte, daß du dich für Victor entblößt. Willst du das tun?«

Das will ich ganz und gar nicht, aber dann denke ich daran, daß ich Mutter versprochen habe, Vertrauen zu haben und alles zu tun, was das Große Werk von mir verlangt. »Ja«, antworte ich, doch Seraphina hört das Zaudern in meiner Stimme.

»Du mußt dir sagen, daß es Victor zur Belehrung dienen soll. Unser Werk kann nur weitergehen, wenn er etwas von unseren Geheimnissen weiß, und zwar nicht nur das, was wir ihm mit Worten erklären können.«

Wir treffen uns an jenem Abend auf der Lichtung, über uns ein klarer, frostiger Sternenhimmel. Während wir warten, bis der Mond seinen Zenit erreicht, weist Seraphina Victor an, Holz zu sammeln und damit vier Feuer zu entfachen, um die Kälte zu vertreiben. Für mich breitet sie ein besticktes Tuch auf dem Boden aus; es ist von ihr selbst gefertigt und mit eingewobenen Zeichen verziert, die ich nicht verstehe. Als die Holzstöße brennen, legen Seraphina und Victor all ihre Kleider ab; ich ziehe mich nur bis zu meinem Lendentuch aus. Seraphina fordert mich auf, getrocknete Blätter und Blüten von verschiedenen Pflanzen über den Feuern zu verstreuen. Sie erklärt, daß sie den lebenswichtigen Organen des Körpers entsprechen und bei der zweiten Hitzestufe verbrennen. Das Feuer, das sich an der Stelle befindet, wo mein Kopf liegen wird, bestreue ich mit Andorn, das zu meiner Linken mit Enzian, das zu meiner Rechten mit Poleiminze und das Feuer zu meinen Füßen mit Kalmus. Die Flammen erfüllen die Lichtung mit süßlichen Blütendüften. Als der Mond schließlich ganz oben am Himmel steht, spricht Seraphina über jedem der Feuer eine kurze Beschwörungsformel in ihrer Muttersprache. Dann nimmt sie ein Kristallfläschchen aus ihrer Tasche, das sie Victor reicht. »Ich habe eine Aufgabe für dich, mein Sohn. Ich möchte, daß du das Blut sammelst, das wir benötigen. Elizabeth wird sich nun entblößen und sich vor dir öffnen. Sie bezeugt dir damit ihre Liebe und ihr Vertrauen. Ich erwarte deshalb, daß auch du dich stets von Liebe und Vertrauen leiten läßt.«

Seraphina setzt sich hinter mich und bettet meinen Kopf in ihren Schoß. Sie streichelt meine Stirn und stimmt zu meiner Entspannung ein leises, heiteres Lied an, doch der ganze merkwürdige Ritus weckt in mir zutiefst zwiespältige Gefühle. Ich schäme mich nicht vor Victor; tatsächlich bin ich froh, daß er sieht, daß ich nun eine richtige Frau bin, so klein und schmächtig ich auch aussehen mag, wenn ich neben ihm stehe. Aber ich fürchte, daß er widerwärtig finden könnte, was Seraphina von ihm verlangt, und ich habe Angst, er könnte mich für liederlich halten, weil ich mich so entblöße. Doch ich weiß auch, daß er sich ebensosehr wie ich danach sehnt, mit dem Werk fortzufahren und Seraphinas Lehren zu verstehen. Endlich finde ich den Mut, meine Schenkel vor ihm zu öffnen, zuerst nur ein kleines Stück, dann ganz. Ich lasse mein weiches inneres Fleisch vor seinen Augen erblühen. Ich kann seinen Blick fast körperlich spüren. Auf Seraphinas Geheiß kniet sich Victor zwischen meine gespreizten Schenkel, aber ich sehe, daß er es nicht über sich bringt, mich zu berühren. Ich kann ihm seine Verlegenheit nachfühlen und drehe mich zu Seraphina und frage sie mit den Augen, ob wir wirklich weitermachen müssen. Sie lächelt beruhigend, aber sie bleibt unerbittlich.

»Blut und Samen. Wir benötigen beides. Wie jeder Adept vor ihm, muß Victor alles darüber lernen. Er wünscht doch, die Natur zu erforschen, nicht wahr? Hier liegt nun die Natur direkt vor seinen Augen, und dies müßte ihn eigentlich erfreuen. Aber das tut es nicht! Das sehe ich ebensogut wie du. Findest du widerwärtig, was ich von dir verlange, Victor? Sei ehrlich.«

»Ja.«

»Findest du Elizabeths Körper abstoßend, wenn sie ihre Blutung hat?«

»Ein bißchen.«

»Nur ›ein bißchen‹? Ich würde sagen, sehr. Aber warum?«

»Es ist das Blut.«

»Aha, das Blut! Aber hast du bei deinen Forschungen nicht das Blut von Tieren vergossen? Mäuse, Vögel – hast du nicht ihre zarten Leiber aufgeschlitzt? Hast du nicht ihre Herzen zerteilt, und ist dir dabei nicht ihr Blut über die Hände geronnen?«

Victor runzelt die Stirn. »Ja.«

»Und hat dich das angeekelt?«

»Nein...«

»Warum nicht?«

»Ich habe es nicht zugelassen –«

»Wie war dir dabei zumute? Dachtest du, daß du so die Geheimnisse der Natur ergründen könntest?«

»Ja.«

»Wieso ist das jetzt anders? Hier hast du die Möglichkeit, die Geheimnisse des weiblichen Körpers zu ergründen.«

Ich sehe, daß ihn die Fragen reizen. »Nein!« entgegnet er. »Es ist anders.«

»Allerdings! *Dieses* Blut ist nicht wie anderes Blut. Es hat nichts mit Krankheit oder Verletzung zu tun. Es ist nicht das Blut eines sterbenden Körpers. Diese Wunde heilt sich selbst. Das Blut fließt von allein; es hat seinen eigenen Zyklus, wie der Mond am Himmel droben. Es ist ein Zeichen der Fruchtbarkeit, die wir Frauen mit der Erde gemein haben. Dieses Blut ist ein Wunder, Victor, aber zugleich – hör mir jetzt gut zu! – ist es *nichts weiter als* Blut, eine harmlose Flüssigkeit, wie jede Frau weiß.« Unvermittelt greift Seraphina nach unten und fährt mit den Fingern über meine Schamspalte. Vor meinem geistigen Auge erscheint ein Bild: eine reife rote Frucht, die geöffnet und ausgepreßt wird. Seraphinas Hand taucht wieder auf, sie ist rot gefärbt. »Ich sehe, daß dich schaudert. Aber wie einfach ist es doch, Elizabeth da zu berühren! Es wird dich nicht beschmutzen. Oder möchtest du etwa, daß Elizabeth sich von dir fernhält, wenn sie ihre Blutung hat, als habe sie Grund, sich zu schämen?«

»Vielleicht... ja.«

»Hast du das gehört, Elizabeth? Begreifst du jetzt, warum so viele Frauen Scham empfinden? Erinnerst du dich, wie du anfangs deine Blutung selbst als beschämend empfunden hast?«

Ich erinnere mich. Und ich ärgere mich, weil Victor dieses Gefühl nun wieder in mir geweckt hat.

»Elizabeth hat gelernt – von anderen Frauen –, daß unser Körper nichts Schlechtes an sich hat«, erklärt Seraphina. »Kein Mann kann ein Kind zeugen ohne den Körper einer Frau; dennoch wird dieser Körper mit Verachtung behandelt, vor allem dann, wenn er am deutlichsten an seine Fruchtbarkeit mahnt. Urteile selbst. Hier ist Elizabeth, die du wie eine Schwester liebst, ja vielleicht sogar mehr als eine Schwester. Aber wenn sie blutet, möchtest du sie nicht anfassen. Das Blut ist der Stoff des Lebens, nicht weniger als dein Samen. Was weißt du schon vom Leben, wenn du das Blut der Frauen für unrein hältst? Oder kennst du vielleicht eine bessere, ›sauberere‹ Art von Leben, die nicht aus Blut und Samen entsteht?«

»Nein.«

»Jede Frau kommt mit Blut in Berührung, wenn sie ihren Körper pflegt. Bist du nicht bereit, wenigstens einmal in deinem Leben dasselbe zu tun?«

Victor versucht es erneut. Ich sehe, wie er zaudert. Wortlos spreche ich zu ihm und hoffe, daß er mich versteht: *Man nennt es »Vagina«. Das ist ein hübsches Wort, ein weiches, blumiges Wort. Stell dir meine Vagina als etwas Reifes und Warmes vor. Sie führt tief in mich hinein, zu einem dunklen, fruchtbaren Ort. Ich liefere mich dir aus, Victor. Bitte, hab keine Angst vor mir! Verachte mich nicht!* Doch wieder versagt er; er bringt es nicht fertig, die Hand auszustrecken und mich zu berühren. Fast fühle ich Mitleid mit ihm, weil er so verlegen ist, doch mein Zorn ist stärker. Anfangs habe ich mich gescheut, mich vor Victor zu öffnen, jetzt aber fühle ich gerade das Gegenteil. *Er soll es sehen! Er soll es wissen! Ich kann nicht seine liebende Gefährtin sei, wenn er mich für unrein hält!*

Schließlich gibt Seraphina nach und nimmt ihm das Fläschchen aus der Hand. »Es wäre besser, wenn du dies allein tun könntest, Victor. Aber wir dürfen die Gelegenheit nicht ungenutzt verstreichen lassen. Wir müssen das Blut heute nacht sammeln. Ich bitte dich daher nur, mir zu helfen. Hier, leg deine Hand auf meine.« Victor gehorcht. Seraphina fährt mit ihrer Hand noch einmal sanft über meine Schamlippen und läßt dann das Blut, das sie dort findet, von ihren Fingern in das Fläschchen tröpfeln.

»Ich möchte dir kein Unbehagen bereiten, Victor«, erklärt Seraphina mit freundlicher Stimme. »Ich möchte dir nur Wissen vermitteln. Erforsche deine wahren Gefühle. Denk darüber nach, weshalb du nicht tun konntest, worum ich dich gebeten habe. Das Blut, das du nicht zu berühren vermochtest – warum erscheint es dir so widerwärtig? Weil es häßlich ist? Nein, ich glaube, das ist nicht der Grund. Was dich zurückzucken läßt, ist die *Angst*. Angst vor der Macht der Frau, der einzigen Macht, die ihr nicht genommen werden kann. Du sagst, daß du Elizabeth liebst, aber deine Liebe ist mit Angst gemischt – wie jede Liebe, die ein Mann für eine Frau empfindet. Wir werden mit unseren Lektionen erst dann wirklich vorankommen, wenn diese Angst verschwunden ist und wahrer Zuneigung Platz gemacht hat.«

Später kommt Victor zu mir, um sich zu entschuldigen, denn er weiß, daß er mich gekränkt hat. »Seraphina hat recht«, sage ich. »Du machst zuviel Wesens daraus... und doch auch wieder nicht genug. Dieses Blut ist nicht schmutziger als das Blut, das du anfaßt, wenn du ein Tier aufschneidest. Warum schreckst du davor zurück?«

»Es *ist* anders, das sagt auch Seraphina. Ich habe Angst, es zu berühren. Ich habe das Gefühl, daß ich kein Recht habe, so eng mit diesen Dingen in Berührung zu kommen.«

»Aber ich erlaube es dir doch. Ich möchte nicht, daß du dich von mir fernhältst oder abwendest. Du mußt meinen Körper kennenlernen; wenn du das nicht willst, dann beschämst du mich, Victor – dann gibst du mir das Gefühl, daß ich mich verstecken müßte.«

Ich merke, daß es mir nicht gelingt, mich Victor begreiflich zu machen. Er entschuldigt sich abermals und behauptet, er habe sich so verhalten, weil er große Achtung für mich empfindet, doch ich glaube ihm nicht. Ich denke, das ist nur eine List, wie die Männer sie gegenüber uns Frauen anzuwenden pflegen. Sie geben vor, uns großen Respekt entgegenzubringen; aber allzuschnell wird dieser Respekt zu einem Käfig, in dem sie uns gefangenhalten.

Der schlafende Kaiser

–. März 178–

Allnächtlich ruhn wir Brust an Brust,
Berührungslos in keuscher Lust.
Wir brennen, doch nicht vom Feuer im Blut;
In uns loht reinere, heißere Glut.

Uns weckt die Leidenschaft nicht Reue,
Nein, sie besiegelt Freundestreue.
Ich schenk' dir meine Tugend ganz,
Und doch bleibt mir der Jungfernkranz.

Es gibt ein Eins-Sein geist'ger Art,
Das Innigst-Liebenden nur harrt;
Der Seelen heil'ger Hochzeitsbund
Macht das gespalt'ne Herz gesund.

Wir sind in Seraphinas Hütte. Draußen stiebt der Schnee aus
dem dunklen Himmel; er deckt ein weißes Grabtuch über die
Welt. Seraphina schiebt ein paar Scheite mehr ins Feuer, damit wir uns für den bevorstehenden Abend wärmen können.
Wir wissen, weshalb wir heute zusammengekommen sind:
das Blut verlangt nach Samen. »*Reinen* Samen«, nennt Seraphina ihn, »geopfert, ohne den Makel fleischlicher Lust. Wirst
du uns geben, was wir von dir erbitten, Victor?«

Victor sagt mannhaft ja. Er hat sich auf seine Aufgabe vorbereitet, ist mit größter Gewissenhaftigkeit Seraphinas Anweisungen gefolgt. Mehrere Abende hintereinander hat er einen Trank zu sich genommen, in dem Seraphina eine winzige karminrote Pille hat ziehen lassen. Sie sagt, die Pille enthält ein Quentchen purifizierten Zinnobers, so klein, daß keine Waage es messen kann. Das, so sagt sie, wird seinen Erguß reichlicher und den Samen fruchtbarer machen.

Sie gebietet Victor, sich neben dem Herdfeuer auf den Rücken zu legen, den Kopf zwischen ihren Knien. Sein magerer Körper streckt sich zu seiner vollen Länge, gibt den Blick auf das schlaffe Glied frei. Seraphina legt ihm die knotigen Finger an die Schläfen und beginnt ihn sacht zu streicheln. Über ihn gebeugt, bringt sie die Lippen dicht an sein Ohr, zu einem Singsang so leise, daß ich kein Wort verstehen kann. Alu, die alles, was im Raum vorgeht, genauestens verfolgt, ist plötzlich ganz angespannt; wach und stocksteif sitzt sie auf ihrer Stange und reckt den Hals, um besser sehen zu können. Tief in der Kehle gurrt sie zu Seraphinas Singsang. Ihre normale Stimme ist ein heiseres Krächzen, aber ich habe beobachtet, daß sie auch noch über eine andere Stimme verfügt, derer sie sich manchmal bedient, wenn sie und Seraphina Rat halten: ein sanftes Murmeln, das ihrer beider Geheimsprache zu sein scheint. Mit diesem träumerischen Raunen fällt sie nun in den Gesang Seraphinas ein, deren graue Haarsträhnen sich über Victors Gesicht breiten wie ein Schleier, der alle fremden Blicke abhält. Es ist, als habe sie Victor an einen Ort entführt, zu dem niemand sonst Zutritt hat.

Nachdem sie einige Minuten auf ihn eingewispert hat, gleitet Victor in eine Art Wachtraum hinüber; seine Muskeln, die bisher scharf hervorgetreten sind, lockern sich. Seine Atemzüge werden tief und regelmäßig. Seraphina hört nicht auf, ihm ins Ohr zu murmeln. Mitunter klingt ihre Stimme ganz sonderbar, dunkel und hallend, als spräche sie aus der Tiefe einer Höhle. Es ist ein Klang, von dem mir ganz neblig im Kopf wird. Mir ist, als triebe ich davon in weite Fernen, schattenhafte Halbbilder schwimmen durch mein Bewußtsein. Es sind Bilder von den Frauen in den Büchern, aber nun bin ich eine von ihnen, tue es ihnen gleich, bereite mich für meinen Herrn, werde zur Dienerin seiner Lust. Ich sehe mir selbst dabei zu, als sei ich eine Schauspielerin auf einer Bühne, voll Verwunderung darüber, wo ich all diese Fertigkeiten hernehme. Mein Körper ist mit einem Mal üppig und reif, ich habe die Brüste der Frauen im Lavendelbuch und ihre prachtvollen Schenkel. Ich stelle mir vor, daß ich so schön bin wie Francine. Ich kann mich wie eine Schlange um meinen wartenden Liebhaber winden. Seraphina beugt sich erneut herab, um Victor ins Ohr zu flüstern. Diesmal summt sie ein fremdartiges Schlaflied, nasal und sinnlich – die Musik ihres fernen Volkes. Nach und nach verändert sich ihre Stimme, wird schwereloser, fließender, betörend süß. Eine wissende Heiterkeit schleicht sich in sie ein, schmeichelndes Lachen. Ich schüttle meine Schläfrigkeit ab und blicke auf: Ist das noch Seraphina, die ich da höre? Die Stimme hat einen verführerischen Säuselton angenommen, als wäre es eine andere, jüngere Frau, die zärtlich mit ihrem Liebsten flüstert. Ich wünschte, ich könnte ihr Gesicht sehen; ist sie noch dieselbe Person? Aber der Schleier ihres Haars, das dunkler erscheint, schimmernder, fast wie schwarze Seide, verbirgt sie auch jetzt vor mir.

Nach einigen Augenblicken sehe ich, wie Victors Geschlecht zum Leben erwacht und sich zu regen beginnt. Gleich darauf ist es gänzlich aufgerichtet. In meinem Innern, tief im Unterleib, spüre ich einen süßen Schauder. Das ist ein stumme Verständigung unserer Körper, wie sie zwischen Victor und mir immer häufiger wird.

In dieser Nacht vollziehe ich erstmals den Ritus des Schlafenden Kaisers, wie ich ihn aus dem Lavendelbuch erlernt habe.

Wie lange ich am Werk bin, weiß ich nicht zu sagen. Jegliches Gefühl für Zeit fällt von mir ab, während ich das Ritual Schritt für Schritt durchführe. Ich scheine dahinzutreiben auf einer Woge der Ekstase, bis Seraphina mich in die Gegenwart zurückholt. Mit gedämpfter Stimme höre ich sie nach mir rufen: »Elizabeth…« Als ich zu mir komme, entdecke ich, daß ich über Victor kauere und sein Glied fest in Händen halte, ganz nah bei meinen Lippen. Ich blicke auf: Seraphina reicht mir die Kristallphiole. »Victor ist soweit. Stell das hier unter ihm bereit, gleich hier, dann gib gut acht. Wir dürfen nicht einen Tropfen verschwenden.«

Ich gehorche, nehme die Phiole in meine freie Hand und halte sie an ihn hin. Victors Atem stockt; durch seine Gliedmaßen geht ein winziges Schauern, ich fühle ihn in meiner Hand pulsieren – und jäh schießt eine seidige Flüssigkeit aus seinem Organ hervor. »Schnell!« Seraphinas dringliches Flüstern gemahnt mich an meine Aufgabe: Es ist Zeit, daß der Drache im Nil schwimmt. Ich beschwichtige die Bestie, wie Seraphina es mich gelehrt hat, bis das Königreich sattsam überflutet ist. Wie es mich erregt, Victor seinen Samen in dieser Weise ausstoßen zu sehen! Es ist etwas Geheimes, dem ich hier beiwohne, ein Mysterium des männlichen Körpers, das sich eigentlich im Dunkeln abspielen sollte, unsichtbar. Seraphina raunt einen ihrer Gesänge, während sie die Phiole über den Kopf hebt und den Samen und das klumpige Blut langsam durcheinanderwirbelt, bis die zwei eins sind.

Ein paar Augenblicke vergehen, bevor Victor aus seiner tranceartigen Ruhe auftaucht. Als er sich rührt, sieht er Seraphina über ihn gebeugt. »Hab' ich's dir nicht vorhergesagt?« fragt sie mit einem kurzen Lächeln. »Daß es dich nach dem alten Weib gelüsten wird?« Er blinzelt verwundert, fährt auf und starrt sie ungläubig und verstört an. Sie streckt die Hand aus, um ihm über die Stirn zu streichen. »Aus diesem Blut und diesem Samen wird kein Leben hervorgehen«, erklärt sie uns.

»Nicht so wie im Schoß der Frau. Denn im Glas sind sie tote Materie. Aber ihnen wohnt eine andere Macht inne, meine Kinder. Sie werden euch den Blick in den Schoß der Natur selbst eröffnen. Ihr braucht nur ein wenig Geduld. Noch ist euer Auge nicht soweit, um bis in die Tiefen der Welt zu sehen. Das kommt ganz von selbst, wenn die Zeit reif ist.«

Fürs erste schüttet Seraphina die Mixtur in eine Kristallflasche – das hermetische, manchmal auch das philosophische Ei genannt –, in der sie fest versiegelt wird. Diese Flasche verwahrt sie in einem Schrank; wir werden uns bezeiten mit ihr befassen.

Wieviel ahnt Victor von dem, was vor sich gegangen ist? Später, als ich ihm davon erzähle, stückelt er die Erinnerungsfetzen mühselig zusammen. Ihm ist nichts im Gedächtnis geblieben als ein verstörender, kaum wiederzugebener Traum. Er entsinnt sich einer verschleierten Frau. Obgleich er ihr Gesicht nicht sehen konnte, wußte er, daß sie unsagbar schön war. »Viele sind der Vollendung des Großen Werkes zum Opfer gefallen«, sagte sie ihm; »doch vertraue mir, und du wirst sicher deines Weges gehen.« Daraufhin zog sie ihn eng an ihre Brust und umarmte ihn wie einen Geliebten.

»Im ersten Moment«, bekennt Victor mit gepeinigtem Wispern, »hielt ich sie für *Mutter*! Das entsetzte mich so, daß ich beinahe aufwachte. Aber die Frau schien über meinen Schlaf zu gebieten und hinderte mich am Erwachen. ›Ich muß den Schleier lüften, wenn ich dich küssen soll‹, sagte sie. Ich flehte sie an, ihr Gesicht bedeckt zu halten; ich hatte Angst davor zu erfahren, wer sie war. ›Dann mußt du mich statt dessen *hier*hin küssen‹, beharrte sie, ›denn wir brauchen deinen Samen.‹ Und sie öffnete ihr Gewand und entblößte sich.« Er fährt mir mit der Hand über die Brust, um mir die Stelle zu zeigen. »Sie war so wunderschön anzusehen … ich konnte nicht anders, ich mußte ihr den Willen tun.« Victors Stimme hat sich zu einem verquälten Murmeln gesenkt. »Aber als ich die Spitze ihrer Brust zwischen die Lippen nahm, da erhaschte ich einen kurzen Blick unter den Schleier. Und ich sah, daß es *Seraphina* war. Nicht Seraphina, wie wir sie jetzt kennen, sondern so, wie sie früher vielleicht einmal war, jung und von einer dunklen Schönheit. Nein, das ist nicht richtig. Nicht jung. Alterslos. Eine Frau, die Mädchen und Mutter zugleich war. Sie drückte mich so fest an ihren Busen, daß ich kaum noch Atem schöpfen konnte. Und dann ließ sie mir Honigsüße durch alle Glieder strömen. Es war das wunderbarste Gefühl! Danach überkam mich eine große Ruhe, und es kümmerte mich nicht mehr, ob ich lebendig war oder tot.«

»Hat es dir etwas ausgemacht, daß ich dir deinen Samen auf diese Weise abgenommen habe?«

Er errötete flüchtig. »Wenn das Werk es gebietet ... Aber es wäre mir lieber gewesen, wach zu sein. Es wäre mir lieber gewesen, du hättest mich im wachen Zustand so in den Armen gehalten, wie Seraphina es in meinem Traum getan hat.«

Anmerkung des Herausgebers

Der Ritus des Schlafenden Kaisers

Elizabeth Frankenstein bezieht sich hier auf eines der im Lavendelbuch beschriebenen Rituale. Dort lesen wir die Geschichte eines sagenumwobenen Kaisers, der schwer erkrankt ist. Das Symbol des kranken Herrschers ist ein vertrautes Motiv der alchimistischen Lehren, es läßt mehrere Deutungen zu. Aus der Sicht der Alchimisten ist dies eine Phase des Großen Werkes, die als »Fäulung« oder als die »schwarze« Phase bezeichnet wird; in ihr hat sich die Materie am weitesten von jeglicher Wiedergeburt entfernt. Nicht einmal das mächtige »Verwandlungspulver« (pulverisiertes Quecksilber) ist imstande, solch verworfene Substanzen zu veredeln; daher der

Gebrauch von Symbolen, die Tod, Verwesung, Sterblichkeit etc. heraufbeschwören. Im theologischen Zusammenhang wird dieses Stadium manchmal als die Vertreibung des Menschen aus dem Paradies aufgrund der Erbsünde verstanden.

Seine geschwächte Verfassung erlaubt es dem Kaiser nicht, seinen Pflichten nachzukommen. Das Reich darbt und verliert sein Glück. Eine zehn Jahre während Dürre setzt ein, gefolgt von Seuchen, die gleichfalls zehn Jahre dauern. Das Land wird unfruchtbar, das Volk hungert. Schließlich sieht sich die verzweifelte Kaiserin gezwungen zu handeln. Sie weiß, daß nur der kaiserliche Same die Macht besitzt, dem Reich seine Fruchtbarkeit wiederzugeben. Den Kaiser freilich hat die Krankheit seiner Potenz beraubt; er ist nicht mehr zeugungsfähig. Aber die Kaiserin, die bei weisen Frauen in die Lehre gegangen ist, ersinnt einen Ausweg.

Über viele Nächte hinweg versenkt sie den Kaiser in immer tieferen Schlummer, bis sein Atem so ruhig geht wie der eines Fetus. Dann holt sie die jüngste und schönste der kaiserlichen Konkubinen in des Kaisers Schlafgemach, damit diese ihr bei ihrem Plan zur Hand geht. Die Konkubine – da der sieche Kaiser sich ihrer nicht hat annehmen können, ist sie noch Jungfrau – wird zwischen den Beinen ihres Herrn postiert und angewiesen, seinem Geschlechtsteil zu huldigen. Sie badet es, salbt es mit Duftölen, liebkost es und nimmt es zwischen die Lippen. Schließlich zeigt der Kaiser Anzeichen einer Reaktion. Die Konkubine beginnt daraufhin, die Testikel ihres Herrn auf raffinierte und betörende Weise zu massieren. Für diesen Akt erteilt der Text höchst unverblümte Instruktionen. Der Zeigefinger des Mädchens, so schreibt er vor, ist an einer Stelle unmittelbar unterhalb des Hodensacks an die Harnröhre anzulegen. Diese Maßnahme dient dazu, den Erguß so lange als möglich hinauszuzögern. Währenddessen wiegt die Kaiserin ihren schlafenden Gemahl in den Armen und erzählt ihm flüsternd von vergänglichen Wonnen. In seinen Träumen durchlebt der Kaiser eine endlose Folge orgastischer Höhepunkte, ohne dabei jedoch ejakulieren zu dürfen. Zu guter Letzt, nach einer langwierigen Phase kunstvoller Stimulation, sind die Testikel des Kaisers angeschwollen von Samen. Nun endlich erhält die Konkubine das Signal, den Erguß zuzulassen. Das Ergebnis ist ein wahrhafter Strom herrscherlichen Samens, dessen Fluß dem geplagten Land Fruchtbarkeit bringt. Der »Drache, der im Nil schwimmt« ist die Umschreibung des lang verwehrten Samenausstoßes, wobei der Drache hier als das alchimistische Fruchtbarkeitssymbol zu verstehen ist. Der Terminus »die Bestie beschwichtigen« bezieht sich auf eine in der Abhandlung in allen Einzelheiten beschriebene Technik, das angeschwollene Glied zu streicheln, um den Erguß zu verlängern.

Die Geschichte des Schlafenden Kaisers zeigt vage Anklänge an spätmittelalterliche Mythen über den Fischerkönig, dessen unheilbare Wunde dem ganzen Reich Verderben bringt, wobei freilich die alchimistische Version ein sehr viel erotischeres Gepräge hat. In Victors Fall wurde die Rolle der Kaiserin von Seraphina übernommen, die der jungfräulichen Konkubine von Elizabeth. Aus ihrer Schilderung müssen wir schließen, daß Victor in seinem schlafähnlichen Zustand mit ähnlichen Mitteln zur Ejakulation gebracht wurde, damit Seraphina den von ihr benötigten Samen auffangen konnte.

So extrem die Herausforderung scheint, die der Ritus des Schlafenden Kaisers darstellt, die Alchimie kannte eine noch höhere Stufe der Disziplin. Diese erforderte den völligen Verzicht auf Samenausstoß, selbst unter den aufreizendsten Umständen.

So hatte der Adept beispielsweise mit einer Reihe von Frauen zu kopulieren, deren Frische seiner Erregung immer neue Nahrung bot, durfte aber dabei nie seinen Höhepunkt erreichen. »Beim Verkehr mit dem Weibe«, spricht der verehrte chinesische Weise Ko Tsu Chung, »enthalte dich möglichst oft des Ergusses, auf daß der Same über das Rückgrat ins Hirn zurückkehre und es stärke.« Auf diese Weise einbehalten, wurde Sperma das legendäre Lebenselixier.

Wie wir mittlerweile wissen, hat es durch die Jahrhunderte eine geheime alchimistische Tradition gegeben, in der solch groteske Praktiken überleben konnten. Ein später alexandrinischer Text etwa, der dem Thebaner Olympiodoros zugeschrieben wird und sich eng an tantrische Quellen hält, ermuntert zu aufmerksamster Begutachtung der weiblichen Anatomie. Jede Ritze, jeder Spalt des weiblichen Körpers, jede Pore und jedes Haar, jede Oberfläche und jeder Geruch sollen mit liebevoller Hingabe studiert werden. Noch der geringste körperliche Makel ist ausfindig zu machen und als erotisches Stimulans zu nutzen. Ein typischer Passus weist den Adepten an, er solle »das Göttliche in der Unvollkommenheit der Geliebten« suchen,

> denn dort wird es durch den Gegensatz am hellsten strahlen. Suche das Hohe im Niedrigen, das Reine im Verderbten. Zähle jedes Haar der Geliebten als Gelegenheit zur Erleuchtung. Bewege die Geliebte mit den glühendsten Bitten dazu, sich deinem anbetenden Auge zu öffnen, auf daß sie an ihren geheimsten Stellen erkundet und bewundert werden möge. Lehre die Geliebte den wahren Sinn ihrer fleischlichen Reize, welche das Tor zum Namenlosen sind.

Erst nach Jahren der Beschäftigung mit Texten wie diesem und mit den an sie gekoppelten rituellen Praktiken begriff ich vollends, was die Baronin Frankenstein mit der Wiederbelebung der chymischen Hochzeit zu erreichen hoffte. Es war etwas noch viel Infameres als die Abkehr von christlicher Sittlichkeit. Meiner Ansicht nach hoffte sie damit die *gesamte europäische Naturwissenschaft zu entmannen.* Man denke daran, wie oft diese Frau ihrer Feindseligkeit gegenüber dem wissenschaftlichen Fortschritt Ausdruck verlieh und ihren Neid auf die Männer bekannte, die ihm die Richtung geben. Ohne Zweifel gedachte sie, sich nicht mit Klagen und Verwünschungen zu begnügen. Ihr Ziel war es, das wissenschaftliche Arbeitsfeld mit Formen erotischer Aufreizung zu unterhöhlen, die seine notwendigerweise von Grund auf maskuline Strenge zersetzen würden. Das Rosen- und das Lavendelbuch sind somit am besten als ein Sirenengesang zu verstehen, dessen Zweck darin bestand, die Naturphilosophie in ein Gemach der nervenaufreibenden Lüste zu locken.

Ich bin bereit zu konzidieren, daß Lady Carolines Beweggründe zumindest in ihren eigenen Augen lauter waren. Mag sein, daß sie wirklich einen heilbringenden Einfluß auf ihre Zeit auszuüben wünschte. Ihre Besorgnis um die niederen Kreaturen ist geradezu rührend. Aber wie rudimentär ihr Verständnis der Naturphilosophie war, zeigt sich schon daran, daß sie glauben konnte, die überholten Mären der alchimistischen Adepten hätten noch eine Daseinsberechtigung in dem unaufhaltsamen Siegeszug unserer Gesellschaft gegen Unwissenheit und Aberglauben. Was für ein Wirrwarr sich hier offenbart! Fakten und Phantasien, Symbol und Substanz, Schrulle und Wahrheit... alles zerfließt in eins, ohne jede rationale Abgrenzung. Das Universum der Alchimie war ein Reich der Halluzination, nicht des verbürgten Wissens. Ich hege nicht den leisesten Zweifel: Wäre es Lady Carolines bizarrem Unterfangen gelungen, in unserer Kultur Wurzeln zu schlagen, es hätte sich ausgebreitet wie ein verderbliches Unkraut und die Quellen unserer moralischen Kraft vergiftet.

Der Salamander

Die Rose gebietet durch Schönheit,
Im Herzen hält Liebe den Thron.
In williger Unterwerfung
Beugt Niedriges sich dem Hoh'n.

Ich wandle zwischen den Leuen,
Golden und grün von Haar,
Ich wandre tief in Wäldern,
Die keiner vor mir sah.

Rot sind der Leuen Fänge,
Sie triefen rot von Blut.
Ich nah' mich ihnen furchtlos
Und spotte ihrer Wut.

Das, was die Welten bindet,
Ist holde Harmonie,
Und was die Sterne kettet,
Liebreiche Despotie.

–, März 178–
Seraphina lehrt uns die Fütterung der Leuen.

Über der Darstellung dieser Übung im Lavendelbuch haben
Victor und ich lange verweilt, und ich habe mich gefragt, ob
uns dies wohl jemals zugedacht sein würde.

»Deine Aufmerksamkeit darf die ganze Nacht hindurch nicht nachlassen«, schärft Seraphina Victor ein. »Das hier wird deinen Geist klar wie Kristall halten.« Sie braut ihm eine Tasse starken Tees mit einer Prise Zichorie. In der ersten Nacht übernimmt Seraphina selbst den Part der Frau; meine Aufgabe besteht nur darin, zuzuschauen. »Denkt daran«, mahnt sie uns beide, »ihr sollt lernen, mehr zu sehen als das, was das Auge auf den ersten Blick erkennt. Wenn ihr daran glaubt, daß es mehr gibt, werdet ihr auch mehr finden.« Victor ist nicht mehr so unklug, Seraphina als die Greisin abzutun, die sie nach außen hin zu sein scheint; er kennt ihre weibliche Macht. Binnen einer Stunde ist er in seine Meditation versunken, sein Blick so gebannt, als hätte er die lieblichste aller Frauen vor Augen. Und Seraphina nicht minder. Auch sie scheint in schlafwandlerische Entrückung verfallen zu sein, während sie ihre Rolle spielt. Ich beobachte sie und sinne darüber nach, ob ich wohl genauso still und geduldig bleiben kann wie sie. Als ich sie danach frage, lächelt sie aufmunternd.

»Kein Sorge, Kind. Ich gebe dir etwas, das dir helfen soll, deine Ruhe zu bewahren. Später wirst du keiner äußerlichen Stütze mehr bedürfen, um dich zu sammeln. Victors Gedanken werden auch deine Gedanken sein; ihr werdet vereint sein in einer Weise, die ich nicht erklären kann. Für euch beide wird die Nacht wie im Fluge verstreichen. Sage dir nur, daß Victor dir die Hingabe des wahren Bräutigams entgegenbringt, eine Liebe, die die Geliebte erhöht.«

Noch dreimal im Lauf der folgenden zwei Wochen kommen Victor und ich zusammen, um die Leuen zu füttern, während Seraphina über uns wacht. Der Trank, den sie mir einflößt, gibt mir das Gefühl, über dem Erdboden zu schweben; zugleich schärft er meine Wahrnehmungen auf das äußerste. Ich *spüre* Victors Blick auf mir, als liebkoste er meinen Körper, und nicht immer so zärtlich, wie ich mir wünschen würde.

Mitunter ist er zu stürmisch, zu gewaltsam. Wieder einmal wird mir klar, wie schutzlos es eine Frau macht, daß ihr Leib sich *öffnet*. Aber da ich Victor vertraue, gewähre ich der Verletzlichkeit Einlaß, und das ist kein bedrohliches Gefühl, sondenr ein aufregendes. Erwartung schwingt in der Luft, eine Erwartung, die der seltsamen Keuschheit unseres Tuns entspringt: daß seine Augen so inbrünstig auf mir ruhen und wir uns doch nie berühren. Zunächst dünkt mich meine Rolle die einer schamlosen Verführerin: Ich empfinde nichts als Lüsternheit bei dem, was von mir verlangt wird. Aber mit der Zeit, als Nacht um Nacht dahingeht, gewahre ich etwas anderes darin: daß die Lüsternheit eine schmale Pforte sein kann, die wir durchschreiten müssen; daß sich dahinter Weite auftut, eine ruhevollere, reinere, erhebendere Lust.

–, Juni 178 –

Jedesmal, wenn wir die Leuen gefüttert haben, fragt Seraphina, was in unseren Gedanken war. Anfänglich scheue ich mich, es ihr zu sagen – und Victor desgleichen. Unser Denken ist zu oft angefüllt mit wollüstigen Bildern, als daß wir es preiszugeben wagten. Sie drängt nicht auf eine Antwort, aber sie kommt in jeder Nacht auf die Frage zurück. Schließlich bringt Victor die Kühnheit auf, ihr zu erwidern. »Ich stelle mir vor, daß ich sie berühre«, sagt er. »Ich möchte sie berühren.«

»Wo möchtest du sie denn berühren?« fragt Seraphina mit einem neckenden Unterton in der Stimme. Victor schämt sich, es zu sagen. »Hier?« fragt Seraphina, indem sie die Hand ausstreckt und sie langsam an meinem Körper entlangstreichen läßt, von den Brüsten hinunter bis zur Scham. »Oder hier? Würdest es gern so machen wie jetzt ich?«

»Ja«, bekennt er und errötet wider Willen.

»Und warum?« fragt Seraphina.

Die Frage befremdet Victor. »Alles andere erschiene mir unnatürlich. Der Anblick… entflammt mich.«

In Seraphinas Stimme klingt nun aufrichtiges Mitleid. »Ja, ich habe dich in Brand gesteckt. Es ist ›natürlich‹, daß du entbrennst, jung und ungestüm, wie du bist. Und du, Elizabeth? Was ist in deinen Gedanken?«

Victors Geständnis gibt auch mir Mut, zu sprechen. »Ich will, daß Victor mich in den Armen hält wie mein richtiger Geliebter.«

»Soll er dich nur in den Armen halten?«

»Nein! Er soll in mich *eindringen*. Mit jedem Mal will ich es stärker. Ich stelle es mir vor, ich verzehre mich danach, ich träume davon.« Die Worte brechen aus mir hervor, schneidend vor schamlosem Zorn. Ich bäume mich auf gegen dieses schwere Joch, das sie uns auferlegt. Aber erst als ich den Zorn benenne, wird mir bewußt, wie heiß er brennt, wie übermächtig meine Begierde geworden ist.

»Du hältst mich für grausam, ich weiß«, erwidert sie in einem Ton, der traurig ist, aber nicht entschuldigend. »Und doch handle ich nicht ohne Grund. Ich lehre euch den Hunger, mein Liebes. Ich lasse ihn in eurem Innern wachsen. Wenn Mann und Frau es zu eilig haben und ihren Hunger unverzüglich stillen, erfahren sie nie, wie stark er werden kann und welch größeres Begehren er nährt. Sie entdecken nicht, was ihre Vereinigung bedeutet. Ihre Wonne ist bald vergangen, ohne daß sie ahnten, daß es noch eine andere Lust gibt, die hinter der ersten wartet. Mit der Zeit werdet ihr begreifen, daß diese zweite Lust, von der ich spreche, in dem Entbrannt-Sein liegt; das Brennen wird sich in ein Paar Flügel verwandeln und euch himmelwärts tragen. Schauen wir doch, wie nahe ihr dieser Zeit bereits seid.«

Damit schickt sie mich nach der Flasche, die das Blut und den Samen enthält; sie stellt sie vor uns auf den Boden. Wir haben das Gefäß mehrmals studiert. Wir haben erklärt bekommen, daß das, was wir in diesem Gefäß sehen, die schwarze Phase der *nigredo* ist. Seraphina hat der Mixtur noch andere Stoffe beigemengt – Kräuter, Perlmuttsplitter, das süße Öl des Antimon – und das Ganze im Mist einer tragenden Stute gewärmt. Dort gärt und brütet es nun in seinem versiegelten Behältnis, wird faulig mit dem fortschreitenden Drama der Verwesung.

Als wir uns diesmal niedersetzen, um uns in den Anblick zu vertiefen, verabreicht Seraphina uns einen Trank. Er hat denselben bitteren Geschmack wie der Beifuß, den ich bei den Zusammenkünften der Frauen getrunken habe, aber er ist stärker. Das verleiht dem Auge neue Kräfte, erklärt sie uns. Während sie darauf wartet, daß der Trunk zu wirken beginnt, singt sie leise vor sich hin, ein umschattetes Lied der Nacht. »Nehmt jetzt die Flasche in die Hand«, weist sie uns nach einer Weile an, indem sie das Gefäß zwischen Victor und mich hält, damit wir es betrachten können. »Dreht es, schwenkt es, dann seht genau hin.«

Zuerst erkenne ich lange Zeit nichts als das schleimige schwarze Gebräu, das am Grunde liegt. »Oh, aber gib acht«, flüstert Seraphina.

Und dann, und dann ... meine ich ein Flackern von buntem Licht auszumachen. Noch eins, und noch eins. Das Innere des Glases hat Feuer gefangen! Licht schlägt von der toten Masse empor und zuckt an den Innenwänden des Gefäßes entlang. Ich sehe Flammen aus der Flasche lecken und sich wie züngelnde Schlangen um Seraphinas Arme und Schultern winden. Es überrascht mich so, daß ich zurückschrecke, als könnten die Flammen auf mich überspringen.

»Sag mir, was du siehst!« fordert sie mit grollender Stimme, beinahe einem Knurren.

»Ich sehe *Feuer*!«

»Welche Farbe?« fragt Seraphina begierig, immer noch umspielt von dem lodernden Lichtzopf.

»Blau«, antworte ich. »Ein blaues Feuer ...«

»Das ist kostbar, meine Liebste. Laß dieses Feuer dich

nähren. Spüre es tief in deinem Innern. Laß es dich von Kopf bis Fuß wärmen. Hab keine Angst vor dem, was du siehst!«

Plötzlich brechen die Worte aus mir heraus: »O Gott! *Da bewegt sich etwas!*«

Erregt beugt Seraphina sich vor, hält mir die Flasche noch dichter vors Gesicht. »Schau genau hin! Sag mir, was du siehst.«

»Ich sehe … ich sehe …« Aber meine Augen lassen mich im Stich. Das Licht blendet zu stark; das Bild verschwimmt.

»Auch gut«, sagt Seraphina. »Das reicht für eine Nacht. Und du, Victor – was hast du gesehen?«

»Gar nichts habe ich gesehen«, erwidert er verwirrt.

Seraphina nickt abwägend. »Alles zu seiner Zeit. Mit jeder Nacht werden wir ein Stück tiefer in dieses Mysterium eindringen.«

Und so ist es. Jedesmal, wenn die Leuenfütterung hinter uns liegt, holt sie die Flasche herbei. Jedesmal sehe ich die strahlende blaue Flamme aus ihrem Innern schlagen, und immer bewegt sich etwas darin – etwas Lebendiges, scheint mir. Aber was könnte ein so wild loderndes Feuer überleben? Dann, nach mehreren Nächten, hält mein Blick stand, ohne zurückzuzucken oder zu verschwimmen. Und ich sehe ganz deutlich: »*Ein Tier!* Eine Eidechse.« Denn genau das ist es, ein Reptil mit schneller, suchender Zunge und peitschendem Schweif, das seinen geschmeidigen, schimmernden Leib in der Flamme badet.

»Welche Farbe hat es?« fragt Seraphina. Das Wesen entschwindet meinem Blick, schmilzt in das Gleißen. Ich starre, bis meine Augen trocken und warm sind. »Sachte, Kind«, mahnt mich Seraphina. »Laß deinen Blick sanft und einladend werden. Bitte dieses Ding, sich dir zu zeigen.«

Ich gehorche. Statt den Anblick herbeizuzwingen, spreche ich stumm ein kleines Gebet, ich lade das Ding in der Flasche ein, sichtbar zu werden. Langsam, ganz langsam kehrt die Eidechse zurück, ihre schuppige Haut jetzt in hellen Flammen; sie trägt das Feuer wie ein Gewand. »Alle Farben«, sage ich. »Rot, silber, orange.«

»Was siehst du noch?«

»Es kriecht im Feuer herum, aber es verbrennt nicht.«

»Kannst du erkennen, ob es sich in der Flamme wohl fühlt?«

»Ja. Es wälzt und aalt sich darin.«

Seraphina hält die Vase näher zu Victor hin. »Jetzt du, Victor. Siehst du diese Kreatur ebenfalls?«

Aber Victors Auge ist nicht geübt wie meins. Obgleich er mit aller Macht in die Flasche starrt, erblickt er nur den verrottenden Bodensatz. »Ich sehe nichts«, erklärt er ungeduldig. »Da ist nichts zu sehen außer dem Schleim, den du hineingetan hast.«

»Mach dir nichts draus, Kind«, tröstet ihn Seraphina. »Mit der Zeit wirst auch du sehen. Dieses Tier ist ein besonderes Zeichen; es ist der Salamander, der sich aus der Schlacke erhebt. So grimmig er anzusehen sein mag, er ist unser treuer Führer. Er erscheint zum Zeichen, daß die *nigredo* ihrem Ende zugeht. Die Wiedergeburt setzt ein, in euch ebenso wie in der Flasche. Denkt daran: Alles, was ihr in der Welt seht, muß zu allererst in euch bestehen. Ihr werdet das Große Werk nicht draußen vollendet sehen, ehe es nicht im Innern vollendet ist. Gebt vor allem acht, wie der Salamander die Flamme liebt. Das Feuer ist sein Element. Er genießt das Brennen, wie ihr es genießen werdet. Erinnert euch, was ich euch gesagt habe: Jedes Ding ist ein Abbild von etwas anderem, Dahinterliegendem. Was bedeutet es, daß es Mann und Frau gibt? Was bedeutet es, daß der Mann in die Frau eindringt? Daß er in sie *hinein*dringt? Warum sind wir als zwei Wesen erschaffen, die danach brennen, eins zu werden? Das Eins-Sein ist es, was zählt. Dafür lohnt es sich, ein Leben lang entbrannt zu sein.«

»Dein Blick ist rascher als meiner«, sagt Victor hinterher zu mir. »Ich sehe nichts in dem Ei. Verstellst du dich nur?« fragt er argwöhnisch. Es ist das erste Mal, daß er Mißtrauen gegen mich äußert.

»Das würde ich niemals tun. Ich würde nicht versuchen, Seraphina zu täuschen; das könnte ich gar nicht.«

»Vielleicht hintergeht ihr mich ja beide.«

Was er sagt, verblüfft mich. »Warum sollten wir das?«

Mit böser Miene zuckt er die Achseln. »Weil ihr Frauen seid und das hier für euch haben wollt.«

»Keineswegs«, protestiere ich entrüstet. »Ich würde alles mit dir teilen, ganz gleich, was es ist.«

»Warum bin ich dann nicht imstande, den Salamander zu sehen? Ich starre so angestrengt, daß mein Blick sogar eine Steinmauer durchbohren müßte.«

»Vielleicht, weil du es zu sehr willst, weil du dich zu sehr anstrengst. Laß deinen Blick ruhig werden. Vertraue darauf, daß du sehen wirst.«

Aber in der nächsten Nacht und auch in der übernächsten sieht Victor nichts, als Seraphina ihm die Vase hinhält, und mit jedem Mal wächst seine Unruhe. Schließlich bricht er ab – »ich habe kein Auge für so etwas«, erklärt er und weigert sich, unsere *séance* fortzusetzen.

»Geduld, Victor«, sagt Seraphina. »Du wirst es auf andere Art erfahren. Oft ist es die *Soror*, die diese Zeichen als erste sieht; auf diese Weise hilft sie dazu, Besonnenheit walten zu lassen.«

Aber ich spüre, daß Victor unzufrieden ist. Um seine Gefühle zu schonen, tue ich in der nächsten Nacht so, als sähe auch ich nichts. Seraphina ist verwundert. »Bist du ganz sicher, Kind?« fragt sie.

»Nichts… ich sehe nichts. Ich habe das Tier aus den Augen verloren, doch, wirklich.«

»Das ist aber seltsam.« Ich merke, daß meine Antwort Seraphina beunruhigt. Ich glaube, sie weiß, was in mir vorgeht. Ich glaube, sie weiß, daß ich lüge. Aber ich lüge aus Liebe zu Victor. Ich will ihn nicht hinter mir lassen.

Anmerkung des Herausgebers

Die »Fütterung der Leuen« und der Einfluß des Linkshändigen Tantra auf die europäische Alchimie

Die erotische Andacht, die hier kryptisch die Fütterung der Leuen genannt wird, mag von Victor und Elizabeth öfter praktiziert worden sein als jede andere alchimistische Übung. Ich würde nicht zögern, sie als den maßgeblichsten und mit hoher Wahrscheinlichkeit auch den zersetzendsten der Einflüsse zu bezeichnen, die die Beziehung der beiden geprägt haben. Die Übung wird im Lavendelbuch wie folgt illustriert: Die Darstellung zeigt einen betagten Adepten, der wie betend vor einer weiblichen Laborantin kniet. Sie lehnt sich auf einem Divan zurück, ihre Gestalt hell ausgeleuchtet durch einen doppelten Lampenkreis; mit schamlos gespreizten Schenkeln bietet sie sich dem Blick dar. In den folgenden Bildern sieht man über den beiden Sonne und Mond ihre Bahnen ziehen, ein Zeichen, daß eine ganze Nacht vergeht, ohne daß der Alchimist das Auge von seiner Gefährtin wendet. Sein Blick erforscht jeden Teil ihrer Anatomie und verweilt über lange Zeitspannen auf der intimsten aller Regionen.

Irgendwann im Lauf der Nacht beginnt der Weise zu halluzinieren. Die Gestalt der Laborantin wandelt sich in seinen Augen in einen dichten mondbeschienenen Wald mit üppig blühenden Bäumen. Augen erscheinen zwischen den Bäumen, erst ein Paar, dann ein nächstes. Zwei Löwen, einer golden, einer grün, treten aus der schattigen Höhlung der Vagina hervor. Ihre Mäuler triefen von Blut. Sie nähern sich dem Alchimisten, der in seine Betrachtung versunken ist. Noch während die Löwen ihn in die Fänge nehmen, bleibt seine Konzentration ungebrochen. Biß um Biß verschlingen ihn die Löwen; nicht einen einzigen Knochen lassen sie übrig. Sie kehren in den Körper der Frau zurück, schlüpfen mühelos in die tiefen Spalten ihrer Vulva. Jeder trägt einen blutigen Überrest des Alchimisten im Maul. Ein Bild zeigt die Löwen im Unterleib der Frau, wo sie sich zum Schlaf niederlegen. Gegen Morgen, wenn die aufgehende Sonne den Himmel erhellt, verschwinden die Löwen; die Überreste des Alchimisten – nun im Schoß der Frau – nehmen die Gestalt eines Fetus an. Auf der letzten Darstellung gebiert die Frau den Alchimisten, der voll ausgeformt aus ihr hervorgeht, strahlend und männlich. Er dreht sich um und kniet zwischen ihren Beinen nieder, um ihrem Geschlecht einen Kuß aufzudrücken.

Bilder, in denen der Adept zerstückelt oder bei lebendigem Leibe verschlungen wird, treten in alchimistischen Texten häufig auf. Sie symbolisieren unzweifelhaft eine Prüfung, die über Leiden zur Erleuchtung führt. Unter den alchimistischen Philosophen wurde diese Erfahrung gern als *regressus ad uterum* dargestellt, als eine Rückkehr in den Mutterleib. So lesen wir etwa bei Paracelsus, wer in das Reich Gottes gelangen wolle, müsse zuerst mit dem Leibe in seine Mutter eingehen und sterben.

In den Texten des Linkshändigen Tantra verbindet sich dieser rituelle Tod oft mit einem rückhaltlosen weiblichen Erotizismus. Paradoxerweise haftet aber diesen Praktiken, ganz wie Elizabeth bemerkt, eine gewisse, fast schon perverse »Keuschheit« an, da sie keinen direkten physischen Kontakt zwischen den Liebenden zulassen. Sofern wir den Berichten, wie wir sie hier vorfinden, glauben können, war das Ziel dabei die Überwindung fleischlichen Begehrens. Die beständige übersteigerte Sinnesreizung hatte ein schließliches Abstumpfen der Begierde, ein Ende des Verlangens zur Folge. Wie wir später in dieser Erzählung an dem sogenannten »Flug des Greifen« sehen werden, bargen diese Praktiken, die allesamt die äußerste Selbstdisziplin erforderten, große Gefahren in sich.

Der Basilisk

–. Oktober 178–

Eine beunruhigende Wendung …

Vor drei Abenden: Wieder einmal sind wir in Seraphinas Hütte versammelt, um das Ritual der Leuen durchzuführen. Gleich von Beginn an geht die *séance* schlecht voran; irgend etwas leistet Widerstand. Victor wirkt gereizt, außerstande, seine Gedanken zur Ruhe zu bringen. In solchen Fällen, hat Seraphina uns geraten, sollen wir uns unser Inneres als eine Kerze vorstellen, um die herum die Winde wirbeln. Wir sollen im Geist unsere Hände um die Flamme wölben, damit sie stetig bleibt, frei von Flackern, ein heller Lichtpunkt.

Aber in dieser Nacht ist Victors Inneres wie ein windgetriebenes Feuer, das nach allen Seiten Funken versprüht. Auch der Beruhigungstrank, den Seraphina ihm bereitet, zeigt keine Wirkung. Wenn er so aufgewühlt ist, finde ich es unmöglich, vertrauensvoll unter seinem Blick zu ruhen. Ich spüre, wie seine Augen nach mir greifen, ungeduldig, drängend. Mein Inneres verschmilzt bei unseren Übungen mittlerweile so vollständig mit dem seinen, daß mir keine noch so winzige seiner Stimmungsschwankungen entgeht. An diesem Abend – nicht zum erstenmal – komme ich mir wie eine Dirne vor, daß ich so nackt vor ihm liege. Nachdem einige Zeit verstrichen ist (wieviel vermag ich nicht zu sagen; die Dauer unserer Meditationen läßt sich nur schwer bestimmen), wird meine

Scham so groß, daß ich fast eine Unterbrechung erbitten möchte, um mich zu bedecken. Doch da spüre ich, wie seine Stimmung umschwingt, seine Gedanken sich verdüstern. Er sieht mich nicht mehr lüstern an, sondern so todunglücklich, daß ich am liebsten in Tränen ausbrechen würde. Wellen der Verzweiflung spülen über mich hin.

Was geschieht hier?

Seraphina, die unsere Gedanken zu lesen scheint, als wären es ihre eigenen, spürt Victors Unbehagen ebenfalls. Als ich in meinem Kopf Klarheit geschaffen habe und um mich blicke, sehe ich sie an Victors Seite kauern; sie wiegt ihn in den Armen, tröstet ihn. Sie fragt ihn, ob er ihr nicht den Grund für seine Niedergeschlagenheit nennen möchte, aber er sagt nichts – nur, daß er gehen will.

An diesem Abend zieht er sich in sein Zimmer zurück, ohne mir gute Nacht zu wünschen. Am nächsten Tag bricht er schon vor dem Frühstück zu einer Wanderung in Richtung des Mont Salève auf. Zwei Tage lang bekomme ich ihn nicht zu Gesicht; als er zurückkehrt, befindet er sich in der schwärzesten aller Stimmungen und will nicht reden.

Dann – letzte Nacht – erwache ich davon, daß sich in meinem Zimmer jemand bewegt. »Wer ist da?« rufe ich in die Dunkelheit, aber es erfolgt keine Antwort, nur ein Rascheln am Fuß meines Bettes. Ich starre ins Dunkel und lausche angestrengt. »Wer ist da?« frage ich erneut und höre zur Antwort einen Laut, der mir das Blut in den Adern stocken läßt. In meinem Zimmer weint jemand. Hastig, mit zitternder Hand, schlage ich Feuer, um eine Kerze anzuzünden, und entdecke Victor, der nackt an meinem Bett steht. Er murmelt etwas mit halber Stimme, fieberhaft, aber dabei schluchzt er so laut, daß ich die Worte nicht verstehen kann. Als ich ihn anspreche, hört er mich nicht. *Ist das wirklich Victor*, frage ich mich, *oder ein Doppelgänger, ein Phantom*? Ich beuge mich vor und erkenne, daß seine Augen geschlossen sind; er schläft.

Ich fasse seine Hand und ziehe ihn behutsam neben mich aufs Bett. Selbst im unsteten Kerzenschein sehe ich, wie bleich er ist und wie ihm die Tränen über die Wangen strömen. Er wird von Schluchzen geschüttelt. Ich nehme ihn in die Arme und versuche ihn zu trösten.

Nach kurzer Zeit wird er wach und erkennt verblüfft, wo er ist. »Ich hatte einen Traum«, sagt er mit unterdrückter, bebender Stimme. »Ich wage nicht, die Augen zu schließen, sonst kehrt er noch zurück.«

Ich nehme ihn zu mir ins Bett und halte ihn fest, bis er die Fassung wiedererlangt. Er klammert sich an mich, vergräbt das Gesicht an meiner Brust wie ein verängstigtes Kind. Ich beschwöre ihn, mir zu erzählen, was er geträumt hat. Eine lange Zeit will er nicht mit der Sprache herausrücken, aber auf mein fortgesetztes Drängen hin spricht er zuletzt doch.

»Ich habe geträumt, du wärst schwanger, mit *unserem* Kind. Du warst so unsagbar stolz. Du kamst zu mir gelaufen und riefst mir zu, daß unsere Vereinigung nun endlich vollzogen sei, daß wir das Große Werk zur Vollendung gebracht hätten. Oh, du warst wunderschön anzusehen, Elizabeth; die Luft rings um dich schimmerte von goldnem Licht. Dein Körper rundete sich sanft; voll und reif. Ich wußte, daß du nun wahrhaftig zur Frau geworden warst. Eilends überbrachten wir die Nachricht Mutter; aber sie war nicht erfreut. ›Elizabeth ist zu jung, um dieses Kind zu gebären‹, erklärte sie, ›ich werde es für sie austragen.‹ Und augenblicklich verschwand das Kind wie durch Zauberhand aus deinem Leib und fand sich in ihrem wieder. Sie sah, wie sehr sie uns mit ihrem Tun verwirrt und verletzt hatte, doch das kümmerte sie nicht. ›Es war stets meine Absicht, daß dieses Kind mir gehören sollte‹, verkündete sie. ›Elizabeth ist nicht würdig, die Hochzeit zu vollziehen.‹

Von da an nahmen die Dinge einen schlechten Verlauf. Mutter erkrankte; ihr Zustand wurde ihr zur Qual. Das Kind ließ sie anschwellen, bis sie widerwärtig aufgebläht aussah. Etwas Schreckliches geschah mit ihr. ›Es vergiftet mich!‹ schrie sie und flehte mich an, ich möge sie entbinden. Ich war entsetzt. Ich sagte, das könne ich nicht. ›Laß dir von Elizabeth beistehen‹, sagte ich, ›sie weiß, wie man Kinder zur Welt bringt.‹ Aber Mutter bestand darauf, daß nur ich ihr helfen könne. Sie ließ dich nicht in ihre Nähe. ›Das ist dein Werk‹, schrie sie dich an. ›Du bist eifersüchtig auf mich, du Zigeunerbalg!‹ Damit verwies sie dich des Zimmers. Ich empfand große Wut, aber ich brachte es nicht fertig, mich ihr zu widersetzen. Ich tat, was ich konnte, um sie für die Geburt bereitzumachen. Ich häufte Kissen um sie auf und begann sie zu entkleiden, aber ich war nicht behende genug. ›Beeil dich‹, forderte sie und riß sich die Kleider vom Leib, bis sie nackt vor mir stand, ekelerregend aufgequollen von dem Kind in ihr. Es erschien mir so widernatürlich; zitternd vor Scham stand ich über ihr. Wir warteten und warteten. Die Zeit war da, aber das Kind kam nicht zum Vorschein.

Ich beschwor Mutter, die Geburt zu beschleunigen – vergebens. Sie schrie um Hilfe. ›Zieh es heraus!‹ befahl sie und öffnete sich ungeheuer weit. Ich griff in ihren Leib, um das Kind zu fassen; es war, als würden meine Hände von einer großen, saugenden Bestie verschlungen, doch was ich dort drinnen ertastete, war ein rauhes, schuppiges Etwas, das sich von mir wegkrümmte, tiefer in ihren Schoß hinein. Mutter fing laut zu schreien an von dem Schmerz des Gebärens. Ich wußte, daß ich das Ding aus ihr herausholen mußte, sonst würde sie ganz gewiß sterben. Also nahm ich alle meine Kraft zusammen, stieß mit den Händen tief in sie hinein, und es gelang mir, das Ding, das sie in sich hatte, hervorzuziehen. Doch was ich in meinen Händen hielt, war kein menschliches Kind; es war ein bös aussehender Vogel, der zornige Blicke um sich schleuderte. Er hatte einen mörderischen Schnabel, feurige Augen und einen langen, schlangenartigen Schweif, der hin und her schlug. Voller Haß heftete er den Blick auf Mutter und wollte schon auf sie losflattern, aber ich hielt ihn fest und ließ nicht los, bis er sich schließlich meinem Griff entwand und mit lautem Kreischen in den Himmel hinausflog. Als ich mich wieder Mutter zukehrte, stand ich stumm vor Schrecken. Sie lag auf dem Bett, kalt und grau und still. Ich berührte sie... und stellte fest, daß sie zu Stein erstarrt war.«

Und wieder beginnt er zu zittern.

Mir wird klar, daß dies das erste Mal ist, daß Victor mir von seinen Träumen erzählt hat. Einmal hat er geprahlt, er würde niemals träumen, und sollte es doch dazu kommen, so würde er das Geträumte als törichtes Hirngespinst aus dem Gedächtnis zu löschen wissen. Aber ich kann mir nicht vorstellen, daß er es fertigbringen wird, diesen Traum auszulöschen. Den Rest der Nacht halte ich ihn fest an mich gedrückt. Victor und ich haben jahrelang nicht mehr das Bett geteilt, nicht seit wir Kinder waren. Ich wäre so glücklich, ihn hier bei mir zu haben, wenn er anders wäre, nicht so bedrückt und angsterfüllt. Als es tagt, versinkt er in einen unruhigen Schlummer; am nächsten Morgen erwacht er tief beschämt und hastet gleich weg.

Das war der Beginn einer großen Veränderung in Victor – oder vielmehr war es der Anlaß, der mir diese Veränderung erstmals zum Bewußtsein brachte. Im Rückblick konnte ich deutlich sehen, daß Victors Begeisterung für das Werk schon seit Wochen immer mehr abgekühlt war. Die Ungeduld, die ich jedesmal an ihm spürte, wenn unsere Studien ihn langweilten, war ein Zeichen tiefgreifenderer Umwälzungen in seinem Innern. Eine Zeitlang versuchte er den Unmut abzutun und seine Hingabe aufrechtzuerhalten, aber er kämpfte gegen eine Unzufriedenheit an, die sich nicht so leicht aus der Welt schaffen ließ. Etwas in seiner Natur rebellierte gegen das Werk – und, so glaube ich, auch gegen mich. Es hatte eine Zeit gegeben, zu Anfang unserer Studien, da war nicht ein Tag vergangen, an dem Victor und ich nicht voller Eifer über Seraphinas Lektionen gesprochen hatten. Wir konnten es kaum erwarten, miteinander allein zu sein, damit wir endlich erfuhren, was der andere gelernt hatte. Aber im Lauf der Monate sprachen wir immer weniger. Wenn unsere Studien beendet waren oder für einen Tag ausgesetzt wurden, zog Victor die Einsamkeit meiner Gesellschaft vor. Er verschwand in die Berge, ohne mich je zum Mitkommen aufzufordern. Oder er verschanzte sich in seinem Zimmer, angeblich erschöpft von unseren Übungen.

Seraphina bemerkte seine Unruhe sehr schnell. Bei unseren Zusammenkünften nahm sie die größte Rücksicht auf seine Gefühle. Ihm zuliebe verwandte sie mehr Zeit auf die unedlen Substanzen, darauf, wie sie sich mischen und eins werden und magisch ihr Wesen verändern. Das war für sie das Werk zweiten Ranges, eine Betätigung von deutlich niedererem Charakter, aber Victor interessierte sich dafür ungemein. Er richtete sogleich eine kleine Werkstatt in einem der Nebengebäude ein, wo er einen primitiven Ziegelofen aufbaute und alle Arten von Destillierkolben und Retorten zu sammeln begann, zusammen mit seltsamen Substanzen, die darin aufgekocht werden sollten. M. Oudard, ein Apotheker aus Lausanne, der selbst ein eifriger Spagyriker war (wenngleich von denkbar materialistischer Prägung), lieh ihm zahlreiche Utensilien, darunter einen uralten Athanor, den er in Alexandrien gekauft hatte. Victors Labor wurde in kurzer Zeit zu einem so übelriechenden und schmutzigen Ort, daß ich es nur mit dem größten Widerwillen betrat oder gar darin verweilte. Aber Seraphina, die Victors Interesse um jeden Preis wachhalten wollte, bestand darauf und beriet ihn zudem eingehend hinsichtlich der Geräte, die er brauchen würde. Obgleich sie das Experimentieren mit Stoffen als eine niedere Form des Großen Werkes betrachtete, war sie dennoch erstaunlich bewandert in den Vorgängen, die Victor zu erforschen wünschte, eine Tatsache, die ihm großen Respekt abnötigte.

Drei ganze Mondzyklen – eine Zeitspanne, die sie anders zu nutzen gedacht hatte – brachte Seraphina damit zu, uns die Geheimnisse der chymischen Flamme zu lehren. »Jedes Feuer hat seine eigene Seele«, schärfte sie uns ein, »und muß mit der gebührenden Ehrfurcht behandelt werden. Denn das Feuer ist ein eigenwilliger Geist und nicht leicht zu bändigen.« Unter Victors beharrlichem Drängen zeigte sie uns, wozu das trockene Feuer gut ist und wozu das nasse und wie man das ungebärdige »geheime Feuer« zähmt. Sie lehrte uns, wie man mit schwarzer Kohle heizt und mit blauer, mit Kampferöl und mit Salmiak, mit Holzkohle und mit Torf. Jeder Stoff, so erfuhren wir, bringt ein anderes Feuer hervor. Eibe brennt heiß und schnell und wird verwendet, wenn der Adept in Eile ist. Die Eiche ist ein launischer Gesell und läßt sich nur schwer zum Brennen überreden, aber hat sie einmal Feuer gefangen, dann dient sie so gehorsam wie ein römischer Soldat und gibt eine stetige Glut ab, die das Gemisch auch die längste Nacht hindurch gleichmäßig wärmt. Die Birke ist mutwillig und oft boshaft, darum ist sie zu nichts Höherstehendem nütze als zu einem ersten Destillieren. Die Lärche ist das Feuer der Zwillinge, eine lebhafte Tänzerin und bestens geeignet zu behutsamem Wärmen, während die priesterliche Flamme der Zeder vom Adepten einzig für feierliche Riten herangezogen wird. Seraphina lehrte uns auch den rechten Gebrauch von Stutenmist, der die sanfteste Hitze von allen ausströmt und dadurch selbst noch die empfindlichste Substanz jede vorgeschriebene Zeitspanne hindurch warm halten kann. Zu guter Letzt führte sie uns mit äußerster Vorsicht die Eigenarten des Salpeters vor, dessen aufbrausendes Temperament so manchem Experimentator Gliedmaßen oder gar das Leben gekostet hat. Und für jeden chemischen Vorgang lehrte sie uns die Gebete und Gesänge, die die Elemente durch die Odyssee des Wandels geleiten.

Ich lauschte geduldig allem, was sie sagte, konnte jedoch wenig Interesse für diese Tätigkeiten aufbringen; sie schienen mir... fremd. Sie hatten nichts gemein mit den Bildern, mit den Entsprechungen zwischen den Dingen, die meiner Phantasie Nahrung gaben. Sie waren seelenlos. Victor freilich fand an ihnen den größten Gefallen; voller Begeisterung beobachtete er noch die winzigste Veränderung der niederen Materie: wie sie glüht und schwitzt und ihre Form unter dem Druck wandelt. Obgleich man Tag und Nacht das Feuer hüten mußte und nur abschnittweise schlafen durfte, damit die Flamme unter dem köchelnden Gebräu stetig blieb, befolgte er gewissenhaft sämtliche Vorschriften. Willig durchwachte er die lange »Nacht der Philosophen«, seine gesamte Aufmerksamkeit auf die Elemente konzentriert, die da vor ihm Farbton und Beschaffenheit änderten. Es erfüllte ihn mit kindlichem Entzücken zuzuschauen, wie sich vorsichtig erhitzter Zinnober in flüssiges Quecksilber verwandelt, wie darauf das Quecksilber, wenn es mit Antimon, dem »wilden grauen Wolf«, vermischt wird, zu einem schwarzen Klumpen gerinnt und wie diese geschwärzte Schlacke, nachdem ihr oft genug Ätzkalk beigemengt worden ist, plötzlich in den hundert prächtigen Farben des »Pfauenrades« erstrahlt.

So erpicht war Victor darauf, diese Wunder für sich zu entdecken, daß er unbeherrscht wurde, mehr von den Elementen verlangte, als sie zu geben vermochten. Seraphina hob immer wieder hervor, daß sich das Werk nicht in Kochkunst erschöpfte. »Das hier sind spirituelle Künste«, erinnerte sie ihn mehr als einmal. »Die Veränderungen, die du an der irdischen Materie beobachtest, sind nur Zeichen ihrer philosophischen Bedeutung. Bei diesen Wachen, das darfst du nicht vergessen, wachen wir über die Zeit aus der Ewigkeit.« Victor nahm das, was sie sagte, nach außen hin respektvoll auf, aber in seinem Herzen zollte er ihren Ausführungen immer weniger Beachtung. »Mein Geist bewegt sich in anderen Bahnen«, gestand er mir. »Ich finde Seraphinas Art ermüdend. Diese Dinge, die sie beim Namen ruft und mit ihren Gesängen so mühsam herbeizubeschwören sucht – die Metalle und Gesteine, meine ich –, sie haben keine Ohren, sie hören nicht, wie sie zu ihnen spricht. Das ist doch Hexenzauber und weiter nichts.« Als ich seine Ungeduld rügte, entschuldigte er sich sofort – »Ich fürchte, für die Mysterien der Frauen tauge ich nicht recht«, erklärte er. Als ich ihn freilich beschwor, Seraphina doch mehr zu vertrauen, fuhr er gegen mich los: »Seraphina verkennt die wahre Bedeutung des Großen Werkes. Wenn es tatsächlich möglich ist, wertloses Metall in Gold zu verwandeln, dann will ich diese Fertigkeit beherrschen.«

»Aber wozu? Ist dir das Gold denn so wichtig?«

»Ganz und gar nicht. Das Gold selbst spielt überhaupt keine Rolle. Wenn du mich fragst, so würde ich ebenso gern Gold in Blei verwandeln wie umgekehrt. Aber ich will die *Kraft* verstehen, die diese Verwandlung bewirkt, begreifst du das nicht? *Das* ist doch der Kern der Sache. Es bedeutet, daß alle Materie in ihrem unsichtbaren Wesen ein und dasselbe ist. Wenn wir dieses eine beherrschen, dann können wir die Welt mit unseren eigenen Händen neu erschaffen. Dann können wir aus Wüstensand fruchtbares Erdreich machen und aus Steinen Brot, um damit die Hungernden zu speisen. Dann können wir die Krankheiten aus der menschlichen Natur verbannen und die Menschheit gegen den Tod feien. Wir können unentdeckte Mächte herbeirufen und sie dazu bringen, für uns zu pflügen und zu graben und zu bauen. Wir brauchen uns nie wieder im Schweiße unseres Angesichts abzumühen. Vielleicht ist das die Aufgabe, die Gott für uns aufgespart hat: ein Geschlecht von glücklichen und vortrefflichen Menschen zu erschaffen.«

Ich behielt Victors Unzufriedenheit für mich, doch ehe der Sommer um war, unterbrach eine sonderbare Wendung unsere Studien.

Victor hatte mich schwören lassen, über seinen Traum Stillschweigen zu bewahren. Ich versprach es; aber das Geheimnis drängte dennoch ans Licht. Der Gedanke daran, wie sich
Mutter in Victors Traum verhalten hatte – so habgierig und ty-
rannisch, und so hart in ihren Worten zu mir –, ließ mich nicht
los. Immer wieder mußte ich mir ins Gedächtnis rufen, daß
alles nur Victors Traumphantasie entsprungen war. Trotzdem
wurde ich mitunter gewahr, daß ich Mutter kühler begegnete,
abweisender. Scharfsichtig, wie sie war, blieb ihr dieser Schatten des Mißtrauens in mir nicht verborgen, aber erst etliche
Wochen nach Victors nächtlichem Besuch bei mir kam sie
darauf zu sprechen.

Ich stand Mutter in ihrem Atelier Modell. Sie hatte kaum
mehr als ein paar Tupfer auf die Leinwand gebracht, als sie
ihre Pinsel mit großer Entschiedenheit beiseite legte. »Zieh
dich an, Elizabeth«, sagte sie, »und setz dich zu mir.«

Eine Weile ließ sie ihre Haarflechten sinnend durch die Finger gleiten, während sie ihre Gedanken sammelte. »Sag mir«,
begann sie schließlich, »hast du dich in deinen Studien in letzter Zeit beunruhigt gefühlt?«

»Inwiefern?«

»Ich denke an Victor. Hat er mit dir über seine Gefühle gesprochen?«

»Ja. Wir sprechen oft miteinander.«

»Hat er irgendwelche Zweifel geäußert?«

Diese Frage beantwortete ich ungern, aber ich wußte, daß
ich die Wahrheit sagen mußte. »Er ist manchmal nicht ganz
glücklich darüber, daß wir so langsam vorankommen. Er ist
ungeduldig.«

»Geht er zu hastig mit dir um – wenn ihr die Leuen herbei-
ruft? Ist er grob zu dir?«

»Manchmal. Er meint es nicht so, da bin ich sicher.«

»Tut er dir weh?«

»Ich weiß, daß er mir kein Leid zufügen will.«

»Findest du es schwierig, deine Gedanken mit ihm eins werden zu lassen?«

Hier mußte ich mich behutsam vorwärts tasten. Es stimmte: Wenn Victor und ich uns zur Fütterung der Leuen begaben, war mir unter seinem Blick zunehmend unbehaglicher zumute. Wie Seraphina vorausgesagt hatte, wurde unser Denken immer unzertrennlicher; ich fühlte mich von Mal zu Mal mehr als Teil von Victors Phantasien. Aber diese Einheit im Geiste war nicht das, was ich erwartet hatte. Die Wollust, die wir hinter uns lassen sollten, hielt sein Denken nach wie vor gefangen, und sie teilte sich mir mit einer Beharrlichkeit mit, die mich mehr und mehr aus dem Lot brachte. »Ich bin sicher, daß Victor mich nicht immer so sieht, wie ich glaube, daß er mich sehen soll.«

»Nämlich wie?«

»Er soll mich als Schwester sehen.«

»Aber das tut er nicht?«

»Nein. Er sieht mich auf diese andere Weise.«

»Ist das schlimm für dich?«

Die Antwort darauf machte mich verlegen. »Nein. Denn ich will nicht immer, daß er mich als Schwester sieht.«

Sie ließ eine lange Pause entstehen. »Seraphina sorgt sich. Sie hat das Gefühl, daß Victor sich von uns entfernt. Sie fürchtet, daß er vielleicht... nicht geeignet ist für unser Werk. Meinst du, damit hat sie recht?«

Die Luft rings um uns schien mit einem Mal ganz spröde; ein unbedachtes Wort, und sie würde zersplittern. Ich forschte in Mutters Zügen, bevor ich sprach. Obwohl sie die Frage beiläufig gestellt hatte, schwang unverkennbare Angst in ihrer Stimme. Mir war klar, daß es ein gewichtiges Thema war, das sie da angeschnitten hatte, eines, das äußerstes Feingefühl von mir forderte. Es würde ihr großen Kummer bereiten, wenn ich antwortete, daß auch ich befürchtete, Victor sei außerstande, unsere Studien weiterzuführen. »Victor hat gesagt, er hat das

Gefühl, daß das Werk mehr etwas für Frauen ist als für Männer. Warum er so empfindet, weiß ich nicht. Ich habe mich bei unseren Stunden schon einige Male zurückzuhalten versucht, damit er nicht den Eindruck bekommt, ich würde ihn überflügeln.«

Eine lange Zeit saß sie da und brütete über meinen Worten. Schließlich sagte sie, mehr zu sich selbst als zu mir: »Das ist nicht gut.« Und indem sie diesen Satz mit halber Stimme zweimal wiederholte, erhob sie sich, schritt langsam durch den Raum zum Fenster und sah hinaus, tiefe Sorgenfalten auf ihrer Stirn. Die Trauer lag auf ihrem Gesicht wie ein Schleier. Ich spürte, daß ich einer der schwersten Stunden ihres Lebens beiwohnte. Lange sprach sie nicht – so lange, daß ich mich schon entschuldigen wollte, um sie ihren Gedanken zu überlassen. Aber vorher mußte ich ihr noch eine Frage stellen; ich hatte sie seit Wochen mit mir herumgetragen. Ich nahm einen Kohlestift vom Tisch und zeichnete etwas auf ein Blatt Papier: einen grimmigen Vogel mit dem Schwanz einer Schlange. »Mutter ... was ist das für ein Tier?« fragte ich.

Sie warf einen Blick darauf und erkannte es sofort. »Das ist der Basilisk.«

»Wofür steht er?«

»Es ist ein dunkles Zeichen. Eine Warnung. Es bedeutet, daß das Werk eine falsche Wendung genommen hat. Warum fragst du? Hast du dieses Wesen gesehen?«

»Nein. Ich bin in einem der Bücher darauf gestoßen.«

»Ach? In welchem wohl? Der Basilisk ist ein so unheilvolles Zeichen, daß er so gut wie nie abgebildet wird.«

Danach verging ein ganzer Monat, ehe Seraphina und wir wieder zusammenkamen. Diesmal trafen wir uns bei Tagesanbruch auf der Waldlichtung. Der Morgen war kühl und wolkenlos und verhieß einen herrlichen Tag. Victor und ich wußten beide, daß Mutter und Seraphina etliche Male mit-

einander gesprochen hatten. Ich wußte auch, daß ihre Gespräche sich um Victor drehten, aber ich verspürte wenig
Lust, ihm das zu sagen. Er für seinen Teil war zu sehr von
seiner Werkstatt in Anspruch genommen, um an irgend etwas
anderes zu denken als an »die Prüfungen und Leiden der Natur«, wie er seine Studien nannte. Aber als Seraphina uns wieder zu sich befahl, wußte er, daß es der Abschied sein würde.
»Meine Fortschritte genügen ihr nicht«, sagte Victor. »Sie will
mich nicht mehr zum Schüler.«

Seraphina tat ihr möglichstes, um ihn vom Gegenteil zu
überzeugen. Als wir an diesem Morgen zusammenkamen,
sagte sie, mehr zu Victor als zu mir: »Ihr dürft nicht glauben,
daß ich unzufrieden mit euch bin. Ich möchte lediglich, daß
ihr mehr Zeit habt, um über unsere Studien nachzudenken.
Unsere Kunst ist eine schwierige, für manche eine lebenslange
Aufgabe.« Obgleich sie sich fröhlich zu geben versuchte, war
sie eindeutig nicht mehr die Frau, als die wir sie gekannt hatten. So alt sie war, jetzt wirkte sie noch älter – ernst und gedrückt. »Eure Mutter ist der Meinung, daß wir eine Ruhepause einlegen sollten. Ich bin der Meinung, daß sie damit
recht hat. Ihr habt hart gearbeitet, und ihr seid beide noch
so jung. Später wird genug Zeit sein, um unsere Lektionen
wiederaufzunehmen. Außerdem braucht auch eure Lehrerin
Ruhe.«

Über uns, auf dem Ast einer alten Lärche, saß Alu, die uns
mit unverwandtem Blick beobachtete. Ich konnte mich nicht
erinnern, sie jemals so gebannt gesehen zu haben; es war, als
wüßte auch sie, daß dies ein besonderer Anlaß war, und wollte
sich nicht ein Wort entgehen lassen.

In allen Teilen der Welt, sagte uns Seraphina, gab es Frauen,
die sie verehrten und alljährlich auf ihr Kommen warteten;
mit ihnen gedachte sie einige Zeit zu verbringen. Sie suchte
sie jeden Winter auf, während sie südwärts nach ihrem Hei-
matland Sizilien reiste. Für eine Weile wollte sie nun der Na-

tur näher sein, auf offenem Feld und am Meer. »Es gibt Zeiten, da fühle ich mich in der Wildnis heimischer als unter Menschen. Ich empfinde es als Läuterung, mit den Tieren zu leben. Nächstes Frühjahr komme ich dann zurück, und wir machen uns wieder an die Arbeit.« Was wir denn tun sollten, während sie fort war, fragten wir. »Ihr habt eure Bücher, aus denen ihr lernen könnt. Die Baronin wird mit euch lesen. Sie ist meine begabteste Schülerin und wird euch gut unterrichten. Und du, Victor, wirst doch sicher mit deinen Experimenten fortfahren wollen. Ich werde dir Abhandlungen hierlassen, die dich ganz besonders interessieren werden. Der große Van Helmont hat mehrere Berichte verfaßt, in denen er die Gewinnung des Projektionspulvers beschreibt. Du wirst deine Wißbegierde diesen Schriften zuwenden wollen, denn derlei Abenteuer mit der *prima materia* sind ebenfalls Teil des Werkes. Aber denke immer daran, daß unsere Suche mehr als alles andere eine philosophische ist. Der große Wandel muß sich hier drinnen vollziehen, dann folgen all die Mächte nach. Versucht das Werk nach Möglichkeit nicht als etwas zu sehen, das getan oder gemacht oder gefunden werden muß, sondern als etwas, das aus eurer Seele geboren werden will.«

Damit kehrte sie sich zu ihrem Beutel und zog mehrere Gegenstände hervor, die sie sorgsam vor uns auf dem Boden ausbreitete. Als erstes entfaltete sie eine reichverzierte Decke, bestickt mit vielen okkulten Symbolen und Wörtern in einer verschnörkelten Schrift, wie wir sie noch nie gesehen hatten. Auf das Tuch legte sie ihre zwei Messer – alte Klingen alle beide, aber gewissenhaft blankgerieben, die eine mit einem Griff von schwarzem Horn, die andere mit einem weißen, beinernen Griff. »Elizabeth«, sagte sie, »hast du deine Messer mitgebracht, wie ich dir aufgetragen habe? Dann lege sie hierher, daß die Spitzen die meinen berühren.« Ich tat wie mir geheißen; die gegeneinandergelegten Klingenspitzen bildeten nun ein Quadrat. In dieses Viereck stellte Seraphina eine kleine Steingutschale, in deren Höhlung sie ein paar Kräuter streute. Zu Victor gewandt sagte sie: »Das hier ist ein Segensritual, das unter den Frauen vollzogen wird, wenn sie voneinander Abschied nehmen müssen. Männer dürfen ihm nicht beiwohnen; aber du bist etwas Besonderes, Victor. Wir möchten, daß du an unseren Lehren und unseren Zeremonien teilhast.«

Seraphina schlug ein paar Funken und brachte die Kräuter zum Schwelen. Ein angenehmer Honigduft stieg auf. Mit einer Falkenfeder wedelte sie den Rauch erst zu Victor und mir hin und dann an ihre eigene Brust. »Reichen wir einander jetzt die Hände«, sagte sie und stimmte einen leisen Gesang an. Über uns im Baum spreizte Alu ihre Schwingen weit und ließ ein sanftes kehliges Gurren ertönen, als erkenne sie dieses Lied. Es war ein so melancholischer Laut, wie ein Vogel ihn nur hervorbringen kann.

> Laß segnend ziehn den Abschiedsschmerz
> Laß segnend ziehn das untröstliche Herz
> Laß segnend ziehn der Trauer Zeit
> Laß segnend ziehn der Trennung Leid
> Segne und lasse, bis Liebe uns hüllt
> Segne und lasse, bis Freude uns füllt
> Hathor schütze diesen Zauber
> Und besiegle ihn.

Eine lange Zeit saßen wir schweigend beisammen. Als sie schließlich unsere Hände freigab, zog Victor einen kleinen Gegenstand aus der Tasche, den ich sofort erkannte. Es war ein Prisma, etwa so groß wie seine Handfläche. Ich hatte es Victor manches Mal bei seinen Experimenten benutzen sehen, aber nicht das war es, was es ihm so kostbar machte. Er hatte es zu seinem zehnten Geburtstag von M. de Saussure bekommen, der ihm beigebracht hatte, wie man damit die Geheimnisse des Lichtes erforscht. Victor hatte es an einer Silberkette befestigt, als Abschiedsgabe für Seraphina. Sie besah sich das Angebinde lange, drehte es hierhin und dorthin, um seine Regenbogenstrahlen einzufangen. »Kristall ist einer der ältesten Lichtgeister. Er ist die Mutter des Regenbogens. Seht, wie er Farben gebiert; sie sind seine liebenden Kinder. Ich merke, daß es dich belustigt, mich so sprechen zu hören, Victor. Aber ich hoffe, unsere Studien haben dich mittlerweile gelehrt, daß die Dinge eine Seele haben, genau wie wir, daß sie Schmerz empfinden und weinen und Schönheit schaffen können. Das ist es, was das Große Werk verkündet: Alles auf der Welt bewegt sich mit eigenem Willen und eigener Kraft. *Nichts* ist tot, nicht einmal der Tod selber. Alles spricht.« Sie streckte ihm das Prisma hin. »Das ist ein schönes Geschenk. Ich werde es in Ehren halten. Hängst du es mir um den Hals?«

Er tat es. Dann zog Seraphina sich an ihrem Stock hoch und entbot ein letztes Lebewohl. »Bis zum Frühjahr«, sagte sie und schlurfte nach Süden hin in den Wald hinein, mit einer Langsamkeit, die es undenkbar erscheinen ließ, daß sie es auch nur eine Meile weit von uns fort schaffen würde. Alu folgte ihr in den Lüften, die großen Segel ihrer Schwingen schlugen anmutig, während sie von Ast zu Ast glitt; und endlich verloren sich beide zwischen den Bäumen. Als ich jedoch später am Tag mit meinem Fernglas in Richtung der Voirons spähte, hätte ich schwören können, daß ich ein winziges schwarzes Pünktchen am fernen Himmel ausmachte: Alu, die gemächlich über ihrer Herrin kreiste.

Mehrere Tage hindurch fühlten Victor und ich uns wie verwaist. Sosehr er sich gegen ihre Art gewehrt hatte: Victor empfand Seraphinas Abwesenheit genauso schmerzlich wie ich. Es hatte ihm Freude bereitet, seine Kräfte an den ihren zu messen. Mehr noch aber fesselte ihn, fast gegen seinen Willen wohl, die Aura von Unheimlichkeit, die Seraphina umgab; denn es wohnte eine magische Kraft in ihr.

Wie sie uns angekündigt hatte, übernahm Mutter nun die Rolle unserer Lehrerin und versprach, mit uns zu lesen und uns die innere Bedeutung der Bücher zu erläutern. Gemeinsam nahmen sie und Victor und ich die weisen Schriften der alchimistischen Meister durch. Wir vertieften uns in die kühnen Visionen von Paracelsus, Robert Fludd und Basilius Valentinus, verweilten lange über jedem Bild und jedem Symbol, und je sorgfältiger wir hinsahen, desto mehr entdeckten wir.

Mit dem Nahen des Frühlings spürte ich die wachsende Unruhe, mit der Mutter auf Seraphinas Rückkehr wartete. Sie hatte mir gestanden, daß sie bei jeder Trennung befürchtete, es könnte für immer sein. »Sie ist alt und gebrechlich und nicht mehr so auf der Hut wie früher. Ich bange um ihre Sicherheit.« Einmal im Monat rief sie mich in ihr Schlafgemach zu einer kleinen Zeremonie, in der sie um Seraphinas unversehrte Wiederkunft betete. Dann, eines Morgens, erwachte ich von einem vertrauten Geräusch. Es war Alus rauhes Krächzen. Rasch trat ich ans Fenster, sah hierhin und dorthin, konnte aber auf dieser Seite des Schlosses nichts entdecken. Ich stürzte zur Treppe und hinunter ins Frühstückszimmer. Dort erblickte ich vor dem Fenster Mutter, die auf dem Rasen kniete, das Gesicht in den Händen vergraben. In einer solchen Haltung hatte ich sie noch nie gesehen, und ich eilte an ihre Seite. Sie weinte, ihr ganzer Körper wurde von Schluchzen geschüttelt; Alu saß über ihr in einer der Ulmen. Der Vogel schrie, als habe er ein Messer im Leib stecken, er wollte gar nicht wieder aufhören, zu schnattern und zu pfeifen.

»Wo ist Seraphina?« fragte ich.

»Alu ist allein gekommen«, murmelte Mutter durch ihre Tränen.

Beinahe zornig rief ich zu dem kreischenden Vogel empor: »Wo ist Seraphina? Wo? *Wo?*« Da bemerkte ich, daß Alu etwas Gebogenes um den Hals trug. Ich sah genauer hin: Es war einer von Seraphinas Armreifen. Nach einer Weile verstummte der Vogel, als habe er seine Botschaft nun übergebracht, und flatterte auf den Rasen herab, neben Mutter. Ohne eine Aufforderung abzuwarten, nahm er nach einer Weile seinen Platz auf Mutters Arm ein, wie er es immer bei Seraphina getan hatte. Er kakelte Mutter ins Ohr, aber sie rührte sich nicht; kalt und stumm saß sie da und sprach den ganzen restlichen Tag kein Wort mehr.

Die weisen Frauen lebten verbunden durch ein unsichtbares lebendiges Netz des Wissens. Die Kunde von ihren Abenteuern konnte sich über Hunderte von Meilen hinweg verbreiten, von Dorf zu Dorf getragen, als stünden ihre Worte im Wind geschrieben. Manche sagten, daß die Vögel Botschaften für sie übermittelten, andere, daß die Frauen sich durch die Wurzeln der Bäume von einem Ende eines Reiches bis zum anderen verständigten. Auf diese Weise erfuhren sie schneller von Unheil und Gefahr als jeder Königshof. Das Schicksal einer so berühmten Lehrerin wie Seraphina, die Hunderte von Schülerinnen in ganz Europa gehabt hatte, konnte nicht lange unentdeckt bleiben, und so kam es, daß wir noch im Frühling bei einer unserer Zusammenkünfte auf der Lichtung erfuhren, was ihr zugestoßen war. Vor einem Monat war sie unweit ihrer sizilianischen Heimat als Hexe verschrien worden. Inquisitoren, die zu Nachforschungen auf die Insel beordert worden waren, hatten sie wegen eines Trankes verhört, den sie einer der Frauen am Ort verabreicht hatte. Sie hatten sie der Wasserprobe unterzogen, verurteilt und auf dem Scheiterhaufen verbrannt. Vier hochgeborene Frauen aus der Gemeinde hatten sie zu retten versucht, aber auch sie waren festgenommen und eingekerkert worden. Mehrere andere Frauen hatte man als Seraphinas Schülerinnen verbrannt. In ganz Südfrankreich und Italien mußten sich die Frauen nun in acht nehmen.

Konnte dieser schreckliche Bericht wahr sein? Mutter

glaubte ihn unbesehen. Für sie war Alu Beweis genug. »Der Vogel hätte Seraphina niemals verlassen, wenn sie noch am Leben wäre«, sagte sie. »Alu ist zu mir gekommen, wie Seraphina es mir vorausgesagt hat – um mir anzugehören, wenn unsere Lehrerin einmal nicht mehr ist. Ich hatte gehofft, daß mir dieser Moment erspart bleiben würde.«

Einige Wochen darauf versammelten sich die Frauen bei Vollmond, in größerer Erregung, als ich es je erlebt hatte. Die Luft auf der Lichtung knisterte förmlich vor Angst, Zorn und ratloser Trauer. Wieder einmal rief Celeste Namen um Namen auf, und je mehr sie sich dem Ende näherte, desto erstickter klang ihre Stimme; fast brach sie ihr ganz. Nach einer Pause in der sie um Fassung rang, sprach sie den letzten Namen: »Seraphina von Sizilien«. Dann war lange nichts zu hören als das Schluchzen und Wehklagen der Frauen, das stetig toller wurde. Manche warfen sich auf die Erde, wo sie zuckten und sich wälzten, schreiend vor Schmerz. Mutter, Alu auf ihrer Schulter, stand still und steinern inmitten dieses Orkans von tobender Trauer, sie hatte sich schon längst leergeweint. Ich an ihrer Seite versuchte den Gefühlssturm in meinem Innern zu bezähmen, doch vergebens. Umringt von soviel wildem Jammer, ließ ich zuletzt jede Hemmung fahren und heulte mit den anderen in die Nacht hinein. Ich fiel auf die Knie und trommelte auf den Boden, bis ich ermattet war von der Anstrengung. Sicher, es war Schmerz in meiner Klage, aber mehr noch empfand ich die Wut der Hilflosigkeit. Welche aufrechte Frau konnte sich einer so schrecklichen, fühllosen Macht schon verständlich machen? Hatte niemand meiner Lehrerin ins Herz geblickt und die Weisheit und Güte darinnen erkannt? Hatten sie sie für ihren eigenen absurden Irrglauben gefoltert – daß Hexen auf einem Besenstiel durch die Luft flogen oder Muttermilch in Essig verwandelten? Hatten sie sie verbrannt, um weiterhin von *IHM, IHM, IHM,* ihrem männlichen Gott, reden zu können? Ich stellte mir vor, wie ich selbst in die Flammen gestoßen wurde, und mich schauderte vor Entsetzen.

Victor war nicht weniger zornig als ich. Mit einer kalten, starren Wut erklärte er: »Vater hat recht. Sie müssen alle zugrunde gehen, diese Tyrannen Gottes. Sie sind die Feinde der Wahrheit. Ist das nicht seltsam? Daß die Hexen und die Männer der Wissenschaft einen gemeinsamen Feind haben?«

In der Zeit, die nun folgte, verlor Mutter alle Freude an unseren Studien. Ihre Lebensgeister sanken, mit ihrer Gesundheit ging es bergab. Die Schwindsucht, die sie lange Jahre in Schach gehalten hatte, kehrte zurück; oft fesselten Fieber und ein quälender Husten sie ans Bett. Victor gab sich die Schuld an ihrem Leid, denn er wußte, daß sein Unvermögen, das Werk zu vollenden, die Wurzel ihrer Verzagtheit war. Er breitete all unsere Bücher vor ihr aus und flehte sie regelrecht an, wieder mit uns zu lesen. Aber es konnte kein Zweifel bestehen, daß der Glanz dieser Schriften für sie erloschen war. Fast schien es ihr Schmerz zu bereiten, von Mysterien zu lesen, derer sie nicht mehr Zeuge zu werden hoffte. Nun, da die Krankheit auf ihr lastete, sah sie all unserem Tun mit einer Verzweiflung zu, die mit jedem Tag schwärzer wurde.

»Ich habe zu viel von ihm verlangt«, gestand sie mir eines Nachts, während wir gemeinsam warteten, daß das Fieber nachließ. Die Schwindsucht hatte sehr an ihr gezehrt, und ihr Geist wanderte rastlos. »Vielleicht ist sein Gefühl richtig, vielleicht ist das Große Werk wirklich ein Mysterium der Frauen. Und doch kann die mystische Vereinigung nicht von der Frau allein vollzogen werden.« Sie rieb sich kopfschüttelnd die Stirn, wie jemand, der seinen gesamten Lebensplan in einen Scherbenhaufen verwandelt sieht. »Was soll aus uns werden? Sollen die Frauen im neuen Zeitalter wieder ins Nichts abgedrängt werden, während die Welt von seelenlosen Mathematikern regiert wird?«

Mit jedem Monat zog sie sich mehr in sich selbst zurück. Sie nahm nicht an den Riten der Frauen teil, die ihre Gegenwart bitterlich vermißten. Und was noch schwerer wog: Sie suchte ihr Atelier nicht mehr auf. Ihre Leinwände lagen dort herum wie Relikte eines früheren Lebens. Ich stahl mich oft in dieses einsame Reich, dessen Unordnung mich einst so abgestoßen hatte. Nun sah ich die Werkstatt als äußeren Ausdruck der Seele meiner Mutter, als einen Ort exotischen Zaubers und unirdischer Faszination. Selbst die stechenden Gerüche, die die Luft erfüllten, die dicken Staubflocken, die im Sonnenlicht dahintrieben, besaßen einen kostbaren Reiz für mich. Durch die Tür zu diesem Raum hatte ich eine neue Welt betreten. Hier hatte ich die Bekanntschaft einer anderen Wissenschaft gemacht, deren Sprache die der Träume und der Phantasie war und die sich am besten in den erhabenen, glutvollen Symbolen auf Mutters Bildern umsetzen ließ. Obgleich Mutter mir keine Erlaubnis erteilt hatte, ihre Werke zu besehen, erforschte ich bei jedem meiner Besuche im Atelier einen neuen Stoß von Skizzen und Gemälden. Welch eine seltsame Welt die Phantasiewelt meiner Mutter doch war, voll von intimen Studien weiblicher Anatomie und der fleischlichen Lüste, an denen Frauen angeblich keinen Gefallen finden.

Ich stieß auf ein Regal mit Bildern, die die Höhlen, Schluchten und Grotten der umliegenden Berge zeigten, und auch sie waren zu Frauenkörpern umgeformt worden: Alle ähnelten sie auf seltsame Weise den weiblichen Fortpflanzungsorganen. Daneben gab es freilich mannigfache Visionen innerer Welten, die Himmel und Höllen des Geistes – allen voran das große Gemälde, an dem sie so lang gearbeitet hatte und in dessen Mittelpunkt ich stand. Unvollendet lehnte es auf der Staffelei. Ich konnte es nie ansehen, ohne schmerzhaften Verlust zu empfinden. Hier war ich selbst, außerhalb der Zeit, die Mädchenfrau auf der Schwelle zwischen Kindheit und Reife, liebevoll umfangen von den Armen ihrer Mutter, Seraphinas und aller Frauen vor uns, Frauen einer immer ferneren Vergangenheit bis hin zu den frühesten Tagen, als, wie Mutter glaubte, Mann und Frau miteinander im Einklang lebten. Es war ihre schönste Hoffnung gewesen, daß das Große Werk uns jenem verlorenen Paradies einen Schritt näher bringen würde. Eine Zeitlang hatte ich an diesem großen Wagestück teilgehabt. Vorbei! Ich konnte mich lediglich fragen, welche Wonnen der Seele und des Geistes mich ein kleines Stück des Wegs weiter erwartet hätten.

Und noch ein düsteres Gemälde gab es, vor dem ich viele Male verweilte. Es muß ein prophetischer Instinkt gewesen sein, der mich so oft zu diesem Bild zog, das Mutter von unserer unseligen Schwester gemalt hatte, der Maid in Ketten, deren Schicksal so bald auch das meine sein sollte.

Nach jedem unserer Besuche bei Mutter kränkte sich Victor mehr darüber, daß er ihren sehnlichsten Wunsch nicht zu erfüllen vermocht hatte. »Ich habe ihre Liebe verloren«, sagte er zu mir. »Das Werk war ihr ein und alles, und ich habe versagt. Ich bin selbstsüchtig und blind gewesen; durch meine Schuld ist sie nun todkrank.« Ich konnte nicht hoffen, ihn von seiner Überzeugung abzubringen, wußte ich doch selbst mit noch größerer Gewißheit als er, daß er die Wahrheit sprach. Schließlich machte er in seinem verzweifelten Bestreben, Abbitte zu leisten, einen tollkühnen Vorschlag. »Wir waren doch fast am Ziel, als wir die Waffen gestreckt haben. Laß uns das Werk allein zu Ende bringen.«

Der Gedanke verblüffte mich. »Aber dazu fehlt es uns an Fertigkeit«, wandte ich ein.

»Unsinn! Wir hatten gute Lehrer. Und wir haben die Bücher. Denk nur, welch ein Geschenk es für Mutter wäre, wenn wir die chymische Hochzeit vollziehen würden.«

Er trug seinen Plan mit einer Inbrunst vor, die ich an ihm nur zu gut kannte. Ich war ihrer erstmals gewahr geworden, als wir, beide noch Kinder, die Sturmwolken von den Bergen hatten herabfegen sehen. »Ich will den Blitz wie eine Krone tragen« – seine Worte von damals klangen mir noch im Ohr. Insgeheim bewunderte ich die herausfordernde Leidenschaft, die ihn in solchen Momenten packte. Die Gefahr war immens, aber die Versuchung nicht minder. So große Angst mir Victors Ansinnen einjagte, ich hätte doch keinen Augenblick lang gezögert. Mehr`als alles in der Welt wollte ich ihm beweisen, daß ich ihm in diesem Wagnis ebenbürtig war.

An diesem Abend führten wir das Ritual der Leuen zum erstenmal ohne Aufsicht durch. Nie hatte die Übung eine so köstliche Verlockung dargestellt, nie hatten wir einen ähnlichen Triumph erlebt wie nun, da wir dieser Verlockung widerstanden. *Dann hat Victor also recht,* dachte ich. *Wir können unbesorgt fortfahren.*

Der Greif

Von dieser Nacht an erfüllte eine ganz neue Beschwingtheit das Große Werk. Wie nie zuvor umgaben Victor und ich uns mit Heimlichkeit. Als Seraphina noch unsere Mentorin gewesen war, hatte unseren Lektionen bei aller Verschwiegenheit nichts Verstohlenes angehaftet; wir hatten weder Schuld noch Furcht empfunden bei dem, was wir taten. Seraphinas Gegenwart hatte allem den Anschein unschuldiger Neugier verliehen. Beschirmt von Mutters Autorität, brauchten uns fremde Blicke nicht zu kümmern. Sogar der Baron vertraute, wenn er zu Hause war, dem Urteil seiner Frau und ließ uns in unserem Tun gewähren. Nun aber verheimlichten wir unsere Studien selbst vor Mutter, die, das wußten wir sehr gut, unser eigenmächtiges Handeln unterbunden hätte. Der Anstrich des Verbotenen machte uns in unseren Augen zu noch wahrhafteren Adepten des Werkes, arbeiteten wir doch im Verborgenen, wie es die Alchimisten jahrhundertelang hatten tun müssen, um nicht von den Obrigkeiten als böse Zauberer verfolgt zu werden. Erst jetzt, da wir aufhörten, Schüler unter der Obhut eines Lehrers zu sein, ging uns die wahre Fremdartigkeit des Werkes zur Gänze auf. Unsere Geheimnisse waren *schuldhafte* Geheimnisse geworden und unsere Studien ein Akt der Kühnheit, wenn nicht des Aufbegehrens.

So aufregend unser Unterfangen war, so schwer fiel es mir doch, mich von Bedenken freizumachen. Woher sollten wir wissen, ob wir auf dem richtigen Weg waren? Die Bücher waren so ungeheuer kryptisch; es ließen sich keine festen Richtlinien daraus ableiten. Sie lehrten uns nicht die kleinen Zeichen und Hinweise, nach denen Seraphina Ausschau gehalten hatte. Dennoch war Victor seiner Sache völlig sicher, so sicher, daß ich mich außerstande sah, seine Gewißheit offen in Zweifel zu ziehen. Er war zu ungestüm; wo ich zauderte und abwartete, stürmte er voran, überzeugt, daß er das wahre Ziel der chymischen Philosophie kannte – und zwar besser kannte als Seraphina oder Mutter. Das »innerste Wissen der Welt«, nannte er es.

Während wir gemeinsam die Bücher studierten, zeigte sich Victor zunehmend fasziniert von der sonderbaren Figur des Homunculus, der in so vielen der alchimistischen Schriften vorkam. »Darin«, erklärte er voller Eifer, »wird das Große Werk am gottähnlichsten.« Der Homunculus, das »Menschlein«, war ein lebendes Ebenbild unser eigenen menschlichen Gestalt; er konnte sprechen und lesen und lernen, war aber gerade nur spannenhoch. Er wurde stets im *vas hermeticum* abgebildet, welches seine gesamte Welt darstellte. In den Büchern hieß es, daß es Adepten in der Vergangenheit tatsächlich gelungen sei, dieses winzige Wesen zu erschaffen. Paracelsus, dieses überragende Genie des medizinischen Chemismus, wollte ihn erzeugt haben, indem er unter Einwirkung der rechten Gestirne gut durchgegorenen Mist und geistigen Mercurius zusammenbrachte. »Wenn es nun nach diesem täglich gar weislich mit dem *arcano sanguinis humani* gespeist und bis auf vierzig Wochen ernährt wird«, berichtete der große Arzt in einer seiner Abhandlungen, »und in steter gleicher Wärme *ventris equini* erhalten, wird ein recht lebendig menschlich Kind daraus, mit allen Gliedmaßen wie ein ander Kind, das von einem Weibe geboren wird, doch viel kleiner.« Victor hatte seine Zweifel über diesen Bericht, wie überhaupt über vieles, was die Meister sagten. »Ich halte Paracelsus für einen großen Tatsachenverdreher. Denn wenn er den Homunculus erschaffen hat, warum hat er ihn dann nicht gleich so groß gemacht, daß er auch zu etwas nütze war? Warum hat er ihn nicht in die Welt hinausgeschickt, damit er unter uns leben und arbeiten konnte? Hätte er das getan, dann hätten wir inzwischen vielleicht schon eine Kaste von Sklaven, die uns zu willen wären.« War Victor also der Ansicht, daß die Bemühungen um den Homunculus vergeblich waren? Keineswegs. »Ich bin überzeugt, daß der Homunculus erschaffen werden kann«, erklärte er mir, »aber das wird nur unter Heranziehung der Elektrizität möglich sein. Die Elektrizität, da bin ich mir sicher, ist die eigentliche lebensspendende Kraft und besser in der Lage, Leben zu erzeugen als die Wärme irgendeines Uterus, der doch nur ein schwaches, irdisches Organ ist. Mit Hilfe des himmlischen Feuers werden wir eines Tages imstande sein, ein neues Menschengeschlecht zu erschaffen, dem Krankheit, Schmerz und Tod nichts mehr anhaben können.« Dieser hochfahrende Plan setzte freilich voraus, daß das elektrische Fluidum eingefangen und gebändigt wurde, was kein einfaches Unterfangen war.

Victors leidenschaftliches Interesse an der Elektrizität kam nicht von ungefähr. In dem Jahr, bevor Mutter mich ins Château gebracht hatte, war Victor eines Tages Zeuge eines gewaltigen und verheerenden Sturms geworden. Das Unwetter war in Sekundenschnelle hinter dem Jura heraufgezogen und über den See gefegt und hatte Victor unter freiem Himmel eingeholt; mit einem grauenhaften Krachen war der Donner an allen Enden des Himmels zugleich losgebrochen. Während die anderen um Deckung rannten, blieb Victor und beobachtete den Sturm voll begeisterter Wißbegierde. Mit einem Mal loderte aus einem prachtvollen alten Eichenbaum knapp zwanzig Meter vom Château entfernt ein Feuerstrom. Sobald das blendende Licht verlosch, war auch die Eiche verschwunden, nichts blieb zurück als ein versengter Stumpf. Als Victor am nächsten Tag an die Stelle zurückkehrte, bekannte er, noch nie ein Ding so vollständig zerstört gesehen zu haben.

Von diesem Tag an hielten ihn die Gesetze der Elektrizität in ihrem Bann. Das umgab seine Studien mit einer Aura der Gefahr, denn es erforderte den Einsatz der riesenhaften Leidener Flasche, die Vater ihm aus London mitgebracht hatte, als Victor noch ein Knabe war. Mir machte dieses Gerät angst; es erschien mir als eine furchterregende und unergründliche Macht, so als sei in dem Glas ein wilder, unsichtbarer Flaschengeist gefangen. Ich hatte Berichte über Experimentatoren gelesen, die elektrische Stöße von solcher Gewalt erzeugt hatten, daß ein einzelnes Stück Draht ein ganzes Bataillon der Schweizer Garde in Krämpfe hatte verfallen lassen. In Irland war ein Physiker bei dem Versuch, den von der Flasche abgegebenen Funken zu verstärken, verstümmelt worden, und in Frankfurt hatte die Elektrizität ein Gespann Ochsen getötet. Victor schalt mich meiner Ängste wegen und nannte sie weibisch.

Aber mein Argwohn entsprang nicht nur der Angst, sondern auch dem Abscheu. Mich ekelte vor den Experimenten, bei denen Victor lebende Geschöpfe elektrisierte. Der elektrische Strom, so behauptete er, verjünge die betreffenden Pflanzen oder Tiere. Er hatte Bäume mit Elektrizität behandelt, die daraufhin mehr Früchte getragen hatten, und Hohltiere vermehrten sich in einer elektrisierten Lösung auf geradezu wundersame Weise. Aber für Tiere – ob Katzen, Rinder oder Vögel – war der Stromstoß allem Anschein nach schmerzhaft. Einmal ließ Victor mich zuschauen, wie er einem von Vaters Jagdbeagles einen elektrischen Schlag versetzte. Als ich mich darüber empörte, daß er der armen, verwirrten Kreatur so mitspielte, ließ er von ihr ab, aber mit einer Grimasse des Unwillens. »Eines Tages wird die Elektrizität alle uns bekannten Krankheiten heilen und die ganze Welt gesund machen. Ein Quentchen Schmerz ist dafür kein zu hoher Preis.«

Einige Tage nach diesem Vorfall kam er mit spitzbübischem Blick zu mir. »Ich habe ein elektrisches Experiment vorbereitet, von dem ich glaube, daß du es gutheißen wirst. Komm mit und sieh es dir an!«

Als wir in seiner Werkstatt waren, hieß er mich neben ihn auf eine Glasplatte vor der Leidener Flasche treten. »Halte das fest«, sagte er, indem er mir einen Draht reichte und selbst einen ergriff. Zaudernd schloß ich die Hand um das Ende, das er mir hinhielt. Dann tat er einen Schritt auf mich zu und beugte sich vor, wie um mich zu küssen. Aber als seine Lippen eben die meinen berühren wollten, sprang zwischen uns ein jäher Funke auf und pickte mir gegen die Oberlippe. Erschrocken machte ich einen Satz nach hinten und hätte um ein Haar das Gleichgewicht verloren, was Victor in lautes Lachen ausbrechen ließ. Ich fand das alles ganz und gar nicht komisch und nahm kein Blatt vor den Mund. »Man nennt es den elektrischen Kuß«, erläuterte er ohne die Andeutung einer Entschuldigung. »In den Pariser Salons ist es die neueste Mode. Schau!« Damit schlug er eine Illustration in einer Zeitschrift auf und hielt sie mir hin. Auf dem Bild standen ein Mann und eine Frau neben einem elektrischen Apparat, an dem ein Experimentator saß und an einem Rad drehte. Sie küßten sich, genau wie wir es eben getan hatten, und zwischen ihnen sah man einen winzigen Funken fliegen. »Die Pariser Damenwelt soll es für eine großartige Anwendung der Elektrizitätslehre halten«, erklärte Victor mit einem unverschämten Grinsen. Ich wußte, daß er mich aufzog; Victor tat immer mit Vorliebe so, als könnten Frauen die Naturwissenschaft nur in ihren trivialsten Erscheinungsformen begreifen. Aber bevor ich meinen Unmut zum Ausdruck bringen konnte, trat plötzlich jener konzentrierte Ernst in seine Züge, der mich jedesmal in seinen Bann schlug.

Er blätterte zu einer anderen Seite. »Hier in derselben Zeitschrift ist auch von einem Bologneser Physiker namens Galvani die Rede, der etwas ganz Unglaubliches vollbracht hat. Er hat tote Materie reanimiert, indem er sie elektrisiert hat! Er kann die Gliedmaßen toter Kreaturen durch Stromstöße wieder zum Leben erwecken. Siehst du hier die Zeichnung von den Froschschenkeln? Und das ist das Instrument, das er erfunden hat, eine Art Entlade-Rad, das eine exakt dosierte Abfolge von Stromstößen abgeben kann. Ist es nicht großartig, daß jemand es fertiggebracht hat, ein solches Gerät zu erfinden? Denk nur, was das bedeutet! Bald werden wir in der Lage sein, den Gliedern eines Leichnams ihre Lebenswärme zurückzugeben und sie für das Leben zu erhalten. Wir werden in der Lage sein, kranke Organe zu ersetzen und am Leben zu bleiben. Niemand wird mehr sterben müssen! Das ist das wahre Unsterblichkeitselixier, von dem Seraphinas Bücher künden. Ich würde mein gesamtes Hab und Gut drangeben, um bei Galvani studieren zu können. Der Mann ist dabei, die letzte Zitadelle der Natur zu stürmen!«

Sosehr die elektrischen Experimente Victor mit Beschlag belegten, seiner Beschäftigung mit der chymischen Philosophie taten sie keinen Abbruch. Ganz im Gegenteil. Er hatte sich vorgenommen, Metaphysiker und mechanistischer Theoretiker in einem zu werden. Denn er war nach wie vor überzeugt, daß alles, wonach die alchimistischen Adepten seit den Tagen des Hermes Trismegistos gestrebt hatten, zu verwirklichen sei, sofern dem Streben nur die richtige Theorie zugrunde läge. Und diese Theorie, dessen war er gewiß, nahm nun Gestalt an. Vor seinem geistigen Auge entstand ein großes neues philosophisches Gebäude, unter dessen Dach sich Vergangenheit und Zukunft, die Pietät der alten Adepten und die Kenntnisse der Galvanisten kunstreich vereinten. »War nicht Newton der größte Alchimist von allen?« fragte er oft. »Ich trete lediglich in seine Fußstapfen. Wäre er sich über die ganze Kraft der Elektrizität im klaren gewesen, dann hätte er sie mit Sicherheit zu einem Teil seiner alchimistischen Forschung gemacht. Aber dieser Schritt bleibt nun mir vorbehalten – oder vielmehr uns beiden. Denn ich werde dich nicht hinter mir zurücklassen, Elizabeth. Ich glaube an die Wahrheit all dessen, was Seraphina und meine Mutter uns gelehrt haben; ich glaube daran, daß die Vereinigung unserer Seelen es vermag, dem Gold sein Geheimnis zu entreißen.«

Victor und ich hatten im Lavendelbuch so manches Mal die Bilder studiert, die den Greifenritus beschrieben, und uns dabei gefragt, ob Seraphina uns wohl jemals auffordern würde, uns an eine so kühne Übung zu wagen. Eines unserer letzten Gespräche mit ihr hatte sich darum gedreht. Es war ein mühsames, gereiztes Gespräch gewesen – Seraphina schien nur ungern Auskunft über den Greifen zu geben; Victor hatte sie erst dazu drängen müssen. Was diese Übung zu bedeuten habe, wollte er wissen. Seraphina antwortete, der Ritus des Greifen komme der Vollendung der chymischen Vereinigung selbst so nahe, daß wir uns gedulden müßten. Der Greifenflug, so warnte sie, werde selbst von den fortgeschrittensten Adepten noch mißverstanden. »Denn seht, meine Kinder, die Bücher, die ich euch zum Studieren bringe, sind große Schätze – aber nur, wenn man sich ihnen besonnen nähert. Werden sie unbedacht angewendet, kann schlimmes Unheil aus ihnen erwachsen. Denkt immer daran: Es ist eine geliehene Weisheit, mit der wir hier umgehen – und nur aus Milde sage ich ›geliehen‹ und nicht gestohlen. Sie ist uns von denen geliehen, die die wahre Bedeutung des Werkes und der Rolle der Frau darin verstehen. Es gab eine Zeit, da die Frau geehrt wurde für ihre Macht, Leben hervorzubringen. Diese Macht wurde damals als ein großes Mysterium angesehen. Das ist sie noch immer; aber jetzt denken viele Männer anders darüber, und daher mangelt es an der gebührenden Verehrung. Ich habe mir sagen lassen, daß es Akademien gibt, wo die Männer Frauenkörper aufschlitzen, um zu sehen, wie das Leben darin heranwächst. Sie lösen die Gebärmutter heraus und betrachten sie durch Kristallinsen...«

Victor, der mich bei Seraphinas Worten entsetzt den Atem anhalten hörte, beeilte sich, sie zu korrigieren. »Diese Frauen sind tot. Es sind Kadaver. Tote Leiber spüren keinen Schmerz.«

»Ja. Und wo findet man sie, diese toten Leiber?«

»Die gehören armen Dirnen, die auf der Straße oder im Spital gestorben sind.«

»Oder deren Gräber des Nachts geschändet werden, meinst du nicht? Du weißt doch, daß die Doktoren so etwas tun?«

»Und wenn sie es tun, was ist schon dabei? Andernfalls verrotten die Leichname eben in der Erde und nützen gar niemanden.«

»Es ist dir also völlig gleichgültig, ob ein Leichnam möglicherweise aus geweihter Erde geraubt worden ist?« fragte Seraphina.

»Aber warum sollten sie nicht seziert werden? Das mache ich mit meinen Präparaten ja auch.«

»Du meinst nicht, daß die Ehrfurcht vor dem Leichnam eines Mannes oder einer Frau es verbietet, sie als Präparat zu verwenden?«

»Überhaupt nicht«, beharrte Victor. »Wie sollen wir sonst erfahren, woraus der Körper besteht und wie er gebaut ist?«

»Und nachdem sie gesehen haben, wie der weibliche Körper gebaut ist«, fuhr Seraphina fort, »weißt du, zu welchem Schluß diese Gelehrten gelangen? Sie bilden sich ein, das Leben, das dort drinnen heranwächst, entstünde aus ihrem Samen, und aus ihrem Samen allein. Sie bilden sich ein, die Frau sei nichts als ein Behältnis für das Leben, das die Männer in sie eingepflanzt haben. Sie sagen, im Samen des Mannes verstecke sich ein fertiges Menschlein, das darauf wartet, in den Schoß eingesetzt zu werden.« Hier brach sie in ein trockenes Kichern aus, bei dessen Klang Victor das Gesicht verzog. »Könnt ihr das glauben? Männer, die nie miterlebt haben, wie ein Kind zur Welt kommt, denken sich solche Dinge aus und schreiben sie in Bücher, damit andere Männer sie lesen können. Und so wird ›Wissen‹ daraus! Solche Männer sind es, die in ihrem anmaßenden Stolz die Bücher der Frauen neu geschrieben haben, als stammten auch diese von ihnen. Deshalb sind auch, wie Elizabeth bereits bemerkt hat, die Frauen, die auf diesen Seiten erscheinen, Kurtisanen und Sklavinnen – Geschöpfe, die nicht zählen. Hier im Lavendelbuch ist die *Soror* nichts weiter als die Konkubine des großen Meisters. Sie hat keinen Namen, keinen Rang, keine Seele. Sie könnte irgendeine Frau sein, eine Fremde, die kommt und noch in derselben Nacht wieder geht, nachdem sie ihrem Herren zu willen war, wie jede gewöhnliche Hure auch. Aber das ist von Grund auf falsch. Das Werk kann nur gelingen, wenn Mann und Frau einander bis ins Mark kennen; sie müssen in Liebe zusammenkommen und ein gegenseitiges Gelübde ablegen. Sie müssen sich über die fleischliche Begierde erheben, die sie zueinandergeführt hat, auf daß sie ihren höheren Sinn erkennen. Dafür bist du noch nicht bereit, Victor. Es wäre höchst gefährlich, dich den Greifenflug vor der Zeit zu lehren. Eines Tages wirst du begreifen, was ich meine, wenn ich sage, daß Mann und Frau die Zügel des Greifen gemeinsam führen müssen, andernfalls schlägt alles fehl – zum großen Schaden der *Soror*, die viel zu verlieren hat.«

»Das würde ich nie zulassen«, protestierte Victor in spürbarer Empörung.

»Das sagst du jetzt, mein Junge. Aber der Vogel Greif ist nicht so einfach zu zähmen. Im Augenblick der Lust, oh, da wird er davonfliegen mit dir! Er ist grausam wie der Adler bei der Jagd, kühn wie der Löwe. Er kann zum wildesten aller Tiere werden. Er zerhackt und zerreißt und verschlingt alle, die ihn nicht zu bändigen wissen. Wir haben es hier mit feurigen Leidenschaften zu tun, Victor. Auf der einen Seite Liebe, auf der anderen Lust; auf der einen Seite Weisheit, auf der anderen zügellose Begierde. Es ist nicht leicht für einen Mann, das eine vom anderen zu scheiden. Selbst du, Victor, könntest in dieser Weise schwach werden. So will es die Unberechenbarkeit der männlichen Natur. Darum bringe ich auch soviel Zeit damit zu, dich zu unterrichten; es gibt einiges in dir, das du *verlernen* mußt.« Und wie um seine Gefühle nicht noch mehr zu verletzen, fügte sie hinzu: »Aber Elizabeth ist auch noch nicht soweit, daß sie dieses Ritual wagen könnte. Allerdings aus einem anderen Grund. Ich werde euch sagen, warum.

In den Gegenden, wo der Greifenritus praktiziert wird, lernen die Frauen eine Form des Tanzens, die ihren Bauch stark wie Eisen werden läßt und gleichzeitig biegsam und geschmeidig. Diese Tänze sind so alt wie der Tempel von Babylon. Jene, die sie beherrschen, können ihren Körper mit der Anmut und Kraft der Schlange bewegen. Auf diese Weise stärken sie die Muskeln hier, in den Tiefen des Unterleibs, so daß sie kraftvoll und sanft zugleich sind. Es ist eine Fertigkeit, die wenige Frauen erlangen, denn sie erfordert lange Übung. In vielen Ländern verstehen sich nur noch die Dirnen auf diese Dinge; aber einst waren sie allgemeines Wissen, das jeder Frau beigebracht wurde. Hier, ich zeige es euch.«

Sie nahm Victors Hand und zog sie so an ihren Bauch, daß die Fingerspitzen auf ihrer Haut lagen. »Jetzt drücke«, sagte sie. »Drücke so fest du kannst. Schau, wie weit du mir die Finger ins Fleisch zwingen kannst.«

Victor starrte sie verwirrt an. Erst als sie die Aufforderung wiederholte, gehorchte er. Anfangs drückte er leicht, dann heftiger. Zuletzt spannte er alle seine Kräfte an, doch ohne Erfolg. Seraphinas Bauch war hart wie eine Mauer.

»Seht ihr«, sagte sie. »Ich bin eine alte Frau; aber diese Muskeln sind so gestählt, daß niemands Hand gegen sie ankommt. Und im Innern erst, Victor: Ich könnte das Glied eines Mannes immer noch festhalten wie in einem Schraubstock. Oder es so sanft streicheln wie eine Mutter die Wangen ihres Kindes. Ich kann einen Mann dazu bringen, alles zu tun, was ich will. Elizabeth hat diese Fähigkeit nicht. Sie besitzt noch nicht die Kraft, den Mann zu beherrschen. Sie und ich haben darüber gesprochen; sie ist sich über die Gefahren des Greifen deutlicher im klaren als du, Victor.«

Ich konnte sehen, wie empfindlich Seraphinas Zurechtweisung Victor traf. Hinterher beklagte er sich über ihre »Unwissenheit«. »Die Frau hat keine Ahnung von der Wissenschaft, sie ist ein abergläubisches altes Weib. Sie macht die Anatome schlecht, die uns alles gelehrt haben, was wir über den menschlichen Körper wissen. Und wie kann sie so sicher sein, daß der männliche Same nicht tatsächlich das ganze Kind enthält? Van Leeuwenhoek war dieser Meinung; will sie sich über ihn erheben? Ohnehin steht es einer Hebamme nicht an, in solchen Dingen klüger sein zu wollen als die Ärzte.«

Solange Seraphina mit uns arbeitete, versprach Victor widerwillig, sich bei der Vorbereitung auf das Ritual ihrer Führung anzuvertrauen. Aber nun, da sie uns verlassen hatte, fühlte er sich seines Versprechens entbunden. »Warum sollen wir noch länger warten?« fragte er. »Wir haben längst das nötige Rüstzeug für eine so einfache Übung.«

Ich wandte ein, daß die Übung alles andere als »einfach« erschien. Aber wie immer trieb es Victor vorwärts in unerforschtes Territorium. Ich erinnere mich, wie er mir einmal sagte, Unwissenheit schmerze ihn wie ein glühender Stachel, den er ziehen müsse, während Wissen wie Laudanum wirke, eine lindernde Arznei, die den Schmerz vertrieb. Ich gestand ihm, daß schon das Bild des Greifen, ganz zu schweigen von dem Ritual selbst, mir Angst einflößte. Ich konnte keine Beziehung sehen zwischen einem Akt der Liebe und diesem Ungeheuer mit seinen räuberischen Klauen und Fängen. War das nicht eine klare Warnung, daß das Ritual Gefahren barg, von denen wir nichts ahnten? Warum sonst wurden auf manchen der Bilder die Liebenden vom Vogel Greif verschlungen?

»Das dient nur zur Abschreckung der Kleinmütigen«, widersprach Victor. »Die Adepten wollen ihr Wissen für sich behalten. Darum umgeben sie es mit Hexenzauber und Mummenschanz. Wer Neues lernen will, muß kühn sein.«

Doch das Ritual ängstigte mich auch aus anderen Gründen, die Victor nicht verstehen konnte. Es würde meinen Körper verändern; hinterher würde ich keine Jungfrau mehr sein. Ich hatte nicht weiter darüber nachgedacht, bis Victor mich zu drängen begann, mit ihm die Übung zu wagen. Nun aber wurde ich mir einer Schranke bewußt, die ich nicht hastig und aus reiner Neugier überwinden wollte. Ich brauchte eine Frau, um mich der Richtigkeit meiner Entscheidung zu versichern, und es gab niemanden, an den ich mich wenden konnte. Ich wußte, daß Victor mich töricht finden würde, wenn ich aus diesem Grund zauderte; er würde mich als »weibisch« beteiteln, wie alles, was er abzutun wünschte. Und ich wußte, mit der Zeit würde ich mich seinem Willen beugen.

Anmerkung des Herausgebers

Der Greifenflug

In der alchimistischen Überlieferung ist der Vogel Greif ein Doppelsymbol. Als der legendäre Wächter des Goldes verkörpert er die Geheimhaltung und unterstreicht so den notwendigerweise okkulten Charakter des alchimistischen Werkes. Gleichzeitig versinnbildlicht er jedoch die Fleischlichkeit, und zwar Fleischlichkeit als ungezügelte animalische Leidenschaft. In ihrer Doppelung stellen die zwei Gesichter dieses Fabelwesens eine Warnung dar: Die sexuellen Praktiken, denen sich die Adepten unterziehen, sind ein Geheimnis, das streng gehütet werden muß, um jeden Mißbrauch auszuschließen.

Die hier als »Greifenflug« bezeichnete Übung findet man im Lavendelbuch in drastischer Ausführlichkeit abgebildet. Sie besteht aus einer Abfolge komplizierter sexueller Stellungen, die Mann und Frau zu einer anhaltenden genitalen Vereinigung hinführen, welche die ganze Nacht andauern kann. Die beiden durchschreiten verschiedene Stadien der Paarung, die angeblich der Reaktion der chemischen Substanzen Schwefel (heiß/trocken/männlich) und Quecksilber (kalt/feucht/weiblich) entsprechen, wenn aus ihnen in der Retorte der Stein der Weisen entsteht.

Die Bilder zeigen einen üppigen Lustgarten voller blühender Obstbäume mit Scharen von Singvögeln darin. Im Hintergrund der Bilderfolge sieht man die Sonne untergehen, den Mond über den Himmel wandern, die Sonne wieder aufgehen – ein Hinweis, daß das Ritual eine ganze Nacht oder zumindest mehrere Stunden in Anspruch nimmt. Der Mann ist schön und dunkelhäutig wie alle Männer im Lavendelbuch; in hochherrschaftlichem Gewand zieht er unter einem farbenprächtigen Baldachin in den Garten ein, gefolgt von einer Schar von Odalisken. Die Frau, zu der er kommt, ist die typische orientalische Konkubine; von schwelgerischem Körperbau, reich gekleidet und geschmückt, wartet sie unter einem prachtvollen, mit Blüten übersäten Baum in der Mitte des Gartens. Sie und ihr fürstlicher Gefährte begrüßen einander liebevoll und werden von den Odalisken entkleidet. Letztere halten sich in Bereitschaft, während die beiden das vorgeschriebene Zeremoniell vollziehen, und reichen ihnen im Lauf der langen Nacht gelegentlich Erfrischungen. Die Vereinigung selbst wird als eine aufreibende, hochritualisierte Disziplin dargestellt. Der Mann bleibt dabei über mehrere Stunden hinweg erigiert in der Frau, wobei er sich weitgehend unbeweglich verhält, weniger gebend als empfangend. Der Part der Frau, welcher die überaus aktive Rolle des Quecksilbers im alchimistischen Prozeß symbolisiert, ist besonders beschwerlich. Sie muß Oberkörper und Gliedmaßen in eine Vielfalt aufreizender Posen bringen, die beim Mann weder ein Zurückgehen der Schwellung noch einen Höhepunkt zulassen. Hat die Frau ihre Sache gutgemacht, so klingt am Ende der Nacht die Begierde des Mannes ab; es folgt ein Zustand nicht-fleischlicher Wonne. Der Mann darf daraufhin noch mehrere Stunden in einer Art Trance verharren. Die Illustrationen machen deutlich, daß sein Geist so unermeßlich und formlos geworden ist wie ein Ozean von Licht. Er hält Zwiesprache mit dem Göttlichen, die Kurtisane wird von den Frauen gebadet und parfümiert. An der Seite ihres Herrn erwartet sie gehorsam seine Rückkehr von seinem ätherischen Höhenflug.

Während außer Zweifel steht, daß diese Bilder Generationen von Alchimisten geleitet haben, die ihre verschlüsselte Bedeutung genauestens kannten, weichen die Beziehungen zwischen Victor und Elizabeth erheblich vom überlieferten Muster ab. Dank des exzentrischen Einflusses ihrer Mentorin fehlt hier jede Spur der weiblichen Unterwürfigkeit, die man bei den Kurtisanen im Lavendelbuch antrifft. Fraglos ist das auch der tiefere Sinn, der sich hinter der Wendung »die Zügel gemeinsam führen« verbirgt. Zugegebenermaßen finden sich in kürzlich übersetzten tantrischen Texten Hinweise auf eine »Dienst an der Göttin« genannte Praktik. Die betreffenden Passagen beschreiben Techniken zur sexuellen Erregung und anhaltenden Befriedigung des weiblichen Partners, aber die Frauen, die sich derlei Praktiken aussetzten, wären mit Sicherheit wiederum Prostituierte gewesen. Die Regeln, die Seraphina ihren Schülern auferlegte, können ihren Ursprung daher nicht in der alchimistischen Tradition haben, wie sie in den mir zugänglichen Schriften überliefert ist.

Nach Seraphinas Aussagen gehen die von ihr gelehrten Riten auf eine frühe Epoche des Matriarchats zurück, in der die Fruchtbarkeit der Frau von einer Aura des Magischen umgeben war. Dieses absonderliche historische Konstrukt weist alle Merkmale eines Ammenmärchens auf. Es soll jedoch nicht unterschlagen werden, daß Reisende aus Zentralafrika und gewissen fernen Regionen der Südsee über die Entdeckung von Stämmen berichtet haben, in denen die Fortpflanzung bis zum heutigen Tag in solche Nebel der Unwissenheit eingehüllt ist, daß den Männern keinerlei Anteil an dem Vorgang zugesprochen wird. Ob sich eine Quelle dieser Art für die alchimistische Tradition ausmachen läßt und wenn ja, wie weit sie in die Vergangenheit zurückreicht, wird erst zukünftige Forschungstätigkeit ermitteln können.

Wie alles fehlschlug

–. April 178–

Es macht mir Sorgen, daß Victor so hitzig mit mir ist; sein Ungestüm unterhöhlt mein ganzes Vertrauen. So viel hängt von seiner Selbstbeherrschung ab. Und doch drängt er mich unablässig, den Greifen zu wagen. Er hat von der Zinnobermixtur genommen, die Seraphina uns dagelassen hat, sagt er mir; das wird seinen Erguß zügeln. Dennoch scheint mir die Gefahr zu groß. Ich bitte ihn, zu warten, bis die Blutung bevorsteht und es sicherer ist, das Ritual durchzuführen. Er fügt sich – aber er ist ungeduldig.

–. April 178–

Ich frage Victor, ob er mich weniger lieben wird, wenn ich keine Jungfrau mehr bin. Er fragt zurück: »Wirst du mich denn weniger lieben, wenn ich meine Jungfräulichkeit verloren habe?«

»Für den Mann ist es etwas anderes«, sage ich ihm.

»Nur weil Männer sich nicht gleich vor allem fürchten.«

»Männer nehmen; den Frauen wird genommen. So lernt es jedes Mädchen.«

»Ich werde dir nichts ›nehmen‹. Ich bin kein gewissenloser Verführer – oder ist es das, was du in mir siehst?«

Er versichert mir, daß er in mir eine Reinheit spürt, die

durch nichts besudelt werden kann, eine Tugend, die mehr Gewicht hat als der Zustand meines Leibes. Ich frage ihn, ob er auch darauf achten wird, mir nicht weh zu tun. Ich will, daß er meine Ängste kennt. Er verspricht, mit der äußersten Behutsamkeit vorzugehen. Ich glaube ihm, aber mir schaudert ob der Heftigkeit seines Verlangens.

–. April 178–

Heute nacht schienen alle Vorzeichen günstig... aber etwas in mir sträubt sich. Ich fühle eine erstickende Panik in mir aufsteigen... Ich breche die Übung ab und bitte Victor, noch einen Tag zu warten. Er willigt ein – aber mürrisch.

–. April 178–

Wieder schrecke ich zurück.

–. Mai 178–

Victor ist böse auf mich, weil ich es so lange hinausschiebe. Er verschwindet in seiner Werkstatt und arbeitet den ganzen Tag für sich allein. »Du glaubst, daß es die Lust ist, die mich treibt«, wirft er mir später vor. »Du hast kein Vertrauen in meine Liebe.« Ich beteuere ihm, daß das nicht wahr ist. Ich würde mein Leben auf seine Liebe setzen – aber die Liebe bietet keinen Schutz vor der Gefahr, die ich fürchte.

–. Mai 178–

Mein böser Traum ist zurückgekehrt. Nachts erwache ich davon, daß ich im Schlaf aufschreie. Ich sehe mich wieder, wie ich mich aus dem Mutterleib kämpfe... ich kann nicht Atem schöpfen. Ich sehe den Vogelmann seine Klaue ausstrecken.

Kaum bin ich wach, stürze ich ans Fenster und reiße es auf, als wäre alle Luft aus meinem Zimmer gewichen.

Wie hat Seraphina gesagt? »Versucht das Große Werk als etwas zu sehen, das aus eurer Seele geboren werden will.«

–. Mai 178–

Wieder verweigere ich mich. Victor sagt, mir fehlt es an Mut. »Deshalb braucht das Werk so lang, um ans Ziel zu kommen«, hält er mir vor. »Es ist den Launen der Frau unterworfen. Mutter sagt, ohne die Frau geht es nicht; aber wie, wenn sie nicht will? Wenn sie zu furchtsam ist? Wie soll das Werk dann fortschreiten?«

Er ist hart, aber ich weiß, daß es nur an seiner Enttäuschung liegt. Er sehnt sich nach der Erkenntnis, die uns durch den Greifen zuteil wird, und ich in meinem Zaudern enthalte ihm dieses Wissen vor. Vielleicht fragt Victor ja zu Recht: Wie soll die chymische Hochzeit jemals vollzogen werden?

Ich weiß keine Antwort.

Francine hat mir einmal gesagt, daß Mutter sie zu Victors *Soror* bestimmt hatte. Was täte sie an meiner Stelle? Würde sie mit dem Greifen fliegen? Würde sie Victor vertrauen? Wenn ich sie nur fragen könnte. Aber Victor und ich sind übereingekommen, daß wir unsere Studien heimlich betreiben wollen.

–. Mai 178–

Ich gehe in Mutters Atelier und studiere das Bild der in Ketten gelegten Maid. Drängte der Mann sie, wie Victor mich nun drängt? Und als sie schließlich einwilligte, geschah es aus Liebe oder aus Erschöpfung? Hatte sie Angst, als feige dazustehen – so wie ich?

Wenn ich nur Mutters Rat einholen könnte... aber Victor

hat recht. Wenn ich zu ihr ginge, würde sie uns verbieten, fortzufahren. Victor würde sagen, daß ich ihn verraten habe.

Er kann nicht wissen, wie schwer mir diese Entscheidung
fällt. Er will mir kein Leid antun. Er bittet mich, seine Gefährtin zu werden. Ich muß so tapfer sein, wie er es von mir
verlangt!

[Nach diesem Eintrag sind zwei Seiten herausgerissen.
Der nächste Eintrag ist undatiert. R. W.]

Aber habe ich die Worte gesagt? Oder wollte ich es nur? Und
hat er mich gehört? Oder hat er es vorgezogen, nicht zu
hören? Ich weiß es nicht. Ich weiß nur noch die nackte Angst,
die über mir zusammenschlug. Und den grausamen Schmerz.
Und die Verwunderung, die noch grausamer war. Und nach
einem Moment barmherziger Verwirrung, die Gewißheit, daß
wir alles verspielt hatten.

Soviel weiß ich von dieser Nacht, die nun schon Wochen
zurückliegt.

Stunden lagen wir beieinander, innig verschlungen in unserer Umarmung. Ich ließ ihn mit der Hand über meine Blöße
streichen, wieder und wieder, damit mein Leib weich würde;
überall ließ ich mich von ihm berühren. Er erforschte mich begierig, und ich öffnete mich ihm. Ich wurde ganz Wasser, silb-
riges, willfähriges Wasser, und er ganz Feuer, glutrotes ver-
zehrendes Feuer. Sein Glied schwoll an, strotzend und straff;
seine Erregung erfüllte mich mit Wonne. Ich wollte sie auf
meinen Lippen spüren. Ich wollte mich einhüllen in seine Erregung, wollte sie mein eigen machen. Empfand er ebenso?
Wollte auch er von meiner Leidenschaft kosten? Immer mehr
begriff ich, wie einfach es war, es den Frauen auf den Bildern
gleichzutun und den Mann an den tiefsten Abgrund des Begehrens zu locken. Welch köstliches Gefühl, mit ihm so nah
an diesem Abgrund zu stehen, den Sturz herauszufordern!

Noch ein Augenblick, und wir würden uns in die Lüfte schwingen und schweben, gemeinsam die Zügel des Greifen führen.

Ich setzte mich zurecht, wie es das Buch vorschrieb, Auge in Auge mit ihm. Ich streckte das eine Bein auf den Boden hinunter, das andere wand ich um seine Taille, um ihn eng an mich zu drücken. Die Spitzen meiner Brust streiften sacht gegen die seine. Wir warteten, bis einer den Herzschlag des anderen hören konnte, bis unser Atem im gleichen Takt ging. Er spreizte meine Schenkel. Dann hielt er inne, wie die Bilder es zeigen, ganz leicht nur berührte er mich dort, wo mein Körper sich auftut. Er wartete, während ich ihn feucht machte. Die Hitze zwischen uns loderte wie die Glut des alchimistischen Ofens. Ich rückte dichter an ihn heran. Meine Brüste schmiegten sich gegen ihn. Er drang in mich ein.

So nah waren wir einander ... Der Hunger wuchs, und mit ihm die Angst, das eine nicht mehr vom anderen zu trennen. Ich genoß beides. Ich wollte es noch einmal, diesen Moment der Freiheit vor dem unwiderruflichen Schritt. Ich wollte es und wollte es nicht.

Und schließlich, als fast keine Zeit mehr zur Umkehr war, flüsterte ich in sein Ohr: *Noch nicht, mein Liebster. Warte mit mir, eine Nacht noch. Laß mich diesen jungfräulichen Leib noch eine Nacht bewahren.*

Anmerkung des Herausgebers

Das Schicksal der Maid in Ketten

Aus Liebe übereilt sie gab,
Aus Liebe, die mehr heischt, als Fleisch erträgt;
Sank weinend in ein wäßrig Grab,
Meine Schicksalsschwester, in Ketten gelegt.

An keinem Punkt meiner editorischen Bemühungen war ich so sehr auf das literarische Detektivspiel zurückgeworfen wie bei der Lösung des Rätsels um die namenlose Kettenträgerin. Das oben zitierte Gedicht, in dem sie anonym in Erscheinung tritt, fand sich auf einem Blatt, das lose in Elizabeth Frankensteins Memoiren lag. Es war mir nicht möglich, zu eruieren, wohin es gehörte oder wann es geschrieben worden war. Jahrelang wartete es – an die Innenseite des Deckels geklebt – darauf, an seinen rechten Platz in der Chronik zurückzukehren. Der Schleier lüftete sich erst 1816, als ich Caroline Frankensteins Bilder von M. de Rollinat erwarb.

Ich habe das vierte und kleinste der Gemälde, die ich M. de Rollinat abkaufte, bereits erwähnt; der Leser sei kurz daran erinnert, daß es sich um das Bild einer ertrinkenden, in Ketten geschlagenen Frau handelte. Sobald mein Blick darauf fiel, klang mir im Geiste Elizabeths rätselhaftes Gedicht wider. Die Maid in Ketten hieß Rosalba, der Name, der auf die Rückseite des Gemäldes gekritzelt stand.

Aber wer war Rosalba, und in welcher Hinsicht konnte sich Elizabeth Frankenstein als ihre »Schicksalsschwester« empfinden?

Die Antwort auf diese Frage fand ich – wie das bei den Nachforschungen des Gelehrten so oft der Fall ist – durch einen glücklichen Zufall. Im Winter des Jahres 1831 stieß ich im Zuge meiner Recherchen über die alchimistische Tradition auf einen Aufsatz von Sir Almroth Crosland in der jüngsten Ausgabe der *Transactions of the Ashmolean Society*. Sir Almroths Aufsatz, der den Titel »*Mysterium Coniunctionis:* Alchimistische Anspielungen in den späten Schriften Sir Isaac Newtons« trug, ließ diskret die Schlußfolgerung durchblicken, zu der ich mittlerweile ebenfalls gelangt war: daß nämlich alchimistische Riten nicht selten eine zugrunde liegende erotische Intention bemänteln. In seiner Studie geht Sir Almroth von der (meines Erachtens unwahrscheinlichen) Annahme aus, daß Isaac Newton im Zuge seiner alchimistischen Experimente gewissen Formen der Perversion gehuldigt habe. Seine Schuldgefühle dieserhalb, so Sir Almroth, erklärten die schweren Depressionsanfälle, unter denen der große Wissenschaftler in fortgeschrittenem Alter gelitten hatte. Beiläufig schrieb Sir Almroth: »Welche Gefahren diese Praktiken für Geist und Seele darstellen, belegt der Fall der unglücklichen Rosalba di Gozzi, der Uneingeweihten als warnendes Beispiel dienen möge. Die vollständige Geschichte ist in Mme. Louise Isabeau de Damvilles *Mémoires historiques 1647* nachzulesen.« Wie konnte ich da noch zweifeln, daß diese Rosalba, die Sir Almroth in Verbindung mit seiner alchimistischen Forschung erwähnte, die Frau auf dem Bild in meiner Studierstube war, auf die mein Blick jedesmal fiel, wenn ich den Kopf von meinen Büchern hob?

Wie sich allerdings herausstellte, ließ sich Sir Almroths Quelle nur schwer dingfest machen. Ich brauchte nicht weniger als drei Jahre, um Mme. de Damvilles Memoiren auf die Spur zu kommen. In der Zwischenzeit erfuhr ich immerhin, daß die Verfasserin, eine hochgebildete Geliebte des französischen Dauphin, im Ruf stand, selbst recht bewandert in der alchimistischen Lehre zu sein. Und als ich schließlich eines der wenigen noch erhaltenen Exemplare ihres Werkes habhaft wurde, erkannte ich sogleich, daß sich die Suche gelohnt hatte. Die Klarheit der Darstellung ließ nichts zu wünschen übrig, wenn auch die Wahrheit, die sie enthüllte, eine außerordentlich verstörende war.

Rosalba di Gozzi, die Frau auf Lady Carolines geheimnisvollem Gemälde, war die jüngste Tochter von Alessandro di Gozzi, im frühen siebzehnten Jahrhundert Doge von Venedig und Vorsitzender im berüchtigten Rat der Zehn. Beichtvater von Gozzis Familie war ein junger Dominikanerbruder namens Lorenzo Querini, seinerseits der Sproß eines angesehenen venetianischen Geschlechts. Querini hing der Alchimie an; er war in Byzanz bei Sendivogius in die Lehre gegangen, und es kursierten Gerüchte, daß er nichts geringeres als den Stein der Weisen selbst entdeckt und öffentlich die Umwandlung der Metalle vollzogen habe. Seine alchimistischen Kenntnisse erweckten die Aufmerksamkeit der Signora di Gozzi, die eine eifrige Jüngerin der spagirischen Künste war. Der wahre sittliche Charakter Querinis ist schwer einzuschätzen; Mme. de Damville deutet an, daß der Mönch der Geliebte Signora di Gozzis war. Diese Zwiespältigkeit wirft ein höchst zweifelhaftes Licht auf seine Absichten gegenüber Rosalba, die sich mit nur fünfzehn Jahren den Studien ihrer Mutter bei Querini anschloß. Die Folgen waren ebenso schmählich wie tragisch.

An einem Herbstmorgen des Jahres 1647 mußte man im Hause Gozzi feststellen, daß Querini und Rosalba verschwunden waren. Signora di Gozzi verlautbarte, daß die beiden miteinander entflohen seien. Die Häscher des Zehnerrates nahmen unverzüglich die Verfolgung auf, aber nur Querini wurde gefunden. Keine vierzehn Tage nach seiner Flucht stellte man ihn – halb verhungert, in einer Höhle in Süditalien versteckt. Was folgte, war eine primitive Form der Rache, wie sie im Italien der damaligen Zeit üblich war. Er kam vor kein Gericht; statt dessen wurde er von den Gefolgsleuten des Dogen verstümmelt und entmannt, ehe man ihn mit dem Tod durch Erdrosseln bestrafte. Wenige Augenblicke vor seinem Ende gestand der schuldgeplagte Querini, daß er sich eines Verbrechens schuldig gemacht hatte, das weit schwärzer war als Entführung: Er hatte der seiner Obhut anvertrauten Jungfrau Gewalt angetan. Aber wo Rosalba zu finden sei, wußte er nicht zu sagen; nicht die fachgerechteste Folter vermochte ihm eine Antwort abzupressen. Er blieb dabei, daß er voller Scham aus Venedig geflohen sei und sie zurückgelassen habe. Das einzige, was der Mann zu seiner Verteidigung vorbrachte, war, daß gewisse alchimistische Riten ihn über alle Maßen in

Versuchung geführt hätten und er in einer Anwandlung von Wahnsinn zu seiner Untat getrieben worden sei. Daß dieser Appell ihn nicht vor der Garotte bewahrte, braucht wohl nicht erst gesagt zu werden. Noch zwei Monate vergingen, ehe der Hergang vollends ans Licht kam.

Die Überreste Rosalbas wurden eines Morgens von einem Gondoliere entdeckt; man barg ihren Leib vom Grund eines Kanals, mit Ketten umwickelt. Zunächst vermutete man, Querini habe sie ermordet, doch aus einem Brief in einem Medaillon, das an ihrem ansonsten nackten Körper gefunden wurde, ging klar hervor, daß sie sich das Leben genommen hatte. In dem Brief bekannte sie, daß Querini sie tatsächlich gewaltsam entehrt hatte und daß sie mit dieser Schande nicht weiterzuleben vermochte. Aber sie versuchte ihren Geliebten von jeder Verantwortung freizusprechen, indem sie betonte, »der Greif« trüge die Schuld. Nur die kundigsten alchimistischen Adepten vermochten aus diesem Geständnis schlau zu werden. Als es in meine Hände gelangte, waren mir die Einzelheiten des sogenannten Greifenritus bereits aus anderen Quellen bekannt, hauptsächlich den mit dem Linkshändigen Tantra befaßten. Der Greif, so wußte ich, war die anspruchsvollste aller erotischen Übungen, sie wurde selten gewagt und noch seltener zu einem erfolgreichen Abschluß gebracht. Die Zahl der Fehlschläge war so groß, daß manche den Ritus als eine arglistige Verführung verurteilten und ihm jede spirituelle Wirksamkeit absprachen. Mme. de Damville geht nicht näher darauf ein, spricht jedoch folgende kryptische Warnung aus:

Den Frauen, so sich dem Großen Werk weihen, sey Vorsicht anempfohlen. Diejenigen ihrer Schwestern, welche selbst in den Schattengefilden der spagyrischen Künste gewandelt, wissen gar wohl, daß die getreue *Soror*, unterzieht sie sich der chymischen Hochzeit, ihre Ehre, ja sogar ihr Leben aufs Spiel setzt. Daß selbige Fährnisse in den Schriften nicht offen dargetan sind, ist Verrath an allen Laborantinnen. Ich will nicht verhehlen, daß ich aus peinvoller Erfahrung spreche. Mehr als in jedwedem anderen Ritual geht die Frau bei benannter Übung das höchste Wagnis ein, und sey der männliche Gefährte auch ihr vertrauter Freund – handelt es sich hier doch um Leidenschaften, über die noch die tugendsamsten Männer keine verläßliche Herrschaft ausüben. Mögen alle Frauen davor gewarnt sein, den Greyfenflug (oder auch andere, weniger gefahrvolle Rituale) zu wagen, woselbst nicht eine weibliche Vertraute über sie wacht.

Die Umstände von Rosalbas Tod erklärten die düstere Fahlheit, mit der Lady Caroline sie auf ihrem Gemälde dargestellt hatte – fraglos als Warnung an alle Frauen, die sich der chymischen Hochzeit zu verschreiben gedachten. Das der Vagina entströmende Blut, das die Wasser rot färbte, stand für die Schändung des vertrauensvollen, jungfräulichen Mädchens. Das Flügelwesen, das auf Lady Carolines Bild am Himmel erschien, war ganz offenkundig der Vogel Greif, und es konnte keinen Zweifel geben, daß der schlaffe Körper, den die Bestie in ihren Fängen trug, der todgeweihte Mönch war. Damit lag die Geschichte also erstmals vollständig vor mir. Nach all diesen Jahren des Forschens begriff ich die historische Parallele, die Elizabeth zwischen sich und der Maid in Ketten gezogen hatte. Und endlich erschloß sich mir das volle Ausmaß von Victor Frankensteins Verworfenheit.

Dritter
Teil

Der Brief

Ich will kein Wort über Dein Verhalten verlieren, noch ist es mir um das Mitleid der übrigen Welt zu tun. Soll das Unrecht, das ich erlitten habe, mit mir ruhen! Bald, sehr bald, werde ich Frieden finden. Wenn Du diesen Brief in Händen hältst, wird meine glühende Stirn erkaltet sein. Du wirst nie wieder …

Lieber würde ich tausend Tode sterben, als eine zweite Nacht wie die gestrige zu erleben. Die Art, wie Du mich behandelt hast, hat meine Sinne in Chaos gestürzt; dennoch bin ich gelassen. Ich werde Trost suchen in der einen …

Wäre mir dieses Grauen von seiten eines Fremden widerfahren, der nach nichts anderem getrachtet hätte als nach der Lust, die die Frau dem Manne verschafft, ich wäre auf den tiefsten Grund der Scham hinabgesunken. Aber von einem Menschen, den ich so sehr liebte, mißbraucht worden zu sein, in einem feierlichen Ritual, das zerstört alle …

Gott segne Dich! Mögest Du nie am eigenen Leibe erfahren, was Du mir … hast. Solltest Du je aus Deiner Fühllosigkeit erwachen, dann wird in Deinem Herzen die Reue Einzug halten, und inmitten … und sinnlicher Wonnen WERDE ICH VOR DIR STEHEN, das Opfer Deiner … und Verirrung vom Pfad der Tugend.

Das Abfassen dieses Briefes, den ich ein ums andere Mal begann und wieder abbrach, beanspruchte den Großteil der folgenden Nacht. Draußen vor dem Fenster wälzte sich, während ich schrieb, eine Wetterfront vom See heran; Stunde um Stunde prasselte der Regen gegen die Scheiben und ließ erst nach, als es schon auf den Morgen zuging. Als ich nicht mehr weiterschreiben konnte, faltete ich das Blatt in eine Lederhülle und verließ das Haus, ohne ein Auge zugetan zu haben. Der Morgen war stürmisch, mit Schauern durchsetzt; Blitze tanzten eine wilde Gigue über den regengepeitschten Bergen im Osten. Als ich schließlich den Anleger erreichte, war mein Kleid zum Auswringen naß, und ich zitterte vor Kälte. Die Fischer hatten ihr Tagwerk noch nicht begonnen. Ich machte ein morsches altes Boot los, das ich am Steg angebunden fand, und fuhr damit auf den See hinaus. Würde ich den Kahn lange genug über Wasser halten können, um den seichten Uferbereich hinter mir zu lassen? Eine Stunde später wurde ich gewahr, daß ich, eingelullt durch das sanfte Wogen der Wellen, in eine Art Betäubung verfallen und bis Hermance getrieben war. Inzwischen hatte es aufgeklärt. In der Ferne erblickte ich den Mont Blanc, der sein majestätisches Antlitz, dem Gott der Hebräer gleich, so oft in Wolken verbirgt – hier nun ragte er plötzlich unverhüllt auf, schweigend, verschneit und heiter, eine rosig erglühende Pyramide im Morgenlicht. O tröstliche Schönheit! »Sieh«, flüsterte eine Stimme in mir, »solche Herrlichkeit birgt das Leben noch.«

Und mein Herz antwortete ja!

Nach einer Stunde hatte ich mein Boot ans Ufer zurückgelenkt und trat den langen Heimmarsch an. Ein Wagen, der nach Belrive unterwegs war, um dort Heu zu laden, hielt an der Abzweigung und nahm mich mit zum Château. Celeste deckte gerade den Frühstückstisch; entsetzt, mich in einem solchen Zustand zu sehen, brachte sie mich eilends in die Küche, wo sie mich in eine Decke hüllte und mir dampfendheißen Kaffee einflößte. Sie bestürmte mich mit Fragen, aber ich gab keine Auskunft. Ich wärmte mich am Feuer und kehrte dann auf mein Zimmer zurück, um meine durchnäßte Kleidung abzulegen. Erst Wochen später fiel mir das Mäppchen mit dem Brief wieder in die Hände. Die Worte muteten mich an wie die einer anderen – eines Mädchens, das ich einmal gekannt hatte. Ich verwahrte das Schreiben, wie man fremdes Eigentum verwahrt.

Eine Zeit fernab der Chronik

Welch ein seltsames Ding ein Tagebuch doch ist, mehr ein Kalendarium der Gefühle als der Tage. Es verkörpert die geistige Dimension der Zeit. Ein flüchtiger Moment der Hoffnung, Freude oder Furcht kann eine Flut von Worten entfesseln; ganze Bücher reichen oft nicht aus, um niederzuschreiben, was ein einziger sprachloser Augenblick in sich birgt. Dann wieder folgen ereignisarme Wochen oder Monate, die zu ein paar dürftigen Zeilen schrumpfen, eine tote Zeit, in der nichts von Gewicht sich zuträgt. Und dann gibt es Seiten, die schwerer wiegen als alles andere: die Seiten, auf denen Schweigen regiert, Kapitel, die niemals zu Papier gebracht werden, weil der Wille zum Schreiben fehlt – vielleicht sogar der Wille zum Leben selbst. Die Chronik bricht ab, wenn das Erlebte durch Worte nicht wiederzugeben ist, wenn Trauer, Leid oder Scham so tiefe Wunden schlagen, daß man den Glauben an die Zukunft verliert. Aber in diesen nicht festgehaltenen Lebensabschnitten können Umwälzungen stattfinden, die der Seele bis ans Ende ihrer Tage ihren Stempel aufdrücken.

Ließe die Bedeutung solch unerfaßter Zeiten sich in Seiten messen, so müßten in meinem Tagebuch nun ganze Bände folgen – allesamt unbeschrieben. Monatelang trug ich nichts ein – verspürte keinen Drang dazu, konnte mich nicht dazu zwingen, auch nur ein Wort zu schreiben; die Feder in meiner Hand wog schwer wie ein Berg, den keine Kraft der Welt versetzen kann. Mein Hirn war so leer wie das Blatt vor mir, ich war meiner Sinne beraubt, in stummes Nichtbegreifen gestürzt wie ein Soldat, der, überwältigt durch den Kanonendonner, übers Schlachtfeld irrt und seinen Posten vergißt.

Nach dieser Nacht konnte nichts mehr so sein wie zuvor. Wir waren keine Feinde, Victor und ich. Soviel Gnade wurde uns nicht zuteil. Wir waren Scherben einer liebenden Einheit, die der ärgste Verrat zerschlagen hatte. Zwischen uns schwelte kein Haß; Haß ist eine Leidenschaft, die verbindet. Nein, zwischen uns herrschte nur die Kälte äußersten Argwohns und unermeßlicher Verzweiflung. Wir kamen zusammen, wir sprachen miteinander – mißtrauisch, knapp – über eine arktische Wüste von Reue hinweg. Beide wußten wir, daß sich das, was zerbrochen war, durch nichts wiedergutmachen ließ; Victor konnte sich nicht einmal dazu durchringen, um Verzeihung zu bitten: Zweifellos schloß er aus meiner Zurückhaltung, daß der Zorn mein Inneres gegen alles Bitten und Betteln seinerseits verhärtet hatte. Doch in Wahrheit befand ich mich in einem Zustand der Fassungslosigkeit, einer Fassungslosigkeit, die mich benommen machte und alle meine Fähigkeiten außer Kraft setzte. Ich war wie betäubt vor Bestürzung. Wenn wir miteinander sprachen, merkte ich, daß ich nicht zuhörte; eine einzige brennende Frage beherrschte mein Denken: *Wie hatte es geschehen können, daß Victor so mit mir umgegangen war?*

Und nachdem diese Frage sich einmal gestellt hatte, brütete ich über der schrecklichen Möglichkeit, daß er am Ende niemals wahre Zuneigung zu mir gehegt, niemals mehr in mir gesucht hatte als liederliche Zerstreuung. Hatte er all die Jahre hindurch, während derer er die Rolle des liebenden Bruders spielte, diesen Angriff auf meine Tugend im Schilde geführt? Oder trat hier etwas Schlimmeres zutage als die Niederträchtigkeit eines einzelnen Mannes? Dies schien der schwärzeste Gedanke von allen. Wie, wenn seine Liebe so wahrhaftig war, wie er beteuert hatte – wenn die Liebe, selbst wahre Liebe, ein so zerbrechliches Ding war, daß niemand ihr vertrauen konnte? War unsere Natur so verderbt, daß der böse Impuls einer einzigen Sekunde auch das stärkste Band in Fetzen riß? Die Qual, die ich in Victors Züge eingemeißelt sah, bezeugte, daß es sich in der Tat so verhielt. Er liebte mich, er trauerte, er hätte sein Leben gegeben, um das Geschehene ungeschehen zu machen. Er war ein Opfer desselben Grauens, das auch ich gespürt hatte: einer tollen, fühllosen Leidenschaft, der keine Macht gewachsen war. Dennoch fand ich keine Vergebung in mir. Mitleid vielleicht ... aber nicht Vergebung.

Indes solche Zweifel in meinem Kopf im Kreise jagten, verfiel ich zusehends. Ich verlor jeglichen Appetit und schlich gleich einem Schatten durch das Haus, in Nebel der Teilnahmslosigkeit gehüllt. An manchen Tagen blieb ich vom Morgen bis zum Abend in meinem Zimmer. Alle beobachteten mein Dahinsiechen voller Sorge; sie glaubten mich krank, was sich denn auch bald bewahrheitete. Denn es war ein Jahr der Seuchen. Der Scharlach, der erbarmungslos von der Levante nach Westen vordrang, erreichte in diesem Frühjahr Lyon und wütete dann wie ein Geistermarodeur in den Dörfern entlang der Rhône. Als wir hörten, daß die Seuche ihren Siegeszug nun auch in der Umgegend von Genf angetreten hatte, betete ich jede Nacht, daß ich ihr bald zum Opfer fallen möge. *Ich wollte nicht in seiner Nähe sein! Ich wollte nicht daran erinnert werden*! Dabei wußte ich, daß es kein Mittel gab, der Erinnerung zu entfliehen. Jeden Abend, wenn ich mich entkleidete, sah ich die Spuren, die seine Raserei an mir hinterlassen hatte. Im Lauf der Zeit würden sie heilen und verblassen, aber in meinem Inneren trug ich andere, tiefere Wunden – Wunden, die ich jedesmal erblicken würde, wenn ich in den Spiegel schaute und die düsteren Schatten über meinen Augen sah.

Mochten die anderen meine Melancholie der Krankheit zuschreiben, es gab einen Menschen, der sich nicht täuschen ließ. Mutter erriet mit ihrem untrüglichen Gespür, daß sich hinter meiner Niedergeschlagenheit mehr verbergen mußte, als ich bislang kundgetan hatte. Sie zog mich beiseite und fragte, was mich bedrückte. Ob es mit Victor zu tun habe, forschte sie, in dem sicheren Wissen, daß der Grund kein anderer sein konnte. Sie flehte mich an, es ihr zu sagen. Ich blieb bei meinem Schweigen, doch ihre Beharrlichkeit machte Ausflüchte schwierig. Auch darum sehnte ich mich danach, von dem Fieber niedergestreckt zu werden. Dann würde man mich wegsperren, und ich dürfte mit Fug und Recht zur Klausnerin werden – und vielleicht, endlich …

Meine Schicksalsschwester, in Ketten gelegt …

Ich hatte nie begriffen, wie ein so junger Mensch sein Leben fortwerfen mochte. Nun freilich lehrte mich die Trostlosigkeit, in die ich allmorgendlich erwachte, zu welch einer Bürde das Dasein werden kann. Als das Fieber mich schießlich fand, war ich voll der Dankbarkeit. Von seiner unsichtbaren Hand versprach ich mir den Frieden, den mir zu verschaffen ich doch nie wagen würde. Während ich mit dem Tode rang, hoffte ich insgeheim, das Feuer, das in meinem Blut wütete, möge zu meiner Kette werden, zur Flut meines Untergangs, meiner Erlösung. Aber das ließ Mutter nicht zu. Trotz ihrer Schwäche bestand sie darauf, mich zu pflegen. Alle Überredungskunst wurde aufgeboten, um sie davon abzuhalten. Es fehlte nicht viel, und Vater hätte sich selbst als Wächter vor meiner Tür postiert, um ihr den Zugang zu verwehren. Doch als sie hörte, daß das Leben ihres Lieblings bedroht war, konnte sie ihre Angst nicht bezähmen. Nicht Tag noch Nacht wich sie von meinem Lager; eigenhändig kühlte sie mir die Stirn und fütterte mich. Ihre hingebungsvolle Pflege triumphierte zuletzt über die Seuche, ich wurde gerettet, aber meine Erretterin büßte dafür. Eine Woche, nachdem mein Fieber überwunden war, lag Mutter darnieder. Ihre Krankheit wurde von den besorgniserregendsten Anzeichen begleitet. Die Mediziner, die Vater rufen ließ, prophezeiten schon bald den schlimmstmöglichen Ausgang. »Wir werden sie verlieren«, erklärte Vater, nachdem die Ärzte sie untersucht hatten, und brach vor aller Augen in Tränen aus.

Auch in ihren letzten Tagen verlor diese bewunderungswürdige Frau nichts von ihrer Seelenstärke. Obgleich das Fieber sie sichtlich all ihrer Energie beraubt hatte, bat sie mich, ihr für eine Miniatur Modell zu stehen, auf daß die schweren Stunden schneller vergingen. Ich willigte selbstredend ein und saß an ihrem Bett, während sie konzentriert arbeitete, bis ihre Kräfte oder das Tageslicht vor dem Fenster geschwunden waren. Diese Ablenkung hob kurzzeitig ihre Lebensgeister. »Wie abgespannt du bist, Liebes«, sagte sie, derweil ihr scharfes Malerauge in meinen Zügen forschte. »Nicht all die Sorge, die ich in deinem Gesicht lese, kann mir gelten. Ich sehe Zorn und Schmerz; ich frage dich nicht, weshalb, denn ich hoffe, es sind Anwandlungen, die nicht von Dauer sein werden. Du wirst verstehen, wenn ich sie nicht auf meiner Skizze festhalte. Ich will dich in all deinem Stolz und deiner Kraft malen, als die Frau, als die ich dich zurücklassen möchte, wenn ich nicht mehr bin, eine Frau, die ihr eigener Herr ist.«

Und so geschah es; die Zeichnung wurde eine der schönsten, die sie je angefertigt hatte. Wenn ich sie ansah, war es, als blickte ich in einen Zauberspiegel, der mir das hinter den Kümmernissen des Lebens verborgene Idealbild zeigte. Aber als die Miniatur vollendet war, gab Mutter sie nicht mir, sondern Victor; er solle darin die Schwester und Braut sehen, bat sie, die sie ihm als ihre beste Gabe zugedacht habe. »Meine Kinder«, sagte sie schließlich, indem sie unsere Hände zusammenfügte, »auf nichts hat sich mein Glaube an eine glückliche Zukunft so fest gegründet wie auf die Aussicht auf eure

Vereinigung. Diese Hoffnung muß jetzt der Trost eures Vaters sein; um meinetwillen bringt ihn nicht um dieses eine Glück. Elizabeth, mein Herz, du mußt meinen Platz im Haus einnehmen. Daß ich von deiner Seite gerissen werde, schmerzt mich besonders, mein Liebes. Denn dein strahlender Geist war meine schönste Hoffnung. Deine Bestimmung in dieser dunklen Welt bleibt nun unerfüllt. Aber dennoch, wie golden du mir noch leuchtest! So glücklich und geliebt, wie ich war – es ist schwer, euch alle zu verlassen.« Sie versank in eine tiefe Ruhe. Ich an ihrer Seite beugte mich hinab, um zu hören, ob sie noch mehr sagen wollte, denn ihre Lippen bewegten sich. Ihre letzten Worte, die sie wieder und wieder murmelte, waren: »Ein wenig Geduld, und alles ist vorbei.«

Sie starb friedlich; selbst im Tod schien noch die Liebe auf ihrem Antlitz. Bis zum Schluß hielt sie das grüne Zweiglein umklammert, das sie immer bei sich trug. Sie wollte es auch im Tod nicht freigeben, bis ich es ihr aus den Fingern wand. Ich konnte mir keinen herberen Verlust denken, solange ich lebte. Dennoch muß ich gestehen, daß ein schwacher, kleinmütiger Teil von mir erleichtert aufatmete. Nun würde sie niemals die Wahrheit über Victor und mich erfahren. Ich brauchte ihr nicht mehr zu bekennen, daß die Vereinigung, die sie uns noch im Sterben so ans Herz gelegt hatte, nie zustande kommen konnte, daß sie mitsamt der Wurzel aus unserem Leben gerissen worden war.

Victor wartete nicht einen Tag länger, als der Anstand es gebot: Keine zwei Wochen nach Mutters Beerdigung kündigte er an, daß er nach Ingolstadt aufbrechen werde, um an der dortigen Universität zu studieren. Mit einem einzigen Schlag entschied sich damit eine Frage, die die Familie lange entzweit hatte. Vater hatte es nie gern gesehen, daß Victor bei Seraphina in die Lehre ging, in seinen Augen war die Alchimie eine unerträgliche Zeitvergeudung. Mehr als einmal hatte ich gehört, wie er Victor drängte, seine Aufmerksamkeit dem

»modernen System der Wissenschaften« zuzuwenden, wie er es nannte. »Die Lehre Newtons«, erklärte er, »verfügt über ungleich größere Macht als die der Alten mit ihren Schrullen und Grillen. Agrippa, Paracelsus, Albertus Magnus... sie alle gehören in unseren fortschrittlichen Zeiten auf den Kehrrichthaufen des Intellekts. Sie sind deines Genies nicht würdig.« Wäre Vater öfter zu Hause gewesen, hätte er sich Victors Studien bei Seraphina vielleicht stärker widersetzt. Aber in seiner Abwesenheit waren Mutters Wünsche maßgeblich, und eine Zeitlang blieben die alchimistischen Adepten Herren über Victors Vorstellungswelt. Nun, da Mutter tot war, bekam Vater seinen Willen. Victor stimmte zu – nein, mehr als das, er *drang* darauf, fortgeschickt zu werden. Seine Gründe dafür waren, wie ich nur zu gut wußte, nicht ausschließlich akademischer Natur. Die Universität war seine Rettung, ein Weg, mir aus den Augen zu kommen, fort von meinem feindseligen Blick und der Verurteilung, die er tagtäglich darin las. Einzig meine Krankheit und Mutters Tod hatten seinen Aufbruch so lange hinauszögern können.

Binnen weniger als einer Woche war Victor abgereist. Er verließ mich mit einem knappen Lebwohl, sichtlich zu beschämt, um mir länger als eine Sekunde in die Augen zu schauen – und doch voller Groll, daß ich ihm nicht entgegenkam. Ein Flämmchen des Trotzes schien aus diesem Groll hervorzuzüngeln, als wollte er der Welt kundtun, daß er sich durch eine einzige Entgleisung nicht sämtliche Hoffnung im Leben zunichte machen zu lassen gedachte. Wir küßten uns nicht; wir umarmten uns nicht. Mein Händedruck unter der Tür blieb kraftlos, mein Blick kalt. Doch nicht nur ich entbot ihm einen kühlen Abschied, Alu schwang sich auf meine Schulter, von wo aus sie Victor finster betrachtete. Ihr prüfender Blick schien ihn weit mehr zu beschämen als der meinige, hastig wandte er sich zum Gehen. Es war ein hartes Urteil, mit dem ich ihn seiner Wege schickte, meinen einstigen

Bruder, Geliebten und Freund. Vor Weihnachten würde er keinesfalls zurück sein, und auch das versprach er nicht. Diese Nacht hindurch weinte ich bitterlich über meine grausame Verstocktheit. Aber ich konnte, *konnte* ihm nicht vergeben.

Eine Woche später machte sich Vater, noch gebeugt von dem tiefen Schmerz seines Verlustes, erneut zur Reise bereit. Es zog ihn nicht fort, und er entschuldigte sich vielmals, daß er mich so bald nach Mutters Tod verließ. Aber die Angelegenheiten der Welt da draußen nahmen keine Rücksicht auf seinen persönlichen Kummer. Diesmal führte sein Weg ihn nach Paris, wo sich verhängnisvolle Ereignisse anbahnten. Die Finanzsituation König Ludwigs hatte den Gipfel der Verzweiflung erreicht. Noch während Mutter im Sterben gelegen hatte, war ein Kurier nach dem anderen aus Versailles eingetroffen, ein jeder mit einem dringlichen Appell an Genfs führenden Geldverleiher. Schließlich kam ein gar königlicher Minister über die Alpen geeilt, um Vaters Beistand zu erbitten. Wenn Vater sich nicht unverzüglich nach Paris begäbe, um einen Kredit auszuhandeln, würde der König gezwungen sein, die Generalstaaten einzuberufen und sie um Unterstützung anzugehen, und das würde unausdenkbare Folgen nach sich ziehen. Vater schickte sich mit dem größten Widerwillen an, dem Aufruf Folge zu leisten. »Es geschähe diesem Hohlkopf von einem König nur recht, würde sein ganzer morscher Hofstaat um ihn zusammenbrechen. Mit Ausnahme von Monsieur Necker, der die leere Schatzkammer hütet, ist er von Schurken und Narren umgeben. Ich werfe gutes Geld schlechtem hinterher, wenn ich ihm jetzt noch etwas leihe, aber was bleibt mir anderes übrig? Wenn ein König dir erst einmal vierhunderttausend Livre schuldet, ist er so viel wie dein Blutsbruder.«

Als ich Vaters Chaise die Straße nach Genf hinabrollen sah, fand ich mich zum erstenmal seit meiner Ankunft im Château ganz allein. Wieder hatte ich meine Familie verloren. Einzig der tumbe und krankhaft mißtrauische Ernest war mit mir zurückgeblieben, und niemand hätte einen weniger aufmunternden Gefährten abgeben können als er. Mit jedem Jahr hatte er mich deutlicher merken lassen, wie sehr er mir die Gunst unserer Mutter mißgönnte. Und nun, nach ihrem Tod, scheute er sich nicht mehr, seinen Haß auf »den Zigeunerbankert« offen zu zeigen. Wir gingen einander darum tunlichst aus dem Weg. Somit hatte ich reichlich Muße, über die düstere Wendung nachzubrüten, die mein Leben genommen hatte.

Ich hoffte, Francine würde vielleicht eine Weile bei mir bleiben. Ich fürchtete, mein böser Traum könnte wiederkehren wie so oft, wenn ich aufgewühlt war, und niemand würde mir in meiner Angst Trost zusprechen. Aber Francine mußte in zunehmendem Maße die Pastorsgattin spielen und Charles auf all die Reisen begleiten, die seine stetig wachsenden Verpflichtungen ihm abverlangten. Seine weltliche Arbeit führte ihn zu Versammlungen in den entferntesten Kirchspielen; er und Francine waren mitunter monatelang weg. Als sie einmal Zeit fand, für einen Tag herzukommen, versuchte ich ihr mein Herz auszuschütten, doch ich entdeckte, daß ich meinen Kummer nicht in Worte fassen konnte. Sie merkte sofort, daß mich etwas bedrückte; als ich ihr freilich den Grund nicht zu nennen vermochte, schrieb sie meine Niedergeschlagenheit der Trauer zu und versicherte mir, daß ich bald wieder Mut schöpfen würde. *Warum*, fragte ich mich, *kann ich mich nicht einmal der engsten Vertrauten öffnen, die ich auf der Welt habe?* – und begriff, daß ich deshalb sprachlos war, weil ich mich für Victor schämte. In der einen Sekunde, für die sein Blick bei seiner Abreise dem meinen begegnet war, hatte ich darin eine stumme Bitte gelesen: *Sag keinem davon!* Und das würde ich auch nicht tun, seine Schande war ebenso die meine. Soviel immerhin, ein schmales Band gemeinsamer Demütigung, bestand noch zwischen uns.

Den größten Teil des Tages mir selbst überlassen, gebot ich mir, meine Gedanken zu sammeln und meine Zeit mit nützlichen Tätigkeiten zuzubringen. Aber ich hatte nicht die Ruhe, irgend etwas in Angriff zu nehmen, das Konzentration erforderte. Alu – die sich nun mir angeschlossen hatte – folgte mir von Baum zu Baum, während ich oft ganze Tage durch die Gegend streifte, hoch hinauf in die Almwiesen. War das Wetter schlecht, widmete ich mich meinen Gedichten oder übte Cembalo. Ich holte mir Buch um Buch aus der Bibliothek, aber meine Gedanken schweiften unweigerlich ab. Ich suchte mir Kleider zum Stopfen zusammen, aber meine Finger waren zu fahrig, und nach einer Weile legte ich alles gelangweilt zur Seite. Nichts fesselte meine Aufmerksamkeit länger als ein paar Augenblicke. Dennoch schien mein Geist seltsam wach, voll unruhiger Erwartung, als horchte ich nach einem Signal… nach irgendeinem Zeichen, doch was es sein mochte, wußte ich nicht.

In der zweiten Woche nach Vaters Abreise erwachte ich eines Morgens und fühlte mich sterbenskrank. Mein Nachtgewand war naßgeschwitzt, und Übelkeit hielt mich in ihren Klauen wie ein Menschenfresser, der mir die Eingeweide herauszureißen suchte. Ein Rückfall, war mein erster Gedanke, das Fieber ist von neuem entbrannt. Ich blieb den längsten Teil des Tages auf meinem Zimmer, nahm keine Nahrung zu mir und kaum einen Schluck Wasser, nichtsdestoweniger würgte ich, als ich nichts mehr im Leib hatte, Speichel und leere Luft hervor, bis jeder Muskel in meinem Magen schmerzte. Der nächste Morgen brachte keine Erleichterung, der übernächste ebensowenig. Ich war außerstande, mich vom Bett zu erheben, so entkräftet war ich. Schließlich schickte Joseph, der Haushofmeister, nach Doktor Montreaux, der am Spätnachmittag eines stürmischen Tages eintraf. Doktor Montreaux war ein förmlicher und steifer Mann, der mich immer einschüchterte. Er hatte mich in der Vergangenheit einige Male behandelt, zumeist wegen Kinderkrankheiten, bei denen es damit getan war, daß er meinen Puls fühlte und mir in den Hals schaute. Diesmal freilich ließ er sehr viel größere Sorgfalt walten und forderte mich auf, mich zu entkleiden. Ich gehorchte. Widerstandslos tat ich alles, was er mir befahl. Während er auf der Kommode Kerzen anzündete, um den immer dunkler werdenden Raum zu erhellen, legte ich mich auf dem Bett zurecht und spreizte auf sein Geheiß die Beine. Wie es bei den Ärzten Brauch ist, wenn sie die unteren Regionen einer Frau untersuchen, bedeckte er mein Gesicht mit einem Stück Leinen, bevor er sich über mich beugte. *Wie lächerlich*, dachte ich, *mein Gesicht abzudecken, während mein ganzer restlicher Körper nackt daliegt! So können unsere Blicke sich nicht treffen; aber geschieht das, um meine Gefühle zu schonen oder um Doktor Montreaux das Unbehagen zu ersparen, mich erröten zu sehen?*

Sein Gebaren blieb distanziert, wie es sich ziemte, aber die Hand, mit der er in meinem Unterleib umhertastete, tat mir weh. Während er sich an mir zu schaffen machte, spähte ich unter der Ecke des Tuchs zu der trüben Fensterscheibe über meinem Bett empor, an der der Regen in gezackten Bahnen hinunterlief wie Tränen aus einem weinenden Himmel. Gedanken wanderten durch mein fiebriges Hirn: Wie sonderbar, daß es einem Mann gestattet sein sollte, Frauen so gänzlich entblößt zu sehen, wenn keine Frau einen Mann auf die gleiche Weise betrachten durfte. Warum war so etwas erlaubt? Sehr einfach, weil dies ein Mann der Wissenschaft war, der meinen Körper mit dem kalten Blick des Anatomen erkundete. Mein Anblick reizte ihn in keiner Weise auf – das mußte ich zumindest annehmen. Der Tag fiel mir ein, als ich Mutter gestanden hatte, mit welcher Scham es mich erfüllen würde, einem Manne nackt Modell zu stehen. Und doch würde ein Maler mich nicht berühren und in mir herumstochern wie nun der Arzt.

Ich dachte daran, wie Victors Blick bei der Fütterung der Leuen auf mir geruht hatte, wie Victor es willentlich zugelassen hatte, daß mein Körper seine Sinne entfachte. Aber auch er hatte mich nicht berührt, da noch nicht. Auf wie viele verschiedene Arten ein Mann eine Frau doch ansehen konnte – mit den Augen des Malers, des Arztes, des Liebhabers. Merkwürdig, aber der Blick des Arztes erschien mir als der sicherste der drei; für ihn war ich nicht mehr als ein unbeseelter Automat, den er auseinandernehmen und wieder zusammensetzen konnte. Ärzte lernen den Körper kennen, indem sie die Toten studieren, vielleicht hatte Doktor Montreaux es gelernt, eine nackte Frau wie einen Leichnam zu betrachten, der vor ihm ausgestreckt lag. Doch in Wahrheit war es mehr als mein Körper, was er hier einer Prüfung unterzog. Eine solch genaue Untersuchung mußte ihm unfehlbar offenbaren, wie es um meine Sittlichkeit bestellt war. Die Ehre einer Frau ist ihr auf den Leib gestanzt. Er würde entdecken, daß ich keine Jungfrau mehr war, womöglich würde er gar zu dem Schluß gelangen, ich sei eine gemeine Dirne. Und wie sollte ich mich rechtfertigen? Würde er Nachsicht zeigen, wenn ich ihm von dem Ritus des Greifen berichtete? Würde er für die Pflichten der Mystischen Schwester Verständnis aufbringen? Würde er –

Und dann war er fertig. Er zog das Tuch über mich und sagte mit düsterer Miene, aber sanft: »Es ist nicht der Scharlach, meine Liebe. Sie erwarten ein Kind.«

Der Arzt nächtigte im Château; er verspürte kein Verlangen, über die dunklen, regengepeitschten Straßen nach Genf zurückzureiten, um dort am Stadttor läuten zu müssen. Mein Fieber stieg während der Nacht, und die Schmerzen nahmen zu. Als er am nächsten Morgen aufbrach, versprach er, täglich nach mir zu sehen, bis die Krisis überwunden sei. Bei seiner Rückkehr am Tag darauf fand er Celeste an meiner Seite. Sie hatte meinen Zustand erraten, noch bevor Doktor Montreaux seine Untersuchung durchführte, und blieb nun bei mir, um mir die Stirn zu kühlen und mich im Arm zu halten, wenn mich der Schüttelfrost überfiel. Bald verlor ich jegliches Zeitempfinden, nur wenn Celeste mit Brühe und Brot kam, dämmerte mir, daß wieder ein Tag vergangen sein mußte. Ich konnte nichts bei mir behalten, krampfartiges Erbrechen beutelte mich. Oft waren meine Schmerzen so stark, daß sie mir das Bewußtsein raubten und mein Kopf sich abwechselnd vernebelte und wieder klar wurde. Dann trieb ich hilflos inmitten grausamer Halluzinationen dahin. Sobald ich die Augen schloß, erschien mir der Vogelmann, der nun das Antlitz Doktor Montreaux' trug, so daß ich nicht mehr zu ruhen wagte. Wenn ich wach war, flehte ich Celeste an: »Du darfst ihn nicht die Klaue benutzen lassen!«

Celeste, die meine Ängste so gut kannte wie einst Mutter, beschwichtigte mich: »Natürlich nicht, mein Kind! Ich habe nach Christina geschickt. Sie ist auf dem Weg hierher und wird dir beistehen, solange es nötig ist.«

»Meinst du, der Doktor wird ihr erlauben, bei mir zu bleiben?«

»Er ist ein guter Mann und wird es schon verstehen. Und wenn nicht, dann sorge ich dafür, daß er es tut.«

Christina war die bewährteste Hebamme der Gegend. Seraphina selbst hatte sie das Handwerk vor langen Jahren gelehrt. Bei allen Schmerzen war mir die Aussicht auf ihr baldiges Kommen fast Trost genug. Aber als die Krämpfe mit immer größerer Heftigkeit kamen und gingen, sank mein Mut wieder. »Ich bin schwanger, Celeste«, sagte ich, und damit vergrub ich mein Gesicht an ihrem ausladenden beschürzten Busen und brach in Tränen des Selbstmitleids aus. Ungeachtet der durchdringenden Küchendüfte, die um sie hingen, war es nicht die Köchin, an die ich mich in meiner Not klammerte. Es war die weise Frau, die die Märtyrerinnen aus zehn Jahrhunderten hersagen konnte, wenn sich die Frauen auf der Waldlichtung trafen. Sanfte, kluge und mutige Celeste! Wie gut es sich in ihren Armen ruhte. Ich wußte, daß mein Zustand kritisch war. Das Kind, das ich in mir trug, würde mit großer Wahrscheinlichkeit nicht lange genug leben, um auf normalem Wege geboren zu werden, der Scharlach hatte meinen Körper ungastlich gemacht. Geschwächt, wie ich war, fürchtete ich, daß ich das Schicksal meiner Mutter erleiden und bei der Niederkunft sterben würde, wenn auch das Wesen in mir sich eben erst heranbildete.

Ich hätte nicht zu sagen vermocht, wie lange meine Qualen sich hinzogen, bis es schließlich zum Abortus kam. Mehrmals erwachte ich und sah Christina über mir stehen, geduldig wartend. Einmal beugte sie sich herab und flüsterte mir ins Ohr: »Wenn er fort ist, gebe ich dir etwas gegen die Schmerzen.« Das tat sie dann auch: Sie flößte mir einen Kräutertrank ein, der mich schwindlig und benommen machte und meinen inneren Aufruhr bald zu traumlosem Schlaf glättete. Dann wieder war Doktor Montreaux da, der von Mal zu Mal bedenklicher dreinschaute. »Das Schlimmste ist bald überstanden«, das war alles, was er zu meinem Trost vorzubringen wußte. Einmal hörte ich im Halbschlaf, wie er – schon im Gehen – Celeste anwies, Victor und den Baron zu verständigen. Das rüttelte mich auf. Kaum war er fort, rief ich angstvoll Celeste herbei und beschwor sie, keinem von ihnen Nachricht zukommen zu lassen. »Versprich es!« drängte ich.

»Aber früher oder später müssen sie es erfahren, Liebes.«

»Warum müssen sie es erfahren?«

»Victor ist der Vater. Er muß dem Anstand Genüge tun.«

»Du irrst dich. Victor ist nicht der Vater. Wie vermessen von dir, so etwas zu behaupten.«

»Was sagst du da, Kind? Wer soll es denn sonst sein?«

»Das geht nur mich etwas an, nicht meine Dienstboten.« Ich versuchte den hochnäsigen Ton zu treffen, mit dem Mutter unliebsame Einwände hinweggefegt hatte.

»Du brauchst dich nicht zu ängstigen«, sagte Celeste begütigend. »Victor wird dich heiraten, wie es sich ziemt.«

»Niemals! Ich will Victor nicht heiraten.« In meiner Verzweiflung begann ich fieberhaft auf sie einzureden. »Und sehen will ich ihn auch nicht. Er ist nicht der Vater, er ist es nicht! So viele Männer kommen und gehen in diesem Haus. Üble Verführer, alle miteinander, wie du sehr wohl weißt, Celeste. Ich habe doch gehört, wie du die Hausmädchen vor den Gästen des Barons warnst! Du befiehlst ihnen, ihre Röcke an den Knöcheln zusammenzubinden, wenn sie zu den Herren hinaufgeschickt werden. *Herren*! Gassengesindel, so nennt Vater sie. Nicht einmal das Vieh im Stall blickt zu ihnen auf, sagt er. Der Marquis de Chastelneuf war hier, erinnerst du dich nicht, im ... Juni – ja, Juni war es. Jeder weiß, daß er sich mindestens vier Geliebte in meinem Alter hält – manche noch jünger. Vielleicht war er es ... oder vielleicht Pietro della Valle, der Dichter, der davor hier abgestiegen war. Ist er nicht ein berüchtigter Wüstling? Vielleicht ist *er* der Vater ... Aber woher soll ich wissen, welcher, welcher, *welcher*? Es hat so viele gegeben, wie kannst du von mir erwarten, daß ich mich da auskenne? Wenn die Gräfin Landseer bei uns zu Gast ist, läßt sie die Tür zu ihrem Schlafgemach offen – und ihr Mann weiß davon. Sie hat drei Liebhaber in einer Nacht empfangen, als sie das letzte Mal hier war. Wie soll ich den Vater meines Kindes nennen können, wenn man sich von der Gräfin erzählt, daß sie bei keinem einzigen ihrer Kinder schwören kann, wen es zum Vater hat? Was schaust du denn so bestürzt? Du hältst mich für einen Engel, aber du kennst meine wahre Natur nicht. Denk daran, ich bin bei den Zigeunern aufgewachsen. Ich lebe nach anderen Gesetzen. Alle Zigeunermädchen sind Dirnen. Meine Schwester Tamara war eine Dirne, mit ihrem eigenen Vater –«

»Kind, Kind, du weißt nicht, was du sprichst.« Sie wiegte mich in ihren Armen. »Nimm meinen Rat an. Wir müssen es Victor sagen.«

Woraufhin ich aller meiner Schwäche zum Trotz die Stimme erhob, um ihr grausam das Wort abzuschneiden. »Ich bin die Herrin hier im Haus. Du tust, was ich dir sage. Ich will Victor nicht hierhaben. Du darfst nicht nach ihm schicken. Und nach dem Baron auch nicht, er ist in wichtiger Mission unterwegs. Es wäre töricht, ihn wegen einer Sache zu beunruhigen, die ihren Lauf nehmen wird, ohne nach seinen Wünschen zu fragen. Ich flehe dich an! Das werde ich dir nie verzeihen! Du bist meine Feindin.« Inzwischen war ich unter krampfhaftem Schluchzen in mich zusammengesunken. Trostsuchend klammerte ich mich an Celeste, während ich sie gleichzeitig mit wasserweichen Schlägen traktierte und dabei gelobte, sie bis in alle Ewigkeit zu hassen, wenn sie sich meinen Wünschen widersetzte. »Versprich mir, daß du tust, was ich dir sage! Schwöre es, wie du auf deine Messer schwören würdest. Schwöre es, so wahr du meine Schwester bist!«

Und sie schwor. Aber es erwies sich nicht als nötig, sie beim Wort zu nehmen. Am nächsten Morgen fuhr ich im ersten Frühlicht aus dem Schlaf und wußte im Augenblick, daß die Krisis eingetreten war. Ein Schmerz durchbohrte mich, so schneidend, als hätte man mir einen Feuerspeer in die Scham gerammt. Alles war voller Blut: die Laken, die Decken – Blut überall. Ich schrie, und plötzlich neigte sich eine riesige dunkle Gestalt über mich. *Der Vogelmann*, schoß es mir durch den Kopf. Doch nein, es war Doktor Montreaux, der mich bei den Schultern packte und mich in die Kissen niederdrückte, damit ich mich nicht aus dem Bett warf. »Liegen Sie still«, befahl er. »Wir müssen sicher sein, daß alles heraußen ist.« Indem er eine Hand losmachte, langte er in seine Tasche und zog ein Instrument hervor, eine Art Kneifzange. Er stocherte damit in dem blutigen Haufen zwischen meinen Beinen und inspizierte rasch, was er dort fand. »Ich fürchte, es kommt noch mehr«, sagte er. »Wir müssen warten.«

»Ich will den Trank«, schluchzte ich. Ich meinte Christinas

beruhigende Mixtur, die auf dem Tisch neben mir stand. Ich wollte danach greifen, aber der Doktor hielt mir die Arme fest.

»Unsinn«, sagte er. »Das Zeug hat keine Wirkung.«

»Doch, es hilft ... es lindert den Schmerz.«

»Das ist unmöglich. Es ist nur Altweibergebräu, keine richtige Arznei.« Mit diesen Worten fegte er die Flasche vom Tisch und festigte seinen Griff. »Seien Sie stark, Elizabeth«, forderte er. »Es gibt keine Möglichkeit, Ihnen zu helfen. Sie müssen die Pein ertragen wie alle anderen Frauen auch.«

Den Rest des Tages lag ich in mörderischen Qualen, dann, gegen Abend, ebbten die Krämpfe ab, und ein paar Stunden lang war Frieden. Als Doktor Montreaux das Zimmer verließ, stahl sich Christina an mein Bett und flößte mir etwas von ihrem Trank ein. Ich schluckte begierig und fühlte mich endlich benommen genug, um zu schlafen. Aber in der Nacht kehrten die furchtbaren Wehen zurück, und erneut brach ein Blutschwall aus mir hervor, so heftig, daß ich die Besinnung verlor. In der folgenden Zeit spürte ich Tag und Nacht verstreichen, aber die einzelnen Stunden verwischten sich. Ein ums andere Mal bäumte sich mein erschöpfter Körper auf gegen das Ding, an dem mein Schoß so eifersüchtig festhielt. Schließlich, nach einem neuerlichen Krampfanfall, entschied Doktor Montreaux, daß er nicht länger abwarten könne. »Wenn wir sie jetzt nicht ausräumen, verblutet sie«, hörte ich ihn sagen. Damit beugte er sich über mich und befahl mir, tapfer zu sein, worauf er mein blutbesudeltes Nachtgewand hochstreifte, seine Hand in mein Geschlecht schob und es weit auseinanderzwang. Mit seinem zangenartigen Gerät machte er sich in mir zu schaffen, unter vielem Schaben und Zerren. Mein Kopf wirbelte vor Pein. »So, das müßte jetzt alles sein«, erklärte er zuletzt. Als ich an mir hinabblickte, sah ich zwischen meinen gespreizten Beinen eine Blutlache und in ihrer Mitte eine klumpige, leuchtendrote Masse – ein Anblick, bei dem es mir den Magen hob. Dennoch wußte ich; irgendwo in diesem Klumpen mußte der formlose Rest unseres Kindes liegen, Victors und meines Kindes. Im nächsten Moment zog der Arzt unsanft das Bettuch unter mir hervor und schlug den blutigen Haufen darin ein. Dann drehte er sich um und rief einen Befehl. »He, Alte! Bring das da weg. Vergrab es so, daß die Tiere es nicht finden.«

Nun erst wurde ich gewahr, daß Christina und Celeste in einiger Entfernung standen und wachsam zusahen. Doktor Montreaux warf ihnen das Laken vor die Füße. Gehorsam trat Christina vor und hob es auf. Zu Celeste sagte er: »Du kannst sie jetzt saubermachen. Es ist vorbei. Sie kann von Glück sagen, daß sie noch am Leben ist. Gib ihr Fleischbrühe, sobald sie etwas bei sich behalten kann; wir müssen zusehen, daß sie wieder Blut bildet.« Er neigte sich zu mir herab und strich mir das Haar aus der glühenden Stirn. »Es ist besser so, meine Liebe. Das Kind wäre mit Sicherheit mißgebildet gewesen, es hätte nie überleben können. Wir werden niemandem etwas davon sagen, das verspreche ich Ihnen. Es besteht wohl auch keine Notwendigkeit dazu: Sie dürften heute eine grausame Lektion erteilt bekommen haben. Ich bitte Sie, lassen Sie sich nicht noch einmal verleiten.«

Ich verlor das Bewußtsein, noch ehe er ausgesprochen hatte.

Als ich erwachte, füllte ein heller, süßer Duft den Raum. In einer Schale neben mir schwelten ein paar Kräuter, von denen sich ein feiner weißer Rauch emporringelte. Aber sobald ich vollends zu mir kam, war mir, als hätte ich meinen halben Körper verloren. Von der Brust bis hinunter zu den Füßen schien alles taub. Ich sah hin und stellte fest, daß ich gewaschen und angekleidet worden war. Christina war da und salbte mit sachter Hand meine schlaffen Gliedmaßen; behutsam verrieb sie ein Öl auf meinen Beinen. Das Öl löschte mein Bewußtsein fast völlig aus, was ich als unaussprechliche Gnade empfand. »Es tut mir leid, daß ich dir nicht helfen konnte«, wisperte sie. »Er hat mich nicht an das Bett herangelassen. Er weiß nichts darüber, wie man den Schmerz lindert. Es geht so leicht, aber er weiß es nicht. Und gesäubert hat er dich auch nicht. Er hat dich mit einer Wunde zurückgelassen, die bestimmt zu eitern begonnen hätte. Aber ich habe dich mit einem Balsam gewaschen, der dem Schwären vorbeugt, damit wird dein Fleisch heilen. Komm nun, es ist jetzt Zeit für den Dampf.«

Vorsichtig half sie mir auf einen Hocker neben dem Bett und hieß mich mein Nachtzeug bis zur Taille hochheben. Als sie den Verband zwischen meinen Schenkeln entfernte, war dort unten alles roh und aufs schrecklichste aufgequollen; ein letztes Rinnsal Blut sickerte noch aus mir hervor. Christina holte einen blubbernden Kessel vom Herd herbei und stellte ihn zwischen meine gespreizten Beine. Ein beißender Geruch stieg aus der Tülle empor, vertraut überall da, wo die Entbindung von Hebammen besorgt wird: Andorn und Essig. Als der heilende Dampf über meine Oberschenkel zu wallen begann, fächelte Christina ihn mit einer Falkenfeder in meinen Körper und strich mir mit den Händen über Lenden und Bauch.

»Ich habe das Kind verloren«, jammerte ich.

»Ja. Aber darin hatte er recht – der Mann. Das Kleine hätte nicht überlebt. Wahrscheinlich war es bereits tot in dir und hat seine Fäulnis um sich verbreitet. Das Fieber hat es getötet.«

»War es mißgebildet, wie er gesagt hat?«

»Das hätte niemand erkennen können. Es war kaum mehr als ein weißer Fleck. Aber es ist barmherzig, daß es gestorben ist, du bist ja selbst noch fast ein Kind und nicht erwachsen genug, um Mutter zu werden.«

»Es ist nicht recht, so leiden zu müssen für nichts und wieder nichts.«

Sie lächelte weise. »Wenn du wieder bei Kräften bist, sollst du Gelegenheit zum Abschiednehmen haben.«

Mein Leben im Walde beginnt

Wir waren zu zehnt, als wir uns an jenem Morgen in aller Frühe auf der Waldlichtung sammelten, die meisten von uns Mütter, die selbst Fehlgeburten durchgemacht hatten. Der Himmel war bedeckt, es sah nach Regen aus. Ein Monat war vergangen, seit ich das Kind verloren hatte. Ich war noch immer Haut und Knochen, aber kräftig genug, um mich wieder in die Welt hinauszuwagen. Da das Zeremoniell bei Tageslicht durchgeführt werden mußte – es gehörte zu den ganz wenigen, die diese Tageszeit vorschrieben –, beschränkten wir unsere Zahl dabei immer und zerstreuten uns hernach rasch, um kein Aufsehen zu erregen. Christina trug die Überreste meines ungeborenen Kindes bei sich, in Gemsleder präserviert und mit Weinranken umwickelt. Das Bündel war kleiner als ihre Hand, dennoch stellte es den Beginn eines Lebens dar, und sein Heimgang mußte würdig begangen werden.

Ich hatte schon einige Male an der Zeremonie teilgenommen, denn so manches Kind stirbt, bevor es das Licht der Welt erblickt. Die grausame Natur läßt uns viele Kinder begraben, und ihre Mütter oft gleich mit ihnen. Die Hebammen mögen behutsamer und erfahrener in der Geburtshilfe sein als die Ärzte, dennoch verlieren auch sie zahlreiche Kinder. Aber anders als die Männer begehen sie den Anlaß feierlich. Sie verwahren das Ungeborene sorgsam, damit die Mutter es betrauern kann, ehe es in die Erde kommt. Selbst wenn die

Frucht abgetrieben wurde, findet der Tod Beachtung. Auf diese Weise wird das Kind mit Würde auf seinen Weg geschickt, und die Mutter darf ihrem Kummer freien Lauf lassen.

Auch an diesem Morgen vereinten sich der langsame Trommelschlag, die Becken und die Flöte zu einer süßen, klagenden Grabmusik. Und wie bei den früheren Gelegenheiten stimmte Christina ihren schlichten Sprechgesang an und bedeutete allen anderen, einzufallen. Doch diesmal war es an mir, mit dem trauernden Refrain der Mutter einzusetzen.

Christina sagte:

Keine Geburt kommt die Frau härter an
Als die, die mündet in Tod.
Mutter, sprich dies letzte Mal zu deinem Ungeborenen.

Und ich sagte:

Mein Kleines
Mein Namenloses
Ich gebe dich zurück, ich gebe dich zurück.

Und die Frauen sagten: *Dessen Augen niemals sahen das Licht von Sonne und Mond*
Ich: *Ich gebe dich zurück, ich gebe dich zurück*
Die Frauen: *Dessen Lippen niemals schmeckten die Süße oder Bitternis dieses Lebens*
Ich: *Ich gebe dich zurück, ich gebe dich zurück*
Die Frauen: *Dessen Ohr nie vernahm der Vögel Ruf*
Ich: *Ich gebe dich zurück, ich gebe dich zurück*
Die Frauen: *Dem Schmerz erspart blieb und Freude verwehrt*
Ich: *Ich gebe dich zurück, ich gebe dich zurück*

Die Frauen: *Leben, das niemals gelebt ward*
Ich: *Ich gebe dich zurück, ich gebe dich zurück*
Die Frauen: *Name, niemals gesprochen*
Ich: *Ein Stück meines Herzens geht mit dir*
Die Frauen: *Ein Stück unsres Herzens geht mit dir*

Dann wurde mir das winzige Bündel überreicht. Eine Frau nach der anderen umarmte mich und trat zurück. Ich wußte, daß ich nun mir selbst überlassen würde, darum dankte ich ihnen und hieß sie gehen. Ich hatte alles nötige dabei, um den Tag im Freien zu verbringen: eine Decke und eine Handvoll Proviant. Sollte das Wetter es erfordern, konnte ich in einem Unterstand Schutz suchen, den die Frauen gebaut hatten. Das Ritual sah vor, daß ich den Morgen über mit meinem toten Kindchen allein blieb und es dann begrub. Nur Alu begleitete mich, doch auch sie wahrte an diesem Tag einen respektvollen Abstand, hielt sich hoch in den Baumkronen und warf nur ganz selten einen Blick zu mir, damit ich nach Belieben trauern konnte: kurz oder bis tief in die Nacht.

Ich folgte einem vertrauten Pfad, bis er sich auf steinigem Boden verlor, dann ging ich weiter in den Wald hinein. Es war nicht ungefährlich hier, das wußte ich, darum mußte ich mich in acht nehmen. Aus den Bergwäldern kamen manchmal Wölfe herab, und Bären desgleichen. Aber das bekümmerte mich seltsam wenig, als könnte mir das alles nichts anhaben. Am Rand einer hohen Wiese, nahe einem blanken Tümpel, legte ich eine Rast ein und sagte dem namenlosen Kind in meiner Hand Lebewohl. Ich konnte nicht anders, ich mußte das Gemsleder auseinanderfalten und hineinsehen. Es waren duftende Zedernnadeln und Kampferblätter darin eingeschlagen und dazwischen ein Klümpchen getrockneten Bluts. Ich machte einen winzigen Fetzen weißen Gewebes aus. So also nahm das Leben seinen Anfang, so klein und unbestimmbar, daß kein Auge es zu erkennen vermochte. Als ein Nichts. Und doch wuchs aus diesem scheinbaren Nichts ein ganzer Mensch heran und trat in die Welt ein. Wäre das Kind, so fragte ich mich, wirklich eine Mißgeburt geworden, wie der Doktor vorausgesagt hatte? Oder nicht vielmehr Victors engelsgleiches Ebenbild, mit makellosem Wuchs und strahlenden Augen? Angestrengt starrte ich auf den kleinen formlosen Klecks hinab, bis er vor meinem Blick zerfloß – und plötzlich glaubte ich eine verschwommene Gestalt vor mir zu sehen, ein Gesicht, das zu mir emporzustarren schien wie vom Grund eines Teiches: Augen, Nase, ein Kinn. Ich spähte noch schärfer, und die Züge wurden klarer. Und dann hätte ich das Ding um ein Haar von mir geschleudert – denn das Gesicht, in das ich blickte, war verzerrt, ein Bild des Grauens. Das war nicht das Antlitz eines Kindes, es war eine höhnische Monsterfratze, die eher einem Leichnam zu gehören schien als einem lebenden Wesen. Aber die Augen waren offen und stierten mich an. War *dies* das Kind, das ich zur Welt gebracht hätte? Welch ein Segen, daß es nie hatte Atem schöpfen dürfen.

Eilig brachte ich das Zeremoniell zu Ende. Ich hüllte die Blätter wieder in ihr Leder und suchte eine Stelle, wo ich mein ungeborenes Kind zur Ruhe betten konnte. Ich wählte einen Platz am Fuß einer alten Fichte. Meine beiden Messer hatte ich bei mir, und mit dem schwarzen grub ich nun zwischen den Fichtenwurzeln ein Loch und senkte das Bündel ellbogentief hinein. Der Kampfer- und Zedernduft würde es dort vor den Tieren schützen, bis die Erde ihr Recht forderte. Dann schüttete ich die Öffnung zu und streute Blüten aus einem Päckchen darüber, das die Frauen mir mitgegeben hatten.

Ich blieb an dem verborgenen Grab sitzen, wie die Anweisungen es vorschrieben. »Ich gebe dich zurück, ich gebe dich zurück«, sang ich und wartete darauf, daß die Worte in mein Gemüt Eingang fänden, damit ich mich befreiten Herzens von meiner Wache erheben könnte. Aber so lange ich auch sang, ich empfand keine Erleichterung. Statt dessen tobten die heftigsten Gefühle in meinem Busen. Ich wünschte mir nichts sehnlicher, als die Trauer um mein totes Kind abwerfen zu können, doch es wollte nicht gelingen. Ich war um keinen Deut weniger verzweifelt und aufgewühlt als vor der Zeremonie. Warum? fragte ich mich. Was hielt mich so verstockt und bedrückt?

Nach einer Weile ging ich zum Tümpel hinüber und tauchte meine Hände in das kühle Naß, um sie zu waschen. Die Sonne strahlte nun hell und warm vom Himmel und glitzerte auf der Wasserfläche, ließ Lichtkräusel über sie tanzen, die mein Auge in ihren Bann zogen. Lange Zeit saß ich am Ufer, wie verzaubert von dem Geflimmer. Schließlich legten sich die Wellen, und das Wasser wurde glatt wie ein Spiegel, aus dem mir mein Gesicht entgegenblickte. Wie seltsam ich aussah! Dies war nicht mehr das Antlitz eines jungen Mädchens, sondern das einer erwachsenen Frau. So ausgelaugt wirkte ich, so erloschen. Nun, wie konnte es anders sein? In einer kurzen Zeitspanne hatte ich viele Jahre durchlebt. Zweimal hatte mich in den vergangenen Monaten der Tod gestreift. Und ich war Mutter geworden – oder jedenfalls beinahe. Ich hatte schlimmere Schmerzen über mich ergehen lassen, um ein totes Stück Gewebe hervorzubringen, als viele Frauen durchmachen müssen, um ein vollständiges, gesundes Kind zu gebären. Gram und Sorge malten sich auf dem Gesicht, das mich aus dem Wasser ansah, aber mehr noch malte sich Zorn darin. Es war das Gesicht, das ich der Welt zeige, wenn Zorn in mir brennt. Der zusammengepreßte Mund, die Härte in den Augen. Ich war eine zornige Frau. Der Zorn schnürte mir die Brust ab und verwehrte es mir, mein Kind gebührend zu betrauern. *Victor* – war der Quell dieses Zorns. Er hatte mir eine tiefe Wunde beigebracht, hatte mich gedemütigt, mich verraten – alles durch eine einzige blinde Tat. Er hatte mich festgehalten und mir seinen Willen aufgezwungen, so wie es plündernde Soldaten mit schutzlosen Frauen tun. Und er hatte mich nicht gehen lassen, bis sein Verlangen gestillt war und ich ein Kind im Leib trug, das ich nicht wollte.

Ohne weiter nachzudenken, stand ich auf und schlug mit beiden Händen auf die Erde, wieder und wieder, dann warf ich den Kopf in den Nacken zurück und öffnete meine Kehle. Ein langer, klagender Schrei brach daraus hervor, so laut, daß ich fast zweifelte, ob dies wirklich meine Stimme war. Nein, kein Schrei – ein Wutgeheul, das wohl meilenweit durch die Berge hallte. Aufgeschreckt durch den Laut, flatterte Alu mit besorgtem Krächzen von ihrem Platz hoch in einem Kiefernwipfel auf. Wie gut es tat, diesen Schrei auszustoßen. Er sagte alles. Dieses Heulen war mehr Ausdruck meiner selbst als alles, was ich je zwischen vier Wänden oder unter Menschen geäußert hatte. Begierig lauschte ich, während der Widerhall sich durch Täler und Schluchten wälzte. Und indem ich horchte, glaubte ich erstmals mich selbst zu vernehmen. Das hier war *Elizabeths* Stimme. Und das Echo verwandelte sich in eine Einladung, die zu mir zurückschallte: *Komm! Komm*!

Den Rest des Tages wanderte ich tief in Gedanken am Teichufer auf und ab, bis eine brüchige Mondsichel, seidigweiß und durchsichtig, am Abendhimmel hervortrat. Da machte ich mich widerwillig auf den Heimweg, einen klaren Entschluß im Herzen. *Ich konnte nicht auf lange Zeit in der Welt der Menschen bleiben.* Ich mußte einen Ort finden, wo ich meine Seele so wild und frei herausschreien lassen konnte, wie es mir gefiel – ohne fremde Erlaubnis zu erbitten, ohne mich nach fremden Anstandsregeln zu richten, ohne fremdes Urteil zu fürchten. Ich würde zurückkehren in diese Wälder, wo ich hausen konnte wie ein Geschöpf der Wildnis, menschlichen Gesetzen ebenso wenig untertan wie Hirsch oder Adler, der sprudelnde Bach oder der alles erdrückende Gletscher. Das hier würde meine neue Heimat sein, für wie lange, wußte ich nicht – eine Woche, einen Monat, länger. Ich würde ein Leben wie Seraphina führen – oder wie ich mir vorstellte, daß sie gelebt hatte: eine weise Frau, die ihre Schritte lenkte, wie es ihr in den Sinn kam, und die mehr mit den Wassern und den Sternen sprach als mit den Menschen. Mutter hatte mich geheißen, mein eigener Herr zu sein. Und wo anders konnte eine Frau ihr eigener Herr sein als in der Wildnis, wo die Macht der Männer nicht hinreichte?

Während der nächsten Tage traf ich sorgfältige Vorkehrungen. Ich wählte aus, was ich brauchte, und legte jedes Teil bereit: warme Kleidung, gute Stiefel, eine Decke, Feuerstein und Stahl zum Feuermachen, Kerzen, eine Laterne, ein paar zeremonielle Gegenstände, meine beiden Messer, mein Tagebuch. Aber allem Planen zum Trotz blieb eine Frage ungelöst und verzögerte meinen Aufbruch: Mir fiel keine Lüge ein, die mich von der Sorge anderer befreit hätte. Denn ich wußte, daß mein Plan auf Widerstand stoßen würde. Jeder, der sich zur Vormundschaft über mich berufen glaubte, würde mich drängen, mir dieses närrische Unterfangen aus dem Kopf zu schlagen. Eine Frau, so würden sie mir vorhalten, habe weder das Recht noch die Fähigkeit, frei umherzustreifen. Was jeder Mann durfte – was Victor so oft getan hatte –, würde für mich zu einem Unding erklärt werden. Wäre Vater dagewesen, um es mir zu verwehren, ich hätte mich vielleicht gefügt. Aber so konnten sich mir nur die Dienstboten in den Weg stellen.

Schließlich beschloß ich, schlicht und unumwunden die Wahrheit zu sagen, ohne nach der Meinung anderer zu fragen, und die Offenheit verlieh mir ein Gefühl der Stärke. Indem ich meinen ganzen Mut zusammenraffte, teilte ich ihnen allen miteinander mit, daß ich eine längere Bergwanderung unternehmen wolle – als wäre das nichts Außergewöhnliches. Dabei war es mehr als außergewöhnlich, es war ganz und gar unerhört. Besonders grämte sich Joseph darüber. In der Abwesenheit des Barons glaubte der arme alte Mann, an dem gesamten Haushalt und vor allem den Frauen Vaterstelle vertreten zu müssen. »Vielleicht zwei Wochen«, antwortete ich leichthin auf seine Frage, wie lange ich fortzubleiben gedachte, »vielleicht auch länger«. Und still für mich fügte ich hinzu: *vielleicht für immer*! Er zog mißbilligend die Brauen zusammen und warnte vor dem Vorhaben. Als er es mir jedoch verbieten wollte, schalt ich ihn milde und erinnerte ihn daran, daß ich nicht sein Kind war, sondern die Hausherrin. Wenn er mich am Aufbruch hindern wolle, müsse er mich schon einsperren, denn ich würde mich bei erster Gelegenheit auf den Weg machen. Als er sah, daß seine Drohungen nichts ausrichteten, versuchte er mich statt dessen zu überreden, einen der Knechte mitzunehmen. Und auch das schlug ich ihm zu seiner Bestürzung ab.

Ich begriff seine Angst, sie galt weniger der Wildnis selbst als dem Gelichter, das sie unsicher machte. In der Umgegend wimmelte es von Versprengten, und viele von ihnen trieb die Not bis zum Äußersten: stiefellose Soldaten, die der Krieg hierher verschlagen hatte, Emigranten auf der Flucht vor den Wirren in Frankreich. Dieser Tage konnte man auf den Straßen ganzen Familien von Enteigneten begegnen, ihre spärliche verbleibende Habe auf dem Rücken, auf der Suche nach einer neuen Heimat, die ihnen Schutz gewähren würde vor den revolutionären Umwälzungen der Zeit. Viele hatten sich in die Wälder zurückgezogen und lebten dort wie Wilde; andere waren in ihrer Verzweiflung unter die Straßenräuber gegangen. Das Zeitalter der Vernunft hatte uns eine Ära beispielloser Gesetzlosigkeit und Barbarei beschert.

Aber all das schreckte mich nicht, denn ich kannte die umliegenden Wälder gut. Auf meinen Wanderungen mit Victor und mit Vater hatte ich dort manches Mal genächtigt. Ich wußte, wo ich sicher schlafen konnte und wo ich vor den Elementen oder menschlicher Bedrohung Zuflucht fand. Mehr noch baute ich freilich auf meine Schläue und meine Behendigkeit, denn meine Kräfte kehrten nun sehr schnell zurück. Außerdem war ich im Wald ja nicht auf mich gestellt. Ich würde die zuverlässigste aller Gefährtinnen bei mir haben: Alu würde da sein, die Seraphina ihr Leben lang als Führerin gedient hatte. Unter ihrem wachsamen Blick fühlte ich mich geborgener, als hätte ich eine Bulldogge bei mir gehabt. Und eine letzte vorsorgliche Maßnahme: Ich wollte mich so herrichten, daß ich so mittellos wirkte wie das ärmste Bettelweib. Wer würde sich dann schon die Mühe machen, mich zu belästigen?

Celeste hielt wenig von diesem Plan. »Wie arm eine Frau auch sein mag«, warnte sie mich dunkel, »sie besitzt immer noch das, was ein jeder Mann für stehlenswert erachtet.«

Ich tat ihre Furcht ab. »Dann verkleide ich mich eben nicht nur als Bettler, sondern auch als Knabe. Und ich nehme einen derben Stock mit, mit dem ich bestens umzugehen weiß – und eine Flasche übelriechenden Zibets, mit dem ich mich übergießen werde, wenn jemand mich behelligt.«

An einem frühen Augustmorgen brach ich zu meinem Abenteuer auf. Ich hatte bereits am Abend vorher mein Bündel geschnürt und stahl mich aus dem Château, noch ehe der Mond am Himmel verblaßte. Ohne zu zögern, schlug ich meinen Kurs ein, nach Osten in die hohen Berge der Voirons, dann das Tal der Arve entlang zum Chamonixtal. Und von da … wohin immer es meinen Füßen zu gehen gefiel.

Es war eine Strecke, die sich nicht leicht zu Fuß bezwingen ließ, schon gar nicht, wenn man sich nicht an die Saumpfade hielt. Mein erster Tag brachte mich nicht einmal bis an die zerklüftete östliche Begrenzung von Belrive. Der Marsch des nächsten Tages erschöpfte mich, bevor ich die Menoge erreicht hatte. Unzweifelhaft hatte ich meine Kräfte zu hoch eingeschätzt. Aber die steil aufragenden Gipfel und Felshänge, die sich zu beiden Seiten über mir auftürmten, das Brausen des Flusses in seiner Felsschlucht und das Rauschen der Wasserfälle weckten meine Lebensgeister. Wohl nirgendwo auf der Erde konnten sich mir die Elemente in ähnlich eindrucksvollem Gewand darbieten. Je höher mich mein Weg in die Waldeshöhen hinaufführte, desto majestätischer nahmen sich die Täler aus. Die Burgruinen auf ihren kiefernbestandenen Felsvorsprüngen, die tosenden Fluten der Arve zu meinen Füßen, die gezackten Gletscher, die im Sonnenlicht dampften, all das vereinigte sich zu einem Anblick von überwältigender Erhabenheit, noch verstärkt durch die mächtigen Alpen, deren schimmernde weiße Pyramiden sich über dem Ganzen erhoben, als gehörten sie zu einem anderen Planeten.

Da ich kein festes Ziel hatte, wanderte ich in südlicher Richtung gemächlich hierhin und dorthin. Die ersten Tage hindurch hielt ich mich noch in Sichtweite der Hütten und Scheunen, die die Berglandschaft sprenkeln. Ich beobachtete die Hirten, wie sie ihr Vieh die Pfade entlangtrieben; im Umkreis von Meilen hallte die Luft von morgens bis abends wider vom Klang der schweren Glocken. Die ungehobelten Gesellen, die diese Tiere hüten, zeigten sich sehr gastlich und boten mir großzügig Speise und Trank. Schlug das Wetter um und Regen setzte ein, ließen sie mich mit ihnen am Herdfeuer sitzen. Die *Patres* kamen nicht auf den Gedanken, etwas anderes in mir zu sehen als den vagabundierenden Knaben, für den ich mich ausgab. Meine Kleidung sagte ihnen genug, ihre Wortkargheit enthob mich aller weiteren Ausflüchte. Wie hätten sie auch argwöhnen sollen, daß eine wohlgeborene Frau eine Rolle spielte, wie ich sie angenommen hatte: die des jungen Landstreichers, der allein durch die Welt zog? Sie ließen mich in ihren Hütten und Nebengebäuden nächtigen und gaben mir des Morgens einen warmen Trunk und frischen Proviant mit auf den Weg. Ich entschädigte sie mit einer kleineren Münze, versteckte dabei aber stets einen Florin an einer Stelle, wo sie ihn nach meinem Aufbruch mit Sicherheit finden würden. Sie sollten mich für nichts anderes halten als den bettelnden Streuner, der ich schien.

Schließlich ließ ich jene bäuerlichen Vorposten hinter mir zurück, und von da an begegnete ich oft tagelang keiner Menschenseele. Nur Alu, der klettergewandte Steinbock und der majestätische Adler, der über sein luftiges Reich wachte, waren meine Gefährten. Fast kam es mir vor, als wanderte ich über den Trümmern der Welt dahin, das einzige menschliche Wesen, das den Untergang überlebt hatte. Es fiel mir schwer, zu glauben, daß ich nicht allein auf dem Erdball war. Ich begrüßte die Einsamkeit der klaren, kühlen Höhen, aber ich wußte, daß dem einzelnen Reisenden hier oben Gefahr drohte. Vogelfreie und Schmuggler machten diese Berge unsicher. Des Nachts wählte ich meinen Schlafplatz mit großer Vorsicht und achtete sorgfältig darauf, mein Feuer im Schutz eines Überhangs zu entfachen und es nicht länger am Brennen zu halten, als nötig war, um eine eilige Mahlzeit zuzubereiten und ein paar Zeilen in mein Tagebuch zu schreiben. Ich verließ mich auf Alus Wachsamkeit. Sobald sie mir das Nahen Fremder ankündigte, löschte ich mein Feuer und verbarg mich zwischen Felsen. Ich aß sparsam von den Vorräten, die ich mit mir führte, und nährte mich, wo ich konnte, von Beeren und Nüssen am Wegesrand. Wenn mein bescheidenes Mahl beendet war, schlug ich mein Lager so auf, daß ich von Luchsen, Wölfen wie auch Menschen unentdeckt bleiben würde. Wen ich davon am meisten fürchtete, kann ich nicht sagen. Ich suchte mir Felsbänke am Berghang, auf denen ich mich fernab aller Blicke zusammenrollen konnte, und oft sammelte ich dazu Zweige, um sie über mich zu breiten.

Nach zwei Wochen des geruhsamen Umherziehens hatte ich das Tal von Servoux durchwandert. Drei Tage später kam ich an die Brücke von Pélissier, wo sich die Schlucht vor mir weitete und mein Weg den Berg hinanzusteigen begann, der über ihr aufragt. Ich war im Chamonixtal angelangt. Die hohen, schneebedeckten Berge reichten bis unmittelbar an das Tal heran; fruchtbare Äcker sah ich hier keine mehr. Alles war kahl, wild und erhaben. Gewaltige Gletscher, unermeßliche gleißende Eismeere drängten sich bis dicht an die Pfade. Immer wieder ertönte in der Ferne das dumpfe Grollen einer Lawine, weißer Dunst stieg auf, Felsbrocken polterten von ihren luftigen Gipfeln zu Tal. Am Horizont erhob sich der Mont Blanc über das nackte Gezack der Aiguilles; seine gigantische Kuppe blickte über das Tal hin wie der Kopf eines Riesen. Ich hatte den Berg viele Jahre lang nicht aus solcher Nähe gesehen und stand atemlos vor soviel Majestät. Ich wagte es nicht, den Marsch durch das Tal noch am selben Tag anzutreten, sondern rief Alu herbei, damit sie noch eine weitere Nacht mit mir wartete, bevor ich mich auf meinen gewundenen Weg über die Mer de Glace machte.

Ich plauderte mittlerweile mit Alu, als verstünde sie jedes meiner Worte. Wie ich es bedauerte, daß ich ihre Sprache nicht beherrschte! Ich war von ihrer Intelligenz überzeugt, und es hätte mich nicht überrascht, wenn sie begonnen hätte, mir auf meine Fragen Rede und Antwort zu stehen. »Siehst du, wie schön es hier ist, Alu?« fragte ich sie. »Oder bist du zusammen mit all den anderen wildlebenden Geschöpfen zu sehr Teil dieser Schönheit, geht ihr zu vollständig in ihr auf, als daß euch Raum bliebe, darüber nachzusinnen, wo ihr selbst beginnt und endet? Vielleicht ist es ja einzig uns Menschen bestimmt, unseren gesonderten Phantasien nachzuhängen.«

Viele Stunden lagerte ich an jenem Tag im Schutz einer Fichtengruppe und trank den Anblick in mich hinein, ließ mich von ihm hinaustragen über all meine kleinmütigen Befürchtungen. Welch ein Trost lag in der schroffen Unpersönlichkeit der Natur und ihrer stolzen Gleichgültigkeit gegenüber den vergänglichen Sorgen der Menschen! An diesem Abend nahm ich, ohne mir des Tages oder auch nur des Monats gewiß zu sein, mein Tagebuch wieder auf.

[Die nachfolgenden Tagebucheinträge finden sich in den Memoiren als verschmierte und zerfledderte Seiten, die offenkundig in großer Hast und unter alles andere als idealen Bedingungen beschrieben wurden. Viele Passagen waren unleserlich und sind hier deshalb weggelassen. – R. W.]

Ich werde zur Wildfrau

Ein schöner, warmer Tag. Ich wandere von Chamonix nach Osten, über einen windgepeitschten Gebirgspaß. Jenseits lagern Nebel und dunkles Gewölk.

Ich muß unaufhörlich an das Große Werk denken. Jede Nacht, wenn ich mich schlafen lege, sinne ich darüber nach. Die flammendhellen Momente freudigen Entdeckens und die düsteren Momente der Enttäuschung machen sich den Platz in meiner Erinnerung streitig. Vor allem denke ich an Mutter. Sie hatte solche Hoffnung in dieses Unterfangen gesetzt. »Große Dinge bahnen sich an, überall in der Welt«, sagte sie zu mir. Ich weiß ihre Worte, als wäre es gestern gewesen. »Die Männer stellen die ewigen himmlischen Gesetze in Frage. Aber auch uns Frauen fällt dabei eine Rolle zu, uns, die wir das gleiche Geschlecht und die gleichen Zyklen haben wie die Natur und deren Leib die Fruchtbarkeit der Erde in sich trägt.«

Mutter wollte ihren Sohn zum Isaac Newton der Alchimie heranziehen, zu einem Geist, der diese Zeit des Umbruchs zu neuen spirituellen Höhen führen würde. Kann eine so weise und scharfsinnige Frau wie sie sich denn so sehr getäuscht haben? Wohlgemerkt: Kein Mann wurde je mit solcher Sorgfalt für das Werk geschult wie Victor, keiner hat mit leidenschaftlicherem Eifer auf den Vollzug der chymischen Vereinigung hingestrebt, und auch er, selbst er, zeigte sich der

Versuchung des Greifen nicht gewachsen. Und habe ich mich nicht in allem so verhalten, wie es von der *Soror* erwartet werden kann? Dennoch hat Victor sich vergangen, wie andere Männer vor ihm. Denn ich weiß, daß ich nicht die erste Schwester bin, die von ihrem Gefährten mißbraucht wurde. Kann es sein, daß Mutter irrte und daß der Frau beim Großen Werk bis in alle Ewigkeit die Rolle der Dirne zufällt, die weder Achtung noch Liebe noch Freundschaft für sich beansprucht, sondern den Mann in allem gewähren läßt? Fordern die Adepten von den Männern etwas, das keinem Manne gegeben ist – eine aufrichtige Sehnsucht nach der Vereinigung zweier Gleichgestellter? Der Wissensdurst, der Victor erfüllte, war so verzehrend, daß er sein Inneres vor meiner Pein verschloß. Als ich ihn anflehte, meinen Willen zu hören, blieb er meinen Bitten gegenüber taub. Aber es war nicht die Fleischeslust, die ihn zum Höhepunkt trieb; dessen bin ich sicher. Es war vielmehr sein unstillbarer Hunger nach *Wissen*. Danach, zu erfahren, was ihn am Ende des Greifenfluges erwartete, um jeden Preis. Ich habe mir sagen lassen, daß die Cartesianer Sektionen an lebenden Kreaturen vornehmen und deren Schmerzenslaute als bloße »Mechanismen« abtun. »Uhren«, so nennen sie die Tiere. Ich habe gehört, sie nageln Katzen und Hunde an Bretterwände und schneiden sie auf und schlagen sie, um ihre Reaktionen zu studieren. Ich weiß, wie diese armen Geschöpfe leiden; ich habe von ihrer Erniedrigung gekostet. Ich selber war das zuckende Tier an der Wand.

Ich sehe die Welt und ihr Treiben nicht mehr mit denselben Augen wie früher. Wenn ich früher in Büchern von Lasterhaftigkeit und Unrecht las oder von anderen davon erzählt bekam, waren das für mich Geschichten aus grauer Vorzeit. Zumindest waren sie weit entfernt, dem Verstande vertrauter als der Vorstellung. Doch nun hat das Unglück an meine Tür geklopft, und Männer erscheinen mir als Ungeheuer. Mir ist, als wandelte ich am Rand eines Abgrunds, auf den Tausende zudrängen, und alle versuchen sie, mich mit in die Tiefe zu reißen.

Beim Aufwachen eine frische Brise. Den ganzen Morgen über droht Regen, der am Nachmittag schließlich einsetzt. Ich suche in einer Kristallmine Schutz.

Die Welt ist eine in Symbolen niedergeschriebene Lehre, das Große Werk die Deutung dieser Symbole. So hat es Seraphina mir beigebracht. Als ich heute nackt in einem Quell badete, versuchte ich diese Lehre auf mich selbst zu übertragen. Angenommen, die Fortpflanzungsorgane, die uns in Männer und Frauen unterteilen, sind ebenfalls ein Symbol. Wie sind sie dann richtig zu deuten? Was sehe ich, wenn ich diesen zarten Spalt meiner Scheide sehe? Sie ist ein Durchgang, ein Tunnel, ein offenes Fenster, ein entriegeltes Tor ... sie ist ein Korb, ein Kelch, eine Schale. Sie ist dazu gemacht, sich zu öffnen und einzulassen, zu halten und zu beschützen. Victor meinte bei einem der Rituale einmal, sie erinnere ihn an ein hungriges Maul, worüber Seraphina und ich beide lachen mußten, denn sie ist nichts weniger als das. Ich sehe darin das Bild eines Hauses, einer Höhle, einer Zuflucht. Ich sehe die erste Heimat des Kindes darin. Und meine Brüste, die soviel voller geworden sind? Sie erinnern mich an zwei reife Früchte.

Und nun der Mann. Er ist dafür gebaut, zu durchstoßen und einzudringen. Der Same schießt aus ihm hervor. Victor hat sein Organ seinen »Speer« genannt, ein hartes, für den Kampf geschaffenes Gerät. Ein Rammsporn, ein Spieß, ein Knüttel. Hat die Natur uns, dem Mann und der Frau, derart verschiedene Aufgaben zugewiesen? Nehmen und geben, erobern und erobert werden. Das Werk will vereinen, was zertrennt ist, aus zweien eines machen. *Was, wenn das alles falsch ist?* Wenn die zwei das eine für immer verdrängt haben? Was, wenn die Verschiedenheit durch die Zeit bedingt ist, die nicht rückwärts fließen kann? Was, wenn die Zeit, die diese Körper hervorgebracht hat, wirklicher ist, als die Adepten glaubten?

Der Überblick über die einzelnen Tage entgleitet mir, und ich merke, daß ich die Freiheit, die von dieser Unkenntnis kommt, genieße. Ich bin nicht länger an Uhren und Kalender gebunden. Ich lebe jetzt nach Alus Zeit, kann Monat und Jahreszeit nur noch anhand von Mond und Sonne bestimmen – und anhand der Rhythmen meines Körpers. Aber welche andere Zeit könnte wahrer sein? Die Zeit, die die Uhren zählen, ist die Erfindung von Mathematikern; keine Pflanze und kein Tier richten sich nach ihr, ebensowenig wie die himmlischen Sphären. Sie ist der Käfig, in dem der Mensch die Welt einzufangen hofft. Ich lebe mehr und mehr wie die Tiere in der Unmittelbarkeit meiner Erfahrung, lasse meinen Zeitplan von den Notwendigkeiten diktieren. Ich wache und schlafe, wie meine Erschöpfung es vorschreibt; ich lege mich nieder, wo es mir gefällt, und esse, wenn der Hunger sich meldet; ich verbringe meine Tage damit, Nahrung zu sammeln, koste von Blättern, Beeren, Gräsern; ich halte nach Wetterzeichen Ausschau. Ich erleichtere mich im Gebüsch, ich nächtige in Höhlen oder in Astgabeln. Die Sterne über mir sind das letzte, was ich von der Welt sehe, bevor meine Augen zufallen. Tagelang ergibt sich für mich kein Anlaß zu sprechen, vielleicht verlerne ich das Sprechen bald ganz. Ich gebe den Dingen, den Blumen und Tieren und Bergen, keine Namen, sie bedürfen keines Namen von mir. Adam war es, der den Tieren im Garten Eden ihre Namen gegeben hat. *Adam*. Nicht Eva.

Ich bade im Fluß, in seiner blitzenden Kälte. Hinterher streife ich stundenlang unbekleidet durch den Wald, nur mit meinem Messer versehen, selig über meine Nacktheit trotz der Kühle der Luft. Ich schwelge in der Wildheit meines Tuns und habe vor nichts Angst. Wie bereitwillig alle Sitten der Zivilisation von mir abfallen. Darunter warten die tierischen Fähigkeiten. Ich kann meinen Fuß lautlos setzen. Mein Ohr ist scharf. Der Wind trägt mir Gerüche zu. Wenn es sein muß, bewege ich mich so verstohlen und geschmeidig wie eine Katze. Die kalte Luft härtet mich ab. Ich bin nußbraun, weil ich ohne Hüllen in der Sonne liege, meinen Körper unerschrocken dem Blick des Himmels darbiete. Meine helle, weiche Haut ist gegerbt, ich lasse meine Haare wachsen, wie sie wollen, eine windzerzauste Mähne.

Wenn mich jetzt jemand sähe, würde ich für eine Wilde gehalten; vielleicht würde man Jagd auf mich machen. In den Wäldern der Neuen Welt, so habe ich gelesen, hausen Frauen wie ich. Aber sie sind bereits so geboren. Gibt es unter ihnen auch solche, die zu feinen Damen erzogen wurden, die in Palästen zu Hause waren und unter gepflegten Gesprächen zu Tisch saßen? Solche, die sich von den Gesetzen der Menschen abgewandt haben, um in die Wildnis zurückzukehren? Da bin ich gewiß die einzige.

Ich bin trunken von der Freiheit meines Daseins. Rousseau hatte vollkommen recht. Die Zivilisation gleicht einem schlecht sitzenden Anzug. Aber selbst seine Vorstellungskraft müßte vor der Frau versagen, zu der ich geworden bin: die Wildfrau, die Tierfrau, das weibliche Kind der Natur.

Ich will nie zu den Menschen zurückkehren!

Ich jage zwischen den Bäumen dahin, so flink wie die Hirschkuh, die ich verfolge – so jedenfalls kommt es mir vor, bis meine Kräfte mich verlassen und sie vor mir davonschnellt, über einen Busch setzt und meinem Blick entschwindet. Außer Atem werfe ich mich zu Boden und starre in den unendlichen flammenden Himmel hinauf, bis ich vor Schwindel der Besinnungslosigkeit nah bin. Ich fürchte kein Tier; ich bin ihnen verwandt, so wild wie nur eines. Und jetzt weiß ich auch, daß ich voll Unschuld töten kann, wie der Luchs es tut oder der Raubvogel.

Diesen Morgen wate ich in einem Bach und schaue nach Fischen aus. Ich habe noch nicht den richtigen Blick, aber Alu scheint über meine Absicht im Bilde zu sein; sie hüpft am Ufer entlang und läßt mich bald wissen, daß sie unsere Beute entdeckt hat – eine Bergforelle, die hinter einem Stein hervorschlüpft. Alu, die Schlaue, fängt Fische, indem sie sie mit dem Schnabel aufspießt. Aber diesmal wartet sie geduldig, wie um zu sehen, ob ich für mich selbst sorgen kann. Das Messer in der Hand, stoße ich zu. An meiner Klinge zappelnd kommt der Fisch aus dem Wasser. Sein Blut fließt mir über die Hand, während ich ihm beim Sterben zuschaue. Ich bin so hungrig, daß ich ihn verschlinge, ohne ihn erst zu braten. Die Reste teile ich mit Alu, die befriedigt vor sich hin kakelt.

Wie selbstsüchtig von mir, daß ich so lange durch die Wälder streife! Ich weiß doch, daß man sich zu Hause um mich sorgt. Inzwischen werden sie glauben, ich sei Räubern zum Opfer gefallen oder von den Wölfen gefressen worden. Aber ich will nicht zurückkehren. Noch nicht. Ich bin noch nicht meine eigene Herrin.

Stürmischer Morgen, Hagel und Regen. Danach ein warmer, sonniger Tag.

In der Nacht versuchen die Bauern in den Hochtälern ihre Ernte gegen den Frost zu schützen, indem sie Ketten von Feuern entzünden und den Rauch verteilen. Diese Feuerzeilen, die sich wie Signale die ganze Länge des Tales entlangziehen, bieten ein prachtvolles Schauspiel im Dunkel. Die Feuer durchbrechen den silbrigen Nebelvorhang über dem Talgrund mit schwarzen Rauchsäulen und Tupfen von leuchtendem Rot. Über ein paar vom Wind freigefegten Gipfeln funkeln große Sterne an einem kalten Himmel. Diese Bergkämme, die einen finsteren, massigen Horizont in den Himmel emporwuchten, lassen die Sterne noch heller scheinen. Der grimmige Aldebaran geht über einem schwarzen Felszacken auf wie ein Höllenfunken, der aus dem Krater eines Vulkans geschleudert wird.

Am nächsten Morgen finde ich tote Vögel auf dem gefrorenen Boden, Opfer des frühen Frostes. Ich klaube sie auf wie Fallobst, rupfe sie und brate sie über dem offenen Feuer. Alu schaut mir ohne Anzeichen von Mißbilligung zu, aber sie rührt das Fleisch nicht an.

Tagelang sehe ich kein menschliches Wesen, nicht einmal das Dach einer Sennhütte. Zwei senkrechte Felswände, so dicht mit Nadelbäumen bewachsen, daß es aussieht, als entspränge einer der Krone des anderen, flankieren mich, schieben sich dicht an mich heran und scheinen mich mit zahllosen Umwegen vorwärts zu drängen, schließen mich ein in unentrinnbare Einsamkeiten. Ich stoße auf die Mauerreste einer alten Klause und verbringe die Nacht dort. Nichts kündet mehr von dem Bauwerk als einige anmutige Arkaden, halb verschüttet von Erdrutschen, über die schon wieder Gras und Wildblumen wuchern. Hier gibt es keine Perspektiven, keine Kontraste: nur grasige Hänge von prächtigem, gleichförmigem Grün und Waldestiefen ohne Ausgang, ohne auch nur die winzigste Öffnung für Auge und Denken. In der Ferne steigen aus allen Felsspalten Dunstschleier auf und grüßen die Sonne wie erweckte Seelen beim Jüngsten Gericht. Ewige Nebel, Fichten überall; schmale Wiesenstreifen und Waldstücke schneiden in das unbezwingbare Bollwerk der Berge. Wieder einmal erblicke ich beim Aufwachen den Mont Blanc, eine schneeige Festung, und sehe unter mir den Talgrund liegen wie einen riesigen, vielfarbigen Teppich.

Wunder, Wunder... ist es nicht genug, solche Schönheit zu schauen? Was brauche ich mehr zu »wissen« als dies?

Mehrere Tage sind vergangen, seit ich mein Tagebuch das letzte Mal zur Hand genommen habe. Ich war zu aufgewühlt, um zu schreiben. Aber nicht von Reue... dabei bleibe ich, nicht von Reue. Nein, von einem Überschwang, der mich zu frei und unbändig macht, um meine Gedanken zu Papier zu bringen.

Hat der räubernde Bär es nötig, seine Taten aufzuzeichnen, oder der Adler, der nach Beute späht? Markieren sie ihren Weg etwa mit Denkmälern?

Das Grübeln ist eine törichte menschliche Angewohnheit, die Frucht des schlechten Gewissens. Das freie Tier lebt für den Augenblick.

Ich hatte einen anstrengenden Tagesmarsch hinter mir. Als mein kärgliches Mahl beendet war, sah ich dem blassen Zucken der Blitze über den Bergen zu, bis Mattigkeit mich überkam. Das Tosen des Wasserfalls in der fernen Schlucht lullte meine überscharfe Wahrnehmung ein wie ein Schlummerlied. Kaum fielen meine Lider herab, da beschlich mich eine süße Müdigkeit, und ich sank an Ort und Stelle zum Schlafen hin, ohne mich auch nur gegen die Nachtluft zu bedecken.

Zuerst dachte ich, die Kälte habe mich geweckt, denn ich war bis auf die Knochen durchgefroren, als ich die Augen aufschlug und über mir den frostberingten Mond stehen sah. Doch es war der Klang von Stimmen, der in meinen Schlaf eingedrungen war: Männerstimmen, gar nicht weit entfernt, laut und grob. Als ich näher hinhörte, erkannte ich die Sprache als Italienisch, ein vulgärer Dialekt aus der Gegend, in der ich meine Kindheit verbracht hatte. Ich unterschied zwei Stimmen, dann eine dritte: eine verzerrter von Trunkenheit als die andere. Häßliche Flüche entweihten die Nacht. Zu meiner Linken flackerte der Schein eines Lagerfeuers durch die Bäume. Ich hielt in den Wipfeln nach Alu Ausschau, fand sie aber nicht. Als ich ein Stück vorwärts kroch, um zwischen den Stämmen hindurchzuspähen, erblickte ich etwa zwanzig Schritt unterhalb von mir drei Männer. Sie brieten Wildbret über ihrem Feuer und ließen eine Schnapsflasche kreisen. Soldaten, schloß ich aus ihrer Kleidung, aber keine regulären. Ihr zerlumpter Aufzug wies sie als Deserteure oder Söldner aus. Möglicherweise waren es auch Schmuggler, die im Schutze der Nacht die Grenze überqueren wollten. Der Wind trug ein paar Fetzen ihrer Unterhaltung zu mir herüber. Es war von einem Kriegszug hier in der Gegend die Rede; sie hatten nach einer Schlacht das Feld geplündert. Ich wünschte nichts weiter zu hören, deshalb raffte ich lautlos mein Bündel zusammen und begann mich wegzuschleichen.

Im weiten Bogen um ihr Lager stahl ich mich durch das Unterholz auf einen tiefer gelegenen Abschnitt des Saumpfades zu. In der Hand hielt ich eins meiner Messer, das ich noch rasch aus meinem Bündel gezogen hatte. Ich hätte es schwerlich zu meiner Verteidigung einzusetzen gewußt, aber dennoch gab es mir ein Gefühl der Sicherheit. In meinem blinden Vorwärtstasten trat ich ein ums andere Mal fehl, so daß die Büsche raschelten oder ein Zweig unter meinem Fuß brach; dann verstummten die Männer jedesmal und spähten um sich, ob nicht etwa ein Bär im Gebüsch lauerte. Ich war noch nicht außer Sichtweite ihres Feuers, als ich gleich vor mir noch ein Licht durch die Bäume schimmern sah. Ein zweites Lager versperrte mir den Weg. Hier saßen zwei weitere Männer in schäbiger Uniform gegen einen umgestürzten Baum gelehnt. Ich hörte trunkenes Lachen und rohe Neckereien: Die beiden schienen noch berauschter zu sein als die ersten drei, ihre Zungen noch schwerer, ihre Sprache noch zotiger. Aber noch andere lagerten am Feuer, die gar nichts sagten, sondern schweigend kauerten. Eine Gruppe von Frauen; zwei von ihnen recht jung, die letzte alt genug, um ihre Mutter zu sein. Ihre Kleider waren wenig mehr als Fetzen, so zerlöchert, daß sie kaum ihre Blöße bedeckten. Die drei drängten sich in höchst unnatürlicher Haltung am Boden zusammen. Dann sah ich, daß sie an den Fußgelenken aneinandergebunden und am Boden festgepflockt waren. Die Soldaten hatten sie gefangengenommen – vielleicht um ein Lösegeld zu erzielen, dachte ich, bis plötzlich ein dritter Mann aus dem Gebüsch jenseits des Feuers gestampft kam. Er zerrte eine wimmernde Gestalt hinter sich her: eine wild schluchzende Frau, die Augen irr vor Angst, das Kleid über der Brust aufgerissen. Der Mann schleuderte sie zu Boden und fesselte sie an die anderen Frauen, wobei er sie mit Verwünschungen überhäufte. Als er die Hand gegen sie erhob, krümmte sie sich aufschreiend zusammen und flehte ihn in einem derben, bäurischen Französisch an, ihr nicht schon wieder weh zu tun. Seine Barmherzigkeit bestand darin, sie anzuspucken und davonzutorkeln.

Wieder bei seinen Kameraden auf der anderen Seite des Feuers, rief er in Richtung der ersten Gruppe ins Dunkel: »He! Du bist dran. Kommst du, oder lassen wir die Schlampen schlafen?« Eine barsche Stimme rief zurück: »Komme schon. Komme schon.« Ehe ich wußte, wohin ich fliehen sollte, schlingerte ein Mann an mir vorbei zu der zweiten Gruppe hinüber. Er passierte nur wenige Schritte entfernt von dem Baum, an dessen Fuß ich mich duckte. Er stolperte zum Feuer und weiter zu dem Frauenhäuflein, schwankte unstet über ihnen, drehte einen Kreis um sie, bevor er sich bückte, um dieselbe Frau loszumachen, die eben erst zurückgebracht worden war. Ich sah nun, daß es ein Mädchen war, kaum älter als ich.

»Laß sie«, rief einer der Männer vom Feuer her. »Such dir eine frische aus. Die Dirne hat schon ein dutzendmal herhalten müssen. Nimm die Alte, im Dunkeln merkst du den Unterschied nicht.« Sein Landsmann lachte häßlich. »Die ist doch nicht aus Zucker. Die löst sich schon nicht auf.« Damit band er das Mädchen los und schleifte sie hinter sich her aus dem Lichtkreis des Feuers, direkt auf die Stelle zu, wo ich im Dunkeln verborgen lag. Ich konnte gerade noch ein paar Ellen zurückweichen, ehe er den Baum erreichte, hinter dem ich mich versteckt hatte. Nur wenige Schritte von mir stieß er das Mädchen grob zu Boden und befahl ihr, sich zu entblößen, während er an seiner Hose zu zerren begann. Das Mädchen zog unter erbärmlichem Schluchzen ihre Röcke bis zur Taille und legte sich hin, um ihr Schicksal über sich ergehen zu lassen. Einen Augenblick später hatte der Mann sich Stiefel und Unterzeug vom Leib gerissen. Halbnackt stand er über ihr und rieb dabei heftig an seinem Organ, bis es wie eine stumpfe Keule in seiner Hand lag. Er spuckte darauf und stürzte sich im nächsten Moment auf sie wie ein reißendes Tier, wild bockend und buckelnd, ohne sich um ihre Schreie zu kümmern.

Im fernen Schein des Feuers konnte ich alles mit ansehen – und ich sah hin, ich wandte den Kopf nicht ab, um mir den Anblick zu ersparen. Ich hörte jeden ihrer keuchenden Atemzüge, alle die schmutzigen Dinge, die er dem Mädchen ins Ohr raunte. »Komm, mein Hühnchen«, knurrte er. »Du hast deinen Spaß dran, stimmt's? Es macht dir Spaß, genommen zu werden. Du könntest ein ganzes Bataillon abfertigen, hab' ich recht? Komm, ich will hören, daß es dir Spaß macht!« Und er hieb auf ihre Flanken ein, wieder und wieder. »Betteln sollst du darum. Los, laß es mich hören!« Das Mädchen wimmerte und stöhnte nur. »Du Hure! Nur so rauslaufen wird's heut nacht aus dir!« Um zwei Armeslängen hätte ich ihre Hand berühren können, so nah war ich. Ich zitterte vor der Entdeckung, und doch wollte ich nichts so sehr, wie ihr zur Hilfe eilen. Aber was konnte ich tun? Mich auf ihren Angreifer werfen und ihn mit den Fäusten traktieren? Mit einem Steinbrocken auf ihn einschlagen? Ich wußte gut, wie sinnlos das war. Doch die Flammen der Wut, die in mir loderten, verzehrten jegliche Vorsicht. Denn auch ich hatte durchgemacht, was ihr hier geschah. Ich hatte die Erinnerung daran so tief in die Vergessenheit getaucht, wie ich nur konnte; ich hatte sie hinter mir zu lassen versucht, als ich in den Wald gekommen war. Aber nun war sie mir mit einem Schlag wieder gegenwärtig – die Nacht, als ich dagelegen hatte wie dieses Mädchen, ohnmächtig flehend, und dieselbe Demütigung erfahren hatte. Bis ins Mark spürte ich noch die sengende Gewalt. Doch der Mann, der mir dies angetan hatte, war kein betrunkener Fremder gewesen, kein feindlicher Soldat; eine solche Entschuldigung gab es für ihn nicht. Ich sah sein Gesicht über mir, flammend und verzückt, trunkener von meiner Qual als von jeder Lust, die ich aus freien Stücken zu gewähren vermocht hätte. Noch durch meine Tränen hatte ich erkannt, daß es die Wonne des *Raubens* war, die er begehrte, nicht die des Empfangens.

Haß wallte in mir auf wie ein Rausch, der alles bessere Wissen auslöschte. In meinen Ohren klang nur ein Laut, das jämmerliche Wimmern des Mädchens, meiner Schwester, die keine drei Schritte von mir entfernt solche Erniedrigung dulden mußte. Der Drang, ihr beizustehen, schwemmte jeden anderen Gedanken fort. Wie schon einmal spürte ich ein Wutgeheul in mir aufsteigen – einen Schrei, der die Berge so zum Beben bringen würde, daß sich die Wächten lösten. Einen Augenblick später begriff ich, daß kein Schrei ertönt war. Aber die Zeit hatte einen Sprung getan, als sei ein Stück meines Lebens herausgeschnitten worden. Mein Rachedurst war gestillt, doch ich hatte nichts von mir gegeben, keinen Laut. Statt dessen hatte ich einen Schlag geführt, blindlings, aus einem Instinkt heraus – so wie ein gereiztes Tier zuschlagen mochte. Was aber hatte ich getan? Ich hätte es nicht sagen können, bis ich mein Messer im Hals des Mannes erblickte, so tief hineingetrieben, daß ihm der Hilfeschrei in der Kehle steckengeblieben wäre. Aber er versuchte gar nicht, um Hilfe zu rufen, er hustete nur einmal kurz und röchelnd. Und es folgte kein Kampf, nur ein einzelner, krampfartiger Schauder. Dann lag er tot auf dem Leib des Mädchens. Die Tat war getan, noch ehe sich in meinem Kopf eine klare Absicht abgezeichnet hatte.

Schlagartig kam wieder Leben in mich. Ich stürzte zu dem Mädchen und wälzte ihn von ihr. »Ruhig«, flüsterte ich nah an ihrem Ohr. »Er ist tot. Rasch jetzt. Rette dich. Sie werden glauben, daß du ihn getötet hast.« Im ersten Moment wußte das arme, verwirrte Geschöpf gar nicht, wie ihm geschah. Was sollte sie von der sonderbaren Gestalt halten, die sich da aus dem Dunkel über sie warf? War ich ein neuer Feind, der ihre Not zu verdoppeln gedachte? Aber sie war nicht dumm. Sobald sie das Messer im Hals ihres Schänders sah, begriff sie den Sinn meiner Worte und begann unverzüglich in den Wald hineinzustolpern, die zerrissenen Kleider um sich gerafft. Sie wußte ebensowenig wie ich, in welcher Richtung sie auf Rettung hoffen konnte, der Lärm jedoch, mit dem sie durchs Unterholz brach, erschreckte die Männer. Sie glaubten, ein wildgewordenes Tier hielte auf sie zu, und brachten sich in Deckung. Das verschaffte auch mir Gelegenheit zur Flucht, aber zuvor beugte ich mich über den Toten und versuchte, mein Messer herauszuziehen. Ich stellte fest, daß es in den Knochen gedrungen war und sich nicht bewegen ließ. Verblüfft starrte ich darauf hinab; ich konnte nicht glauben, daß ich einen so kraftvollen Stoß vollführt haben sollte. Mir blieb keine andere Wahl, als es verloren zu geben, darum klaubte ich meine Habseligkeiten zusammen und kroch leise ins Dickicht, in entgegengesetzter Richtung zu dem fliehenden Mädchen.

Zoll für Zoll tastete ich mich durch die Nacht, mein Magen in Aufruhr, meine Kehle zugeschnürt vor Angst. Ich hatte keine Ahnung, wohin ich mich wenden sollte, allenthalben zerkratzten mir Zweige Gesicht und Hände. Hinter mir sah ich Brandfackeln durchs Gebüsch schwanken, hörte die Stimmen der Männer, die nach ihrem toten Kameraden riefen, bis entsetzte Schreie von seiner Entdeckung kündeten. Ich fing zu rennen an, stürzte überall dahin, wo sich eine Lücke aufzutun schien, nur um plötzlich zu merken, daß ich einen Bogen geschlagen hatte. Die Fackeln waren mit einem Mal vor mir. Ich rannte geradewegs auf sie zu. Ein Mann trat mir in den Weg und schwenkte seinen flammenden Stock nach mir. »Halt!«

rief er. »Wer da?« Und er griff mit fliegenden Fingern nach seiner Muskete. In panischem Schrecken drehte ich mich um und lief davon. Sogleich wurden hinter mir Rufe und das Stampfen rennender Füße laut. Ich würde ihnen niemals entkommen.

Auf einmal ertönte ein vertrautes Geräusch. Alu kreischte zu meinen Häupten, schriller, als sie je zuvor gekreischt hatte. Ich vernahm das Schlagen ihrer Schwingen über meinem Kopf, vernahm die angsterfüllten Schreie der Männer. Alu stieß auf meine Verfolger hinab, warf sich in ihre Gesichter, wie ich es sie einmal bei Hunden hatte tun sehen. »Ein Dämon«, rief einer der Männer, während er und seine Kameraden sich hinter den Bäumen in Sicherheit brachten. Schüsse knallten. Auch als ich die Männer längst nicht mehr hören konnte, gellte Alus rauhes Krächzen noch über die Wipfel hin wie die Stimme eines Rachegeistes. Sie klang in der Tat wie eine Ausgeburt der Hölle.

Obwohl ich den Ort inzwischen weit hinter mir gelassen hatte, hetzte ich weiter, als würde ich noch immer verfolgt. Immer wieder stolperte ich auf dem unebenen Boden und fiel auf die Knie. Die spärlichen Umrisse, die ich im Mondlicht ausmachen konnte, verschwammen von meinen Tränen. Aber es waren Tränen des Triumphs; fast lachte ich laut heraus, während ich durch den dunklen Wald jagte. Mein Herz schlug so hoch, so übermütig, daß mir beinahe schwindelte. *Was für ein köstliches Gefühl, dieses Blut vergossen zu haben!* Ich schwelgte in meiner Tat, in der Tötung dieses Unmenschen, der für alle Unmenschen stand, für alle Männer, die Frauen Gewalt antaten. Ich würde es nie bereuen. Selbst hier, eine halbe Wegstunde oder mehr von jener Stätte des Grauens entfernt, glaubte ich die jammervollen Schreie der Frauen zu hören, deren Qual noch nicht beendet war, und mehr denn je war ich von der Richtigkeit meines Tuns überzeugt. *Hätte ich sie doch alle töten können!*

Endlich, als ich keine Kraft mehr zum Laufen hatte, ließ ich mich unter einem Baum zu Boden fallen und grub mein Gesicht in die Erde. Wieder und wieder sagte ich mir: »Ich habe recht gehandelt! Es war kein Verbrechen«, bis die Erschöpfung mich überwältigte. Und im Schlaf widerfuhr mir eine große Gnade: Das Grauen, von dem auch ich ein Teil gewesen war, verblaßte aus meinen Gedanken. Bilder von größter Erhabenheit entstanden vor mir, solange der Schlummer mir die Lider zudrückte. Als ich erwachte, war der Morgen schon weit fortgeschritten. Das erste, was sich meinem Blick darbot, nachdem ich mir die körnigen Rückstände der Tränen aus den Augen gewischt hatte, war eine Szene von wunderbarer Majestät, die ich in mich hineintrank wie eine Seelenarznei. Dort, jenseits des Talgrunds, von furchterregenden Felsspalten und bereiften Senken zerklüftet, ragte der mächtige Montanvert auf. Steile, schroffe Gipfel erhoben sich zu allen Seiten des gewaltigen dampfenden Gletschers, reglose Wildbäche und stumme Wasserfälle – ein Reich unerbittlichen Eises.

Erst nachdem ich die Aussicht betrachtet hatte, stellte ich fest, daß meine Hände voller Flecken waren, getrocknet und verkrustet um die Nägel. Es sah aus wie Blut. Hatte ich mich denn verletzt? Bevor ich weiter darüber nachsinnen konnte, fiel neben mir ein Beerenzweig nieder. Über mir in den Bäumen hörte ich Alu mit dem Schnabel klappen. »Danke, Alu«, rief ich und suchte in meinem Bündel nach, was ich mir sonst noch für mein Morgenmahl beiseite gelegt hatte. Und dabei fand ich nur eines meiner Messer: das weiße.

Da erst wußte ich wieder, wo das Blut herkam.

Und wo war die Reue? Nirgends eine Spur davon. Es verblüffte mich, wie sauber ich mich fühlte nach diesem Akt des Tötens. Nicht nur »freigesprochen« wie von einem Gerichtshof... sondern *geläutert*. Dieses Blut hatte mich reingewaschen; es hatte die Wut und den Groll aus mir herausgeschwemmt, die Welt wieder ins Lot gebracht. Ich hatte der

Gerechtigkeit Genüge getan, mit meiner eigenen Hand, der Hand einer Frau! Wie vielen von uns ist dergleichen vergönnt? Eine Frau, der Gewalt angetan wurde, ist in den Augen der Männer entehrt. Sie hat davon zu schweigen, das Verbrechen bleibt ungesühnt. Doch ich hatte für Gerechtigkeit gesorgt, mit einem einzigen tödlichen Streich.

Nicht weit von der Stelle, an der ich erwacht war, sickerte ein Rinnsal aus dem Fels. Ich fing genug Wasser auf, um mir das Blut von den Fingern zu waschen. Als ich die Flecken weggerieben hatte, hob ich die Hände zur Sonne empor wie zu einem Gebet. Die Reinheit, die ich in mir spürte, reichte tiefer als jede Waschung. Dann begab ich mich unverzüglich auf die Suche nach etwas Eßbarem und machte mich mit großem Appetit darüber her, denn ich fühlte mich dem Verhungern nahe.

Ein klarer, kalter Morgen. Frost auf den Höhenkämmen. Ich finde nicht viel zu essen in meinem Beutel: ein wenig getrockneten Fisch, verdorbenen Käse. Ich muß mir Nüsse und Pilze suchen.

Hier in der Wildnis gibt es Tiere, die jagen und töten; es gibt die Lawine, die alles Leben, das ihr in den Weg kommt, mit sich in die Vergessenheit reißt. Aber dennoch ist die Natur *gut*. Denn nichts in der Natur ist böswillig, nichts auf Schaden bedacht, nichts verstellt sich, sondern ist zufrieden, einfach das Dasein zu führen, zu dem es bestimmt ist. Alle Geschöpfe leben als schlichte Dankgebete an die ewige Herrlichkeit der Schöpfung, deren Gesetze sie ehren. Wie kann es angesichts dieser Herrlichkeit sein, daß von allen Lebewesen allein der Mensch, dessen gottgleiche Vernunft doch die gesamte Natur durchmißt, so verderbt ist? Wie läßt sich die überwältigende Großartigkeit dieser Berge rings um mich mit den Greueltaten vereinbaren, die der Mensch gegen seine Artgenossen verübt?

Aber warum sage ich »Mensch«, wenn ich *Mann* meine? Warum nehme ich einen Teil der Schande so großherzig auf mich? Wer plündert die Städte und beginnt die Kriege? Wer metzelt die Unschuldigen nieder und saugt die Armen aus? Wer sind die Sklavenhalter, die Piraten und Vandalen? Wer die Hexenverfolger, Inquisitoren und Folterer? Ich weiß sie nicht alle einzeln beim Namen zu nennen, aber soviel weiß ich, wie immer ihre Namen lauten, es sind nicht die Namen von Frauen. Wenn ich durch ein brennendes, mit Leichen übersätes Dorf gehe, weiß ich deshalb noch nicht, welchem Volk oder welcher Nation die Brandstifter angehören; aber muß ich erst lang nach ihrem Geschlecht fragen?

Ich grüble zu viel über Tod und Grauen nach. Ich kann nicht sagen, weshalb. Hier im Antlitz dieser eisgekrönten Gipfel ist kein Platz für solche Gedanken. Was ist die schlimmste Eigenschaft des Menschen? Seine Kleinmütigkeit. Daß er sich nicht hinwegsetzen kann über die unbedeutenden Überzeugungen und Bräuche, denen er sich verpflichtet glaubt. Nur ein Gesetz zählt, das der Natur, das diesen Höhen aufgeprägt ist und jedem Mensch ins Herz geboren wird. Vater meinte, das Buch der Natur sei in der Sprache der Mathematik geschrieben. Ich sage nein. Es ist in der Sprache des Gefühls geschrieben, die jedes unwissende Kind kennt.

Ich erwache von Alus Kreischen. Über mir segeln drei Geier am Himmel dahin: abgesehen von meiner Gefährtin die einzigen Lebewesen, die ich in den letzten Tagen erblickt habe. Die Wege sind eisig an diesem Morgen, ich komme nur langsam voran. Gegen Mittag flirren Schneeschauer vom Bergkamm herab. Ich stoße auf eine verlassene Schäferhütte und suche dort für den Rest des Tages Schutz. Meine Hand ist zu kalt, um mehr als nur ein paar Zeilen zu schreiben.

Kurz vor Sonnenuntergang sehe ich hinter dem nächsten Gipfel eine Rauchsäule aufsteigen. Eine Stunde später gelange ich auf gewundenen Pfaden zu einem Hospiz mit rauchendem Schornstein. Ich schelle an der Pforte. Einer der Mönche, ein wohlbeleibter, aufgeräumter Mann, heißt mich willkommen und bittet mich herein. Es ist ein Kapuzinerkloster, warm und sauber. Während ich in der Eingangshalle warte, nehme ich meine Mütze ab wie vorgeschrieben, aber ich stopfe mein Haar sorgfältig unter den hochgeschlagenen Kragen, in der Hoffnung, damit als der junge Bursche durchzugehen, für den ich mich ausgebe. Man führt mich in die Küche und setzt mir heiße Zwiebelsuppe vor, dazu Brot, einen Teller Gemüse und Rotwein, das nahrhafteste Mahl, das ich in vielen Wochen zu mir genommen habe. Ich besuche den Abendgottesdienst und erhalte dann auf dem Heuboden ein Lager von Stroh. Ich schlafe wie eine Tote in dieser Nacht. Am nächsten Morgen bekomme ich einen wohlgefüllten Proviantbeutel mit auf den Weg. Wie entsetzt diese Gottesmänner wären, wenn sie wüßten, daß ein weibliches Wesen die Nacht unter ihrem Dach verbracht hat, nahe genug, um sie schnarchen zu hören!

Mit jedem Tag wird das Wetter rauher. Heute morgen sind die Steilhänge mit dickem Reif bedeckt. Der Boden ist glatt, ganz gleich, wo ich gehe. Schneidender Wind. Wo die Sonne nicht hinscheint, bildet sich Eis auf den Bächen. Alu bringt mir zu essen, wenngleich es nicht immer genießbar ist. Ich danke ihr für die Maden und Fliegen, die sie zu meinen Füßen ablädt, aber ich rühre sie nicht an. Ich zupfe eine Handvoll Beeren von den Sträuchern. Um Mittag kann ich meinen Hunger nicht länger bezähmen und koche eine Brühe aus Espenrinde und Alpenrosenstengeln; sie füllt meinen Magen nur dürftig. Meine Nüsse reichen mir keine Woche mehr. Gleich unterhalb der Schneegrenze finde ich ein paar Wiesenchampignons. Obwohl sie halb verfault sind, pflücke ich sie, für eine dünne

Brühe sind sie allemal gut. Trotzdem, der Tag ist heiter und hell. Ich wünsche mich nirgendwo anders hin. Aber werde ich imstande sein, mich durch den Winter zu bringen?

In der Nacht wache ich auf, mein Magen ein einziger Knoten. Alles im Kopf dreht sich. Furchtbare Übelkeit. Ich glaube, alle Gletscher im Dunkel brennen zu sehen wie Kerzen auf einem Altar. Welcher Gott wohl verehrt wird in dieser öden Wildnis, frage ich mich. Eine Eule läßt sich im Eingang meiner Höhle nieder. Ich höre, wie sie sich mit Alu in der gemeinsamen Sprache der Vögel unterhält, und ich merke, daß ich sie jetzt verstehe. Die Eule berichtet, daß sie Maschinen am Himmel erblickt hat, eiserne Räder und Getriebe. Sie sagt Alu, daß ich heimkehren und alle warnen muß. Endlich, gegen Morgen, würge ich hervor, was mich vergiftet. Heute bin ich zu schwach, um weiterzuziehen. Alu bringt mir, was sie finden kann – ein paar erfrorene Beeren, etwas weiche Rinde.

Die langsam dahintreibenden Wolkengebilde – wie sie über die Berge gleiten, scheinen sie fast lebendig, eine weidende Herde. Unsichtbare Vögel singen im Nebel. Gestern nacht hat die kristallkalte Luft den Mond mit einem Regenbogenkranz umwunden und zwei Sterne mit eingefangen. Wieder bin ich zu schwach zur Reise. In meinem Beutel sind nichts als Krumen. Ich muß einen Einödhof finden, sonst hungere ich mir alles Fleisch von den Knochen.

Alus Krächzen weckt mich. Ich lausche und höre fernes Gebimmel in der Luft. Als ich zwischen den Wolkenfetzen hindurchspähe, entdecke ich weit unter mir einen Zug von Männern und Maultieren, der sich die Schluchtwand empor-schlängelt, auf dasselbe Joch zu, das auch ich im Blick habe. Alu fliegt ihnen entgegen, zeigt mir den kürzesten Weg. So schwach ich bin, beeile ich mich doch, die Männer abzufangen und sie um etwas zu essen zu bitten. Es sind Knechte, die von den Dörfern im Tal heraufgeschickt worden sind, um die Pfade für die Kaufleute gangbar zu machen. Sie zeigen sich großzügig und schenken dem armen Bettelknaben getrocknetes Rindfleisch, Käse und Brot für drei Tage. Ich teile meine Vorräte mit Alu, die nur ein paar Brotbrocken aufpickt und mir den ganzen Rest läßt.

Ich bin über all die Täler hinausgewandert, die ich beim Namen nennen kann. Der Mont Blanc liegt jetzt westlich von mir, fast schon außer Sicht. Nachts erwache ich in beißender Kälte; über mir sehe ich den Mond durch wehendes Gewölk dahinjagen. Jeder Zacken, jede Felsnase ist klar umrissen. Und dort, gleich über mir, ragt vor dem schwarzversilberten Himmel ein Steinblock auf, der geformt ist wie ein riesenhafter Mann.

Ich wache aus einem herrlichen Traum auf, einem Kindertraum, in dem Anna Greta mich zum Frühstück ruft, wie sie es in meiner ersten Zeit im Château so oft getan hat. Ganz deutlich rieche ich den Duft nach Brot und Kuchen. Ich laufe in die Küche, und da wartet schon Celeste mit einem Tablett voll Schokolade und Keksen. Ich muß lachen, als ich merke, was mein Magen mir im Schlaf für Streiche spielt. Armes Ding! Er verlangt nach Nahrung, und Eßbares wird immer schwerer zu finden. Ich muß ins Tal zurückkehren und bei den Patres Zuflucht suchen.

Spätnachmittags, nach stundenlangem Wandern, komme ich an einen Bergsee und lege mich auf den Bauch, um zu trinken. Alu stößt einen kurzen, scharfen Warnruf aus. Ich ziehe den Kopf zurück, so daß ich die Felsen über mir im Wasser gespiegelt sehe, und auf einem Absatz zu meiner Linken gewahre ich eine Bewegung. Ganz langsam drehe ich mich um: Es ist ein Luchs, seine feurig-gelben Augen sind starr auf mich geheftet. Er hat sich bis ganz zur Kante vorgeschlichen und duckt sich nun zum Sprung. Mir bleibt keine Zeit, wegzulaufen. Alu hat sich über dem Tier niedergelassen, um zu sehen, ob es angreifen wird. Ich liege reglos da und blicke dem Luchs ins Gesicht. Die Sekunden kriechen dahin, während wir einander mustern. Die Zeit gerinnt. Mein Herz, das so rasend geklopft hat, schlägt ruhiger; plötzlich hat jede Furcht mich verlassen. Meine Augen teilen der Katze etwas mit, das ich nicht in Worte fassen könnte, und wirklich, sie versteht. Langsam erhebt sie sich, schleckt sich einmal über die Lefzen, dreht sich um und springt geschmeidig auf den nächst höheren Felssims. Einen Moment später ist sie verschwunden.

Ich bin anerkannt worden.

Es ist Zeit, heimzugehen.

Versteckt euch, schiebt den Riegel vor,
Die Wildnis lauert vor dem Tor.
Ob Marktplatz oder freie Flur,
Ganz gleich, sie ist euch auf der Spur.

An Wegeskreuz und Hochaltar
Die Wildnis ihrer Stunde harrt.
In eurem Schädel, eurer Haut,
Tief drin, hat sie ihr Nest gebaut.

Mit Wall und Mauern euch umringt,
Daß euch die Wildnis nicht verschlingt –
Vergebens, ihr der Sieg gebührt,
Weil sie dein eignes Herz regiert.

*Ein kritischer Kommentar zu Elizabeth Frankensteins
Zeit als »Wildfrau«*

Die mehreren Wochen, die Elizabeth Frankenstein in der
Wildnis verbracht haben will, stellen ein kaum lösbares edi-
torisches Problem dar. Selbst mit dem besten Willen ist es
nicht vorstellbar, daß sich alles so zugetragen haben soll, wie
sie es berichtet. Wir haben es hier mit einer Welt der Einbildung und Sinnestäuschung zu tun. Aber wo sollen wir die
Grenze ziehen zwischen Wahrheit und Wahnvorstellung? Der
Mord, den sie begangen zu haben behauptet, ist mit Sicherheit zur Gänze das Produkt einer überspannten Phantasie;
eine zierlich gebaute junge Frau ohne jede Übung im Umgang
mit Waffen und von vornehmster Abstammung verfügt weder
über die physischen noch über die gefühlsmäßigen Ressour-
cen, die sie zu einer so verabscheuenswerten Tat befähigen
würden. Daß sie sich eine derart grauenerregende Szene auch
nur ausdenken und zu Papier bringen konnte, zeugt bereits
von bedenklicher moralischer Haltlosigkeit. Diese – wie überhaupt so einiges in diesem Abschnitt der Memoiren – ist mit
hoher Wahrscheinlichkeit auf die nervliche Belastung durch
die Krankheit und die beinahe tödliche Fehlgeburt zurückzuführen. Wie die folgenden Seiten deutlich machen werden,
verknüpfte sich das eingebildete Verbrechen in Elizabeth
Frankensteins Innern mit ihrem – durchaus berechtigten –
Groll gegen Victor. Sie selbst erkannte die Mordphantasie
schließlich als den Wunschtraum einer Rachsucht, der sie
nicht ins Auge zu blicken vermocht hatte.

Während der faktische Wahrheitsgehalt der Episode mit
nahezu Null veranschlagt werden muß, sind die vorliegenden
Seiten zumindest insofern von biographischem Wert, als sie
einen unmißverständlichen Beweis für die zunehmende emo-

tionale Labilität der Verfassserin liefern. Von nun an mehren sich bei Elizabeth Frankenstein die Anzeichen geistiger Verirrung. Die Rolle der »Wildfrau«, die sie sich selbst andichtet, stellt einen anrührenden Versuch dar, die Unschuld und Geborgenheit einer Kindheit wiederzufinden, die sie auf immer hinter sich gelassen hatte. Bedeutendere Geister als sie haben zu ähnlich wirklichkeitsfernen Tröstungen Zuflucht genommen. Rousseaus Fiktion von einem naturhaften Urzustand des Menschen hat so manchen Dichter und Philosophen zu Träumen von einem freien und glücklichen Lebens in arkadischer Landschaft verholfen. In Elizabeth Frankensteins Fall freilich ging besagte philosophische Sehnsucht über eine bloße Fingerübung des Intellekts hinaus; in ihrer Verzweiflung geriet ihr daraus eine kurze wahnhafte Flucht vor der schmerzlichen Wirklichkeit. Hätte ihr das Intermezzo doch Trost genug gebracht, um ihre geistige Stabilität im vollen Umfang wiederherzustellen!

Victors neues Leben in Ingolstadt

Und was blieb mir noch vom Leben, nachdem ich aus den Wäldern zurückgekehrt war? Ich brachte weder Erklärungen für meine lange Abwesenheit vor, noch entschuldigte ich mich dafür; alle sollten wissen, daß ich es als mein gutes Recht betrachtete, was ich getan hatte. Trotz meiner Verschlossenheit verziehen mir Vater, Joseph und Celeste, auch wenn sie sich Tag und Nacht um mich gesorgt hatten. Sie nahmen mich herzlich auf und versuchten, sich ihren eigenen Reim auf meine scheinbar verrückten Launen zu machen. Ich hörte, wie Anna Greta zu einem der Hausmädchen sagte: »Sie ist eben eine wahre Tochter ihrer Mutter.« So dachten sie über mich: eine Frau, der man von Kindesbeinen an eine gewisse Unzähmbarkeit zugestanden hatte. Sie hatten nicht ganz unrecht, dank Mutter war ich nicht wie andere Frauen. Ich hatte gelernt, mit Wolf und Luchs zu leben, jenseits aller von Menschen gemachten Regeln – und ich war stolz darauf. Vielleicht würde ich Victor eines Tages dankbar dafür sein, daß er mich zu diesem tollkühnen Beweis meiner Eigenständigkeit gezwungen hatte. Vielleicht ... Im Augenblick jedoch hatte der erbitterte Groll, den ich gegen ihn hegte, noch nichts von seiner Heftigkeit verloren. Victor war es, der mich gelehrt hatte, wie treulos die Menschen sein konnten – und obendrein nahm er es mir übel, daß ich nicht bereit war, ihm das Gewissen zu erleichtern.

»Ingolstadt hat meiner Vorstellung eine Neue Welt eröffnet...«

Das hatte Victor in seinem ersten Brief verkündet, der nur wenige Tage nach meinem Aufbruch in die Wildnis im Château eingetroffen war. Wie auch alle folgenden Briefe hatte Vater ihn aufbewahrt, damit ich ihn lesen konnte. Und dann sah er mir auch noch über die Schulter, während ich die Briefe las, und ein um das andere Mal mußte ich ihm die Worte seines Sohnes laut wiederholen. Victor hatte keinen seiner Briefe an mich adressiert, wenngleich er genau wußte, daß ich jede einzelne Zeile zu lesen bekommen würde. Trotzdem wandte er sich ausschließlich an Vater. Er ignorierte mich, als wollte er unsere Trennung um eine Distanz des Gefühls erweitern, die noch weit größer war als die Entfernung zwischen Genf und Ingolstadt.

Um so schwerer fiel es mir, Vater diese Briefe laut vorzulesen, aber er bestand darauf. Der arme Mann, dem der Tod seiner Frau das Herz gebrochen hatte, empfand eine solche Freude an jedem Satz, mit dem Victor über die Universität berichtete. In seinen Augen hatte der unbelehrbare Sohn endlich seinen Weg fürs Leben gefunden. Warum sollte ausgerechnet ich, die ihm soviel zu verdanken hatte, sein Glück trüben? Mir blieb nichts übrig, als in seine Freude einzustimmen. Wie sollte er auch ahnen, daß ich die eigentliche Adressatin dieser Briefe war, in denen Victor sich seiner Leistungen rühmte? Und noch viel weniger konnte er wissen, wie sehr der Unterton von Verletzung, Groll und Selbstmitleid, den ich zwischen den Zeilen las, mir das Herz zerriß. Ich sah in Victors vorgetäuschtem Hochgefühl nichts anderes als eine dreiste Demonstration seiner Unschuld. Alles, was er schrieb, und mochte es noch so kunstvoll verpackt sein, war eine treffende Riposte für die Frau, die er entwürdigt hatte. Ich sollte wissen, daß er jetzt in die große Welt hinausgegangen war, um ihr seinen Stempel aufzudrücken, und nicht daran dachte, sich den Weg zum Erfolg durch das Verbrechen versperren zu lassen, das er gegen mich begangen hatte.

[Die folgenden Briefe sind achtlos an die nächsten Seiten der Memoiren geleimt. Ich kann bezeugen, daß Victor Frankenstein sie persönlich geschrieben hat. In einigen erkenne ich die Worte wieder, die Frankenstein mir auf seinem Sterbebett in die Feder diktierte, aber sie erhalten eine ganz neue Bedeutung, wenn sie – wie Elizabeth Frankenstein unterstellt – in erster Linie für sie bestimmt waren. – R. W.]

Ingolstadt, –. September, 178–

Lieber Vater:

Ingolstadt hat meiner Vorstellung eine Neue Welt eröffnet. Aber anders als die amerikanische Wildnis entspricht *diese* Welt der Utopie des Voltaireschen Traumes, dem wahren Eldorado, nach dem alle Menschen suchen. Ich habe das Gold des Wissens entdeckt, das hier auf der Straße liegt, die Verheißung weltlichen Glücks, die überall wächst wie Früchte auf einem Baum.

Am ersten Vorlesungstag wollte ich Professor Waldmann aufsuchen, dem du mich empfohlen hattest. Zu meiner großen Enttäuschung mußte ich erfahren, daß er verreist ist und erst gegen Ende des Semesters zurückkehrt. Im Lehrplan wird er durch Professor Krempe vertreten, dessen Vorlesung ich höre. Zunächst schien er mir ein recht ungehobelter Kauz zu sein: untersetzt und bucklig, mit einer barschen Stimme, verdrießlicher Miene und höchst sarkastischem Umgangston. Er trägt seine Vorlesungen in fieberhafter Eile vor, ohne sich Zeit für Erläuterungen zu nehmen, gibt ein Student jedoch eine falsche Antwort, so macht Krempe sich gnadenlos über ihn lustig. Auch mit seinen Kollegen springt er nicht anders um: Er treibt seinen grausamen Schabernack mit all jenen, die nicht seiner Meinung sind, und stellt sie als Narren hin. Er hat etwas von einem Kobold, einem bösartigen Troll, und ich war davon überzeugt, nichts von ihm lernen zu können. Welch ein Irrtum! Schon in der ersten Vorlesung fegt dieser bärbeißige kleine Mann mir wie ein biblischer Prophet die Schuppen von den Augen, um mir den Blick auf Throne und Königreiche zu öffnen. Er spricht über die Wissenschaft der Elektrizität, feiert sie als Vorreiterin einer neuen Naturphilosophie. Als er Fragen zu dem Thema stellt, zeigt sich, daß ich meinen Kommilitonen um Längen voraus bin. Ich merke Professor Krempe an, daß er beeindruckt ist; oft spüre ich seinen Blick auf mir ruhen, während er spricht. Trotzdem traue ich mich nicht, ihn außerhalb der Vorlesung anzusprechen, bis ich endlich doch den Mut dazu finde – schließlich hast du mir geraten, meinen Lehrern mutig entgegenzutreten und die mir zustehende Aufmerksamkeit einzufordern.

Professor Krempe kennt natürlich den Namen unserer Familie und kann meinen Besuch kaum erwarten. Er stellt mir einige Fragen zu meinen Fortschritten auf den verschiedenen Gebieten der Wissenschaft. Dabei mache ich den Fehler, die Namen der Alchimisten zu erwähnen, deren Werke ich studiert habe. Er sieht mich fassungslos an: »Haben Sie tatsächlich Ihre Zeit mit solchem Unsinn verbracht?« Ein wenig kleinlaut antworte ich mit »ja«. »Jede Minute«, fährt er temperamentvoll fort, »jeder Augenblick, den Sie mit diesen Büchern verschwendet haben, ist ein für allemal verloren. Sie haben Ihr Gedächtnis mit Theorien belastet, die längst überholt sind. Du lieber Himmel! In welcher Einöde haben Sie gelebt, wo niemand so barmherzig war, Sie darüber aufzuklären, daß die Hirngespinste, die Sie so gierig in sich aufgesogen haben, Tausende von Jahren alt und so verstaubt wie überkommen sind. Ich hätte nicht gedacht, in unserem aufgeklärten Zeitalter noch auf einen Schüler des Albertus Magnus zu treffen. Mein lieber junger Freund, Sie müssen mit Ihren Studien noch einmal ganz von vorne beginnen.«

Und damit tritt er an sein Pult, schreibt mir eine Liste von naturwissenschaftlichen Büchern auf, deren Studium er mir ans Herz legt, und entläßt mich mit der Ankündigung, daß er nächste Woche eine Vorlesung über den Einfluß tierischer Elektrizität und ihre geheimnisvolle Verbindung zu den Phänomenen der organischen Chemie beginnen wolle. Dabei werden die neuesten Entdeckungen von Volta, Galvani, Valli und Morgan behandelt – und natürlich Herrn Krempes eigene Untersuchungen über die Elektrifizierung betäubten Muskelgewebes. Angesichts meiner sprachlosen Verblüffung fängt er zu lachen an. »Nun, mein junger Paracelsus«, hänselt er mich, »sind Sie bereit, aus Ihrer Wildnis zu uns zu kommen?«

Ich habe es Dir zu danken, Vater, daß ich endlich die frische Luft der wahren Wissenschaft atmen darf. Niemals habe ich mich lebendiger gefühlt als hier, in diesem Kloster des Geistes, wo ich Tag und Nacht in einer anregenden, brüderlichen Umgebung lebe. Hier verbringe ich jede Mahlzeit in harten, kritischen Wortgefechten mit meinen Kommilitonen, und der wissenschaftliche Schlagabtausch setzt sich fort, bis in den frühen Morgenstunden die Kerze erlischt. Mein Zimmer ist spartanisch eingerichtet, aber das trägt nur dazu bei, alles Unwichtige beiseite zu fegen. Tagelang laufe ich unrasiert und in denselben ungewaschenen Kleidern herum. Weder auf gutes Essen noch auf andere Freuden des Fleisches lege ich

Wert, am allerwenigsten auf die gesellschaftlichen Zerstreuungen, die das Leben in einer gemischten Gemeinschaft wie der unseren zu bieten hätte. Ich lebe in der Tat wie eine körperlose Intelligenz, deren einziger Lebenszweck darin besteht, Mutter Natur jeden Tag aufs neue dazu zu zwingen, den Schleier von einem ihrer wohlbehüteten Geheimnisse zu lüften. Ich bin unsagbar glücklich!

Dein dankbarer Sohn

Victor

Ingolstadt, –. November 178–

Lieber Vater:

Für das Privileg, bei Professor Krempe studieren zu dürfen, bin ich Dir unendlichen Dank schuldig, doch inzwischen habe ich Deinen alten Schulfreund Professor Waldmann kennengelernt. Und auf einmal erscheint mir Krempe, mag er auch noch so genial sein, wie Johannes der Täufer, der von Gott geschickt wurde, den wahren Messias anzukündigen. Professor Waldmann ist erst diese Woche nach Ingolstadt zurückgekehrt, und ich bin sogleich in seine Vorlesung geeilt. Er ist ein völlig anderer Mensch als sein Kollege. Wo Krempe im Übermaß sarkastisch ist, ein Mann, der sein derbes Vergnügen daran findet, im Disput Stöße und Hiebe auszuteilen, ist Waldmann die kultivierte Großzügigkeit in Person. Nie hörte ich eine wohlklingendere, sanftere Stimme; schon sein Gesicht verrät außergewöhnliche Herzensgüte. Er begann die Vorlesung mit einem Rückblick auf die Geschichte der Chemie und die diversen Fortschritte, die von den namhaftesten Forschern erzielt worden sind. Mit liebevoller Sorgfalt sprach er über die Arbeiten von Van Helmont, Scheele, Priestley und als die Reihe an Lavoisier kam, schwang er sich gar zu ekstatischen Lobeshymnen auf. »Mit seiner Analyse des Verbrennungsvorgangs«, verkündete Waldmann, »haben wir auch den letzten Schlupfwinkel ausgeleuchtet, in den sich der Aberglaube noch flüchten konnte; vorbei ist es mit der Herrschaft der spektralen Flüssigkeit und der ätherischen Hypostase. Das Zeitalter der rationalen Wissenschaft ist angebrochen.« Im Anschluß gab er einen Überblick über den gegenwärtigen Zustand der Wissenschaften und schloß mit einer Lobrede auf die moderne Chemie, die ich beinahe wörtlich im Gedächtnis behalten habe:

»Die Gelehrten dieser Wissenschaft, oder vielmehr ihrer gescheiterten Vorläuferin, der Alchimie, haben uns Unmögliches versprochen und nicht erreicht. Die modernen Meister versprechen sehr wenig; sie wissen, daß Metalle nicht umgewandelt werden können und das Lebenselixier eine Schimäre ist. Aber diese Wissenschaftler, die scheinbar nur im Schmutz wühlen und in das Mikroskop oder den Schmelztiegel starren, haben wahre Wunder vollbracht. Ohne falsche Rücksichten zu nehmen wie ein schüchterner Freier vor der Tür der Jungfrau, dringen sie mit kühnem Wagemut in die entlegensten Winkel der Natur vor, um ans Licht zu bringen, was sich dort verborgen hält. Sie haben herausgefunden, wie das Blut zirkuliert, sie kennen die Beschaffenheit der Luft, die wir atmen. Sie haben neue und nahezu unbegrenzte Fähigkeiten erworben. Sie können himmlischen Donner auslösen, Erdbeben simulieren, und sogar die unsichtbare Welt vermögen sie mit ihren eigenen Schatten zu erschrecken. Ich möchte Sie einladen, meine Herren, mir in dieses große Abenteuer zu folgen.«

Ich wußte sogleich, daß dieser Mann mein Mentor werden muß, und konnte es nicht erwarten, ihn aufzusuchen. In privater Umgebung war sein Auftreten noch herzlicher und gewinnender als in der Öffentlichkeit, muß er doch während der Vorlesungen eine gewisse Würde bewahren, die er in den eigenen vier Wänden durch die größte Liebenswürdigkeit ersetzt. Auch ihm berichtete ich von meinen bisherigen Studien. Bei den Namen Paracelsus und Valentinus lächelte er nachsichtig, wenngleich ohne die Verachtung, die Professor Krempe gezeigt hatte. »Dem Eifer dieser Männer«, sagte er, »hat die moderne Philosophie die Grundlagen ihres Wissens zu verdanken. Wir sollten ihren Namen in Ehren halten, auch wenn wir ihre Theorien zu Grabe tragen müssen. Darf ich Sie fragen, Herr Frankenstein, ob meine Vorlesung ein wenig dazu beigetragen hat, Ihre Vorurteile gegen die moderne Chemie abzubauen?« Ich beeilte mich, ihn dessen zu versichern, und bat ihn sogleich, mir ein paar Bücher zu nennen, die ich mir beschaffen wollte. »Ich freue mich, in Ihnen einen neuen Schüler gewonnen zu haben. Herr Krempe hat mir bereits über Ihr außerordentlich vielversprechendes Talent berichtet. Die Chemie ist der Zweig der Naturwissenschaften, auf dem die größten Fortschritte gemacht wurden. Ich möchte ihn Ihrer besonderen Aufmerksamkeit empfehlen. Aber wenn aus Ihnen ein wirklicher Gelehrter werden soll und nicht bloß ein Experimentator, dann sollten Sie sich auch jedem anderen Zweig der Naturwissenschaften widmen, ganz besonders aber der Mathematik.«

Insgesamt dauerte das Gespräch nicht einmal eine Stunde, aber seine Worte haben mein Leben verändert. An diesem Abend war mir, als ringe meine Seele mit einem physischen Feind; eine nach der anderen wurden die verschiedenen Tasten der Klaviatur angeschlagen, die mein Sein ausmacht, ein Akkord nach dem anderen wurde zum Klingen gebracht, und schon bald folgte mein Geist nur noch einem Gedanken, einer Vorstellung, einem Ziel. Vieles ist erreicht worden, hörte ich meine Seele ausrufen, aber ich werde noch viel, viel mehr verwirklichen. Ich muß nur den Spuren folgen, die andere bereits getreten haben, dann werde ich neue Wege finden und in die tiefsten Geheimnisse der Schöpfung eindringen!

Bitte grüße mir alle im Hause. Du wirst verstehen, daß ich die Ferien nicht bei Euch verbringen kann. Meine Studien nehmen jede wache Stunde in Anspruch; oft stehe ich noch im Laboratorium, wenn die Sterne bereits am Morgenhimmel verblassen. Ich bitte Dich um Nachsicht, wenn ich die Freude des Wiedersehens mit Euch allen bis zum Frühling aufschieben muß.

Immer Dein Dich liebender Sohn

Victor

Ingolstadt, –. Januar, 178–

Lieber Vater:

Ich habe in Professor Waldmann nicht nur ein Vorbild an wissenschaftlicher Intelligenz, sondern auch einen wahren Freund gefunden. Seine Güte ist frei von jedem Dogmatismus, er erteilt seinen Unterricht auf freimütige, humorvolle Weise, jegliche Pedanterie ist ihm fremd. Er hat mir gestattet, sein privates Laboratorium zu benutzen, das für die Erforschung elektrochemischer Flüssigkeiten besser gerüstet ist als das der Universität. Die Zusammenarbeit mit ihm vertieft mein Wissen über die Elektrizität. Das ist längst nicht mehr die armselige Wissenschaft, für die man sie einst gehalten hat. Mag sie auch noch in den Kinderschuhen stecken, so zeigt sich doch bereits jetzt ihre enge Verbindung zu allen Prozeduren mit magnetischen Kräften, zu Licht und Wärme, zu biologischen Vorgängen auf jeder Stufe. Offensichtlich steckt in jeder Materie elektrische Energie, sie scheint ihren Bogen durch das gesamte Universum zu spannen, von Sonne zu Sonne, von Planet zu Planet. Nicht unwahrscheinlich, daß sie der sekundäre Grund für jede Veränderung in Tieren, Mineralen, Pflanzen und gasförmigen Organismen ist. Zur Zeit führt Professor Waldmann elektrische Entladungen in Eiweißverbindungen durch; das Resultat sind Kügelchen organischer Materie. Er verfolgt die Theorie, daß der erste Schritt zur Erschaffung des Lebens auf der Erde ein ähnlicher Vorgang war, bei dem einfache, noch unentwickelte Bläschen in seichtem Meerwasser zum Leben erweckt wurden. Sollte hier das Geheimnis des Lebens selber liegen?

Ich bin schnell zu Professor Waldmanns Lieblingsschüler aufgestiegen; er weiht mich in jede einzelne seiner Hypothesen ein. Ich muß feststellen, daß er es vermag, meine gesamte Weltsicht mittels einer geheimnisvollen Kraft der Überzeugung zu wandeln. Inzwischen bekümmert mich der Gedanke, daß ich in den alchimistischen Theorien jemals mehr entdeckt haben wollte als einen unterhaltsamen Lesestoff. Daß ich mich von diesen vorsintflutlichen Absurditäten losgerissen habe, sehe ich als das erfreulichste Ereignis meines Lebens an. Es hat meinem Verstand die Freiheit gegeben, auf der höchsten Stufe seiner Leistungsfähigkeit zu arbeiten. Lord Bacon hat prophetisch von einer Ära gesprochen, in dem wir eine »männliche Wiedergeburt der Zeit« erleben werden.

In Wort, Gedanken und Tat habe ich unter der Anleitung von Professor Waldmann eine solche Wiedergeburt erlebt. Wie töricht meine Bemühungen, lebloser Materie Geister zu entlocken! Und törichter noch der Glaube, anderen könnte es tatsächlich gelungen sein, solche geisterhafte Erscheinungen in den Elementen zu entdecken. Denn was anderes sollte man in einer chemischen Substanz schon finden als Atome? »Studieren Sie die Atome«, hat Professor Krempe mir eingeschärft, »dort finden Sie alle Antworten.« Die Elemente und die Kräfte der Natur sind keine Wesen, die man beschwichtigen oder beschwören könnte. Es sind Konstellationen roher Materie, und wir bemächtigen uns ihrer durch Voraussagen. Erst wenn wir das begriffen haben, können wir sie uns zu dienstbaren Geistern machen, zum Feld unserer wahren Vorherrschaft.

Dein Dich liebender Sohn

Victor.

Ingolstadt, –. Januar, 178–

Mein lieber Vater:

Es tut mir leid, Dir mitteilen zu müssen, daß ich auch im Sommer nicht nach Hause kommen kann, sosehr ich Euch vermisse. Ich weiß, Du wirst mich verstehen, wenn ich Dir sage, daß meine Arbeit mit Professor Waldmann in eine entscheidende Phase eingetreten ist. Das erregende Gefühl des Entdeckens hat so sehr von mir Besitz ergriffen, daß ich mich nicht loszureißen vermag. Nur wer sie selber erfahren hat, kann die Lockungen der Wissenschaft nachempfinden. Die Entdeckung ist die Wissenschaft! Sie stürmt vorwärts, führt Krieg gegen das Unwissen, zerstört die Städte, die sich behaglich in ihrer Ignoranz eingerichtet haben. Ich bin zum weitsichtigen Adler der Naturwissenschaften geworden, ständig in der Luft und immer höher steigend. Diejenigen, die sich mit weniger zufriedengeben, werden ihr Leben lang Lastesel bleiben, dahintrottende Maultiere, beladen mit verstaubten Theorien und fadenscheinigen Gewißheiten.

Meine Arbeit mit Professor Waldmann überschreitet alle überkommenen Grenzen der Wissenschaft. Sie ist Chemie, Biologie und Medizin in einem. Um es kurz zu erklären: Wir haben herausgefunden, daß man Hunde bei stark eingeschränkter Ernährung mit täglichen Infusionen von Elektrizität am Leben erhalten kann. Regelmäßige Gaben elektrischer Flüssigkeit können alle anderen Formen der Ernährung ersetzen; bis dato waren vierundzwanzig Tage der längste Überlebenszeitraum. Gibt man dem Tier zusätzlich sein normales Quantum an Wasser, kann man es länger als zwei Monate am Leben halten. Das ist bis jetzt der eindeutigste Hinweis darauf, daß elektrische Energie ihren Anteil an der *Vis vitae* hat und in ein Nährmittel umgewandelt werden kann. Wie weit läßt sich dieser Prozeß noch treiben? Darauf versuchen wir eine Antwort zu finden. Wir wollen die Versuchsreihe zu Ende bringen und einen Bericht über die Ergebnisse verfassen. Professor Waldmann hat versprochen, mich als Urheber dieser Arbeit zu nennen und meine Untersuchungen zur Veröffentlichung zu empfehlen. Du kannst Dir mein Glücksgefühl vorstellen.

Dein Dich liebender Sohn

Victor

–. September, 178–

Lieber Vater:

Ein erstaunlicher Tag: Zum erstenmal durfte ich Dr. von Troeltsch im Sektionssaal bei seiner Arbeit an menschlichen Untersuchungsobjekten zur Hand gehen, eine Ehre, die eigentlich höheren Semestern vorbehalten ist. Meine fortgeschrittenen Kenntnisse bei der Sektion von Tieren habe ich seit langem bewiesen. Das weiß von Troeltsch und bittet mich, ihm bei der Demonstration zu assistieren; er hat in mir trotz meiner Jugend den geeignetsten Studenten erkannt.

Welch ein Gegensatz zwischen dieser Kammer mit ihrer mittelalterlichen Düsternis und dem aufgeklärten Gebrauch, den die heutigen Männer der Wissenschaft davon machen. Der Raum wirkt wie ein Verlies: Wände und Boden aus Stein, ein paar schmale Fenster, tropfende Kerzen unter der Decke. Die Luft riecht nach Verwesung, diesen uralten Gestank können nicht einmal die Chemikalien vertreiben, die wir für unsere Arbeit benötigen. Die Steine hier unten werden nur selten gescheuert – es würde ohnehin nichts nützen. Die uralten Quader sind inzwischen durchtränkt mit dem Blut und den galligen Körpersäften von Generationen von Leichen. Doch mag dieser Saal auch noch so vermodert sein, noch so übel riechen, von hier aus brechen wir zu unseren Entdeckungsreisen auf – nicht hinaus aufs offene Meer, sondern hinab in die verborgenen Tiefen des menschlichen Organismus. Von Troeltsch führt die Klasse mit seiner einzigartigen Mischung aus preußischer Disziplin und trockener Ironie. Er besteht auf absoluter Konzentration, absoluter Ruhe. Er läßt die erste Leiche hereinbringen, lüftet mit dem theatralischen Schwung eines Dompteurs das Leintuch und enthüllt – eine Frau, so lange schon in Kalk und Salpeter gepökelt, daß sie von den Zehen bis zum Scheitel blau angelaufen ist wie ein Wesen aus einer anderen Welt. Doch ist sie jung und von schöner Gestalt – bis auf den Kopf. Die schiefe Stellung des Halses verrät uns, daß sie dem Henkerstrick zum Opfer fiel; als Folge wurde der Schädel eingedrückt und damit wertlos für unsere Untersuchung. »Als erstes«, verkündet von Troeltsch, »entfernen wir alles, was wir nicht gebrauchen können.« Ohne zu zögern setzt er das Messer an der Kehle an, trennt den Kopf vom Rumpf und hält ihn hoch über den Tisch. »Bei Frauen kein großer Verlust. Wir würden eh nichts darin finden.« Für diesen Scherz erntet er brüllendes Gelächter von seinen Studenten. »Und wer schafft mir den Plunder nun vom Hals?« fragt von Troeltsch und schickt rasche Blicke durch den Raum. Er sucht sich einen neuen Studenten aus, einen nervösen jungen Mann, der bereits gegen die Übelkeit ankämpft. Von Troeltsch wirft ihm den zerdrückten Schädel mit kühnem Schwung zu; ein feiner Schleier verbliebener Flüssigkeit folgt seinem Flug durch den Raum. Dem armen Burschen bleibt nichts anderes übrig, als ihn aufzufangen – um dann voller Entsetzen auf das Ding in seinen Händen zu starren. Im nächsten Moment stürmt er zur Tür hinaus, und wir hören, wie er sich im Korridor übergibt. Der Saal bricht in Gelächter aus, und jeder einzelne von uns gelobt im stillen, niemals eine solche Schwäche zu offenbaren. Mag dieser Scherz auch reichlich herzlos erscheinen, so hat er doch seinen Nutzen. Nachdem sich einer von uns Burschen seine Angst hat anmerken lassen, beschließen die anderen, sich um so männlicher zu zeigen. Auf solche Weise gewöhnt von Troeltsch seine Studenten an das Blut und scheidet die Unerschrockenen von den Zimperlichen.

Dann wendet er sich wieder seiner enthaupteten Probandin zu. Wie zufällig legt er ihr die Schneide des Messers unter eine Brustwarze und sagt: »Was meinen Sie, Frankenstein? Ist sie nicht ein Prachtexemplar? Vom Hals abwärts ist alles noch dran, was man an einer Frau so schätzt, das Mäusehirn jedoch, das Plappermaul – weg. Die perfekte Ehefrau für den Arzt!« Wieder hallt brüllendes Gelächter von den Wänden.

Trotz seines derben Humors – wenn es um das Sezieren geht, ist von Troeltsch ein Meister seines Fachs; unter seinem Messer bleibt jedes Organ intakt. Selbst die unförmige Leber bringt er in einem Stück heraus. Die entnommenen Teile läßt er geschickt in ein Gefäß fallen, er »legt sie ein«, wie er das nennt. Zu jedem Organ macht er ein paar böse Witze – und das aus gutem Grund. Er will damit die hinderliche Scheu überwinden, die den Neuling angesichts eines toten menschlichen Körpers unweigerlich befällt. Selbst wenn es sich um die Leiche eines Verbrechers oder eines Bettlers handelt, schrecken viele vor dem Schnitt zurück, als fürchteten sie, der Kadaver könnte die Klinge spüren. Solchem Aberglauben ist nur schwer beizukommen. Er hat mir unter vier Augen erklärt, daß es immer der erste Schritt eines Lehrers sein muß, die jungen Leute für die Anforderungen des Berufs abzuhärten.

Angefangen bei der Kehle arbeitet er sich rasch in der Anatomie nach unten, nennt die Teile beim Namen und stellt die innere Struktur dar. Dann gibt es eine unerwartete Dreingabe: Als er den Uterus entnimmt, entdeckt er, daß das Mädel ein Kind unterm Herzen trug. Ich habe das schon häufiger gesehen. Nicht selten werden aus dem Gefängnis die Leichen von Schwangeren angeliefert; die Gefängniswärter betrachten diese armen Geschöpfe als ihren Privatharem. Mit einem Schnitt öffnet von Troeltsch den Sack, um uns seinen Inhalt zu zeigen. Der Embryo ist im dritten Monat. »Dumme Gans!« lautet sein Kommentar. »Sie hätte sich auf ihren Bauch berufen sollen, um ihren Hals zu retten. Aber nein! Bloß kein Wort zum Henker. Er könnte den doppelten Lohn verlangen.«

Er gibt mir den Fetus, damit ich ihn im Saal herumzeige. Ich denke bei mir: Was für ein scheußliches Wesen halte ich da in der Hand; es gleicht eher einem Fisch als einem Menschen. Welche Gnade, daß die Abscheulichkeiten unserer Entstehung dem Auge verborgen bleiben. Selbst der herrlichste Adonis muß sein Dasein als Wasserspeier beginnen.

Ohne Pause arbeiten wir den ganzen Nachmittag, bis das Tageslicht hinter den Fenstern schwächer wird. Wir sind ein schauriger Trupp, wenn wir ins Freie treten; die Galoschen verklebt mit Kaldaunen, die Schürzen blutverschmiert. Draußen, im Licht des offenen Innenhofes, singen wir das Lied des Wurms, die Lieblingshymne des Sezierers.

Denk nur, wie weit eine einzige solche Sitzung uns in der Geschichte voranbringt. In diesen wenigen Stunden haben ich und meine Kommilitonen mehr über die Abläufe in unserem Innern gelernt, als Platon oder Aristoteles oder Moses darüber gewußt haben. Offen gesagt, verstehe ich nicht, wie die Menschen so lange im Ungewissen leben konnten. Gleich unter unserer Haut harrt eine ganze Welt darauf, entdeckt zu werden. Aber erst als wir kühn genug waren, das Messer zur Hand zu nehmen, sind wir aus dem Schatten herausgetreten. Und jetzt stellen wir fest, daß das Innere eines lebendigen Wesens sich nicht grundlegend vom Innenleben eines Deiner Automaten unterscheidet, Vater. Anstelle der Rädchen und Getriebe besitzen wir Muskeln und Sehnen und Gelenke. Und doch gehorchen die Teile einer mathematischen

Ordnung, so einfach ist das, und mit jedem Schnitt finden wir einen neuen Baustein dieser Ordnung und lernen, sie besser zu begreifen.

Ich werde alles daransetzen, um dieses Jahr in den Ferien nach Hause zu kommen. Und sollte diese Reise nur dazu dienen, mich endlich mal wieder zu waschen, zu rasieren und die Dienste eines Barbiers in Anspruch zu nehmen. Du würdest nicht glauben, in was für ein schmutziges Exemplar der Spezies Mensch Dein Sohn sich verwandelt hat. Ich lebe wie ein Einsiedler in einem Haus voller Bücher. Wenn ich nach Hause komme, werde ich mich drei Tage lang in die größte Badewanne des Châteaus legen und mir von den Mädchen laufend heißes Wasser bringen lassen.

Dein auf ewig dankbarer Sohn

Victor

Die Abendgesellschaft

Victors Briefe trafen in regelmäßiger Folge ein, niemals weniger als einer, manchmal bis zu drei im Monat. Alle berichteten von seinen wissenschaftlichen Triumphen und seiner wachsenden Begeisterung für die Forschung auf dem Gebiet der Chemie, die er zur fadenscheinigen Ausrede für seine andauernde Abwesenheit machte. Ein Jahr und noch ein großer Teil des nächsten vergingen, bevor ich eine erste, beiläufige Erwähnung fand. »Grüß mir meine Schwester«, hatte er angefügt, nicht mehr als ein Postskriptum am Schluß eines Briefes, der ansonsten mit Einzelheiten über Vorlesungen und Experimente angefüllt war. *Schwester*. Er wußte sehr wohl, wie frostig diese Bezeichung in meinen Ohren klingen mußte, kam sie doch von einem, der mein Geliebter gewesen war, vielleicht der einzige, den ich jemals haben würde. Und doch las ich daraus eine seltsame Veränderung. Ich existierte wieder für ihn! Mir, der Frau, mit der er den Ritus der chymischen Vereinigung vollzogen hatte, wurde nun die Existenz zugestanden, die sein schlechtes Gewissen so lange hatte verleugnen wollen.

Warum? Diktierte die Sehnsucht ihm diesen Versuch der Annäherung? Nachdem ich genauer gelesen hatte, verwarf ich diesen Gedanken. Es steckte etwas Beunruhigendes dahinter, eine Verhärtung des Herzen, die dem Mann eine nicht verdiente Unschuld verlieh, eine Unschuld, auf die er Anspruch erhob, als müßte es ihn nicht länger kümmern, wie seine Anklägerin darüber dachte. Aber die Briefe, in denen ich so beiläufige Erwähnung fand, spiegelten noch etwas anderes wider: Victors immer rastloseren Drang nach Unabhängigkeit von den Lehrern, die seinen Geist geformt hatten. Selbst die Beziehung zu seinem geliebten Professor Waldmann verlor während seines zweiten Jahres in Ingolstadt immer mehr an Bedeutung. Er klagte darüber, daß er alles ausgeschöpft habe, was seine Lehrer ihm beizubringen vermochten. Deshalb trug er sich mit dem Gedanken, der Universität den Rücken zu kehren. Und da er uns im selben Brief seine Absicht mitteilte, am Ende des Semesters nach Genf zurückzukehren, vermuteten Vater und ich bereits, er wolle wieder bei uns im Haus wohnen. Dem war jedoch nicht so. Aus den folgenden Briefen ging deutlich hervor, daß er keinen längeren Aufenthalt in Belrive zu nehmen gedachte als jeder durchreisende Gast.

»Unsinn!« rief Vater, der in Victors Verhalten falsche Bescheidenheit zu erkennen glaubte. »Ich denke nicht daran, das Licht meines Sohnes unter den Scheffel zu stellen. Schreibe ihm, daß wir seine Heimkehr gebührend feiern werden. Höchste Zeit, daß in Belrive wieder Leben einkehrt.«

Gehorsam, aber mit äußerster Förmlichkeit schrieb ich an Victor einen Brief, in dem ich ihn von Vaters Absicht unterrichtete, zum Anlaß seiner Rückkehr eine große Abendgesellschaft im Schloß zu geben. Victors Antwort fiel so schroff aus, daß ich davon Abstand nahm, Vater den Brief zu zeigen. »Ich bitte Dich, alles zu tun, um mir eine solche Tortur zu ersparen! Nichts könnte mich weniger erfreuen als ein Abend geistlosen Geschwafels mit einer Bande von Ignoranten und Schwätzern. Meine Arbeiten sind ausschließlich Männern der Wissenschaft zugänglich, und nur den fortschrittlichsten von ihnen. Ich wäre allenfalls bereit – sollte Vater darauf bestehen –, mich mit einer Gruppe von ausgewählten Kollegen zu einer kleinen Demonstration zusammenzufinden. Ihr dürft jedoch nicht vergessen, daß ein großer Teil meiner Arbeit sich im experimentellen Stadium befindet. Es gibt vieles, das ich noch nicht preisgeben darf.«

Statt von dieser Antwort enttäuscht zu sein, brannte Vater nun um so mehr darauf, diese auserwählte Versammlung zu bewirten, von der Victor gesprochen hatte.

»Selbstverständlich«, stimmte er voller Begeisterung zu. »Wir werden dafür sorgen, daß Victor seine erlesene Zuhörerschaft bekommt! Sämtliche Schulen sollen vertreten sein.«

Aber wer sollte das illustre Ereignis arrangieren? Mir, als der neuen Herrin auf Belrive, oblag es, die Gästeliste zusammenzustellen und die Einladungen zu versenden. Diese ausgesprochen unangenehme Aufgabe war meine erste Amtshandlung als Herrin im Hause des Barons. Binnen einer Woche hatte ich Boten zur Genfer Akademie und den Universitäten von Bern und Lausanne geschickt und ungefähr ein Dutzend namhafter Naturforscher und Ärzte aus Vaters Bekanntenkreis eingeladen, sich am Abend nach Victors Ankunft auf Belrive einzufinden. Jeden Morgen beim Frühstück fragte Vater mich über den Fortgang der Vorbereitungen zu dieser *soirée* aus: Wie viele hatten die Einladung angenommen? Wie groß war die Anzahl derer, die auf Unterkunft im Château rechneten? Hatte ich mit Celeste darüber gesprochen, ob zusätzliche Küchenkräfte eingestellt werden mußten? Der Stolz, mit dem es Vater erfüllte, seinen Sohn einer so erlesenen Gesellschaft präsentieren zu dürfen, wirkte wie Balsam auf seine angegriffene Seele. Mich dagegen erfüllte der Gedanke an Victors baldige Rückkehr mit Beklommenheit. Schon Wochen vorher begann ich, mich auf das Ereignis einzustellen – oder sollte ich lieber sagen, mich dagegen zu wappnen? Es fehlte nicht viel, und ich hätte meinen Part geprobt wie eine Schauspielerin, die in den Kulissen auf ihren Auftritt wartet. Ich nahm mir vor, mich nüchtern zu kleiden wie eine trauernde Witwe. Reserviert würde ich mich geben, mich am ersten Tag womöglich nicht einmal dazu herablassen, aus meinem Zimmer zu kommen. Ich würde wenig reden, und wenn überhaupt, dann mit kühler Höflichkeit. Keine einzige Frage über seine Arbeit oder Zukunftspläne wollte ich ihm stellen, und nicht das geringste Interesse zeigen, sollte er von sich aus darüber sprechen. Mit jedem Unterton, jeder Geste würde ich ihn spüren lassen, daß ich ihm nicht verziehen hatte. Aber wenn er mich darum bitten würde, wollte ich ihm in einem Gespräch unter vier Augen meine Gefühle offenbaren.

Doch leider! Ich hatte mich auf eine Begegnung vorbereitet, zu der es nicht kam, denn die Person, für die ich meine Rolle einstudiert hatte, existierte nicht mehr. Der Mann, der aus der Kutsche kletterte und zur Eingangstür hereingeweht kam, hatte keinerlei Ähnlichkeit mehr mit dem Victor, auf den ich gewartet hatte. Nein, was hier mit ein paar energischen Sätzen die Treppe hinauf und in die Vorhalle gestürmt kam und sich unter einem Schwall von Verwünschungen über die unchristlichen Strapazen der Reise beklagte, war ein Unwetter in Menschengestalt. In seinem schwarzen Umhang mit dem hochgeschlagenen Kragen erschien er mir so unheilvoll wie ein Wegelagerer: Es war eine finstere, brütende Gestalt, die da ungeduldigen Schrittes in der Vorhalle auf und ab ging und darauf wartete, endlich empfangen zu werden. Von einem jungen Studenten, der in den großen Ferien nach Hause kommt, konnte keine Rede mehr sein, er war ein Mann von Welt geworden, den es nicht einen Moment lang kümmern mußte, was andere über ihn dachten.

Ich hatte Victor immer schön gefunden, so schön, daß ich mir keinen Mann vorzustellen vermochte, der dem Auge einer Frau besser hätte gefallen können. Jetzt hatte er, wenn auch nicht an Schönheit, so doch an Kraft gewonnen, genug jedenfalls, um die Schutzwälle einzureißen, mit denen ich meine Seele so sorgsam abgeschirmt hatte. Es ging eine unbestreitbare Macht von ihm aus, die ich in dem Moment spürte, als ich vom oberen Treppenabsatz nach unten blickte. Er hatte sich einen Schnurrbart stehen lassen, dazu einen spitzen Kinnbart, der ihm ein schneidiges Aussehen verlieh. Sein Haar war noch immer die ungebärdige Mähne von früher, es mochte sogar noch dichter und lockiger sein, aber das Gesicht war schmaler geworden, von einer Konzentration des Ausdrucks, die bereits den Asketen erkennen ließ. Als ich mich näherte, warf er einen schnellen, prüfenden Blick auf mich. In seinem Auftreten war keine Spur von Reue oder auch nur Bedauern. »Nun, Schwester«, rief er dreist, »hast du es also geschafft, mich auf die Bühne zu stellen? Ich warne dich: Die Vorstellung könnte dir mißfallen.«

Ohne eine Antwort abzuwarten wandte er sich seinem Vater zu, der hereingekommen war, um den Sohn in die Arme zu schließen. Und dann bekam ich ihn erst bei Tisch wieder zu Gesicht, wo er eine förmliche, distanzierte Konversation führte. Was die vergangenen zwei Jahre betraf, so erzählte er ausgiebig und mit großtönenden Worten von seinen Studien in Ingolstadt. Er sprach von den bemerkenswerten Persönlichkeiten, die er an der Lehranstalt kennengelernt hatte, und davon, wie er deren intellektuelle Fähigkeiten bis zur Erschöpfung gefordert hatte. Zuweilen hörte er sich an wie ein General, der in einem Eroberungskrieg einen Feind nach dem anderen besiegt und sich ihrer Reiche bemächtigt hat. Über zukünftige Pläne äußerte er sich jedoch nur unbestimmt. Er hatte sich am Stadtrand von Ingolstadt eine Unterkunft genommen, von der aus er weiterhin die Universität besuchen und sich Professor Waldmanns Rat holen konnte, die ihm jedoch wesentlich mehr Freiheit und – was noch wichtiger war – ungestörtere Arbeitsmöglichkeit bot. Seine neuen Untersuchungen würden ihn noch annähernd ein Jahr in Anspruch nehmen, erklärte er, aber er verriet nicht einmal andeutungsweise, um was für Untersuchungen es sich handelte. Warum war er dann überhaupt nach Belrive gekommen? fragte ich mich. Die Antwort ließ nicht lange auf sich warten. Victor brauchte dringend Geld. Er mußte ein Labor einrichten und Geräte kaufen. »Wenn es fertig ist, habe ich ein besseres Laboratorium als Professor Waldmann«, prahlte er. »Die elektrischen Geräte werden alles übertreffen, was es außerhalb der italienischen Universitäten gibt.« Er nannte, was er von Vater erbat, ein Darlehen, auch wenn er das Geld natürlich nicht würde zurückzahlen müssen. Und niemand hätte es ihm bereitwilliger geben können.

»Du bekommst alles, was du brauchst, keine Sorge!« sagte Vater sogleich, ganz wie Victor es erwartet hatte. »Geh du nur mutig deinen Weg und kümmere dich nicht um die Kosten.«

Bevor er sich vom Tisch erhob, sprach Victor noch die *soirée* an, die am nächsten Abend stattfinden sollte. Erneut ließ sein Ton keinen Zweifel an dem Mißbehagen, das dieses Ereignis ihm bereitete.

»Es war Vaters Wunsch«, beeilte ich mich ihm zu erklären. »Ich habe in seinem Auftrag gehandelt.«

»Und wen hast du eingeladen?«

»Du hattest um eine Versammlung von gleichrangigen Kollegen gebeten.«

»Ach ja. Saussure, will ich doch hoffen.«

»Ja, Professor Saussure.« Ich nannte rasch noch ein paar andere Namen.

Er zuckte die Achseln. »Vergebliche Mühe. Nur Saussure ist von Belang. Und du, Schwesterherz. Ich hoffe, du bist dabei.«

»Als deine Kollegin?«

»Als mein Gast.«

Und so war ich die einzige Frau in der erlesenen Gesellschaft, der Victor einen ersten Einblick in seine Forschungen gewähren wollte. An diesem Abend wurde an der reichgedeckten Tafel, an deren oberem Ende ein stolzer Baron den Vorsitz führte, Rückschau auf eine Fülle von wissenschaftlichen Experimenten gehalten. Besonderes Interesse fanden die Untersuchungen des Dr. Erasmus Darwin, der in seiner neuesten Schrift darüber berichtete, wie es ihm gelungen war, ein Stück Bandnudel so lange in einem gläsernen Behälter zu konservieren, bis es auf geheimnisvolle Weise begonnen hatte, sich selbständig zu bewegen. »Aber das ist nicht der Weg«, verkündete Victor mit apodiktischer Bestimmtheit, »um totes Gewebe wieder zum Leben zu erwecken.«

Die Elektrizität sei das Geheimnis der Reanimation, erklärte er. Und damit wandte sich das Gespräch seinen eigenen Untersuchungen zu. Victor ließ sich lang und breit darüber aus, wie Galvani ihn in Ingolstadt besucht und seine Experimente in Augenschein genommen hatte. »Zu meinem Erstaunen mußte ich feststellen, daß ich Prinzipien entdeckt hatte, von denen nicht einmal Galvani etwas wußte«, bemerkte Victor mit unverhohlener Selbstzufriedenheit. »Der Mann hat noch nicht einmal einen Aal seziert, um zu untersuchen, wie die Nerven elektrische Stimuli weiterleiten.«

Ich blieb während des gesamten Abends eine konzentrierte, wenn auch schweigsame Zuhörerin. Die Intensität, mit der Victor das Gespräch führte, schlug mich in ihren Bann. Und ich war nicht allein mit meiner Faszination; zur Rechten wie zur Linken konnte ich nichts als respektvolle Aufmerksamkeit in den Gesichtern erkennen. Der Raum war aufgeladen mit der Erregung des Entdeckens, und Victor war ihr pulsierendes Zentrum. Kein noch so fanatischer Heiliger vergangener Zeiten hätte die Leidenschaft an den Tag legen können, mit der Victor von seinen Untersuchungen sprach. In meine Begeisterung mischte sich jedoch wachsende Schwermut, denn mir wurde zunehmend deutlicher, daß seine neue Berufung mich vollkommen aus seinen Gefühlen verdrängt hatte. Er hatte nur noch eine Geliebte – die Wissenschaft.

»Und was können Sie uns von Ihrer Arbeit zeigen, Victor?« wollte Professor Saussure schließlich von ihm wissen.

»Zu wenig, fürchte ich«, antwortete Victor mit einem Anflug von Bescheidenheit. »Ich stehe erst am Anfang meiner Forschungen. Im besten Fall kann ich Ihnen einen kleinen Beweis meiner Fortschritte liefern.«

Wie ein Schauspieler, der auf sein Stichwort gewartet hat, erhob sich der Baron und sagte: »Dann wollen wir uns doch, meine Herren – und natürlich auch du, liebe Elizabeth –, in die Bibliothek begeben. Soviel ich weiß, hat mein Sohn dort eine kleine Demonstration vorbereitet.« Der Baron glühte geradezu vor Stolz, daß er für Victor den Impresario spielen durfte.

Den ganzen Tag über hatte Victor sich in der Bibliothek zu schaffen gemacht und niemandem aus dem Haus Zutritt gewährt, nicht einmal dem Baron oder mir. Das Gepäck, das er aus Ingolstadt mitgebracht hatte, war von den Bediensteten bald nach seiner Ankunft hereingetragen worden, aber beim Auspacken hatte niemand dabeisein dürfen. Um einen der riesigen Koffer ins Haus zu schaffen, waren drei Männer erforderlich gewesen. Angesichts ihrer Mühe hatte ich mich gefragt, wie ein solches Gewicht zu erklären sei. Als Victor an diesem Abend die Tür zur Bibliothek aufsperrte, sahen wir, daß er den Raum in ein kleines Laboratorium mit einer Vielfalt der seltsamsten Apparaturen verwandelt hatte. Auf dem Fußboden neben dem großen Tisch in der Mitte standen zwei hohe, wuchtige Pyramiden aus metallenen Platten; zweifellos waren sie für das Gewicht des Koffers verantwortlich gewesen. Über die Metallplatten zog sich auf allen Seiten ein dichtes Gewirr von Drähten, die durch die verschiedensten Meßgeräte hindurch zu der Apparatur auf dem Tisch führten, auf dem – in einem Kreis aus brennenden Kerzen – zwei mysteriöse Objekte standen, die mit Tüchern verhängt waren wie sakrale Gegenstände auf einem Altar. Zwischen ihnen war eine seltsame Maschine aufgebaut, die aus einem Rad und einer gläsernen Kugel bestand. Unsere Gäste, die nahe an den

Tisch herangetreten waren, richteten ihre Aufmerksamkeit sogleich auf diese Vorrichtung. Mit Hilfe einer Handkurbel setzte Victor das Rad in Bewegung, das so plaziert war, daß es gegen einen Kreis aus bernsteinfarbigen Perlen rieb. Plötzlich leuchteten kleine blaue Flämmchen in der Kugel auf, aneinandergereiht wie auf einer Perlenkette. Victor erklärte uns, daß es sich bei dem Gerät um eine neue Form der Leidener Flasche handelte, dem Entwurf des englischen Elektrophysikers James Graham nachgebaut. Mit diesem Gerät ließ sich, indem man das Rad in gleichmäßiger Bewegung hielt, ein schwacher elektrischer Strom erzeugen.

»Die Voltaschen Säulen, die Sie hier sehen«, erklärte Victor, »bestehen aus jeweils sechzig Zink- und Kupferplatten. Der elektrische Strom wird verstärkt, wenn er durch diese Säulen fließt. Wo die obere Grenze der Aufladung liegt, weiß ich nicht. Ich kann nur aus eigener Erfahrung berichten, daß der Lichtbogen noch auf einer Entfernung von mehr als einem Meter genügend Kraft hat, um den Experimentator für eine Viertelstunde außer Gefecht zu setzen – und ihm ernsthafte Verbrennungen zuzufügen.« Er zog den Ärmel nach oben. Darunter kam eine häßliche Narbe am Unterarm zum Vorschein. »Deshalb wahren Sie bitte sicheren Abstand, meine Herren, wenn wir mit dem Experiment beginnen.«

Nachdem die Männer ihre Wißbegier den Aufbau des Experiments betreffend befriedigt hatten, deckte Victor das erste und kleinere Objekt auf, die zu beiden Seiten des Rades standen. Unter dem Tuch befand sich ein gläserner Behälter, gefüllt mit einer trüben rötlichen Flüssigkeit, die den Inhalt nicht preisgab. Mit einer Zange fischte Victor in dem Behälter und brachte ein schlaffes, runzeliges Objekt zum Vorschein, das ich erst erkennen konnte, nachdem er es auf dem Tisch abgelegt hatte. Unser aller Augen bot sich eine menschliche Hand dar. Sie lag auf dem Rücken, die Finger eingerollt wie die Beine einer toten Spinne. Ich meinte die einzige im

Raum zu sein, die den Atem anhielt, aber niemand bemerkte mein Entsetzen, weil Vaters Stimme von der Stirnseite des Tisches her alles übertönte. »Großer Gott!« entfuhr es ihm, während er sich vorbeugte, um besser sehen zu können; offensichtlich hatte er sich noch mehr erschrocken als ich. Ich blickte verstohlen in die Runde. Stand ich allein mit meinem Unbehagen? Wenn dem so war, mußte ich alles tun, um meine Gefühle zu verbergen.

Victor ignorierte die Fragen, die jetzt von allen Seiten kamen, weil er zu sehr damit beschäftigt war, die Drähte aus dem Generator mit mehreren Nadeln zu verbinden, die aus dem Gelenk der abgetrennten Hand hervorstanden. Schließlich drehte er die Hand um und legte sie auf die eingerollten Finger. »Wie Sie sehen«, sagte er mit einem trockenen Lachen, »ist mein Mitarbeiter – oder was von ihm noch übrig ist – früher einmal zur See gefahren.« Er deutete auf einen auf den Handrücken tätowierten Anker, unter dem auf einem Spruchband die Worte »Mary Rose« zu lesen waren. »Ohne Zweifel ist sein Beruf für die rauhe Beschaffenheit der Haut verantwortlich. Der Mann war außerdem ein Trinker und ein Raufbold, mit dem es ein schlimmes Ende nahm. Er wurde wegen Mordes eingekerkert. Ich habe seinem Prozeß beigewohnt und das Urteil abgewartet. Deshalb war ich so schnell zur Stelle. Ich habe seinen Leichnam gleich nach der Hinrichtung erworben und unverzüglich in den Sektionssaal schaffen lassen. Ich sollte noch erwähnen, daß er mit einer Mixtur aus Lavendelöl, Salpeter und denaturiertem Zinnober einbalsamiert wurde. In dieser Hinsicht – der Beweis liegt hier vor Ihren Augen – habe ich bemerkenswerte Fortschritte gemacht.« Während er das sagte, strich Victor scheinbar gedankenlos mit den Fingerspitzen über die Knöchel der leblosen Hand. »Nun denn, sehen Sie bitte genau hin.«

Victor bat Professor Saussure, das Rad des elektrischen Generators in Bewegung zu setzen. Wieder formten die Funken –

hervorgerufen durch das sich drehende Rad – ihre geisterhafte blaue Brücke quer durch das Innere der Glaskugel. Es wurde ganz still im Raum. Alle Blicke richteten sich auf das zusammengeschrumpfte Überbleibsel, das in einen Teich aus Kerzenlicht getaucht war. Nach ein paar Sekunden konnte man eine schwache Bewegung des Daumens erkennen, dann ein Zucken in einem der anderen Finger. Über die Haut auf dem Handrücken lief ein Zittern. Plötzlich streckten sich die Finger auf der Tischplatte. Und dann schien die Hand, indem sie die Finger wieder einrollte, sich vorwärts bewegen zu wollen. Im Bemühen, auf dem Tisch Halt zu finden, machten die schartigen, farblosen Nägel ein unheimliches, scharrendes Geräusch auf der Holzplatte. Victor zog ein kleines Messer aus der Tasche und stach mit der Spitze in einen der Finger. Die Hand zuckte zusammen; zweifellos hatte sie den Schmerz verspürt. Noch einmal versetzte Victor der Hand einen Stich, und wieder zog sie sich zurück. Diesmal hob sie sogar die Finger, als wollte sie sich gegen die Bedrohung wehren. »Sie sehen die instinktiven Reaktionen«, erklärte Victor, während er weiter auf die Hand einstach; aus mehreren kleinen Schnitten sickerte bereits eine violette Flüssigkeit. »Zweifellos hat die Hand sich ihre lebenslange Erinnerung an den Schmerz bewahrt; um sich zu schützen, reagiert sie mit einem Gegenangriff.«

Victor nahm eine der Kerzen von der Tischkante und hielt die Flamme an die körperlose Hand, bis die Hitze das Fleisch verkohlte; als würde sie die Gefahr des Feuers erkennen, machte die Hand alle Anstrengungen, ihm zu entkommen. Aber wie ein blindes Tier, das nicht weiß, wo es Schutz findet, bewegte sie sich unbeholfen zuerst hierhin, dann dorthin, und zog dabei das Gewirr der Drähte hinter sich her wie einen abgebrochenen Schweif. Als Victor das Ding erst auf der einen, dann auf der anderen Seite ansengte, konnte ich es nicht mehr ertragen. Ich wandte den Blick ab und flüsterte ihm über den Tisch hinweg zu: »Bitte, hör auf!«

434

Victor sah mich erstaunt an. »Also gut, der Beweis ist ja geführt, oder?« fragte er. »Das Gedächtnis des Ganzen erweckt das einzelne Teil zum Leben – zumindest auf der Ebene des primitiven Reflexes. Eine letzte Demonstration noch.« Victor zog einen kurzen Strick aus der Tasche und schob ihn unter die Handfläche. Bei der Berührung zuckte die Hand zurück, dann schloß sie sich um den Strick und hielt ihn fest. Victor nahm sie vom Tisch hoch und hielt sie über den Behälter. Dort löste er die Drähte, mit denen das Handgelenk verbunden war, und ließ die Hand in ihr konservierendes Bad zurückgleiten.

Dr. Bertholon, ein Mitglied der medizinischen Fakultät der Akademie, äußerte sich als erster. »Sie wollen gewiß nicht behaupten, Dr. Frankenstein, daß die Hand diese Empfindungen auch tatsächlich *verspürt*.«

»Und ob ich das behaupten will«, antwortete Victor. »Sie ist einwandfrei konserviert gewesen, und jetzt habe ich sie mittels Elektrifizierung wiederbelebt.«

»Ich würde sagen, daß es sich lediglich um eine muskuläre Reaktion handelt«, beharrte Dr. Bertholon auf seiner Meinung. »Die Bewegung deutet nicht auf wirkliches Leben hin.«

»Doch!« erwiderte Victor gereizt. »Die Hand *lebt*!«

Dr. Bertholon, der aus seiner Skepsis keinerlei Hehl machte, warf eine weitere Frage auf. »Wenn die Hand am Leben wäre, wie Sie behaupten, müßte sie dann nicht mit Blut versorgt werden?«

»Das wird rechtzeitig geschehen«, antwortete Victor, »wenn ich das Gewebe erneuern muß. Wäre es ein vollständiger Organismus, könnte er sich durch Nahrungsaufnahme und Verdauung selber mit Blut versorgen. Allerdings nur, wenn das Gewebe in der Zwischenzeit sorgfältig konserviert wurde.«

»Haben Sie das schon einmal beobachtet?«

»Ja. Bei kleineren Tieren – bei Mäusen und verschiedenen

Vögeln. Wenn man sie aus dem Zustand der Einbalsamierung holt und ihnen Nahrung zuführt, regeneriert sich ihr Kreislauf-System. Die Fähigkeit, sein Blut selber zu produzieren, verlernt der Organismus nicht.«

»Ihre Ergebnisse sind in der Tat beeindruckend«, kommentierte Professor Saussure. »Aber woher wollen Sie wissen, daß wirklich Leben in Ihren Versuchsobjekten steckt, Victor?« Und mit freundlicher Ironie fügte er hinzu: »Die Hand hat keine Zunge, um es Ihnen zu erzählen.«

»Das stimmt«, mußte Victor zugeben. »Aber mag die Zunge auch stumm sein, sie ist ebenfalls hier bei uns.« Und mit diesen Worten zog er das Tuch von dem zweiten verhüllten Objekt. Ich wunderte mich vor allem darüber, wie wenig mich das alles beunruhigte. Vielleicht hatte der Anblick der abgetrennten Hand meinem anfänglichen Ekel den Stachel genommen und mich auf einen noch grausigeren Fortlauf der Dinge vorbereitet. Jedenfalls zuckte ich nicht einmal mit der Wimper, als ich den Kopf eines Menschen vor mir sah, der in einer Schüssel mit einer schmutziggrauen Flüssigkeit ruhte, die um die Überreste des Halses schwappte. Ein metallener Bügel spannte sich quer über die rasierte Kopfhaut, faßte ihn an Schläfen und Unterkiefer und hielt ihn so in aufrechter Stellung. An Augenbrauen, Wangen und der Schädelbasis waren Drähte befestigt, die durch die Schale hindurch bis zu den metallenen Pyramiden auf dem Fußboden führten. Es war kein schönes Gesicht, das zu dem Kopf gehörte. Es war grob, mit wuchtiger Stirn, derben Backenknochen und einer platten Nase. In diesem Zustand jedoch, mit geschlossenen Augen und entspannter Gesichtsmuskulatur, lag eine gewisse Heiterkeit auf ihm, der Gleichmut eines Mannes, so schien es mir, der die Kränkungen und Demütigungen des Lebens hinter sich gelassen hatte. Aber vielleicht war es auch nur das Unwirkliche seiner Erscheinung, das mich dieses grausige Schaustück mit einem gewissen Gleichmut betrachten ließ. Durch den Prozeß des Einbalsamierens hatte die Gesichtshaut eine bläuliche Transparenz angenommen, die dem ganzen Kopf das Aussehen einer Porzellanbüste verlieh. Tatsächlich hoffte ich sogar, es könnte sich um ein groteskes *Objet d'art* und nicht um das Überbleibsel eines Menschen aus Fleisch und Blut handeln. Aber dieser Hoffnung wurde ich schnell beraubt.

Victor tauchte einen Lappen in die Schale und verteilte die aschfarbene Flüssigkeit über das ganze Gesicht. Er erklärte uns, daß es sich um volatiles Alkali handelte, mit dem er die Leitfähigkeit der Haut erhöhen wollte. »Hand und Kopf stammen von derselben Leiche. Ich hatte das Glück, beides abtrennen zu können, zusammen mit ein paar anderen unversehrten Körperteilen.« Damit wandte er sich wieder dem Generator zu und setzte das Rad in Bewegung. Innerhalb von Sekunden begannen die Lider des Toten zu zucken, und plötzlich schlug er die Augen auf. Diesmal war ich nicht allein mit meiner Bestürzung; auch ein paar andere in der Runde hielten ungläubig den Atem an. »Professor Saussure«, sagte Victor, »wären Sie so gut, die Kerze vor seinen Augen zu bewegen.«

Professor Saussure kam der Bitte nach. Er bewegte die Kerze vor dem ausdruckslosen Gesicht hin und her. Zum erstenmal spürte ich ein heftiges Gefühl in mir aufsteigen. Es war nicht Ekel, der mich erfaßte, eher ein tiefer Schmerz, der mir ein Schluchzen aus der Brust reißen wollte. Noch nie hatte etwas so sehr mein Mitleid erregt wie diese Augen, die im Schein der Kerze nun ganz deutlich zu erkennen waren. Sie waren alles andere als ausdruckslos; sie blickten in hilflosem Jammer, in abgrundtiefer Hoffnungslosigkeit schienen sie in ihren dunklen Höhlen zu schwimmen. Ich fragte mich, ob nur ich diese Verzweiflung wahrgenommen hatte? Ich konnte mich der Überzeugung nicht erwehren, daß dies die Augen eines Mannes waren, der gegen seinen Willen aus der Leere der Finsternis in das grauenhafte Zwielicht eines Halbbewußtseins gezerrt worden war. Victor ließ sich nicht durch derlei Erwägungen anfechten. Statt dessen hielt er uns dazu an, die Bewegungen der Pupillen zu beobachten. Und tatsächlich konnte man im Kerzenlicht erkennen, daß die Regenbogenhäute sich weiteten und zusammenzogen.

»Wie Sie sehen«, erklärte Victor mit wachsender Erregung, »reagieren die Augen auf das Licht. Sie sind um die richtige Brennweite bemüht. Die Reaktion auf Licht ist der primitivste visuelle Mechanismus; sie erfolgt ganz automatisch. Wenn man jetzt ein funktionstüchtiges Gehirn anschließen könnte, um den sensorischen Signalen einen Sinn zu geben, und wäre es nur das Gehirn eines niederen Tieres ...« Hier fand seine freudige Erregung ihr jähes Ende; er stieß einen müden, resignierten Seufzer aus. »Leider muß ich gestehen, daß meine Forschungen in diesem wichtigen Bereich in eine Sackgasse geraten sind. Die menschlichen Probanden, auf die ich unmittelbar nach ihrem Tode Zugriff hatte, waren übel zugerichtet. Wie Sie sich vorstellen können, werden die Halswirbel durch den Henkersstrick beinahe vollständig zerstört. Der Proband, den Sie hier vor sich sehen, besitzt nur noch Rudimente des Hirnstamms; den Rest mußte ich entfernen, damit der Verfall sich nicht auf das angrenzende Gewebe ausbreiten konnte. Bei tierischen Versuchsobjekten dagegen, denen man die Organe vor Eintreten des Todes entnehmen kann, ist es mir gelungen, Gehirne in nahezu fehlerfreiem Zustand zu konservieren. Und nun bitte ich Sie um Ihre Aufmerksamkeit, meine Herren!«

Victor legte am Fuß des Rades einen Schalter um und setzte seinen Generator mit mehr Schwung als zuvor in Bewegung. Ich vermutete, daß er den Strom in einen anderen Bereich des Kopfes geleitet hatte, denn jetzt begann das Fleisch der Wangen zu zucken, als verspürte es einen Schmerz. Der Unterkiefer bewegte sich nach rechts und nach links, bis schließlich auch die Lippen zuckten und sich zurückzogen, um zwei Reihen schadhafter, gelblicher Zähne bis auf das Zahnfleisch zu entblößen. Keine Spur mehr von der Friedfertigkeit, die das Gesicht vorher gekennzeichnet hatte. An ihre Stelle war eine bestialische Fratze getreten; man glaubte beinahe das Knurren zu hören, das unweigerlich zu einer solch finsteren Grimasse gehören mußte. Einige Sekunden lang, während Victor das Rad in Bewegung hielt, arbeiteten die Gesichtsmuskeln, strafften sich. Die Augen traten so weit hervor, daß man fürchten mußte, sie könnten aus ihren Höhlen springen. Ich wollte nicht schon wieder als einzige protestieren, deshalb senkte ich den Blick und hob ihn erst wieder, nachdem das knarrende Geräusch des Rades verstummt war. Das Gesicht war in seinen früheren Zustand der Entspannung zurückgekehrt. Victor schob die Lider über die stumpfen Augen und wischte Stirn und Wangen mit einem Tuch ab. Der Kopf glich wieder einem Kleinod aus Porzellan. Doch als die anderen den Blick schon abgewandt hatten, sah ich noch etwas genauer hin und entdeckte zunächst unter dem einen Augenlid und dann auch unter dem anderen einen Tropfen Feuchtigkeit. Die Tropfen wurden schwerer, dann liefen sie die Wangen herab. Wenn es nicht die zu Perlen geronnenen Reste verbliebener Feuchtigkeit waren, dann mußten es Tränen sein.

Nachdem er mit seiner Demonstration fertig war, wandte Victor sich seinen Kollegen zu und wartete auf ihre Reaktion. Dr. Dupraz, ein Genfer Arzt, der Vater manches Mal behandelt hatte, sprach als erster. »Ich kann nicht umhin, Ihre meisterhafte Technik des Einbalsamierens zu loben, Victor. Sie haben bei der Konservierung von Organen einen großen Schritt nach vorn getan. Zweifellos wird das unseren Forschungen zugute kommen. Aber ich halte es offen gesagt für verfrüht, die Reflexe, die wir soeben beobachtet haben, als Anzeichen für Leben zu werten. Meiner Meinung nach haben wir es hier mit denselben Muskelkontraktionen zu tun, die Galvani bei seinen Fröschen beobachtet hat, und wir wissen wohl alle, daß es sich dabei lediglich um die Reaktivierung noch vorhandener Nervenflüssigkeit handelt.« Von allen Seiten erhob sich zustimmendes Gemurmel.

Mit diesem Urteil war Victor nicht zufrieden. »Da bin ich anderer Meinung. Was Sie gesehen haben, war mehr als ein paar willkürliche Reflexe. Die Bewegung der Hand wurde erkennbar durch Schmerz ausgelöst – möglicherweise sogar durch die Angst vor Feuer.«

»Wie Sie selber sagen, ›möglicherweise‹«, entgegnete der Arzt. »Aber wer kann das schon wissen? Angst und Schmerz sind subjektive Empfindungen. Wenn die Hand allerdings in der Lage wäre, ihre Gefühle für uns aufzuschreiben...« In der Bemerkung schwang eine äußerst wohlwollende Ironie mit, die rund um den Tisch ein höfliches Lachen auslöste.

Nur Victor konnte die Belustigung nicht teilen. »Leider müssen wir davon ausgehen, daß die Hand des Schreibens ebenso unkundig ist wie der Mann, dem sie einmal gehört hat«, erwiderte er bissig. »Vielleicht hätte ich mir die Überbleibsel eines gebildeteren Probanden suchen sollen.«

Professor Saussure spürte Victors Verärgerung und beeilte sich, der Sache ein Ende zu machen. »Ich denke, wir alle können uns darauf einigen«, faßte er salomonisch zusammen, »daß Victors Arbeit einen bedeutenden Beitrag zur laufenden Erforschung der elektrischen Grundlagen des Lebens liefert. Es bleibt noch viel zu tun, aber heute abend durften wir Zeugen eines bemerkenswerten Anfangs sein.«

Man zollte seinen Worten Beifall, und doch war ich sicher, Anzeichen von Zweifeln, ja sogar Unbehagen im Raum gespürt zu haben, obwohl wir alle der Demonstration mit brennender Neugier beigewohnt hatten, ich nicht weniger als die anderen. Auch ich hatte wie gefesselt auf meinem Stuhl gesessen. Die Leidenschaft, mit der Victor seine Arbeit vorstellte, hatte mich davongetragen wie eine schnelle Strömung. Ich war von seiner Überzeugungskraft so mitgerissen worden,

440

daß ich darüber meinen Widerwillen vergessen hatte. Außerdem muß ich einen schlichten Mangel an Courage gestehen: Ich wollte nicht, daß ausgerechnet die einzige Frau unter den Anwesenden ihrem Mißbehagen allzu deutlichen Ausdruck verlieh. Nun jedoch, da die Demonstration vorüber war, dachte ich kritischer über das Schauspiel, das man mir soeben geboten hatte. Dort lagen der Kopf und die Hand eines bedauernswerten Mannes, dem man längst seine Ruhe gönnen sollte. Und doch mußten einzelne Teile seines Körpers dazu herhalten, eine Theorie zu beweisen, in der ich nichts Gutes erblicken konnte. Und mochte mein Gefühl der Vernunft noch so zuwiderlaufen, ich schämte mich dafür, mit angesehen zu haben, wie ein Mitmensch so schändlich mißbraucht worden war.

»Aber was hat das alles für einen Sinn?« fragte ich völlig unvermittelt. Ohne zu überlegen hatte ich die Worte ausgesprochen. Ich wollte Victors Verdienste nicht geschmälert wissen, die Frage war unwillkürlich aus mir herausgeschossen, ein ehrlicher Ausdruck meiner Ratlosigkeit. Ich war einem der Männer ins Wort gefallen, und jetzt forderte er Victor mit übertriebener Höflichkeit auf, der »guten Frau ihre Frage zu beantworten«.

»Du hältst meine Demonstration also für sinnlos?« fragte mich Victor aufrichtig bekümmert und mit gekränktem Unterton.

»Welchen Sinn sollte eine solch makabre Leistung schon haben?«

»Und wenn meine Arbeit – so abstoßend sie dir bedauerlicherweise auch erscheinen mag – es nun möglich macht, einem Menschen die zerstörte Hand oder das erblindete Auge zu ersetzen? Wenn sie es möglich macht, bessere Hände oder bessere Augen zu erschaffen, als wir sie bis jetzt gekannt haben? Es ist nur eine Frage der Zeit, bis wir in der Lage sein werden, eine neue Spezies von Menschen zu erschaffen. Wir werden Leben erneuern, wo der Tod den Körper bislang noch der Verwesung anheimgibt.«

An Victors Aufrichtigkeit war nicht zu zweifeln; sie loderte ihm förmlich aus den Augen, der Stimme. Die Festigkeit seiner Überzeugung überraschte mich. »Du glaubst tatsächlich, daß es einmal so sein wird?«

»Ich bin ganz sicher. Meine Arbeit ist nicht bloß eitle Wißbegier – und schon gar kein makabrer Zeitvertreib, um Himmels willen! Ganz gewiß wird sie noch von allergrößtem Nutzen sein.«

Ich wartete, ob mir nicht jemand bei meinem Widerspruch sekundierte. Vergeblich. Ich hatte mich sehr töricht geäußert, meiner Zimperlichkeit den Sieg über mein Urteilsvermögen gestattet. »Also«, stammelte ich, »wenn das so ist ...« Sogleich hatte ich das Gefühl, als seien alle Blicke auf mich gerichtet. Die Herablassung war beinahe mit Händen greifbar. Mir wurde klar, daß ich in dieser Runde keinen Platz hatte. Überstürzt entschuldigte ich mich, um mein Zimmer aufzusuchen. Auf dem Weg zur Tür folgten mir Bekundungen des Dankes für das Ereignis, das ich arrangiert hatte, aber allzu deutlich klang die Erleichterung darüber mit, daß ich mich für den Rückzug entschieden hatte.

Von meinem Zimmer aus blickte ich in den Innenhof und sah das hell erleuchtete Fenster des Salons, in dem Victor und seine Gäste – die Männer, die er voller Stolz seinesgleichen nannte – ihre Gespräche fortsetzten. Vielleicht konnten sie jetzt, da die einzige Frau ihre Runde verlassen hatte, offener miteinander reden. Mir drehte sich der Kopf vor Abscheu und Verlegenheit. Hatte Victor tatsächlich das Geheimnis des Lebens entdeckt? fragte ich mich. Sollte ich am Ende unfähig sein, eine solch herausragende Leistung anzuerkennen? Ich mußte gestehen, daß mir das Blut gefror bei dem Gedanken, diese abgetrennten Teile eines toten Mannes könnten tatsächlich leben und fühlen und sich erinnern. Aber war es nicht

vielmehr so, daß ich es meinem kleinmütigen Widerwillen gestattete, mir den Verstand zu trüben. Was hatte Victor denn
anderes getan, als die körperlichen Überreste einer armen
Kreatur – eines Verbrechers, der seinen Mitmenschen nichts
Gutes getan hatte – zu konservieren, um sie zum Nutzen anderer studieren zu können? Ich mußte mich fragen, ob ich
meine Stimme nicht aus Boshaftigkeit erhoben hatte, als eine
Frau, die ihren Groll nicht vergessen konnte.

Während ich dort am Fenster stand, folgte ich mit den Fingerspitzen gedankenlos den Linien, die das Messer eines Holz-
schnitzers in die eichenen Läden graviert hatte. Ich richtete
den Blick auf das Paneel, auf dem meine Hand ruhte. Es zeigte
das Bild des sterbenden Tristan in den Armen von Königin
Isolde. Hatte ich denn ganz vergessen, wer mir als erster diese
Geschichte erzählt und mein Herz für die große Liebe geöffnet hatte?

Etwa zwei Stunden später hatte Victors *soirée* ein Ende gefunden; unsere Gäste waren entweder abgereist oder hatten
sich auf ihre Zimmer zurückgezogen. Es wurde still auf Belrive.

Es war mir zur Gewohnheit geworden, in klaren Nächten
noch einen Spaziergang durch den Garten zu machen, bevor
ich mich zu Bett begab. Ich wollte zu den Sternen empor-
schauen und mich an die Zeit erinnern, die ich in den Wäldern
verbracht hatte, diese wilde, magische Zeit, als ich den Weg
verloren und mich selber gefunden hatte. In dieser Wildnis
waren, »wenn der Tag sein glühendes Feuer verzehrt« hatte,
die Sterne über mir der letzte Anblick vor dem Einschlafen gewesen. Sie waren meine Gefährten geworden… Cassiopeia
und Cepheus und die sieben geduldigen Töchter des Atlas.
Jetzt leuchteten sie aus einem mond- und wolkenlosen Himmel, Muster von majestätischem Licht, und als hellste unter
ihnen Venus, wie eine brennende Perle über den Gipfeln des
Jura. Gerade in dieser Nacht wollte ich unter ihren kalten Feu-

ern stehen und an die Zeit zurückdenken, als ich mir meine Selbständigkeit bewiesen hatte. Aber heute brachten sie mir noch eine andere Erinnerung, die ebenso bitter wie süß schmeckte. Victor hatte mich diese Sternbilder gelehrt, als ich – ein kleines Mädchen noch – auf das Schloß gekommen war, und nachdem er mir alles gezeigt hatte, was sich mit bloßem Auge erkennen ließ, hatte er mich zu Vaters großem Teleskop gebracht, damit ich auch die entfernteren, eben erst entdeckten, am Himmel sah. Dort zeigte er mir die prächtigen Ringe des Saturn und den Doppelstern im Aldebaran, wunderbare Gestirne, wie ich sie mir schöner nicht hätte ausmalen können. Und dann lehrte er mich das ganz persönliche Wunder seiner Leidenschaft. Wie bestaunte ich seinen intellektuellen Eifer, wie wünschte ich mir, so zu sein wie er! Seine Klugheit nicht weniger als sein Äußeres hatte ich zu meinem kindlichen Maßstab für männliche Schönheit gemacht. Ich war in ihn verliebt, noch bevor ich dieses Gefühl zu benennen wußte. Vielleicht hatte er sich vor seiner kleinen Schwester nur aufspielen wollen, doch alles, was er zu mir sagte, war mir so lebhaft im Gedächtnis geblieben, als hätte er die Worte gestern erst ausgesprochen. Er hatte mir die Sterne zum Geschenk gemacht, und dieses Geschenk war mir als einziges geblieben, nachdem er mir alles andere genommen hatte.

Nun, da er wieder unter diesem Dach weilte, mußte ich daran denken, wie widersinnig mein Leben geworden war. Ich hatte Gründe, Victor zu hassen; wohl nie zuvor hatte eine Frau so gute Gründe gehabt, einen Mann zu hassen. Ich mußte ihn hassen, um mich für meine Unabhängigkeit, meinen Stolz, meine Rechtschaffenheit achten zu können. Aber ich konnte ihn nicht hassen, so wenig, wie man sein Herz töten und am Leben bleiben kann. »Jeder von uns ist nur die Hälfte eines vollständigen Wesens«, hatte Mutter gesagt. »Was wir ›Liebe‹ nennen, ist unser Verlangen danach, im anderen Vollständigkeit zu finden.«

444

Ich war bis zum Ende des schattigen Obstgartens gegangen, wo die Finsternis am dichtesten war. Ein sanfter Wind wehte den Weg zwischen den Lorbeerhecken entlang und raschelte durch die lange Buchenallee am Ende des Gartens. In der Ferne schlug eine Nachtigall, die einzige Stimme zu dieser mitternächtlichen Stunde. Ich blieb stehen, um ihr zu lauschen... und dann, ganz plötzlich, stand Victor neben mir. Er hatte sich über das Gras geschlichen, damit seine Schritte ihn nicht verrieten. Beim Klang seiner Stimme lief ein Schauer freudiger Erwartung durch meinen Körper. *Er ist hier!* sagte mein Herz. *Der einzige Mann, den du jemals lieben wirst, steht hier an deiner Seite.*

»Weißt du noch die Namen der Sterne?« fragte er mich. Seine Stimme hatte die energische Schärfe verloren und war sanft geworden.

Der Gedanke an Flucht schoß mir durch den Kopf, aber ich blieb stehen. Ich hatte dem Luchs ins Auge geblickt, warum sollte ich also vor meinem treulosen Geliebten davonlaufen. Ich blieb stehen und antwortete: »Ich weiß sie noch alle – jeden einzelnen von ihnen.«

»Da drüben, die drei Sterne direkt über den Bergen...«

»Der Gürtel des Orion, des mächtigen Himmelsjägers.«

»Und der rötliche Stern gleich neben seiner rechten Schulter?«

»Beteigeuze, von dem die Araber sagen, er sei das Auge eines bösen Geistes.«

»Und der dort, genau über uns?«

»Andromeda, als Opfer für das Ungeheuer an den Felsen gebunden.«

»Und dort, der helle, orangefarbene Stern?«

»Aldebaran im Taurus. Nicht einer, sondern zwei Sterne.«

»Und kennst du auch die Bedeutung solcher Doppelsterne?«

»Man kann ihre Masse mit Hilfe von Newtons Gesetz exakt

berechnen. Das ist die Bedeutung, die ihr Männer der Wissenschaft darin seht.«

»Gibt es noch eine andere?«

»Nur die, daß Doppelsterne dazu bestimmt sind, bis in alle Ewigkeit Gefährten zu bleiben – wie Liebende, die immer und ewig umeinander kreisen müssen, weil die Anziehungskraft des Gefühls sie dazu verurteilt. Aldebaran heißt, wenn ich mich recht entsinne, ›Begleiter‹. Die Liebe ist auch eine Form des Begleitens, meinst du nicht? Der Wunsch, bei jemandem zu sein. Aber keiner der Doppelsterne geht voraus. Beide folgen einander.«

»Es sieht dir ähnlich, daß du in der Berechnung von Massen die Poesie entdeckst.«

»Man hat mir beigebracht, daß es unzählige Bedeutungen auf der Welt gibt, die tiefer gehen als jede menschliche Wissenschaft, Botschaften, die nur unser Herz lesen kann.«

Ohne den Blick von den Sternen zu wenden, scheinbar versunken in die Betrachtung des Firmaments, sprach er weiter. Sein Profil hob sich dunkel vor dem Hintergrund des Himmels ab: die hohe, edle Stirn, das entschlossene Kinn – und das alles eingerahmt von einem leuchtenden, widerspenstigen Haarschopf. Ich fand ihn schöner als je zuvor. »Ich habe dir so oft schreiben wollen«, sagte er.

»Du hast es doch getan. In den Briefen, die du an Vater geschrieben hast.«

»Ich meine, an dich direkt.«

»Und ich sage es noch mal: Du hast es getan – in den Briefen an Vater. Sind sie nicht eigentlich, Wort für Wort, an mich gerichtet gewesen? Es kam mir so vor, als ich sie las. Ich habe sie alle gelesen, Victor. Ich weiß von allen deinen Triumphen.«

»Ich bitte dich! Ich bin ein Anfänger. Ich habe keine Triumphe gefeiert. Noch nicht.«

»Bescheidenheit steht dir nicht. Sie klingt hohl aus deinem Mund. Du wirst eines Tages ein berühmter Mann sein. Man wird deinen Namen in einem Atemzug mit dem Newtons nennen. Ich wünsche dir, daß es so sein wird.«

»Aber du hast mir noch nicht gesagt, wie du über meine Vorführung von heute abend denkst.«

»Interessiert es dich?«

»Deine Meinung, Elizabeth, interessiert mich mehr als die all der Männer, die dabei waren, Saussure eingeschlossen.«

»Warum? Ich zähle nicht zu deinesgleichen.«

»Ich weiß, manchmal spiele ich den Arroganten. Es hilft mir, meinen Verstand so zu gebrauchen, als könnte mich kein Urteil eines anderen anfechten, außer dem gleichrangiger Kollegen – und vielleicht nicht einmal das. Doch ich weiß wohl, daß meine Taten irgendwann einmal in einer Welt beurteilt werden, die größer ist als jene der Professoren und Doktoren. Und in dieser Welt bist du die Beste. Ich möchte wissen, was du denkst.«

»Ich will offen sein und dir sagen, daß ich deine Vorführung abstoßend fand.«

»Und doch hast du sie dir bis zum Ende angesehen – und mit ebensoviel Neugierde wie jeder andere im Raum, wenn ich mich nicht täusche.«

»Ja. Ich gestehe meine Neugierde. Ich wollte wissen, was dein Interesse in Ingolstadt so nachhaltig gefesselt hat. Wie ich sehe, versuchst du noch immer, eine neue Rasse glücklicher und vortrefflicher Menschen zu erschaffen.«

»Wie anmaßend sich das anhört!«

»Es sind deine eigenen Worte.«

»Tatsächlich? Ich bin oft über das Ziel hinausgeschossen – als Knabe.«

»In deinen Briefen klingt es nicht anders. Dein Ehrgeiz hat nicht nachgelassen. Und er ist jetzt durch Kenntnisse ermächtigt. Ich hoffe, du wirst diese Macht gut zu nutzen wissen.«

»Bis jetzt reicht sie bestenfalls für die nutzlosen Taschenspielertricks, deren Zeugin du geworden bist. Und damit kann ich keinen Skeptiker überzeugen, wie ich heute abend erfahren mußte. Für diese Leute bin ich ein besserer Student.«

Es verging eine Weile, bis wir wieder redeten. Mir wurde beinahe schwindlig von der Anstrengung, die es bedeutete, hier neben ihm zu stehen, am Leben zu sein, mich aufzurichten, mein Herz sprechen zu lassen. In der tiefen Stille spürte ich die Kraft der Sterne, die sich im Rad der Nacht auf den Morgen zubewegten. Ob er ahnte, mit welcher Heftigkeit Schmerz und Liebe meine Gefühle aufrührten, er, der mir so vieles über den Schmerz und alles über die Liebe beigebracht hatte?

»Es gibt ein paar Dinge, über die wir reden sollten«, sagte er schließlich.

»Reden? Wieviel Zeit bliebe uns in dieser kurzen Nacht, bevor du zurückreist an einen Ort, den ich nicht kenne, um dort Dinge zu tun, von denen ich nichts weiß?«

»Darüber solltest du dir nicht den Kopf zerbrechen.«

»Ach, Victor! Ich zerbreche mir den Kopf über *alles*, was du tust und fühlst, über deine Träume, deine Leiden und Freuden.« Noch ein Satz lag mir auf der Zunge: *Was ist mein Leben denn ohne dich?* Ich hielt ihn zurück und sagte statt dessen: »Wir brauchen den Rest unseres Lebens, um zu reden – nicht bloß die paar armseligen Stunden, die uns jetzt noch bleiben, da Vater dir dein Geld bewilligt hat. Die Zeit würde allenfalls ausreichen, um Reue zu heucheln und Vergebung vorzutäuschen.«

»Ich empfinde keine Reue.«

»Vielleicht ist es an *mir*, Reue zu empfinden, und an dir, mir zu verzeihen. Oft mache ich mir Sorgen, ich könnte dein Leben aus dem Gleichgewicht gebracht haben mit meinem Groll. Ich glaube, du hast vieles nur aus Trotz gegen mich getan.«

»Ich werde in ein paar Monaten wieder hier sein – das hoffe

ich jedenfalls. Bis dahin muß sich das, was ich zu tun habe, als Erfolg oder als Fehlschlag erwiesen haben. Dann wirst du alles erfahren. Ich verspreche es dir. Willst du solange warten?«

»Was für eine Wahl habe ich? Wohin sollte ich gehen, als lediges Weib? Soll ich draußen in der Welt mein Glück suchen? Was bleibt mir denn übrig, als hier, wo ich ein Dach über dem Kopf habe, auf dich zu warten? Ich bin die Tochter meines Vaters oder die Frau meines Gatten. Oder soll ich etwa in die Wälder hinausziehen und mich zu den wilden Tieren schlafen legen? Könntest du dir das vorstellen? Verzeih, du mußt meinen, daß aus mir das Selbstmitleid spricht.«

»Du hast allen Grund zu Selbstmitleid und Zorn.«

»Ja. Aber kannst du mir glauben, wenn ich dir sage, daß ich darüber hinweggekommen bin? Du würdest mir eine große Ehre erweisen, wenn du einmal ein Ohr für das hättest, was stark und glücklich in mir ist. Ich sitze nicht mehr da und warte darauf, getröstet zu werden.«

»Es ist mir nicht entgangen, Elizabeth. Du bist eine eigenständige Frau geworden.« Er wollte seine Hand nach meinem Arm ausstrecken. Ich wich einen Schritt zurück.

»Dann geh in diesem Wissen von mir. Und komm zurück, wenn du bereit bist, mir entgegenzutreten, als wäre es das erste Mal, nicht als deiner Schwester, nicht als deiner Geliebten oder lang entbehrten Freundin, sondern als einer Fremden; als hättest du mich noch nie gesehen. Ohne Vorerwartungen. Dann werden wir viele Tage und Nächte hindurch miteinander reden.« Mit einer letzten Bitte wandte ich mich von ihm ab: »Warte hier. Laß mich alleine ins Haus zurückgehen.«

Das tat er. Ich wandte das Gesicht ab, als ich an ihm vorüberging, weil ich fürchtete, er könnte trotz der Dunkelheit meine feuchten Augen bemerken. Ich hastete den Weg zwischen den Lorbeerhecken entlang, in der Hoffnung, die Tränen so lange zurückhalten zu können, bis ich das Schloß erreicht hatte. Eine kleine Gnade: Wind kam auf, raschelte in den Buchen und übertönte das Schluchzen, das er nicht hören sollte. Denn wenn er es gehört hätte, wäre er sicher nicht auf den Gedanken gekommen, daß es keine Tränen der Trauer, sondern des Stolzes und des Triumphes waren. Ich hatte ihm nichts anderes demonstriert als meine Unabhängigkeit.

Am nächsten Morgen wartete ich, bis seine Postkutsche abgefahren war; dann erst verließ ich mein Zimmer.

Zwei Monate, hatte er gesagt. Aber es sollten zwei *Jahre* vergehen, und Victors Briefe wurden immer rätselhafter und oberflächlicher; manchmal waren es nur eilig hingekritzelte Sätze, neue Ausreden für sein langes Fernbleiben. Und während des letzten halben Jahres – dem ereignisreichen Sommer des Jahres 1792 –, erhielten wir nicht eine einzige Zeile von ihm. Wir schrieben es dem Umstand zu, daß inzwischen die ganze Welt auf den Kopf gestellt worden war.

Anmerkung des Herausgebers

Zu den Forschungen des Victor Frankenstein

Viele Leser meines ursprünglichen Berichts haben ihrer Verwunderung wie auch ihrer Bestürzung darüber Ausdruck gegeben, daß die Einzelheiten von Frankensteins Forschungen in solch knapper Form abgehandelt werden. Vor allem die kursorische Darstellung der Erschaffung der Kreatur hat viele Fragen offengelassen. Dieser Mangel an Details hat so manchen Leser dazu verleitet, meinen Bericht als offenkundige Erfindung abzutun. An dieser Stelle kann ich das Versäumnis wiedergutmachen, das – ich muß es gestehen – eine Folge meiner bewußten Zensur war. Frankenstein hat mir in der Tat wesentlich gründlichere Auskunft über seine wissenschaftlichen Untersuchungen gegeben. Ich habe jedoch beschlossen, meinen Bericht auf wenig mehr als die allgemeinen Grundzüge seiner Darstellung zu beschränken. Die Rechtfertigung für ein solches Vorgehen ist schnell mitgeteilt: Sie war das Ergebnis des Zusammenspiels von Skepsis und moralischen Bedenken.

Dazu muß der Leser wissen, daß Frankenstein zu der Zeit, als ich seine Worte niederschrieb, häufig von Anfällen der Verzweiflung und Selbstanklage heimgesucht wurde. So manches Mal erschien er mir während dieser Rückschau auf die schrecklichen Ereignisse seines Lebens geradezu von Sinnen vor Reue. Es fiel mir nicht immer leicht, lichte Momente der Erinnerung von Wahnvorstellungen zu scheiden. Die Memoiren der Elizabeth Frankenstein ermöglichen es mir nun, diese Linie wesentlich schärfer zu ziehen. Sie war dabei, als Frankenstein ein einziges Mal offen über seine Forschungen sprach; ihr Bericht bestätigt Bemerkungen, die der Mann bei seinen Konfessionen auf dem Totenbett mir gegenüber gemacht hat. Deshalb habe ich nunmehr alle Bedenken beiseite geschoben. Hier sind die vollständigen Notizen, wie ich sie nach Frankensteins eigenen Worten aufgezeichnet habe.

Kurz nach dem oben geschilderten Besuch auf Belrive richtete sich Frankenstein in einer waldigen Gegend vor den Toren Ingolstadts sein Laboratorium ein. Der Ort, den er selber als »Werkstatt eines verruchten Schöpfertums« bezeichnete, war ein verlassener Wachturm am Ufer eines Wildbachs. Eine Wassermühle stellte ihm die mechanische Energie zur Verfügung, die er für seine Arbeiten zuweilen benötigte. Hier, von wo aus die Universität und das Hospital bequem zu erreichen waren, fand er die nötige Ruhe für seine Arbeiten. Und hier machte er sich daran, die ungeheuerlichsten Geheimnisse des menschlichen Körpers zu lüften.

»Wie schwer habe ich für diese Aufgabe gearbeitet!« erinnerte er sich. »Meine Gefühle, meine Seele, alles schien nur auf dieses eine Ziel ausgerichtet zu sein. In meinem Überschwang schwor ich mir, meiner Kreatur einen ebenso edlen

Körperbau zu verleihen wie Michelangelo seinen künstlerischen Schöpfungen. Das Porträt des zum Leben erwachenden Adam hatte ich mir als Modell über meinen Tisch gehängt. Ich war mehr Künstler als Wissenschaftler, als ich das Fleisch um die Knochen formte und mich in die filigranen Feinheiten von Fasern, Venen und Muskeln vertiefte. Ich wurde so sehr von der Vorfreude auf den erfolgreichen Ausgang mitgerissen, daß ich schon bald vor allen Unzulänglichkeiten meiner Bemühungen die Augen verschloß. Im Fieber meiner Arbeitswut war ich davon überzeugt, jedes Versäumnis noch rechtzeitig ausbessern und das Ganze zu einem grandiosen Abschluß bringen zu können: ein Geschöpf, das vollkommener sein würde als alle je von einer Mutter geborenen Wesen.«

Mochte Frankenstein bei der Konservierung und Revitalisierung der anatomischen Überreste, die er seinen Versuchspersonen abnahm, auch eindrucksvolle Erfolge erzielt haben – sehr bald sah er sich einem hartnäckigen Hindernis gegenüber.

»Das Gehirn«, so bekannte er, »war das größte Problem. Ich fand keine Möglichkeit, dieses fragile Organ lange genug zu konservieren, um sein Bewußtsein in einem neuen Körper wiederherzustellen. Wie Sie wohl verstehen werden, Walton, konnte ich unmöglich den Beweis führen, eine erfolgreiche Reanimation durchgeführt oder gar einem menschlichen Probanden das Bewußtsein zurückgegeben zu haben, solange die nervlichen Reize nicht durch ein lebendiges Gehirn geleitet und anschließend vom Probanden selber berichtet werden konnten. Alles, was hinter diesem Vorhaben zurückblieb, würde als eine Art post-mortaler Muskelreflex abgetan werden.

Keinerlei Skrupel konnten mich davon abhalten, das lebende Tier zu quälen, um leblose Materie zu beleben. So trugen alle Experimente unterhalb der menschlichen Ebene ebenso rasche wie ermutigende Früchte. Schon bald hatte ich schlüssig bewiesen, daß das Gehirn eines noch lebenden Versuchstieres so hoher Ordnung wie beispielsweise einer Katze entnommen und so konserviert werden konnte, daß es seine Funktion wieder aufnahm, nachdem man es in ein anderes System von Nerven transplantiert hatte. Aber wie sollte man so etwas am menschlichen Versuchsobjekt demonstrieren? Selbst wenn ich es einrichten konnte, daß ich beim Eintritt des Todes zur Stelle war: Es gab keinerlei Möglichkeit, das Gehirn zu extrahieren, bevor dem Verblichenen nicht mit den üblichen Bestattungsritualen die letzte Ehre erwiesen worden war. Bis diese vorüber und die nötigen Formalitäten zur Übernahme der Leiche erledigt waren – sofern ich die Genehmigung überhaupt bekam –, hatte im zerebralen Gewebe längst die Verwesung eingesetzt. Also wandte ich mich an die Leichenhalle des Gefängnisses, wo ich mich immer dann in Bereitschaft halten durfte, wenn eine Hinrichtung angesetzt war. Leider richtete der Strick des Henkers mehr zerebrale Schäden bei diesen Versuchspersonen an, als meinen Forschungen zuträglich war. Ich muß gestehen, daß ich in meiner Ungeduld mehr als einmal versucht war, die ethische Barriere zu überspringen, die uns die Vivisektion am Menschen verbietet. Angenommen, ich wäre an das Lager eines Todkranken im komatösen Dämmerzustand gekommen – ich weiß nicht, ob mein Bewußtsein mir verboten hätte, was die Situation ermöglichte.

Schließlich bot sich mir durch einen glücklichen Umstand eine andere Gelegenheit.

Unter den Toten, die von der Hinrichtungsstätte oder aus dem Armenhaus an die medizinischen Kollegien geliefert wurden, fand sich hin und wieder die Leiche einer Schwangeren. In einem Fall traf der Leichnam der Frau so schnell ein, daß der fünf Monate alte Embryo noch lebensfähig war. Ich entnahm ihn und hielt ihn so lange am Leben, bis ich das Gehirn extrahiert hatte. Leider konnte ich das Gewebe nicht länger als ein paar Tage konservieren, bevor der Zerfall einsetzte. Doch immerhin hatte ich nun eine Methode gefunden. Unverzüglich hörte ich mich unter den Hebammen der Stadt um und bat sie, mich zu benachrichtigen, falls eine von ihnen zu einer Schwangeren gerufen wurde, um einen weit entwickelten Fetus abzutreiben. Zu meinem Erstaunen begegneten mehrere der Frauen meinem Ansinnen mit ernstlichem Mißtrauen und nicht geringem Entsetzen; sie weigerten sich, meiner Bitte nachzukommen, solange ich ihnen nicht erklärte, welches meine Absichten waren. Das zwang mich zu größerer Vorsicht. Diese alten Hexen hielten mich für einen Leichenschänder! Wenn ein solches Gerücht sich verbreitet hätte, wäre ich womöglich der Schwarzen Magie bezichtigt und angeklagt worden. Erst als ich großzügige Entlohnung versprach, konnte ich wenigstens bei einigen Hebammen die moralischen Bedenken beschwichtigen. Innerhalb eines Monats erhielt ich Nachricht, daß eine der Frauen zu einer heiklen Schwangerschaft gerufen worden war, die sich bereits im letzten Trimester befand. Ich begleitete die Hebamme und wartete im Hof, bis die Sache erledigt war; wenige Minuten nach der Abtreibung hielt ich den Fetus in Händen. Ich verlor keine Zeit mit der Sektion; ich nahm sie noch in der Kutsche vor, die mich zu dem Haus gebracht hatte. Das Gehirn balsamierte ich auf der Stelle ein, und so konnte ich es drei Wochen lang konservieren, bevor die ersten Anzeichen der Verwesung sichtbar wurden.

Inzwischen hatte ich mir auf dieselbe Weise ein neues Versuchsobjekt beschafft, dann noch eines und noch eines, und so ging es mit meinen Untersuchungen stetig voran. Jedesmal konnte ich die Periode der Lebensfähigkeit ein wenig verlängern, bis ich im zweiten Jahr meiner Forschungen – nach vielen Rückschlägen und Irrtümern – eine Methode entdeckte, das isolierte Gehirn mit dem Fruchtwasser der Mutter und bestimmten chemischen Lösungen solange künstlich zu nähren, daß es sich über den gesamten Zeitraum einer Schwanger-schaft hinweg kontinuierlich weiterentwickelte. Und sogar noch mehr! Mit Hilfe dieser Technik konnte ich, wenn ich das Gehirn zusätzlich in ein Umfeld exakt dosierter elektrischer Spannung setzte, das Wachstum des Organs so beschleuni-gen, daß es in Gewicht und Komplexität einem dreijährigen Gehirn mit normaler postnataler Entwicklung entsprach.

Begreifen Sie, was das bedeutete, Walton? Ich hatte jenseits jeden Zweifels bewiesen, daß das Gehirn, der Sitz unserer göttlichen Intelligenz, sich schneller entwickelt, wenn man es aus seiner kranialen Einengung befreit. Vor meinen eigenen Augen hatte ich dieses wunderbarste unserer Organe auf-blühen sehen, und das ohne eine Spur der Runzeln und Fal-ten, die das Gefängnis des Schädels ihm aufzwingt. Ich sage Ihnen, Walton, es kam mir beinahe so vor, als hätte dieses Ding nur darauf gewartet, aus den physischen Beschränkun-gen befreit zu werden, zu denen der menschliche Körperbau es verurteilt. Vielleicht lag hier die Wurzel der jahrhun-tealten Überzeugung der Menschen, Geist und Körper seien nicht miteinander vereinbar. Und gleichzeitig schien hier die Lösung eines scheinbar unlösbaren metaphysischen Rätsels zu liegen. Ich hatte die Materie des Intellekts bis an die Grenze der Sprache und des logischen Denkens geführt und dabei nutzlose Phantasien und kindlichen Irrglauben wie auch alle Entstellungen, die Schwangerschaft und Geburt bewirken können, von ihr ferngehalten. Hatte ich tatsächlich die Tabula rasa des Philosophen vor mir: einen jungfräulichen Geist, der darauf wartete, rational geformt und zur Vollkommenheit ausgebildet zu werden – und dabei womöglich neue, bisher nicht vorstellbare Fähigkeiten zu entwickeln? Vielleicht ver-stehen Sie jetzt, warum ich versucht war zu glauben, es könnte meine Bestimmung sein, von einer neuen Spezies als ihr Schöpfer, als Ursprung ihrer Existenz gepriesen zu wer-den.«

Er hatte mit wachsender Begeisterung von seinen Entdeckungen berichtet, als durchlebte er die ganze Erregung des ursprünglichen Abenteuers noch einmal. Doch plötzlich verstummte er. Ich hob den Blick, und jetzt erst wurde mir bewußt, wie unverhohlen mein Gesichtsausdruck den Abscheu preisgegeben hatte, den ich empfand. Doch muß ich ehrlich sein und bekennen, daß sich hinter diesem Widerwillen eine Wißbegier verbarg, die seiner Leidenschaft in keiner Weise nachstand. War es denn möglich, fragte ich mich, daß dieser unglückliche Mensch, der hier in meiner Kabine seinen Atem aushauchte, tatsächlich das Geheimnis von Leben und Tod gelüftet hatte? Sollte ihm ein derart barbarischer Anschlag auf die Heiligkeit menschlichen Lebens zu dieser ungeheuerlichen Entdeckung verholfen haben? Seine Geschichte klang so phantastisch wie grotesk, und doch erzählte er sie mit einem Feuer in der Stimme, das allem, was er sagte, die unwiderstehliche Kraft der Wahrheit verlieh.

»Ach, Walton, das Entsetzen steht Ihnen ins Gesicht geschrieben«, seufzte mein Gefährte mit ehrlicher Enttäuschung. »Sie sind noch nicht Wissenschaftler genug, um meine Arbeiten mit leidenschaftslosem Blick zu betrachten. Oder sollte ich nicht mehr Mensch genug sein, um auf meine Taten mit dem Abscheu zu blicken, den sie verdienen? Sie tun recht daran, sich vor mir in acht zu nehmen. Wie kann ich Verständnis erwarten für die Extreme, zu denen mich der Überschwang der ersten Erfolge getrieben hat? Ich muß gestehen, daß ich in den wenigen Augenblicken moralischer Einsicht selber vor den Taten zurückgeschreckt bin, zu denen ich mich habe hinreißen lassen. Manchmal fühlte ich mich wie ein druidischer Priester, den ein grausamer Gott dazu ausersehen hat, ihm die Kinder des Stammes zu opfern. Aber glauben Sie mir wenigstens das: Ich habe immer nur abgetriebene Feten genommen, Leben ohne eine Aussicht auf Überleben, Wesen, die nicht einen einzigen Atemzug außerhalb des mütterlichen

Körpers getan hatten. Ich bin kein Mörder, mein Freund! Ich schwöre Ihnen, daß ich lediglich für nutzbringende Experimente gerettet habe, was andernfalls ohne Nutzen auf dem Abfallhaufen gelandet wäre. Nur so war es mir möglich, das Organ des Verstandes zu eigenständiger Existenz zu päppeln.«

Soweit Frankensteins vollständige Beichte; auf diese Weise hatte er seiner unnatürlichen Kreatur Seele und Geist eingehaucht. Seinem Bericht fehlten jetzt lediglich die genauen Formeln jener chemischen Substanzen, mit denen er die isolierten Organe, aus denen er seine Kreatur formte, so vortrefflich zu konservieren und ernähren vermochte. Auch die versprach er mir mitzuteilen, denn ich drängte ihn unaufhörlich, mir seine Entdeckungen in allen, auch den geringsten Einzelheiten anzuvertrauen. Doch bevor es dazu kam, ereilte ihn der Tod.

Ich wäre nicht aufrichtig, würde ich nicht gestehen, daß noch Jahre nach unserer Begegnung trotz allen moralischen Unbehagens, das Frankensteins Geschichte in mir geweckt hatte, der Funken des Neids in mir glomm. Sollte ich eines Tages zu der Überzeugung gelangen, daß er die Wahrheit gesagt hat, dann werde ich nicht anstehen, diesem Mann zuzubilligen, daß er in die finstersten Tiefen des Unbekannten geblickt und das Geheimnis aller Geheimnisse gelüftet hat. Das Vorhaben, das mich in die Einöde der Arktis geführt hatte – so wie im Grunde jede Aufgabe, an der ich bislang meine Kräfte maß –, mußte vor einer solchen Leistung verblassen. Und selbst wenn mir irgendwann einmal ein solch waghalsiges Unternehmen in den Sinn käme – würde ich je den Mut finden zu tun, was er getan hatte?

Die Zeit hat meine heimliche Bewunderung für Frankenstein verblassen lassen und durch ein – wie ich hoffe – besonneneres Urteil ersetzt. Und dennoch bin ich bis auf den heutigen Tag von widerstreitenden Empfindungen zerrissen, wenn ich auf die vielen Jahre zurückblicke und mich frage, was denn eigentlich den wahren Wissenschaftler in mir ausmacht. War es der Neid auf Frankensteins Wagemut, den ich einst hegte, oder ist es die Scham, die ich heute darüber empfinde, einem solchen Gefühl jemals nachgegeben zu haben?

Ruhelose Nächte, verstörende Träume

In diesem Sommer kam die Revolution nach Genf.

Wir Schweizer – ohnehin das realistischste aller Völker – hatten gleich bei Beginn des Ärgers in Frankreich gewußt, daß nicht einmal unsere hohen Berge der politischen Flut, die ganz Europa zu überschwemmen drohte, lange würden standhalten können. Es konnte nur eine Frage der Zeit sein, bis der Zorn, der gegen das *Ancien régime* losgebrochen war, auch über unsere Grenzen schwappte, um Blutvergießen und Verwüstung zu bringen. Kaum war die Bastille gefallen, da begannen revolutionäre Schweizer Emigranten in Paris auch schon damit, voller Rachsucht ihre Rückkehr aus dem Exil zu planen. Von diesem Tag an würde gerade der Frankensteinsche Haushalt sich in großer Gefahr befinden, denn die verbogene Logik der Ereignisse hatte uns zu Feinden beider Lager in dieser gigantischen Auseinandersetzung gemacht. Trotz seines Reichtums und seiner Position galt der Baron seit langem als glühender Verfechter der liberalen Sache in Europa. Die Rolle, die er bei der Unterstützung der amerikanischen Rebellen und der Girondisten in Frankreich gespielt hatte, war allenthalben bekannt. So hochherzig seine Absichten auch sein mochten – und das Zeitalter der Aufklärung dürfte kaum einen aufrichtigeren Sohn hervorgebracht haben als ihn –, seine Parteinahme für die Sache der Menschlichkeit hatte ihm den Haß seiner unbedarften aristokratischen Stan-

459

deskollegen eingetragen. Unfähig, den Unterschied zwischen einem verfassungstreuen Republikaner und einem eingeschworenen Königsmörder zu erkennen, denunzierten ihn die verängstigten und rachedurstigen Schweizer Oligarchen als Verräter seiner Klasse. Wie ironisch mußte es da erscheinen, daß sich – je mehr die Revolution unter den Einfluß des extremen Flügels gelangte – eben jene Kräfte der Freiheit, die Vater gehegt und gepflegt hatte, gleichfalls gegen ihn wandten, als sei er nicht besser als jeder beliebige Aristokrat. Folglich wurde er zur Zielscheibe sowohl der revolutionärsten Fanatiker als auch der rückschrittlichsten Feudalisten. Beide Seiten hatten es auf seinen Kopf abgesehen.

Niemals habe ich Vater mehr bewundert als für die Unerschrockenheit, mit der er sich in dieser kritischen Stunde den Feinden in beiden Lagern entgegenstellte. Trotzdem war er vorsichtig genug, um Vorkehrungen zu treffen. Vom Sommer '92 an, als Frankreich im Chaos versank, hielten wir Kutschen und einen beladenen Maultierzug in Bereitschaft, um im Notfall von irgendeinem Ende unseres Besitzes aus aufbrechen zu können. Die ganze Familie hätte von einem Moment auf den anderen die Flucht antreten können – nach Norden und Osten in die deutschen Länder oder aber nach Süden ins Piemontesische. In aller Eile wurde aus den Hausbediensteten und Landarbeitern eine Wachmannschaft zusammengestellt und im Gebrauch von Spieß und Muskete ausgebildet. Sie wäre wohl kaum eine wirksame Verteidigung gegen den zügellosen Mob gewesen, der die Straßen unsicher machte, aber vielleicht hätte sie wenigstens den Kutschen zu rechtzeitiger Flucht verhelfen können.

Im Oktober geschah, was wir am meisten befürchtet hatten. Wir erhielten Nachricht, daß General Montesquious Truppen auf Genf marschierten. Als Geburtsort Rousseaus galt die Stadt als eines der geistigen Zentren der Revolution. Angefeuert durch das Herannahen der französischen Legionen erhoben sich Demagogen, die sich selber Patrioten nannten, Anhänger blutrünstiger Männer wie Robespierre und Saint-Just, jagten die Stadtregierung davon und bliesen zum Generalangriff auf Eigentum und Privilegien. Mehrere Wochen lang lebten wir in Angst vor dem Angriff radikaler Elemente, die an den Landstraßen und auf den Dorfplätzen rund um uns herum ihre Freudenfeuer abbrannten. Jede Nacht zogen Horden von Brandstiftern durch die Waadt, um die Häuser der Reichen zu plündern und ihre Bewohner an den nächsten Baum zu hängen, doch bevor diese Wilden ihre Aufmerksamkeit Collonge und Belrive zuwenden konnten, kam es zum Erdbeben: König Louis XVI. war geköpft worden. In Paris war eine Schreckensherrschaft ausgebrochen, die sich den Namen »Republik der Tugend« gegeben hatte. Mit den Jakobinern an der Macht sah sich das in ein Tollhaus verwandelte Frankreich schon bald an allen Fronten den Angriffen des zivilisierten Europas ausgesetzt. Ein großer Krieg war nicht mehr zu vermeiden. Montesquious Armee wurde nach Hause gerufen, die Invasion Genfs aufgegeben. Damit hatte die Revolution in der Schweiz ein plötzliches Ende gefunden.

Ich glaubte Vater aufs Wort, als er mir erklärte, daß es nie zuvor in der Geschichte der Menschheit ein Zeitalter solch großer Umwälzungen gegeben hatte. Die Grundfesten der Welt waren erschüttert; jedes noch so groteske Extrem erschien denkbar. Das Jahrhundert, das von Newton und Locke wie ein Sonnenaufgang der Vernunft eingeläutet worden war, sollte im düsteren Schatten des Schafotts zur Neige gehen.

In dieser turbulenten Zeit kehrte Victor aus Ingolstadt zurück.

Ich hatte mir vorgenommen, ihn mit demselben unerschrockenen Willen zur Unabhängigkeit zu begrüßen, den ich zwei Jahre zuvor bei seiner Abreise an den Tag gelegt hatte. Diese Absicht schmolz jedoch dahin, sobald er der Kutsche entstieg. Ich erkannte augenblicklich, daß ihm Schreckliches widerfahren sein mußte. Das war nicht mehr der Victor, dem ich einen so kühlen Abschied bereitet hatte. Vor mir stand ein gebrochener Mensch – mager, blaß und zittrig, so offensichtlich vom Unglück gezeichnet, daß es ihn bereits nicht mehr zu kümmern schien, ob das Schicksal noch weitere Schläge für ihn bereithielt. Ich war erstaunt darüber, wie schnell das Mitgefühl mir ins Herz floß, als ich sah, welches Leid ihm ins Gesicht geschrieben stand. Wo war das Mißtrauen geblieben, vor kurzem noch mein einziges Gefühl für ihn? Es war verschwunden. Ich konnte in Victor nicht mehr den herzlosen Frauenfeind sehen; auf einmal war er nur noch das mitleiderregende Wrack all des jugendlichen Überschwangs, den ich einst an ihm so geliebt und bewundert hatte. Das prometheische Feuer, das in Victors Seele gebrannt hatte, schien zu Asche zerfallen, gleich den revolutionären Idealen, die sich überall um mich herum in Mißgestalten verwandelten. Und tatsächlich – auch wenn ich es damals noch nicht ahnte – war die Welt bereits von einem neuen Schrecken heimgesucht worden, grauenvoller noch als das Los, dem die Henkerskarren in den Straßen von Paris unablässig neue Opfer zuführten. Der Mann, den ich hier vor mir sah, war sein prophetischer Zeuge: Er allein hatte diese finsterste Bestimmung des Laboratoriums zu Gesicht bekommen.

Victor reagierte gereizt auf alle Versuche, etwas über seine Verfassung zu erfahren. Er behauptete, unter den Nachwehen eines Nervenfiebers zu leiden, doch konnte kein Zweifel daran bestehen, daß seine Krankheit mehr ein Zustand der Seele als einer des Körpers war. Trauer und Scham mischten sich in seinem Ausdruck. Ständig schien er um Vergebung für ein viel größeres Vergehen zu bitten, als ich ihm hätte vorwerfen können. Ich wünschte mir, wir wären wieder Verliebte gewesen, dann hätte ich ihn nach der Wahrheit fragen können; doch dazu vertrauten wir einander zu wenig.

So mußte ich also die Unwissenheit ertragen, zu der er mich

verurteilte, mußte Tag für Tag hilflos mit ansehen, wie er über seinem geheimen Kummer brütete, für nichts und niemanden erreichbar. Wenn ich nachts vor seiner Schlafkammer stand, hörte ich ihn auf und ab gehen. Sein Schlaf war unruhig, gestört von bösen Träumen. Mehr als einmal weckte er das Haus mit einem Schrei erstickter Angst, als hätte ihn jemand in seinem Bett überfallen. Alle hatten den Schrei gehört, aber Victor wollte sich nicht dazu erklären. Als ich einmal in einer schwülen Nacht aufstand, um die Fensterflügel aufzustoßen, sah ich zu meiner Verwunderung, daß sich das Licht einer Laterne durch den Garten bewegte. Bei genauerem Hinsehen erkannte ich eine Gestalt in einem Umhang, die verstohlen über den Rasen huschte. War etwa ein Gespenst gekommen, um im Château seinen Spuk zu treiben? Nein, dort unten lief ein Mann herum, bewaffnet mit einem Säbel, mit dem er in die Hecken stocherte, als suchte er jemanden, der dort in der Finsternis auf ihn lauerte. Ich wußte, das konnte nur Victor sein. Mit gedämpfter Stimme rief ich nach ihm; er fuhr herum und blickte zu mir hinauf. Sein Gesicht war kreideweiß, eine verzerrte Maske der Angst. »Elizabeth!« rief er, und seine Stimme zitterte. »Wenn dein Leben dir lieb ist, dann schließ die Fenster! Verriegle die Türen! Du bist in allergrößter Gefahr.« Und damit trat er eilig zurück und verschwand in der Dunkelheit. Am nächsten Tag kam er nicht aus seinem Zimmer.

Schließlich, ich glaubte schon, sein Leiden nicht länger ertragen zu können, hielt Victor die Anspannung nicht mehr aus. Wie schon einmal, kam er mitten in der Nacht zu mir. Er klopfte an meine Tür, und als ich erwachte und fragte, wer da sei, bekam ich ein heiseres Flüstern zur Antwort: »Bitte, hilf mir!« Ich erkannte die Stimme und öffnete die Tür; Victor fiel beinahe ins Zimmer. Er sank zu meinen Füßen auf die Knie und begann zu stöhnen und herzzerreißend zu schluchzen. Er schämte sich so sehr, daß er mir nicht in die Augen sehen konnte; die Hände hielt er fest vor der Brust verschränkt, um erst gar nicht in Versuchung zu kommen, sie nach mir auszustrecken. Selbst als ich mich zu ihm hinunterbeugte, um ihm auf die Füße zu helfen, wich er zurück. »Ich wage es nicht, dich zu berühren. Wenn ich nur hier bei dir bleiben darf. Ich kann jetzt nicht allein sein!«

»Komm«, sagte ich, »setz dich hier an mein Bett.«

Ich erinnerte mich des letzten Males, als wir zusammen in diesem Raum waren, in diesem Bett. Es war die Nacht, als Victor im Schlaf gewandelt und gekommen war, um mir von dem Basilisken zu erzählen – dem ersten beunruhigenden Hinweis darauf, daß das Große Werk scheitern würde. Noch Kinder damals, hatten wir uns in die Arme geschlossen und fest umschlungen den Rest der Nacht verbracht. Trotz seines Widerstandes gelang es mir auch diesmal, ihn unbeholfen an meine Seite zu ziehen, um ihn nach besten Kräften zu trösten. In starrer Haltung, die Fäuste fest gegen die Schläfen gepreßt, erzählte er mir von unruhigen Träumen und schrecklichen Heimsuchungen der Seele, aber seine Enthüllungen blieben erstaunlich unklar und enthielten nicht eine einzige Andeutung auf die Quelle dieser bösen Vorahnungen. Und auch meine behutsamen Fragen konnten den Schild der Verschlossenheit, mit dem er sich schützte, nicht durchstoßen.

»Ich habe Angst zu zerbrechen«, gestand er mir. »Ich habe das Gefühl, als würden zwei Persönlichkeiten in mir wohnen, die um die Vorherrschaft kämpfen. Meine Gedanken sind oft nicht *meine* Gedanken, sondern die eines anderen, einer dunklen, wilden Kreatur, die nachts aus mir geboren wird. Wenn ich die dunklen Flure entlanggehe, dann glaube ich ihn zu sehen, den anderen, wie er hinter jeder Ecke auf mich lauert; ich bin es selber … und bin es doch nicht. Manchmal habe ich das Gefühl, als würde ich – Victor – mich in eine graue, farblose Sphäre auflösen, lebendig begraben, während der andere, der Dunkle, meinen Platz in dieser Welt einnimmt.

Heute morgen, als ich erwachte, meinte ich den anderen dabei zu beobachten, wie er sich in mich hineinstahl. Er ist mir in den Mund geströmt wie Rauch, und jetzt ist er in mir. Ich wage es nicht einzuschlafen, aus Angst, er könnte herauskommen und in der Welt umhergehen. Schwester, ich habe nichts Unrechtes getan! Was immer der andere tut... es ist nicht meine Schuld.«

Das waren verwirrende Worte. Sie machten mich nicht klüger. Ich konnte nichts weiter tun, als neben diesem unglücklichen Mann zu sitzen und mit ihm zu leiden. Doch er war immerhin in einer Demut zu mir gekommen, wie ich sie bei meinem Victor vergeblich gesucht hätte. »Ich fürchte um meine Gesundheit, liebe Schwester«, sagte er schließlich. »Um deinet und Vaters willen möchte ich diesem Haus, dem ich schon so viel Unglück gebracht habe, nicht auch noch die Last des Wahnsinns aufbürden. Willst du mir helfen?«

»Wie sollte ich dir helfen, Victor, wenn ich nicht einmal weiß, woran du so sehr leidest? Wie könnte ich dir Linderung verschaffen?«

»Ich brauche fachgerechtere Fürsorge, als du sie mir geben könntest oder irgendein Arzt – bis auf einen. Der Mann, der mir als einziger helfen kann, wohnt keine sieben Tagereisen von Genf entfernt. Ich möchte ihn aufsuchen.«

»Und wer ist dieser Mann?« fragte ich.

»Sein Name ist Doktor Mesmer.«

Diese Antwort überraschte mich. »Du würdest dich einem Mann anvertrauen, der als Scharlatan verrufen ist?«

»Er ist kein Scharlatan, ganz gewiß nicht! Du solltest seine Arbeiten lesen. Die Menschen haben Angst vor solch wagemutigen Männern und schmähen sie als Verrückte oder Defraudanten. Mesmer ist nichts von beidem. Er hat die erkrankte Seele zur Disziplin der Medizin gemacht; er behandelt sie wie jedes körperliche Organ und nicht wie einen Geisterspuk. Ich bin bereit, mich ihm in die Hände zu geben.

Aber in meinem gegenwärtigen Zustand fühle ich mich zu schwach, um allein zu reisen.« Ein wenig beschämt fügte er hinzu: »Außerdem fürchte ich mich davor. Jemand muß über meinen Schlaf wachen.«

Ohne zu zögern bot ich ihm meine Hilfe an. Vor Dankbarkeit weinend sank Victor mir an die Brust. Diese Berührung, die so nah und leidenschaftlich war, ließ auch meinen letzten Widerstand dahinschmelzen. Hätte er mir das Gesicht zugewandt – ich hätte es augenblicklich mit heißen Küssen bedeckt.

Nun galt es, die Vorbereitungen für die Reise zu treffen. Der wichtigste Schritt dazu wollte als erster getan sein: Ich mußte Vater dazu bewegen, seine Einwilligung zu unserem Plan zu geben. Wie Victor bereits vorausgesehen hatte, reagierte er mit unverhohlener Feindseligkeit. »Mesmer? Der Kerl ist ein Kurpfuscher«, wandte er sogleich ein. »Dr. Franklin hat nachgewiesen, daß dieser animale Magnetismus nichts anderes als Quacksalberei ist.«

Gegen einen solchen Bescheid hatte ich mich sorgfältig gewappnet. Genau die Arbeiten, auf die Vater sich jetzt berief, hatte Victor mir gegeben, und ich hatte sie aufmerksam studiert.

»Du hast recht, Vater; Dr. Franklin hat die Mesmersche Doktrin in Zweifel gezogen. Das hat er getan, weil ihr die materielle Grundlage fehlt. Ich verstehe deine Skepsis in dieser Hinsicht. Aber darf ich dich daran erinnern, daß selbst Dr. Franklin sich zu der Vermutung durchgerungen hat, der Mesmerismus könnte seine heilende Wirkung erreichen, indem er die Kräfte der Imagination wirksam macht. Vielleicht steckt ein ganz neues Prinzip der Medizin dahinter. Denn wenn eine Krankheit geistigen Ursprungs ist, und daran ist bei Victor nicht zu zweifeln, müßte dann nicht auch die Therapie eine geistige sein? Wo wir es mit einer Verwirrung des Geistes zu tun haben, könnte Doktor Mesmers Methode selbst dann gute Erfolge bringen, wenn über die Ursache Unklarheit besteht. Es wäre zumindest einen Versuch wert.«

Vater dachte über meinen Vorschlag nach und gab schließlich widerwillig seine Zustimmung. Er stellte uns die beste Kutsche und den besten Kutscher zur Verfügung und wünschte uns eine gute Reise, wenn auch mit den größten Bedenken. Unser Ziel war das kleine Dorf Frauenfeld bei Konstanz, wo Doktor Mesmer sich inzischen niedergelassen hatte. Da alles darauf hindeutete, daß der Frühling das Eis auf den Straßen nach Zürich getaut hatte, richteten wir uns auf eine Abreise noch in derselben Woche ein.

Anmerkung des Herausgebers

Die Theorie des tierischen Magnetismus des
Dr. Franz Anton Mesmer im Blick der Wissenschaft

Im folgenden Abschnitt finden wir einen der seltenen Berichte aus erster Hand über Doktor Mesmers Arbeit, vorgelegt von einer aufmerksamen und sprachgewandten Patientin. Die Erinnerungen der Elizabeth Frankenstein dürften demnach ein durchaus beachtenswertes Licht auf eines der kompliziertesten Probleme in der Medizin unserer Tage werfen.

Seit den späten siebziger Jahren des letzten Jahrhunderts, als er zum erstenmal über seine Entdeckung eines tierischen Magnetismus berichtete, hat Doktor Mesmer den Wirkungsbereich seiner Theorie stetig erweitert, so daß sich aus einer Methode medizinischer Diagnostik ein großes kosmisches System entwickelt hat. Der Doktor hat uns gelehrt, daß gewaltige magnetische Fluten durch das Universum rollen wie die Wellen durch das Meer. Wie alle Materie, so behauptet er, durchdringt dieses Fluidum auch den menschlichen Organis-

mus und ist das eigentliche Elixier seiner Existenz. Wird sein
freier Fluß unterbrochen, so erkrankt der Körper. Mit dem
geübten Gebrauch des Magnetismus jedoch kann der Stau
aufgelöst und der Patient wieder gesund werden, so wie eine
Ladung aus der Leidener Flasche den kränkelnden Baum wieder aufblühen und die kümmernde Saat aus der Erde hervorschießen läßt.

Die Hypothesen, die bereits in dem seltsam eklektischen,
nicht selten spekulativen wissenschaftlichen Klima des ausge-
henden achtzehnten Jahrhunderts große Mode geworden
waren, haben seither noch an Einfluß gewonnen. Doch den
Gipfel seines Ruhms erreichte Doktor Mesmer nicht als Na-
turwissenschaftler, sondern als Arzt. Immer wieder verblüffte
er durch seine Fähigkeit, solche Patienten zu heilen, die bereits als unheilbar Kranke aufgegeben waren. In einem besonders spektakulären Fall, der seinen Namen in ganz Europa
bekanntgemacht hatte, war es ihm sogar gelungen, einem
Blinden das Augenlicht zurückzugeben. Später stellte man jedoch fest, daß es sich lediglich um eine hysterische Blindheit
und nicht um eine physische Läsion gehandelt hatte. In Miß-
kredit gebracht und dem Spott anheimgegeben, mußte der
Doktor Wien verlassen.

Von allen Seiten meldeten sich die Skeptiker; vor allem die
Mitglieder des Ärztestandes waren schnell bei der Hand, Mesmer als Scharlatan zu denunzieren. Seinem Ruf kam das nur
zugute, was seine Feinde um so mehr erzürnte. Auf dem
Höhepunkt der Mesmer-Begeisterung wurde in Frankreich
eine königliche Kommission gebildet, deren Aufgabe es war,
die Wahrheit über Mesmers Behauptungen herauszufinden;
ihr Vorsitzender war Dr. Benjamin Franklin, seinerzeit Bot-
schafter der jungen amerikanischen Republik. Die Kommission führte einen vernichtenden Schlag gegen Mesmer und
seine Lehre. Sie kam zu dem Schluß, daß Mesmer seine Hei-
lungen nicht durch ein tatsächliches physikalisches Phäno-

men erzielte, sondern durch die Kraft der Suggestion. Über Nacht geriet Mesmer in Paris in Verruf, so wie bereits zwanzig Jahre zuvor in Wien. Kurz nach der Hinrichtung Louis XVI., der sein größter Gönner gewesen war, faßte er den weisen Entschluß, in seine schweizerische Heimat zurückzukehren, wo Dutzende von Patienten in seine Klinik strömten, um sich behandeln zu lassen und Zeugen der Wunder des tierischen Magnetismus zu werden. Er praktizierte seine Heilkunde, bis er 1815 im Alter von einundachtzig Jahren starb.

Die Geschichte ging nicht freundlich mit Doktor Mesmer um; tatsächlich bestätigte sie die Demütigungen, die er zu Lebzeiten erlitten hatte. Wie so viele geheimnisvolle Tinkturen und übernatürliche Fluida, die zu seiner Zeit propagiert wurden, landete der tierische Magnetismus schließlich auf dem Kehrichthaufen. Auch in der praktischen Medizin schlägt die atomistische Hypothese inzwischen alle anderen Lehren aus dem Felde. Und dennoch klammern sich immer noch viele Menschen an die Möglichkeit, daß der Mesmerismus bei der Behandlung von Nervenschwäche und den unterschiedlichen Formen emotionaler Debilität eine Hilfe sein kann. Besonders für diejenigen, die in dieser Richtung weiterforschen wollen, wird das Zeugnis der Elizabeth Frankenstein von großem Interesse sein. Zum einen verbürgt sie sich rückhaltlos für die Tatsache, daß der hypnotische Zustand eine Realität ist. Sie berichtet detailliert darüber, wie er herbeigeführt wurde und wie er ihr Verhalten beeinflußt hat. Sie macht außerdem deutlich, daß sie, nachdem man sie mesmerisiert hatte, in der Lage war, Mesmers Instruktionen zu folgen, obgleich alle körperlichen Empfindungen ausgeschaltet waren.

Wir können nur Vermutungen darüber anstellen, welche unentdeckten mentalen Fähigkeiten noch in uns Menschen stecken. Auf welchen Genius und welche Schrecken werden wir in diesen dunklen Bereichen unserer Natur treffen, die

469

Mesmer als erster untersucht hat? Uns bleibt immerhin die Hoffnung, daß die Seele, dieser innerste Bereich unserer Wirklichkeit, im Verlaufe dieses rationalsten aller Jahrhunderte dem Zugriff der Geisterbeschwörer und Hexendoktoren entzogen wird, die bisher dafür zuständig waren. Es wird Zeit, daß auch sie in die Hände kompetenter medizinischer Praktiker gelangt.

Unser Besuch bei Doktor Mesmer

Wohl selten sind zwei Reisende so vorsichtg miteinander umgegangen wie Victor und ich auf der Landstraße nach Frauenfeld. Wäre jemand Zeuge unserer Unterhaltung in der Kutsche geworden, er hätte uns unweigerlich für Fremde gehalten, die sich gerade erst kennengelernt hatten. Wenn wir überhaupt miteinander redeten, vermieden wir geflissentlich alle persönlichen Themen. Statt dessen gaben wir uns mit der Erörterung verschiedener wissenschaftlicher Lehrmeinungen zufrieden. Wir debattierten über die Natur der Grundlagen des Lebens und über die Frage, wie wahrscheinlich es ist, daß man sie jemals wird entdecken und beschreiben können. Vor allem aber setzten wir uns mit Doktor Mesmers seltsamem neuen Universum des tierischen Magnetismus auseinander, über den ich nur sehr wenig wußte. Zu meinem Erstaunen war Victor auf diesem Gebiet nicht weniger zu Hause als in der Wissenschaft von der Elektrizität. Das hatte seinen Grund darin, daß er Doktor Mesmers Lehre für ein Teilgebiet eben dieser Forschungsrichtung hielt.

»Und wenn nun alle Formen der Elektrizität und des Magnetismus grundsätzlich dasselbe wären?« fragte er und begann, sich für das Thema mit eben jener intellektuellen Leidenschaft zu erwärmen, die ich so sehr an ihm liebte. »Besitzen sie denn nicht beide die Kraft der Anziehung und der Abstoßung, und können sich nicht beide, wie Mesmer gezeigt hat, durch vermittelnde Körper fortpflanzen? Monsieur Coulombs These gibt Anlaß zu der Vermutung, daß das Gesetz des quadratischen Abstands für beide Kräfte gelten könnte. Priestley und Cavendish sind der Ansicht, daß diese Möglichkeit eine Untersuchung wert wäre. Du mußt bedenken: Mesmer hat lediglich die Hypothese aufgestellt, daß die magnetischen Kräfte sowohl auf den Zustand der Nerven als auch auf träge Materie einwirken. Warum sollte man sie dann nicht benutzen können, um den Geist zu heilen?«

Er nahm den Schreibstift und sein Notizbuch zur Hand und machte sich daran, Coulombs Gesetz in all seiner mathematischen Kompliziertheit darzulegen, eine Aufgabe, die ihn stundenlang beschäftigte. Auch wenn diese Berechnungen mich nicht sonderlich interessierten, war ich froh darüber, daß Victor seine Aufmerksamkeit einem neutralen Thema zuwandte und nicht an unsere gespannten Beziehungen rührte. Ich hörte mir alles, was er über die Theorie des tierischen Magnetismus sagte, aufmerksam an, meine Meinung behielt ich jedoch für mich. Ich hatte phantastische Dinge über Doktor Mesmer gehört, den manche als den »König der Dämpfe« verspotteten. Andere wollten in ihm einen perversen Geist erkannt haben, hatte er doch – so erzählte man sich – seine Kammern mit nackten Patienten gefüllt und womöglich zum Schauplatz unschicklicher Handlungen gemacht. Vor allem Frauen wurden angehalten, auf ihre Tugend achtzugeben, wenn sie sich in die Mesmersche Klinik begaben.

Ich bemühte mich, mir meine starken Vorbehalte nicht anmerken zu lassen, um Victor die Hoffnung nicht zu nehmen; noch auf der Reise war seine Not stetig größer geworden. Manchmal, wenn er in der Kutsche ein wenig einzuschlummern drohte oder wenn wir einkehrten, mußte ich ihm versprechen, über seinen Schlaf zu wachen. Wir gaben uns als Ehepaar aus, damit man uns im selben Zimmer unterbrachte. Das alles stellte hohe Anforderungen an meine eigenen

Kräfte. Ich mußte so lange auf Victor aufpassen, bis mir vor Müdigkeit die Augen zufielen. »Solange du neben mir wachst, wagt er sich nicht heraus«, sagte Victor über »den anderen«, von dem er sicher war, daß er in ihm auf der Lauer lag. Im Schlaf, während er sich auf seinem Lager hin und her warf, sprach er zu diesem geheimnisvollen anderen; er redete ihn als »Scheusal«, »Elenden«, und »Teufel« an. Auf einer Station unserer Reise, in einem Gasthof vor den Toren von Luzern, erwachte Victor während der Nacht so außer sich vor Angst, daß er aus dem Zimmer hinaus auf den Flur stürmte und mit seinem Geschrei das ganze Haus aufweckte. Als unsere Kutsche die Villa des Doktor Mesmer endlich erreicht hatte, hoffte ich ebenso inständig wie Victor, der Mann, der hier wohnte, möge Wunder vollbringen können.

»Willkommen! Willkommen, Dr. Frankenstein! Es ist uns eine Ehre, Sie bei uns begrüßen zu dürfen.« So wurden wir an der Haustür von Dr. Aabye empfangen, der sich uns als Doktor Mesmers Assistent vorstellte. Er war der größte Mann, dem ich je begegnet war. Victor überragte er um Haupteslänge, und mir gab er das Gefühl, eine Zwergin zu sein. Sein gewaltiger, energischer Unterkiefer von der Größe einer ausgewachsenen Melone machte mehr als die Hälfte seines überdimensional großen Kopfes aus. Der Akzent wies ihn als Dänen aus; die Stimme hatte einen seltsam öligen Klang, als schmierte er jedes seiner Worte, damit es dann um so glatter ins Bewußtsein schlüpfen konnte. Noch in der Eingangshalle stellte er sich uns als einer von Doktor Mesmers »Engeln« vor und lächelte dabei. »Diesen Namen haben die Patienten den medizinischen Assistenten gegeben, weil sie unsere Heilkräfte für übernatürlich halten. Was sie natürlich nicht sind. Sie sind nichts weiter als der Extrakt wissenschaftlichen Denkens, wie Sie, Dr. Frankenstein, sehr bald erkannt haben werden.«

Victor hatte brieflich um eine Audienz bei Doktor Mesmer nachgesucht. Dr. Aabye war damit beauftragt worden, uns bei der Ankuft in Empfang zu nehmen und auf die vorbereiteten Zimmer zu bringen. Victor sollte sich vor der ersten Séance mit Doktor Mesmer ein wenig ausruhen. Am Abend waren wir zu einem Essen mit dem Doktor und seinen Mitarbeitern in Mesmers privaten Räumlichkeiten eingeladen.

»Eines Tages werden wir die große Lektion der Heilwissenschaften gelernt haben«, verkündete Doktor Mesmer. »Daß nämlich alle Krankheiten mit dem Geist zu heilen sind. ›*Mens sana in corpore sano*‹ hat der weise Juvenal gesagt. Wir drehen dieses Sprichwort einfach um. Wir suchen hier den *corpus sanum in mente sana*. Der gesunde Körper steckt im gesunden Geist. Verstehen Sie, was ich meine, Dr. Frankenstein? Wir wollen hier den Geist vollständig unter wissenschaftliche Kontrolle bringen. Doch unsere Bemühungen gehen natürlich weit über die menschliche Gesundheit hinaus. Der tierische Magnetismus ist Ausdruck einer universellen Kraft, die den großen Kosmos am Leben hält.«

Doktor Mesmer war ein beleibter Mann mit Hängebacken und einer kleinen, platten Nase. Er stand bereits im sechzigsten Lebensjahr, aber noch immer war er wach und lebhaft. Zu beiden Seiten saßen seine »Engel«, aufgeweckte junge Männer, die ihn wie einen wahren Meister behandelten, ihm bei jedem Wort an den Lippen hingen. Dr. Aabye war der ranghöchste Assistent; die Nationalitäten der anderen reichten von Spanien bis Griechenland über den ganzen Kontinent, und alle schienen sie einander an Brillanz bei der Konversation übertreffen zu wollen. Das Abendessen hatte mit einer hitzigen Diskussion der Lehrmeinungen über Elektrizität und Magnetismus begonnen, eine willkommene Ablenkung für Victor. Doch bevor der Abend zu Ende war, kam er auf den eigentlichen Grund unseres Besuchs zu sprechen.

»Es würde mir das größte Vergnügen bereiten, Ihre Arbeiten auf der rein theoretischen Ebene würdigen zu können, Doktor«, sagte Victor. »Aber wie Sie meinem Brief entnehmen konnten, bin ich als Ihr Patient hergekommen, und niemals hat ein Patient den Arzt dringender gebraucht als ich.«

»Dann können Sie Ihre eigenen Erfahrungen zur Grundlage Ihrer Studien machen, mein Herr«, antwortete Doktor Mesmer. »Könnte es ein besseres Material geben?«

Nachts in meinem Zimmer warf ich einen Blick auf das Bücherregal und fand dort eine der frühen Arbeiten Doktor Mesmers. Ich blätterte in dem Buch und stieß dabei auf längere autobiographische Passagen, in denen er von dem Hochgefühl berichtete, das die Beschäftigung mit der Naturwissenschaft in ihm ausgelöst hatte. Im Angesicht der Natur, so schrieb er, »überwältigte eine fiebrige Leidenschaft meine Sinne«, und dann ließ er sich wie ein Poet über die Schönheiten und Wunder des Universums aus. Jetzt wurde mir klar, daß dieser kleine alte Mann, den so viele als Betrüger verurteilt hatten, sein Leben lang von einer großen Vision beherrscht worden war. Tierischen Magnetismus hatte er sie genannt, eine von vielen transzendenten Lehren, die sich die Menschen seit den Zeiten Newtons erdacht hatten. Wir leben in einem Zeitalter der Theorien: ätherische Medien, elastische Korpuskel, subtile Essenzen und Fluida, die sich durch das grenzenlose Nichts des Universums wälzen, und alles nur, um die eine große Ursache zu entdecken, deren Kenntnis die Menschen Gott gleich machen würde. Doktor Mesmer hatte diesem Geheimnis aller Geheimnisse sein Leben geweiht, bis er es schließlich gefunden hatte – davon war er jedenfalls überzeugt. Ich jedoch dachte, wie rücksichtslos eine solche Suche Männer machen kann, wie sehr die Sucht nach Erkenntnis sie verändert, vor allem dann, wenn sie sich der Wahrheit nahe glauben. Dann lassen sie sich durch nichts und niemanden mehr aufhalten. Sie würden die Himmelstore einreißen, um an das Geheimnis zu kommen.

Und sie würden ihre Geliebte verraten.

Ich las weiter. Ich erfuhr von der schmerzhaften Entfremdung des Doktors von seinen wissenschaftlichen Kollegen. Nicht wenige hatten sich auf häßliche Weise über die Forschungen lustig gemacht, die ihm so sehr am Herzen lagen, denn wenn es etwas gab, das die wissenschaftliche Arbeit mit dem Verstand nicht erforderlich machte, so war es der freundliche Umgang miteinander. Und dann stieß ich auf Passagen, in denen er bekannte, daß er nur in der Abgeschiedenheit der freien Natur Trost fand. »Oh, Natur, so sagte ich mir in schlimmster Not, was verlangst du von mir? Und dann stellte ich mir vor, wie ich sie zärtlich umarmte und sie ungeduldig bat, sich meinen Wünschen zu fügen. Zum Glück wurden nur die Bäume Zeugen meines Flehens, denn zweifellos habe ich mich dabei wie ein Wahnsinniger aufgeführt.«

Sie, sie, sie. Auch er war ein Mann, für den die alles ernährende Natur eine Frau, eine Liebhaberin, eine Mutter war – wenn auch eine, die er seinem Ehrgeiz zu unterwerfen trachtete. Ja, sie umwerben SIE, aber nur, um SIE zu erobern.

Am nächsten Tag machten Victor und ich uns bereit für die erste *Séance* bei Mesmer, die am frühen Nachmittag stattfinden sollte. Erneut nahm Dr. Aabye uns in Empfang, doch diesmal begrüßte er uns in der Eingangshalle in einem langen, seidenen Umhang, unter dem er – nach dem zu urteilen, was man bei jedem Schritt erkennen konnte – überhaupt nichts zu tragen schien. Während eines kurzen Rundgangs über das Gelände gab er uns ein paar Erläuterungen zu den Methoden des Doktors.

»Doktor Mesmer faßt bis zu zwanzig Patienten in einer Gruppe zusammen; je mehr Teilnehmer, desto wirksamer ist die Magnetisierung. Die Patienten werden in nahe gelegenen Gasthöfen untergebracht, während sie hier in Behandlung sind. Von dort aus kommen sie dann vierzehn Tage lang täglich zu uns in die Klinik, außer an Freitagen. An den Freitagen werden die Armen aus Konstanz kostenlos behandelt, aus Nächstenliebe. In den Gruppen herrscht ein ausgewogenes

Verhältnis zwischen Neulingen und erfahreneren Patienten; außerdem bemühen wir uns um eine harmonische Mischung aus empfänglicheren Patienten und solchen, die sich als resistent erwiesen haben. Ziel einer Séance ist es, einen krampfartigen Zustand herzustellen. Darüber dürfen Sie nicht erschrecken. Es ist ein Zeichen von Gesundheit. Diejenigen, die diesen krampfartigen Zustand erreicht haben, werden in den Krisenraum gebracht, wo Doktor Mesmer sich ihnen persönlich widmet.«

Als wir aus dem Garten in die Villa zurückgekehrt waren, führte Dr. Aabye uns zu einer Flügeltür und bat uns in einen Raum, aus dem das Tageslicht durch Fensterläden und schwere Vorhänge ausgesperrt war. Das Licht der Kerzen, die in den Leuchtern an den Wänden brannten, reichte kaum aus, um einen Fuß sicher vor den anderen zu setzen. Nachdem die Tür sich hinter uns geschlossen hatte, benötigten die Augen eine Weile, um sich an die Dunkelheit zu gewöhnen. Noch bevor ich mehr als ein paar Umrisse erkennen konnte, verspürte ich eine heftige Abneigung gegen den Raum. Es war stickig, und das war nicht nur eine körperliche Empfindung, auch wenn die Luft sich mir ungesund und klamm auf die Haut legte. Zudem roch es stark nach Rosenöl: Teppiche und Vorhänge waren gesättigt von diesem schweren Duft, der mehr zu Übelkeit reizte als angenehm war, wie ein Aroma, mit dem man einen schlechten Geruch zu überdecken sucht, in diesem Fall die ekelhafte Mischung aus verbranntem Kerzenwachs, Schimmel und schwitzenden Körpern. Der Raum hätte gründlich gelüftet werden müssen. Es drängte mich zum Fenster zu laufen und das Tageslicht hereinzulassen – oder mich zu entschuldigen und wieder hinauszugehen, zurück an die frische Luft.

Aber noch bevor meine Augen sich an die Düsternis gewöhnt hatten, ergriff jemand meinen Arm. Ein junger Mann war an meiner Seite aufgetaucht; er lächelte mir freundlich zu, während er mich weiter nach vorn führte. Als ich besser sehen konnte, ließ ich den Blick an seinem nackten Arm hinaufwandern bis zur Schulter und der Brust, die ebenfalls nackt waren – bis mir klar wurde, daß der ganze Mann unbekleidet war. Ich wollte Victor darauf aufmerksam machen, doch als ich mich zu ihm umdrehte, stellte ich fest, daß er auf ähnliche Weise von einer hübschen jungen Frau eskortiert wurde, die ebenso nackt war wie mein Begleiter. Ich blickte mich in dem abgedunkelten Raum um und entdeckte weitere unbekleidete Personen weiblichen und männlichen Geschlechts. Sie hatten sich um einen riesengroßen, dampfenden Wasserbottich versammelt, der die Mitte des Raums dominierte. Einige saßen bereits darin, andere kletterten gerade unbeholfen über den Rand und spritzten dabei reichlich Wasser auf den Fußboden. Am Rand des Bottichs blieb der junge Mann stehen und machte Anstalten, mir das Kleid auszuziehen.

»Nein, nein! Ich möchte nicht teilnehmen«, rief ich und wich vor seiner Hand zurück. »Ich bin nur als Zuschauerin gekommen.«

Mein junger Begleiter, jetzt konnte ich erkennen, daß er außerordentlich angenehm anzusehen war, blickte etwas verwirrt zu Dr. Aabye hinüber. Dem Doktor war mein Protest nicht entgangen. Er kam sofort herbeigeeilt. »Oh, das ist nicht möglich, meine Liebe«, sagte er mit seinem öligen Lächeln. »Jeder Körper in diesem Raum strömt magnetische Kräfte aus. Alle müssen teilnehmen, damit der Fluß der Energie nicht gestört wird.«

»Aber warum muß ich dazu unbekleidet sein?« wollte ich von ihm wissen.

Der junge Mann antwortete an seiner Stelle. »Sie werden sich doch nicht bekleidet ins Bad setzen wollen.«

»Ich soll mich in das Bad setzen?« fragte ich nicht wenig erstaunt. Ich sah, daß alle Anwesenden einer nach dem anderen einen Platz in dem Bottich suchten, dessen Wasser den Frauen bis kurz unterhalb der Brüste reichte. Die Gehilfen gaben ein langes Seil aus, das die Teilnehmer sich lose um den Oberkörper schlangen. Inzwischen war Victor von seiner Begleiterin vollständig entkleidet worden und gestattete ihr willfährig, ihm mit langen, langsamen Bewegungen die Brust zu streicheln.

Ich wandte mich wieder an Dr. Aabye. »Soll das heißen, daß ich mich den anderen anschließen muß, wenn ich hierbleiben will? Aber ich bin doch gar nicht krank.«

»Wenn es um die Seele geht, weiß man über seinen Zustand nicht immer so genau Bescheid«, erwiderte er mir höflich. »Manchmal liegen dort Dinge begraben…« Als er merkte, daß ich etwas einwenden wollte, setzte er eilig hinzu: »Das Wasserbecken tut in jedem Fall gut; auch wenn Sie nicht krank sind, wirkt es erfrischend und belebend. Sie werden sich danach magnetisch ausgeglichener fühlen, das versichere ich Ihnen.«

Victors Blick flehte mich an zu bleiben, also fügte ich mich widerwillig, bestand aber darauf, mich selber ausziehen zu dürfen. Mir war aufgefallen, daß zumindest ein paar der Frauen außerhalb des Bottichs eine Art Kittel trugen, und bat ebenfalls um einen solchen Überwurf, um mich damit bedecken zu können. Der junge Mann brachte mir einen, und ich schlüpfte eilig hinein, sobald das letzte Kleidungsstück gefallen war. Ich gestattete es meinem Begleiter, meine Sachen auf die Seite zu legen.

Inzwischen konnte ich immer mehr Einzelheiten in dem Raum unterscheiden. Es war ein geräumiger Saal, dessen Decke in kunstvollem Stuck gearbeitet war; zweifellos hatten hier einmal große Bälle stattgefunden. Dort, wo an den Wänden keine großen Spiegel aufragten, waren sie mit den Tierkreiszeichen und mit freimaurerischen Symbolen bemalt. Die älteren Gehilfen, so sie überhaupt bekleidet waren, trugen ihre seidenen Mäntel wie die Priester einer uralten Geheimsekte, und jeder von ihnen hielt einen gläsernen und einen eisernen Stab in der Hand. Es herrschte eine theatralische Atmosphäre in diesem Raum, als sollte hier in Kürze ein Spektakel über die Bühne gehen. Aber wer waren die Zuschauer? Etwa die ausgestopften Tiere, deren Köpfe über uns schwebten, als würden sie uns mit ihren gläsernen Augen beobachten?

Als Dr. Aabye zu mir trat, um auf einem kleinen Hocker neben mir Platz zu nehmen, bauschte sich sein Mantel und gewährte einen Blick auf seine muskulösen Gliedmaßen.

»Wenn Sie gestatten«, sagte er, öffnete meinen Kittel und preßte beide Hände fest auf meine Brüste.

Ich erschrak heftig. »Wozu tun Sie das?«

»Wie Sie bei Dr. Frankenstein sehen konnten, ist es nötig, das magnetische Fluidum innerhalb des Organismus zu stimulieren. Diesen Bereich nennt man den ›Brustpol‹. Er hat das Herz zum Mittelpunkt und ist das stärkste magnetische Zentrum im Körper. Ich stimuliere diesen Bereich, damit er ein Maximum an Energie in den Bottich ausstrahlt.« Er spürte mein Widerstreben und fuhr fort: »Meine Liebe, lassen Sie mich Ihnen unsere Methode erläutern. Doktor Mesmer hat herausgefunden, daß es einen natürlichen Zusammenhang zwischen dem sexuellen Impuls und der magnetischen Anziehung gibt – er ist möglicherweise ihre wichtigste organische Manifestation. Aus diesem Grund versuchen wir, um es frei heraus zu sagen, einen möglichst hohen Grad der Erregung im Wasserbottich zu erzielen. Wir widmen uns unseren Patienten paarweise, immer Mann und Frau zusammen, und ermutigen sie, sich ihren Gefühlen frei hinzugeben. Das alles geschieht im Dienste der Wissenschaft und einer seriösen Heilkunde, ich versichere es Ihnen.«

Mit einem Lächeln setzte er die Behandlung fort. Ein paar Minuten lang massierte er mir die Brüste. Eine seiner riesigen Hände reichte aus, um meinen ganzen Busen zu bedecken,

480

aber seine Berührungen waren zumindest sanft, ja sogar mehr als das – sie taten mir wohl. Nach einer Weile spürte ich eine ungewöhnliche Wärme in mir aufsteigen, eine Empfindung, die mir alles andere als angenehm war. »Sie spüren die Wirkung bereits«, stellte er fest. »Ich bin davon überzeugt, Sie werden gut auf die Behandlung ansprechen.«

Mochte er auch zuversichtlich sein, ich hatte eher gegenteilige Gefühle. Ich witterte Verkommenheit in diesem Raum, sittlichen Verfall, der doch unmöglich eine heilende Wirkung haben konnte. Ich sah mir die anderen an, mit denen ich diese sonderbare Behandlung teilen sollte. Die männlichen Patienten (mit Ausnahme Victors) waren allesamt vom Alter gezeichnet: pockennarbig oder runzelig, mit übermäßig dicken oder mit gebeugten Körpern. Den einen oder anderen hörte man husten und schnaufen. Ein zittriger alter Mann, der nicht bei vollem Bewußtsein zu sein schien, litt unter deutlich vernehmlichen Blähungen. Im Gegensatz dazu waren die Frauen, die verstohlene, zuweilen offen begehrliche Blicke von seiten der Männer auf sich zogen, allesamt jünger und von recht ansehnlicher Gestalt. Sie machten ganz und gar keinen kranken Eindruck, auch wenn zwei von ihnen so abwesend waren, daß man sie für umnachtet halten konnte. Sie saßen einander gegenüber, streichelten sich gegenseitig Schultern und Brüste und summten leise vor sich hin. Ich mußte annehmen, daß sie geistesgestört waren. Eine andere Frau kauerte auf dem Rand des Bottichs und ließ sich von einem männlichen Assistenten auf eine Art und Weise massieren, die mir alles andere als therapeutisch vorkam; und tatsächlich hörte ich sie lüstern dazu kichern. Langsam begann ich zu fürchten, daß all die schlimmen Dinge, die ich über den Mesmerismus gehört hatte, durchaus der Wahrheit entsprachen.

Und dann setzte die Musik ein.

Plötzlich hallte das Haus von den unheimlichsten Klängen wider, die mir jemals zu Ohren gekommen waren, sphärischen, vibrierenden Tönen, die wie Speere aus Klang bis in die tiefsten Schichten der Seele und des Körpers drangen. Manchmal klang es gar wie eine menschliche Sopranstimme an der Grenze zur Sprache, doch dann schwang es sich wieder zu Höhen auf, wie sie nicht einmal ein Vogel erreichen konnte. War das eine himmlische Melodie? fragte ich mich. Klang so die Musik der Sphären?

»Das ist die Glasharmonika«, antwortete mir Dr. Aabye, als hätte er meine Gedanken gelesen. »Doktor Mesmer hat ihren Gebrauch für medizinische Zwecke vervollkommnet. Ist das nicht ein herrlicher Klang? Der junge Amadeus Mozart hat diese Komposition für Doktor Mesmer geschrieben. Jeden Nachmittag spielen wir sie in unserem Allerheiligsten. Manchmal setzt sich der Doktor höchstpersönlich ans Instrument. Sie müssen die Musik in die Seele aufnehmen wie Nektar. Lassen Sie sich forttragen, weit, weit fort.«

Die geisterhaften Klänge der Orgel hatten auf mich dieselbe außergewöhnliche Wirkung wie auf alle anderen im Raum. Mein Geist schien in dunkle, weite Gefilde davonzusegeln, als schwebte ich durch die Unendlichkeit des Weltraums. Plötzlich fühlte ich mich völlig entspannt und aller irdischen Sorgen ledig, und als man mich aufforderte, meinen Platz im Wasserbottich einzunehmen, zögerte ich keine Sekunde. Ich wollte nur in Frieden gelassen werden, um die Musik zu genießen, die mich wie eine Hand zu berühren, meinen Körper von innen zu streicheln schien. Man gab mir das Ende des Seils in die Hand und zeigte mir, wie ich es mir um die Brust schlingen mußte. Sogleich strömte ein angenehmes Kribbeln durch meinen Körper wie ein süßes, flüssiges Feuer. Einer der Gehilfen kam zu mir und tauchte seine beiden Stäbe dicht neben meinen Brüsten ins Wasser, einen auf jeder Seite. Ich spürte einen prickelnden Strom zwischen den Schultern und auf den Spitzen meiner Brüste. Die anderen um mich herum begannen zu stöhnen und sich zu winden – nicht vor Schmerz, sondern vor Lust. Auch ich hatte zu stöhnen angefangen. Eine unerträgliche Hitze war in meinem Körper aufgestiegen; ich brach in Schweiß aus und begann zu zittern.

Der Gehilfe veränderte die Position der Stäbe. Den gläsernen drückte er mir fest in den Rücken, den eisernen zwischen die Schenkel. Das Kribbeln nahm zu, während es sich an das untere Ende der Wirbelsäule verlagerte und sich von dort über den Bauch ausbreitete. Ich keuchte wie nach einem Dauerlauf, die Empfindungen, die von allen Seiten auf mich einströmten, raubten mir die Luft zum Atmen. Links von mir stieß eine Frau grunzende Laute aus, die nach und nach zu martialischen Schreien anschwollen. Sie begann auf das Wasser einzuschlagen. Der Mann hinter mir steigerte sich in einen ähnlichen Anfall hinein. Schließlich, derweil das Kribbeln immer tiefer in meinen Körper drang, brach auch ich in ein heftiges Zittern aus. Bilder überfluteten meinen Geist, Erinnerungen an Victor und mich in leidenschaftlicher Umarmung. Ich spürte, wie mein Liebhaber in mich eindrang. Das Gefühl trieb mir die Schamröte ins Gesicht, denn ich wußte nur zu gut, was mit mir geschah – etwas, das ich keinesfalls vor aller Augen erleben wollte. Ich erhob mich, um aus dem Bottich zu flüchten, aber jegliches Gefühl für Gleichgewicht war mir abhanden gekommen. Ich torkelte vorwärts … direkt in die Arme des jungen Mannes, der mir beim Ausziehen behilflich gewesen war. Mit lautem Klatschen prallten wir aufeinander. Er schloß mich fest in seine Arme, ich klammerte mich an ihn und brach in ein krampfartiges Schluchzen aus. Und dann lagen meine Lippen auf seinem Mund …

Ich war in einem anderen Raum. Hier war es noch dunkler als in dem Saal mit dem Wasserbottich. Ich saß auf einem Stuhl. Jemand hielt mich fest, damit ich nicht zu Boden fiel, ich hob den Blick und erkannte Dr. Aabye. Den Kittel hatte man mir lose um die Schultern gelegt. Darunter war ich noch naß vom Bad. Die Musik hatte aufgehört, auch wenn ich meinte, durch die Zimmerdecke ihr entferntes Echo hören zu können. Ich atmete in kurzen, unregelmäßigen Stößen, als hätte ich lange und heftig geweint. Jemand kam mit einer Kerze in der Hand auf mich zu. Es war Doktor Mesmer. Er stellte die Kerze auf einem Tisch ab und nahm mir gegenüber Platz.

»So, mein Kind ... nun beruhigen Sie sich«, hörte ich ihn sagen; seine Stimme klang wie Samt und schien von weit her zu kommen. »Atmen Sie tief durch. Sie sind müde. Wehren Sie sich nicht dagegen. Ich möchte Ihnen helfen, sich zu entspannen.«

Er rückte seinen Stuhl näher heran. Meine Knie waren jetzt fest zwischen seinen Beinen eingeklemmt. Er hob eine Hand, an der er einen weißen Handschuh trug, der aus dem Dunkel leuchtete. Ich sah, wie der leuchtende Handschuh langsam höher stieg und sich vor meinem Gesicht hin und her zu bewegen begann. »Wenn Sie schlafen wollen, mein Kind, dann tun Sie es. Möchten Sie gerne schlafen?«

»Ja«, antwortete eine ferne Stimme, die ich als meine eigene erkannte. Eine große Ruhe senkte sich auf mich herab, kein Schlaf, aber ein schlafähnlicher Zustand, auch wenn die Aufmerksamkeit erhalten blieb.

»Erzählen Sie mir ruhig alles, was Ihnen durch den Kopf geht«, sagte er.

Die ferne Stimme antwortete für mich, meine eigene zwar, aber ich hatte keine Macht mehr über sie: »Scham, Scham und nichts als Scham.«

»Wofür schämen Sie sich, liebes Kind? Fürchten Sie, sich schuldig gemacht zu haben?« Seine Hand lag auf meinem Bauch und bewegte sich langsam tiefer; er streichelte mich ganz sanft mit den Fingerspitzen.

»Nein!« hörte ich die fremde Stimme sagen. »Hier!« Ohne es zu wollen, hob ich die rechte Hand über den Kopf und ballte sie zur Faust, eine heftige, leidenschaftliche Geste.

»Was soll das heißen, mein Kind?«

»So!« schrie ich. Meine Hand stieß hinunter auf den Oberschenkel. Einmal, zweimal, mehrere Male schlug ich so heftig zu, daß die Stelle sich rötete.

Doktor Mesmer hob die Hand, um mich zurückzuhalten. »Fügen Sie sich nicht selber Schmerzen zu, mein Kind. Warum tun Sie das?«

»Mord! Ich habe getötet. Ich habe Victor getötet!«

»Aber Victor ist hier bei Ihnen. Sie sind zusammen hier angekommen.«

»Nein! Victor ist tot, er liegt dort, wo ich ihn getötet habe – im Wald. Ich habe ihm das schwarze Messer in den Rücken gestoßen. Ich habe ihn getötet, damit er keiner Frau mehr Gewalt antun kann.« Und plötzlich hatte ich die Szene vor Augen, so lebendig, als sähe ich sie vor mir auf einer Bühne. Es war dunkle Nacht, und ich kauerte im Wald. Keine Armeslänge von mir entfernt lag der betrunkene italienische Soldat auf einem wimmernden Mädchen, drang in sie ein wie ein wilder Stier. Ich schlich mich hinter ihn, doch als ich ihm über die Schulter blickte, sah ich das Gesicht des Mädchens. Es war mein Gesicht! Sie schaute zu mir hinauf und schrie um Hilfe. Ich lag unter ihm, und gleichzeitig stand ich hinter ihm. Und dann stieß ich mit dem Messer zu, nicht einmal, sondern mehrmals, immer wieder, bis er reglos von dem Körper des Mädchens herunterrollte und neben ihr auf dem Rücken liegenblieb. Sein Gesicht, das jetzt nach oben starrte, war Victors Gesicht. »Ich habe ihn getötet, und ich würde es wieder tun!« hörte ich mich rufen. »Alle Vergewaltiger müssen getötet werden! Jede Frau, die so gedemütigt wurde, sollte das Recht dazu haben.«

»Das ist reine Phantasie, meine Liebe«, sagte Doktor Mesmer. »Ich versichere Ihnen, Victor lebt. Er ist hier in diesem Haus.«

»Nein, ich habe ihn getötet. Ich habe ihn getötet, weil ich

ihn hasse! Er hat mir das Herz aus dem Leib gerissen!« Ich spürte, wie ich zitterte. Wenn Dr. Aabye mich nicht festgehalten hätte, wäre ich vom Stuhl gefallen.

»Sie sind keine Mörderin, mein Kind«, sagte Doktor Mesmer. »Aber Sie tragen diese böse Phantasien bereits viel zu lange mit sich herum. Es wird Zeit, sich ihrer zu entledigen, denn sie liegen Ihnen als grausame Last auf der Seele. Sind Sie bereit, diesen Kummer aus sich herauszulassen?«

»Ja. O ja!« antwortete ich von ganzem Herzen.

»Dann soll er sich in seiner vollen Gestalt zeigen und von Ihnen gehen.«

Bei diesen Worten liefen mir Tränen aus den Augen, und mein Körper bebte unter schweren Schluchzern. Ich wunderte mich selber darüber, wieviel Schmerz ich in mir verschlossen hatte. Ich hatte Menschenblut vergossen, und jetzt mußte ich erkennen, daß ich nicht getötet hatte, um dem Mädchen zu helfen, sondern weil ich Victor bestrafen wollte. Wie tief mußten dieser Schmerz und die daraus entstehende Gewissenspein in mir vergraben gewesen sein! Endlose Minuten schienen zu vergehen, während ich weinte. Schließlich hörte ich Doktor Mesmers besänftigende Stimme: »Meinen Sie nicht, daß es nun genug ist, mein Kind?«

»Doch.«

»Dann ruhen Sie sich jetzt aus. Legen Sie sich schlafen. Wenn ich Sie berühre, werden Sie wieder wach. Und dann haben Sie Ihre Sorgen und alles, was damit zusammenhängt, vergessen. Glauben Sie mir das?«

»Ja.«

»Dann sollen Sie jetzt Ruhe finden.« Er bewegte die behandschuhte Hand mehrere Male langsam vor meinen Augen hin und her. »Schlafen Sie, bis ich zu Ihnen komme«, sagte er.

Von da an erinnere ich mich an nichts mehr.

Als ich wieder erwachte, spürte ich Fingerspitzen auf meiner Stirn. Doktor Mesmer saß an meiner Seite. Ich lag auf einem Bett, nur mit einem Laken bedeckt. Es war wieder ein anderer Raum. »Sie dürfen jetzt aufwachen, meine Liebe«, sagte er. Ich glaubte noch, daß ich nur ein paar Augenblicke lang gedöst hatte, doch vor dem Fenster brach bereits die Nacht herein. Ich mußte stundenlang in tiefem Schlaf gelegen haben. Einer der Gehilfen trat vor, um mir einen Kittel um die nackten Schultern zu legen und mich zur Tür zu führen. Während ich neben ihm durch den Raum ging, sah ich andere Patienten, die auf ihren Ruhebetten ausgestreckt lagen, in ebenso tiefem Schlaf wie noch kurz zuvor ich selber.

Obwohl ich stundenlang geschlafen hatte, verlangte mein Körper nach mehr Ruhe, als hätte ich eine schreckliche Schinderei hinter mir. Als wir wieder auf meinem Zimmer waren, half der Assistent mir ins Bett und löschte die Kerze. Ich schlief ohne zu träumen, und als ich erwachte, war mein Geist wieder klar. Jetzt konnte ich mir eingestehen, daß ich getötet und daß ich es mit Freuden getan hatte. Auch eine Frau kann zum Messer greifen und Spaß am Töten finden. Ich hatte nicht gewußt, daß so viel Rachsucht, so viel Grausamkeit und Mordlust in mir schlummerten. Erst die rasende Wut hatte alles ans Tageslicht gebracht. Ich hatte mich durch meinen Zorn neu kennengelernt. *Nein!* Nicht durch meinen Zorn. Durch die *Handlung*, die der Zorn hervorgerufen hatte. *Handeln!* Eine Frau muß handeln, um sich selber kennenzulernen.

Ausgerechnet ich, die kritischste seiner Besucherinnen und die einzige, die nicht als Patientin gekommen war, erwies mich als besonders empfänglich für Doktor Mesmers Behandlungsmethode. Während der nächsten Tage verspürte ich eine Leichtigkeit des Herzens, wie ich sie seit meiner Kindheit nicht mehr erlebt hatte; jetzt, wo ich mich zu meiner Tat bekennen konnte, war mein Schlaf so fest und erfrischend wie nie zuvor. Ich fühlte mich befreit vom Pfahl im Fleische. Stundenlang spazierte ich in der Umgebung der Villa umher und erfreute mich an den Schönheiten der Landschaft.

Victor jedoch, der mich zu Doktor Mesmer gebracht hatte, erwies sich als schwierigerer Patient. Seine Kur dauerte um einiges länger, und jeden Tag mußte er in den Wasserbottich. Die Magnetisierung schlug bei ihm nicht so schnell an, sein Körper ließ sich nicht in den konvulsiven Zustand versetzen. Trotzdem unterzog er sich mehreren hypnotischen Sitzungen mit Doktor Mesmer, die seinen Geist ein wenig beruhigten und ihn von den Alpträumen befreiten. Nach vierzehn Tagen fühlte er sich stark genug, um die Rückreise nach Genf anzutreten, auch wenn er auf mich noch einen recht geschwächten Eindruck machte.

Wie gerne hätte ich Victor auf dem Heimweg mein Herz ausgeschüttet, mit ihm über das Kind gesprochen, das ich verloren hatte, das *wir* verloren hatten. Hätte ich ihm davon erzählen können, meine Heilung wäre vollkommen gewesen. Noch begieriger war ich jedoch zu erfahren, was für eine Krankheit der Seele er mit nach Frauenfeld gebracht hatte, und wie erfolgreich die Behandlung bei ihm verlaufen war. Doch keiner von uns konnte sich überwinden, diese Dinge anzusprechen. Einmal fragte mich Victor mit großer Scheu: »Hat dir die Sache im Wasserbottich eigentlich Vergnügen bereitet?«

Ich antwortete: »Nicht Vergnügen. Ich würde es Erleichterung nennen. Und dir?«

»Weder Vergnügen noch Erleichterung. Aber ich glaube, daß ich ein bißchen Frieden gefunden habe. Doktor Mesmer hat mir gezeigt, wie ich vergessen kann. Wenn ich mir seine Stimme ins Gedächtnis rufe und die weiße Hand vor meinen Augen, dann kann ich die Gedanken verstecken, die mich ängstigen, als hätte ich sie in eine geheime Kammer gelegt und die Tür versperrt. Und dann kann ich einschlafen.«

Mehr sagte er nicht dazu. Mochten uns die seltsamen Methoden des Doktor Mesmer auch einiges an Selbsterkenntnis vermittelt haben, die Fähigkeit, frei darüber zu reden, hatten wir nicht erlangt. Statt dessen suchten wir erneut Zuflucht bei wissenschaftlichen Themen. Und so verbrachten wir die ermüdenden Stunden in der schaukelnden Kutsche mit Debatten über Professor Kants neueste Untersuchungen zur praktischen Vernunft, die wir beide mit großem Eifer gelesen hatten. Ich fragte mich, ob womöglich der eigentliche Zweck gelehrter Konversation darin liege, die Aufmerksamkeit von all dem abzulenken, an das man lieber nicht rühren will. Während wir unsere feinen Unterscheidungen zwischen Dr. Kants noumenosen und phänomenalen Kategorien machten, wollte mir nicht aus dem Kopf gehen, was ich in Frauenfeld gelernt hatte. Die Lektion sprach jeglicher Logik, jeglicher Metaphysik hohn. Mit Doktor Mesmers Hilfe hatte ich den Mut gefunden, die schmerzhafte Vergangenheit, die ich einer tröstlichen Vergessenheit anheimgegeben hatte, wieder hervorzurufen und ihr ins Auge zu sehen. Victor dagegen hatte einen Weg gefunden, die beunruhigenden Erinnerungen zu unterdrücken. Aber wo hielten diese Erinnerungen sich auf, wenn man ihnen den Zugang zum Bewußtsein versperrte? Was war das für eine »geheime Kammer«, von der Victor gesprochen hatte? Es schien mir beinahe, als müßte es ein Bewußtsein im Bewußtsein geben, ein zweites, dunkles Bewußtsein, so dunkel wie die Rückseite des Mondes, in dem alles das aufbewahrt wird, was unser Leben am meisten bestimmt – Ängste, Scham, Entsetzen. Und wenn es so war, was bedeutete das für die Macht der Vernunft, an die unser Zeitalter mit solcher Leidenschaft glaubte? Lag hier die Erklärung dafür, daß es den Menschen so schwerfällt, ihre höchsten und edelsten Ziele zu verwirklichen?

Etwas gab mir zu denken: Der französischen Kommission, die einst über Doktor Mesmer zu Gericht saß und ihn als Betrüger verurteilte, hatten viele bedeutende Männer angehört. Selbst der große Chemiker Lavoisier hatte zu ihnen gezählt, und auch ein gewisser Dr. Joseph Guillotin. Noch während wir nach Genf zurückreisten, war die Maschine, die Dr. Guillotins Namen weltberühmt gemacht hatte, auf der Place de la Concorde in Paris fleißig damit beschäftigt, die blühendsten Geister der Aufklärung hinzuschlachten und auch Lavoisiers brillantes Gehirn von seinem Körper zu trennen. Doktor Mesmer selber hätte, wäre er nicht geflüchtet, dieser leistungsfähigen Klinge ohne weiteres zum Opfer fallen können. War es nicht möglich, daß dieser Arzt auf seiner Suche nach dem tierischen Magnetismus eine noch viel größere Entdeckung gemacht hatte: das Tier im Menschen, das unter all den großen Träumen von Vernunft lauert?

Anmerkung des Herausgebers

Zu den Gerüchten über sexuelle Zügellosigkeit beim Mesmer-Kult, unter Berücksichtigung von Elisabeth Frankensteins Erinnerungen

Von Beginn an haben den Mesmerismus Gerüchte über sexuelle Ausschweifungen begleitet. Das war einer der Gründe dafür, weshalb Doktor Mesmer im Jahre 1778 in Schande aus Wien abreisen mußte. Später in Paris hörte man ähnlich empörende Berichte über sexuelle Zügellosigkeit. Sie betrafen hauptsächlich Mesmers weibliche Patienten. Es war ein sonderbarer Umstand, daß er bis auf wenige Ausnahmen ausschließlich junge und anziehende Frauen behandelte; in seinen Schriften finden sich keinerlei Hinweise auf die theoretischen Grundlagen solch einer Vorliebe, eine Tatsache, die zweifellos dazu beitrug, das Mißtrauen gegen ihn zu schüren. Viele dieser Frauen machten hinterher Andeutungen über sexuelle Freiheiten, die man sich mit ihnen genommen habe, während sie unter Hypnose standen. Selbst von physischer Vergewaltigung war die Rede. In der Tat gab es Gepflogenheiten einer typischen Mesmerischen Séance, die solche Vorkommnisse begünstigten. Die Frauen wurden aufgefordert (wenn man sie nicht gar dazu nötigte), in gemischter Gesellschaft die Kleider abzulegen; man setzte sie dem sonderbaren und enervierenden Einfluß der Glasharmonika aus; sie mußten sich einer Reihe von Vorbereitungen unterziehen, zu denen auch die Stimulierung erotisch sensibler Körperzonen entweder durch Mesmer persönlich oder einen seiner jungen, ansehnlichen Assistenten gehörte. Der »Brustpol«, so wurde behauptet, bedürfe besonders intensiver Manipulation, angeblich, um die Bereitschaft zur Magnetisierung zu steigern. Was den Prozeß der Magnetisierung selber betrifft, so sind wir Elisabeth Frankenstein für ihre freimütigen Enthüllungen zu größtem Dank verpflichtet. Viele der jüngeren Frauen, die sich Mesmers Therapie anvertraut hatten, waren entweder nicht in der Lage, den Charakter dieser sanften Qualen zu durchschauen, oder sie scheuten aus natürlicher Sittsamkeit davor zurück, ihre Erfahrungen im Detail zu beschreiben.

Die vorliegenden Memoiren lassen jedoch keinen Zweifel daran, daß die Prozedur in einer orgiastischen Erlösung von besonderer Heftigkeit kulminierte. Selbst eine beherrschte Frau wie Elisabeth Frankenstein hat sich dieser erotischen Konvulsion unterworfen und war am Ende nicht weit davon entfernt, sich auf den nächstbesten Gehilfen zu stürzen. Es wäre daher nicht erstaunlich, wenn sich gutgläubigere Frauen unter dem Einfluß weniger prinzipienfester Praktiker solch verführerischen Ouvertüren hingegeben hätten. Darüber hinaus wurden die Frauen in privaten Sitzungen, die im sogenannten »Krisenzimmer« abgehalten wurden – und zu denen Mesmer den Mitgliedern der Untersuchungskommission grundsätzlich keinen Zutritt gewährte –, Stimulationen der hypochondrischen Region unterworfen, insbesondere der Ovarien und des vaginalen Bereichs. Auch diese Prozedur endete häufig mit der Erfahrung des sexuellen Höhepunkts.

Es kann keinen Zweifel daran geben, daß es zu solch lasziven Praktiken gekommen ist. Offen bleibt dabei die Frage des Zwecks, der mit derartigen Prozeduren verfolgt wurde. Hatte der Magnetiseur lediglich den jämmerlichen, niederträchtigen Akt der Vergewaltigung im Auge? Oder diente seine Technik einem höheren Ziel? In ihrer Untersuchung im Jahre 1784 kam die Franklin-Kommission zu einer äußerst skeptischen Einschätzung Mesmers. Sie stellte seine ethische Einstellung in Frage und warnte alle Frauen eindringlich davor, sich mit der Bewegung des tierischen Magnetismus einzulassen. Die Kommission ließ sich jedoch vor allem durch den Umstand leiten, daß sie keine empirischen Beweise für die Existenz eines tierischen Magnetismus finden konnte. Das führte zu dem vernichtenden Urteil, bei Mesmers Arbeit könne es sich nur um einen Schwindel handeln, um Scharlatanerie, hinter der keine anderen als unmoralische Motive zu vermuten seien. Unter Berufung auf die wohlbekannten medizinischen Gewißheiten, daß Frauen ein labileres Nervensystem besitzen als Männer, eine lebhaftere und leichter erregbare Phantasie, daß sie wesentlich sensibler auf körperliche Berührungen reagieren und ihr Gefühlsleben weniger stabil ist, zog die Kommission den Schluß, Mesmers eigentliches Ziel sei es, unter dem Deckmantel medizinischer Therapien Schindluder mit der weiblichen Tugend zu treiben.

Elizabeth Frankensteins Bericht jedoch gestattet uns eine andere, wesentlich wohlwollendere Auslegung, die wir als Zeitgenossen einer liberaleren Epoche ernsthaft in Betracht ziehen sollten. In ihrem Fall müssen wir anerkennen, daß der orgiastische Impuls unzweifelhaft zu einem vorteilhaften Ergebnis geführt hat. Die Frau wurde in die Lage versetzt, die Inhalte einer unerträglich schmerzvollen Episode ihres Lebens zu verarbeiten. Die Erinnerung wurde gewissermaßen über die Hemmungen hinwegkatapultiert, die der weiblichen Persönlichkeit von Geburt an eigen sind. Das erlaubte Mesmer, die Mordtat, die Elizabeth Frankenstein ihm im hypnotischen Zustand gebeichtet hatte, als eine Phantasie zu identifizieren, die mit ihren unglücklichen sexuellen Erfahrungen in engem Zusammenhang stand. Wäre es also denkbar, daß Mesmer, wie zufällig auch immer, eine bedeutende Entdeckung hinsichtlich der Psychologie der Frau gemacht hat? Daß es vielleicht wirklich, wie Elizabeth es ausdrückt, ein »Bewußtsein im Bewußtsein« gibt? Hier drängt sich die Frage auf, ist die Frau mit ihrer angeborenen Sittsamkeit, die dem Manne fremd ist, womöglich in der Lage, sich von bestimmten, sexuell bedingten Persönlichkeitsstörungen zu befreien, indem sie Zuflucht zu heftiger, vielleicht sogar hysterischer erotischer Erleichterung nimmt? In einem solchen Fall mußte das Schamgefühl, das die ehrbare Frau normalerweise davor beschützt, sich in Schande zu bringen, zeitweise außer Kraft gesetzt werden – natürlich nur unter fachmännischer Überwachung.

So geschmacklos solche Praktiken dem Laien auch erscheinen mögen, der Arzt muß jede Prozedur, die seelische Krankheiten dem therapeutischen Zugriff zugänglich macht, mit der größten Aufgeschlossenheit befürworten. Es fällt schwer, sich eine vergleichbare Technik bei der Behandlung von Männern vorzustellen, die sich in der Regel mit der größten Offenheit zu ihren libidinösen Impulsen bekennen. Selbst wenn Mesmers Verdienst ausschließlich darin liegen sollte, daß er die Tür zur *terra incognita* des weiblichen Geschlechtslebens nur ein Stück weit aufgestoßen hat, muß man ihm einen nicht unbedeutenden Beitrag zur Entwicklung der Medizin zugestehen.

Victors plötzliche Abreise

Während des folgenden Sommers der Genesung nahm Victor seine alte Gewohnheit des Bergwanderns wieder auf. Je mehr er sich erholte, desto weiter wagte er sich vom Schloß fort; häufig kampierte er gleich mehrere Nächte nacheinander unter freiem Himmel. Zunächst befürchtete ich, er könnte seine Kräfte überschätzen, aber ich wurde ruhiger, als ich sah, wie sehr die Ausflüge ihn stärkten. Lebenskraft und eine gesunde Gesichtsfarbe kehrten zurück, während seine Exkursionen ihn bis zum Mont Salève oder noch tiefer in die zerklüfteten Schluchten der Arve führten, wo er nicht selten vierzehn Tage lang herumkletterte. Er fand viel Trost an diesen vertrauten Orten; die vertrauten Aussichten brachten ihm das Gefühl der Unbekümmertheit der Jugend zurück. Selbst die Winde, so sagte er zu mir, hielten im mütterlichen Dialekt Zwiesprache mit ihm. Er begann wieder, die Burgruinen und längst verlassenen Klöster zu erkunden, deren geisterhaftes Pathos seine Gedanken noch immer zu romantischen Phantasien beflügelte. Auch mir kam seine gehobene Stimmung zugute. Sein Überschwang rief mir die besseren Zeiten ins Gedächtnis, als sich am Feuer des Geistes, das in ihm brannte, meine Liebe entflammt hatte.

Der Anblick des Gewaltigen und Majestätischen in der Natur hatte Victors Seele von jeher mit Ehrfurcht erfüllt und ihn die alltäglichen Sorgen des Lebens vergessen lassen, jetzt noch mehr als früher – auch wenn seine Erklärung für die neugewonnene Leichtigkeit mir unbegreiflich blieb. »Wenn ich dort oben über die Dächer der Welt spaziere, dann flüstert der Himmel selber mir das Wort Allmacht ein«, sagte er. »Und dann habe ich keine Angst mehr. Warum sollte ich vor irgendeinem Wesen dieser Welt erzittern, und mag es noch so unmenschlich und monströs sein? Ich muß mir nur vor Augen führen, wie gering seine Macht ist, verglichen mit der Kraft, die die Elemente beherrscht.«

Auf dem Rücken eines Pferdes ließ er sich bis hinauf auf die zerklüfteten Paßstraßen tragen, die hinüber nach Chamonix führen. Mit besonderer Vorliebe nahm er die Gastfreundschaft der Schäfer in Anspruch, deren grobgezimmerte Hütten oft gefährlich nahe an den vereisten Gletscherhängen klebten. »Diese einfachen Leute«, sagte er, »könnten beinahe einer anderen Rasse angehören. Sie sind weder auf Gesellschaft noch auf Handel angewiesen, und am allerwenigsten auf geheuchelten Beifall, wie wir ihn so gerne hören. Ich beneide und bewundere diese Menschen!« So unkultiviert sie auch waren, die Bergbewohner hießen jeden Fremden willkommen und hatten immer ein Lager und einen Platz am Tisch für ihn frei, denn nicht selten waren seit Monaten keine Neuigkeiten aus der zivilisierten Welt mehr bis zu ihnen gedrungen. Manche Leute dort oben wußten noch gar nicht von den Kriegen und Revolutionen, die den Kontinent erschütterten. Das Blut, das durch die Straßen von Paris floß, und die Träume von Gerechtigkeit und Freiheit, die es mit sich fortspülte, hatten weit weniger Bedeutung für sie als ein Lamm, das aus der Herde fortgelaufen war.

Solch weltfremde Unschuld wirkte auf Victor wie eine Medizin. Auch wenn ich mich unablässig sorgte, wenn er länger unterwegs war, so tat es doch gut, das Leben wieder durch seinen Körper strömen zu sehen wie einen Bach, den die Frühlingssonne aufgetaut hatte. Und dann kam der Augenblick, auf den ich so sehnsüchtig gewartet hatte. Victor öffnete sein Herz und gestand mir seine Liebe, schüchtern zuerst, als fürchtete er, mich damit zu verärgern, aber dann zunehmend kühner, als er nicht mehr daran zweifeln konnte, wie sehr ich mich nach solchen Worten sehnte. Schließlich bat er mich, im Sommer seine Frau zu werden. Natürlich willigte ich ein.

Noch Tage danach schien sogar die Luft um mich herum zu singen, während ich meinen täglichen Arbeiten nachging. Es war nicht nur das Glück, das meiner Seele Flügel verlieh. Durch seinen Antrag gab Victor mir Gelegenheit, ihm zu zeigen, daß ich ihm alles verziehen hatte. Er sollte wissen, daß das furchtbare Scheitern unserer jugendlichen Liaison meine Gedanken nicht länger beschäftigte. Mit großer Freude sah ich, wie der Schatten der Reue aus seinen Zügen verschwand. Wir wußten wohl, daß die Ehe, die wir jetzt planten, uns nicht die grenzenlose Glückseligkeit bringen würde, nach der wir einst gestrebt hatten. Es würde nicht die Hochzeit werden, die unsere Mutter sich für uns gewünscht hatte: ein Fest, zu dem himmlische Chöre ihre Jubelgesänge anstimmten. Nein, eine Vermählung zweier menschlicher Herzen würde es werden, befriedigend und dauerhaft. Und mehr wollten wir nicht.

Als erster Mensch außerhalb der Familie sollte Francine von meinem Glück erfahren. Ich sandte ihr einen Brief, in dem ich sie bat, so schnell wie möglich zu kommen. Er erreichte sie erst, nachdem sie mit Charles von einer seiner Rundreisen zurückgekehrt war. Aber zwischen dem Abschicken und dem Erhalt eines Briefes kann eine ganze Welt aus den Fugen geraten, und eben das war in unserem Fall geschehen. Als Francine einen Besuch einrichten konnte, waren meine Hoffnungen bereits ein Scherbenhaufen. Ich konnte ihr nur noch von meinem gebrochenen Herzen erzählen. Es würde keine Hochzeit geben. Wie ein blindwütiger Akt der Natur hatte es mich getroffen, wie ein Blitzschlag oder ein Wirbelsturm, die Zerstörungen anrichten, ohne sich dafür zu rechtfertigen.

Victor war auf einem langen Ausflug gewesen, der ihn bis hinauf zum Montanvert geführt hatte. Beinahe drei Wochen lang war er fortgeblieben, so lange, daß ich bereits begonnen hatte, mir das Schlimmste auszumalen. Ich hatte mir nicht vorstellen können, daß seine Rückkunft irgend etwas anderes als Freude bringen würde, statt dessen brachte sie Schrecken und Schmerz. Victor kehrte in einem Zustand düsterster Schwermut zurück. Verletzt schien er nicht, aber seinem Ausdruck nach zu urteilen mußte ihm größtes Unheil widerfahren sein. Sein Gesicht war eingefallen, die Haut fleckig, sein ganzes Auftreten war das eines Verstörten. Nachdem er vom Pferd gestiegen war, wollte er mit niemandem reden. Ohne nach rechts oder links zu blicken stürmte er ins Haus und hinauf in sein Zimmer, wo er sich bis zum nächsten Tag einschloß. Als er wieder herauskam, konnte ich ihm ansehen, daß er geweint hatte, aber er wirkte eher zornig als traurig. Ich fragte ihn, ob er einem wilden Tier begegnet oder vielleicht in eine Lawine geraten sei.

»Ja, ja… eine Lawine«, antwortete er mit einem irren Kichern. »Sie hat mich bis ins Tal mitgerissen. Siehst du nicht, daß ich überall zerquetscht bin?«

Doch er war eindeutig unverletzt. Immer wieder versuchte ich, ihn zum Reden zu bringen, aber meine Besorgnis machte ihn nur noch zorniger. Zwei Tage lang tat er nicht viel anderes, als in gereizter Stimmung durch den Park zu laufen und allen Gesprächen aus dem Weg zu gehen. Am dritten Morgen nach seiner Rückkehr machte er am Frühstückstisch unvermittelt eine Ankündigung: »Ich muß fort!« Er schleuderte uns diese Worte entgegen, als wollte er jeglichem Widerspruch vorbeugen. »Ich weiß nicht, für wie lange oder wohin. Aber ich muß fort. Die Sache duldet keinen Aufschub.« Als er die Bestürzung auf Vaters und meinem Gesicht sah, wurde seine Stimme sanfter. »Bitte, stellt mir keine Fragen!« Tränen schossen ihm in die Augen, und er stürzte aus dem Zimmer.

Am nächsten Tag begann er mit seinen hastigen Reisevor-
bereitungen, schickte einen Diener los, damit er ihm einen
Platz in der Postkutsche nach Frankfurt reservierte. Ich bat
ihn inständig, mir wenigstens zu sagen, wie lange er fortblei-
ben würde. »Den ganzen Herbst«, antwortete er. »Vielleicht
länger. Vielleicht länger als ein Jahr.« Angesichts meines of-
fenkundigen Befremdens fügte er trotzig hinzu: »Du mußt mir
schon glauben, wenn ich dir sage, daß ich keine Wahl habe.«
Wollte er denn wirklich einfach von mir gehen, ohne eine Entschuldigung, ohne ein Wort des Bedauerns über die Verschiebung der Hochzeit? War es überhaupt eine Verschiebung?
Oder wollte er mich verlassen? Selbst wenn es nicht seine Absicht war, er wirkte innerlich so aufgewühlt, daß ich um seine
sichere Rückkehr bangte.

Noch einmal klagte er mein Vertrauen ein, aber wie sollte
ich einem Mann vertrauen, dessen Geist am Rande des Zusammenbruchs stand? Seit Tagen hatte er weder gegessen
noch Ruhe gefunden. Nachts konnte ich unter seiner Tür den
flackernden, gelben Schein der Kerze sehen, die bis lange
nach Mitternacht in seinem Zimmer brannte. Und wenn ich
auf dem dunklen Korridor vor seiner Tür lauschte, hörte ich,
wie er auf und ab ging und hin und wieder stöhnte. Das waren
keine Laute des Schmerzes, das war tiefste Verzweiflung.
Mehr als einmal klopfte ich schüchtern an seine Tür und
fragte, ob er sich nicht wohl fühle, doch jedesmal wurde
meine Besorgnis rüde zurückgewiesen. Als er seine Reisevor-
bereitungen beendet hatte, sah er so verhärmt aus wie ein
Mann, der lange Zeit in der Wildnis verbracht hat. Ein letztes
Mal flehten Vater und ich ihn an, die Reise zu verschieben, bis
er wieder zu Kräften gekommen sei, aber davon wollte er
nichts wissen. Erst als Vater ihn mit seiner ganzen Autorität
dazu drängte, ließ er sich zu ein paar knappen Worten der Erklärung erweichen. »Ich habe jemanden getroffen... einen
Mann... in Chamonix, einen alten Bekannten. Es war reiner

Zufall. Ich bin ihm etwas schuldig, eine ganz alte Geschichte. Ich habe mich bereit erklärt, mit ihm zu reisen und ihm einen Gefallen zu tun. Mehr kann ich euch nicht sagen.«

Ich war sicher, daß er sich diesen Mann nur ausgedacht hatte, ja, ich schämte mich beinahe für die Fadenscheinigkeit der Geschichte. Der Baron jedoch glaubte seinem Sohn und erbot sich auf der Stelle, jede Schuld zu begleichen, egal in welcher Höhe. Victor winkte ab. »Es handelt sich nicht um solch eine Schuld, Vater. Der Mann braucht meine Hilfe – als Wissenschaftler und Arzt. Es gibt da jemanden, der meiner besonderen Unterstützung bedarf; er könnte sich an keinen anderen als mich wenden. Mein Bekannter wird mich zu dieser Person bringen. Ich werde tun, was in meiner Macht steht, und dann komme ich wieder nach Hause.«

»Aber wohin bringt er dich?« wollte ich wissen.

Nur widerwillig gab er sein Reiseziel preis. »Ich fahre nach England«, antwortete er. »Wohin genau, weiß ich noch nicht, möglicherweise auf eine der nördlichen Inseln. Dort werde ich ein paar Untersuchungen anstellen müssen. Ich will versuchen, euch zu schreiben.«

»Aber das ist doch zuviel verlangt von dem Mann!« entrüstete sich der Baron. »In England wird sich ja wohl jemand anderer finden, der diesem Burschen helfen kann. Warum ausgerechnet du?«

»Glaub mir, Vater, ich habe mich vier Tage lang mit dem Mann herumgestritten. Ich habe alles versucht. Aber er ließ mich erst gehen, nachdem ich ihm mein heiliges Ehrenwort gegeben hatte. Für die Art medizinischer Hilfe, die er benötigt, komme nur ich in Frage.«

Am nächsten Tag brach er beim Morgengrauen auf. Sein Abschied von mir fiel so knapp aus, als beabsichtigte er, mich lediglich für ein paar Stunden zurückzulassen. Mit keinem Wort erwähnte er unsere Hochzeit, die nun nicht stattfinden würde.

Zum zweitenmal hatte Victor mich verlassen, ohne einen Termin für seine Rückkehr zu nennen. Es war auf den Monat genau sieben Jahre her, daß er nach Ingolstadt abgereist war, um dort die nächsten vier Jahre seines Lebens zu verbringen und nur zu kurzen und höchst oberflächlichen Besuchen heimzukehren. Mir fiel auf, daß seine Gefühle sich bei seiner Abreise in einem ähnlichen Aufruhr befanden wie damals, als er von der Universität heimgekehrt war: dieselbe turbulente Mischung aus Selbstmitleid und Verzweiflung – diesmal jedoch gepaart mit einer gewissen Verstohlenheit, die auf frevelhafte Motive schließen ließ. Ich konnte mich des Gedankens nicht erwehren, daß diese beiden Momente in Victors Leben auf irgendeine Weise miteinander verbunden waren. Und doch vermochte ich mir beim besten Willen nicht vorzustellen, weshalb er jetzt hinauf in den äußersten Norden Englands reisen mußte. Ich wußte nur, daß ich mich auf grausamste Weise verlassen fühlte.

Wäre Francine nicht gewesen, ich hätte in dem langen, trostlosen Winter nach Victors Abreise gewiß den Verstand verloren. Wieder einmal fiel der besten meiner Freundinnen die Aufgabe zu, mich vor einer an Selbstzerstörung grenzenden Verzweiflung zu bewahren. Es wurde ihr nicht leicht gemacht, denn es war ein besonders strenger Winter. Nicht selten lag der Schnee auf der Straße von Genf nach Belrive so hoch, daß an ein Durchkommen nicht zu denken war. Wenn die Düsternis der winterlichen Einsamkeit besonders schwer auf mir lastete, gab die liebe Celeste sich alle nur erdenkliche Mühe, mich zu trösten. Die arme Frau jedoch zwickten ihre eigenen Gallensteine, und ich hatte nicht den Mut, sie über Gebühr zu beanspruchen. Mir selbst überlassen, widmete ich mich wieder meinem Tagebuch, in das ich in all den Jahren seit meinem Aufenthalt in den Wäldern keinen Satz mehr geschrieben hatte, und so verbrachte ich diese einsame Jahreszeit im Zwiegespräch mit meinen eigenen Ängsten.

Anmerkung des Herausgebers

*Victor Frankensteins Beziehung zu dem Monster
im Lichte von Elizabeth Frankensteins Memoiren*

Leser meiner Originalerzählung werden sich erinnern, daß
Victor Frankensteins erste Begegnung mit dem Monster und
das darauffolgende Gespräch mit ihm während einer der aus-
gedehnten Exkursionen in die Berge stattfanden, die er nach
seiner Rückkehr aus Ingolstadt unternahm. In dem Bericht,
den er mir in die Feder diktierte, komprimierte Frankenstein
die Erzählung, die die Geschichte des kurzen, aber ereignisreichen Lebens des Monsters wiedergab. Ich konnte damals
kaum glauben, daß die Kreatur ihm all diese Einzelheiten bei
einem einzigen Zusammentreffen mitgeteilt haben sollte. Die
Memoiren der Elizabeth Frankenstein lassen jedoch keinen
Zweifel daran, daß Victor und sein monströses Geschöpf wesentlich mehr Zeit miteinander verbracht und möglicherweise
sogar einige Tage zusammen in einem entlegenen Winkel der
trostlosen Gletscherwüste um den Montanvert kampiert
haben.

Ich darf den Leser daran erinnern, daß jene schicksalhafte
Zusammenkunft in der Forderung des Monsters an Frankenstein gipfelte, ihm eine Lebensgefährtin zu erschaffen. Wenn
der Doktor und das Monster – wie ich jetzt annehmen darf –
so viel mehr Zeit hatten, um über diese Angelegenheit zu ver-
handeln, dann erscheint es mir auch glaubhafter, daß die
Kreatur Victor weit genug unter ihren Einfluß zu bringen vermochte, um ihm schließlich die widerwillige Zustimmung zu
diesem wahnsinnigen Vorhaben abzuringen. Elizabeth Frankensteins Bericht schildert uns das moralische Entsetzen, das
Victor bei der Vorstellung befiel, eine zweite widernatürliche
Kreatur in die Welt setzen zu müssen. Außerdem liefert er
eine exakte Chronologie der Reise zu den schottischen Inseln,

eine Unternehmung, deren Darstellung in der Originalerzählung einigermaßen rätselhaft bleibt. Seine Abwesenheit vom Familiensitz können wir nun mit Gewißheit auf einen Zeitraum von zehn Monaten festlegen – vom Oktober 1796 bis zum Juli des folgenden Jahres.

Man muß Frankenstein zugute halten, daß er das Versprechen, das ihm von seiner Kreatur abgerungen wurde, gebrochen hat. Statt das weibliche Ungeheuer in die Welt zu entlassen, wo es womöglich Nachkommen seiner Art hervorgebracht hätte, hat er es zerstört, bevor er es zum Leben erweckte. Diese Entscheidung, die uns Menschen unter Umständen vor der grausigen Aussicht bewahrt hat, die Welt mit einer neuen, widernatürlichen Spezies teilen zu müssen, besiegelte auf tragische Weise das Schicksal der Elizabeth Frankenstein.

Vierter
Teil

Meine Begegnung mit einem mysteriösen Besucher

–. März, 179–

Heute morgen beginnt der fünfte Monat seit Victors Abreise – und der dritte seit dem letzten Brief, den ich von ihm erhalten habe. Ich bin verzweifelt vor Sorge. Bis das rauhe Wetter einsetzte und jeden Kontakt zu den Nachbarn vereitelte, war Francine ständig an meiner Seite. Jetzt aber muß ich diesen härtesten aller Winter durchstehen.

Ich habe mir strikte Gewohnheiten verordnet, um mir die Zeit zu vertreiben. Morgens bin ich als erste auf den Beinen, nicht selten vor Sonnenaufgang. Ich mache Feuer in meinem Zimmer und beschäftige mich mit Strohflechten, wie Mutter es jeden Morgen getan hat; es beruhigt den Geist. Wenn ich höre, daß der Haushalt erwacht ist, gehe ich nach unten, um beim Backen von Brot und Gebäck zu helfen und Vaters Frühstück vorzubereiten. Wir frühstücken gemeinsam, reden über das Wetter, den Zustand der Ländereien und die häuslichen Pflichten. In stillschweigender Übereinkunft vermeiden wir jedes Wort über die eine Angelegenheit, die unsere Gedanken belastet. Wir tun so, als sei Victor im Zimmer nebenan. Vater tut sich damit leichter als ich, seit seinem letzten Anfall hat sein Zeitgefühl nachgelassen. An manchen Tagen kommt es mir so vor, als sei er nicht mehr recht auf dem laufenden darüber, wie lange Victor schon fort ist. Ich beneide ihn um die Gnade seines nachlassenden Gedächtnisses.

Den Rest des Vormittags verbringe ich mit lesen. Nichts Anspruchvolles, nichts, das mir schwerer auf der Seele liegen könnte als eine Daunenfeder. Mrs. Radcliffes *Udolpho* habe ich ausgelesen, eine belanglose Geschichte, ich habe nichts Gruseliges daran finden können. Das Grauen, so habe ich lernen müssen, hat wenig mit Spukschlössern und Friedhöfen zu tun. Das wirkliche Grauen lauert in den Absichten der Menschen; es wird aus der kranken Seele geboren. Rousseaus *Reveries* sind genau der richtige Zeitvertreib, wenn man nichts anderes zur Hand hat. Es war eines von Mutters Lieblingsbüchern.

Wenn das Wetter es erlaubt, arbeite ich an den Nachmittagen im Garten, bereite ihn auf den Frühling vor. Um die rasenden Gedanken zu beruhigen, habe ich mir eine Aufgabe gestellt. Ich will die Erdbeeren auf den sonnigen Hügel am nördlichen Ende des Weinbergs verpflanzen. Felix, der Gärtner, hat mich gewarnt, daß sie dort auch nicht viel besser gedeihen werden als voriges Jahr. Tatsächlich sind die Erdbeeren in all den Jahren, in denen ich hier lebe, an keinem Platz des Grundstücks sonderlich gut gediehen, obwohl man sie so oft umgesetzt hat. Trotzdem nehme ich mich dieser Aufgabe an. Es ist eine schwere Arbeit; Karrenladung für Karrenladung muß ich die Beete quer über das ganze Gelände befördern. Die Gärtner, die es nicht ertragen können, die Dame des Hauses bei einer so unschicklichen Arbeit zu sehen, bieten immer wieder ihre Hilfe an, aber ich habe ihnen klargemacht, daß ich für mich bleiben möchte. Ich bin mir im klaren darüber, daß ich einen ziemlich lächerlichen Eindruck auf sie mache, denn es ist wohl vergebliche Liebesmüh. Immerhin, es vertreibt mir die Zeit … es vertreibt die Zeit.

Wenn ich erschöpft bin, steige ich die Anhöhe hinauf, setze mich unter die große Weide und gönne mir eine Ruhepause. Von dort aus kann ich die felsigen Höhen über dem lieblichen Tal mit dem bemoosten Bächlein sehen, das unterhalb der Felsen talwärts in den See plätschert, und die Bauernmädchen, die den Dung über die Felder verteilen, um sie für das Frühjahr zu bestellen. Vor allem aber gilt meine Aufmerksamkeit der Straße, die sich hinunter zum Anleger schlängelt, denn auf dieser Straße wird Victor höchstwahrscheinlich heimkehren. Zweimal schon bin ich eingeschlummert und habe geträumt, beim Erwachen in das lächelnde Gesicht meines Geliebten zu blicken. Ich versuche so lange draußen zu bleiben, bis die Abendkühle einfällt und über dem Wiesengrund der Nebel aufsteigt. Alu hält sich den ganzen Tag über in meiner Nähe auf. Sie wacht über mich, wenn ich schlafe. Sie nimmt auf der Karre Platz, wenn ich von der Arbeit nach Hause gehe, und nachts sitzt sie wie ein Wachposten auf der Buche vor meinem Fenster.

Nach dem Abendessen lese ich Vater vor. Er bevorzugt politische Texte, auch wenn sie ihn oft ratlos machen. Seit den Aufständen in Genf hegt er ernstliche Zweifel an der revolutionären Sache. Ich lese ihm Miss Wollstonecrafts bemerkenswerte Darstellung der Ereignisse in Frankreich vor, ohne den Namen der Verfasserin zu nennen. Die Genauigkeit des Berichtes beeindruckt ihn außerordentlich. Als ich ihm verrate, daß eine Frau ihn geschrieben hat, ist er verblüfft. Doch gleich darauf lese ich ihm ihre neueste Streitschrift über die Rechte der Frauen vor, und er hält mit seinem Mißfallen nicht lange hinter dem Berg. Er hat von Miss Wollstonecrafts Heldentaten gehört und beklagt sich bitter, dieses »Weibsbild« wolle »den Männern gleichen – aber nur in ihren niederträchtigsten Eigenschaften«. Armer Vater! Er hält sich für einen Freidenker, und doch entrüstet er sich über die Ansichten einer aufgeklärten Frau. Wie würden sie staunen, er und alle die kühnen Geister unserer Zeit, wenn sie erfahren würden, daß aus dieser Miss Wollstonecraft nur die Stimme der weisen Frauen spricht, die seit Jahrhunderten – ausgeschlossen aus der Welt der Männer – nachts in den Wäldern zusammenkommen, um ihr Wissen weiterzugeben, ihre Wunden zu pflegen und ihre Göttinen zu ehren. Wie gerne würde ich ihm diese außergewöhnliche Geschichte erzählen, die Geschichte der Köchinnen und Mägde, die ihm in seinem Haus zu Diensten sind, der Frauen, die draußen in den Weinbergen arbeiten. Es ist auch die Geschichte seiner geliebten Frau und es ist die meine, die Geschichte meiner wahren Natur. Wie fassungslos sie wären, er und sein hochgeschätzter Voltaire und der Bürger Robespierre, wenn sie davon wüßten. Denn die Revolution der Frauen wird ein Erdbeben sein, hundertmal gewaltiger noch als die Revolution in Frankreich. Wenn die »Hexen« erst ihren Willen bekommen, dann bringen sie mehr als nur ein paar Regierungen zu Fall. Dann bringen sie das gesamte Räderwerk des Universums durcheinander, auf das die aufgeklärten Herren der Schöpfung so stolz sind, und – schlimmer noch: Dann stellen sie die Ehebetten auf den Kopf!

Aber das wäre zuviel für einen kranken alten Mann, dem bereits der Zusammenbruch seiner revolutionären Träume so arg zu schaffen machte. Lieber beruhige ich ihn mit der Lektüre von De Volneys *Les Ruines*, das uns erst kürzlich von Monsieur de Lisle, dem Buchhändler aus der Stadt, geliefert wurde. Vater ist davon überzeugt, daß dieses Buch seinen Ruhm verdient; die skeptische Ironie des Autors klingt ihm wie Musik in den Ohren. »Das ist der endgültige Todesstoß für jeglichen Aberglauben«, triumphiert er und klatscht dabei begeistert in die Hände. »Weder der geriebenste Pfaff noch der scheinheiligste Heuchler werden diesem Angriff der Vernunft standhalten können!« Ich lese weiter, bis ihm die Augen zufallen und die Diener ihn in sein Schlafgemach bringen.

Selten bin ich vor Mitternacht im Bett, und selbst dann kann ich ohne Laudanum nicht einschlafen. Ich scheue mich, eine zu große Dosis zu nehmen, aber auf irgendeine Art muß ich meine Ängste betäuben. Wenn ich morgens erwache, ist mein Geist noch immer umwölkt.

Ich habe Nachricht von Francine bekommen. Sie verreist mit Charles, der in wichtiger Mission zur wieder zugelassenen Hugenotten-Versammlung nach Frankreich entsandt worden ist. Bereits jetzt sehne ich den Tag ihrer Rückkehr herbei.

–. April, 179–

Letzte Nacht schlecht geschlafen, zweimal vom wütenden Gebell der Füchse im Wald aufgewacht. Beim Kerzenlicht aufgestanden. Wieder so ein dunstiger, grauer Morgen mit milder Luft. Dann ein kurzer, warmer Regen. Beim Frühstück habe ich das erste Rotkehlchen gesehen, ein freches Bürschchen, das hinter einem scharlachroten Schmetterling herjagte.

Nach drei Wochen Arbeit sind noch nicht einmal die Hälfte der Erdbeerbeete umgesetzt. Ich bemühe mich nach Kräften, das Interesse an dem Vorhaben nicht zu verlieren, aber mein ängstliches Herz gibt keinen Frieden. Oft nehme ich Bücher mit und verbringe die Nachmittage mit Lesen. Die Memoiren des Grafen Garmont. Goethes Briefe aus der Schweiz. Ich lese langsam; mein Geist will nichts aufnehmen. Wenn der Schlaf mich überkommt, wehre ich mich nicht.

Heute, ich lese gerade die Gräfin de Genlis, schaue ich vom Buch auf und sehe eine einsame Gestalt die Landstraße entlangstapfen, in Richtung unseres Anwesens. Ein Reisender mit schwerem Ranzen auf den Schultern. *Victor!* ruft es in mir, und ich springe auf, um ihn besser sehen zu können. Aber nein … der Mann bleibt in weiter Entfernung stehen. Er bleibt stehen, den Hut tief in die Stirn gezogen, schirmt mit der Hand die Augen ab und sieht sich in aller Ruhe um. Eine ganze Weile scheint er in meine Richtung zu blicken, dann geht er weiter, hinein in den Wald. Über mir in den Zweigen klappert Alu aufgeregt mit dem Schnabel; ich merke, daß sie ihn mit besonderer Aufmerksamkeit beobachtet hat.

Warum schreibe ich diese Begebenheit überhaupt nieder?

–. April, 179–

Ich habe Kopfschmerzen und bleibe liegen, schlummere noch ein wenig, bis ich wieder erwache – ein regenverhangener Tag.

Ich bin fest entschlossen, bis zum Monatsende mit den Erdbeerbeeten fertig zu werden. Felix sagt, die Pflanzen müssen vorm nächsten Neumond in der Erde sein. Bis zum Nachmittag habe ich mich müde gearbeitet und sinke unter einer Weide ins Gras, ohne den Eßkorb auch nur anzurühren. Trotz der Schinderei habe ich keinen Appetit. Der Schlaf überwältigt mich, aber schon bald schrecke ich wieder hoch. Ich spüre einen Blick auf mir ruhen. *Victors Blick,* ich bin sicher. *Er ist hier!* Aber niemand steht vor mir. Ich schaue mich um ... und sehe einen Mann, ganz hinten am Zauntritt. Kein Zweifel, es ist dieselbe Gestalt, die ich gestern gesehen habe; wieder schirmt er die Augen mit der Hand ab und beobachtet mich. Er ist sehr groß, einen ganzen Kopf größer als Victor, schätze ich. Selbst auf die Entfernung kann ich erkennen, wie ungepflegt er ist. Es kann nur ein Landstreicher sein. Mir ist unbehaglich zumute, und ich beschließe, lieber zum Schloß zurückzukehren. Der Mann kommt nicht näher. Er steht dort, einen Fuß auf den Zaun gestellt, und sieht mir zu, wie ich die Gartengeräte einsammle und mich auf den Rückweg mache.

In dieser Nacht wache ich auf und höre Victor neben mir im Bett um Hilfe rufen. Danach kann ich nicht wieder einschlafen. Ich trete ans Fenster. Eine feuchte, mondbeschienene Nacht; die Kälte kriecht mir unter die Haut, ich fange an zu zittern. Ich stehe da und sehe den Blitzen zu, die über den westlichen Bergen ihr Spiel treiben.

–. April, 179–

Auch heute ist er da; wie zur Säule erstarrt steht er neben dem Zauntritt. Ein paar Minuten lang blickt er herüber, dann dreht er sich um und geht davon. Ich spiele mit dem Gedanken, mich ihm zu nähern... ein unerklärliches Gefühl sagt mir, daß er von Victor kommt.

Jedesmal wenn er auftaucht, fixiert Alu ihn mit ihrem Blick und rührt sich nicht, bis er wieder fort ist.

–. April, 179–
Heute wieder...

–. April, 179–
Und auch heute. Mittlerweile warte ich auf sein Erscheinen, wenn er nicht bereits da ist. Er kommt nie näher als bis zum Zauntritt. Dort bleibt er stehen, manchmal eine Viertelstunde lang. Ich weiß, daß ich das Objekt seiner Neugierde bin. Es fröstelt mich, wenn ich seinen Blick auf mir spüre.

Sollte er morgen wieder dort sein, werde ich zu ihm hingehen. Der Gedanke erregt mich, als hätte ich ein Abenteuer vor mir.

Spät ins Bett, eine ruhelose Nacht. Ich bediene mich ein zweites Mal meines Helfers und schlafe gegen Morgen endlich ein.

–. April, 179–
Ein kühler trockener, windiger Morgen. Dichte, schnellziehende Wolken, entferntes Donnergrollen.

Ich eile an meine Arbeit. Dabei weiß ich, daß ich nur Ausschau nach ihm halten werde. Ich warte, bis er ein paar Minuten lang an seinem gewohnten Platz gestanden hat, dann mache ich mich auf den Weg, quer über das Feld auf ihn zu. Ich gehe schneller, um selbstsicherer zu wirken. Diesmal folgt die sonst so neugierige Alu mir nicht, sondern bleibt auf ihrer Weide sitzen. Als ich mich ihm nähere, wendet der Mann sich ab. Ich rufe: »Mein Herr! Suchen Sie jemanden?«

Er bleibt stehen, den Rücken mir zugewandt. Ich sehe, daß er von hünenhafter Gestalt ist, die Schultern breit und muskulös wie die eines Bullen – bei weitem der größte Mann, dem ich je begegnet bin. Er wendet sich halb um, beobachtet mich vorsichtig aus den Augenwinkeln wie ein mißtrauischer Köter. Sein Gesicht kann ich nicht deutlich erkennen. Er hat eine Hand vor die Wange gelegt, als wollte er sich gegen meinen Blick schützen. Einige Schritte entfernt bleibe ich stehen und rufe noch einmal: »Mein Herr! Wen suchen Sie?«

Er antwortet nicht; ich weiß, daß er nichts gesagt hat, aber in meinem Kopf formt sich das eine Wort, *Victor*, als hätte er es ausgesprochen. Ohne zu wissen warum, bin ich davon überzeugt, daß dieser Mann mir Neuigkeiten von Victor bringt, und diese Gewißheit drängt mich vorwärts, aller Beklommenheit zum Trotz. »Kommen Sie von Victor?« rufe ich ihm entgegen. Inzwischen bin ihm nahe genug gekommen, um ihn genauer betrachten zu können. Die Hand vor seiner Wange ist ein Labyrinth aus Narben und, wie sein ganzer Körper, schrecklich mißgestaltet. Und dann sehe ich für einen kurzen Moment das Gesicht hinter der schützenden Hand ... ich bleibe wie angewurzelt stehen und gehe keinen Schritt weiter. »Bitte! Bringen Sie Neuigkeiten von Victor?«

Über die Schulter sagt er etwas zu mir; seine Stimme, ein leises, schnarrendes Murmeln, das die Worte verschleiert, klingt nicht wie die eines Menschen. Ich verstehe nicht, was er sagt, ein Vorwand, mich ihm weiter zu nähern. »Ich kann Sie nicht hören«, rufe ich. »Sind Sie ein Freund von Victor?«

»Ich bin ein Bekannter.«

»Können Sie mir etwas von ihm erzählen?«

»Nein. Ich weiß nichts.«

Noch im Sprechen – ich mustere den Fremden so genau, wie der Abstand zwischen uns es erlaubt – überläuft mich ein Schauder des Abscheus. Nur einen Augenblick lang sehe ich seine Züge, bevor er sie wieder mit der Hand verdeckt, aber dieser kurze Blick durchfährt mich wie ein Stromstoß. Ich bin nicht sicher, ob das, was ich erspäht habe, ein Gesicht ist oder nur der fleischlose Schädel darunter. Die gelbliche Haut ist so straff über die Knochen gespannt, daß sie das Geflecht aus Muskeln und Adern kaum zu verbergen vermag. Ich kann mir nicht vorstellen, in welche Welt, wenn nicht in die Welt der Toten, solch eine leichenfahle Fratze gehören sollte. Und doch steht hier ein lebendiges Wesen vor mir. Ich wünschte, Alu wäre bei mir, aber sie ist nicht mitgekommen. Nur meine verzweifelte Hoffnung auf Nachricht von Victor läßt mich ausharren und den Anblick ertragen. »Bitte«, sage ich, als er sich zum Gehen anschickt. »Gehen Sie nicht. Ich bitte Sie.«

»Sie werden nicht wollen, daß ich näher komme«, antwortet er, das Gesicht nun vollständig abgewandt. »Ich bin verwundet. Wie Sie gesehen haben, bin ich völlig entstellt.«

Verwundet! Natürlich. Verbrennungen, ganz gewiß. Das Fleisch überall versengt. Wie konnte ich so schrecklich dumm sein? Beinahe möchte ich mich entschuldigen. »Mein Herr, so bleiben Sie doch. Bitte! Nur einen Augenblick. Woher kennen Sie Victor?«

Er antwortet nicht. Es wäre ein Akt der Barmherzigkeit, den armen Kerl gehen zu lassen, aber mit jedem Wort, das wir wechseln, rücke ich ein Stück näher an ihn heran, in der Hoffnung, ihn nicht zu vertreiben. Seine Kleider sind schmutzig und zerschlissen, die Stiefel klaffen an den Nähten auseinander. Er leidet zweifellos große Not.

»Wohnen Sie hier in der Nähe?« frage ich.

»Ich bin nur auf der Durchreise. Ich ziehe es vor, im Wald zu nächtigen.«

Ich würde ihm ja die Gastfreundschaft des Schlosses anbieten, aber wie soll ich den anderen erklären, daß ich solch einen Menschen in unser Haus bringe? Ich lasse mich auf dem Zauntritt nieder. Wird er sich zu mir setzen und sich mit mir unterhalten? Nein, er weicht ein paar Schritte zurück und bleibt stehen, von einem Bein auf das andere tretend.

»Sie haben mich beobachtet«, sage ich. »Darf ich fragen, warum?«

»Ich hoffte, Victor zu sehen«, antwortet er hinter vorgehaltener Hand. »Ich wollte Sie nicht beunruhigen. Sie können sich denken, daß ich gelernt habe, Fremden aus dem Weg zu gehen. Verunstaltung ruft Mißtrauen hervor. Können Sie mir sagen, wann Sie zuletzt von Victor gehört haben?«

»Anfang des Jahres habe ich einen Brief von ihm bekommen. Er ist im Dezember aufgegeben worden.«

»Wo?«

»In England.«

»Wissen Sie, warum er ins Ausland gereist ist?«

»In einer dringenden Angelegenheit. Um einem Freund zu helfen.«

»Einem Freund? Hat er gesagt, wer dieser Freund ist?«

»Nein. Er ist überstürzt und ohne Erklärung aufgebrochen.«

Er scharrt mit den Stiefeln im Staub, und ich spüre sein Unbehagen. Mag er noch so groß und kräftig sein, seine Häßlichkeit macht ihn schüchtern. »Ich kann nicht länger bleiben«, sagt er schließlich.

»Aber Sie kommen wieder? Morgen? Bitte…«

»Vielleicht«, antwortet er und dreht sich um. Ich sehe ihm nach, während er auf der Landstraße davongeht. Nach ein paar hundert Metern biegt er ab und verschwindet im Wald.

–. Mai, 179–

Ich bin so früh wie noch nie auf dem Feld, und ich hoffe inständig, daß der Fremde heute wiederkommt. Erst eine gute Weile nach Mittag zeigt er sich. Wieder bleibt er am Zauntritt stehen. Ich gehe zu ihm und gebe mir größte Mühe, vertrauensvoll zu erscheinen. Diesmal flattert Alu über das Feld und läßt sich über dem Fremden in einem Baum nieder. Er war so rücksichtsvoll, sich ein Taschentuch vor das Gesicht zu bin-

den. Trotzdem zucke ich zusammen, als ich zwischen Hut-
krempe und Tuch seinem Blick begegne. Unter so schweren
Lidern, daß er den Kopf in den Nacken legen muß, um mich
ansehen zu können, glotzen mir aus gelblich-weißen, von
dichten Brauen beschatteten Höhlen zwei farblose Augen entgegen, an denen kaum etwas Menschliches ist. Nein, dies sind
die Augen eines wilden Tieres, die mich mit unverhohlener,
räuberischer Neugierde anstarren.

»Danke, daß Sie gekommen sind«, sage ich und trete unter
Aufbietung all meines Muts einen Schritt vor, um ihm die
Hand zum Gruß zu reichen. »Ich heiße Elizabeth Lavenza.«
Verschreckt weicht er ein paar Schritte zurück.

»Bitte, nicht näher kommen!« sagt er. »Ich bin das nicht gewöhnt. Ich weiß es zu schätzen, daß Sie so freundlich zu mir
sind, aber ich habe schon lange nicht mehr die Hand einer
Frau berührt.«

»Gehen wir ein Stück zusammen?« frage ich ihn. Beim Gehen muß ich ihm nicht ins Gesicht sehen.

Er ist einverstanden und tritt an meine Seite. Ohne bestimmtes Ziel setzen wir uns in Bewegung. Die seltsame, unheilvolle Gestalt überragt mich wie ein Vater seine kleine
Tochter. Er hat einen schlurfenden Gang, zieht bei jedem
Schritt die Absätze nach. Trotz seiner Körperkraft kommt er
mir unsicher vor, als habe er Mühe, das Gleichgewicht zu halten. Jetzt, wo ich ihm so nahe bin, steigt mir der üble Gestank
in die Nase, der von dem Mann ausgeht, ein Gestank nach
Verwesung. Ich versuche, mir meinen Ekel nicht anmerken zu
lassen.

»Kommen Sie von weit her?« frage ich ihn.

Er: »Ja.«

Ich: »Von wo?«

Er: »Aus dem Norden.«

Ich: »Kennen Sie Victor schon lange?«

Er: »Wir waren zusammen in Ingolstadt.«

Ich: »Haben Sie mit Victor zusammen studiert?«

Er: »Nicht studiert. Ich habe ihm bei seiner Arbeit geholfen.«

Ich: »Was war das für eine Arbeit?«

Er antwortet nicht.

Ich: »Was wollen Sie von Victor?«

Er: »Er ist mir etwas schuldig.«

Ich: »Ach! Das läßt sich leicht regeln. Ich bin sicher, Victors Vater wird für die Schulden seines Sohns aufkommen.«

Ein paar Schritte lang schweigt er.

Ich: »Würde Sie das zufriedenstellen?«

Er: »Nur Victor kann die Schuld begleichen.«

Ich versuche, mehr von ihm über diese Schuld zu erfahren, aber er schweigt beharrlich. Schließlich macht er so abrupt auf dem Absatz kehrt, daß er beinahe das Gleichgewicht verliert, und stürmt mit raschen Schritten, als wollte er mich abhängen, in die Richtung zurück, aus der wir gekommen sind. Offensichtlich hat meine Fragerei ihn verärgert. Ich haste hinter ihm her. »Ich habe Ihnen meinen Namen gesagt. Darf ich erfahren, wie Sie heißen?«

Es dauert eine ganze Weile, bis er antwortet: »Ich nenne mich Adam.«

»Adam ...« Ich warte auf einen Nachnamen, aber es kommt keiner.

Als wir den Zauntritt erreicht haben, geht er einfach weiter, eilt mit schnellen Schritten auf den Wald hinter unserem Anwesen zu. »Adam!« rufe ich ihm nach. »Adam, kommen Sie morgen wieder her?«

Er geht weiter, ohne zu antworten.

Die Nacht bringt ein schweres Gewitter aus Westen. Tanzende Feuer zucken über den Himmel. Ich kann nicht schlafen. Ich nehme eine zweite Dosis Laudanum und falle in einen unruhigen Schlummer. Zum erstenmal seit vielen Jahren kehrt der schreckliche Traum von meiner Geburt zurück, lebendiger als jemals zuvor. Wieder sehe ich meine arme Mutter unter schrecklichen Qualen sterben; wieder muß ich mich unter entsetzlichen Anstrengungen aus dem Gefängnis ihres Körpers befreien. Keuchend vor Angst schlage ich die Augen auf. »O Gott, wer ist da?« schreie ich. Dort, neben meinem Bett, *dort*! Über mir taucht der Fremde auf, die Dunkelheit verschluckt sein Gesicht. In der Hand hält er ein klauenartiges Gerät. Er beugt sich über mich… Die Stimme gefriert mir in der Kehle; ich kann nicht um Hilfe rufen. Aber… das ist nicht die Welt jenseits des Schlafs, es ist ein Traum in einem Traum. Er zersplittert wie ein Gemälde auf einer Glasscheibe. Ich erwache jäh, mein Körper ist in Angstschweiß gebadet.

Das Gewitter hat die Voirons hinter sich gelassen und zieht nach Osten weiter. Außer mir ist niemand im Zimmer. In dieser Nacht finde ich keinen Schlaf mehr.

Meine Gespräche mit dem Besucher

Und so begann eine Bekanntschaft, wie ich sie mir wundersa-
mer nicht hätte ausmalen können. Der Fremdling namens
Adam besuchte mich beinahe jeden Tag bei der Arbeit auf
dem Feld, stets maskiert und nach wie vor wortkarg. Er
sprach nur, wenn ich ihn etwas fragte, und seine Antworten
fielen so einsilbig aus, als seien ihm die Worte in begrenzter
Anzahl zugeteilt. Wenn ich ihm eine Frage stellte, die er nicht
beantworten wollte, sagte er nichts, sondern ging schweigend
neben mir her wie ein Wilder, der nie gelernt hat, daß Menschen über Sprache miteinander in Beziehung treten. Trotzdem traf ich mich weiter mit ihm, denn wenn wir zusammen
waren, fühlte ich mich Victor sehr nah.

Während unserer ersten Zusammentreffen beunruhigte
mich diese beharrliche Verstockheit beinahe mehr als seine
abstoßende Erscheinung. Die Worte kamen ihm stockend
über die Lippen, als verspürte er einen körperlichen Schmerz,
während er sie formte. Manchmal scheute ich sogar davor
zurück, ihm diese Pein aufzuerlegen. Gleichzeitig konnte kein
Zweifel daran bestehen, daß er durchaus kein Dummkopf
war, sondern ein Mann, der sich auszudrücken verstand. Er
verfügte über den Wortschatz eines gebildeten Menschen,
und das unterstrich er zuweilen mit literarischen Verweisen,
einmal auf Plutarch, einmal auf Cicero, einmal auf den *Wer-
ther*. Hin und wieder wollten ihm die Worte jedoch nicht auf

518

Befehl zu Diensten sein. Vielleicht gab es bei ihm eine Unterbrechung zwischen Gehirn und Zunge, womöglich eine Folge dessen, was er seine Verwundung nannte. Zuweilen verursachten diese Schwierigkeiten ihm heftigsten Ärger, nicht etwa auf mich, sondern auf sich selber. Dann verzerrte der vergebliche Versuch, das richtige Wort zu finden, sein Gesicht zu einer Grimasse und machte ihn unleidlich und barsch. Es war seltsam, aber ich mußte feststellen, daß ich das Wort, das ihm nicht in den Sinn kommen wollte, jedesmal in meinen eigenen Gedanken fand, doch wenn ich den Versuch machte, es ihm zu sagen, hörte er gar nicht hin, bis er den Satz, den er im Kopf hatte, selber über die Lippen brachte.

Eine solche Gelegenheit verhalf mir schließlich zu etwas mehr Wissen über meinen geheimnisvollen Begleiter. Ich hatte ihm eine belanglose Frage zu seiner Familie gestellt, ohne ernstliche Absicht, eigentlich nur, um die Zeit zu vertreiben. Ich erkundigte mich, ob seine Familie in der Nähe lebe. »So wie Sie, bin auch ich mein Leben lang ohne Mutter gewesen«, antwortete er mit düsterer Stimme.

»Woher wissen Sie, daß ich eine Waise bin?« erwiderte ich verblüfft.

»So etwas spürt man. Es gibt da eine Verbundenheit.«

Sosehr mich diese Bemerkung auch verstörte, ich freute mich darüber, daß wir etwas gemeinsam hatten. »Es stimmt. Meine Mutter ist bei meiner Geburt gestorben. Und was ist mit Ihrem Vater?« stellte ich ihm die naheliegendste aller Fragen.

Daraufhin fing er an, einige Sekunden lang leise vor sich hin zu stöhnen. »Ich kenne den Mann kaum. Ich wurde ... ich wurde ...« An der Stelle blieb er hängen, mitten im Satz, verloren in irgendeinem Dickicht seiner eigenen Gedanken. Es war beinahe, als hätte ich zu existieren aufgehört. Er schien meine Gegenwart völlig vergessen zu haben und hörte gar nicht, wenn ich etwas sagte. Ich spürte, wie er immer zorniger wurde, während er versuchte, seinen Satz zu beenden; es war, als hätte er sich selber den Krieg erklärt. Auf einmal blieb er wie angewurzelt stehen, stieß ein ärgerliches Knurren aus und legte die Stirn in Falten, als wollte er sein Gehirn in einem letzten Versuch zwingen, das gewünschte Wort endlich freizugeben. Ich bat ihn inständig, sich nicht so zu quälen, aber er beachtete mich nicht. Plötzlich, ohne eine Erklärung, kletterte er die wild zugewachsene Böschung hinauf, ließ mich einfach stehen. Ich rief ihm nach, aber er schien mich gar nicht zu hören. Im Handumdrehen war er zwischen den Fichten verschwunden. Ob er jemals wiederkommen würde? Ich wußte es nicht.

Während ich hinter ihm herstarrte, klang mir ein Wort durch den Kopf. *Ausgesetzt!* Ich wußte auf einmal, daß er nach dem Wort »ausgesetzt« gesucht hatte.

Wie sollte ich auf ein solches Benehmen anders als gekränkt reagieren? So gebildet er auch sein mochte, der Mann hatte offensichtlich nichts von den elementarsten Umgangsformen gehört. Doch schon bald verwandelte meine Verärgerung sich in Mitleid. Ich war mir sicher, daß dieses rüpelhafte Benehmen auf seine Verwundung zurückzuführen sein mußte. Wesentlich größer als die Schmach des Affronts war meine Angst, er könnte sich nicht wieder blicken lassen. Aber er kam wieder, gleich am nächsten Tag, ohne ein Wort der Entschuldigung für seinen unhöflichen Aufbruch. Sein erstes Wort lautete »ausgesetzt«, das Wort, das ihm am gestrigen Tag nicht eingefallen war. Er spuckte es förmlich heraus. »*Ausgesetzt* hat mein Vater mich kurz nach meiner Geburt.«

»Dann sind wir beide also Vollwaisen«, wollte ich den Faden des gestrigen Gesprächs so gut als möglich wieder aufnehmen. »Ich habe meinen Vater auch nicht gekannt. Er hat mich einer Zigeunerin gegeben, damit sie mich großzog. Ich bin ihm nur ein einziges Mal begegnet. Er ist in den Krieg gezogen und nie zurückgekehrt.«

520

»Ich habe meinen Vater inzwischen gefunden.«

»Oh! Dann haben Sie Glück gehabt.«

»Kein Glück. Er verleugnet mich!«

»Das tut mir leid.«

»Das muß Ihnen nicht leid tun. Es gab keine Liebe zwischen uns. Der Mann ist ein ...«

Ungeheuer.

Die verstümmelten Hände an seinen Seiten öffneten und ballten sich in mühsam unterdrückter Wut. Wenn er so an seinen Zorn verloren war, fürchtete ich mich vor ihm. Würde er irgendwann blind zuschlagen wie ein rasendes Tier? »Etwas so Selbstverständliches«, sagte ich, um ihn zu beschwichtigen. »Daß ein Kind die Liebe des Vaters erfährt. Dieses ganz alltägliche Glück haben wir beide nicht erfahren.«

»Es ist besser so. Das macht einen stark. Ich bin lieber mein eigener Herr; auf die Liebe der anderen kann ich verzichten.«

»Da kann ich ja noch von Glück reden. Andere haben mich geliebt und für mich gesorgt.«

»Weil Sie so schön sind! Darum beneide ich Sie. Und nun sehen Sie mich an. Für mich hat niemand sorgen wollen.«

»Aber das ist ungerecht. Für Ihr Aussehen können Sie nichts. Es sagt nichts über Ihren Charakter.«

»Sind Sie da so sicher?«

»Natürlich. Es gibt eine innere Schönheit.«

»Ha! Bei soviel unnatürlicher Häßlichkeit bleibt nichts davon. Die Menschen wenden sich ab; die Schönheit bleibt unerkannt. Und schließlich ist nur noch Häßlichkeit übrig, ein Leben lang. Sie frißt sich bis ins Mark. Bis wir zu dem geworden sind, das die anderen in uns fürchten und verachten.«

»So häßlich kann niemand sein. Auch *Sie* sind nicht so häßlich.«

»Ich bin so abscheulich geraten, daß ich gar nicht am Leben

sein sollte. Mein Schöpfer wollte nicht, daß ich lebe. Ich bin ein...«

Irrtum.

»... ein Irrtum.«

»Gott begeht keine Irrtümer.«

»*Mein* Gott hat einen begangen! Seine Schöpfung beleidigt das Auge und macht mir alle Menschen zu Feinden.«

Ich blieb stehen. Es war bereits spät, von den schneebedeckten Gipfeln wehte ein kühler Wind herab. Wir standen unter der Ruine einer alten Esche, die der Blitz zu bizarrer Gestalt verformt hatte: Zwei aufrechte Gabelzinken reckten sich wie die Hörner des Teufels aus einer verkohlten Krone, als wollten sie ängstliche Seelen verschrecken. In den Ästen darüber wartete Alu, wie sie es immer tat. Schon einige Male waren wir diesen Weg entlanggekommen. In stillschweigendem Einvernehmen war der verkohlte Baum zum Endpunkt unserer Spaziergänge geworden – bis hierher, nicht ganz außer Sichtweite des nördlichen Tores, und dann wieder zurück. Auf jedem unserer Spaziergänge hatte Adam das Taschentuch vor dem Gesicht getragen, er trug es auch heute. »*Lassen Sie sich ansehen!*« sagte ich, vor ihm stehend und den Blick nach oben gewandt, seinem Gesicht entgegen, das weit über mir schwebte. »Nehmen Sie das Tuch weg. Ihr Anblick kann mein Auge nicht beleidigen.«

»Oh, doch... es sei denn, Sie wären übermenschlich stark.«

»Nein! Ich müßte übermenschlich schwach sein, wäre ich so grausam, mich wegen solch einer Nebensächlichkeit von Ihnen abzuwenden. Ist Ihnen denn nie ein menschliches Herz begegnet?«

»Es gab einmal einen Mann, der mich wie einen Freund behandelt hat.«

»Na also, da sehen Sie's!«

»Er war *blind*. Ein blinder Mann hat mir ins Gesicht gesehen und mich seinen Freund genannt.«

522

»Aber ich bin nicht blind. Bitte, Adam! Nehmen Sie das Tuch ab. Vielleicht brauchen *Sie* es, *ich* brauche es nicht.«

Er schüttelte traurig den Kopf. Aber er wehrte sich nicht, als ich die Hand ausstreckte, um ihm das Tuch vom Gesicht zu nehmen.

Ich hatte mich gegen diesen Augenblick innerlich gewappnet, um ja nicht in Ohnmacht zu fallen. Ich war entschlossen, nicht mit der Wimper zu zucken, denn ich wußte nur zu gut, daß er meine Reaktion aufmerksam beobachten würde. Und so war *er* es, der in ahnungsvollem Schrecken zusammenzuckte, als ich ihm das Stück Stoff abnahm; die schweren Lider über den Augen zitterten wie die einer Katze, die vor dem Schlag zurückschreckt. Das Gesicht, das hinter dem Tuch zum Vorschein kam, bot den grausigen Anblick, den ich befürchtet hatte. Obwohl es einigermaßen richtige Proportionen hatte, war es doch nicht viel mehr als ein hohlwangiger Totenkopf mit einer lippenlosen Öffnung als Mund, aufgesperrt wie bei einem sterbenden Fisch, so daß zwei Reihen gelblicher Zähne sichtbar wurden. Als hätte man ihm das Haar büschelweise ausgerupft, zeigten sich schwärende Wunden unter den schwarzen Stoppeln, die unregelmäßig seinen massiven Schädel bedeckten. Die Tatsache, daß seine Nase klein und zart war, ließ den Rest des Gesichts um so häßlicher erscheinen. Doch das Seltsamste von allem, das ich jetzt überall erkennen konnte – auf der Stirn, über den Wangen und am Hals –, war ein Netz aus feinen Linien, von denen die straffe Haut durchzogen war: Narben von zarter Präzision, als sei das ganze Antlitz mit äußerster Sorgfalt aus Fleisch und Haut von verschiedener Farbe und Struktur geformt und zusammengenäht worden.

Wenn ich nicht abgestoßen war, dann vielleicht deshalb, weil meine Neugierde stärker war als der Ekel. Dieses Gesicht ... ich *kannte* dieses Gesicht. Ich wußte nicht, woher ich es kannte, denn Adam war mir mit Sicherheit nie zuvor be-

gegnet. Und doch… Ich schob den Gedanken beiseite, damit
er nicht glaubte, sein Anblick habe mir die Sprache verschlagen. »Mein Gott!« sagte ich schließlich. »Was muß das für ein
Unfall gewesen sein, der einem Menschen solche Qualen auferlegt?«

Seine Stimme klang beinahe zärtlich, als er mir antwortete.
»Meine arme Elizabeth! Ich glaube, Sie haben jetzt genug gesehen. Wenn Sie nicht mehr sehen wollen, dann warten Sie
morgen nicht auf mich.«

Er wandte sich zum Gehen.

Oh, bitte… Bitte!

»Ich werde da sein, Adam«, rief ich ihm nach.

Was mein Besucher mir über
sein Leben erzählte

–. Juni, 179–

Wir treffen uns in einer lange verlassenen Schäferhütte am Rande der Hochweide unserer Ländereien. Ich habe Adam erlaubt, in dieser Hütte zu wohnen, damit er nicht draußen im Wald nächtigen muß. Jedesmal wenn ich zu ihm gehe, bringe ich etwas Mundvorrat mit. Seine Eßgewohnheiten sind barbarisch; er nimmt alles in die Hand und läßt die Abfälle einfach fallen. Er ißt kein Fleisch, nicht einmal getrockneten Fisch. Käse, Weintrauben und Wein nimmt er zu sich, aber nur in kleinen Mengen. Er bedankt sich artig für diese Aufmerksamkeiten, aber er ißt die Sachen ohne großen Appetit. Sich selber sucht er Nahrung, die kaum besser ist als Tierfutter und sehr der Kost ähnelt, die ich damals im Wald zu mir genommen habe: Nüsse, Beeren, sogar wilde Gräser. Ich biete ihm an, ein paar Möbelstücke bringen zu lassen – eine Liege, eine Lampe, Stühle und einen Tisch –, aber er lehnt ab. In einer Ecke hat er sich ein Lager aus Stroh bereitet, mehr braucht er nicht. Auch die frischen Kleider, die ich ihm anbiete, einige Stücke aus Victors abgelegter Garderobe, weist er zurück. Er bleibt so ungepflegt und ungewaschen wie bei unserem ersten Zusammentreffen. Er ähnelt einem Tier, das aus der Wildnis gekommen ist, um sich in diesem baufälligen Unterschlupf eine Weile lang einzunisten. Alu verhält sich ihm gegenüber äußerst sonderbar. Lange ist sie auf Distanz geblieben, hat den Kopf schräg gelegt und ihn angesehen, als sei sie tief in Gedanken versunken. Adam für seinen Teil beachtete sie gar nicht, nicht einmal dann, wenn sie sich direkt über seinem Kopf niedergelassen hatte. Eines Tages bot er ihr eine Nuß an. Vorsichtig kam sie näher gehüpft, nahm die Nuß und erlaubte ihm, ihr den Hals zu streicheln. Dann ließ sie sich an seiner Seite nieder, sah ihm ins Gesicht und gurrte dabei leise vor sich hin.

Wenn ich morgens zur Hütte gehe, kann ich nicht sicher sein, daß er auch dort ist. Und wenn er da ist, dann sitzen wir manchmal eine Stunde lang zusammen, ohne daß zwischen uns ein Wort fällt. Doch jedesmal, wenn ich ihn wieder verlasse, habe ich das Gefühl, diesen seltsamen Mann ein wenig besser zu kennen. Selbst an seine Häßlichkeit habe ich mich gewöhnt, ich muß den Blick nicht länger von ihm wenden. Er sitzt jetzt unmaskiert und barhäuptig mit mir zusammen; er weiß, daß ich an seinem Äußeren keinen Anstoß nehme. Sonderbar, daß es oft nur das Unerwartete ist, das einem wirklich Furcht einflößt. Ich versichere ihm, daß sein Äußeres mich nicht mehr aus der Fassung bringen kann, und doch entschuldigt er sich immer wieder dafür, daß ich seinen Anblick ertragen muß.

Schließlich nehme ich, um seinem Unbehagen ein Ende zu machen, meinen ganzen Mut zusammen und packe den Stier bei den Hörnern. Wie zwei alte Freunde sitzen wir in der Hütte auf dem Fußboden und teilen das bescheidene Mahl, das wir zwischen uns ausgebreitet haben. Ich frage ihn: »Wollen Sie mir nicht endlich erzählen, wie Sie so entstellt worden sind.«

»Wollen Sie es denn wirklich wissen?«

»Ja.«

Er denkt lange über meine Frage nach. »Wie ich bereits gesagt habe, war ein Unglücksfall schuld daran. Ich will Ihnen davon erzählen. Er ereignete sich zu der Zeit, als Victor und ich zusammen in Ingolstadt arbeiteten. Hat er Ihnen nie von seinen Forschungen berichtet?«

»Ein einziges Mal nur. Bei einer Zusammenkunft in unserem Haus hat er kurz über seine Arbeit berichtet.«

»Was hat er erzählt?« Adams Gesicht bleibt unbeweglich wie immer, und doch spüre ich sofort, wie brennend ihn meine Antwort interessiert.

»Er hat uns ein paar anatomische Untersuchungsstücke vorgeführt, die er präpariert hatte.«

»Und was noch?«

»Er hat uns gezeigt, wie man sie scheinbar zum Leben erwecken kann.«

»Und er hat sich nicht geschämt, das zu tun?« Diese Worte knurrt er buchstäblich.

»Im Gegenteil. Er war stolz auf seine Leistung.«

»Und seine Zuschauer? Waren die nicht abgestoßen von solch ekelhaftem Schauspiel?«

»Auch für die war es eine Art Triumph.«

Er stöhnt so laut, daß ich zusammenzucke. Ich weiche zurück, aus Angst, er könnte die Kontrolle über sich verlieren. Immer wieder hämmert er sich mit den Fäusten gegen die Schläfen und ruft: »Mit welchem Recht? Mit welchem Recht?«

Sie verdienen es nicht, am Leben zu sein.

»Bitte, ich würde gern wissen, was Sie daran so sehr erzürnt.«

»Dann hören Sie zu, und Sie werden es erfahren. Uns verband eine seltsame Zusammenarbeit. Victor war die treibende Kraft, aber ohne mich wäre die Arbeit fruchtlos geblieben; er hätte nicht einmal gemerkt, was er da tat. Ab einem gewissen Punkt, müssen Sie wissen, ging sein Forschungsinteresse über reine Neugier hinaus. Die Gefahr wurde immer größer, sowohl für den Körper als auch für die ›Seele‹, wie Sie das nennen. Victor wäre gut beraten gewesen, davon abzulassen, aber

er konnte es nicht. Irgend etwas trieb ihn dazu, Kräfte zu erforschen, die die Vorsehung aus guten Gründen keinem
menschlichen Wesen anvertraut hat. Ich spreche von der
Macht über Leben und Tod. Es wäre schon schlimm genug gewesen, wenn er seine Studien auf niedere Tiere beschränkt
hätte, auf Kreaturen mit geringerem Empfindungsvermögen,
deren Leiden stumm bleibt und die keine Rechtfertigung für
das verlangen, was man ihnen antut. Doch schließlich wurde
ich zum Objekt seiner Neugier, zu seinem...«

Er bricht mitten im Satz ab und versinkt in langes, nachdenkliches Schweigen. Ich weiß, nach welchem Wort er sucht.
Versuchstier. Schließlich fährt er fort; er spürt, daß ich verstanden habe.

»Ich allein mußte für seine anmaßende Selbstüberschät-
zung bezahlen. Victor ist für die grauenhafte Kreatur verantwortlich, die Sie vor sich sehen. Der ›Unglücksfall‹, von dem
ich gesprochen habe, ist nichts anderes als mein Leben, alles
das, was ich bin und erleiden muß. Verstehen Sie jetzt, warum
ich so voller Haß bin?«

»Aber wie ist es dazu gekommen?«

»Ich habe gesagt, Victor und ich hätten zusammengearbei-
tet. Aber vieles von dem, was er getan hat, geschah, während
ich in gnädiger Bewußtlosigkeit schlummerte. Hätte er es bei
diesem Zustand belassen, es wäre für uns beide besser gewesen. Hätte er mich einfach für seine Zwecke benutzt und mir
anschließend gestattet unterzugehen, statt mich aus dieser ge-
fühllosen Vergessenheit zu reißen, in der ich lag – für mich
wäre es besser gewesen, und ihn würde jetzt nicht das Gewissen quälen. Er aber zog es vor, mich aufzuwecken.«

Sein Mund schweigt, aber ich höre seine Stimme.

Bat ich dich etwa, Schöpfer, mich aus Ton
Zum Menschen zu gestalten, aus dem Dunkel
Mich zu erheben...?

Ob sie diese Zeilen wohl kennt? fragt er sich. Natürlich kenne ich sie. »Das ist Milton«, antworte ich auf eine Frage, die er nicht gestellt hat. »Diese Worte sagt Adam zu Gott.«

»Ja, der erste Adam. Und ich bin der zweite Adam, von einem weit geringeren Gott geschaffen, gefangen zwischen zwei Naturen – Mensch und ... Ding. Sie sagen, Sie kennen diese Worte, aber haben Sie ihre Bedeutung am eigenen Leib erfahren? Nicht einmal der Dichter selbst hätte sich das wahre Grauen des erwachenden Bewußtseins ausmalen können. Daß diese dunkle Materie der Natur, einst nur elementarer Staub, sich erheben könnte, um sich selber kennenzulernen, zu sprechen, Fragen zu stellen, zu atmen! Ich bin die Wiedergeburt Ihrer Spezies, liebe Freundin, gegen meinen Willen aus der Dunkelheit gerissen, ohne zu wissen, was ich *vorher* war, dort drüben, in der Zeit vor der Zeit. Ich bin erwacht als die fehlerhafte Kreatur eines grausamen Gottes, eine Art lebendiger Schabernack. Eine anarchische Masse halbgeformter Materie, die man unbarmherzig ins Leben geschleudert hat. Aber ich hatte keine Mutter, die diesen erbarmungslosen Eintritt ins Leben hätte mildern können – nicht einmal, wie in Ihrem Fall, eine barmherzige Hebamme, die den Platz Ihrer toten Mutter eingenommen hat. Ich erwachte und war allein, unwiderruflich allein. Um mich herum nur ein Chaos aus Schatten und Klang. Und in dessen tosender Mitte mein Bewußtsein; mochte es noch so wach sein für alle Empfindungen, es war eine *tabula rasa*, ich hatte keine Namen für die Dinge. Meine eigene Hand vor meinem Gesicht war ein fremdes, namenloses Ding. Gehörte sie zu mir oder zu einer anderen Kreatur? Wozu war sie gut? Die Kammer, in der ich stand – die ich nicht einmal als Kammer hätte erkennen können –, war eine düstere Höhle voller seltsam geformter, fremdartiger Gegenstände. Als ich mich zwischen ihnen zu bewegen begann, stieß ich bei jedem Schritt gegen die Möbelstücke rings um mich herum. Ich tastete mich voran, stürzte, stieß mich an scharfen Kanten, riß mir die Haut auf. Nur die niedersten tierischen Instinkte regten sich in den Tiefen meines Bewußtseins. Aber den Schmerz konnte ich spüren, in jedem Körperteil, jedem Gelenk – einen unerträglichen Schmerz, der mich hin und her trieb. Jeder Zoll meines Körpers brannte wie eine offene Wunde; mein Kopf glühte vor Fieber ... und doch fror es mich bis ins Mark. Schüttelfrost ließ meinen ganzen Leib erbeben. Ein primitiver Reflex der Muskeln ließ mich nach Schutz suchen, nach einer wärmenden Decke für mein zitterndes Fleisch. Ich fand einen zerrissenen Lumpen und wickelte mich darin ein. Er wärmte mich kaum; da es mehr der Schrecken über meinen katastrophalen Zustand als die Kälte war, der mich frieren ließ, klapperten mir noch immer die Zähne.

Sie können sich nicht im entferntesten vorstellen, in welcher Verfassung ich damals war. Ich kann mich selber kaum noch erinnern, nur daran, daß es ein Tumult der wildesten Empfindungen war. Allein die Tatsache, daß ich diese Worte jetzt sagen kann, errichtet eine willkommene Barriere der Artikulation zwischen mir und diesem ersten Aufruhr des Bewußtseins, als noch nichts eine Bedeutung für mich hatte.

Licht und Dunkelheit sind die einzigen Begriffe, die das Tier im hintersten Winkel unseres Gehirns versteht. Dunkelheit bedeutet Gefahr, das Licht aber ruft dir zu: ›Komm her!‹ Licht bedeutet Wärme und Sicherheit. Also machte ich mich auf, dem einzigen Licht entgegen, das ich in dieser dunklen Kammer erkennen konnte. Am Ende des Flurs erspähte ich einen Eingang, der mit Tageslicht gefüllt war. Ich stürmte hindurch und fand mich in der überwältigenden Helligkeit des Tages wieder. Was mich dazu bewegte, weiter in dieses wirbelnde Durcheinander vorzudringen, weiß ich heute nicht mehr. Alles drehte sich in meinem Kopf, und ich lief los, ohne zu wissen wohin, ich lief, bis die Erschöpfung mich einholte. Danach ... kann ich mich nur noch an wenig erinnern, mei-

nem Gedächtnis fehlten die Worte, um die Erlebnisse festzuhalten. Ich weiß nicht, ob ich einen Tag lang marschiert bin
oder Monate. Zeit hatte keine Bedeutung für mich. Zählt
denn der Fels die Stunden oder die Welle auf dem Meer? Wissen die Toten etwas vom Fortgang der Zeit?«

Ich hänge ihm an den Lippen, keines seiner Worte entgeht
mir, und trotzdem verstehe ich wenig von dem, was er mir erzählt. »Und Sie machen Victor für Ihre Amnesie verantwortlich?«

»Amnesie! An was hätte ich mich denn erinnern sollen?«

»An Ihr Leben in der Zeit, bevor Sie Victor kannten.«

»*Davor*… Sie können sich nicht vorstellen, welches Grauen
ich bei diesem Wort empfinde. *Davor ist das Nichts.* Die Dunkelheit, Leere, der Abgrund.«

»Sie erinnern sich nicht an Ihre Herkunft, an Ihre Familie…?«

»Da gibt es nichts zu erinnern! Ich bin ein Etwas auf der anderen Seite des Todes, abgeschnitten, aus der Erinnerung vertrieben. Ach, wie soll ich es Ihnen verständlich machen?« Er
verstummt.

Adam… wer bist du? Ich denke diese Worte, ohne sie auszusprechen.

»Sie möchten wissen, wer ich bin?« fragt er.

»Ja.«

Er reibt sich grimmig die Stirn. »Bald«, murmelt er.

–. Juni, 179–

Manchmal ist ihm die baufällige Schäferhütte zu eng, dann
wird er unruhig, will hinaus ins Freie, als fürchte er einen Hinterhalt. Wir gehen tiefer hinein in die Wälder, und dabei
suchen wir uns stets wenig begangene Pfade aus. Adam hat es
gelernt, sich dem Blick der anderen zu entziehen. Wenn uns
Wanderer begegnen oder wir auf Schäfer mit ihren Herden
treffen, verstecken wir uns hinter einem Felsen oder einem

Baum, bis sie vorüber sind und der Weg vor uns wieder frei ist.

Er kennt viele geheime Plätze, an denen wir ganze Tage verbringen, ohne gesehen zu werden; wenn er mich an einen solchen Platz führt, kann er sich wie mein Gastgeber fühlen. Er holt klares Quellwasser für mich herbei, Früchte und Nüsse. Er hat mich gefragt, ob ich einmal mit ihm zu dem Ort kommen will, den er als sein eigentliches Zuhause ansieht – die Höhlen in der Nähe des Montanvert. Ob ich es wagen soll?

–. Juni, 179–

Manchmal, wenn ich mit ihm zusammen bin, fühle ich mich dem Busen der Natur wieder so nah wie damals in den Wäldern. Seine Gegenwart stört den Höhenflug meiner Gedanken nicht – weil sie mir nicht wie die Gegenwart eines Menschen vorkommt. Ich bin sicher, er führt geheime Gespräche mit Alu. Zuweilen sind die beiden ganz und gar aufeinander konzentriert, der Vogel legt dabei den Kopf schräg, wie er es sonst immer tut, wenn er ein ungewohntes Geräusch hört. Einmal habe ich Adam dabei beobachtet, wie er sehr aufmerksam zu einem Steinbock hinaufblickte, der über uns auf einem Felsvorsprung stand, und das Tier erwiderte seinen Blick voller Interesse. Fühle ich mich deshalb so unwiderstehlich zu ihm hingezogen, weil er halb Tier zu sein scheint? Ist es die außergewöhnliche Unschuld, die ich an ihm bewundere? Ganz zweifellos steckt mehr unverdorbene Natur in diesem Mann, als ich in irgendeinem anderen mit Sprache begabten Wesen jemals gefunden habe. Und doch fürchte ich manches Mal, er könnte außer sich geraten und sich auf mich stürzen. Oft fühle ich mich an den Augenblick erinnert, als ich dem Luchs ins Auge blickte, ohne zu wissen, wie er sich verhalten würde.

Heute morgen brechen wir früh zu unserem Tagesausflug auf. Er führt mich zu einer Kristallmine, von der aus man in der Ferne den Mont Buet sehen kann. Für eine Weile sitzen wir schweigend und sehen den gelben Blitzen zu, die über den umwölkten Gipfel des Berges flackern. Keiner von uns sagt etwas, und doch meine ich zu spüren, welche Gedanken ihm durch den Kopf gehen. Für mich ähnelt er in vielerlei Hinsicht dieser zertrümmerten Landschaft, in der er sich so heimisch zu fühlen scheint. Auch er ist monumental und formlos, als sei er aus einer zufälligen Ansammlung von Einzelteilen zusammengefügt. Manchmal kann ich die innere Anspannung ahnen, die es ihn kosten muß, das Gerüst dieses Körpers zusammenzuhalten. Oft lassen Lawinen solche zerklüfteten Trümmer zurück, wenn sie Schlacken und Gletschergeröll ins Tal tragen, wo sie dann jahrhundertelang liegenbleiben, bis sie von den Elementen geglättet und mit Erde und Vegetation zugedeckt werden.

»Sie haben mich gefragt, wer ich bin«, sagt er schließlich. »Mir fehlen die richtigen Worte. Aber es gibt andere Wege, sich auszudrücken.« Er langt in seine Jacke und bringt ein schmutziges Bündel Stoff zum Vorschein. »Erinnern Sie sich, daß ich Ihnen von der Kammer erzählt habe, in der ich erwacht bin? Von dem Lumpen, den ich mir gegriffen habe, um mich darin einzuwickeln? Eine zufällige Handlung, und doch von einiger Bedeutung, denn sie wurde zum Schlüssel für das Geheimnis meiner Existenz. Der Lumpen war ein Arbeitskittel. Hier ist er. Erst später habe ich die Gegenstände in einer seiner Taschen gefunden. Zunächst wußte ich ebensowenig damit anzufangen wie mit allen anderen Dingen auf dieser verrückten, chaotischen Welt, aber ein instinktives Gefühl veranlaßte mich, sie nicht fortzuwerfen. Und nach einer Weile begannen sie, zu mir zu sprechen.«

Er schlägt das schmutzige Kleidungsstück auseinander und zieht ein Paar zerfledderter Handschuhe heraus, die früher einmal weiß waren, inzwischen aber von Flecken jeglicher Art übersät sind. Mir fällt auf, wie vorsichtig er diese Dinge behandelt, die für mich nicht viel mehr als Abfall sind. Ich sehe, daß in den Kittel noch etwas eingewickelt ist. Einen kurzen, panischen Moment lang spielen meine Augen mir einen Streich. Ich zucke zusammen, weil ich meine, eine Geburtszange vor mir zu haben. Adam ist meine Reaktion nicht entgangen. »Ja, Sie haben recht. Und so wie Sie bin auch ich bei meiner Geburt gezeichnet worden. Dies ist die Klaue, die ihre Spuren auf mir hinterlassen hat. Wissen Sie, was das ist, Elizabeth?«

Das Gerät hat nichts mit dem zu tun, was ich darin zu sehen glaubte. Es ist ein kleines, schmales Messer. Victor hat mir beigebracht, wie man so etwas nennt. »Ich glaube, es ist das Skalpell eines Chirurgen.«

Er legt das Messer zwischen uns auf den Boden. »Und wissen Sie auch, wozu man es gebraucht?«

»Um den Körper zu heilen.«

»Um den Körper zu *peinigen*, sollten Sie sagen!« bricht es aus ihm heraus. »Es ist ein Instrument des Teufels. Sehen Sie her, ich will Ihnen meine Geschichte erzählen, wie man es mit Worten nicht vermag.« Er streckt mir seine Hand entgegen. Ich starre hinunter auf seine Handfläche. Sie ist doppelt so groß wie meine, ein Flickwerk aus Nähten und vernarbtem Gewebe. Bei unserem ersten Zusammentreffen wäre ich vor dieser grotesken Nachbildung einer menschlichen Hand zurückgeschreckt. Jetzt blicke ich voller Mitleid darauf. Mag die Hand auch noch so mißgestaltet sein, an der Kraft, die ihr wohnt, kann es keinen Zweifel geben. Darf ich ihr trauen, oder wird sie mich in Stücke reißen? Ich lege meine winzige Hand in seine, sanft schließt sie sich um meine Finger. Zum erstenmal berühren wir uns.

Elizabeth ... du Holde!

Das Blut schießt mir bis in die Haarwurzeln. Nicht vor Angst. Der Kontakt ist seltsam erregend: kühn, gefährlich und intim wie die Berührung mit der Pranke eines Löwen. Ich habe mich einer geheimnisvollen Kraft anheimgegeben und harre der Dinge, die kommen werden.

Mit der Rechten drückt er meine Hand flach auf das Messer. Während er das tut, gewahre ich ein kleines, verblaßtes Zeichen auf seinem Handrücken. Es ist mir vorher schon aufgefallen, aber ich habe nicht so genau hingesehen. Jetzt sehe ich genau hin, und mir bleibt beinahe das Herz stehen. Es ist eine Tätowierung: Ein Anker, und darunter ein Spruchband mit dem Namen »Mary Rose«. Ich blicke zu ihm auf, um ihn nach dieser Zeichnung zu fragen, doch bevor ich meine Gedanken sammeln kann, erzittert die Luft wie vom Klang einer Glocke, so dicht an meinem Ohr, daß mir beinahe schwindelig wird.

Kein Laut, nur dieses Zittern der Luft. Alle Dinge verschwimmen mir vor den Augen, als wäre ich betrunken. Der Raum beginnt sich um mich zu drehen, die Wände lösen sich auf, ich bin an einem anderen, dunklen, feuchten und übelriechenden Ort. Ich presse die Hände gegen eine schwitzende Wand aus rohem Stein. Die Luft ist so stickig, sie läßt sich kaum atmen. In der Mitte des schummrigen Raumes hängen Kerzen in eisernen Ringen unter der Decke; von ihnen fällt wie ein Schleier ein gelblich-trübes Licht herab. In diesem Licht steht ein Mann, der mir den Rücken zuwendet. Er ist völlig vertieft in irgendeine Arbeit. Ob ich will oder nicht, ich muß mich ihm nähern; ganz ohne eigene Anstrengung gleite ich über den Steinfußboden auf ihn zu. Als ich ihm nah genug gekommen bin, um etwas zu sehen, bleibt der Schrei mir in der Kehle stecken.

Vor ihm, ausgestreckt auf dem Tisch, liegt die grauenhafte Spukgestalt eines Mannes, nackt und reglos wie eine Leiche, das Fleisch vom bleiernen Grau der Totengruft. Sein Körper ist nicht vollständig. Einer Schulter fehlt der Arm, das eine Bein endet am Knie. Das Gesicht ist eine Ruine aus vermoderndem Gewebe, das an manchen Stellen zurückgeklappt ist und den bleichen Knochen des Schädels erkennen läßt. Der Mann, der sich an der Leiche zu schaffen macht, spannt gerade ein Stück Haut über die bloßliegenden Sehnen an Unterkiefer und Hals. Ganz, ganz behutsam formt er das Fleisch um den Schädel herum, setzt hier und dort einen Schnitt an, zupft an der Muskulatur, poliert einen Knochen. Er arbeitet mit der Akribie eines Bildhauers am lebenden Körper – doch was ist das für ein grotesker Anblick. »Aufhören!« will ich ihm zurufen. Aber ich habe keine Stimme. Ich wende mich von dem alptraumhaften Bild ab. Ein zweiter Tisch versperrt mir den Fluchtweg, und auf diesem Tisch ... Gott im Himmel! Was ist das? Ein Haufen tierischer Kadaver, jammervolle, in Stücke zerlegte Kreaturen – und dazwischen Teile, die nicht von Tieren stammen. Bin ich im Schlachthaus eines Wahnsinnigen gelandet? frage ich mich. Nichts wie fort von hier! Ich laufe zur Tür, aber sie ist verschlossen. Als ich mich umdrehe, sehe ich, daß der Mann am Tisch in seiner Arbeit innegehalten hat. Er hebt den Blick, als hätte er ein Geräusch im Zimmer gehört. Ich wende mich ab; ich will sein Gesicht nicht sehen ...

Sehen Sie hin! Sie müssen hinsehen!

Ich wehre mich so heftig dagegen, daß ich wieder zu Sinnen komme; schwach und zitternd liege ich an Adams Brust. Meine Hände klammern sich an seine Jacke, als liefe ich Gefahr, in die Tiefe zu stürzen, wenn ich losließe. Er will mich trösten, aber seine Berührung ist mir widerwärtig. Der Verwesungsgeruch, der an ihm haftet, ist mehr, als ich ertragen kann. Ich weiche vor ihm zurück. Gegen meinen Willen schnürt die Übelkeit mir die Kehle zu.

»So habe ich von meinem Ursprung erfahren«, sagt Adam. »Die Dinge haben ihre eigene Sprache, das Messer, das Kleidungsstück. Die Handschuhe haben mir ihre Geschichte erzählt. Sie haben mir von dem Mann erzählt, der sie benutzt hat. Ich habe sie über meine Hände gezogen, und meine Hände sind zu *jenen* Händen geworden. Bevor ich noch die

Gabe der Sprache besaß, haben diese Bilder mich begreifen gelehrt.«

»Um Himmels willen, Mann... wer sind Sie?«

»Fragen Sie lieber, *was* ich bin.«

»Und *was* sind Sie?«

Sie haben es gesehen.

»Aber ich weiß nicht, was ich gesehen habe.«

»Daß ich...«

»Was?«

... gemacht worden bin.

Ich starre ihn entgeistert an. »Gemacht...?«

... nicht geboren.

»Aber das ist unmöglich.« Zögernd greife ich nach seiner Hand, ich drehe sie um und betrachte den Handrücken. Ich sehe, daß ich mich nicht getäuscht habe. Dort ist die Tätowierung eines Ankers.

»Dieses Zeichen... woher haben Sie das?« frage ich.

»Ich kann mich nicht erinnern.«

»Vielleicht waren Sie früher Seemann.«

»Nein. Das Bild gehört mir nicht.«

»Wem gehört es dann?«

»Wollen Sie nicht verstehen?« Er stöhnt ungeduldig. »Das ist nicht meine Hand. *Nichts* gehört mir. Das Fleisch und alle Sehnen meines Körpers – manchmal schreien sie mit den Stimmen anderer Wesen, den Stimmen der Toten, die in mir weiterleben. Diese Hand, diese Schulter, diese Finger... dieses Gehirn. Als würde ich durch einen Friedhof gehen und könnte aus jedem Grab die leisen Stimmen hören, die ihre Namen vor sich hin flüstern. Können Sie sich vorstellen, wie das war, als ich begriffen habe, was ich bin? Ein Ding? Etwas Künstliches?«

»Wirklich, ich verstehe nicht.«

»Sie haben es *gesehen*! Tun Sie nicht so, als hätten Sie es nicht gesehen.«

»Ich glaube ... ich habe Victor gesehen.«

»Und *mich*! Mich haben Sie gesehen, als Victor mich gemacht hat.«

Inzwischen weiß ich, daß seinen Augen – wie denen eines Tieres – jeder menschliche Ausdruck fehlt. Ihr Blick muß leer bleiben. Deshalb fühlt man sich mit ihm wie mit einem Tier, von dem man weiß, daß seine Gefühle eingesperrt sind. Hat er Schmerzen, muß man den Schmerz mit ihm fühlen, weil er selber ihn nicht mitteilen kann. Hat er Kummer, teilt man seinen Kummer, denn in seinen Augen zeigen sich keine Tränen. Was ich jetzt in seiner Gegenwart empfinde, sind unerträgliche Qualen.

»Aufhören!« schreie ich. »Bitte, kein Wort mehr!« Bei meinem Schrei schwingt sich Alu, die am Höhleneingang gewartet hat, in die Lüfte und ruft ihren Kummer heraus. Tränen brennen mir in den Augen; ich versuche ihr zu folgen, hinaus aus der Höhle und den Pfad entlang. Beinahe stürze ich kopfüber in den Abgrund, aber Adam ist zur Stelle und bewahrt mich vor dem Absturz. Er hält mich fest und führt mich vorsichtig den Weg wieder hinunter, den wir hinaufgestiegen sind. Auf dem langen Heimweg reden wir nicht. Es ist bereits dunkel, als wir unseren Besitz erreichen. Er bleibt vor dem südlichen Tor stehen, bedeutet mir weiterzugehen. Ich drehe mich um und wünsche ihm eine gute Nacht, obwohl er kein Wort sagt, folgt mir seine Stimme. Sie ist in meinen Gedanken, und ich höre sie noch, als ich sicher beim Schloß angekommen bin. Auch in der Nacht, als ich mich gegen den Schlaf wehre, um nicht träumen zu müssen, höre ich sie noch. Immer und immer wieder höre ich seine Frage: *Können Sie ihn wirklich lieben?*

–. Juni, 179–

»Können Sie ihn wirklich lieben?«

»Ich bin seine Verlobte.«

538

»Wer zwingt Sie dazu?«

»Unsere Vereinigung ist uns seit der Kindheit vorherbestimmt.«

»Er hat Ihnen weh getan.«

»Woher wollen Sie das wissen?«

»Er hat uns beiden weh getan.«

»Ich habe ihm verziehen.«

»Ich nicht!«

»Ich flehe Sie an…«

»Zwecklos!« *Ich bin keiner von euch.*

»Gnade kann man lernen.«

»Ich habe eure Bücher gelesen; sie handeln von hohen Prinzipien und edlen Gefühlen. Vieles davon lese ich wie ein Besucher von einem anderen Stern, der nichts über eure Bedürfnisse, eure Leidenschaften weiß. Mein Geist ist wie eine seelenlose Maschine, die das, was sich in eurem Innern abspielt, bestenfalls nachmachen kann. Trotz all der Bücher, die ich studiert habe, weiß ich weniger als ein Bauernkind, das wenigstens begreift, warum es lachen oder weinen muß. Ich habe noch nie gelacht, und Tränen kann ich auch keine vergießen. Aber es gibt ein paar Dinge, die die Natur selber einen lehrt, primitive Dinge, die für alle Kreaturen auf der ganzen Welt Geltung haben. ›Auge um Auge, Zahn um Zahn.‹ *Das* kann ich begreifen. Die Gerechtigkeit des wilden Tiers. Ich warne Sie davor, mir mehr Verständnis zuzutrauen als einem wilden Tier. ›Ein Leben für ein Leben.‹ So lautet das eherne Gleichgewicht.«

Während er das sagt, fixiert er mich mit seinem Blick. Kalt. Feindselig. Ein Ausdruck, den ich nicht kenne, der unpersönliche Blick des Raubtiers, das auf seine Beute lauert.

–. Juni, 179–

Eine seltsame und verwirrende Erfahrung. Wir sitzen auf einem bemoosten Vorsprung, tief unter uns rauscht die Arve durch ihre enge Schlucht. Unser Blick ist zum Dent du Midi gerichtet: Ein Meer böser dunkler Wolken hat sich um den Berg versammelt, und mittendrin tummeln sich die Blitze, schneiden Dutzende von gezackten Pfaden zwischen den Himmel und die Gipfel. Adam streckt dieser fernen Szenerie seine Hand entgegen, als wolle er in die Wolken langen. Ein paar Sekunden später huschen schwache, bläuliche Flämmchen über seine Fingerspitzen. Das geisterhafte Feuer breitet sich über Hände und Arme aus, bis sich der Kreis am Hals und über den Schultern schließt und eine Art Nimbus um den Oberkörper bildet. Ich betrachte sein Gesicht, dieses sonst so kalte und teilnahmslose Gesicht – seinen Ausdruck kann ich nur als stille Ekstase bezeichnen.

Dann dreht er sich zu mir um. Sein Gesicht erglüht in dem bläulichen Licht. »Das ist mein Blut«, sagt er.

–. Juni, 179–

»Sie sorgen sich wegen einer Frau. Ich versichere Ihnen, es ist unnötig.«

»Was für eine Frau?«

»Sie fürchten, Victor könnte eine andere lieben. Sie denken, daß er vielleicht deshalb so lange von zu Hause fortbleibt.«

»Wieso können Sie meine Gedanken lesen?«

»Ist es nicht so?«

»Doch.«

»Sie brauchen sich deshalb keine Sorgen zu machen. *Diese* Frau gibt es nicht.«

»Wissen Sie das ganz sicher?«

»Es gibt da ein … weibliches Wesen. Aber für sie empfindet er keine Liebe. Im Gegenteil.«

»Was dann?«

»Ich sage Ihnen, Sie müssen nicht befürchten, daß er eine andere liebt. Die Liebe, zu der dieser Mann fähig ist, gehört Ihnen.«

540

»Und wer ist die andere Frau, von der Sie sprechen?«

»Stellen Sie keine Fragen mehr. Glauben Sie mir nur.«

Also glaube ich ihm. Ich habe es längst als Tatsache hingenommen, daß Adam über mysteriöse Kräfte verfügt. Wir können nichts voreinander verheimlichen. Zuerst habe ich mich ihm gegenüber nackt gefühlt, kein noch so flüchtiger Gedanke bleibt seinem geistigen Auge verborgen. Aber sein Temperament ist so unterkühlt, so leidenschaftslos, daß ich seinen prüfenden Blick ertrage wie den eines Hundes oder eines Pferdes, vor dem ich nackt stehe.

–. Juni, 179–

Heute wandern wir an einem der hohen Gletscher entlang, und ich fange an zu frieren. Adam zieht sein Gemsfell aus und legt es mir um die Schultern. »Ich habe sie nicht getötet«, sagt er. »Ich habe das tote Tier gefunden und ihm das Fell vom Leib gezogen.«

Ich erwidere nichts. Wir gehen ein paar Schritte weiter. »Ich könnte niemals ein Tier töten. Tiere sind unschuldig. Nur der Mensch ist böse. Einen Menschen könnte ich töten.« Beim Gehen wirft er mir einen Seitenblick zu. »Könnten Sie töten, Elizabeth? Könnten Sie so sehr hassen?«

Es ist eine arglistige Frage, er scheint die Antwort bereits zu kennen. »Ich möchte nicht über das Töten reden.«

»Können Sie sich ein Rachegefühl vorstellen, das nur durch Blut zu stillen wäre?« Seine Stimme klingt jetzt dunkel und unheilvoll. Ich weiche seinem Blick aus, aber ich spüre ihn auf mir. »Können Sie sich vorstellen, jemanden, den Sie lieben, aus Rache zu töten?«

Ich sage nichts, aber ich weiß, daß er die Antwort kennt.

–. Juni, 179–

Endlich Nachricht von Victor.

Nur mit Mühe kann ich meine Hand ruhig halten, während

ich diese Worte niederschreibe, so heftig ringen Furcht und Hoffnung in meiner Brust miteinander. Gestern brachte ein Kurier einen Brief für den Baron. Er war von einem gewissen Thomas Kerwin. Herr Kerwin schreibt aus dem Dorf Glenarm in Irland, wo er Friedensrichter ist. Das Städtchen liegt an der Ostküste, unweit von Belfast. Victor soll als Beschuldigter vor diesem Herrn Kerwin stehen und auf seine Verhandlung warten. Angeblich hat er in der Nähe des Dorfes Schiffbruch erlitten, ist dann mit dem Gesetz in Konflikt geraten und wegen eines Verbrechens festgenommen worden, das in dem Brief nicht näher bezeichnet wird. Nach seiner Festnahme wurde Victor von Herrn Kerwin verhört und anschließend ins Gefängnis geworfen. Nicht lang nach der Einkerkerung ist er schwer erkrankt – zu schwer, um vor Gericht gestellt zu werden. Bei der Durchsicht von Victors Papieren ist dieser Herr Kerwin auf den Namen des Barons gestoßen und zu der Überzeugung gelangt, daß es sich bei diesem Gefangenen nicht um einen gewöhnlichen Halunken handelt, darum hat er es auf sich genommen, dem Baron einen Brief zu schreiben, um ihn über die Notlage seines Sohnes in Kenntnis zu setzen. Der brave Friedensrichter legt der Familie ans Herz, jemanden zu schicken, der Victor bei dem Prozeß zur Seite stehen kann, sollte er jemals wieder weit genug zu Kräften kommen, um eine solche Anstrengung durchzustehen.

Zu wissen, daß Victor noch lebt, ist ein Grund zur Freude, aber sehr schnell ernüchtert mich der Gedanke, daß bereits über zwei Monate vergangen sind, seit dieser Brief geschrieben wurde. Hat Victor seine Krankheit überlebt? Hat er bereits vor Gericht gestanden? Unter welcher Anklage und unter Androhung welcher Strafe? Um Antworten auf diese Fragen zu erhalten, müssen wir jemanden nach Irland schicken. Ich habe Vater angefleht, mich mit dieser Aufgabe zu betrauen. Aber er besteht darauf, sich selber auf den Weg zu machen. So geschwächt er auch ist, er ist davon überzeugt,

542

daß er allein die Autorität mitbringt, die diese gefährliche und unerwartete Situation erfordert. »Es könnte ja sein«, erklärt er, »daß ich diesen irischen Wilden das ganze Dorf unterm Hintern wegkaufen muß, um Victors Hals zu retten – falls er noch zu retten ist. Wenn nötig werde ich die britische Garnison in Belfast auf Trab bringen, damit sie sich der Sache annimmt. Auch in dieser gottverlassenen Ecke der Welt bin ich nicht ganz ohne Einfluß.« Unverzüglich hat er mit der Vorbereitung der Reise begonnen; zuallererst läßt er zu seiner dortigen Verfügung eine riesigen Vorrat an Gold nach Liverpool verschiffen. Der Notfall hebt seine Stimmung, die Aussicht auf eine so weite Reise – die erste seit mehr als drei Jahren – wirkt wie ein Jungbrunnen auf ihn.

Sofort berichte ich Adam von den Neuigkeiten. Er ist weder überrascht noch erfreut darüber. Ich habe beinahe das Gefühl, er weiß längst über alles Bescheid. »Was könnte das für eine Anklage sein, unter der man ihn so lange im Gefängnis festhält?«

Mord.

»Mord! Großer Gott, dann wird er am Ende noch aufgehängt?«

»Er wird zu Ihnen zurückkehren. Wegen *dieses* Verbrechens wurde er zu Unrecht angeklagt.«

»Und die Krankheit?«

»Das Schlimmste hat er bereits überstanden. Keine Angst, er wird leben.«

Ich hege gar keine Zweifel mehr an solchen Erklärungen. Ich habe längst akzeptiert, daß Adam durch irgendeine hellseherische Kraft alles weiß, was er zu wissen vorgibt, vor allem was Victor betrifft, mit dem ihn ein geheimnisvolles Band verbindet. Als ich ihn jedoch nach weiteren Einzelheiten über Victors Zustand frage, hüllt er sich in düsteres Schweigen. »Sind Sie froh darüber, ihn bald wiederzusehen?« will ich von ihm wissen.

»Ich werde ihn nicht wiedersehen, jedenfalls nicht hier«, antwortet er.

»Nachdem Sie so lange gewartet haben?«

»Ich bin nicht gekommen, um ihn zu sehen.«

»Warum dann...?«

Ihretwegen.

»Warum meinetwegen?«

Seien Sie gewarnt! Seien Sie gewarnt!

–. Juli, 179–

Drei Wochen sind seit Vaters Abreise vergangen. Heute morgen erhielt ich einen kurzen Brief von ihm. Er wurde in Calais aufgegeben. Vater schreibt, er habe ein Paketschiff gemietet, mit dem er am folgenden Tag zur irischen Küste aufbrechen wolle. Diese Nachricht wurde vor acht Tagen abgeschickt. Inzwischen könnte er an seinem Ziel angekommen sein; vielleicht weiß er bereits, ob Victor noch am Leben ist. Auch wenn Adam mir versichert, daß Victor am Leben ist – ich hätte es lieber von Vater bestätigt.

Eine seltsame, neuartige Atmosphäre umgibt meine Treffen mit Adam. Ich spüre, daß unsere Bekanntschaft sich ihrem Höhepunkt nähert. Das ist mir gar nicht recht. Ich fühle mich in Adams Gegenwart nur dann sicher, wenn ich ihn genau ansehen und ihm mitteilen kann, was mir auf der Seele liegt. Obwohl wir tagtäglich beisammen sind, reden wir immer weniger miteinander... jedenfalls mit den Lippen. Wir bedürfen der Sprache nicht mehr so sehr. Bei jedem Treffen wirkt er unzufriedener und mißlauniger. Und trotzdem sehne ich mich nach seiner Gesellschaft, denn er braucht mich, wie mich noch nie zuvor jemand gebraucht hat. Er hat etwas von einem wilden Tier, aber auch von einem Kind – er ist so aufrichtig, verletzlich und empfindsam, wie ich es noch bei keinem Menschen erlebt habe. Es mag seltsam klingen, aber ich habe das Gefühl, zu einer Art Mutter für ihn zu werden. Ich habe von ihm geträumt. Er war das Kind, das ich verloren habe, denn endlich weiß ich wieder, wo ich sein Gesicht schon einmal gesehen habe: Es war das Antlitz, mit dem mein ungeborenes Kind mir auf so unheimliche Weise entgegenblickte, an jenem Tag, als ich seine winzigen Überreste im Wald begraben mußte; meine überreizte Phantasie hatte dem Kind, das Victor mit mir gezeugt hatte, Adams Züge verliehen.

Heute sitzen wir an dem kleinen Teich, in dem Victor und ich immer gebadet haben. Gedankenlos läßt Adam Veilchenblüten über das gekräuselte Wasser treiben. Mag es eine noch so simple Tätigkeit sein, man kann damit den Tag verbringen.

Ich vermag mir auf die Einblicke, die er mir in sein Leben gegeben hat, keinen rechten Reim zu machen. Was meint er, wenn er sagt, er sei ein »gemachtes Ding«? Diese Tatsache liegt in der dunkelsten Höhle seiner Erinnerung verborgen; er hat versprochen, mich nicht noch einmal dorthin zu bringen, es sei denn, ich bitte ihn darum.

»Warum sagen Sie ›Vereinigung‹ dazu?« fragt er mich. »Immer wenn Sie davon reden, Victor zu heiraten, sagen Sie ›Vereinigung‹ und nicht ›Hochzeit‹?«

»Meine Mutter hat dieses Wort benutzt.«

Mutter?

»Victors Mutter. Meine Mutter. Sie hat von einer Vereinigung gesprochen. Sie glaubte daran, daß unsere Seelen eins werden müssen.«

»Wollen Sie das? Ihre Seele mit ihm teilen?«

»Ja.«

»Selbst wenn…«

Ein Fluch auf ihm lastet.

»Im Gegensatz zu Ihnen glaube ich nicht daran.«

»Einmal angenommen, Sie würden daran glauben, wären Sie dann bereit, auch diesen Fluch mit ihm zu teilen?«

Er kennt meine Antwort im voraus. Sie lautet *ja*.

»Dann müssen Sie Ihr Heiliges Buch vergessen. Es ist Eva

nicht gut bekommen, daß sie den Fluch ihres Gatten auf sich genommen hat. Sie vermochte ihn von der Sünde nicht reinzuwaschen. Im Gegenteil, seine Sünde hat sich auch auf sie übertragen.«

»Selbst wenn es so wäre…«

»Sie würden ihm folgen, um ihm Trost zu sein – selbst in die Verdammnis?«

In seiner Stimme schwingt ehrliche Sorge mit, eindringlicher noch als aller Haß auf Victor. Er fürchtet um mich.

»Es gibt ein Band zwischen uns. Ich glaube, es besteht seit dem Moment unserer ersten Begegnung. Es würde mich das Leben kosten, würde ich dieses Band zerreißen.«

Das Leben kosten. »Und ich, der ich Adam mehr gleiche als irgendein menschliches Wesen seit Anbeginn der Welt – ich habe keine Gefährtin, die mein Exil mit mir teilt. Wäre es nicht das Wenigste, was ich verlangen könnte?« Und dann, feindseliger: »Oder schaudert es Sie bei dem Gedanken, daß ich mich nach einer Gefährtin sehne?«

»Nein…« Aber ist es nicht sinnlos, etwas abzustreiten, das er längst in meinen Gedanken gelesen hat?

»Ich glaube doch. Was haben Sie für eine Vorstellung von ihr? Ja, sie wäre ein häßlicher Klumpen Fleisch, so wie ich. Welches weibliche Wesen würde schon mit mir leben wollen, wenn nicht eines, das ebenso abscheulich anzusehen wäre? Und davor graut Ihnen? Dann stellen Sie sich vor, wie Ihresgleichen in den Augen *Ihres* Gottes ausgesehen haben. Aber war Er nicht wenigstens bereit, dem Manne ein Weib zu erschaffen? Mein Schöpfer war nicht so freundlich. Er hat mich unwiderruflich von jeglicher Gesellschaft lebendiger Wesen ausgeschlossen.«

»Sie wissen, daß Sie in mir eine Freundin gefunden haben.« Ich sage das, um ihn zu trösten, aber ich habe ihn falsch eingeschätzt. Wütend über den Abscheu, den er in meinen Gedanken erkannt hat, schiebt er sein Gesicht dicht an meines.

»Dann denken Sie doch einmal über eine andere Möglichkeit nach. Würden Sie mich von meiner Einsamkeit erlösen, wenn es in Ihrer Macht stünde? Würden Sie das tun? Würden *Sie*, holde Elizabeth …«

… meine Gefährtin werden?

Für einen langen Moment sucht sein kalter, fremder Blick in meinen Augen nach der Antwort, die zu geben ich nicht den Mut finde. »Angenommen, Victors Leben würde von diesem Opfer abhängen …

Jäh breitet sich die Empfindung tiefer Scham in mir aus – nicht meiner eigenen, sondern seiner. Er wendet das Gesicht ab, erhebt sich von seinem Platz und stampft davon, laut brüllend vor Schmerz. Ich rufe ihm nicht nach, bleibe mit wundem Herzen zurück und sehe ihn blindlings über die Bergweide davonstolpern, bis er verschwunden ist. Und trotzdem bin ich sicher, in der Ferne noch sein Wutgeheul zu hören.

–. Juli, 179–

»Morgen ist ein glücklicher Tag für Sie.« Mit diesen Worten begrüßt Adam mich heute.

»Warum sagen Sie das?«

»Sie werden es sehr bald wissen. Noch vor der Mittagsstunde des morgigen Tages. Meine Stunden mit Ihnen sind gezählt. Ich möchte Ihnen noch soviel sagen, bevor wir voneinander scheiden.«

Wir sind bei der Kristallmine. Ein schöner, heller Tag. Unter uns glitzert der Gletschersee in majestätischer Verlassenheit. Darüber bohren die Gipfel ihre kristallenen Zacken in den Himmel und bündeln das Sonnenlicht zu Kaskaden von Prismen. Fernab staubt eine Lawine talwärts, zu weit entfernt, als daß ihr donnerndes Getöse zu hören wäre.

»Erinnern Sie sich noch«, fragt er, »wie Sie neulich gesagt haben, Sie würden Victors Schicksal teilen, und wenn es Verdammnis bedeutete? Haben Sie das so gemeint?«

»Ja.«

»Dann sehen Sie her.« Er zieht das schmutzige Bündel aus seinem Hemd, faltet es auseinander und nimmt einen der blutbefleckten Handschuhe heraus. Er legt ihn zwischen uns auf den Boden, dann nimmt er meine Hand. »Ich habe versprochen, Ihnen die Bilder, die ich in mir trage, nicht zu zeigen – es sei denn, mit Ihrer Zustimmung. Jetzt sollen Sie eine letzte Sache erfahren. Sie werden all Ihren Mut dazu benötigen, aber wenn wir auseinandergehen, ohne daß Sie es erfahren, dann werden Sie nie verstehen, warum ich Sie gesucht habe.«

Zögernd lege ich meine Hand in seine. Einen Augenblick lang umschließt er sie mit sanftem Druck. Dann beugt er sich vor und legt seine Lippen auf meine Finger. Innerlich schrecke ich zurück, aber ich lasse es mir nicht anmerken. Ich erlaube ihm, meine Hand gegen den Handschuh zu drücken. Noch einmal fällt mir die verblaßte Tätowierung auf. Ich hebe den Blick und sehe ihm fest in die Augen. Ich lese darin eine tiefe Trauer, so tief wie die Unendlichkeit, die uns von den Sternen trennt. Ich nehme meinen Mut zusammen und halte diesem Blick stand, auch wenn mir schwindelig von der Anstrengung wird. Ich möchte etwas sagen, etwas, das gesagt werden muß… aber ich finde die Worte nicht. Statt dessen hallt eine Stimme durch meine Gedanken. Er sagt: *Vergib mir.*

Und dann geht meine Seele in seiner auf.

Als ich erwache, höre ich den verklingenden Widerhall von Schreien. Es ist meine eigene Stimme, die über das klagt, was ich gesehen habe. Naßgeschwitzt und erregt komme ich wieder zu Sinnen, mein Kleid klebt mir am zitternden Körper wie nach einem Fiebertraum. Ich bin außer Atem, als wäre ich gerannt. Ich weiß, daß ich gerannt bin. Und doch liege ich in meinem Zimmer auf dem Bett!

Ein Gesicht taucht über mir auf. Francine sitzt an meinem Bett mit ernster Miene, aber tapfer um ein Lächeln bemüht. Sie streicht mir das Haar aus der Stirn. »Man hat dich draußen gefunden, meine Liebe. Du bist im nördlichen Weinberg herumgeirrt, zu erschöpft, um etwas zu sagen. Felix hat dich dort gefunden und nach Hause gebracht. Bist du verletzt?«

»War ich allein? Oder war jemand bei mir?«

»Niemand, außer Alu.«

»Und ein Mann war nicht in der Nähe?«

»Ein Mann? Warum fragst du?« Ein Anflug von Besorgnis verdüstert ihre Züge. »Bist du überfallen worden?«

»Nein, nein.«

»Liebe Elizabeth, du mußt mir erzählen, was passiert ist!«

»Warum bist du hier?«

»Charles und ich sind zusammen mit dem Baron gekommen. Wir bringen gute Neuigkeiten. Victor ist zu uns zurückgekehrt.«

Ich erfahre von Victors Mißgeschicken

Als ich wieder klar genug im Kopf war, um ihre Worte zu begreifen, berichtete mir Francine, wie Victor und der Baron am Tag zuvor in Genf angekommen waren. Die beiden Männer waren so müde aus der Postkutsche geklettert, daß sie kaum noch auf den Beinen stehen konnten. Aber Victor war in einem noch schlimmeren Zustand; er war zu schwach, um noch am selben Tag nach Belrive weiterzufahren. Deshalb hatten er und sein Vater in St. Pierre Station gemacht, wo sie und Charles die beiden für die Nacht bei sich aufgenommen hatten. Dort wollten sie auf die Kutsche warten, die sie am nächsten Tag abholen sollte. Francine schloß ihren Bericht mit einer sanften Warnung: »Victor wird dir sehr verändert vorkommen, wie jemand, der aus dem Krieg heimgekehrt ist. Er muß eine schreckliche Tortur hinter sich haben, über die er nichts erzählen kann. Aber viel besser scheint es dir auch nicht ergangen zu sein.«

In meiner Angst um Victor wischte ich ihre Sorge um mich beiseite. Was hätte ich auch sagen sollen, um meinen desolaten Zustand zu erklären? Ich konnte ihr doch nicht von Adam erzählen und von dem, was er mir gezeigt hatte. Sie hätte es für einen Alptraum halten müssen. »Bring mich zu Victor«, sagte ich und versuchte verzweifelt, mich vom Bett zu erheben.

»Du bist noch zu schwach.«

Sie hatte recht, aber ich nahm all meine Willenskraft zusammen. Sie rief nach Charles, der in der Halle wartete, und zusammen trugen sie mich aus dem Zimmer.

Es stimmte, was sie mir von Victor erzählt hatte. Sein bleiches, fiebriges Antlitz ließ ihn wie einen gequälten Geist erscheinen. Der Baron und Celeste waren bei ihm. Celeste legte ihm kühlende Tücher auf die Stirn und bemühte sich nach Kräften, ihn aufzumuntern. Ich war mir nicht sicher, daß der Mann, dessen Bett ich mich näherte, mich erkennen würde, so abwesend wirkte sein Blick. Erst als Victor meinen Namen ausgesprochen hatte, wußte ich, daß er bei Sinnen war.

So benommen und matt ich mich auch fühlte, ich zwang mich dazu, einen klaren Kopf zu behalten. Ich eilte zu ihm, umarmte seinen abgemagerten Körper. Unsere Tränen sagten alles, Worte waren überflüssig. Ich hielt ihn so lange fest in den Armen, bis der Schlaf ihn übermannte und Vater mich aus dem Zimmer führte. Draußen erzählte er mir, was er über Victors Unglück in Erfahrung gebracht hatte.

Auf dem Rückweg von seiner Mission im schottischen Hochland war Victor in einen Sturm geraten und weit aufs Meer hinausgetrieben worden. Nachdem sein Schiff mehrere Tage lang ruderlos durch die Wellen getrieben war, erlitt er an einem rauhen Streifen der irischen Küste Schiffbruch, unweit von einem Fischerdorf, an dessen Strand am Tag zuvor die erdrosselte Leiche eines Mannes gespült worden war. Die einfachen Dörfler, die jedem Fremden mit Mißtrauen begegneten, erst recht aber einem Mann, der so heruntergekommen aussah wie Victor, schleppten ihn zu Herrn Kerwin, dem Friedensrichter, vor dessen Gericht er offiziell des Mordes angeklagt wurde. Victor war viel zu schwach, um sich dagegen zur Wehr zu setzen. Er wurde krank und lag wochenlang hilflos in einem Kerker, in dem es so modrig war, daß er nicht einmal als Schweinestall getaugt hätte. Dort hatte Vater ihn gefunden, als er nach Glenarm kam. Es dauerte noch Wochen, bis er Victor aus der archaischen Rechtsmaschinerie befreit hatte, in die er dort drüben in Irland geraten war. Wäre der Baron nicht so ein reicher und prominenter Mann gewesen, Victor würde wohl heute noch in dieser erbärmlichen Zelle schmachten, wenn er nicht längst dem Strick des Henkers zum Opfer gefallen wäre.

Noch während Vater mir diese Geschichte erzählte, wurde er von einer bleiernen Müdigkeit befallen. Ein Schatten legte sich über seine Augen, seine Stimme wurde immer undeutlicher. Schließlich bat er mich, ihn auf sein Zimmer zu bringen, damit er sich etwas ausruhen konnte. Das war mehr als die Müdigkeit des von der Reise Heimgekehrten, es war die gnadenlose Erschöpfung des Alters, die nach den letzten Lebensenergien greift. Dieses anstrengende Abenteuer hatte sein Licht ausgelöscht. Als ich ihn die Treppe hinaufführte, wußte ich so gut wie er, daß es seine letzte Entdeckungsreise in die große Welt jenseits der Genfer Berge war; er hatte seine Kräfte aufgezehrt, um seinen Sohn sicher nach Hause zu bringen. Aber es war nicht nur die Erschöpfung, die ihn davon abhielt, ausführlicher von Victors langer Abwesenheit zu berichten. Er wußte einfach nicht mehr zu erzählen. Während der ganzen langen Heimreise hatte Victor sich beharrlich geweigert, über die Expedition zu sprechen, die ihn nach Schottland geführt hatte. Er sagte nur, daß es sich um ein »Experiment« gehandelt habe, ein riskantes Experiment, das schließlich fehlgeschlagen sei.

Vater sank zurück in die Laken, und sehr bald schien er in eine Art Teilnahmslosigkeit verfallen zu sein. Doch nachdem ich ihn zugedeckt hatte, hob er die schwache Hand, um mich zurückzuhalten. »Ihr müßt so schnell wie möglich heiraten«, flüsterte er müde und doch flehentlich. »Ich fürchte, er ist dabei, sich an eine andere zu binden. Du darfst ihn nicht gehen lassen.«

Armer Vater! Seine Vermutung war sowohl richtig als auch falsch. Richtig insofern, als mein Geliebter sich anderweitig gebunden hatte, und auch eine Frau war dabei im Spiel. Aber wie falsch lag er mit der Annahme, diese Frau könnte das Objekt von Victors *Liebe* sein! Adam hatte die Wahrheit gesagt, als er mir erzählte, daß die Frau, das *weibliche Wesen*, dessentwegen ich mich sorgte, mir Victors Zuneigung nicht streitig machte. Sie war vielmehr eine seelenlose Ausgeburt seiner fiebrigen Phantasie. Adam hatte es mir gezeigt. Es war die Vision, die ich immer noch vor Augen gehabt hatte, als ich am äußersten Ende unserer Ländereien, dort, wo er mich verlassen hatte, wieder zu mir gekommen war. Es war die Vision, die mich rasend und blind über das Land getrieben hatte, bis Felix mich fand und nach Hause trug.

Erst als ich Vater zu Bett gebracht hatte und in mein Zimmer zurückgekehrt war, gestattete ich dieser letzten Offenbarung, Adams Abschiedsgeschenk an mich, den Zugang zu meinem Bewußtsein. Ich sank auf mein Bett, so hoffnungslos müde, daß ich kaum die Kraft für den nächsten Atemzug fand. Doch als ich den Kopf auf das Kissen legte, schlief ich weder ein, noch konnte ich einen klaren Gedanken fassen. Ohne mein Zutun leitete mich meine Phantasie, lieferte mir eine Folge von Bildern, die mit einer Lebendigkeit vor meinem geistigen Auge entstanden, wie kein Traum sie jemals hervorgebracht hätte. Mit geschlossenen Augen, aber wachem Verstand sah ich einen Ort – eine armselige Kammer, kaum mehr als ein verlassener Schuppen mit unverputzten Wänden und einem Strohdach, das an den Ecken bereits eingestürzt war. Ich sah die Geräte eines improvisierten Laboratoriums, die überall im Raum herumstanden; von der Decke hing eine Tranfunzel, die die ganze Szenerie in ein trübes gelbliches Licht tauchte. Ich sah einen Mann, den blassen Adepten einer unheiligen Kunst – Victor, wie ich sehr wohl wußte –, der sich mit grimmiger Inbrunst irgendeiner Aufgabe widmete. Und vor ihm, festgeschnallt auf einer Bahre aus groben Holzplanken, sah ich den Körper eines Menschen oder zumindest das grobe Abbild eines solchen. Es war eine ähnliche Szene, wie ich sie bereits in der ersten wahnhaften Vision gesehen hatte, die Adam vor meinem geistigen Auge erstehen ließ.

Aber es gab einen Unterschied, der mir sogleich auffiel: Diesmal war die zerstörte Gestalt, an der Victor sich zu schaffen machte, ein *weiblicher* Körper. Nackt und ausgestreckt wie er dort lag, die Beine schamlos auf dem Tisch gespreizt, war an seinem Geschlecht nicht zu zweifeln. Vielleicht erschrak ich gerade deshalb so heftig über die Schutzlosigkeit der Kreatur, weil sie meinem eigenen Geschlecht angehörte – und so hatte ich es eilig mir zu versichern, daß dieser unproportionierte Klumpen auf dem Tisch doch unmöglich ein lebendiger Körper sein konnte. Nein, das waren gewiß die modernden Überreste eines schrecklichen Unglücksfalls. Aber warum studierte Victor sie so angelegentlich? Hatte man ihn womöglich mit einer grausigen Autopsie betraut? Mit einer klinischen Sektion? Dafür schien er mir mit zuviel Enthusiasmus bei der Sache zu sein. Er zerrte an dem Leichnam herum, führte das Messer mit wildem Ingrimm, als wollte er töten, was doch längst tot war. Was für ein scheußliches Spektakel! Am liebsten hätte ich mich abgewendet, doch Adams übermächtiger Wille hielt mich bei der Sache. Ich mußte mir ansehen, was er gesehen hatte, bis zum letzten Augenblick.

Und dann, als Victors Klinge immer erbarmungsloser zwischen den Innereien der Leiche wütete, sah ich ... ich war ganz sicher ... wie das Ding, die Frau auf dieser Bahre, zu zucken und sich zu krümmen begann. Doch, es konnte keinen Zweifel geben: Es ... sie zerrte an den Fesseln, die sie festhielten. Das mußte einer jener grausigen physiologischen Reflexe sein, dachte ich, die letzten Zuckungen des moribunden Fleisches. Doch im nächsten Moment wurde auch dieser schwache Trost mir entrissen. Denn plötzlich schlug die Frau die Augen auf! Sie lag da, den Blick in nacktem Erstaunen zur Decke gerichtet. Und grausiger noch: Der Mund öffnete sich. Nicht tot, sondern zum Leben erwachend, begann sie zu winseln und hilflos zu wimmern, und dann stieß sie einen Schrei aus und gleich darauf noch einen – den Angstschrei der gequälten Kreatur. Victor ließ sich nicht abschrecken, er setzte seine Arbeit um so ungestümer fort, zerrte wie besessen an seiner hilflosen Gefangenen herum. Wäre es mir möglich gewesen, ich hätte ihn zurückgehalten, doch ich war zum Zusehen verurteilt, wie durch eine gläserne Wand. Keine Frage, er trachtete danach, diese Frau zu zerstören. Er bohrte ihr die Klinge in die Brust, wollte ihr das Herz herausschneiden. Taub für ihre gequälten Schreie stach er erbarmungslos auf sie ein. Und als er schließlich erkannte, daß er ihr trotz aller Anstrengungen kein Ende machen konnte, krallte seine Hand sich in ihrem Haarschopf fest und riß den Kopf zu sich hoch. Einen eisigen Moment lang blickten sie sich in die Augen, in hilflosem Schmerz fletschte sie die Zähne und fauchte ihm ihren Zorn ins Gesicht. Aber er achtete nicht auf sie und setzte ihr seine mörderische Klinge an die Kehle, um den letzten Schnitt zu tun. Doch auch nachdem Victors Messer sein Werk vollendet hatte, entließ Adam mich nicht aus dem grausigen Schauspiel. Ein letzter Schrecken stand mir noch bevor. Als Victor den leblosen Kopf auf den Tisch zurücksinken ließ, fiel ein Lichtstrahl auf das Fenster. Ein Gesicht blickte herein: Adams Gesicht, verzerrt vor Entsetzen und Schmerz über die Tat, die er soeben mit angesehen hatte. Krachend fuhren seine Fäuste durch das Glas, als wollte er Victor packen, doch dann zog er sich zurück. Blanker Haß loderte in seinen Augen, als er ihm einen letzten Satz entgegenschleuderte, bevor er in der Nacht entschwand.

Hätte ich noch Zweifel gehabt, warum Adams Wille mich gezwungen hatte, zur Zeugin dieser Szene zu werden, dann waren sie jetzt ausgeräumt. Jetzt war alles klar. Ich wußte, in welcher Mission er zu mir gekommen war. Aus meinem Delirium hatte ich die Worte mitgebracht, die mich wissen ließen, was das eherne Gleichgewicht mir verhieß.

Ich kehre wieder in deiner Hochzeitsnacht.

Wir werden getraut

Anmerkung des Herausgebers

Zu den letzten Seiten von
Elizabeth Frankensteins Tagebuch

Die letzten Seiten dieser Memoiren, ausnahmslos Elizabeth Frankensteins Tagebuch entnommen, sind von so ausgeprägter und außerordentlicher Art, daß sie ein Wort der Erklärung, möglicherweise der Rechtfertigung erfordern.

Dem aufmerksamen Leser der vorhergehenden Passagen wird nicht entgangen sein, daß die Autorin ab einem bestimmten Punkt, kurz nach ihrer Fehlgeburt, deutliche Anzeichen von geistiger Instabilität erkennen läßt. Dieses Ereignis und der darauffolgende Schock des Zusammentreffens mit dem Monster waren zweifellos mehr, als ihre zarte Konstitution verkraften konnte. Ich schreibe diese Worte in dem Bewußtsein, daß ich der einzig lebende Mensch bin, der dieses groteske Wesen mit eigenen Augen gesehen hat. Niemand außer mir kann sich das Grauen vorstellen, das die Seele in der Gegenwart einer so unnatürlichen Kreatur überkommt. Daß eine zerbrechliche junge Frau – die ohnehin an moralischer Schuld und schmerzlichen Erinnerungen zu tragen hat – unter solcher Last zusammenbricht, erscheint nur verständlich. Aber das führt uns zu der Frage, wieviel von ihrem Bericht über das Schlußkapitel ihres Lebens wir für bare Münze nehmen dürfen. Nicht einmal ich kann das beurteilen, denn wir haben es hier mit den Äußerungen eines außer sich geratenen Geistes zu tun. Die Halluzinationen, die Elizabeth kurz vor ihrer Trauung hatte, sind zweifelsohne Symptome einer beginnenden Demenz. Doch möchte ich zugleich die Möglichkeit einräumen, daß der Wahnsinn zuweilen das Zweite Gesicht erlangt. Anders kann ich mir nicht erklären, daß der Inhalt von Adams letzten Enthüllungen an Elizabeth exakt mit dem übereinstimmt, was Frankenstein mir in seiner Erzählung gebeichtet hat. Sein Bericht war weniger detailliert, aber daß er eine zweite Kreatur erschuf, eine Gefährtin für das Monster, die er anschließend wieder zerstörte – das darf man getrost als Tatsache ansehen. Aber ist auch dem Rest zu trauen?

Ich habe mir größte Mühe gegeben, diesen Abschnitt der Arbeit so lesbar wie nur möglich zu gestalten; der Leser sollte jedoch wissen, daß dazu eine intensive editorische Selektionsarbeit erforderlich war. Ich wünschte, die Autorin hätte mir diese Mühe erspart und sich in ihrer Erzählung kürzer gefaßt. Ohne diesen letzten Abschnitt ihres Berichtes wären uns ein paar Einzelheiten der Geschichte entgangen, aber wir hätten die vorliegende Arbeit mit einem freundlicheren Urteil über ihre Verfasserin aus der Hand gelegt. Denn die Seiten, die noch folgen sollten, zeugen von einem zunehmenden geistigen Verfall. Einen deutlichen Hinweis darauf bietet schon das äußere Erscheinungsbild der Memoiren. Die Schrift wird flüchtig und sprunghaft, manchmal ist sie kaum noch als Elizabeths Handschrift zu erkennen; seltsame Zeichnungen, Skizzen und Kritzeleien bedecken ganze Seiten und machen etliche Passagen unleserlich. Manche Seiten fehlen ganz oder teilweise, die meisten wurden herausgerissen und haben gezackte Ränder hinterlassen. Und was den Inhalt angeht, so stellte er mich vor eine nahezu unlösbare Aufgabe. Immer wieder stürzt die Sprache in eine erschreckende Nachlässigkeit, verliert das Thema aus dem Auge oder bricht sogar mitten im Satz ab. Einzelne Sätze und ganze Passagen bleiben unverständlich. Und schließlich gibt es eine Überfülle an bloßem Geschwafel, versetzt mit alchimistischen Andeutungen und etwas Bibelkunde, das sich jeder rationalen Analyse entzieht.

Einen Großteil dieses traurigen Wehklagens einer unglücklichen Seele habe ich dem Leser erspart und den letzten Teil der Memoiren auf die vereinzelten Passagen verkürzt, denen man wenigstens ein Minimum an Kohärenz zusprechen kann. Doch auch so stellten diese Abschnitte mich vor ein Dilemma. Ich fühlte mich verpflichtet, die letzten Worte der Elizabeth Frankenstein, die sie kurz vor ihrem Tod niedergeschrieben hat, zu bewahren, auch wenn sie kaum mehr sind als das quälende Dokument des endgültigen Zusammenbruchs ihrer Psyche. Lieber wäre es mir gewesen, ich hätte dem Gedächtnis der Nachwelt ein anderes Bild ihrer Persönlichkeit übermitteln können, aber in diesem Fall mußte ich editorische Verantwortlichkeit über alle anderen Erwägungen stellen.

–. August, 179–

Es wird also eine Hochzeit geben. Weil Vater es so will. Weil man von mir erwartet, daß ich es so will. Weil Victor sie nicht länger aufschieben kann. Weil alle es erwarten. Weil Adam es so gewollt hat. Aber wir werden keine Kinder haben! Ich werde der Klaue kein Neugeborenes ausliefern.

Ich schlafe schlecht... eigentlich schlafe ich überhaupt nicht. Noch lange nach der Geisterstunde liege ich wach. Ich habe Angst, im Schlaf wieder der Szene ausgesetzt zu sein, die Adam meinem Gedächtnis aufgebürdet hat. Die Gedanken kommen nicht zur Ruhe...

–. August, 179–

An seinem Äußeren, seiner Nervosität kann man auf grausige Weise ablesen, welche Hölle Victor durchlebt, welchen Preis er für seine Tat zahlen muß. Er schleicht wie ein gehetztes Tier durch das Haus, ganz offensichtlich hat er Angst davor, um eine Ecke zu gehen oder ein Zimmer zu betreten. Von der Stunde des Erwachens an schwankt er zwischen Anfällen lähmender Angst und düsterer Schwermut. Auch die Nacht bringt ihm keinen Frieden, oft wirft er sich im Bett hin und her und schreit in bösen Träumen. Seine dunklen Halluzinationen des anderen sind zurückgekehrt, er will wieder bewacht werden. Da ich selber keinen Schlaf finde, bleibe ich an seiner Seite, wann immer er Unterstützung oder Trost braucht.

Ich wünschte, wir wären ein liebendes Paar, das sich vor der Hochzeit verbotenen nächtlichen Freuden hingibt. Doch ich kann ihm liebende Fürsorge allenfalls vorspielen. Ich muß mich dazu überwinden, ihn in die Arme zu schließen. Auch wenn er es nicht ahnt, ich kenne jetzt das Geheimnis seines Unglücks. Ich weiß um das Verbrechen, das ihm auf der Seele lastet und das alles zwischen uns verändert hat. Der Geruch des Beinhauses hängt an ihm.

Können Sie ihn wirklich lieben? Adams Frage geht mir nicht aus dem Sinn. Vor nicht allzulanger Zeit hätte ich aus vollem Herzen mit »Ja« geantwortet. Doch wenn ich jetzt an Victor denke, dann erscheint mir unweigerlich das Bild vor Augen, das Adam mir gezeigt hat. Es läßt sich nicht als schaurige Phantasie abtun; Victors Unglück ist Beweis genug, daß diese grausige Szene sich tatsächlich abgespielt hat. Was sonst als eine solche Greueltat könnte derartige Gewissensqualen zur Folge haben? Es fehlt mir an wissenschaftlicher Kompetenz, um zu entscheiden, ob Victor in dieser Szene einen lebendigen Menschen oder irgendein menschenähnliches Monstrum getötet hat. Es reicht das Wissen, daß diese Kreatur die Gefährtin war, die Adam sich so sehnlich gewünscht, auf die er all seine Hoffnungen gesetzt hatte. Er wollte sie – ein »gemachtes Ding« wie er selber – mit sich nehmen, in eine Gegend weit ab von allen Menschen. Ich habe ihre letzten, herzzerreißenden Schreie gehört, ich habe mit angesehen, wie Victor, nachdem sie mühselig zum Leben erwacht war, ihren sterblichen Körper zerschnitt. Und das alles hat er vor Adams Augen getan. Vielleicht gibt es kein menschliches Gesetz, um solches Tun zu verurteilen, aber es gibt andere Gesetze, die Gesetze des unwillkürlichen Abscheus, denen wir lebendigen Wesen unterworfen sind. Mein Herz hat Victor vor diesem Gesetz schuldig gesprochen. Auch wenn ich ihn noch immer liebe, meine Liebe steht gegen die Wahrheit, die ich kenne. Ich liebe ihn, obwohl ich weiß, daß er ein Mörder und vielleicht noch etwas viel Schlimmeres ist – ein Feind der Natur und des Gottes dieser Natur.

Und ich, der ich Adam mehr gleiche als irgendein menschliches Wesen seit Anbeginn der Welt – ich habe keine Gefährtin, die das Exil mit mir teilt.

Mit jedem Tag, der vergeht, drängt Vater ungeduldiger auf die Hochzeit. Je länger Victor seine Einwilligung hinauszögert, desto überzeugter ist Vater davon, das er eine andere Verpflichtung eingegangen ist. Wenn Vater von meinen eigenen Bedenken in dieser Angelegenheit wüßte, würde er nicht so drängen, aber mir bleibt nichts weiter übrig, als auf Victors angegriffene Gesundheit zu verweisen. »Unsinn!« erwidert Vater. »Nichts würde dem elenden Burschen besser bekommen als eine schnelle Heirat und eine lange Hochzeitsreise mit seiner jungen Frau. Es fehlt nicht mehr viel, und er ist ein menschliches Wrack.«

Vaters schwindende Lebenskraft verleiht seinem Wunsch das Gewicht des letzten Willens eines Sterbenden. Ich finde mich rasch bereit, die Eheschließung als etwas Unvermeidliches zu akzeptieren; mein Leben wird auf dieses Ziel zufließen, so sicher, wie die Flüsse aus den Bergen ins Meer fließen. Als Victor mich freudlos fragt, antworte ich freudlos mit *ja*. Schließlich setzen wir den Hochzeitstermin auf den letzten Tag des Augusts fest – in drei Wochen also.

Eva, so müssen wir annehmen, wurde als Adams Weib *geboren*. Oder hat Gott sie heimlich mit Adam vermählt? Ist sie überhaupt gefragt worden?

–. August, 179–

Völlig verregneter Morgen, den Tag über feuchte Wärme. Schlecht geschlafen. Eine Frage hat mich die ganze Nacht gequält: Warum brauchte das Neue Jerusalem weder Sonne noch Mond? Ich möchte nirgends leben, wo es weder Sonne noch Mond gibt. In der Nacht, als das ganze Haus schläft, zünde ich mir eine Kerze an und schleiche hinunter in die Bibliothek, um die Stelle nachzulesen. Dort steht, die Stadt bedurfte »keiner Sonne noch des Mondes, daß sie ihr scheinen, denn die Herrlichkeit Gottes erleuchtet sie, und ihre Leuchte ist das Lamm«.

Trotzdem, Sonne und Mond wären mir lieber. Warum will man uns beibringen, daß wir darauf verzichten können? Ich glaube nicht an diese Worte. Ich glaube, daß sie uns dem *sol niger* anheimgeben würden.

Newton war der Ansicht, das Große Werk könnte eine prophetische Geheimschrift sein, hinter der sich die wahre Bedeutung der Heiligen Schrift verbirgt; aber wenn nun das Gegenteil der Fall ist? Wenn nun die Heilige Schrift der Schlüssel zum Großen Werk ist? Wer könnte schon sagen, welches der beiden als Metapher für das andere steht.

Viel Herumgelaufe im Haus. Ich befinde mich in einem seltsamen Zustand … Victor und ich scheinen wie lebendige Statuen im Zentrum eines geschäftigen Treibens zu stehen. Um uns herum sind die Menschen mit den Vorbereitungen für ein Ereignis beschäftigt, das uns ins Zentrum der Aufmerksamkeit rücken wird. Tag für Tag machen uns Gratulanten ihre

Aufwartung, ständig erkundigt man sich nach unseren Wünschen und handelt danach. Überall werden Pläne für einen festlichen Anlaß gemacht, an dem sie alle freudigen Anteil nehmen wollen. Aber nichts von alledem berührt uns. Nichts von alledem. Wir sind Statuen; was den anderen wie ein sicheres und greifbares Glück erscheint – wir beide wissen, daß es sich in Luft auflösen und nur die Spur der Reue zurücklassen wird.

Die Trauung soll im Schloß stattfinden. Charles wird sie vollziehen. Das Fest, das dieser Zeremonie folgt, wird zweifellos die glücklichste Stunde sein, die dieses traurige Haus seit vielen Jahren erlebt hat. Vater möchte, daß wir eine lange Hochzeitsreise machen, um Victors willen. Vater wird bald sterben. Er will nicht, daß wir im Haus sind, wenn er stirbt. Er wünscht sich unser Glück, nicht unsere Trauer. Am frühen Nachmittag fahren wir zum Anleger, dann geht es per Boot über den Genfer See und weiter zu einer Villa in der Nähe des Comer Sees, die Vater mir vererben will. Unsere Hochzeitsnacht werden Victor und ich in Evian verbringen, in einem Gasthof, der einen wunderschönen Blick auf den Jura und das Mont-Blanc-Massiv bietet.

Ich schlafe jede Nacht schlechter. Eigentlich schlafe ich überhaupt nicht, ich liege in einem tranceartigen Zustand. Nicht einmal das Laudanum vermag meine Seele noch zu beschwichtigen; ich höre Geräusche ... ein seltsames Donnern irgendwo hinter den Bergen ...

–. August, 179–

Schlecht geschlafen. Ein windiger, kühler Tag. Letzte Nacht wieder die Geräusche. Nein, keine Geräusche – ein Lärm so laut wie Kanonendonner. Es gibt keinerlei Berichte über Kämpfe in unserer Gegend. Der Lärm treibt mich aus dem Bett. Ich will seine Ursache herausfinden. Er scheint aus dem Himmel zu kommen. Ich blicke aus dem Fenster, aber dort ist nichts zu erkennen, nicht einmal die Zweige bewegen sich im Wind. Beim Frühstück frage ich die anderen, ob sie das Donnern auch gehört haben. Niemand hat es gehört.

Ein unangenehmer Geruch liegt heute morgen in der Luft: ein wenig wie verbranntes Lampenöl, nur stechender – draußen stärker als drinnen. Vielleicht ein Feuer in den Kampferbäumen...

–. August, 179–

Ich liege noch wach, erschöpft, als wäre ich von Sonnenuntergang bis Sonnenaufgang gewandert.

Gestern abend ließ sich der Schlaf wieder nicht herbeilocken. Die ganze Nacht hindurch schwirrte mir der Kopf. *Wäre die Zeit ein Fluß, würde er uns nicht leichter vorwärts tragen als zurück?* Ich weiß nicht, warum mich solche Gedanken beschäftigen.

Heute nacht quält mich wieder dieser Lärm, der uns vom Himmel herab auf das Dach zu fallen scheint... kreischende, metallene Geräusche, wie von hundert Zimmermannssägen, deren Zähne gegeneinander reiben, nur noch viel schriller. Wenn Metall schreien könnte, so würde seine Stimme klingen. Eine Eisenstimme. Ich gehe zum Fenster und blicke hinaus. Es sind keine Sterne am Himmel. Sie sind durch Zahlen ersetzt. Der ganze Himmel ist mit leuchtenden Zahlen beschrieben.

Wäre die Zeit ein Fluß...

»Das Buch der Natur ist in Zahlen geschrieben«, hat Vater einmal gesagt. Aber Sterne sind viel, viel schöner.

Die Glocken im Schloß schlagen zweimal, zuerst eine, dann eine zweite, dann noch eine, weiter entfernt. Ich lege mich wieder ins Bett und fange an zu weinen, weil man uns die Sterne genommen hat.

Ich muß versuchen

[Hier wurde eine Seite herausgerissen. – R. W.]

–. August, 179–

Victor hat mir das Miniatur-Porträt zurückgegeben, das
Mutter auf ihrem Totenbett gemalt hat. »Ich will dich in all
deinem Stolz und deiner Kraft malen«, hatte sie gesagt, »als
eine Frau, die ihr eigener Herr ist.«

Ich glaube, meine Mutter war eine Prophetin. Ich glaube,
sie hat den Untergang der Welt vorhergesehen.

Ich bin nicht mehr diese Frau. Ich bin nicht Elizabeth. Ich
bin Lilith, die erste Frau, der vom Manne Leid geschehen ist.

–. August, 179–

Ein trostloser Morgen. Mir schmerzt der Kopf. Ich stehe
erst spät auf. Ich habe am Himmel große Gebilde gesehen, sie
sind die Quelle der Geräusche. Keine Vögel, leblose Gegenstände, die durch die Luft glitten. Riesige Gegenstände aus
Metall. Ich habe Zeichnungen von Himmelballons gesehen,
aber die sehen ganz anders aus. Das, was ich gesehen habe,
sieht so aus:

[An dieser Stelle hat die Autorin eine merkwürdige Zeichnung eingefügt: verschiedene Ziffern, zwischen denen unzählige, sonderbar geformte Kreuze schweben. Es gibt keinerlei
Hinweis darauf, was das bedeuten könnte. – R. W.]

Wenn ich daran zurückdenke, was ich letzte Nacht gesehen
habe, dann ist das nicht, als würde ich mich an einen Traum
erinnern. Ich glaube nicht, daß ich geträumt habe. Ich habe
nicht geträumt, aber es kann auch nicht die Wirklichkeit gewesen sein. Kein Traum und nicht die Wirklichkeit – mir
schwirrt der Kopf.

Francine kommt zu Besuch. Wir reden über meine Aus-
steuer; ich soll Mutters Brautschleier und ihr Hochzeitskleid
tragen.

Ich bin nicht bei der Sache. Francine findet, daß ich erschöpft aussehe; sie macht sich Sorgen um mich. »Du hast die richtige Entscheidung getroffen«, versichert sie mir. »Du wirst Victor glücklich machen, und er wird dich glücklich machen.« Ich will von ihr wissen, ob Charles jemals von der »großen Stimme wie von einer Posaune« gepredigt hat. Ich frage sie: Was war diese »Posaune«? Sie weiß es nicht. Ich frage: Wie hätte Johannes einen Chronometer genannt, wäre ihm ein solcher offenbart worden? Wie hätte er eine atmosphärische Dampfmaschine genannt? Wie hätte er Signor Galileos Teleskop genannt?

–. August, 179–

Seit meiner Zeit mit Adam irren meine Gedanken umher. Wo bleibt eigentlich unser Verstand, wenn wir ihn verlieren? Seraphina hat die Frage einmal gestellt. Kann mich an die Antwort nicht erinnern. Wo ist mein Verstand jetzt?

Als ich letzte Nacht erwachte, flog ich wie ein Vogel über den Jura. Ich hab' nach unten gesehen, in die Erde hinein. Ich kann *unter* die Erde sehen. Ich sehe Männer in einem hohlen Feuerkreis, die fieberhaft unter der Erde schuften wie die Zwerge. Keine Bergarbeiter, es sind keine Bergarbeiter. Sie haben andere Lichtquellen – nicht wie die Bergarbeiter – keine Grubenlaternen und auch keine Kerzen. Sie haben das Innere der Erde in Brand gesteckt. Sie sind von lodernden Flammen umzingelt. Ich fliege in einen Tunnel, der in die Erde führt. Um mich herum knistert die Luft. Die Erde ist aufgeladen mit Elektrizität, sie brennt mir auf der Haut. Die Elektrizität ist in die Welt ausgeströmt! Sie ist überall. Ich frage, was diese Männer da tun, was es tausend Fuß unter der Erde so schwer zu schuften gibt? Eine Stimme antwortet mir: »Sie suchen nach dem Stein.« Eine andere Stimme sagt: »Sie kennen die Namen aller Dinge.« Eine andere Stimme sagt: »Sie brechen die Welt in Stücke.«

Ich schaue mich um. Jeder der Männer sieht wie Victor aus.

Das ist kein Traum. Ich träume nicht mehr. Ich schlafe nicht. Ich kann nicht schlafen.

[Die nächste Seite wurde halb herausgerissen. Sie enthielt eine Zeichnung. Es sind nicht mehr als ein paar unzusammenhängende Striche davon zu sehen. – R. W.]

Ich werde Mutters Brautschleier tragen, das ist jetzt geregelt. Ich werde heiraten, aber es wird keine Vereinigung geben. Victor hat den einen getötet; es kann nur die zwei geben. Und die zwei werden Krieg führen, so lange, bis die Starken die Schwachen getötet haben.

In der Mitte des Throns saßen vier Tiere. Und das erste von ihnen sah wie Victor aus. Und das zweite sah wie Victor aus. Und das dritte sah wie Victor aus. Und das vierte sah wie Victor aus. Und die Stimme, die wie eine Posaune klang, sagte: »Der Stein ist gefunden worden. Und sein Name ist Ewige Teilung und Immerwährender Tod.«

[Die nächsten drei Seiten wurden überschrieben und sind weitgehend unleserlich. Unter den Kritzeleien finden sich alchimistische Symbole, einige pornographische Bilder, nicht identifizierbare Gesichter und Phantasietiere. Leserlich ist allein eine Liste der Stämme Israels. Sie enthält mehrere Fehler, so sind zum Beispiel ein »Stamm Victor vom Skalpell« aufgeführt und ein »Stamm Isaac vom Königlichen Gold.« – R. W.]

29. August, 179–

Unruhiger Schlaf. Dreimal greife ich nach meinem Helfer. Es nützt nichts, mein Verstand wehrt sich gegen den Schlaf. Unter den Bergen geht etwas vor. Ich glaube, die Berge stürzen in sich zusammen. Letzte Nacht sah ich, wie ein großer Spalt sich in ihnen auftat, durch den der feuerrote Lichtschein drang und der Lärm der Welt, die in ihre einzelnen Teile zerlegt wurde. Heute morgen war nichts davon zu sehen. Die Berge stürzen in sich zusammen. Die Invasoren haben sich Tunnel unter den Bergen gegraben.

Morgen muß ich heiraten.

30. August, 1797, am Morgen

Die schlimmste aller Nächte, der Himmel ist erfüllt vom Gekreisch der Metalle. Seraphina hat uns gelehrt, wie die Metalle im Feuer leiden, wie sie heulen! Die Eisenstimme kündet von den Qualen der Metalle. Eines Tages werden sie sich gegen uns erheben.

Was tun diese Männer unter der Erde? Wissen sie überhaupt, was sie tun? Sie haben die Geheimnisse der *prima materia* entdeckt. Sie plagen sich Tag und Nacht unter der Erde, um die Welt nach ihren Vorstellungen neu zu erschaffen. Sie sind in die Gebärmutter der Erde eingedrungen. Sie brauchen keine Frauen mehr. Die Männer werden sich ihre Kinder selber machen. Ihre Kinder werden »gemachte Dinge« sein. Adam war der erste dieser neuen männlichen Spezies. Adam war …

»Und ich sage, es wird keine Ehen mehr geben!«
Mutter, vergib ihnen! Denn sie wissen nicht, was sie tun.

[Die nächste Seite ist unleserlich. Wieder alchimistische Symbole, unter ihnen diesmal auch eine hermaphroditische Figur mit der Aufschrift »Victor und Elizabeth«. Darunter die Worte: »Die Abscheulichkeit der Erde.« – R. W.]

Das Haus ist voller Hochzeitsgäste. Sie sind gekommen, um Zeugen unserer Vereinigung zu werden. Unsere Koffer stehen aufgereiht in der Eingangshalle, gepackt, verschlossen und verschnürt. Ich muß tapfer sein, ich muß fröhlich sein. Ich werde Mutters luftigen Brautschleier tragen. Sie warten auf die Jungfrau, die dem Bräutigam ihre Reinheit darbietet, damit er sie befleckt. Ich bin keine Jungfrau. Meine Reinheit ist mir geraubt worden. Bei dieser Hochzeit gibt es keine Jungfrauen. Auf der ganzen Welt gibt es keine Jungfrauen mehr.

Und der Drache trat vor die Frau, die gebären sollte, damit er, wenn sie geboren hätte, ihr Kind fräße.

Victor und ich werden keine Kinder haben. Darauf werde ich bestehen.

Victor wird untergehen, er wird keine Kinder haben.

Ich werde kinderlos untergehen.

Adam wird untergehen, doch obwohl er keine Gefährtin hat, wird er Kinder haben.

Gemachte Dinge, die Kinder Adams.

Und sie werden die Erben der Welt sein.

Und sie werden die Erde verschlingen.

Evian, 30. August, 1797, am Abend

Zwei Stunden auf dem See. Klarer Himmel, milde Luft. Ein göttlicher Tag! Wie heiter und gelassen die ganze Natur erscheint! Aber Victor blickt sich ständig um, als würden wir verfolgt. Es ist nichts zu sehen, aber ich weiß, wovor er sich fürchtet. Sinnlos. Sinnlos, Ausschau zu halten.

Auch ich habe einen Grund, mich umzusehen. Hoch über unseren Segeln erblicke ich einen dunklen Punkt am Himmel. Es ist Alu, die uns in großen, langsamen Kreisen folgt. Ich habe ihr am Morgen Lebewohl gesagt und ihr die Freiheit gegeben, damit sie sich eine neue Herrin suchen kann, doch sie weigert sich, mich aus den Augen zu lassen. Wie weit wird sie mir noch folgen?

Der Abend fällt sanft auf die Welt herab; für eine kurze Weile – wie durch einen Akt vergänglicher Barmherzigkeit – kommen wir in den Genuß eines Schauspiels, wie diese einzigartige Berglandschaft es uns erhabener nicht bieten kann.

Die Alpen haben sich zur Ruhe begeben: ein edles Geschlecht schlafender Riesen. Doch als wir uns Evian nähern, wo der See breiter wird, erwartet uns schlechtes Wetter wie ein böser Feind im Hinterhalt. Pechschwarze Wolken sammeln sich hinter den Bergen. In der Ferne zucken unheildrohend die Blitze. Über dem östlichen Ende des Sees tobt ein Gewitter.

So rasch, als hätte ein böser Prospero seinen Zauberstab über den See geschwenkt, bricht der Sturm los. Vom Dent d'Oche herab donnert ein gigantischer Sturzbach durch den Äther, Regenschauer wüten vor den rasenden Wolken, die rascher fliegen als der Geier. Der See hebt sich, der Himmel zeigt sein gewalttätiges Anlitz, schleudert feurige Blitze über die Gipfel, ergießt seine Sturzfluten über den See. Von oben trägt der Wind einen leisen, schrillen Schrei zu uns herab. Alus letzte Botschaft: ein gequälter Warnruf. Ich blicke hinauf, für einen kurzen Moment sehe ich sie, wie sie sich vergeblich gegen die peitschenden Böen stemmt, dann verliere ich sie zwischen wirbelnden Nebelfetzen aus den Augen. Lebe wohl, treue Freundin! So trennen wir uns denn, auseinandergerissen von den tobenden Elementen.

In Evian gehen wir an Land und laufen, blind vom Regen, zur wartenden Kutsche, die uns zum Gasthof auf der Anhöhe bringen soll. Naß bis auf die Haut und mit durchweichtem Gepäck kommen wir an. Kaum sind wir an der Tür, entschuldigt sich Victor, er habe noch etwas auf dem Schiff zu erledigen. Er schickt mich auf unser Zimmer, damit ich die Kleider wechseln kann, und weist den Wirt an, die Tür hinter mir zu verschließen, sobald ich in Sicherheit bin. Die Wirtsgattin, ein stämmiges freundliches Frauenzimmer, führt mich zu unserem Zimmer und läßt meine Reisetasche in der Ecke abstellen. Sie geht zum Bett und schlägt artig die Decke zurück, wie sie es bei jedem Gast tun würde. Mit wissendem Lächeln klopft sie auf den Überwurf und versichert mir, es sei das prächtigste Brautbett am ganzen See. Nachdem sie das Feuer angezündet hat, bleibt sie unter der Tür noch einmal stehen. »Das ist eine ganz besondere Nacht für Sie, mein Kind«, sagt sie. »Möge es die erste eines langen und glücklichen Ehelebens sein!« Und damit schließt sie, ihrem Auftrag gemäß, die Tür und dreht den Schlüssel im Schloß.

Sobald sie gegangen ist, suche ich das Tagebuch aus meinem Gepäck hervor. Ich fürchte, der Regen könnte es erreicht haben. Ich finde es trocken und füge den vorbereiteten Brief hinzu. Alles ist getan. Ich bin bereit.

Eines nach dem anderen lasse ich die tropfnassen Kleider von mir abfallen, bis sie alle zu meinen Füßen liegen und ich nackt in der Mitte des Zimmers stehe. Lange ruht mein Blick auf dem riesigen Himmelbett, das den größten Teil des Schlafgemachs für sich beansprucht. Ich denke: *Wäre ich eine ganz gewöhnliche, frischvermählte Ehefrau, dann würde ich mich heute nacht, so nackt wie ich jetzt hier stehe, in dieses Bett legen und in der leidenschaftlichen Umarmung meines Gemahls die Freuden des Fleisches für mich entdecken. Wäre ich eine ganz gewöhnliche Frau, so stünde ich heute nacht an der Schwelle eines langen, erfüllten Lebens als Ehefrau und Mutter. Aber so ist es mir nicht bestimmt. Ich werde auf diesem Bett liegen wie das Opferlamm, das auf den sühnenden Streich wartet. Und ich werde nicht wieder aufstehen, um das Licht des morgigen Tages zu sehen.*

Victor trägt eine Pistole bei sich; er wollte sie vor mir verstecken, aber ich habe sie in seinem Gepäck entdeckt. Victor ist verrückt vor Angst, er kann es nicht verbergen. Ich vermute, in diesem Augenblick durchsucht er das Haus und das Gelände. Er weiß, in welcher Gefahr wir schweben, und er glaubt immer noch, mich beschützen zu können. Er würde sein Leben dafür geben. Aber es wird ihm nicht gelingen.

Mir schwirrt der Kopf. Seit dem Morgen fühle ich mich verloren.

Das Gewitter schickt Donner und Sintflut zu uns herab. Es

schlägt auf die Erde ein, als wäre sie seine Trommel. Ich schaue aus dem Fenster, sehe den gezackten Feuern bei ihrem irrwitzigen Tanz zwischen den Wolken zu; hin und wieder hebt der Blitz den gewaltigen Koloß des Mont Blanc so klar und deutlich hervor, als wäre es lichter Mittag. Es ist, als hätte der Himmel sich aufgetan, um den Flammen des empyreischen Feuers einen Weg zu bahnen.

Mir bleibt diese kurze Zeit, diese Stunde ...

Es treibt mich, zu schreiben.

Diese Worte werden von mir bleiben.

Dies sind nicht meine Worte.

Dies sind ...

Dies sind nicht ...

Ich kann den Tod der Welt sehen.

Ich kann große Maschinen im Mutterschoß der Erde sehen.

Und ich sehe die Berge zusammenstürzen.

Und ich sehe den Blitz in Ketten geschlagen, zum Sklaven der Menschen gemacht.

Und ich sehe die große Mutter Natur gedemütigt.

Und ich höre den Himmel mit eherner Stimme brüllen.

Und ich sehe aus der Erde einen tödlichen Garten aus wallendem Dampf hervorschießen, mit Dutzenden, mit Hunderten von großen blühenden Feuerblumen.

Und ich höre die Elektrizität mit Millionen von Stimmen sprechen.

Und ich sehe die Menschen Städte errichten, die weder der Sonne noch des Mondes bedürfen.

Und ich sehe, wie die Menschen sich abwenden vom hellen Antlitz der Erde, um im Nichts neue Welten zu suchen. Ich sehe, wie sie sich ins Nichts aufschwingen.

Und ich sehe, wie das Nichts die Herzen der Menschen verschlingt.

Und ich spüre, wie die tödliche Kälte des Nichts auf die Erde herabfällt.

Und ich sehe, wie die Männer ihre Phantasien aus der gezähmten Materie hervorzaubern.

Und ich sehe, wie die Männer Kreaturen nach ihren eigenen Vorstellungen erschaffen.

Und ich sehe, wie die Männer sich ohne Frauen fortpflanzen.

Und ich sehe monströse Kreaturen, die sich vor ihren Schöpfern verbeugen und sich gegen sie erheben.

Und ich höre das Klopfen am Fenster und ich weiß, wer da kommt.

Und ich höre mich meinen verspäteten Hochzeitsgast begrüßen.

Und ich höre mich um die Gnade der Vergessenheit bitten.

Und ich sehe, wie ich mich auf dieses Bett lege.

Ich sehe mich ausgestreckt auf diesem Bett.

Ich sehe mich als nacktes Opferlamm.

Ich sehe mich als die letzte Frau auf der Erde.

Ich sehe...

[Die restlichen Seiten wurden herausgerissen.– R. W.]

Epilog

Dem geneigten Leser wird aus Victor Frankensteins Original-erzählung im Gedächtnis geblieben sein, auf welche Weise Elizabeth in dieser schicksalhaften Nacht in dem Gasthof in Evian den Tod gefunden hat. Sie wurde in ihrem Schlafge-mach entdeckt, kurz nachdem sie die oben zitierten Sätze zu Papier gebracht hatte. Sie war erwürgt worden. Victor war als erster bei ihr. Er hatte den Gasthof und das Gelände abge-sucht und alle nur erdenklichen Vorkehrungen getroffen, um sich und seine Braut zu schützen, als er – nach eigener Aus-sage – plötzlich einen Schrei aus Elizabeths Kammer hörte. Er stürzte nach oben, erblickte den Mörder seiner Frau, der zum Fenster hereinspähte, und gab einen Schuß auf ihn ab. Der Wirt und seine Familie suchten auf Victors Befehl hin unver-züglich das Grundstück nach dem Mörder ab, der Eindring-ling jedoch blieb spurlos verschwunden. Nach Abbruch der erfolglosen Suche verdächtigte man Victor der Mordtat, von der man sich in diesem Landstrich noch heute erzählt.

Im Sommer des Jahres 1821 gelang es mir, jene Tochter des Gastwirts ausfindig zu machen, die das frischvermählte Paar seinerzeit in Evian im Empfang genommen und durch den to-benden Sturm ins Haus geführt hatte. Sie war damals ein zwölfjähriges Mädchen gewesen und erinnerte sich noch leb-haft an die alptraumhaften Geschehnisse dieser Nacht. Als ich sie nach dem Ungeheuer fragte, dem Elizabeth zum Opfer gefallen sei, versicherte sie mir, ohne zu zögern, daß sie selber wie auch ihre Eltern in diesem Ungeheuer immer nur eine Erfindung von Victor Frankensteins Phantasie gesehen hatte. Ihres Wissens hatte damals niemand die Ermordete schreien hören; diejenigen, die in der Kammer zusammengelaufen waren, hatte der Pistolenschuß dorthin gerufen. Für sie stand fest, daß Victor der Mörder war, daß er seine Braut in einem Anfall rasender Eifersucht ermordet hatte. Der Umstand, daß Elizabeths Leiche unbekleidet in einem Schlafgemach gefunden wurde, zu dem er allein Zutritt hatte, ließ die Tat als ein ganz gewöhnliches Verbrechen aus Leidenschaft erscheinen.

Leider sind fast alle, die sich des Verbrechens erinnern, auch heute noch derselben Meinung wie diese Frau. Obwohl Victor weder eingekerkert noch vor Gericht gestellt wurde, konnte er seine Unschuld in dieser Sache niemals beweisen. Selbst Baron Frankenstein – er erlag kaum eine Woche später einem Schlaganfall – dürfte die Überzeugung mit ins Grab genommen haben, die alle anderen teilten: daß sein Sohn sich den Mord an Elizabeth auf das Gewissen geladen hatte. Für Victors phantastische Geschichte von einem blutrünstigen Ungeheuer, das frei in der Welt herumlief, ließ sich nicht das geringste Indiz finden. Aus diesem Grunde habe ich jeden noch so kleinen Anhaltspunkt in den Memoiren der Elizabeth Frankenstein festgehalten, der dazu dienen konnte, Victors Namen reinzuwaschen. Da es außer mir niemanden gibt, der die Existenz der Kreatur, der Elizabeth zum Opfer fiel, bezeugen kann, hoffe ich, daß die letzten Seiten, so rätselhaft sie sich als Folge des beginnenden Wahnsinns der Verfasserin auch darstellen, dazu beitragen mögen, den Verdacht zu zerstreuen, der noch immer gegen diesen vom Schicksal gebeutelten Mann gehegt wird. Mag er auch manchen Verbrechens mit vollem Recht bezichtigt werden, so soll die Welt doch wissen, daß das Blut seiner Braut nicht an seinen Händen klebt.

Nur wenige Tage nach dem Tod seines Vaters fiel Victor in

ein fiebriges Delirium, aus dem er erst nach Wochen wieder erwachte. Sobald er kräftig genug war, sich vom Krankenlager zu erheben, beschloß er, Rache an der elenden Kreatur zu nehmen, die sein Leben zerstört hatte. Und so begann eine Jagd, die ihn während der folgenden zwei Jahre durch Wüste und Steppe, vom Mittelmeer zum Schwarzen Meer und bis hinauf zum fernen Nordpol führte. Im Herbst 1799 kreuzten sich unsere Wege auf jenem zugefrorenen Meer; endlich hatte er einen Menschen gefunden, der genügend Geduld und Mitgefühl aufbrachte, um seine Geschichte aufzuzeichnen. Kaum war das letzte Wort niedergeschrieben, da hauchte Victor Frankenstein, geplagt und aufgezehrt von vielerlei Krankheiten, in meinen Armen sein Leben aus. Am Tag darauf, als das Eis aufbrach und unser Schiff nach Süden zu treiben begann, erschien das Monster, dem Frankenstein um den halben Erdball gefolgt war, in meiner Kajüte, um die sterblichen Überreste seines Erschaffers von mir zu fordern. Es versprach mir, daß beide, Geschöpf und Schöpfer, auf einem Scheiterhaufen am nördlichsten Punkt dieser Erde zu Asche verbrennen würden. Das letzte, was ich von der elenden Kreatur zu sehen bekam, war ihr Abschiedsgruß von der Eisscholle, die sie hinaus in Finsternis und Ferne trug.

Wie viele Jahre sind vergangen seit diesem außergewöhnlichen Intermezzo, als ich in der Einsamkeit des Eises pflichtschuldigst zu Papier brachte, was ich damals für die Hirngespinste eines Wahnsinnigen hielt. Ich weiß bis heute nicht, was mich dazu bewegt haben könnte, wenn es nicht die göttliche Vorsehung war, die mich zu dieser Aufgabe rief. Es war ein sonderbarer Ort, noch sonderbarer aber seine symbolische Bedeutung: Mit einer verdammten Seele verweilte ich in einer Welt der Toten. Es war mir damals nicht bewußt, aber diese unwirtliche, unmenschliche und unfruchtbare arktische Region versinnbildlichte Frankensteins Vermächtnis besser, als jeder Ort der Phantasie es vermocht hätte. Sie verkörperte jene eisige Unterwelt der Hölle, zu der Dante den größten Feind Gottes verurteilte. Aus der Sicht des Dichters reichte auch das schlimmste aus Verlangen oder Zorn begangene Verbrechen nicht an den Schrecken jenes berechnenden Akts der Niedertracht heran, für den der Erzfeind bis in alle Ewigkeit der Verdammnis überantwortet wurde. Einst der Engel des Lichts, lehnte Satan sich mit Hilfe des Verstandes gegen seinen Schöpfer auf. Ich habe mich oft gefragt, ob nicht Frankensteins Schicksal eine Zukunft vorwegnahm, in der kalte, fühllose Vernunft sich einer gütigen und reichhaltigen Natur bemächtigt, um sie in eine ähnliche Wüstenei zu verwandeln.